宋代散文研究

楊　慶存 著

後藤 裕也
西川芳樹・和泉ひとみ・近本信代 訳

校閲・校正　四方美智子・紅粉　芳惠
企画・監訳　李　雪　濤・沈　国　威

白帝社

本書の翻訳出版は

中華社会科学基金

Chinese Fund for the Humanities and Social Sciences

の助成によるものである

宋代散文研究（修訂版）
楊　慶存 著
北京：人民出版社
2011年3月
ISBN　978-7-02-007383-2

目　次

『宋代散文研究』日本語版に寄せて ………………………… 楊　慶存　vii
序 ………………………………………………………………… 王　水照　xi

はじめに ………………………………………………………………… 1

第一章　散文の発生と概念についての新考 ………………………… 3
　第一節　文学史研究の悪循環と散文体の原初形態：
　　　　　散文の誕生は詩に遅れず ………………………………… 3
　第二節　錯綜する内包と似て非なる来源：
　　　　　「散文」概念分析および淵源新考 ……………………… 11

第二章　古典散文の研究範囲と音楽を座標とするモデル ………… 31
　第一節　散文の範疇とテクスト確定についての議論 …………… 31
　第二節　賦と駢文に対する学者の直観的認識 …………………… 35
　第三節　詩文の本来の属性と音楽を座標とするモデル ………… 37
　第四節　駢文の属性 ………………………………………………… 45
　第五節　賦の帰属 …………………………………………………… 48

第三章　古典散文の進展と宋代散文の位置づけ …………………… 59
　第一節　前代の散文発展の軌跡に対する古人の巨視的視点と
　　　　　段階の区分 ………………………………………………… 59
　第二節　古典散文における発展の段階と特徴の紹介 …………… 64
　第三節　宋代散文の歴史的位置づけ ……………………………… 72

第四章　宋文繁栄の表象的景観と潜在的蓄積 ……………………… 75
　第一節　作家の参加と作品の創作：数量統計とその統計表の提示 ……… 75
　第二節　運行メカニズム：多元的併存と整合による推進 ……………… 80
　第三節　発展モデル：グループ型創作と流派型拡張 ………………… 85
　第四節　社会環境：文章を尊ぶ意識と文化の雰囲気 ………………… 89
　第五節　創作主体についての精察：知識の構造と集団意識 …………… 96

第五章　北宋前期における散文の流派と発展（上） ……………… 103
　第一節　宋初における騈・散両派の並立 ……………………… 103
　第二節　五代派：「淵源は燕許にあり」華美と実践の重視 ………… 105
　　一、後進の宗師　徐鉉 ……………………………………… 107
　　二、五代派の重要な作家 …………………………………… 116
　　三、五代派の歴史的貢献 …………………………………… 119
　第三節　復古派：経典と韓愈の尊崇および教化と散文の重視 ………… 120
　　一、復古派の理論主張 ……………………………………… 121
　　二、文風復古の最初の提唱者　柳開 ……………………… 123
　　三、復古派の重要作家 ……………………………………… 136
　　四、「雄文直道」の王禹偁 ………………………………… 139
　　五、文風復古を主張した重要な作家 ……………………… 145

第六章　北宋前期における散文の流派と発展（下） ……………… 149
　第一節　時文と古文が対峙する時代の雰囲気 ……………………… 149
　第二節　西崑派：騈儷の尊重と文彩の興隆 ……………………… 150
　　一、西崑派の中堅作家 ……………………………………… 152
　　二、西崑派の領袖　楊億 …………………………………… 156
　　三、西崑派の重要作家　晏殊 ……………………………… 162
　第三節　古文派：対偶の排除と古文の独尊 ……………………… 166
　　一、古文派の創作に関する主張 …………………………… 166

二、古文派を代表する重要作家　穆修 …………………………………… 167
　　三、古文派のその他の重要な作家 ………………………………………… 174
　第四節　文風の革新と「いにしえに恥じるあり」…………………………… 184

第七章　北宋中葉における散文の進展と各派の台頭（上）……………… 189
　第一節　時期の画定と古文の統一、および全体の特徴 …………………… 189
　第二節　欧陽脩期の散文の成果 ……………………………………………… 194
　第三節　各派が共生する多元的複合体：欧・蘇古文派 …………………… 200
　第四節　一代の文章の宗師、欧陽脩の歴史的貢献 ………………………… 205

第八章　北宋中葉における散文の進展と各派の台頭（下）……………… 217
　第一節　文章派、経述派および議論派 ……………………………………… 217
　　一、文章派 …………………………………………………………………… 217
　　二、経述派 …………………………………………………………………… 218
　　三、議論派 …………………………………………………………………… 220
　第二節　蘇門派、太学派および道学派 ……………………………………… 222
　　一、蘇門派 …………………………………………………………………… 222
　　二、太学派 …………………………………………………………………… 224
　　三、道学派 …………………………………………………………………… 226
　第三節　黄庭堅の散文における芸術的境地 ………………………………… 227
　　一、現存する黄庭堅散文の統計 …………………………………………… 228
　　二、先人の視点から見る黄庭堅の散文 …………………………………… 230
　　三、黄庭堅散文の分類と考察 ……………………………………………… 237
　　四、黄庭堅の散文における芸術的特徴とその人文的精神 ……………… 266

第九章　北宋滅亡前後における文彩派と抗戦派の勃興 …………………… 277
　第一節　「究極華麗」の文彩派 ……………………………………………… 277
　第二節　「文彩第一」李清照の散文 ………………………………………… 278

一、易安（李清照）の現存する散文作品および研究の歴史と現状 …… 279
　　二、心情の叙述、見識の仮託：その着想と趣旨 ……………………… 282
　　三、豊富な内包、深長な寓意：秘められた情報と潜在意識 ………… 288
　　四、臨機応変、奔放不羈：その構成方法とレイアウト ……………… 293
　　五、博学典雅、精緻清婉：その文彩と芸術的風格 …………………… 296
　第三節　「剛直正大、憤慨激昂」の抗戦派 …………………………………… 302

第十章　南宋中興諸派の団結と抗戦の継承 ……………………………………… 305
　第一節　事功派と「文中の虎」陳亮 …………………………………………… 306
　第二節　愛国詞人辛棄疾、その散文の成果 …………………………………… 309
　　一、人格と文の風格との統一：稼軒散文の着想と境地 ……………… 310
　　二、抗戦活動における芸術的結晶：
　　　　稼軒散文の志向性、現実性、社会性 ………………………………… 314
　　三、兵法と文章法の融合：稼軒散文の構造と多層性 ………………… 318
　　四、学識、修養と筆力による造型：稼軒散文の言語とリズム ……… 322
　第三節　理学派と一代の賢哲朱熹の散文創作 ………………………………… 328
　第四節　永嘉派と道学辞章派 …………………………………………………… 331
　　一、永嘉派と葉適 ………………………………………………………… 331
　　二、道学辞章派と真徳秀 ………………………………………………… 333

第十一章　宋代散文の終結と愛国派の絶唱 ……………………………………… 337
　第一節　宋王朝の衰退と散文の衰微 …………………………………………… 337
　第二節　民族愛国派と文天祥の悲憤慷慨 ……………………………………… 338

第十二章　宋代散文におけるジャンルの開拓と創出 …………………………… 345
　第一節　「記」体散文の勃興と新分野の開拓 ………………………………… 345
　第二節　書序の美学的変化と長足の発展 ……………………………………… 353
　第三節　題跋の創出およびその風格と趣 ……………………………………… 358

目　次　　　　　　　　　　v

第四節　文賦の台頭と文芸散文の誕生 ……………………………………… 365
第五節　詩話、随筆の誕生と日記形式の確立 ……………………………… 368
第六節　宋文の様式創出の時代的要因と宋代文人のジャンル意識 …… 373

主要引用文献 …………………………………………………………………… 377
宋代年表 ………………………………………………………………………… 387
あ と が き ……………………………………………………………………… 389
修訂版あとがき ………………………………………………………………… 395
翻訳後記 ………………………………………………………………………… 399

『宋代散文研究』日本語版に寄せて

楊　慶　存

　史上、それぞれの民族が実践を通して作り上げた豊饒な文化は、世界中の人々にとって共有の貴重な精神的財産である。古往今来、異なる国家、異なる民族、異なる地域の文化交流は、一貫して文明の発展を促進し、社会の進歩を推し進める重要な力であり続けた。中国と日本は一衣帯水の地であり、その文化交流の淵源は悠久の彼方にまで遡る。

　二年前、関西大学外国語学部の沈国威教授は、両国の学術交流を推進するため、拙著『宋代散文研究』の翻訳出版を決意された。本書は、著者が1993年から1996年にかけて、復旦大学の博士課程に学んだ際の学位論文であり、ここには私自身の長年にわたる中国古典散文研究の成果と、それに対する思考が集約されている。その間、恩師である王水照先生は、私を温かくご指導くださり、本書の出版にあたっては序文を寄せてくださった。中国の学術界において、本書は系統的に宋代の散文を研究した専門書の嚆矢である。かつて誰も着目しなかった多くの新資料に焦点を当て、いくつかの創意に富む新たな観点と見解を提出した。たとえば、散文の発生とその概念に対する再考察、古典散文の範囲と基準に対する分析と定義、宋代散文の画定と流派の区分に対する確認、散文の実用性と審美の関係に対する弁証法的思考などである。これらの点で、本書は鮮明な学術的独創性を備え、科学的堅実性を体現している。修正を施した後、2002年に人民文学出版社から初版が上梓されると、幸い拙著は斯界の関心を集め、研究論文や学術書にしばしば引用されている。一部の大学では、当該分野を専攻する大学院生の必読書にも名を列ねた。2011年には修訂版が刊行され、2015年には教育部の第七回高等学校哲学社会科学優秀成果の一等賞をいただくという光栄に浴した。

　このようなことを紹介するのは、以下のことを伝えんがためである。沈

国威教授が『宋代散文研究』の日本語訳出版を決めたことは、その鋭い学術的見識と深く広い文化的教養を反映している。それは原著の学術的価値や文化的意義、および翻訳者の文化的背景や翻訳レベル、そのすべてが国家哲学社会科学計画審査部門の専門家による厳格な審査を経て、数多の申請プロジェクトから選び抜かれたからだけではなく、中国学術書外国語翻訳プロジェクトのなかでも、とくに本書の翻訳は難度がきわめて高いゆえである。本書には大量の古典文献が引用されている。これらは文字の確定が困難であるばかりか、内容も理解しづらく、古代の大量かつ複雑な歴史文化と法令制度にも関連し、入り組んだ重大事件と人間関係、さらには数多くの把捉しがたい深い文化的背景をも含んでいる。幸い沈国威教授は、近代の中日文化交流と言語接触研究における高名な学者であり、その著『近代日中語彙交流史』（笠間書院、1994）、『近代中日語彙交流研究』（中華書局、2010）などは、当該分野の必読書となっている。その沈教授が『宋代散文研究』の翻訳を決意されたのは、確乎たる学術的自信の表れであり、これは著者と読者、双方にとっても大変幸運なことである。また、北京外国語大学全球史研究院院長の李雪涛教授も、この度の翻訳において様々な面からの助力を惜しまれなかった。翻訳の過程では、沈教授率いる翻訳チームと何度も電子メールを取り交わした。私はその真摯厳格な翻訳姿勢に深く感じ入った。原著の引用文は逐一典拠に当たり、時には拙著の過誤を指摘してくれたことさえある。

　世界における文明の発展という歴史的過程において、日本は外来文化の学習と吸収に優れた先進的なモデルである。学部と修士課程での研究期間、私は日本の発展史に目を通し、中国古典文化研究で著名な鈴木虎雄、青木正児、吉川幸次郎などの著述も精読した。そして博士課程在学中、王水照教授は、東京大学での長期の招聘講義期間中に身をもって感じられたという、日本国内での中国文化の伝播と影響について何度もお話しくださり、中国文化研究に関する日本学術界の多くの優秀な成果や、日本文化の発展とその特徴などについても紹介してくださった。そのすべては印象深く、方法論の面で大いに啓発された。とりわけ王先生が日本で収集した文献を

　　　　　　『宋代散文研究』日本語版に寄せて　　　　　　ix

元に主編翻訳し、先後して出版された『日本文話三種』、『日本学者中国文章学論著選』などの著作は、役得で先んじて読めることを歓びとしただけでなく、人類の文化交流における相互促進作用について思考をめぐらせるよう私を導いてくれた。

　散文とは、人類の文化を載せる大切な器、あるいは親しまれてきた文学形式であり、実生活における人々の理性が昇華したもの、あるいは互いに感情を通わせた知恵の結晶である。世界各国の散文にはそれぞれに特徴がある。中国の散文には悠久の歴史、広範な内容、深遠な思想だけでなく、多様な形式、精美な芸術性、そして強大な影響力がある。とりわけ中国古代文化の発展史上、散文は最も高く、最も尊い「正統」の地位にあり、「経国の大業、不朽の盛事」との誉れが高い。宋代は中国古典散文発展の頂点であり、「唐宋八大家」のうち六人を宋代の人物が占める。宋代の散文創作は人を基本とし、実際に立脚し、生活に寄り添いながら、同時に社会を反映し、時代を体現している。あるいは言葉や人を記し、事実や道理を説き、またあるいは風景や心情を写し、聖賢の道を伝え心を純正にする。それは大きくは宇宙空間、社会と人生、天下の太平に関わる哲学的思考と理論的研究であり、小さくは庭園や家屋、山水や草木から引き起こされる連想や繊細な感情までをも含む。そして同時に、「経世致用（治世に役立ち）」、「泄導人情（人の情を滞らせず）」、「務為有補於世（つとめて世の助けとなる）」ことを基本として、着想、教養、見識に重きを置き、学術を追求し、理論を刷新し、社会を育成し、文明を伝承することで、中国の古典散文作品は深い思想性と強い文献性を有している。それは、社会と人々の生活に関心を寄せ、国家の発展のあり方を模索する点で、「憂以天下、楽以天下（天下と共に憂い、天下と共に楽しむ）」境地である。緻密な構成、優れた独創性、新奇かつ絶妙な思想や言葉、深奥に込められた情趣、いずれをとってもその芸術的手腕に感嘆しないものはない。沈国威教授および翻訳チームによる日本語版『宋代散文研究』を読まれたなら、読者のみなさまにもきっと共感していただけるはずである。

　『詩経』「小雅・伐木」には、「嚶として其れ鳴く、其の友を求むる声あ

り」、『周易』「乾」には、「同声相応じ、同気相求む」とある。自然界であれ人類社会であれ、双方の友好的な交流こそ、相互理解を深め、和合和諧を育み、生気溌剌たる場面を生み出す大切な推進力である。鸞と鳳の相和する鳴き声、それは優美で人を惹きつけ、情趣にあふれている。文をもって友と会し、互いに切磋琢磨する、それは友情を深め、学術を進歩させることにほかならない。関西大学の沈国威教授によって、拙著『宋代散文研究』の日本語版が刊行される。これは、両国の学術交流にまた一つの場を提供することである。ただ、遺憾ながら、原著の構成と内容には、なお多くの補足、修正すべき余地がある。むろん、その責は私自身が負うべきであることを、読者のみなさまにお断りしておきたい。

　日本語版の出版にあたり、読者へ一筆を寄せ、もって序としたい旨、沈教授から承った。筆に任せて書き連ねたことを諒とされたい。

楊慶存　2016年6月1日払暁

序

王 水 照

　中国文学は、その発生期からすでに西洋文学と異なる特徴を呈している。文学の形式について言うならば、中国文学の正統として主流を占めるのは詩と文であり、元明清以降、戯曲と小説がようやく文学の殿堂に流れ込んだ。かたや西洋文学における戯曲と小説は、一貫して最も重要な領域であり続けた。先秦時代の歴史散文と諸子散文、および『詩経』と『楚辞』に代表される詩騒の伝統は、あたかも対峙して聳える二座の峰の如く、交わることのない二本の大河の如く、中国文学が歴史的に歩む道を切り拓き、そして決定づけた。しかし、創作に向き合う文人の心の中では、「文」は、あるいは「詩」より重みがあったのかもしれない。吉川幸次郎の名篇「中国文章論」の冒頭には、その大要が以下の如く開陳される。「中国人の意識に於きましては、文章の生活、すなわち言語文字の表現せんとするものを言語文字に表現するといういとなみは、人間のいとなむ諸生活のうち、最も重要なもの、といっていいすぎならば、最も重要なものの一つとして意識されて来たようであります。そうしてその結果、文章こそは人格のもっとも直接な象徴として、中国人の生活、少くともその過去の生活に於きましては、甚だ重要な位置を占めました」。文を作る、それは中国文人の生存様式であり、文人の文人たる証であり、また文人の思想、感情、智恵、人格の最も直截的な表徴である。そうして、世に誇るべき豊富な遺産が残された。しかし、中国古典文学研究の現状を俯瞰するに、散文研究は最も立ち後れた分野のひとつである。この明らかな偏向は、有識者のつとに指摘するところであり、『文学遺産』1988年第4期では「古代散文研究特集」が組まれ、散文研究が呼びかけられたと記憶している。このようなことは当該誌では滅多になく、編集者の見識と料簡には頭が下がる思いであった。その後、散文研究の状況はいくらか改善を見たものの、抜本的な変化はな

かったように見受けられる。

　その原因に思いを致すと、ことは決して単純ではない。まず伝統的な学問分野の一部として、古典散文研究は、近代的転向という課題に向き合う必要がある。それは、近代的叙述によって如何に伝統を継承し、更新するのか、とも言い換えられよう。さらには世界の文学と関連づけ、対話をすることで、伝統を活性化する確実な方法を探し求めねばならない。しかし、中国古典散文研究にとって、これらは困難と困惑、そして挑戦に満ちたことであった。

　まずは百年前の五四新文化運動の影響である。五四では、「孔子批判（打倒孔家店）」、「古文を廃棄せよ（桐城謬種、選学妖孽）」というスローガンが掲げられ、白話と文言の激しい対立により、伝統的な古文が近代化へと進む可能性はほぼ断ち切られた。また一方では、徐々に浸透してきた西洋の文学観が、理論面から古文の文学的地位を揺るがした。詩歌、戯曲、小説を分析する術語と鑑賞方法は、そのまま西洋の文学理論から取り入れることが可能である。しかし、文学的要素と非文学的要素を持ち合わせた中国の古典散文は、西洋の文学やその理論と直接対話し、単純に比較対照することができない。つまり、文学という基準から古文を研究することが、殆ど発言権のない状態に陥っていたのである。古文はいまもなお現代的価値を有するのか、古文の本質は畢竟どのように位置づけられるべきなのか、これらは古典散文研究を盛り上げていく上で、必ずや解決せねばならない二つの難題である。幸いなことに、五四新文化運動に対する反省はすでに進められている。中国近代史におけるこの偉大な愛国革命運動が、青史に光り輝き続けるであろうことは疑う余地もないが、実は同時に歴史の重荷にもなっている。文言と白話の衝突とは、実質的には新旧文化の衝突である。伝統的な古文の創作と理論面での評価も、すべてこの新旧の衝突と関連する。新文化運動の発祥の地、北京大学では、林紓の「春覚斎論文」、姚永朴の『文学研究法』、劉師培の『漢魏六朝専家文研究』が、いずれも北京大学の講義録、あるいは教材として世に問われた。これらは、後に同じく北京大学で教鞭を執った陳独秀、胡適、銭玄同らにとって、まさしく「桐

城謬種」「選学妖孽」という古い文章そのものであった。そして林紓は自覚的に、新文化運動の敵として立ち現れたのである。幾たびかの論戦を経て、林紓らは白旗を上げるに至った。彼らが敗れたことは、それが歴史の結論である以上、これを覆すこともできないし、またそうする必要もない。しかし、このために林紓らの文章評論の著作は不当に低く評価され、その影響がすべての中国古典散文にまで及んだ。この点は、それ以後に出版された中国文学史の著書において明らかに認められる。とはいえ、学術史の事実は我々に次のことを物語る。中国の文章評論の著作はまさに五四運動前後に高まりを見せ、およそ三十種の多きに達したのである。たとえば呉曾祺の『涵芬楼文談』、陳衍の『石遺室論文』、王葆心の『古文辞通義』、唐文治の『国文経緯貫通大義』、来裕恂の『漢文典』、徐昂の『文談』、胡朴安の『歴代文章論略』、諸博誥の『石橋文論』、劉咸炘の『文学述林』などである。いずれも中国の文章評論発展史上、価値ある成果ではあるが、ただ、これらに関する優れた論著を目にすることはない。一部の学者は、彼らの著作は文化の上で過去を代表するもので、王国維のように未来を導き示すものではないと言う。そのような見解も道理なしとしないが、文化の保守と革新とは、往々にして截然と区別できるものではない。たとえば林紓の二つの大きな文化業績、すなわち西洋の小説を数多く紹介したことと、「力を尽くして古文の命脈を守る」(「送大学文科畢業諸学生序」)ことの間に、果たして截然たる新旧の別があるのか、相互に些かも通じるところがないと言い切れるのか。中国近現代文学のために世界への窓口を開けたのは「林訳小説」である。実のところ、これは西洋の小説が「至る所に中国の古典を取り入れている（処処均得古文文法）」ことを証明するためのものであった。新と旧とは、時として互いに相反しながらも互いを成立させ合うのである。また、王国維が詞に関する研究で「境界」(芸術的な境地)説を唱えたことは、新しい文学、美学の観点を備えていると評価されるが、林紓も古文研究の中で、「意境」(芸術的な含みと境地)は「文章の母(文之母)」、すなわち文章の芸術的核心であるという見解を示している。両者には、相呼応し相通じるものがある。如上の例から明らかなように、中国の伝統的

な文章評論の中には、「新学」と対話する広い空間が存在しているのである。

　案ずるに、当面の急務は、近代文学と美学の研究成果を丁寧に取り入れ、豊富な伝統的文章評論資料の概念を全面的に整理し、それぞれを分類し、方法論的に体系づけた上で、そこに内在する独特な関連性を見つけ出して、「中国古典散文美学」を構築するリソースとすることであろう。これにはまた中国の古典散文作品について深く、かつ適切な考察を行い、古人が心血を注いで生み出した結晶から、その精華を掘り起こす必要がある。虚心坦懐に言って、古文とは民族文化の特色を最もよく備えた媒体である。その創作と理論に関する研究が同時に推し進められ、互いに説明、立証し合うことができれば、中国古典散文美学には魅力的な未来が広がり、また現在の人文科学の諸学科、ないしは文化の発展に対しても、軽視できない役割を果たすであろう。

　まさにこの意味において、わたしは楊慶存君の『宋代散文研究』出版に大いなる喜びを感じている。一時代、一文体に焦点を当てた本書は、長きにわたる研究の空白を埋めると同時に、詞を重んじて詩を軽んじ、文章をさらに軽視する研究傾向を打破して全面的な研究に踏み込んだ、初めての宋代文学研究に関する著作である。そればかりか、古典散文研究において意識的に新たな知識と伝統的知見とを結合させるという方法を実践した、斬新な研究書でもある。著者はこの研究における難点と問題点を十分に理解しつつ、困難に敢えて立ち向かい、新機軸を打ち出して真実を求める勇気を、また新しい学問分野を確立せんとする気概を、ここに体現したのである。

　著者は学術に内在する論理性に従い、全書の構成を考えた。まず総論としての初めの二章で本研究の位置づけを行い、「散文」という概念の性質と研究範囲、および散文という形式そのものが持つ根本的な属性の問題について、重点的に検討した。高い見地に立ち、広い視野から、本書を高度な学術的水準に引き上げるため尽力し、全体の趣旨に関わる論述を展開している。続いて宋代の散文を具体的に考察する。これが本書の中心と重点で

あり、著者は通時的考察と共時的分析を結びつけ、着実に論考を進める。一面では、宋代散文のそれぞれの段階における演変とその軌跡を整理して、流派の差異を分析し、さらには重要な散文作家の個々の作品について、その特徴や完成度を丁寧に品評した。つまり、点と線と面から分析を加え、その叙述は理路整然としており、まさに歴史と論理が渾然一体に結びついたと言える。また一面では、宋代散文のケーススタディーにも力を入れた。たとえば、中国散文史における宋代散文の位置づけ、宋代散文の隆盛とその経緯、宋代の文の形式などについて、いずれも精緻を極めた叙述と分析をもって、宋代の文章に関する研究を推し進めたと言えよう。

　本書は『宋代散文研究』と題するが、宋代散文という枠組みを超え、散文一般に通ずる理論的研究成果を挙げている。この点が斯界の関心を集めた。たとえば、「散文の発生は詩に遅れるものではない」という指摘や、「散文」の概念は「西洋に淵源する」、ないし「羅大経にはじまる」のではなく、周必大や朱熹、呂祖謙らによって打ち立てられたのであるといった主張、また、音楽によって詩と文を区別すべきで、それによれば賦と駢文は散文に属するという考えは、いずれも示唆に富む独自の見解である。これらの見解を主張した論文は、『中国社会科学』や『文学遺産』に発表された際、早くも広範な研究者によって注目され、『文学遺産』で優秀論文賞に選ばれたものもある。伝統学術に関する著者の知識は豊富であり、その上で西洋の新しい文学理論もよく取り入れた。そうして提出された著者の見解ではあるが、なお議論する余地がないわけではない。ただ、それこそ学術研究における「真の問題」であることは認めるべきであろう。「真の問題」を提出する、それ自体すでに賞賛に値するというものである。

　わたしが初めて楊君と知り合ったのは、一九九〇年十一月、江西省上饒で開催された「愛国詞人辛棄疾生誕八五〇周年記念シンポジウム」においてである。会議に提出された論文は、その殆どが辛棄疾の詞に関するものであり、その中で彼が提出した「稼軒散文芸術論」は異彩を放っていた。辛棄疾の現存する散文は十七篇と多くないが、楊君はこれを深く掘り下げ、微に入り細を穿ってその特色を捉え、「散文名手」辛棄疾の地位を確立し

た。三年後、復旦大学の博士課程に進学し、わたしの受業生となった。彼は「宋代散文研究」をテーマに定めると、一九九六年、課程のうちに学位論文を完成させ、首尾よく試問にも通過し、広く好評を博した。さらに四、五年の歳月をかけてこれに加筆修正を施し、ついに完成したのが、いま我々の眼前にある本書である。楊君は復旦大学を離れてから行政の仕事に就き、多忙な公務の合間を縫って研究を続けているが、その苦労は察するに余りある。宋代の優れた文士は、たいてい役人、学者、文人の数役をこなしていた。とりわけ楊君が情熱を傾けて研究した欧陽脩と蘇軾は、その典型である。楊君が本職の仕事を立派に完遂すると同時に、研究においても初志を貫き、さらなる発展を成し遂げることを祈念してやまない。

二〇〇二年三月二十八日

はじめに

　中国の古代文化は数千年の変遷と発展を経て、北宋・南宋の時代に隆盛を極めた。宋の人々は文化の各分野や様々なレベルで、ほとんど空前絶後ともいえる成果を生み出している。そのため、他を圧倒する水準にある宋代の散文は「漢唐に匹敵してその上に出る」[1]、「周秦を越えて」「前古に冠たる」ものとして[2]、卓越した業績が燦然と輝き、世の称賛を浴びている。その功績は後世の学者や数多くの散文の作者に直接の恵みを施しただけでなく、海外にも伝わって漢学に彩りを添え、無数の名篇名文が世界文学上の財産となって、衰えを知ることなく伝えられ、芸術界に眩しい光を投げかけている。だが、様々な理由により、学術界における宋代の散文に関する研究は、いまなお著しく貧弱な状況にある。これに鑑み、筆者は、発祥と流派を弁別し、中国古典散文研究の理論に関する諸問題を整理した上で、広い視野に立ち、宋代散文の独特な発展状況、および流派の伝承と普及について全面的な考察を試みたい。また、宋代散文の発展過程における他の文化的要素との関連性、相互作用および社会的反応を複眼的に観察し、それによって、その発展の規則的な特徴について検討を加えることとする。このような作業は、民族の優れた文化を発揚すると同時に、現代文学の発展と新たな文化の樹立のために知見を提供するものである。

　1　宋・陸游「尤延之尚書哀辞」、『陸放翁全集』巻四一、北京市中国書店　1981年影印本258頁。
　2　宋・許開「五百家播芳大全文粹序」、影印『四庫全書』第1352冊。

第一章　散文の発生と概念についての新考

　散文の発生とその概念、これは散文研究において、速やかに深く掘り下げて検討すべき大きな問題である。長年にわたり、「散文の誕生は詩歌より遅れる」、「散文という概念は西洋を起源とする」、「散文は南宋の羅大経にはじまる」などの諸説が学界に広く流布し、大きな影響を及ぼしてきた。しかし、よくよく思慮をめぐらしてみると、疑問を挟まざるを得ず、困惑、戸惑いを覚えさせられる。筆者はここでいま一度論考を行い、客観的かつ公正で、事実に基づいた結論を探求し、関連課題に対する研究の深化を促したい。

第一節　文学史研究の悪循環と散文体の原初形態：
散文の誕生は詩に遅れず

　世界の文学史研究では、長年にわたって多くの文学史研究者が、散文は詩歌の後に誕生したもので、詩歌こそもっとも早く発生した文学形式であるとしている。この考え方は中国でもきわめて一般的で、異議が唱えられたことすらない。中国における近代以降の文学史著述でこの問題に言及しているものは、ほぼ例外なくこの定説を規範のごとく遵守しており、さながら金科玉条と化して、切り崩せない牙城のようである。1949年、新中国が成立してから刊行された大きな影響力を持つ中国文学史の著述も、この学説を堅く信じて疑わなかった。以下にその一例を挙げる。

　　散文は詩歌よりやや後に発生する。それは言語と論理的思考がいっそうの発展を遂げた結果であり、文字はその必要条件であった。詩歌は文字の誕生以前にすでに存在したが、散文は文字の誕生後に生まれ

たのである。[1]

　同書の第三章第一節でも、殷商から春秋時代までの散文に言及するにあたって、再度「散文は文字の発明以降に誕生したものである」[2]と述べている。また、南京大学をはじめとする13大学の共同編纂による『中国文学史』でも、「原始社会の詩歌は人類最古の文学様式である」[3]とし、寧大年主編の高等師範専科学校教材『中国文学史』にも、「労働歌は最初に出現した文学形式である」、「散文はもっとも実用性の高い文学形式であり、文字の発明よりも後に生まれた」とある[4]。さらに、王文生主編の高等教育独学試験・中国言語文学専攻図書『中国文学史』では、「原始社会でもっとも早く誕生した文学形式は詩歌である」、「多くの文学形式の発生史では、詩歌の誕生がもっとも早い」、「文学芸術の起源は詩歌が先であり、散文の誕生は詩歌より遅れる」、「文字以前から詩歌は存在し、散文の誕生は間違いなく文字の誕生以降である」と、再三にわたって強調している[5]。劉大傑も『中国文学発展史』において、「文学の領域では、歌謡の誕生がもっとも早く、文字の誕生以前に歌謡はすでに存在した」[6]と述べている。その他これに類するものでは同様の記述が繰り返され、枚挙に暇がない。これらの著述は、見方が同じであるだけでなく、言葉遣いまでもが酷似している。

　中国社会科学院文学研究所編纂の『中国文学史』は、詩、文の発生順序に関して、かなり慎重な書き方をしている。あるいは故意に避けているのか、詩歌の出現が散文よりも早いという明確な記述は存在しない。しかし、章立てやその筆致から、依然としてそのような観点が認められる。同書の封建社会以前の文学に関する第一章第一節「中国の原始社会における文化と文学芸術の起源」では「口頭歌謡」が強調され、第二章「書記文学の萌

1　游国恩ら五教授編著『中国文学史』、人民文学出版社 1963年版第1冊18頁。
2　同上43頁。
3　同書編著班『中国文学史』上、江西人民出版社 1979年版7頁。
4　寧大年主編『中国文学史』、北京師範大学出版社 1990年版1頁、25頁。
5　王文生主編『中国文学史』、高等教育出版社 1989年版15頁、17頁。
6　劉大傑著『中国文学発展史』、上海人民出版社 1973年版第1冊1頁。

第一章　散文の発生と概念についての新考

芽と散文のはじまり」では、『尚書』を最初の散文集であるとしている。全体としては、詩歌の出現は散文に先んず、詩の原初形態は口頭での創作である、散文は文字が出現するまで存在しなかったとの印象を、やはり読者に与えている。

　また、詩歌は散文よりも早く出現した、あるいは散文は詩歌より後に出現したとする観点は、専門的な書物以外でもかなり広く紹介されてきた。たとえば、呉調公教授の『文学分類の基本常識』では「詩歌は最初に現れた文体である」[7]とし、趙潤峰の『文学知識大観』では、詩歌を「各種文学形式のなかでもっとも早く現れた」[8]としている。また、台湾で出版された『中華文化百科全書』（黎明文化事業社）第十巻にも「最初の文学は詩歌である」とある。いずれも散文は詩歌の後に生まれたという立場を取っている。散文が詩歌より後に生まれたとする説は、かくも広く多数の著述に見られ、多くの文学史家や学者に受け入れられ、踏襲され、伝播されている。その合理性、正確性は一見疑いようのないものに見える。しかし、先入観に捉われず、改めて文学の発生学的見地から冷静かつ客観的、歴史的、論理的に思量した上でこの観点を再検討するならば、そこに疑問を挟まざるを得ない。旧ソ連の著名な文学理論家であるカーガンは、その著『芸術形態学』のなかで次のように指摘している。

　　詩歌が散文に先立って生まれたというのは、揺るぎようのない歴史的事実である。しかしながら、これは奇妙で、信ずるに足りないようにも思われる。原始人は私や諸君と同様、日常生活では散文で話をしていたからだ。彼らはなぜ簡便で、かくも自然に運用できる散文の言語を捨て、芸術的な目的のために、それよりもはるかに言語構造が複雑な詩歌を編み出すようになったのだろうか。[9]

7　呉調公『文学分類的基本常識』、長江文芸出版社 1982年版17頁。
8　趙潤峰『文学知識大観』、時代文芸出版社 1989年版93頁。
9　［ロ］カーガン著、凌継堯、金亜娜訳『芸術形態学』、三聯書店 1986年12月版400頁。

残念ながらカーガンは疑問を呈しただけで、踏み込んだ検討を行って論述を展開することはなかったが、研究者にとっては十分に省みるに値する。
　「散文の誕生は詩歌より遅れる」とする説に立つ者は、「文字のない頃からすでに詩歌は存在し、散文は文字の誕生より後に生まれたものである」と主張する。一見、理にかなっているようであるが、このような論断は詳しく検討すれば決して合理的ではない。実際のところ、客観的事実との整合性が取れず、論理的常識に背き、客観性、公正性、厳密性、正確性に欠けている。おおまかには、以下の三つの誤りが存在する。一つ目は、口頭での創作と書面上の創作の別を混同してしまっていること。二つ目は、口頭における散文創作という原初形態を無視していること。三つ目は、詩歌、散文の発生を判断するための基準が統一されておらず、詩については口頭での創作を根拠とし、文については文字での創作を基準としていることである。
　散文と詩歌はいずれも文学に属するものである。文学とは「すなわち人類の言語」[10]であり、人類の言語による芸術である。文学は言語の誕生とともに発生し、人類文明の進歩とともに発展してきた。つまり、人類は言語を獲得すると同時に、文学をも手にしたのである。いわゆる「文学芸術は文字の誕生以降に生まれたものではなく、文字が発明されるよりはるかに昔から誕生していた」[11]とする見方は、もはや学術界の常識である。そのため、文学の誕生は必ずしも文字の出現を前提としない。他国の文学と同様、「中国文学は文字の誕生以前に生まれていた」[12]のである。文字が生まれるより前の文学は、当然ながら口頭によって創作され、口頭によって伝えられるしかない。ヘーゲルは文字以前の文学を「前芸術」と称したが、我々はひとまずそれを文学の「原初形態」と呼んでおく。人類は文字を手にした後に書き言葉を手に入れた。言語における口頭と書面という区分とともに、文学には口頭とテクストという区別が生まれた。文学の発生、各種文

10　[ロ] G. N. ポスペロフ著、王忠琪等訳『文学原理』、三聯書店 1985年版345頁。
11　游国恩ら五教授編著『中国文学史』、第1冊4頁。
12　『中国大百科全書』（文学巻）、「中国文学」の項。

体の起源を検討するには、必然的に統一基準と前提条件が用いられることになる。時代の統一性と表現形態（口頭か文字か）の統一性がきわめて重要なのである。論理的方法によって「前芸術」時代の状況に遡及するか、歴史的方法によって後世に伝わっているテクストの前後関係を判別するかということになるが、「散文の誕生は詩歌より遅れる」とする説はまさにこの原則に背いている。詩歌の誕生を検討するにあたっては、口頭で創作された時代の起源を探し求めようとし、その一方で、散文の発生を探る際には、文字誕生以降のテクスト資料を根拠にするのでは、結論はどうしても誤ったものになる。アレクサンドル・ヴェセロフスキーの『歴史詩学』第一章「古代詩歌の混合性と文学の各種分化の開始」について、ロシアの文学理論家、G・N・ポスペロフは、その著『文学原理』の第十章「文学の形式」で、「韻律を持つ口頭の歌謡作品だけを、自己の観察の対象と結論を下す際の根拠にしており、古代口頭の散文作品（神話、民話、民間伝説等）への言及は意図的に避けている」[13]と批判しているが、「散文の誕生は詩歌より遅れる」という説の擁護者は、まさにアレクサンドル・ヴェセロフスキーと同じ論法を用いているのである。

　すなわち、文学様式の起源を探究するにあたっては、文学芸術の発展の原始時期に遡らねばならず、先人による口頭創作を出発点として、人類の言語の誕生から着手せねばならないのであり、文字の出現を拠り所とするべきではない。魯迅は次のように指摘している。

　　人類は、文字のない前に創作をした。惜しいことに誰も記録しなかったし、記録する方法もなかった。我々の祖先の原始人は、元来、言葉さえも話せなかった。共同して働くためには、意見を伝達する必要があったので、しだいに複雑な音声を練習して言いはじめた。たとえば、当時、人々は材木をかついで、骨の折れる仕事だと感じたが、その表現方法は思いつかなかった。そのなかに、「エイヤドッコイ、エイ

13　『文学原理』、三聯書店 1985年版301頁。

ヤドッコイ」と叫ぶ者が一人いた。では、それが創作である。人々も敬服し、応用したであろう。それが、出版に当たる。もし、何か記号を使用してのこしておくなら、それが文学である。[14]

　広く知られたこの一節は、詩歌の誕生を語る際に常用される。しかし、魯迅がここで語っているのは口頭での創作であり、文学の誕生は、詩歌のみを指すものではない。注目すべきは、魯迅がここで『呂氏春秋』「謡詞」（今挙大木者、前呼輿邪、後亦応之「いま大木を挙げる者、先に輿邪と叫べば、後もこれに応じる」）と『淮南子』「道応訓」（今挙大木者、前呼邪許、後亦応之、此挙重勧力之歌也「いま大木を挙げる者、先に邪許と叫べば、後もこれに応じる。重い物を持ち上げる時に力を込める掛け声である」）といった素材を活用している点である。人類の言語の誕生と文学の発生を緊密に結びつけており、文字の誕生を境界とはしていない。その基本的な観点は、「口頭創作起源」説とでも呼ぶべきであろう。

　マルクスは人類の言語の誕生について語るにあたり、「言語とは、実践的な、他の人間のために存在し、またそのためだけに自分自身のためにも存在する、現実的な意識である。言語は意識と同様、ただ必要性から、他者との交流という切実な必要から生まれたものである」[15]と指摘した。つまり、人類の言語の誕生は、人類の交流、意思疎通という必要に基づくものである。あらゆる事物の発生と発展は、単純なものから徐々に複雑なものへと移り変わる。言語も例外ではなく、初期の言語はきわめて単純、率直、自然かつ実用的なものであった。これらの要素のほとんどが、後の文字による散文には残されている。魯迅先生の「口頭創作起源」説によれば、人類の始祖が相互に意思疎通する際に使用した言語も一種の創作であり、一種の文学の発表であった。ならば、これらの言語を散文の原初形態と見なすことができよう。米国の学者フランツ・ボアズは、「プリミティヴな芸術的

14　魯迅『魯迅全集 8』「且介亭雑文・門外文談」、人民文学出版社 1973年版76頁。今村与志雄訳（学習研究社、1984年）111頁による。
15　マルクス『徳意志意識形態』、マルクス著作編訳局訳、人民出版社 1981年版。

第一章　散文の発生と概念についての新考

な散文には、二つの重要な形式、すなわち、物語*narative*と弁論*oratory*がある。近代の散文の形式のほとんどの部分が、散文は読まれるのであって話されるのではないという事実から大きな影響を受けてしまっているが、プリミティヴな散文は口頭での弁舌のわざに基づいて」[16]いると指摘する。物語と弁論という分類の合理性については検討の余地も残るであろうが、おおむね本質に近く、論理に合致するものである。

　要するに、文字のなかった頃から「口頭文学」が存在したのである。そして、人類が社会で実践していた具体的な人付き合いのなかでは、動作の協力、考え方の交流、あるいは物語や出来事の描写など、すべてが素朴かつ自然、単純で簡略化された直接的な方法を用いていた。これこそが「口頭散文」であり、散文の原初形態なのである。この散文の原初形態の出現は、決して口頭で創作された詩歌に遅れて出現したものではないと断言できる。「散文の誕生は詩歌より遅れる」とする説を取る者は、まさにこの散文の原初形態を疎かにし、散文の発生を文字の出現以降にまで遅らせ、それゆえに到底納得しかねる結論に立ち至っている。仮に文字の出現を前提とするにしても、現存するテクストによってのみ論じれば、中国最古の詩集『詩経』に収録される作品は「西周初期から春秋中期」[17]のものであり、最古の作品は紀元前11世紀頃の作品である。一方、中国最古の散文集である『尚書』には虞、夏、殷、周における歴代の典、謨、訓、誥、誓、命など、上古時代の文字資料が記載されており、最古の作品である「虞書」は、『詩経』に収録される最初の作品から1000年近く遡る紀元前21世紀頃に出現している。このことからも、「散文の誕生は詩歌より遅れる」とする説が、テクスト研究において成立しがたいのは明らかである。「アメリカ文学では、散文は言語が情報を伝達するための基本的な媒介であり、もっとも早く、もっとも広く用いられた形式である」[18]という指摘をする研究者もあ

16　フランツ・ボアズ（Franz Boas）『プリミティヴアート』、大村敬一訳（言叢社、2011年）363頁による。
17　遊国恩ら五教授編著『中国文学史』。
18　銭満素編『我有一個夢想』「前言」、中国社会科学院出版社 1993年版。

るが、これは何もアメリカ文学に限ったことではない。

　文学発生の初期段階が口頭での創作であるという特殊性から、我々はもはや歴史的実証という方法で文学の原初形態における各種文体の発生状況を研究することはできない。しかし、論理的な推理によって検討することは許されよう。「散文の誕生は詩歌より遅れる」とする説を「詩歌の誕生は散文より遅れる」とする説に変える必要はないが、「散文の誕生は詩歌より遅れる」とする説の非合理性は指摘し、現在に至るまで学術界に広く流布している誤りを正さなければならない。少なくとも研究者には、散文は決して詩歌より後に発生したわけではないこと、詩歌と同じく、中国ないしは世界の文学において、もっとも早くに生まれた文学形式の一つであることを知らしめるべきであろう。

　「散文の誕生は詩歌より遅れる」との立場を取る者が、なぜ文字の出現を散文誕生における最優先条件としているのか、これも解き明かしておくべき問題である。案ずるに、これは「散文」という概念の理解と無関係ではなかろう。古代中国では「散文」と「駢文」が対比され、二種類の文体の概念として、主に両者の語句構造による表現形態を概括、ないし区分してきた。前者はそれぞれの語が単独に散在する文字であり、後者はそれぞれの語が対をなす二句において呼応する文である。そのため、「散文」の「文」は「文字」の「文」として理解されたのであろう。それならば、「散文の誕生は文字が生まれた後であるはずだ」とする説が現れたのも不思議ではない。

　しかしながら、文体の概念としての「散文」には、多層的な特徴が備わっている。「駢文」と対比した場合は如上の理解で問題なかろうが、学術界には「文」を「文字」と解釈し、「文学とは、文字があってそれを竹帛に著すので、これを「文」という、……それゆえに、文学を論じるには、文字をもって基準とする」[19]と述べる清代の章炳麟のごとき人物も存在する。このようなテクストによる文学観が一派をなしているが、文体の概念として

19　章炳麟著『国故論衡』「文学総論」、『章氏叢書』中巻所収、浙江図書館。

の「散文」が詩歌と対比されるときには、そこに広義性があるゆえに、「散文」の「文」はそれのみで「文字」の「文」と理解してはならない。口頭文学における散文には文字の有無という問題は存在しないのである。

第二節　錯綜する内包と似て非なる来源：
「散文」概念分析および淵源新考

　「散文」という概念の内包と来源は、散文研究においてこれまで整理されておらず、多くの論争が存在する問題である。学術界における意見の分裂によって、散文の概念の内包と外延が複雑に錯綜しており、来源も一見正しいようでその実は誤っており、散文の研究範囲とテクストの明確な線引きに直接的な影響を及ぼしている。思うに、散文という概念の推移と来源を明確にすることは、概念の内包と外延を正確に把握し、その時代性、地域性および変化といった諸々の特徴を理解し、研究対象となるテクストの範囲を正しく定めるためにきわめて重要であろう。「散文」の意味は、古今東西で異なっている。よって、筆者は現代の研究者が生み出した「中国古典散文」という概念を皮切りに、現在から過去へと遡り、国外へと敷衍させ、各側面を考察し、散文という概念が生まれた軌跡を描き出したいと思う。

　「中国古典散文」は現代人の用いる概念である。文法学的には、「散文」を中心語とした修飾構造のフレーズである。「中国」と「古典」はそれぞれ「散文」の発生した地域と、時代区分を限定している。それにより、「外国古典散文」、「中国現代散文」などの概念とは切り離され、「中国古典散文」はひとまとまりの概念として、世界文化に立脚し古今に通じるという、考察する上での特徴を表している。これは、現代人が古典作品を振り返ることによって生じた新たな概念であり、古典散文作品に対する理性的な総括を有し、加えて現代人の意識を含み、近代の研究者の観念を体現するものである。つまり、「古典散文」とは実質的には現代的意味での「散文」の概念を元に、古典作品を振り返ることで現れた新しい概念なのである。

現代の概念としては、散文は詩歌、戯曲、小説と並んで、文学の四ジャンルのうち重要な文体カテゴリーの一角を占める。「中国古典散文」という概念が意味するものを理解するには、現代の「散文」という概念からはじめる必要がある。そして、現代における「散文」の概念は、中国においても徐々に形成されてきた過程がある。

　現代の「散文」は「美文」、「純散文」、「文学散文」とも呼ばれる。近代の劉半農は、1917年5月号の『新青年』誌上に「私の文学改良観」を発表し、初めて「文学散文」という概念を提唱した。「いわゆる散文とは、文学的散文でもあり、文字の散文ではない」と指摘し、近代における散文の文学性を規定した。周作人は1921年6月8日、『晨報副刊』に「美文」を発表して近代散文の審美性を指摘し、さらに「中国の古文にある序、記、説などは、美文の一種であると言える」と述べて、古典散文と近代散文の美的特質における共通性を明らかにした。

　その後、王統照は1923年6月21日の『晨報副刊』に発表した記事で、「純散文」という概念を提唱し、この種の文章は「景物と事実を書き、文の構造と配置の明瞭さが、読者の心におのずから美感を生じさせる」と指摘した。散文の内容、言葉使い、構成、そして読者の反応などの面から、近代散文の特徴を説明したのである。これらの名称は、いずれも散文の文学性と審美性を強調している。そして、比較的早くから散文を詩歌、戯曲、小説に並ぶものとして論じる文献資料には、傅斯年が1918年12月に発表した「如何にして白話文を書くか」がある[20]。後の王統照「散文の分類」[21]、胡夢華「絮語散文」[22]などは、いずれも傅氏の説を受け入れている。

　20世紀初葉、西洋の文学理論、散文理論が大量に中国に紹介され、さらに二、三十年代にかけては散文創作のブームが起こった。そのため、現代的意味での「散文」という概念が広く使われるようになり、梁実秋は特に

20　傅斯年「怎様写白話文」、『新文学大系・理論建設集』、上海良友図書印刷公司 1935年217頁参照。
21　王統照「散文的分類」、1924年2月21日付け『晨報副刊』。
22　胡夢華「絮語散文」、1926年3月10日付け『小説月報』、第十七巻。

第一章　散文の発生と概念についての新考

「散文を論ず」[23]を著して、「散文」の概念について多角的に詳細な分析を行い、その性質、特徴と要件を指摘した。詩歌、戯曲、小説に様々な形式が存在するのと同様に、現代散文にも叙事散文、抒情散文、ルポルタージュ、エッセイといった形式が含まれる。現代的な意味での「散文」の概念が、中国の古典文学作品研究に適さないことは明らかである。

だが、前近代の文章にも現代の散文にも共通点や類似点は存在し、伝承し発展してきた結節点は存在する。そのため、現代的意味での「散文」の概念を借用し、そこに「古典」の二文字を冠することで、研究の対象——古典散文——を限定し、説明することは、現代の研究者がよく用いる方法であり、それにより「中国古典散文」という概念が成立したのである。

ヘーゲルは『小論理学』で、「概念とは存在と本質の真理である」[24]と指摘している。あらゆる概念は、実在する具体的な事物から抽象化され、その種の事物のもっとも端的な本質的特徴を体現する。「散文」は文学ジャンルの一つとして、やはり必然的にこの芸術形式のなかで発展、成熟し、徐々に一定の相対的規則を形作った後に、人々がこれを集約、総括し、纏めあげて抽象化したものである（この過程は潜在意識的である可能性がある。言語や文字による表現がなく、思考あるいは曖昧な意識のなかにのみ存在する）。現代における散文の概念は、おのずと現代の散文創作での実践と創作理論の発展のなかで少しずつ確立されてきたことになるが、語源学的に言えば、「散文」という概念にはその起源と継承性も含まれる。この点を押さえておくのは、「散文」に内包された多面性の正確な理解にとって非常に重要である。

中国の学術界には、「散文」という概念の発生に対する語源学的な視点からの考察として、おおむね次の二つの代表的な見解が存在する。一つは西洋に端を発するという説、もう一つは南宋後期の羅大経の『鶴林玉露』に始まるという説である。前者は郁達夫の『中国新文学大系・散文二集』「導

23　梁実秋「論散文」、1928年10月10日付け『新月』、第一巻第8号。
24　ヘーゲル著、賀麟訳『小論理学』、商務印書館 1981年版324頁。

言」を代表とし、後者は商務印書館の『辞源』を代表とする。実際のところ、両説はいずれも正確性を欠いており、むしろ誤りであるとさえ言えるであろう。

郁達夫は次のように述べている。

> 中国では、古来より文章は一貫して散文を主な文体としており、……文章といえば散文を指すことから、中国にはずっと「散文」という名称が存在しなかった。私の臆断が正しければ、いま私たちが使用している「散文」という言葉は、やはり西洋の文化が東洋に伝来してからの産物であるか、完全に翻訳であるのかもしれない。[25]

郁氏の「臆断」はまったくの誤りであり、「完全に翻訳である」という推測にも根拠はない。西洋の言語について関連部分を調べたり、中国の古典を考察してみれば、問題がすぐに浮かび上がってくる。

英語の "poetry"(詩歌)、"theatre"(戯曲)、"novel"(小説)など、西洋の言語には中国語の詩歌、戯曲、小説にそれぞれ対応する語彙が存在するが、中国語の「散文」に対応する語だけが存在しない。そのため、『ブリタニカ百科事典』には "prosepoem"(散文詩)という項目はあっても、「散文」という項目はない。中国語の関連する翻訳書はほとんどが "prose" あるいは "essay" を「散文」と訳しているが、この二種類の英単語の意味とそれがカバーする範囲は大きく異なっている。前者は "verse"(韻文)に対するもので、小説、戯曲、文学批評、伝記、政治論、演説、日記、手紙、旅行記等、詩歌以外のあらゆる非韻文体を指し、その含む範囲が広すぎる。後者について、英国の学者W・E・ウィリアムスは、「英国の 'essay' には様々な種類があるものの、規則は存在しないに等しい」、「一般的に、比較的短い、叙事を目的としない非韻文である」と述べ[26]、普通は「随筆」あるいは「小

---

25 郁達夫『中国新文学大系・散文二集』巻首、上海文芸出版社 1981年影印本。
26 W・E・ウィリアムス "A Book of English Essays" の序文。

品文」と訳されている。これでは、そのカバーする範囲が明らかに限定されてしまう。フランス語の"prose"、スペイン語の"prosd"、ロシア語の"проза"なども、すべて韻文に相対する文体を指す。

　世界各国の文学発展史から見ると、散文は各民族の文学に普遍的に存在する重要なジャンルであるが、地域と民族の習俗など各方面で大きな違いがあるため、その発展の様相も大いに異なっている。西洋諸国の文学について言えば、詩歌、戯曲、小説に比べて散文の発展はかなり遅く、いまだ新興のジャンルに属していると言える。西洋諸国の散文体での創作の始まりは、程度差こそあれ、大まかにはルネッサンス以降、徐々に大きな発展を見せ、相次いで繁栄を遂げていった。

　一般に、文学史家はフランスが"essay"発祥の地であり、モンテーニュが"essay"という文体の創始者であると考えている。1580年、モンテーニュは自身の随筆集『Essais』を出版し、フランスの散文が大きく発展しはじめたことを示してみせた。1597年、英国のフランシス・ベーコンはモンテーニュの書名を借用した随筆集を出版し、英国の散文の濫觴となった。その後、ロバート・バートンの『憂鬱の解剖学』[27]とトーマス・ブラウンの『医師の信仰』[28]という、17世紀の「奇書」と呼ばれる二部の散文の著作が世に出ることとなった。18世紀には文人が雑誌を創刊する風潮が起こり、英国での散文の発展は最高潮を迎えた。中国の古典散文の発展状況と比較すれば、西洋における散文の繁栄の足取りは随分緩やかと言える。西洋の言語に「散文」という概念が出現せず、その語が生まれなかったのも無理もないことである。

　西洋諸国と比較して、中国の散文の発展状況はまったく異なる様相を呈している。現存する散文テクストについてのみ言えば、散文という文学の形式は中華民族という古くからの土壌にいち早く成熟したもので、中国の古典散文が示す輝かしい成果は、世界的に見ても、先進的地位に置くにふ

27　ロバート・バートン "The Anatomy of Melancholy" 1621。
28　トーマス・ブラウン "R Relgioi Medici" 1643。

さわしいものである。中国では紀元前5世紀前後の春秋戦国時代に、すでに散文創作の最初の黄金期が訪れていた。一方で、西洋の散文の繁栄は16世紀以降のことである。中華民族が、散文という文学形式についての認識と創作の実践においてどれほどの悠久の歴史を持っているかは、想像に難くない。そして、「散文」という概念が古代中国の文献や典籍に最初に出現したのも、きわめて自然なことと言えよう。

中国の古典籍について考察を加えてみると、「散文」という言葉は3世紀中頃にはすでに文人たちの文章に現れている。西晋の辞賦家、木華の「海賦」に、「雲錦散文於沙汭之際，綾羅被光於螺蚌之節」[29]という句がある。ここでの「散文」は「被光」と対になり、鮮やかな光が輝き、顕現するという意味である。5世紀末になると、南朝梁の劉勰の『文心雕龍』「明詩篇」にも、「観其結体散文，直而不野，婉転附物，怊悵切情，実五言之冠冕也」[30]とある。ここでの「結体散文」とは文字の表現を指す。木、劉両氏の著述における「散文」という言葉は、動詞目的語構造のフレーズであり、いまだ後世の文体としての「散文」の概念ではなく、そのため文体という意味を備えていない。その後、遅くとも12世紀中頃には、文体という意味を持つ「散文」の概念が使用されるようになる。

　　散文においては、黄庭堅は陳師道に遠く及ばないといえよう。[31]
　　　若散文，則山谷大不及後山。
　　　　　　　　　　　　　　　　　――『朱子語類』一四〇

　　周必大は……楊長孺に、「……四六文はただ対句に拘泥するだけで、その着想や措辞は渾然と溶けあって趣きあることを貴ぶのであり、散文と同じである」と言った。[32]

29　蕭統『昭明文選』巻一二、中州古籍出版社　1990年版163頁。
30　影印『四庫全書』第1478冊11頁。
31　王星賢点校本『朱子語類』、中華書局　1986年版第8冊3334頁。
32　王瑞来点校本『鶴林玉露』、中華書局　1983年版第27頁。

周益公……謂楊伯子曰：……四六特拘対耳，其立意措辞貴渾融有味，与散文同。
―― 羅大経『鶴林玉露』甲編巻二

　楊長孺がかつて私に言った。「文章にはそれぞれ形式があり……曾鞏の古雅と蘇洵の雄健はもとより文章において傑出しているが、いずれも詩は作れない。黄庭堅の詩は絶妙であると天下に知られるが、その散文はこまごまとして窮屈さを感じさせる」[33]
　楊東山嘗謂余曰：文章各有体……曾子固之古雅，蘇老泉之雄健，固亦文章之傑，然皆不能作詩。山谷詩騒妙天下，而散文頗覚瑣砕局促。
―― 羅大経『鶴林玉露』丙編巻二

　東莱先生曰く、「詔勅は散文を用いても四六文を用いてもよい。ただ、四六文は措辞が完全に斉整されていなければならず、表のように新奇な対句を求めて本質を失ってはならない。[34]
　東莱先生曰：詔書或用散文，或用四六，皆得。唯四六者下語須渾全，不可如表求新奇之対而失大体。
―― 王応麟『辞学指南』巻二

　散文は前漢の詔勅を模範とし、王珪、王安石、曾肇がこれに次ぐ。[35]
　散文当以西漢詔為根本，次則王歧公、荊公、曾子開。
―― 王応麟『辞学指南』巻二

　袁豹の「伐蜀檄」などのように、晋の檄文もまた散文を用いる。[36]
　晋檄亦用散文，如袁豹「伐蜀檄」之類。

33　王瑞来点校本『鶴林玉露』、中華書局 1983年版第265頁。
34　影印『四庫全書』第948冊。
35　影印『四庫全書』第948冊。
36　影印『四庫全書』第948冊。

　　　　　　　　　　　　　　── 王応麟『辞学指南』巻三

　散文は宋に至ってはじめて本物となり、詩はその逆となった。[37]
　散文至宋始是真文字，詩則反是矣。
　　　　　　　　　　　　　　── 王若虚『滹南遺老集』巻三七

　上に引用した各資料は、いずれも13世紀の中国の典籍から引いたもので、この時期はまさに南宋の散文の発展が最盛期にあり、散文理論が勢いよく興った隆盛期でもあった。『朱子語類』、『鶴林玉露』、『辞学指南』、『文弁』は多くの場面で「散文」の概念を引用、またはみずから書き記しており、当時すでにこの概念は士大夫のなかで使用され、広く伝わっていたことがわかる。『捫虱新話』には、「陳師道が言うには、曾鞏は「韻語」に弱く、黄庭堅は「散語」を苦手としている（後山居士言："曾子固短於韻語，黄魯直短於散語"）」とある。ここでの「韻語」と「散語」は、それぞれ「韻文」と「散文」を意味しており、文体の概念という意味を有している。曾子固（鞏）は詩ではなく文で名を成し、黄魯直（庭堅）はその逆であったから、この「韻語」は詩を、「散語」は文を指すと理解できる。「散語」を文と称し、言語の構造形態を重視するのは、「散文」の概念の前身である。ここから、少なくとも北宋中期には「散文」の概念が成熟しつつあったと推測することができる。『後山詩話』に、「開国当初、文人士大夫はおおむね駢文を作ったが、「散語」と典故を用いるのみである（国初士大夫例能四六，然用散語与故事爾）」とあることも、その傍証となろう。

　それでは、文体という意味で「散文」の概念を比較的早く提示し、他に先駆けて使用しはじめたのは誰であろうか。上に引用した資料だけでも、すでに周益公、朱熹、東莱先生（呂祖謙）、楊東山（楊長孺）、王応麟、羅大経、王若虚の七人が直接「散文」の概念を使用している。七人のうち、最年長は周益公である。周益公こと周必大（1126-1204）、字は子充、南宋

37　「文弁」、影印『四庫全書』第1190冊。

第一章　散文の発生と概念についての新考

の孝宗の時代に右丞相を経て、少保に任ぜられ、益国公に封じられたため、「周益公」と称される。周氏は歴史的には政事において知られているが、学術、文章においても高い名声を得ていた。陸游はこう述べている。

　丞相太師周益公は、若くして進士科と博学宏詞科の両方に及第し、数年のうちに三館の官を歴任し、その頃から私と親交を深めた。ときに優れた者は数多くいたが、筆を下して議論を展開すれば周囲を驚かせ、誰も敢えて争おうとしなかったのは、ただ周益公ひとりである。しばらく斥けられて地方に出たが、その気高く類い稀な才能は、荒廃した地に埋もれることなどなかった。再び世に出たときには、朝廷の文章や礼楽を極めて並ぶ者なく、宰相に任じられた。詔勅を起草する任務を離れても、孝宗皇帝は大詔令などの重要な文章は、なおもっぱら周益公に委ねた。[38]

　大丞相太師益公自少壮時以進士博学宏詞畳二科起家，不数年，歴太学三館，予実定交於是時。時固多少年豪儁不群之士，然落筆立論，傾動一座，無敢攖其鋒者，唯公一人。中或暫斥，而玉煙剣気三秀之芝，非窮山腐壊所能湮没。復出於時，極文章礼楽之用，絶世独立，遂登相輔。雖去視草之地，而大詔令典冊，孝宗皇帝独特以属公。

また、羅大経によると、朱熹が「当世の文では周益公のみ優れ、当世の詩では陸放翁のみ優れる」[39]と語っており、このことからも、周益公の文壇、芸術界での地位、影響、業績をうかがうことができる。

　周氏には『文忠集』二百巻が伝わり、四庫全書編纂担当官は、「必大は文章によって孝宗に知られ、勅命を制作すれば気品があり、文章は壮大で、南渡後は尚書の第一人者となった。考証すればきわめて詳しく明らかで、ひとり気高く一代の重名を負う。著作の豊富さは、楊万里、陸游を除き、

38　「周益公文集序」、『陸放翁全集・渭南文集』巻一五、北京中国書店 1986年版上冊 87頁。
39　王瑞来点校本『鶴林玉露』丙編巻五、中華書局 1983年版。

これに及ぶ者はいない」[40]と述べている。よく知られている『皇朝文鑑』(別名『宋文鑑』)も、周氏の構想があってこそ世に出たものである。ときの孝宗は臨安府に江鉶の編集による『文海』の刊行を命じたが、周必大はこの書が「倫理的でない」ことを理由として、孝宗に勅命を取り消すよう請うた。そして、「館閣の官に本朝の文章の評価と選択を委ね、一代の書と成す」ことを建議し、「その後、呂伯恭(祖謙)に託した。書が完成すると、陛下が題をどうすべきかお尋ねになったので、わたしが『皇朝文鑑』の名を賜るよう乞うと、陛下も『善きかな』とお答えになった。さらに、わたしに序を書くよう勅旨を下されたので、すぐに献上した」[41]。ここから、周必大は実質的に『宋文鑑』の首席編集者であり、構想、設計から実施の方法、さらには命名、序文に至るまで、みずからこれを行っていたことがわかる。

　上記の史実は、周氏の文章学術に対する造詣の豊かさと学識の広さを十分に物語るが、惜しむらくは政治的名声の影に隠れ、近代以降、周氏の文章学術の業績に注目する研究者はほとんどいない。特に注目すべきは、周必大が文体を区別し、正確に見極めるための豊富な経験と明確な意識を持ちあわせていた点である。周氏は「二度翰林学士院に入り、翰林権直から翰林学士承旨まですべてを経験した(両入翰苑、自権直院至学士承旨遍為之)」[42]と言われている。深淵な学識、豊富な読書遍歴、そして大量の創作実践によって、周氏は散文の形態について深い理性的認識を持つようになり、「散文」の概念を率先して提唱し、使用する条件、可能性を持つに至ったのである。

　その学問が政治的業績に覆い隠されてしまった周必大とはやや異なり、周氏より四歳年下の朱熹(1130-1200、字は元晦、号は晦庵)は、学術と文章によって世に知られている。朱熹は宋一代の理学における大家であるだけでなく、南宋期における文章の名手でもある。李塗はその『文章精義』

40　影印『四庫全書』第1147冊「提要」。
41　周必大『玉堂雑記』巻中、影印『四庫全書』第595冊。
42　「玉堂雑記提要」影印『四庫全書』第595冊。

において、朱熹の文章を「長江大河のごとく、滔々汩々」[43]と褒めたたえ、黄震はその『黄氏日鈔』において、「天賦の才は卓絶にして、学識は広く輝かしく、落筆すれば章を成し、もはや人為ではない」[44]と賛嘆した。まさに「書は通ぜざるところなく、文は能わざるところなし」[45]というところである。とりわけ朱熹は、その生涯を教育と学術研究に捧げ、各形式の文章はいずれも精密な分析と細かな辨別がなされており、熟達して知に富んでいる。それゆえ「散文」という文体の概念を持ち出して使用するのも、自然の成り行きであると言えよう。

　さらに注目すべきは、周必大の使用した「散文」の概念は「四六」に対するものに過ぎず、「駢文」と対をなすものとして、語句の構成形態に重きを置いているのに対し、朱氏の使用した「散文」の概念は詩歌との対をなすものであり、実質的にその含意のレベルを一つ引き上げていることである。これは、朱熹の評論した、山谷（黄庭堅）と後山（陳師道）という二人の人物が、どちらも詩歌の大家で、宋代最大の詩派である江西詩派の開祖であることによる。だが、両者は詩を得意としたのみならず、文をもよくした。陳師道は南豊の曾鞏を尊敬していたので、最初は散文の大家である曾鞏の教えを受けていた。その文は「簡素にして厳密、緻密」[46]であり、黄庭堅さえも「文を作っては古人の要所を深く知り、事を論じては首尾が相応じること常山の蛇のようで、同時代に並ぶ者はいない」[47]と感嘆し、敬服している。一方、黄庭堅は蘇東坡一門の学者であるが、「華麗なる文は、当世もっとも絶妙である」[48]との誉まれ高い。ただし、「紹聖年間以降、初めて文章を作ることを知った」[49]とみずから言うほど、終生を詩に注力した。散文でも卓越した業績を残し、高い見識の文を発表したが、人々は依然と

43　影印『四庫全書』第1481冊。
44　『黄氏日鈔』巻三六、影印『四庫全書』第708冊。
45　方回「送羅寿可詩序」、『桐江続集』巻三二、影印『四庫全書』第1193冊。
46　「後山集提要」、影印『四庫全書』第1114冊。
47　「答黄子飛」、『山谷集・内集』巻一九、影印『四庫全書』第1113冊。
48　「挙黄魯直自代状」、『蘇軾文集』巻二四、中華書局 1986年版714頁。
49　「答洪駒父書」、『山谷集・内集』巻一九、影印『四庫全書』第1113冊。

して山谷の散文の技巧は後山に遠く及ばないと考えていた。すでに引用した朱熹のこの評論は、その代表的なものである。しかし、この評論の重要な価値は、山谷と後山の散文に対する評価が適切かどうかではなく、朱氏が詩歌と対応する形で「散文」という概念を提示、使用したことにある。

朱熹、張栻とともに「東南三賢」と並び称される呂祖謙（1137-1181、字は伯恭）も、文章と学術によって世に知られ、「東萊先生」と称された（大伯父にあたる呂本中は「大東萊先生」と呼ばれたため、祖謙は「小東萊」と号した）。呂氏一族は名門で、十代にわたって官職を務め、先祖は多くが宰相にまで登りつめた。学問と文学の修養を重んじる家風が代々受け継がれ、深遠な学問の伝統を持つ家柄であった。呂祖謙は年若くして死去し、官として目立った業績はないが、学術、文章では優れた功績を残している。広く他人の優れた点を取り入れ、決して一つの説にとらわれることはなかったため、その学識は深遠かつ豊富であった。朱熹は呂祖謙のことを、「一身に四気の和を備え、一心に千古の奥妙を秘めている。その内に有するところを推し出せば、主君を尊んで民を憐れむに足り、その余りを外に出せば、十分に世の範となる」[50]と称賛した。その文章は「波が流れ雲が湧き、清らかに輝く珠玉のごとく、時代の著作に冠たる」[51]もので、人々は「南宋の諸儒のなかでも、形式、内容を兼ね備えている」[52]と評価した。

朱熹に似て、呂祖謙も長年にわたって教学に従事し、南外宗学教授、太学博士、厳州教授などを務め、家にあっても倦むことなく教育を行った。文章については「奥深い意趣を熟考する（研思微旨）」[53]とみずから称し、様々な文章の形式をきわめて正確に熟知していた。呂氏が「諸生の試験」のために書いた『東萊左氏博議』は『春秋左氏伝』に範を取り、文章の学問を検討し、文章作法の手本を示し、「胸中にあること、把握したこと、知っていること、習得したこと、些細な誤りを、筆のままにさらけ出して、

50　清・張伯行『呂東萊先生文集』「序」、金華叢書。
51　清・王崇炳『呂東萊先生文集』「序」、金華叢書。
52　『四庫全書総目提要』「東萊集」、影印『四庫全書』第1150冊。
53　「除太学博士謝陳丞相啓」、『東萊集』巻五、影印『四庫全書』第1150冊。

余すところはない」[54]。これは当時の学者に重要視され、海外にまで伝わって、日本の学者が漢学を研究し学ぶ際の必読書にまでなった。その編集に係る『聖宋文鑑』は、北宋の各形式の文章の傑作を収集し、分類選別したもので、その慧眼と工夫を見ることができる。『古文関鍵』は、韓愈、柳宗元、欧陽脩、蘇軾といった諸大家の古文六十篇余りを編集、選別したもので、「それぞれ文章の趣旨と構成を挙げ、学生に初歩として文章作法を示し（各標挙其命意布局之処、示学者以門径）」[55]、また「文章のスタイルとその源流を深く理解している（於体格源流倶有心解）」[56]とされる。同書の冒頭には「文字を看る法の総論」が置かれ、文学を学ぶには「まず文字の形式を見て、その後で古人の意図するところに思いをめぐらせる」[57]べきと述べており、呂氏がきわめて文体を重視していたことがわかる。

　つまり、呂祖謙の学識、造詣と、文章学に対する専心的な研究を通じて到達した高みによって、呂氏は文章の種類、形式に対して理性的な認識を持つに至り、それにより「散文」という文体の概念を提示し、あるいは受け入れたのである。ただし、「散文」を「四六」と対比したことは、周必大と同様である。

　周必大、朱熹、呂祖謙と異なり、楊東山（1150?-1129?）、羅大経（1195?-1252?）、王応麟（1223-1279）は、いずれも「散文」という文体の概念の受容者であり、伝達者、使用者、記録者でもある。

　東山は名を長孺、字は子伯、東山潜夫と号し、「楊東山」と称される。南宋中興の四大詩人の一人、楊万里の長子である。その父は周益公、呂祖謙とともに南宋の名士で、周氏と楊氏はとりわけ親密な交際をしていた。『宋史』には、「万里は気性が激しく狭量であった。孝宗ははじめその才を愛して周必大に尋ねたところ、よい言葉が返ってこなかったので、万里はこれ

54　『東萊左氏博議』「自序」、影印『四庫全書』第152冊296頁。
55　『四庫全書総目提要』「古文関鍵」、影印『四庫全書』第1351冊。
56　『四庫全書総目提要』「東萊集」、影印『四庫全書』第1150冊。
57　『四庫全書総目提要』「東萊集」、影印『四庫全書』第1150冊。

より用いられなかった」[58]とあるが、この記述は簡単に信じるべきではない。

　ここで、周必大『文忠集』と楊万里『誠斎集』を検討してみると、二人は意気投合して贈り物を与え合い、書簡の往来もはなはだ多く、互いへの敬慕の情にあふれている。周必大の「奉新宰楊廷秀携詩訪別次韻送之」という詩には、「誠斎の詩名は天を衝くように盛んで、大雅に則り小山ではない（誠斎詩名牛斗寒、上規大雅非小山）」[59]とある。「題楊廷秀浩斎記」では、「友人の楊廷秀君は、学問と文章においてこの世に独歩して、朝廷にあっては議論は侃々諤々、知っていることはすべて言い、言う以上、余すところなく語り尽くし、その要訣は古人に求めるべきとする。実にいわゆる浩然の気がきわめて強大で、これを正しく養って害はなく、天地の間に満ちるというものである」[60]と述べ、「回江東漕楊秘監万里啓」では、「郡と国と離ればなれになっているが、河や湖のように同じ天の下にある。湘水の岸辺の花を前に、わたしはまさに貴公の詩を口ずさんでいる（郡国雖分於両地，江湖実共於一天。湘水岸花，我正哦公之留咏）」[61]と言う。さらには「上巳訪楊廷秀…」、「乙卯冬楊廷秀訪平園即事二首」、「次韻楊廷秀」といった詩がある。そのため、「寄楊廷秀待制」という詩では、「ともに科挙に臨んだあの時から五十年、交情を温めることなく白髪が増えるばかり（共作槐忙五十春，交情非復白頭新）」[62]と詠われている。また、羅大経の『鶴林玉露』にも、「慶元年間、周必大は宰相の位から、楊誠斎は秘書監の位から退いたが、実にわが朝の二大国老である。周必大はかつて南渓のほとりに楊誠斎を訪ね、詩を作った……楊誠斎は「宰相が在野の士を訪ね、山間の草木も光り輝く……」と唱和した（慶元間，周益公以宰相退休，楊誠斎以秘書監退休，実為吾邦二大老。益公嘗訪誠斎於南渓之上，留詩云……，誠斎和云："相国来臨処士家，山間草木也光華……"）」[63]とある。周必大の「跋楊廷秀贈

58　『宋史』巻四三三、中華書局標点本19冊12870頁。
59　『省斎文稿』、『周益国文忠公集』巻五、影印『四庫全書』第1147冊。
60　『省斎文稿』、『周益国文忠公集』巻一九、巻二七。影印『四庫全書』第1147冊。
61　『省斎文稿』、『周益国文忠公集』巻一九、巻二七。影印『四庫全書』第1147冊。
62　『平国続稿』、『周益国文忠公集』巻一、影印『四庫全書』第1147冊。
63　王瑞来点校本『鶴林玉露』乙編巻五、中華書局1983年版211頁。

族人……」では、「楊家の執戟郎も成長し、衆に抜きん出るほどになった（家生執戟郎、又抜乎其萃者也）」[64]として、長孺を称賛している。

　上のような様々な事柄から、長孺が父の友人である周必大の指導と影響を受けていたことも自然なことであるとわかる。『鶴林玉露』甲編巻二に「楊伯子」とあるのは、「楊子伯」の誤りであり[65]、この資料こそ周必大が長孺に作文法を指導していた例証である。『鶴林玉露』に載せる、文章に対する楊長孺の数々の評論から、文章に対する研鑽、造詣がきわめて深いことが了解され、そのため論点のしっかりした文章が数多い。父の楊万里は詩で名を成した人物だが、「生来文を好み、とくに四六を好む」[66]と自称しており、伝わっている文章も多くが散文体で、「千慮策」などは絶賛されている。つまり、先達の教誨、家伝の学問、そして個人の研鑽によって、楊長孺は自覚的に「散文」の概念を受け入れ、使用するようになり、さらに駢体文とともに論ずることにこだわらず、詩歌に対するものとして挙げている。

　羅大経（字は景綸）は「散文」の概念を直接は使用していないが、周、呂、楊諸家の説を記録、引用しているため、実質上は間接的に承認し、直接的に宣伝していることになる。しかも、『鶴林玉露』の議論は欧陽脩、蘇軾、楊万里、葉適、真徳秀、魏了翁ら、文章の大家について論述しており、文章の学問に対する著者の造詣も深いことが見て取れる。

　王応麟は世代が下るとはいえ、その著述における「散文」の概念の使用頻度がもっとも高い。王氏は呂祖謙の言葉を直接記述しただけでなく、何度も「散文」の概念を運用して直接文体を論じ、区分し、明確に「散文」を文章の規範の一つとしたが、「詔」と「誥」の二文体はそれぞれ「散文」、「四六」の見出しで例が示されている。とくに貴重なのは、王氏が呂氏の説を受け継ぎ、「散文」と「散語」という二つの概念を厳格に区別したことで

64　『平国続稿』、『周益国文忠公集』巻一、影印『四庫全書』第1147冊。
65　明代会稽間溥校刊本『鶴林玉露』、『四庫全書』本（影印865冊）はいずれも「伯子」に作り、訂正されていない。
66　「与張厳州敬夫書」、『誠斎集』巻六五、影印『四庫全書』第1160冊。

ある。たとえば巻二には、「東萊先生（呂祖謙）曰く、……（表）は四句の下に散語で、もとの官職から新しい官職に移すことを述べねばならない（東萊先生［呂祖謙］）曰……其四句下散語須叙自旧官遷新官之意）」、「制は最初に四字と六字の一聯の対句を用い、続いて散語を四句か六句、……最後に散語を四句、あるいは二句で結ぶ（制頭首句四六一聯，散語四句或六句……後面或四句散語，或只用両句散語結）」とある[67]。先に引用した「散文当以西漢詔為根本（散文は前漢の詔を基本とすべき）」、「晉檄亦用散文（晉の檄文もまた散文を用いる）」と対照すれば、「散語」とは、文中において対称を重んじない個別の言葉であり、「散文」は完全な文章を指していることがわかる。

　王応麟の出生は呂祖謙の逝去から四十二年後になるが、この王氏こそ呂氏の学術の継承者である。清代の全祖望「謝山同谷三先生書院記」には、「王尚書深寧は、ひとり呂氏の学問の大要を得た。……学問を論じるにあたっては、各流派からも広く取り入れた。文献を博覧するそのさまは、実は呂祖謙を模範としている（王尚書深寧独得呂学之大宗，……深寧論学，独亦兼取諸家，然其綜羅文献，実師法東萊）」[68]とある。さらに王氏は「広く群書を極め、典故を覚えて熟練し、その引用は奥深く広大である」[69]とする。その『辞学指南』は、呂氏の『古文関鍵』の影響を直接受けた産物であり、そのため、この書物のなかで呂氏の説を受け継いで発揚し、「散文」の概念を広めて使用している。

　周必大、朱熹、呂祖謙とその後学である楊長孺、羅大経、王応麟は、いずれも南宋の時代を生きた。地域的には、南宋の版図は中国の半分を占め、長江の南に位置していた。南宋と長期にわたって対峙し、北方の中原地帯を統治していたのは女真族の金である。金は北宋を滅ぼして中原を占領し、その文化を継承して、法規や命令が粛然と強力に実施され、「その文章の雄

67　『辞学指南』巻二、影印『四庫全書』第948冊。
68　『全祖望文集』巻二五、中華書局。
69　『四庫全書簡明目録』巻一四。

第一章　散文の発生と概念についての新考　　　　　　　　27

壮なさまは、そのまま北宋の諸賢を継ぐ」[70]と言われるほど、金の作家が続々と現れた。金出身の作家は北宋文化に感化され、さらに南宋の名家の影響も受けたため、文学の分野でも大きな功績を残した。王若虚（1174-1243）はその代表的作家である。王氏は「応奉翰林文字から直学士に至り、文壇を司ることおよそ三十年、経義に深く通じ、かつて書物を置いたことはない（自応奉文字至為直学士，主文盟幾三十年，出入経伝，手未嘗釈巻）」[71]という。駢体文は得意とするところではなかったが、文章の学問に深く通じ、『文弁』という作品がある。

　王氏は、「散文は宋に至って初めて真の文字となり、詩はその逆である」[72]と述べ、「散文」と「詩」を直接対応させたが、これは朱熹、楊長孺の用法と図らずも一致している。王若虚は朱熹の後学にあたるものの、長孺とは同世代である。ここから、十二世紀には中国の異なる地域の文化において、「散文」という概念がすでに出現していたことを見て取れる。

　以上の考察から推量すると、おおまかに次の五点がわかる。

　一、周必大、朱熹、呂祖謙、王若虚ら著名な学者は、比較的早くから「散文」の文体の概念を提示し使用していた。楊長孺、羅大経、王応麟は「散文」概念の積極的な受容者であり使用者、伝達者、そして記録者であった。

　二、比較的早い時期に「散文」の概念を提示した資料で現存するものは、いずれも他者が間接的に記述したものであり、本人が直接そのために著したものではないため、最初に使用された正確な時期を確定することは不可能である。周氏、朱氏、呂氏らが進士に及第し、官職に就いてはじめて「散文」という概念を提示できるようになったと仮定すれば、周氏は紹興二十一年（1151）に及第し、朱氏は紹興十八年（1148）年に進士となり、呂氏は隆興元年（1163）に官職に就いたので、「散文」の概念が提示された時期はおよそ十二世紀中頃となるであろう。

　三、「散文」の概念は「駢体文」と対にされたり、「詩歌」と並列された

70　阮元『金文最』「序」、清・張金吾編『金文最』巻首、光緒乙未江蘇書局刻本。
71　王鶚「滹南遺老集引」、影印『四庫全書』第1190冊『滹南集』巻首。
72　『滹南集』巻三七「詩話・揚雄之経」の項、影印『四庫全書』第1190冊。

りするため、登場した日から、その概念の内包する意味が相対性、不確定性、多層性を持つという特性を備えることとなった。「駢体文」と対比する際、それが含む意味は相対的に狭く、特に個別の短文や、語句の配列に一定の規則や固定された規則のない文章を指す。そして「詩歌」と並列される際、その意味は広くなり、四六駢儷文もその範囲に含まれる。なお、明代の徐師曾は『文体明弁序説』の「文」において、「散文」と「韻語」を対比したが、「散文」の含意には少なくとも三つのレベルがあり、それぞれ駢文、詩歌、韻文と対比される。

　四、「散文」の概念は宋代では押韻するか否かという制限や、文章形式（具体的な体裁の様式）という規定の範囲も存在しなかった。

　五、「散文」の概念を四六駢儷文および詩歌と対比すると、その名称の成立は、やはり主に文章（テクスト）言語文字の配列の不規則性という特性によるもので、現代の散文の概念も、依然としてこの要素を保持している。

　古代において、「散文」の概念は人々が普段使用する「文」、「文章」、「古文」等の概念と相互に関連する一方で、区別も存在することについては、もはや贅言を要さない。むろん、上の分析は現在検出可能な限られた文献資料に基づくに過ぎないが、これのみでも文体としての意味を持つ「散文」の概念を説明するには足りる。少なくとも十二世紀の中国では、すでに文字による著述の上で形成され、運用されはじめていた。南宋以降、近代に至るまで、「散文」の概念は歴代の一部の学者に踏襲されてきた。たとえば、元代の劉壎の『隠居通議』（巻十八）、明代の徐師曾の『文体明弁序説』、明代崇禎末期の国子監生である張自烈の執筆した『正字通』、清朝の孔広森『答朱滄湄書』、袁枚の『故稚威駢体文序』、清末の羅黶の『文学源流』、近代の劉師培の『南北文学異同論』など、いずれも異なる視点から「散文」の概念を使用している。

　言うまでもないことだが、諸々の理由により、「散文」という概念は清朝以前の中国の文人、学者のなかではあまり広く承認、普及、使用されておらず、多くの著述は依然として「古文」、「駢文」といった旧説の使用が習慣となっている。この現象は「五四運動」の後には大きく変貌したものの、

現在の学界にまで続き、多くの概念が併存する状況を生み出している。

　結局のところ、「中国にはこれまでずっと『散文』という語は存在していない」、あるいは「散文という言葉は……完全に翻訳である」といった説には根拠がなく、信を置くに足りない。そして、「散文」という概念は羅大経にはじまるとする説も、正確ではない。台湾の学者、呂武志氏が、「散文」という語が「最初に現れたのは王応麟の『辞学指南』である」[73]と主張するのは、なおのこと誤りなのである。

73　『唐宋五代散文研究』「緒論」、台湾学生書局版。

第二章　古典散文の研究範囲と音楽を座標とするモデル

第一節　散文の範疇とテクスト確定についての議論

　いかなる研究においても、まず、その研究対象を確定させる必要がある。古典散文の研究も例外ではない。そして、現在の古典散文研究は主に現存するテクストに基づいて行われるため、散文のテクストを確定することが最優先の作業となる。

　米国のM. H. アブラムは概念という角度から散文の範囲を区切り、「散文とは範囲の制約のない術語であり、口語や書面語、そして韻文のような規則的な韻律単位のないものは、すべて散文である」[1]と述べた。このような区分方法は西洋言語には適合するかもしれないが、中国語という言語による文学の具体的状況には、完全に当てはまるわけではない。

　前近代の中国には文章、詩歌、戯曲、小説のほかにも百種類以上の文体があり、どれを古典散文の研究対象にするかは、きわめて複雑な問題である。そのため、学術界では1960年代初頭に議論が行われ、多くの学者が示唆と建設性に富む意見、構想、具体的方法、あるいは基本原則を提示した。「散文の範疇は複雑な問題であり」、「散文という文体の範囲はとても広く、一部の学術書、政治文章、実用文はいずれも散文に分類できる」と主張する学者もいれば[2]、「散文には狭義の散文（文学的散文）と広義の散文（政治文章などの非文学的散文）がある」として、両者は「いずれも綿密に研究するに値するものだ」と指摘する学者もいた[3]。また、「文学史上の散文

1　［米］M. H. アブラム著、曾忠禄ほか訳『簡明外国文学辞典』、湖南人民出版社　1987年版276頁。
2　潘辰「関於散文的範疇」、1962年3月4日付け『光明日報』学芸欄「文学遺産」。
3　鉄民、少康等「関於古典散文研究的二三問題」、1962年12月2日付け『光明日報』学芸欄「文学遺産」442期。

とは、文学的価値を持つもの、あるいは文学史上で影響力を持つ作品を指すのであって、文章一般を指すものではなく、狭義の散文に限定することもできない」、「文学史上の散文には、一定の境界が存在すべきであり、それ自体が文学的価値を持つか、文学発展の歴史に影響をもたらした作品に限定されるべきである。それは駢文と対立する名称でも、韻文と対立する名称でもない」と主張する人もいる[4]。基準と尺度には様々な見方があることがうかがえる。また、一歩踏み込んで、散文を判定するための具体的な方法と基準を提示し、「形象」、「感情」、「芸術的構成と言語のレトリック」を「古代人の文章から文学的散文を弁別する三つの基準」であるとする考えもある[5]。さらに、「形象的または叙情的意味を持ち」、「比較的古い作品については基準を緩め、新しい作品では厳密にする」と主張する学者もいる[6]。ほかには、「散文と韻文を区別し」、「非韻文、つまり広義の散文から、さらに純文学的散文、文学性を持つ散文、一般的文章の三種類に分けることができる」とし、「時代ごとに散文の範囲には相違が出るはずだ」という主張も現れた[7]。「散文をいかにして文学的、非文学的に分けるのかは複雑な問題である」として、「対象の性質（文学か非文学か）を見極めることで研究方法がわかる。しかし、対象の性質がすぐに見極められなくても問題はない。重要なのは事実に基づいて判断をし、概念ではなく対象の具体的な実際の状況を出発点として研究すればよい」との指摘もある[8]。これらの主張は、あるいは芸術性を重視し、あるいは時代の変化に着眼し、またあるものは言語の韻律面での特徴に立脚し、あるものは事実に基づく科学精神を強調する。それぞれに優れた点があり、散文研究の範囲決定に向けて、参考とするに値する見解を提示している。

---

4 胡念貽「古代散文研究的両個問題」、1962年3月4日付け『光明日報』学芸欄「文学遺産」。のち『関於文学遺産的批判継承問題』、湖南人民出版社 1980年版に再録。
5 胡念貽「文学史編写中的散文問題」。
6 潘辰「関于散文的範疇」、1962年3月4日付け『光明日報』学芸欄「文学遺産」。
7 譚家健「関於古典散文的若干問題」、『文学評論叢刊』第五輯。
8 鉄民・少康等「関於古典散文研究的二三問題」、1962年12月2日付け『光明日報』学芸欄「文学遺産」442期。

第二章　古典散文の研究範囲と音楽を座標とするモデル

　1960年代の散文の研究範囲に関する議論は、当時の認識の水準を物語っている。そのなかには、現在の学界でも依然として大きな影響力を持つ観点が少なくない。「実証性」、「具体的な実際状況を出発点とする」といった優れた考え方は、散文史研究者に受け入れられ、実践の中で運用され、めざましい成果を生み出している。しかし、全体的に見れば理屈めいた議論が目立つ。学者はまず散文研究の範囲を確定するための理論を固め、その後に実践に移そうとしているため、実行可能性の高い研究は少なく、意見の中には再検討を要するものや、実際の運用が難しく、具体的な作品に触れた途端にいともたやすく矛盾が露呈する理論もある。たとえば、押韻の有無で研究対象としての古典散文を区分するというのは、現実的な方法ではない。押韻の有無は、文学を大まかに区分する方法の一つでしかない。押韻するものには詩、詞、賦、駢文などがあり、押韻のないものには古文、小説、史書、書簡、随筆、雑記などがある。あらゆる作品を二分類するこのような方法が、散文を区分する基準たりえないことは明白である。韻文では言語の音声的美（押韻）が重視され、散文では言語の形態（外形）が重視されるが、両者が対等な統一性を持つわけではなく、これを用いて古典散文を区分することはできない。押韻する文章は六経に始まっており、詩歌以外でも『周易』や『太玄』などに脚韻を踏む句は数多く、また賦や駢文の多くも韻文である。これらは実際には広義の散文の研究範囲に含まれるべきである（この点については以下で詳しく論じる）。

　当然、前近代の文章を韻文と散文に区分し、韻文以外はすべて散文であるという主張にも、その拠り所はある。わが国では、魏晋南北朝時代には「文」と「筆」の区別が存在し、「韻無きは筆、韻有るは文」[9]といわれていた。そして西洋では、押韻の有無は文学作品のジャンルを決定する基準としてもてはやされている。しかし、「文」と「筆」の区別については当時でも論争があり、西洋の文学ジャンルを区分する基準を中国の古典文学作品の分類に当てはめることも適当ではない。文学性の有無によって散文であ

9　劉勰『文心雕龍』「総術」、影印『四庫全書』1478冊。

るかどうかを判断し、さらには非韻文のなかでも、より純文学的な散文、文学性を持つ散文、一般的な文章と区分する方法は、明らかに西洋と現代文学理論の影響を受けて生まれたものである。近年では古典散文を「文学的、非文学的、そして両方の性質を持つものの三種類に分ける」[10]ことを提唱する研究者もいるが、これも大同小異であろう。

　散文は文学の範疇に含まれ、当然ながら文学性を持つことを必要とする。しかし、前近代の中国では詩歌、戯曲、小説以外のあらゆる文章は、一部の学者が「前近代の中国では文学と非文学の境界に厳格な区分はなかった」[11]と指摘するように、文学性の強弱という違いこそあれど、文学性の有無という問題は存在しなかったのである。ましてや「文学性」というのも曖昧な概念であり、その内実と外延にも明確な境界はない。しかも、文学性による古典散文の識別には、厳密な客観的根拠と統一基準が存在しないため、きわめて恣意性の高いものとなり、勢い大量の古典の文章が散文の埒外に置かれたり、意見の分かれるテクストが多数現れることになる。

　喜ばしいことに、近年では散文研究の進展と深化にともなって、散文研究の範囲とテクストの確定が進み、明瞭、合理的、実証的な方向に発展している。「前近代中国ではどのような文章が散文とされていたのか、それぞれ異なる見解が存在する」として、「中国語の文章の実情から考察すると、前近代中国の散文は様々な体裁の文章を含んでいた。諸子、史伝だけでなく、碑文、墓誌なども含まれていたのである」、「つまり、前近代中国の散文と今日のいわゆる散文という概念とのあいだには相違があり、古典散文の範囲は相当に広かった」という指摘もある[12]。

　筆者は、前近代中国の文章の具体的実情から出発し、文章の時代的特徴と変化の両方に目を向けることが、古典散文に関する研究範囲とテクストを確定するための基本原則であると考える。前近代中国の、詩歌、戯曲、小説を除いた単独で成立するあらゆる文章（「文字」ではない）は、すべて

10　曾棗荘「従文章弁体看古典散文的研究範囲」、『文学遺産』1988年4期。
11　陳必祥『古代散文文体概論』「緒論」、河南人民出版社 1986年版。
12　郭預衡『古代散文百科大辞典』「序」、学苑出版社 1991年版。

古典散文研究の対象とみなしてよい。むろん文学性の高いものは古典散文の傑作であり、低いものについてはその不足を指摘することができる。そのようにして初めて、現代散文の概念の制約や限定を受けることなく前近代における創作の実情に向き合うことができ、範囲は広まるとはいえ、史実に違えることはなくなるのである。それにより比較的客観的に古典散文の発展の軌跡を描き出し、科学的にその芸術的法則を探求し、現代散文の発展にとって鑑とすることができるのである。

第二節　賦と駢文に対する学者の直観的認識

　前近代中国の散文の研究範囲とテクストを確定するにあたり、賦と駢文という二種類の文体をどう取り扱うかが、学術界ではかねてより大きな論争となっている。これは難しいテーマであり、意見の相違や議論の生まれやすい重点的、焦点的問題でもあった。そのため、両者を散文研究の範囲に含めることに反対する意見が存在する一方、散文に含めるべきであるとの主張も多い。

　すでに1960年代には、「駢文は中国特有の文体であり、対句、修辞、韻律を重視するが、押韻はなく、古文と同じく広義の散文の範囲に属す。古典散文の研究は駢文を含めるべきである」[13]と指摘している学者がいる。また、90年代初頭には、「前近代中国の散文とは、一般的に先人のいうところの『古文』ではあるが、古文に相対する『駢文』も含む。中国の駢文はすなわち、中国語の文章の特殊な構造形式であり、語句は対になっているが、詩や詞とは異なる。『駢』と『古』、いずれも散文である」、「前近代中国の散文は駢儷体を含むだけでなく、賦体をも含む」と主張する研究者も現れた[14]。

　1930年代に中国で出版された陳柱の『中国散文史』[15]は、散文体散文と駢

13　王運熙「重視我国古典散文的研究工作」、1961年3月22日付け『文匯報』。
14　郭預衡『古代散文百科大辞典』「序」、学苑出版社 1991年版。
15　『中国文化史叢書』第二輯、商務印書館 1937年。これは中国の古典散文の発展を

儷体散文が平行して、発展、変化してきたことを全書の構成上の特徴とし、「騈文と散文の未分化」、「騈文の漸次的成立」、「騈文の隆盛」等の編を設け、騈文を同書の主要な考察対象の一つとした。郭預衡は90年代初頭に出版した大著『中国散文史』[16]において、騈文を重点的な考察対象としただけでなく、賦を文とみなし、賦の体裁を採る散文についてきわめて詳細な論述を行った。学界では、理論的にも実践的にも、騈文と賦はともに古典散文の研究範囲に含めるべきものだとされてきたが、それにもかかわらず、その十分な理由と根拠について詳細に述べた研究者はなく、反対の立場に立つ者も綿密な考察と検討を行っていない。

案ずるに、騈文と賦が古典散文の研究対象になりうるかどうかは、まず中国の散文、中国文学ないし中国文化の発展史という大河から、その発生と発展の状況を考察し、そこからさらに文体そのものの特質や他の文体との関わりを深く検討すべきであろう。それでこそ納得するに足る結論を得ることができるのではないか。

銭鍾書氏は、中国前近代では多くの文体が「平行しつつも対等ではない」[17]現象が存在すると指摘した。現代文学の四分類法に基づけば、詩歌、散文、戯曲、小説は対等の概念であるが、賦と騈文はそのどれかの文学ジャンルに属するよりほかはない。賦と騈文は、戯曲および小説とは直接のつながりを持たないため、ここでは論じない。詩歌、散文とのみ直接的で、かつ多方面における立体交差的な関わりを持っているので、「辞賦と騈文は詩歌と散文のあいだにある二つの文体であり、文学性を見れば、散文に分類できるが、文体の上では韻文に分類できる」[18]とする説や、「賦……とは、もっとも原始的な詩歌や散文などの文体の混淆によって派生したものである。

　　体系的に記述した初期の専門書である。
16　上海古籍出版社 1993年10月出版。今に至るも、本書は全面的、体系的に中国古典散文の形成を詳細に論じたもっとも重要な研究書である。
17　銭鍾書『七綴集』、上海古籍出版社 1994年版4頁。氏は、「これらの文体は、階段のように平行しつつも対等ではない」と述べる。
18　陳必祥『古代散文文体概論』、河南人民出版社 1986年版。

そのため、仲介性、辺縁性という特徴を持つ」[19]との指摘もある。また劉大傑は、「賦という形式はかなり特殊である。外面を見れば詩でも文でもないが、内側には詩があり、文がある。一種の半詩、半文の混合体である」[20]と指摘している。日本の児島献吉郎は駢文について「純乎たる散文に非ず、また完全なる韻文にも非ず。文に似て文ならず。詩に似て詩ならず。韻文散文の間に介まりて、不離不即の関係に在るもの」[21]と述べている。

　賦と駢文、それ自身が持つ複雑性のために、われわれは外から内を探るという方法を取らざるを得ないが、まずは直接に関連する詩歌と散文、この二つの文体の根本的区別を明確にしなければならない。

第三節　詩文の本来の属性と音楽を座標とするモデル

　一般的に、言語の外在形態の区別（押韻、文型等）から様々に異なるテクストを区分し、判別する。

　アメリカの学者ゲーリー（C. M. Gayley）教授は、『英詩選』「緒論」で次のように述べている。

> 　詩と散文の違いは、散文の言葉が日常で意見を交換する道具であるのに対して、詩の実質は高尚で集中的な想像と情感の表現であるという点にある。詩は、微妙で、リズムのある、脈動のような韻文のなかにある。

まさに「形式、文辞が異なるのみ」[22]と言われるとおりである。

　旧ソ連の文学批評家カーガンは、詩歌と散文の区別を論じるにあたり、次のように指摘している。

19　袁済喜『賦』、中国古代文体叢書、人民文学出版社 1994年版。
20　劉大傑『中国文学発展史』、上海古籍出版社 1982年版。
21　［日］児島献吉郎『支那文学概論』、京文社 1928年190頁。
22　清・呉喬「答万寿星野詩局」、『清詩話』上冊25頁、上海古籍出版社 1963年版。

純粋な散文と詩歌とは、詩歌の「極点」から散文の「極点」、または
　　その逆へと運動をする文学が、広範な領域にわたって形成する対立の
　　両極に過ぎない。われわれは、自由詩―無韻詩―散文詩―韻律のあ
　　る散文、のように、きわめて概略的にこの過程を区分することができ
　　る。[23]

　このように動態として捉えて文体を区分する方法は、斬新ではあるが、外在形式を重視するという路線からなお脱却できていない。

　前近代の中国においても、ほかの方法によって詩と文の区別を試みた学者は、少なからず存在した。金の元好問は、「詩と文は、単に言葉の別称に過ぎず、記述するものを文、感情を詠い上げるものを詩といい、言わんとすることは一つである」[24]と述べている。明の胡応麟は、「詩と文の本質は大きく異なる。文は正確性が重んじられ、詩は簡潔性が貴ばれる。詩は気品を主とし、文は道理を第一とする」[25]という。許学夷は、「詩と文章は異なるものであり、文は明快、直接的であり、詩は婉曲的、隠秘的である」[26]と述べる。清の呉喬は詩と文について、「意は同じであり、用いる所が異なる。詩、文の体裁に違いがあるのみである」[27]としている。論者はそれぞれ内容、風格、外見、効用等から多角的、多面的に区分しており、合理的ではあるが説明を尽くせていない部分もあり、隔靴掻痒の感がある。

　言語の外在的形態や、詩歌と散文の基本的な内容、全体的な風格、社会的な機能、そういった面から詩と文の違いを検討することができる。しかし、具体的な研究においては難題も多く、往々にして数多くの矛盾にぶつかってしまうのである。宋の陳騤は、「体裁の違いはない（容無異体）」という先秦の典籍の特徴を指摘して次のように述べている。

23　『芸術形態学』、凌継尭・金亜娜訳、三聯書店 1986年版296頁。
24　『元好問集』巻三六、「楊叔能〈小亨集〉引」、影印『四庫全書』1191冊。
25　『詩藪』外編巻一、上海古籍出版社 1979年新1版。
26　『詩源弁体』巻一、海上耿盧重印本。
27　清・呉喬『囲炉詩話』巻一、道光甲申重彫三槐堂蔵板。

第二章　古典散文の研究範囲と音楽を座標とするモデル

　六経の道が同じところに行き着くというからには、六経の文に体裁の違いは存在しない。それゆえ、『易経』の文は『詩経』に似て、『詩経』の文は『書経』に似て、『書経』の文は『礼記』に似るのである。『易経』「中孚」九二の、「鳴鶴の陰に在り、其の子これに和す。我に好爵有り。吾、爾とこれを靡にせん」を『詩経』「雅」に入れてしまえば、それが爻辞であることはわからなくなってしまう。『詩経』「抑」二章の、「其れ今に在りて、政を迷乱す。厥の徳を顚覆し、酒に荒湛す。汝雖湛楽をば従にし、厥の紹ぐを念わざるのみ。敷く先王の克く明刑を共しくするを求めず」を、『書経』「誥」に入れれば、それを『詩経』「雅」と区別することはできなくなる。『書経』「周書・顧命」の、「牖の間に南向きに、篾席を敷き重ね、純を黼にす、華玉、仍几あり。西序に東向きに、底席を敷き重ね、純に綴りす、文貝、仍几あり。東序に西向きに、豊席を敷き重ね、純に画く、雕玉、仍几あり。西夾に南向きに、筍席を敷き重ね、純を玄紛にす、漆、仍几あり」を、『周礼』「春官侍几筵」に入れれば、それが「顧命」であるとはわからなくなる。[28]

——『文則』上

　つまり、言語の外在的形態から文体の種類は区分、識別できないのである。それゆえに、ワーズワース（Wordsworth）は、詩と散文の言辞に大きな違いはないと述べているのである[29]。押韻については、「最良の散文にも明らかな韻律が存在し、一般的な詩を上回る高尚さを持つこともある。そして、いわゆる無韻詩（Blank Verse）とは、韻を踏まずともその高尚さが失われていない詩である」[30]という指摘もあり、このことからも韻律によって詩と文を区分できないことがわかる。同様の問題はほかにも多数列挙できるが、上記の事実は、表面上の外的現象によって詩歌と散文の根本的な違いを理

28　『文則・上』、影印『四庫全書』1480冊。
29　『小品文研究』第一編、新中国書局　1932年1月。
30　李伯素「什么是小品文」、『小品文研究』第一編、新中国書局　1932年版。

解することの困難さを物語っている。
　では、詩歌と散文のもっとも根本的な区別はどこにあるのであろうか。米国の文学批評家ルネ・ウェレック（René Wellek）とオースティン・ウォーレン（Austin Warren）は、「ジャンルは、理論的には外的形式（特有の格調や構造）と内的形式（態度、基調、目的—もっとはっきりいえば、主題と対象）に基づいた、文学作品の部類分けと考えられるべきものである。外見上の基礎はいずれか一つ（たとえば、内面形式としては「牧歌詩」と「諷刺」、外的形式としては二歩格とピンダル風オード）であろう。しかし、批評上の問題はそこでもう一つ別の次元を発見すること、図型 diagram を完成すること、となるであろう」[31]と述べている。この理論に基づき、静態的な側面だけの研究方法を放棄し、詩歌と散文の発生、発展、変化という歴史の動態から考察していけばよい。
　上述のとおり、詩歌と散文はどちらも文学の範疇に含まれるもので、「文学はすなわち人類の言語」[32]なのである。文字出現以前の「前芸術」時代、文学は原初形態にあり、言語的には二種類の表現タイプしか存在しなかった。一つは叙述性言語で、もう一つは歌唱性言語である。前者には、表意を主旨とし、言葉が比較的単純、直接的で素朴かつ明瞭、発音が平らかで音の振幅が小さく、声調変化の幅も小さいという特徴がある。後者は叙情を目的とし、言葉は音声の高低抑揚、軽重緩急、停頓や起伏等の助けによって内心の情感を吐露し、それにより音調の大幅な変化、強烈で鮮明な振幅、規則的な旋律を形成し、音楽と一体となるのである。そのため、このような歌唱性言語は、その誕生とともに音楽としての属性を備え、音楽の付属物となったのである。
　叙述性言語と歌唱性言語は「前芸術」時代の二大基本言語形式であり、それぞれにその時代特有の二種類の文学形態――散文と詩――を形成した。後世で大きく変化した様々な文学形式も、この二種類の基本的言語類

31　[米] R.ウェレック・A.ウォーレン著、太田三郎訳『文学の理論』、筑摩書房 1967年 325 頁。
32　[ロ] G. N. ポスペロフ著、王忠琪等訳『文学原理』、三聯書店 1985 年版。

第二章　古典散文の研究範囲と音楽を座標とするモデル　　　　41

　型が発展変化し、組み合わせられ、新たに命が吹き込まれた結果なのである。前近代中国の芝居の脚本、詩や詞を含む小説話本などは、詩と文が併用されて生まれた新しい様式である。戯曲は詩の音楽的属性を保持、発揚し、上演時には節回しがつけられ、脚本中の叙述的文章である独白、会話なども音楽に近いものとなっている。小説は叙述性という特徴を保持、発揚しているが、そのなかの詩や詞は音楽的属性から離れ、朗読的な色彩を見せている。各種芸術が異常なまでに発達した現代では、音楽を組み合わせた散文が現れ、音楽までもが散文と結びついてしまったかのように見えるが、両者は完全に一体となったわけではなく、それぞれ相対的に独立性を保っており、融合したのではない。音楽は音楽、散文は依然として散文であり、本来持つ叙述性という特色を保持し、朗読という形式で現れてくるのである。

　文学の原初形態から現代の文学世界へ、われわれはそのなかから学者たちが疎かにしてきた重大なヒントを得ることができる。文学のジャンルを区分するにあたっては、音楽が決定的な役割を果たす。音楽性は文体の帰属を判別する際の試薬、媒介である。「前芸術」時代、音楽性は詩と文を区分する唯一の尺度であり、これは後世でも決して軽視されるべきではない、参考に値する要素であり続けた。仮に「前芸術」時期の文学を分類するのであれば、当然音楽文学と非音楽文学の区別ができる。前者は歌唱性言語からなる詩歌であり、後者は叙述性言語からなる散文である。美学的観点からみれば、前者は柔和型の文学、後者は剛強型の文学に分けられるであろう。これを図示すると以下のようになる。

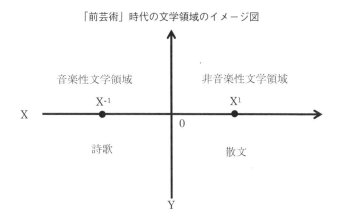

この座標のY軸は音楽の属性の有無によって文学の二大領域を区分する。X軸は文体の発展運動の軌跡を示し、X^1、X^{-1}はそれぞれ散文と詩歌の対応点となる。後世のあらゆる文体はすべてこの二点間で運動を行っている。縦軸と横軸の交点0は、文体に音楽属性があるかどうかの境界点を示す。これにより、文学類型を区分する「新たな一つ」の根拠として、「音楽属性」の有無を詩と文の境界を定める際の重要な基準とすることができるのである。

　過去から現在まで、世界中の学者が文学モデルと音楽との関わりに注目している。旧ソ連のカーガンは『芸術形態学』で次のように指摘している。

　　　われわれの考察する文学形式の系譜は、言語芸術と音楽が隣接し、対峙する方向上に分布している……言語創作形式は散文から詩歌に向かう運動であり、音楽へと向かう運動である。[33]

アメリカのフランツ・ボアズは『プリミティヴアート』でこう指摘している。

33　［ロ］カーガン著、凌継堯、金亜娜訳『芸術形態学』、三聯書店　1986年12月。

「詩は次第に音楽から自由になってきた」、「詩が音楽から解放されるに伴って、音楽は話されることばとの密接な結びつきを失ってしまったのである」[34]

　ここで言及しておきたいのは、1763年に発表されたブランの興味深い論文「詩と音楽、その発生、連結、作用、発展、区別と衰退」において、「……詩歌の要素、音楽の要素と舞踏の要素の混合性の統一を発見した」と述べられていることである[35]。

　前近代の中国において、各種の異なる視点から音楽と文体のつながりを観察した例は枚挙に暇がない。南朝宋の顔延之は、荀爽の「詩はいにしえの歌章である」[36]という言葉を引用し、詩と音楽の親和性を強調している。劉勰は「楽辞は詩、詩声は歌である」[37]と述べ、釈名の視点から詩の音楽性を指摘している。欧陽脩は、「詩は楽の苗裔である」[38]と述べている。鄭樵は、「后夔以来、楽は詩を本とし、詩は声を用とし、八音六律はこれに翼を与えた」[39]と指摘している。王灼はさらに踏み込んで、「古人が初め声律が定まらなかったのは、感じたことを歌として発したからで、声律はその後についてきたのである。唐虞の禅譲以来十分でなく、その余波は前漢にまで及んだ」[40]と指摘する。明代の李東陽は、「文が音をなしたものが詩である」[41]、「いにしえの六経のうち『易経』、『書経』、『春秋』、『礼記』、『楽経』はすべて文であり、「風」、「雅」、「頌」のみが詩と呼ばれ、現在もそれは実

34　［米］フランツ・ボアズ（Franz Boas）著、大村敬一訳『プリミティヴアート』、言叢社　2011年363頁。
35　［ロ］カーガン著、凌継堯、金亜娜訳『芸術形態学』、三聯書店　1986年6頁。ブランの文章は『西欧十七～十八世紀的音楽美学』より。
36　清・厳可均校輯『全上古三代秦漢三国六朝文』第3冊、『全宋文』巻三六「庭誥」、中華書局　1958年広雅書局刻本複製重印本2634頁。
37　范文瀾注本『文心雕龍』「楽府」篇、人民文学出版社　1962年。
38　『欧陽脩全集・居士外集』巻二三、「書梅聖俞稿後」。
39　宋・鄭樵撰『通志』巻四九「楽略」、中華書局　1987年第1冊625頁。
40　『碧鶏漫志』巻一、上海古籍出版社　1988年。
41　『懐麓堂集・文後稿四』、「鮑翁家藏集序」、影印『四庫全書』1250冊。

質として確かに存在する」[42]と述べている。清代に至っても、「古詩はすべて楽である」[43]、「詩はすなわち楽の辞である」[44]、「詩はすなわち楽の根本である」[45]といった説が繰り返し記述され、黄宗羲も、「もともと詩の起こりはすべて音楽による、したがって『三百篇』はすなわち楽経である……『三百篇』が生まれ、詩と楽は区別された」[46]と指摘している。

　現代の学者にも多数の卓見が認められる。銭鍾書は『談芸録』で、「詩、詞、曲の三つは、いずれも音楽と一体であり、渾然となっていたものが区切られ、初めは合わさっていたものが分かれていった」[47]と指摘している。郭沫若は、「原始人の言語」と「原始人の音楽」が一体となったとまで述べている[48]。聞一多は、原始人の「命を宿しつつも未分化だった言語」と「音楽の萌芽」の結合から詩歌の起源を探った[49]。游国恩ら教授五人の手になる『中国文学史』でも、「音楽からの関係」によって「楚辞」と「漢賦」を区別、比較し、「漢賦」と音楽の距離は「楚辞」よりも遠いと指摘している。以上のように、先哲や現代の大家たちの視点には相違もあるが、彼らは軽視できない基本的な歴史的事実に目を留めている。それは、詩と音楽には共生性があるという特徴である。両者は密接に関連し合い、本質的には相互に依存し、一体となっている。換言すれば、詩の本質とは音楽であり、音楽性、音楽との一体性、音楽との相性が、詩歌の根本的属性、本来的属性なのである。この属性は、散文との違いを見る上での核心であり、要点あるいは根本的相違点となる。しかも、詩が元来有するこのような特質は、あたかも人類の遺伝子が代々伝えられて決して消滅しないように、文人の机上に生まれたものであろうと、歌唱に供されたものであろうと、

42　『懷麓堂集・文後稿三』、「春雨堂稿序」、影印『四庫全書』1250冊。
43　馮班『鈍吟雑録』、『清詩話』上冊、上海古籍出版社 1963年35頁。
44　同上。
45　呉喬「答万季野詩問」、『清詩話』上冊、上海古籍出版社 1963年35頁。
46　「楽府広序序」、『南雷文定』巻二参照。清・宣統二年中華書局印梨洲遺書匯刊本。
47　『甲骨文字研究・釈和言』、中国社会科学出版社。
48　『神話与詩』、北京古籍出版社 1956年。
49　同上。

前近代の中国において変転を重ね、様々な姿を持った詩歌のなかで保持され続けたのである。

こうして、詩歌に固有の特質を利用することで、前近代中国の作品における詩歌と散文の二大系統、賦と駢文という二種類の文体の遺伝子を鑑別し、その帰属を決めることが可能となるのである。

第四節　駢文の属性

人類が文字を発明すると、文学の発展は新時代に突入した。文学には口述とテクストという区別が生まれ、後者は文学を研究する上での主要な根拠となった。中国に現存するテクストを検討すると、先秦以前の文学の様式は依然として詩、または文の二種類のみであることがわかる。詩は依然として音楽性という原初的属性を持ち、「弦に合わせて歌う（弦歌之）」、つまり音楽にのせて歌えるものであった。一方、詩を除くあらゆる文章は、神話、伝説、歴史物語、あるいは政論演説、金文銘文、実用文、記述文を問わず、すべて叙述性という特徴を示し、「先秦散文」に分類される。そして、賦と駢文は先秦の散文より生を受け、その後徐々に独立した文体へと発展した。以下にそれぞれ論じることとする。

まずは駢文についてである。「駢文」とは「駢語文」、「駢体文」の略称で、「散語文」、「散体文」の略称である「散文」に対峙する概念である。「駢文」という名称は、この文体の言語形態においてもっとも直観的で明瞭、かつ基本的な特徴——二句が対をなす——を端的に示していると言えよう。

駢文は中国語の文学に特有の文体であり、先秦に萌芽し、両漢時代に発展、南北朝時代に隆盛を迎えた。隋唐から清末に至るまで、山脈のような大きな起伏を経ながらも、連綿と絶えることなく優美な稜線を描き、発生と発展、変化という鮮やかな軌跡を見せてきた。しかも、発展の歴史のなかで自身の膨大な体系を作り上げてきたのである。それゆえ、古くから駢文を一種の独立した文体として研究する学者が存在した。むろんそれは研

究の方向としては肯定すべきものである。ただ、駢文そのものについて独立した研究を行うことが、駢文を古典散文研究の範疇から排除する理由にはならない。

　駢文を古典散文研究の範疇に加えることの是非については、学界では意見が一致してこなかった。筆者はそれを以下の理由によるものと考えている。一つは、概念の内包と外延が曖昧なためである。広義の「散文」と、「散語文」の「散文」を同一視して階層を区別しなければ、後者と駢文とは本来平等に対応する概念であるため、駢語文を散語文の下に置くことはできなくなる。二つ目は、駢文そのものに有韻の駢文と、無韻の駢文の二種類が存在するためである。古い文学の分類法ではあらゆる作品を韻文と散文の二種類に分けるが、それが合理的かどうかは明らかではない。韻文は「非韻文」と対応するだけで、「散文」は必ずしも「非韻文」であることを意味しない。散文のなかにも韻文はあり、韻文のなかにも散文はある。そうなると、韻文と散文のあいだには、実際上比較可能な共通点が存在しないことになり、互いに交差する重複点が存在するだけになる。

　駢文には有韻と無韻の二通りがあるため、二分法はジレンマに置かれている。韻文に分類すれば、無韻の駢文は名ばかりのものとなり、散文に分類すれば有韻の駢文は取り扱いにくくなる。二分法と駢文のあいだに矛盾があることから、学者たちは異なる観点を持つようになり、やむを得ず「駢文を独立させる」という主張まで現れるに至った。日本の児島献吉郎の論がその典型であろう。

　　　駢文とは句に対偶あるの謂なり。則ち四六文は文学として両性両属の中間性にして、散文に比すれば韻文的価値多く、韻文に比すれば散文的形式多きものなり。故に韻文散文の外に駢文を独立せしめて、これを律語と称するも、亦已むを得ざるに出づるのみ。[50]

50　［日］児島献吉郎『支那文学概論』、京文社、1928年190頁。

第二章　古典散文の研究範囲と音楽を座標とするモデル

中国の学術界における駢文の取り扱いも、実際は大体同じような道を通っている。文学史に関する著述や論述で、古典散文の発展を描く際に、駢文を章末の一項目として独立させているものが多い。これは論述の便を図ってのことであろうが、依然として「やむにやまれず」といった印象を受ける。これと比較して、陳柱の『中国散文史』における駢文の位置づけと取り扱いには敬服すべきものがある。

　駢文は押韻の有無を問わず、性質という点では歌唱性ではなくすべて叙述性言語に属す。そのため、「文」の範疇に属する。無韻のものは紛れもなく広義の散文の一種であるが、有韻のもの、たとえば箴銘、頌賛、哀祭の辞なども音楽的属性がなく、音楽に合わせて歌われるものではないので、やはり広義の散文の一種となる。そのため、駢文は当然のように古典散文の研究範囲に入るのである。

　清の劉開は、「文辞の術は形は大きく異なっても、その思想の根源は同一である。縦糸と横糸が入り交じって文となり、黒と黄が合わさって彩りが生まれる。それゆえ、駢文と散文は分岐しても流れをともにし、道を異にしても合流するのである」、「駢文と散文の区別は道理に違いがあるわけではなく、言葉遣いの濃淡によるものだ。絵画のような飾り（装飾性）か織物のような暖かみ（実用性）かである。究極のところ違いはない」、「文に駢文、散文があるのは、木に幹と枝があり、草に花と萼があるようなもので、初めから分かれているのではない。言えることは、散文は道理を主旨とし、駢文は言葉を基本とする。しかしながら、道理は言葉の力を借りないわけではなく、言葉も道理から逸れるものでもない。偏って追求するあまり、ついに大きく分かれるに至る」と述べているが[51]、実に首肯すべき言説である。

51　「与王子卿太宋論駢体書」、光緒巳丑仲夏長沙伍民刊蔵『国朝十家四六文鈔』。

第五節　賦の帰属

　賦の状況は駢文よりもさらに複雑である。

　ほとんどの人が駢文を詩ではなく文であると判断するのであれば、賦の本質には一部の研究者でさえ困惑させられることになるだろう。先に引用した学界の賦に対する認識は、この点を十分に物語っている。ほかに次のような指摘もある。

> 　賦は中国独自の中間的文学形式である。詩人の賦は詩に近く、辞人の賦は散文に近い。賦の修辞技巧は詩に近く、その配置や構成は散文にも近い。賦は文学のなかのカンガルーなのである。[52]

論者はただ創作の主体と芸術的特徴について、賦と詩歌、賦と散文の類似点を述べているが、では、賦とは結局のところ詩であるのか文であるのか、あるいは詩でも文でもないのか、それとも詩であり文でもあるのかという問題には答えを出していない。さらに次のような見解も述べられている。

> 　賦は散文と詩（騒を含む）が融合して生まれたもので、その変遷は常に詩と散文の要素の浸透と影響を受け、詩（たとえば俳賦、律賦）に接近したり、散文（たとえば宋文賦など）に接近したりしているが、総じて言えば一種の独立した文体であり、敷き並べて陳べる方法で物や感情を描写し、押韻、対句を重視する、詩と散文のあいだにある文体である。[53]

論者による賦に対する観察はおおむね実情に合致しているが、それでも賦の表面的現象の迷宮に入り込んだままで、賦の性質と帰属を正確に把握で

52　曹聚仁「賦到底是什么？是詩還是散文？」、鄭振鐸、付東華編『文学百題』360頁。
53　袁済喜『賦』、『中国古代文体叢書』所収、人民文学出版社 1994年。

第二章　古典散文の研究範囲と音楽を座標とするモデル

きていない。

　たしかに、いかなる文体であっても、独立した文体として異なる角度から研究することはできる。しかし、このような研究は着眼点が偏っていて小さく、単層的、孤立的な個別研究になるため、文学の多層的な領域のなかで適切な位置づけを得ることは大抵難しく、しかも表面的な現象に惑わされ、文体に潜む隠れた根本的属性を把捉することが困難になる。学界における賦と駢文の研究はまさにそのような状況にある。そのため、やむをえず賦を詩文と別に独立させて新天地を与えるのであるが、それでは詩歌や散文と同じレベルで並列するのは難しい。

　では、賦は果たして詩に属するのか、それとも文に属するのであろうか。その答えは、実は先哲がすでに出している。これまでに調査した文献資料のなかでは、班固が比較的早くから賦の実体に着目して研究している。「両都賦」の序は、賦を専門に論じるわけではないが、行間から作者の基本的な考え方がにじみ出ている。惜しむらくは、後世の学者は賦を論じるにあたって断片的な引用しかせず、全編を精査してその意図を明らかにし、その属性を定めた者はほとんどいない。行論の便のために、その序文の抄録を以下に掲載する。

　　　ある者は、「賦とは古詩の流である」と言う。昔、周の成王、康王が没すると、賛美の歌は止み、王の恵みは尽き果てて、詩は作られなくなった。漢が建てられた当初は、多事で時の足りぬほどであった。武帝、宣帝の世になると、礼楽の制度が重視され、文章を考究するようになり、宮中には金馬門、石渠閣という役所が設けられた。宮廷外には楽府や協律都尉の制が設けられ、廃止されていたものを再興し、絶えていたものを続け、壮大な事業を拡大していった。そのため民草は喜び、めでたいしるしが数多く現れた。白麟、赤雁、芝房、宝鼎の歌が作られて郊廟に捧げられ、神雀、五鳳、甘露、黄龍の吉祥が年号となった。そのため、言語によって天子に仕える臣下の司馬相如、虞丘寿王、東方朔、枚皐、王襃、劉向たちは、朝な夕なに考えをまとめ、

日々月々建議した。公卿大臣では、御史大夫の倪寛、太常の孔臧、太中大夫の董仲舒、宗正の劉徳、太子太傅の蕭望之らが時々に文をつづり、下々の様子を伝えて天子を諭したり、天子の徳を広めて忠孝を尽くし、高らかに天子の徳を賞賛し、後世に伝えている。そもそもこれは『詩経』の雅・頌に次ぐものと言えるであろう。だからこそ成帝の代にそれを調べて記録したのであるが、天子に奏上されたものは千余篇あったという。このようにして大漢の文章は、夏殷周三代と風格を同じくすることになったのである。そして、道には盛衰があり、学問にも粗いものと精緻なものとがある。だが、その時に即して徳を積もうとする者は、今も昔も頌を作るというしきたりを変えない。それゆえに、皐陶は舜のことを歌い、奚斯は魯のために頌歌を作り、どちらも孔子によって取り上げられ、『詩経』と『書経』に組み入れられた。その道理はいつも同じである。上古の時代でも皐陶の行ったとおり、漢の王室を考えても司馬相如らが頌するとおりである。賦を作るということは取るに足らぬことではあるが、先人によるしきたりであり、漢の王室が現在に残した美風であって、欠くべからざることなのである。[54]

――『後漢書』巻四〇「班彪列伝第三〇」附

　序文は賦の淵源から説き起こしている。「古詩の流」というのは古詩から発展し変化したという意味で、「流」は流転を表している。「古詩の流」であって「古詩の類」ではない。つまり、賦は詩ではないのである。賦は古詩の影響を受けて生まれたものであり、学者による数多くの論述があるが、ここでは割愛する。続いて、漢賦の創作の盛り上がりについて述べる。作者は成王・康王の没後に詩が作られなくなったこと、武帝・宣帝が壮大な事業を拡大していったこと、およびその繁栄の様子を語り、西周から前漢までの文学が谷底から最高峰にまで発展する変化の様子を描いて、漢の賦

54　『後漢書』巻四十「班彪列伝第三十」附、中華書局 1965年標点本。

第二章　古典散文の研究範囲と音楽を座標とするモデル　　　51

が生まれた大きな歴史的環境を示した。さらに、当時の賦作の内容、数、総評を概説した。最後に創作の重要性を指摘しており、まさに漢賦の発展略史といえる。とりわけ注目に値するのは、この序では詩と文を対にして取り上げている部分が六箇所にも上ることである。以下に列挙すると、「頌」（ここでは詩とは異なる概念、すなわち叙述性の賛辞であり、文である）と「詩」。「礼楽の重視」（詩、楽は一体のもので、礼楽とは詩である）と「文章の考究」（「文章」という概念はここでは二通りある。後の「大漢の文章は、夏殷周三代と風格を同じくすることになった」は、漢賦を指したものである）。「宮中には金馬門、石渠閣という役所が設けられ」（朝廷が文章を書くところ）と「政府は楽府や協律の仕事をはじめ」（詩を収集し音楽を付す場所）。「郊廟に捧げられ」た諸々の歌と「年号となった」吉祥（吉祥を記す文）。「虞を歌ったこと」と「魯を頌したこと」。そして最後に『詩経』と『書経』。このような現象は、著者が詩と文の概念について明確な線引きを行い、二種類の文体として明確に認識していたことをありありと物語っている。特に重要なのは、班固が漢賦を文に分類し、賦は詩ではなく文であるとみなしていたことである。もっとも重要なこの点が、学者たちに軽視されていたことは遺憾であると言わざるを得ない。

　班固は『漢書』「芸文志」において、「歌わずして頌す、これを賦と謂う」（「頌」は誦で、朗読を意味する。ここでは叙述を指し、「歌」と対立する）と述べ、賦の特質を明確に指摘している。これにより、賦と音楽的属性をもつ詩歌を明確に線引きし、賦は文の範疇に入るものであると規定している。

　班固は歴代の学者が認める賦学の権威であり、賦に関する論述は古典として後世の研究者から絶えず引用され、多くの著作に見られる。しかも、班固は賦が隆盛を極めた時代のすぐ後に生きていたため、賦の実体についての認識は当然もっとも信頼でき、高い権威を持つこととなった。ところが実際は、班固より前の賦の大家として知られる揚雄が、賦を書く方法を論じるにあたり、賦には音楽的属性がないという特徴をすでに指摘している。「たいてい千の賦を読めば、賦を作ることができるようになる（大抵能

読千賦，則能為之）」⁵⁵。賦を「歌う」のでも「唱う」のでもなく、「読む」としていることが、賦が音楽に合わせられないものであることを物語っている。これこそが文の根本的属性なのである。

　班固の後、劉勰は賦について系統的かつ綿密な専門的研究を行い、『文心雕龍』で「詮賦」篇を設けている。劉勰は班固の説を受けて、「賦は詩より出で、異派へと分岐した」として、次のように述べる。

　　　屈原が『離騒』を唱った後に、賦の形式が発展しはじめた。そのため、賦は『詩経』を起源とし、『楚辞』で発展したのである。その後、荀況の『礼』、『智』、宋玉の『風』、『釣』等で「賦」と名付けられて詩と区別されるようになった。賦は元々「六義」の一部であったが、今では大きくなって独立している。そのため、作者は二人の対話からはじめ、音や形の描写によって表現を追究したのである。これが、賦が詩と分かれ、独自の名を持つようになったはじまりである。⁵⁶

　この一節はきわめて簡潔かつ端的に、賦の醸成、生成、発展、隆盛および相対的な分類を概説し、「賦が詩と分かれ、独自の名を持つようになったはじまり」の様子を明らかにしている。劉勰は、賦は詩から現れたもので、屈原の「離騒」は詩が賦になるにあたって、鍵となった作品であると考えていた。「離騒」は古詩の叙述的手法を創造的に運用し、最大限にまで発揮させたため、詩歌の叙情性という本質を保持すると同時に、叙事性をその内に取り込んでその演出力、誇張性を発揮しており、それによって賦が六義の付属物から独立した文体に発展するよう促した。「賦の形式が発展しはじめた」とは、まさに演出と誇張のことを概括しているのである。

　屈原の「離騒」の登場後、賦は詩人から生命の遺伝子を得て、独立した文体として育まれ、はじめ楚辞のなかでその姿を現した。荀況や宋玉が賦

55　「答桓譚論賦書」、『揚子雲集』巻四、影印『四庫全書』1063冊。
56　『文心雕龍』「詮賦」、影印『四庫全書』1478冊。

をもって作品の名としてより、賦は詩の表現手法の一つであることをやめ、独立した文体として隆盛し、真正面から詩と対峙した。それだけではなく、徐々に主客問答のモデルを形成した。「離騒」より「賦の形式が発展」し、「音や形の描写によって表現を追究」するよう変わったのである。特に、劉勰が賦の起源を明らかにし、賦が詩とは異なることを示した点は注目に値する。先秦、両漢の文人が文ではなく詩を創作していたという状況で、詩に分類されない賦は当然のことながら文に分類されることとなった。また、ここで言及する「詩」、「騒」、「賦」、「楚辞」の概念にも注意しておく必要がある。作者はそれらの呼び名を厳密に分けており、相互の関係を示している。古代では「詩騒」と併称され、両者はいずれも音楽的属性を有していた。劉勰が「霊均唱騒（屈原が『離騒』を唱った）」と「騒」に「唱」という言葉を用いているのは、まさにその音楽性に由来しているのである。

「楚辞」について、宋の黄伯思は『新校楚辞』の序で以下のように述べている。

　　『楚辞』は楚ではじまったが、その名は漢代にはじまっている。屈原、宋玉の文や後世の模倣作には、いずれもこの名がついている。陳氏は屈原が著したもののみ「離騒」と言い、後の人々がこれを模倣したものは「楚辞」というと主張するが、それは誤りである。漢代以降、文筆の大家たちがその後を追って数々の傑作を発表したが、その文体の本質を知る者は少ない。屈原、宋玉の諸篇はいずれも楚の言葉で書かれ、楚の音で詠まれ、楚の地について記し、楚の物について表現している。ゆえに「楚辞」というのである。[57]
　　　　　　　　　　　　　　　　　　　　——『宋文鑑』巻九二

地域文化から楚辞の命名を論じた黄伯思の説明は、当を得たものである。

57　『宋文鑑』巻九二、斉治平校点本、中華書局 1992年版、中冊1306頁。

「賦は楚で興り、漢代に盛んになり」、「『楚辞』で拡大した」が[58]、その起こりは当然楚辞の一種であった。

　漢の劉向、屈原、宋玉、景差の作品や、後世でそれを模した賈誼の「惜誓」、東方朔の「七諫」、王襃の「九懷」などを一つにまとめたものが『楚辞』と総称されている。いまその意味を考えるに、「楚辞」とは、楚の土地の文章であり、騒、賦という二つの文体を持つ。前者が詩、後者が文であることは明らかで、騒と賦を併称することは、事実上、詩と文を対にして挙げていることになる。徐師曾は「文の体裁は『楚辞』の「卜居」と「漁父」の二篇よりはじまる。「子虛賦」、「上林賦」、「兩都賦」などの作品は、首尾一貫して文である。後世の人々はこれを模倣し、この形式だけを用い、押韻する文について議論したのである」[59]と指摘している。ここからも、賦は楚辞における散文であったことが証明されよう。章学誠は、賦が諸子による散文の一派であるとして、「いにしえの賦家の流れは、詩騒を源流とし、戦国の諸子に出入りした。問答を仮設し、荘子、列子の寓話を遺す。蘇秦、張儀の縦横を論ずる文は気勢が宏大である。韓非子の「外儲説」は並べ立てられ、面白みが隠れている。『呂氏春秋』は道家の諸説を集めている。それらの文章は、声韻を求め、趣旨は比興にあるが、その源流を深くたどれば、実は一派の学として成り立つのであり、当初から専門の書として区別があったのではない」[60]と述べている。日本の鈴木虎雄も「騒・賦は有韻にして駢文」[61]と述べており、いずれも賦を文であるとしている。

　つまり、賦と駢文の根本的実体は、間違いなくすべて文に分類されており、われわれは当然これを古典散文研究の範囲に含めるべきである。図にするとさらに明確になる。

58　『文心雕龍』「詮賦」、影印『四庫全書』1478冊。
59　『文体明弁序説』、人民文学出版社 1962年。
60　「文史通義」、『章学誠遺書』、文物出版社 1985年。
61　［日］鈴木虎雄『賦史大要』序、冨山房 1936年。

第二章　古典散文の研究範囲と音楽を座標とするモデル

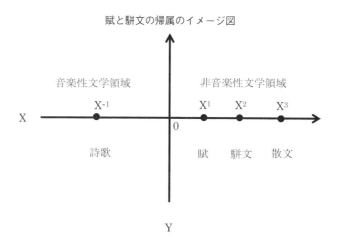

賦と駢文という二種類の文体は、一つが詩歌から散文へ向かって運動し、一つは散文から詩歌へ向かって運動している。「賦は詩より出ずる」というが、賦は詩の表現手法の一つから独立した文体へと発展しただけで、詩の原初的属性である音楽性は持たない。それゆえ、非音楽性文学の領域に分類され、散文に近い。駢文、特に押韻のある駢文は、散文という母体から分裂し、詩に向かって運動して、詩の一部の要素を取り込みつつも０の点を越えることはなく、依然として音楽性は持たずに散文の仲間であり続けている。この状況は、詞、曲が散文に向かって運動するのと同様である。それらは文型の形態、押韻の変化、または章法の構造といった各方面で散文の要素を大いに吸収しているが、依然として音楽性が根本的な属性として存在する。そのため、文学の運動軌道上の対応点は以下の図のようになり、やはり音楽性文学の領域となる。

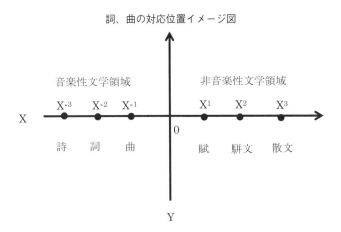

中国の古典文学におけるいくつかの主要かつ基本的文学形式を座標によって位置づけると、各種文体の根本的属性および相互間の浸透関係が明らかになる。

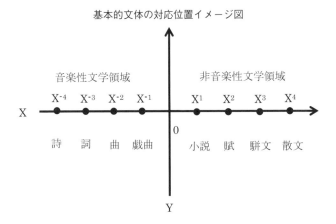

座標のX軸上に並んでいるのは八種類の文体であるが、事実上は二つのレベルに分けられる。もっとも早期に出現した散文と詩歌という一対の文体はおおよそ等しい対応関係にある。戯曲と小説が前近代の中国に出現した

第二章　古典散文の研究範囲と音楽を座標とするモデル

のは唐以降のことだが、いずれも包容性と複合性を備えるという特徴があり、同じく等しい対応関係にある。そのため、詩と散文の関係と相似の形で配置できる（これは現代文学の四分類法と図らずも一致している）。詞と曲、賦と騈文は、それぞれ詩と散文から分化、独立し、派生した新しい文体、すなわち詩と散文それぞれの分枝であり、一方向性と単純性という特徴が比較的目立つ。相対的な独立性は持ちつつも、それが含む面は狭いため、第二レベルに分類される。

　また、図からもわかるとおり、対立する文体（音楽性か非音楽性かを指す）の要素の多寡が原点からの距離を決定する。このことは、対立する文体の双方向運動の法則を説明し、それと同時に各種文体の出現する時間的順序を大まかに示す。数字が大きくなるにしたがって、出現の時間は早くなり、小さければ遅いことになる。ここで指摘しておくべきは、中国前近代の戯劇は唱をもって主とし、実際は詩劇あるいは歌劇であるため、その本質は詩である。一方、前近代の小説は、唐の伝奇、宋元の話本、明清の文言小説、章回小説のほか、隋唐以前の小説やそれ以降の筆記小説も、事実上やはり散文に属するということである。

　米国の文学批評家ウェレックは、「ジャンルの理論は秩序の原理である」[62]と指摘している。フランスのレヴィ・ストロースも、「科学者は、不確実や挫折には寛容である。そうでなければならないからである。ところが無秩序だけは認めることができないし、また認めてはならないのである」[63]と述べている。中国の学術界が文学を分類するにあたって採用している基準は一つではなく、事実上、長きにわたって「無秩序」の状態にあった。これは古典散文研究において顕著かつ典型的なものであり、それにより研究範囲の明確化が困難になっていた。これに鑑みて、先に述べたような理由で、

62　R.ウェレック・A.ウォーレン著、太田三郎訳『文学の理論』、筑摩書房　1967年245頁。
63　クロード・レヴィ＝ストロース著、大橋保夫訳『野生の思考』、みすず書房　1976年13頁。

筆者は古典散文の研究範囲を議論すると同時に、音楽性の有無を境界とする文学ジャンルの区分法を提唱する。このモデルは、言語形態にこだわって文体を区分するときに起こる、交差、重複という矛盾を回避することができ、議論の分かれる賦と駢文の帰属問題を根本的に解決するものである。詩と文の原初的属性と本質的区別を明確にすることは、古典散文が包含するものをさらに明確にするための基礎となるのである。

　全体的には、古典散文の研究範囲は十分に広く、非音楽性文学領域にある独立して一篇をなすあらゆる文章（現代的意味を持つ小説を除く）は、いずれも散文とみなすことができる。研究においては、散文の歴史性、派生性、多様性、多層性等の特徴を考慮し、柔軟かつ実証的な態度によって、前近代中国の中国語文章の実際から出発し、考察、検討する必要がある。

第三章　古典散文の進展と宋代散文の位置づけ

　中国の前近代における散文発展の歴史という長い川の流れのなかで、宋代の散文はどのように位置づけられるのであろうか。また、それはどのような役割を果たしたのであろうか。宋代の散文作家は、先人の創作をどのように扱い、どのようにして自身の新しい領域を切り開いたのであろうか。さらには、後世における散文の発展に対して、いかなる影響を与えたのであろうか。これら一連の問題は、中国古典散文の発展におけるすべての様相を注視することによって、答えを導き出さなければならない。

第一節　前代の散文発展の軌跡に対する古人の巨視的視点と段階の区分

　世界中のあらゆる事物の発展には段階があるように、中国の古典散文の発展もまた例外ではない。すでに三世紀には、この点について注意を向け、分析考察をした学者がいる。摯虞の『文章流別論』、劉勰の『文心雕龍』（その「通篇」では、前代の文を「黄唐」、「虞夏」、「商周」、「楚漢」、「魏晋」、「宋初」の六段階に分ける）には、ともに古典散文の発展に関する論述があり、隋唐以降はしだいに先細っていく。唐の陸希声は次のように指摘する。

　　　文は唐虞に興り、周漢代に隆盛した。明帝よりのち、文体は薄弱なものとなり、魏晋宋斉梁隋に至っては華美を競い、壮健さを失った。唐初は、なお隋の旧態を踏襲した。則天武后のとき、陳伯玉（子昂）がはじめて復古の文を作ると、当世に高い評価を得た。博雅かつ質朴であったが、形式美をすべて取り除くには至らなかった。韓愈が出て旧弊が大いに改められると、鷹揚としてこなれた文風が現れた。[1]

1　「唐太子校書李観文集序」、『全唐文』巻八一三、中華書局影印本参照。

これは唐代以前における文章の発展を、「唐虞」、「周漢」、「魏晋宋斉梁隋」と「唐」の四段階に区分している。また、李漢の「韓愈文集序」は、秦漢以前、前漢、後漢と曹魏、晋と隋、そして唐の五段階に分けている。

　　秦漢以前、文の気風は渾然としていた。司馬遷、司馬相如、董仲舒、揚雄、劉向などは、もっとも優れた者と言える。後漢から曹魏に至ると、その気勢が衰えた。司馬氏以来、規範はすべて失われ、『易』以下を古文と呼びなし、剽窃をもって巧みとするのみであった。……（韓愈）先生の文が旧態を一掃した功績は、武勲にも匹敵する。非凡な気概をもつ人物と言えよう。[2]

明代の屠隆は、その『文章論』において、「黄帝や舜の時代より後、周や孔子以前は、文と道とは一つであった。秦漢より下って、文と道は二つに分かれ……六朝は文を飾ることに巧みであったが、道は錯誤に陥った。宋代の儒者は道に合致するも、文の方は浅く凡庸であった」といい、宋に至る文章の発展を四段階に分ける。清代の董兆熊は『南宋文録録』序で、「六経」、秦漢、六朝、唐、宋の五段階に区別する[3]。原文の関連する部分は以下のごとくである。

　　六経の書は聖人の父である。聖人とは、天理に基づいて人々を教化する者である。秦は書籍を焼き、漢は黄老の思想を尊び、晋代には清談が流行り、六経の教えは隠れ、天理は燃え尽きたに等しい。六朝に文なしというが、そうではなく、理がないのである。……唐の中葉、韓愈が「原道」を著すと、その理はまた天下に戻った……宋初、柳開らが出ると……飾られ、覆い隠されることを免れなかった。欧陽氏がこれを矯正すると、文章は鷹揚な趣に一変した……

2　『四部要籍序跋大全』集部乙輯、華国出版社影印本496頁。
3　『南宋文録録』巻首、光緒十七年（1891）蘇州書局編刻。

第三章　古典散文の進展と宋代散文の位置づけ

　甬上（寧波）の童槐は「葉氏睿語楼文話序」のなかで、やはり上古から宋の文までを整理して、「六経」、「周秦諸子」、前後漢、魏晋六朝、唐、宋の六段階に分けている。

　　かつて六経の書は並び称され、政治や倫理のように大きなものから物の名と形まで、細かく詳しく文に記された。周秦の諸子と歴史家が相次いで出たことで、各々がその文体を形成した。荀卿や屈原は、あるいは賦を作り、あるいは騒を成し、さらにその変化をほしいままにして、いまから見れば、ともに文章の祖と言えるであろう。賈誼、枚乗、司馬相如、揚雄、班固、馬融、張衡などがその後を継いで立ち、互いに文章を磨き上げると、その影響は下って建安年間の隆盛をもたらし、南朝まで続いた……韓愈や柳宗元らの諸公は文章が古風でないことを残念に思い、これに名分を与えたが、まだその当時は明確に区別できるほどではなかった。極点に達すれば揺り戻す。そうして韓愈を尊崇する穆修、柳開が出て、これより欧、蘇、曾、王が相次いで門派を開いた……

全祖望の「皇四子二希堂文集序」もまた大きく六段階に分ける。

　　上古の時代は縄の結び目で疎通を図ってそれで治まり、後世の聖人はこれに代えて文字と割り符を作った……孔子は聖人の道の興廃において、必ずこれを儒学の盛衰に仮託した……三代以降……魏晋ののちは、純朴さが華美へと変じて冗長薄弱なものとなり、文の衰退はここに極まった。唐の韓愈が出ると、その衰退を立て直し、天下の文はまた正しい状態に戻った……その後、欧陽脩、三蘇、曾鞏らが代々その跡を継ぎ、また周敦頤、程顥と程頤、張載、朱熹といった大儒が立て続けに現れ、遠く聖人たちの教えを受け継ぎ、道を明らかにして世の中の目を覚めさせた。儒学の盛行は、たとえば日月が縦糸として天に

あり、山川が横糸として地にあるようなものである。[4]

いわゆる「結縄して治まる」とは、すなわち文字発生以前の「前芸術」期である。孔子とは春秋戦国時代を指し、「魏晋」の前には秦漢、その後には南北朝、そして唐、宋と続く。

陳元龍の「御定歴代賦彙告成進呈表」は、賦の淵源や体裁の変化について、以下のように詳しく述べる。

> 思うに賦の創作は、はじめ典墳に基づいて推し進め、ついで風雅によって華やかさを増したのである。蘭陵の祭酒荀卿は、礼智の文章を残し、夢沢の騒人屈原は、芷蘭のうたを作った。東西の都では典麗にして勇壮な賦が、南北朝ではその精髄として美を競った。唐は応制の詩文を伝え、格律をもって巧みとした。宋は華美をきらい、質朴をもって尊んだ。元明以降は体裁も各々異なるが、誰もが文に加飾を施し、誰もが音韻に精通した。

ここで言う「典墳」とは、古人のよく使う「三墳五典」の略称であり、虞・夏・商・周の時代の古籍、たとえば『易経』や『尚書』の類いを指す。「風雅」は広く春秋戦国時代の文字による著述をいう。陳氏は賦に着目し、その起源と演変について、虞夏商周、春秋戦国、前後漢、南北朝、李氏の唐、趙氏の宋、そして元と明という七段階に分け、各段階の芸術的特徴を指摘する。賦はすなわち散文の一種であるから、その発展の過程は散文の発展過程と概ね一致する。

清代の邵長蘅は、前代の文章の発展と変化について論じた際、以下のように述べている。

> 文章が時代を下るごとに衰えてきたことは、確かである。六経は文

---

4 『四部要籍序跋大全』集部甲輯、下冊319-320頁。

第三章　古典散文の進展と宋代散文の位置づけ

として論じることはできない。周秦より下って、文は前漢でもっとも栄えるが、東遷してやや衰えた。六朝に至るや、文はほとんど亡んだ。唐はこれを再び興したが、唐の文は漢の文に及ばない。唐末から五代の乱に入り、文はまた亡んだ。宋はこれを奮い起こしたが、宋の文は唐の文を追随しなかった。元を経て明に至るも、その文は宋に及ばない。……これより、二千年の源流を通じて論ずれば、後代は往々にして前代に及ばないと言える。おそらくは気運がそうさせたのであろうが、どうしてそうなったのかは知る由もない。時代で区切って言うならば、一時代にはその時代の文章がある。互いに借りることなく、互いに覆い隠すこともない。互いに借りることがないため、よく一家を成すことができ、互いに覆い隠すことがないため、それぞれがその時代においてもっとも優れていると言われるのである。[5]

「文章が時代を下るごとに衰える」という邵氏の考え方は、あるいはまた別に議論を要するかもしれないが、しかし、前代における文章の発展と演変の段階的特徴を十分に把捉しており、それゆえ、よく実際に符合する形で、「周秦」、前後漢、「六朝」、「唐」、「五代」、「宋」、「元明」、これに清代を加えて、全八段階に区分することができたのである。

　上に引用した分析から、前代における文章の発展と演変の段階性を、古人は十分に重視していたことがわかる。細かな見方はそれぞれ異なるが、段階の区分と認定については大同小異であり、周秦、前後漢、魏晋六朝、唐、宋という区分については、ほとんど異議がないほどである。現代の学界が古典散文の発展に言及するときは、いつも唐宋をともに論じる傾向にあり、往々にして同じ一つの段階と見なすことがある。その一方で、先人のほうが唐と宋を相対的に独立した二つの段階として捉えていた点は、とりわけ注意すべきことである。

　5　『四部要籍序跋大全』、附編139頁。

第二節　古典散文における発展の段階と特徴の紹介

　中国における古典散文の発生と発展について、その実際の状況に基づき、かつ先人の見解を参考にすると、筆者の考えではその発展を大きく九段階に分けることができる。すなわち、胎動期、濫觴期、成長期、成熟期、模索期、革新期、繁栄期、低迷期、終結期である。

　第一段階の胎動期とは、いまだ文字のない「前芸術」期の散文を指す。当該期の散文はすべて口頭により表現され、事物を描くこと、あるいは行動意識を伝達することを主としている。完全に個々人、もしくはコミュニティーの交際という需要から出たものであるため、それゆえに実用性はもっとも高い。この時期はまた古典散文の発生期でもあり、散文の原初形態という段階に属する。

　第二段階の濫觴期とは、文字が発明されてから西周期までの散文を指す。この時期は、古典散文がテクストとして定着しはじめる時期、つまり、文字による散文創作が開始される時期である。現存するテクストから見れば、当該期の散文のほとんどは甲骨や青銅器に彫られたもので、記事的あるいは説明的という特徴があり、形式面は素朴である。鮮明な実用性と功利性をすでに有するとはいえ、作者に自覚的な創作意識はない。後世における散文の一部の文体は、ここに萌芽が認められる。したがって、『尚書』が相当な水準を備えることからもわかるように、この時期は古典散文の発芽期でもある。

　第三段階の成長期とは、紀元前770年から紀元前221年までの、春秋戦国時代の散文を指す。この時期の散文にも明確な創作意識は認められず、基本的には記録を旨とする。たとえば『春秋』、『左伝』、『国語』、『戦国策』、『晏子春秋』といった、いわゆる「史伝散文」は、つまるところ史実の記録に過ぎない。『論語』や『孟子』のような名著であっても、言行を記録したに過ぎず、意図的に創作された文章ではない。ただ、この時期は文化が相対的に発展したため、人々は文字表現の面で比較的大きな向上と進歩を遂げた。芸術的な要素がしだいに加味され、おぼろげながら美的意識が、文

第三章　古典散文の進展と宋代散文の位置づけ

章の構成や題材の選定、言語の措辞表現などの面で、一段また一段と体現されるようになってきたのである。『荘子』や『荀子』、『韓非子』などに至っては、程度の差こそあれ、すでに意図的な編目を有している。

　この時期は、歴史散文と諸子散文という燦然たる成果によって、中国古典散文発展史上、はじめての高潮かつ最盛期を迎えた。それらの作品は、なお「無意識創作」の産物に属するが、すでに一定程度の芸術的水準が体現され、多方面における美的価値観と客観的な価値基準を備えている。それゆえに、後世の散文発展に対して、直接的かつ巨大な影響力を有するのである。

　第四段階の成熟期とは、紀元前221年より紀元後220年に至る秦漢期の散文を指す。この時期の散文創作には、以下に示すようないくつかの突出した変化と顕著な特徴がある。

　その一は、創作意識の明確化と明朗化である。当該時期の作品の大部分は、そのほとんどが記録を旨とする前時代までの文章とは異なり、明確な目的を備えて、ある作家が個人として創作したものである。つまり、前時代の無意識的な創作から、すでに自覚的な創作へと変化している。

　その二として、芸術的美観の強化と自覚化が挙げられる。中国前近代の散文は、社会における実用性に応じて発生し、またそのなかで壮大に発展し、着実に隆盛していった。したがって、実用性こそは中国古典散文の第一の特徴なのである（むろんその程度には高低強弱の差があり、それは多角的、多層的なものである）。しかし、その発生のときにはすでに芸術的美観という要素を内包しており、しかも散文の絶えざる発展に従って、その要素もまた絶えず強められていった。それゆえ、中国前近代の散文は美的価値をも有している。

　芸術的美観は中国古典散文の第二の特徴といえるが、ただ、それも実用性と同じく不確定な要素がある。歴史上の異なる時期、異なる作品においては、実用と美観は互いに昇降し、その順序を置き換えもする。まずはこの点について述べておこう。秦漢以前の散文作品は芸術的美観の要素を含むとはいえ、その多くは自然、天然、あるいは偶然に属するものであり、

作家の明確な理性による要素はひとえに少ない。これとは異なり、秦漢期の大部分の散文作品は、題材の選定、構想、意図、章立て、構成や配置、論旨、措辞などの諸方面で、明白な理性と思考を体現しはじめ、作者は文章の社会的効用を重視する以外にも、とりわけ文章の形式美と言語の修飾美に意を注いでいる。これにより、文章の芸術的美観はかつてないほど強化された。賦の隆盛はまさにその典型的な例である。

その三は、文をもって名をなした作者と、独立して一篇をなす名作が大量に現れ出たことである。前時代にはすでに諸子百家が出たとはいえ、文をよく作ることで名を知られた者はおらず、経典や名作もあったとはいえ、多くは断片的なものにとどまり、完全性と独立性においては相対的に乏しかった。これとは異なり、秦漢代には文で名を馳せた者が相次いで現れた。司馬遷、班固は言うに及ばず、陸賈、賈誼、晁錯、枚乗、司馬相如、桓譚、王充など、みな文で名をあげた人物である。名篇佳作については、「諫逐客書」、「両都賦」、「長門賦」、「過秦論」、「論貴粟疏」など、枚挙に暇がない。これらより、散文は秦漢代に至ってすでに成熟段階に突入していたことがわかる。かつて魯迅先生は、魏晋南北朝期が中国文学の自覚時代であるとしたが、このような自覚は、実はすでに秦漢代の散文のなかに十分に体現されているのである。

第五段階は魏晋南北朝時代、すなわち紀元220年から581年のあいだで、これは散文発展の模索期といえる。その模索は、これまでに類を見ない美的意識の強化と高揚において、主に体現されている。人々は芸術的美観をほとんど実用と同程度にまで昇華し、ときには実用性を超越する水準にまで高めた。そして文章の形式美を追求し、言語の修飾美、音声美に凝り、句の対偶美を重視して、駢儷文が一世を風靡したのである。新しきを求め、美しきを求める、これは疑いなくある種の進歩であろう。当該期の文風に対して批判的な態度を取る学者は多いが、唯美主義に反対すると同時に、その進歩と合理的な要素については肯定すべきである。さらに言えば、文学理論の研究が隆盛したのもこの時期である。曹丕の「典論・論文」、摯虞の『文章流別論』、劉勰の『文心雕龍』などは、誰もが知る名著である。理

第三章　古典散文の進展と宋代散文の位置づけ

論とは実践の総括であり、また翻って実践の指標となるものである。理論研究の盛行は、文章の創作がすでに相当成熟し、豊富な経験を積み重ねたことを証明するのみならず、人々がすでに感性による認識から理性による認識という段階へ進んでいたことを意味する。

　581年から960年に至る隋唐五代期は、散文創作の深化期、革新期であり、あるいは復古期とも称すべき、古典散文の発展におけるまた一つの高潮を形成した時期である。この時期は、「隋が天命を受け、聖道が興ると、軽薄を退け、虚飾を抑えた」[6]にはじまり、唐の「初め、広漢の陳子昂は風雅をもって浮華を改め、次に燕国公の張説は、壮大かつ精緻な作風で広く影響を及ぼした。天宝（742～）以降は、李員外（華）、蕭功曹（頴士）、賈常侍（至）、独孤常州（及）らが相次いで出た。そのため文の道はますます勢いを増した」[7]。「大暦、貞元年間には才能豊かな人物が陸続と現れ、文章の道の真髄を求めて玩味し、崇高な境地にまで陶冶した。そこで、韓愈が唱導すると、柳宗元、李翺、皇甫湜らがこれに相和した。諸家を排斥して文章作法を厳しくし、魏晋の文を排斥し、周漢の文を圧した。そして唐の文はさながら王法となった」[8]。そして五代の牛希済に至るまで、「妖艶をもって優れるとする」[9]ことを非難する。これより、この時期における散文創作の主潮が、革新復古の要求であったことがわかる。そしてまさに、この革新復古の要求が、散文の発展と隆盛を推し進めたのである。その間にも波瀾や起伏はあるものの、よく受け継いで唐代の文の高潮を形成し、大家が相前後して輩出されるという様相を呈した。しかも、あまたの佳作が人口に膾炙し、駢文と散文の二形式が共存共栄する。ここに、古典散文発展の第六段階の突出した特徴が認められる。

　960年にはじまり、1279年に終わりを迎える北宋と南宋の時期は、中国

6　李諤「上隋高帝革文華書」、『隋書』巻六六「李諤伝」参照、中華書局 1973年版 1543頁。
7　梁粛「補闕李君前集序」、『全唐文』巻五一八、中華書局影印本5261頁。
8　「文芸伝序」、『新唐書』巻二〇一、中華書局標点本18冊5725頁。
9　「文章論」、『全唐文』巻八一四、中華書局影印本8877頁。

古典散文の発展の第七段階であり、それはまた古典散文の全盛期であり最高潮期でもある。欧陽脩は、「本朝が興って百余年、大著をものする学識豊かな人が途切れず、文章の盛んなさまは、ついにかの三代に並ぶほどである」[10]といい、王十朋は宋代について、「文章はますます美しく、魏の正元・唐の元和年間を大きく上回り、周の盛んなさまに並ぶほどである」[11]といった。陸游もまた、宋の文は「漢や唐の文と比べてもその上をいき、無限の輝きを放っている」[12]と称し、明代の宋濂は、「秦以来、宋ほど文章が盛んなときはない」[13]と述べている。さらに清代の人は、文章は「宋に至ってはじめて洗練され」[14]、「宋に至って形式が完備され、宋に至って作法が厳格になり、宋に至って本末源流がよく聖賢の考えに合致する」[15]と考えている。つまり、宋代の散文が創造した輝かしい成果は未曾有の高度にまで到達している、これが宋から清に至る数多くの名家や学者の共通認識であることを、上記の資料は物語っているのである。宋代の散文は、中国古典散文の発展の最高潮である。いわゆる「文は宋代に大いに栄える」[16]や、「文はここに至って極まる」[17]というのも、この謂である。

　宋代の文章の盛行は、まず創作面に現れる。散文作家の総数と創作総数、名家と名作の数、各作家の創作数など、いずれも空前絶後の量を誇り、これ以前のいかなる時代も比べものにならない（詳細は次章参照）。また、体裁面での発展と新機軸において、内容面での発掘と開拓においても、宋代の人々は先人をはるかに上回っている。とりわけ芸術面での発展と創造には特色がある。宋文の芸術的風格は多彩かつ多様で、駢文と散文のどちらを用いるべきか激しい論争が起こり、文風の復古が声高に、かつ両宋代を

10　『欧陽脩全集』下冊、「集古録跋尾」巻四。
11　「策問」、『梅渓全集』前集巻一四、四部叢刊本。
12　「尤延之尚書哀辞」、『陸放翁全集』巻四一、北京市中国書店拠世界書局 1936年版影印。
13　「蘇平仲文集序」、『宋学士文集』巻六六、四部叢刊初編集部247冊。
14　「朱竹垞与李武曾論書文書」、『文話』巻二参照。
15　『文話』巻一〇。
16　清・張雲章「新城先生文稿序」、『四部要籍序跋大全』集部丁輯参照。
17　清・董兆熊『南宋文録録』序、光緒十七年蘇州書局編刻本。

第三章　古典散文の進展と宋代散文の位置づけ　　69

通じて叫ばれたが、駢散両文体ともに大きな収穫を得た。

　散文創作理論および散文批評理論などにおける宋人の総括と研究も、全面的かつ系統的に、深く細かく、多角的かつ多層的に発展した。宋初から宋末に至るまで、大量の断片的な論述が著されただけでなく、そのうえ大量の専門的な文章や論文、専門書まで現れた。とりわけ南宋では、『古文関鍵』、『文章精義』、『文章軌範』といった類いの著述が多い。そして宋人は鮮明な集団意識を持っていたので、異なる創作傾向、異なる審美観、異なる芸術的趣向により、彼らはそれぞれ多くの創作集団、異なる芸術流派に分かれた。このようなグループや流派は互いに補い、互いに照らし、ともに宋文の繁栄と最盛を打ち立て、尋常ならざる宋文発展の景観を作り上げたのである。

　事は極点に至れば揺り戻す。宋代における最盛期を過ぎると、元明代（1279-1644年）に至るまで、散文は低調期に転じる。これが中国古典散文の発展における第八段階である。『元史』「儒学伝」序には、「元朝が興って百年、上は朝廷内外の官から、下は山林に隠れる無官の士まで、経書に通じて文章をよくし、当世に名の響く者はきわめて多い」[18]とある。また、「明一代において、突出した才能をもつ文士」[19]も数多いという。やはり元明期も作家は非常に多かったことがわかる。ただ、当該期の散文創作は、たしかに一定程度の成果を上げたとはいえ、全体的な水準から言えば前代とは比べるべくもない。作家たちは全力を尽くしたが、凋落の一途をたどる趨勢に抗うことはできず、まさに王士禎が、「元明の作者は大抵が宋を祖として唐を継ぎ、万事に雷同して、ついに平俗に流れた」[20]と指摘するとおりであった。元代の人もみずから、「国初の学士大夫は金人と南宋の遺風を祖述し、轍も書もまったく同じく、気風まで同じになった」[21]と称し、また、「天暦年間以来、文章はしだいに衰え、探求して破綻するのでなければ、剽窃

18　「儒学伝」序、『元史』巻一八九、中華書局標点本8冊4313頁参照。
19　「文苑伝」序、『明史』巻二八五、中華書局標点本24冊7307頁。
20　「半部集序」、『四部要籍序跋大全』集部丙輯。
21　王理『元文類』序、商務印書館 1958年5月、1936年本の重印。

して支離滅裂となった。出色の才をみずから信じて俗に流れない者はほとんどいなかった」[22]と言っている。清人の指摘に、「古文の一派は、明代前期の李夢陽、何景明、徐禎卿、辺貢、康海、王九思、王廷相の七人から皮相的に模倣する風潮が始まり、明代後期公安派の袁宗道、袁宏道、袁中道の三袁より浮薄になり、天啓、崇禎年間に至って極度に衰退した」[23]とあり、また文章は、「元を経て明に終わる、元明の文は宋に及ばない」[24]とある。これらはすべて元明期の散文創作が低調な状態にあったことを述べるものである。四六駢儷文について言えば、清代の孫梅は次のように言っている。「四六文は、南宋末期には精華が尽き果て、元朝の作者は非常に少なく、ただその余波に乗っていただけであった。明代に至ると、経学が興って対偶を重視しなくなった。そのときに用いられていた文章の形式は書・啓・表・対聯であり、多くが旧態依然として、もはや作家の情趣は認められない」[25]。ここからも、低迷期にある元明散文の一側面をうかがうことができよう。

　愛新覚羅氏が中原を治めてから、中国古典散文の発展は最終段階——第九段階に入る。それは1644年から1911年の辛亥革命まで続く。当該期は中国古典散文の発展の終結期であるが、元明期と比べて、散文創作の面では消える前の灯火のような再上昇の気配を見せる。少なからざる名家と名作が勢いよく現れ、駢体文と散体文の両者が一定程度の成果を上げた。そして、桐城派の勃興は清代の散文創作に彩りを添え、散文発展の最後の輝きを現出した。散文理論の研究面では大きな進展があり、そのなかでも桐城派の理論が典型となった。たとえば桐城派の先駆者である戴名世の「道」、「法」、「辞」、「情」、「気」、「神」統一説[26]、方苞の「義法説」[27]、劉大櫆の

22　楊緯楨「東緯子集・王希賜文集再序」。
23　『四庫全書総目』。
24　邵長蘅「三家文鈔序」、『四部要籍序跋大全』附編。
25　孫梅『四六叢話』凡例、呉興旧言堂蔵板、嘉慶三年二月刻本。
26　『戴名世集』巻一4頁、「答伍張両生書」巻四109頁、「己卯行書小題序」、中華書局1986年版王樹民編校本。
27　『方苞集』巻二「又書貨殖列伝後」、上海古籍 1983年版劉季高校点本58頁。

第三章　古典散文の進展と宋代散文の位置づけ

「気神」、「音節」、「字句」関係説[28]、姚鼐の「義理」、「考証」、「文章」相済説[29]、および「神、理、気、味、格、律、声、色」説[30]などである。いずれも深く掘り下げられ、系統的かつ具体的である。辛亥革命の勃発にともない、前近代の散文はついに艱難と曲折、そして長らくの輝きに満ちた発展の過程を歩み終えた。新文化運動のはじまりとともに、中国の散文はまた新しい一頁を切り開くのである。

附：

中国古代散文の発展過程一覧表

段階	名称	王朝	期間	主な特徴	備考
一	胎動期		文字発生以前	・口頭による伝承 ・実用性が高い	発生期
二	濫觴期	虞・夏 商・周	紀元前21世紀から前770年	・記事的、説明的、実用的 ・無自覚の創作意識	醸成期
三	成長期	春秋戦国	前770-前221年	・記録性のものが多い ・芸術的要素の現れ ・意図的な編章構成	第一高潮期
四	成熟期	秦・漢	前221-西暦220年	・自覚的創作 ・芸術的美観の自覚化 ・名文家の集団と独立した佳作の出現	第二高潮期
五	模索期	魏晋 南北朝	220-581年	・審美観の空前の強化 ・駢儷文の盛行 ・文章理論の系統化	第一低調期
六	革新期	隋・唐	581-960年	・革新復古の声の高まりと古文運動の形成、散文大家の出現 ・駢散両体の豊かな収穫	第三高潮期
七	繁栄期	両宋	960-1279年	・作家、作品の空前の増加 ・多様な風格と流派の形成 ・散文理論の多角、多層的発展	第四高潮期
八	低迷期	元・明	1279-1644年	・名家、名作の急減 ・唐宋に倣い、時代に固有の文風を形成せず	第二低調期

28　『論文偶記』、人民文学出版社 1962年版。
29　「述庵文鈔序」、『惜抱軒文集』巻四、上海古籍 1992年版劉季高標校本61頁。
30　姚鼐『古辞類纂序目』、黄山書社 1992年版。

九	終結期	清	1644-1911年	・少数の名家、名作あり ・少数の個性的な流派 ・散文理論の細緻化、深化、具体化	収束期
説明					

第三節　宋代散文の歴史的位置づけ

　中国古典散文の発展の歴史について、巨視的かつ詳細に、段階的な概述と一覧表をもって見てきたが、それにより、宋代の散文が特殊な位置づけにあることは明白であろう。散文発展の過程における四度の創作高潮期のなかで、宋代の散文は質がもっとも高く、それ以前の歴代の散文創作の経験が、宋代においては全面的に継承され、発揚され、発揮され、創造され、そして昇華されたのである。さらに、深化して系統的で、多角的かつ多層的な散文理論の研究も、この時期よりはじまった。全体的な成果について言えば、宋代の散文が先人を超越し、後世から敬仰され、さながら並び立つ山のなかで一等秀麗かつ険峻な峰のごとく、中国古典散文の発展史上、もっとも誇るべき時期の一つであることに疑いの余地はない。宋代の散文に対するこれまでの学界の認識と評価は、さらなる深化が求められるべきである。実際、中国古典散文の発展と変化という長い歴史を通じて、宋代に至って現れた著名な作家の多さ、人口に膾炙する作品の豊かさからは、すでに十分その重みを測りうるであろう。

　とりわけ指摘しておくべきは、古典散文を修めるこれまでの研究者の多くが唐と宋をあわせて論じてきた点である。たしかに唐と宋は相接し、その散文の発展にも多くの類似点――たとえば復古の主張や革新の要求、華美への反対など――があるばかりか、それを継承してさらに発揚させた関係にある。しかし、時代が変われば文も変わる。時代が違えば成果も異なる。唐宋の散文のあいだには、その体裁と形式、思想内容から、価値観、芸術的趣向、美的感覚に至るまで、あるいは全体の風格や発展の形勢などにおいても、大きな差異が存在するのである。かつて、「一時代にはその時

第三章　古典散文の進展と宋代散文の位置づけ

代の文章がある。互いに借りることなく、互いに覆い隠すこともない。互いに借りることがないため、よく一家を成すことができ、互いに覆い隠すことがないため、それぞれがその時代においてもっとも優れていると言われるのである」[31]と言われたが、この評語は唐宋の散文についてもよく当てはまる。「文化面から見れば、唐朝は中国封建文化の上昇期を代表し、宋朝は中唐よりしだいに発展してきた新しい文化の定着期であり成熟期である」[32]と、王水照先生は歴史の角度から、唐と宋の文化が二つの異なる発展段階にあることを指摘している。また、台湾の学者である傅楽成の「唐型文化と宋型文化」[33]は、類型学の角度から唐と宋の文化の違いを指摘している。この異なる歴史の段階、二種の異なる類型に属する文化という空気のなかで生まれ出た散文が、段階的な特徴を持ち、相対的に独立しているのは当然のことと言えるであろう。実際、散文の発展や演変の段階的区分に対する先に引用した古人の資料から、それは見て取れる。すでに多くの学者が唐宋散文の異同に気づき、それぞれを相対的に独立した段階と見なしているのである。元明清期の散文創作に現れた数多くの流派は、あるいは唐を宗とし、あるいは宋を祖とするが、これはまさに、唐宋の散文がもつ異なる特徴を基本的に認識していたことを物語る。

　中国古典散文の発展史という連鎖における宋代の位置づけを確認してくると、宋代はまさに多種にわたる有利な要素が互いに合流した状態にあったのだと、容易に理解できるであろう。一般的に言えば、文学の発展と変化の趨勢は、おもに創作主体、社会環境、文学自身の運動の規律という三つの主要な要素によって決定される。中国の散文が宋に至って隆盛を極めたのは、まさにこの三大要素が宋代において空前の最高状態に到達し、かつその三つが互いに刺激しあったためである。いま、文学自身の運動の規律についてのみ言うならば（宋文が盛行した社会的原因および創作主体の構成要素については次章に譲る）、宋に至るまで、散文はすでに数千年の発

31　清・邵長蘅『青門剩稿』巻四「三家文鈔序」。
32　「宋型文化与宋代文学」、『宋代文学理論』緒論参照、河南大学出版社 1997年版。
33　『漢唐史論集』、聯経出版事業公司 1977年版。

展史を有していた。先秦の散文、前後漢の名作、唐代の韓愈と柳宗元などは、宋人が見習い、学び、創作するための模範となった。一方で、六朝の文風や五代の悪弊は、宋代の散文家が深く自省するに十分であった。先人たちの相反する経験と教訓が、先賢を超越する可能性を宋代にもたらしたのである。

第四章　宋文繁栄の表象的景観と潜在的蓄積

　宋代は、前近代中国における文化発展史上の隆盛期である。宋人は、文化の多くの領域で過去を輝かせ、未来を照らす新たな成果を挙げた。その他の文化芸術と同様に、宋代散文の発展もまばゆい繁栄の様相を呈し、そのなかには、社会と文化の重厚な蓄積も含まれている。本章では、宋代散文の作家・作品の数量統計的分析、創作の運行メカニズムの詳細な観察を通じて、また、宋代散文の発展モデル・社会環境・創作主体に対する研究を通じて、宋代散文発展の法則と特徴をさらに深く考察していく。

第一節　作家の参加と作品の創作：数量統計とその統計表の提示

　宋代散文の繁栄と発展は多方面に現れているが、とりわけ作家と作品の数量にもっとも直接的に反映されている。その作家の豊富さと作品数の膨大さは、これ以前の時代にはなかったものである。作家について言えば、上は帝王・公卿から下は庶民に至るまで誰もが関わり、その作品は少ない者で百篇、多い者は千篇をもって数える。『宋史』「芸文志」には、「主君でも大臣でも、文学を務めとしない者は片時もいなかった。上は朝廷から下は民間人まで、その著述、講述、記述、詩文はおびただしい数になる」とある。ここから、宋代文学（主に散文を指す）の創作活動の活発さ、作家層の厚さと作品数の多さがわかる。清人の厳可均が編んだ『全上古三代秦漢三国六朝文』は、「上古より隋まで、巨編大作からほんのわずかな言葉に至るまで、収録していないものはない」とするが、千年を超える長い時間のなかで、作者はわずかに「三千四百九十七人」であり、作品も「七百四十六巻」しかない。清代の董誥らが勅命を奉じて編纂した『全唐文』は、「完成した書物は一千巻、文は一万八千四百八十八篇」とし、「この書物に収められた著者は三千四十二人」にのぼる。これに陸心源氏の『唐文拾遺』

（七十二巻、二千篇）、『唐文続拾』（十六巻、三百数十篇）、および陳尚君先生の『全唐文補編』（約六千篇）を加えれば、作品数は二万篇を超え、作家数も唐以前の総数に近い。宋代の作家と作品に至っては、さらにこの数倍となり、『宋史』「芸文志」に記録された宋人の著述は、「九千八百十九部、十一万九千九百七十三巻」に達し、千年の時を経たいま、散佚したものも多いが、「現在まで伝わるものは、なお四、五千種類ある」とする。むろん、これらがすべて散文というわけではない。繆鉞先生の『全宋文』序によれば、「宋代の文章は、別集の伝わる者が六百人あまり、かりに別集がなく、文章がばらばらに残っている人物まで合計すれば、作者は一万人を超え、作品は十万作以上になる」という。これでもまだかなり控えめな見積もりである。これより宋文創作の盛況の一斑をうかがうことができよう。その関係した作家の多さと作られた作品数の豊かさも推して知るべしである。

宋代散文作家の参加と作品制作の具体的状況をより直観的かつ明確に示すため、上述の資料に基づいて作成した表を以下に示す。

宋と前代散文作家数および作品創作数対比一覧表

王朝名	期　　間	年数	作家数	作品総数		附注
				巻数	篇数	
先　秦			206			作家総数 3,497人
秦　漢	紀元前221-220年	441	820	746		
魏　晋	220-439年	219	1,124			
南北朝	420-589年	169	1,123			
隋	581-618年	37	168			
唐五代	618-960年	342	3,042	1,088	約20,000	約3,500人
宋	960-1279年	319	約10,000		約100,000	約10,000人

この表は、先秦から隋までの各時期の作家数を『全上古三代秦漢三国六朝文』「凡例」によって統計したものである。各時期における具体的な作品数の空白については、追って調査したい。各項目の数字の対比から、次のことが明確になる。一、宋代散文作家の総数は唐五代の三倍強で、先秦から

第四章　宋文繁栄の表象的景観と潜在的蓄積

隋の作家の総数と比べても三倍近い。二、宋代散文作品の総数は、少なくとも唐五代の五倍、およそ先秦から隋までの作品数の七、八倍か、さらに多いことすら考えられる。三、時間の長さから見れば、宋代は唐五代より短く、秦漢よりも短い。しかし、作家数は唐五代の三倍強、秦漢時期の十二倍強になる。

　ここまでは、先秦から宋に至る散文発展史という広い視野から、作家と作品の総数の対比を通じて、宋文における多数の作家の参加と大量の作品制作の状況を提示した。宋代は個人の創作数と名家の数においても、前代と比べて豊富である。唐宋に限っても、世に名高い八大家は、そのうちの六人が宋人で、全体の四分の三を占める。各作家の創作数は以下の表のとおりである。

唐宋八大家散文創作数一覧表

作家名	作品数	作品集名称	依拠した版本	備　考
韓　愈	361	韓昌黎全集	中華書店1991年6月1935年世界書局影印本	
柳宗元	522	柳宗元全集	中華書局1979年10月出版校点本	
欧陽脩	2,416	欧陽脩全集	北京市中国書店1986年6月版	目録中の題目により算出
蘇　洵	106	嘉祐集箋注	曾棗荘、金成礼箋注、上海古籍1993年3月版	
王安石	1,332	王安石全集	沈卓然重編本、大東書局、中華民国二十五年四月	収集した佚文を含む
曾　鞏	799	曾鞏集	陳杏珍、晁継周点校、中華書局1984年11月版	佚文を含む
蘇　軾	4,349	蘇軾文集	孔凡礼点校、中華書局1992年9月出版	目録による調査
蘇　轍	1,220	蘇轍集	陳宏天、高秀芳点校本、中華書局1990年8月版	収集した佚文を含む
説明	蘇軾の作品について、孔凡礼「蘇軾佚文匯編弁言」では、『蘇軾文集』に見えるもの三千八百余篇、佚文四百余篇とし、合計四千二百余篇となるが、表中の統計とはやや異なる。			

上の表から次のことがわかる。宋代の六作家で、蘇洵の作品が韓愈・柳宗

元より少ないことを除けば、その他の五作家はいずれも韓愈・柳宗元より多い。曾鞏の作品数は、六作家のなかでは五番目であるが、それでもなお韓愈の2倍強、柳宗元の1.5倍ある。しかも、『南豊続稿』と『南豊外集』が南宋の時点ですでに散逸しており、もしこれが残っていれば、作品数もこの程度ではなかったであろう。欧陽脩、王安石および「三蘇」は、いずれも作品数が千篇を超える。欧陽脩の作品数は韓愈の6.74倍、柳宗元の4.63倍ある。蘇軾は残った作品がもっとも多く、驚くべきことに韓愈の12.08倍、柳宗元の8.37倍にもなる。

　人口に膾炙して広く伝わった散文の佳作名篇の数でも、宋はやはり唐をしのぐ。唐代散文の名作は、そのほとんどすべてが韓愈・柳宗元の筆になり、王勃の「滕王閣序」を除くと、その他の作家の名作は知名度が比較的低い。宋代の状況は唐代と大きく異なり、名作を著した作家の数は、十や百をもって数える。欧陽脩、蘇軾、曾鞏、王安石のほかにも、たとえば王禹偁、范仲淹、石介、蘇舜欽、司馬光、周敦頤、胡銓、李清照、范成大、楊万里、陸游、辛棄疾、朱熹、葉適、陳亮、文天祥など、それぞれに散文の不朽の名作があり、宋代以降の一部の権威ある散文選を随意にひもとくだけで、この状況は一目瞭然である。

第四章　宋文繁栄の表象的景観と潜在的蓄積

唐宋散文名文流布数一覧表

選集名	依拠する版本	唐代総数	宋代総数	唐宋八大家採録数								八家時代別総数	
				韓	柳	欧	軾	王	曾	洵	轍	唐	宋
唐宋八大家文鈔	四庫全書影印本	332	1,131	192	130	356	251	211	87	60	166	322	1,131
御選古文淵鑑	康熙二十四年十二月刊行本、徐乾学編	202	505	29	19	29	50	21	39	11	30	48	180
唐宋八家古文精選	呂留良選、呂葆中点勘重刊	51	134	33	18	43	34	15	21	11	10	51	134
御選唐宋文醇	清高宗編、中華図書館石印本	212	301	103	87	81	120	18	32	27	23	190	301
唐宋八家類選	光緒九年重刊、静遠堂蔵板	98	145	77	21	34	49	11	9	29	13	98	145
古文雅正	清蔡世遠編選、上海中華図書館印刷	50	76	21	4	12	5	7	6	1	2	25	33
古文観止	中華書局1959年版	43	51	24	11	13	17	4	2	4	3	35	43
古文辞類纂	四部備要刊本	170	243	131	37	59	58	60	27	24	13	168	241
古文講授談、一名「古文魂」	清宣統二年京師京華印書局	46	146	14	15	73	48	5	6	6	2	29	169
附注	上に挙げた各書の編著者は順に、(明)茅坤、(清)徐乾学、(清)呂留良、(清)高宗愛新覚羅弘暦、(清)儲欣、(清)蔡世遠、(清)呉楚材と(清)呉調侯、(清)姚鼐、(清)尚乗和。												

　上に列挙した九種の散文選はいずれも大きな影響力を持つ書籍で、その編者も文章の妙味を深く知る者ばかりである。各書は文章採録の視点が異なり、価値の置き方と審美の基準も違う。また、作家ごとの作品収録数は大きく均衡を欠くうえ、選ばれた作品も完全に一致するわけではない。それにも関わらず、作家・作品ともに収録数は唐より宋が多く、唐の数倍になるものまである。しかも、宋代の散文は北宋に限られているのである。徐乾学が勅命により編纂した『御選古文淵鑑』だけは、南宋の名家の傑作を一部採録しており、収録総数は唐の2.5倍である。

　つまり、作家の参加人数と作品創作数、個人の創作総数、名作の受容総

数という三つの数的統計から、宋代の散文が繁栄隆興した状況を容易に見て取れるのである。

第二節　運行メカニズム：多元的併存と整合による推進

　多数の宋代散文作家の参加と大量の作品創作は、宋文創作の独特な運行メカニズムと直接関係する。創作の運行メカニズムとは、文学の発展過程に現れた運動状態のことである。宋代における散文創作活動の発展は、散文体、駢文体、語録体が多元的に共存し、ともに発展し、相互に競争、促進、融合、同化することを主な特徴とし、ある種の複合型運行メカニズムを形成して三足鼎立の様相を呈する。そのなかでまた駢文体、散文体が強力な派閥となって文壇の覇権を争い、時期を違えて相互に盛衰し、互いに影響し合った。そして、二つの文体は軌を一にしながら、陰に陽に歩調を揃えて運動する状況を呈し、宋代散文創作の主旋律を構成した。語録体は、駢文体や散文体と拮抗するには不十分であったが、両宋のあいだを通じて行われ、道学と理学によってもっぱら用いられていたので、これも軽視することはできない。従来、宋文について論じる者は、大多数が古文運動を糸口として、散文体の研究考察に偏重していた。駢文体については、あるいは避けて言及せず、あるいは批判の対象とするだけで、取り上げることがあっても副次的に、もしくは引き立て役としてわずかに触れるのみで、せいぜい独立した一節か、章末に付加される程度に過ぎなかった。語録体に至ってはそのほとんどがこれを省略し、論に加えることすらなかった。散文体は宋文のもっとも優れた成果の代表であり、それを宋文研究の中心に置くことの正しさについて疑問の余地はないが、駢文体と語録体も宋文の重要な構成要素であり、客観的に存在する事実として軽んずるべきではない。

　古典散文の発展の歴史から見ると、語録体は散文の始祖にして正統であり、もっとも歴史が古い。「前芸術」期においては唯一の散文の形式で、原

第四章　宋文繁栄の表象的景観と潜在的蓄積

始的、自然的、口述的、通俗的、そして質朴といった特徴があり[1]、しかも、口と耳による口伝の状態にあるので固定しておけず、実用性は高いが審美性は低い。そして、人類が文字を創り出して以降、散文形式は質的に飛躍し、根本的な改変が起こった。文字による記述によって語録体は形を留めて保存されることとなり、さらには二次的な修飾や潤色、芸術的加工の機会と可能性を獲得したことで、文学的美観が強化されたのである。これにより、語録体は散文体へと変化し、これが散文の最高位かつ正統になった。『論語』から『世説新語』に至るまで、いずれもが非常に典型的な例証となる。

宋代の語録体は、その多くが大学者や大儒の授業や講義の記録で、その体裁は『論語』や『孟子』にならい、いずれも門弟が収録整理して書物となった。文学がすでに高度に発達した宋代にあって、語録体が、その他の散文形式、あるいはその他の文学ジャンルと拮抗し、肩を並べることはもはや難しかった。自身の先天的な弱点、たとえば断片的、不完全性、芸術的要素の相対的低さなどは、さらにその美学的価値に影響した。このため、歴代の学者が関心を払い研究することは少なかったのである（文学、散文の角度からを言う）。しかし、宋代の語録体は大いに繁栄した。范祖禹の『帝学』、王開祖の『儒志編』を皮切りに、『二程遺書』、『二程外書』、『二程粋言』や、徐積の『節孝語録』などがこれに続いた。南宋になるとさらに盛んになる。朱子の『延平答問』、朱子と呂祖謙が共同で著した『近思録』、やはり朱子の『雑学辨』、呂喬年編『麗沢論説』、薛拠編『孔子集語』などである。さらには叢集としてまとめられ、黎靖徳が編んだ『朱子語類』は百四十巻という大部なものである。四庫全書編纂担当官は、「南宋の儒者らが一派を立てると、文章にもまたその派の文体が備わった。もしその理を取るのであれば、その文章もおろそかにはできない」[2]という。この言説は、正確とまでは言えないが、おおよそ実態に近い。しかも、宋代の語録体散

1　本書第一章を参照。または楊慶存「散文発生與散文概念新考」（『中国社会科学』1997年1期140-152頁）参照。

2　「北渓大全集提要」、『四庫全書簡明目録』巻一六。

文は、原始的な時期の多くの芸術的美観の要素を保持している。たとえば、語気は真に迫り、風格は自然かつ純朴で、まるで対面して話しているかのようである。また、一定程度の読み応えを有し、白話文学の発展にも積極的な影響がないわけではなく、宋文の一つの側面を反映している。文学現象としても、非現実的、非客観的、非科学的であるとは認められない。それゆえにこそ、鄭振鐸が『挿図本中国文学史』でとくに一節を設けて語録体散文の発展について述べたことは、見識であったと言える。

　語録体、散文体に比べると、駢儷体は優れた新進であると称せよう。「前芸術」期と文字の発明以降における散文のなかには、いずれも駢文体の要素が含まれるが、突出して独立した文体を確立したのは、漢魏六朝期のことである。この文体は六朝に至って最盛期を迎えたが、過度に形式を要求したため、文章の実用面における機能は弱まった（主に社会的教化の効能が相対的に低下した）。いわゆる「純朴さが華美へと変じて冗長薄弱なものとなる（変純朴為綺靡，化元声為冗薄）」[3]で、人々の非難と批判を引き起こし、中国古典散文発展史上で千年の長きにわたる、駢・散の争いの引き金となった。これ以降、駢文体も人々の批判の声のなかで生存の道を模索しはじめ、絶えず改善と変革のなかから発展を求め、古典散文のなかで散文体とは別の有力な一派となった。

　駢文体は、宋代に入ると大きく変わった。「文は薪の火のように次々と伝わり、氷が層を増し水がたまるかのように蓄積され、風格が変化した。明るい月がきざはしに満ち、常に新たな景色を得た」[4]のである。宋人は、「四六駢儷体は、文章家にとって浅はかの極みとされる。だが、上は朝廷の詔書から、下は士大夫間の手紙や上奏文に至るまで、用いられていないものはない」[5]と言う。清代の四庫全書編纂担当官も、「六朝以来、箋や啓［書札上奏文の類］には駢文対偶の文が多かった。このように、当時の文体はみな駢文体で書かれたのであって、駢文体が特別な文体というわけではなか

3　全祖望「皇四子二希堂文集序」、『四部要籍序抜大全』集部甲輯。
4　清・彭元瑞『宋四六選』序、叢書集成新編本。
5　洪邁『容斎三筆』巻八、「四六名対」、影四庫全書本。

第四章　宋文繁栄の表象的景観と潜在的蓄積

った。宋になると、時候の挨拶、人事異動、吉凶慶弔は、一つとして啓を使わないことはなく、一人として啓を用いない者はいない。そして、その啓には必ず四六駢儷体が用いられた」[6]と述べており、駢文体の応用範囲の広さが見て取れる。

　陳振孫はかつて駢体史の角度から、北宋の散文名家が散文の革新と改革に払った努力について、次のように指摘したことがある。

　　四六駢儷体の文は斉・梁にはじまり、隋唐の世を経ても、表章詔誥でこの文体が用いられることが多かった。そして、令狐楚や李商隠の流れを汲む者を名手と呼ぶが、ひどい駄作である。わが王朝（宋）の楊億、劉筠といった名士は、まだ唐の文体を変えなかった。欧陽脩、蘇軾に至ると、初めて博学で豊かな文を用いて長い文章を書くようになり、記した意味がよく伝わって、回りくどさやこじつけがなくなった。そして、王荊公（王安石）はとりわけ学識が深く文雅であり、駢文体の巧みさは、これまでにないものであった。紹聖年間以降、置詞科でこれを習う者はますます多く、格律は精密で厳格になり、一字もゆるがせに置くことはできなかった。浮渓（汪藻）はそのなかでも集大成した人物である。[7]

明代の楊慎『群公四六』序にも次のようにある。

　　四六駢儷体の文は、文において下等という。昌黎（韓愈）は、その衰微を憂慮し、柳宗元は無用の長物と考えた。しかしながら、唐初から宋の末期まで、手紙や文章ではその能文を競った。この文集に掲載された、王梅渓（王十朋）、胡邦衡（胡銓）、王民瞻（王庭珪）、任元受（任尽言）、趙荘叔（趙逮）、張安国（張孝祥）、胡仁仲（胡宏）、陳止斎

6　『四庫全書総目』「四六標準提要」、影印本。
7　宋・陳振孫「浮渓集説」、『四部要籍序跋大全』集部甲輯参照。

(陳傅良)は、みな忠節を持った道学の臣であり、美しい詩文を書く人物でもある。その名声と公明正大な気風は、駢儷対偶の美文のなかに見える。『陸宣公奏議』と互いに引き立て合うものであり、どうして下等な文として欠くことができようか。[8]

楊氏も駢儷体発展史という巨視的な角度から、唐宋両朝の「手紙や文章ではその能文を競った（飛翰騰尺、争能競工）」という駢文体の隆盛を指摘する。とりわけ南宋期における「忠節を持った道学の臣であり、美しい詩文を書く人物」の駢文創作に対しては、高い評価を与えた。

さらに清人の彭元瑞も、宋朝三百余年における駢文発展の変遷と創作の繁栄について、詳細に述べている。

楊億と劉筠は昔の文章の風格に沿い、欧陽脩と蘇軾はもっぱら精気を発することに努めた。晁無咎（晁補之）の叙情、王介甫（王安石）の古体の使用は、いずれも優れた文章で新しい境地を拓いた。南宋以降に声望を得た者では、浮渓（汪藻）の評価が高い。盤州（洪適）の言葉は天下でもっとも美しく、平園（周必大）の作品は幕府のなかで優れている。楊廷秀（楊万里）は箋牘で名をほしいままにし、陸游の詩文は余力十分である。役所で文書の起草を担う官僚は、筆を手に取りつつ『三松』のことを口にする（南宋の王子俊は四六文に長じ、『三松類稿』を著した。すでに散逸している）。宴席に揚げられた遊女も、『標準』を挙げて李劉の名を伝える（南宋の李劉は四六駢儷体で名を世に知られ、『四六標準』四十巻がいまに伝わる）。後村（劉克莊）の名句は枚挙に暇なく、秋崖（方岳）は常に麗句と隣り合わせである。臞軒（王邁）、南塘（趙汝談）、簣窓（陳耆卿）、象麓は、王朝末期に頭角を現し、文山（文天祥）がその最後を飾った。三百年の名作を望むべ

8　『四部要籍序抜大全』集部丁輯。

く、四六駢儷体の選集ここにあり。[9]

　これより、おおよそ次のことがうかがえる。駢文体は宋代の初めから最後まで、絶え間なく常に発展し、宋代散文の名家はみな駢文体に手を染めて、各々がその才能によりこれを変革した。こうして駢文体は、宋代散文創作の繁栄と隆盛を支える重要な一極となったのである。

　宋代、散文体と駢文体、そして語録体は、強弱主副の別はあるとしても、決して各々が独立して平行に発展したのではない。互いに影響し、互いに受け入れ、互いに促進することで、ある種の整合のとれた底流を形成すると同時に、自覚のないままに競争力をかき立て、宋代散文の発展を推し進めたのである。それでもなお北宋前期の駢文体と散文体の争いに一定の拮抗があったとするなら、北宋中期には、その拮抗は宋文の創作を推し進める一つの力へと変化していたであろう。駢文体の優美さとリズムは散文体でも暗に用いられ、散文体の句形がもつ自由さと柔軟さ、言葉の簡潔さと質実さも駢文体のなかに溶け込んだ。そして、語録体の通俗的で自然、質朴でわかりやすいことも、駢文体と散文体に受け入れられた。要するに、散文体、駢文体、語録体の三者は、宋文の全貌を共同で構成するのである。もし宋文発展の状況を客観的かつ全体的に理解しようというのなら、偏見を持たずに、三者を宋文の有機的な総体とみなすことである。宋文発展の筋道と規律、特徴を把握するためには、おそらくそれが適切であろう。

第三節　発展モデル：グループ型創作と流派型拡張

　アメリカの学者ルース・ベネディクトは、かつて次のように指摘した。「一つの文化は一人の人間に似ている。多かれ少なかれ思想と行動の一致したモデルを持つ」[10]。そして「この文化のモデル化は軽視できず、取るに足

9　清・彭元瑞『宋四六選』序、『叢書集成新編』本。
10　何錫章・黄歓訳『文化模式』、北京華夏出版社 1987年。

らない些事と見なすことはできない。まさに、現代科学が多くの領域で堅持しているように、全体がそれぞれの部分の総和であるだけでなく、新しい実体を生み出す各部分の独特な配置と相互関係の結果である」[11]。ベネディクトは文化がモデル性を持つと認識し、文化モデルとは、「新しい実体を生み出す各部分の独特な配置と相互関係の結果である」と考えている。宋代の文化モデルは学者に「宋型文化」と呼ばれるが、宋代文化の重要な構成部分である散文は、その発展もまた独特のモデルを持っている。乱立するグループと次々に現れる流派、これにより宋代散文創作の発展と繁栄が促進されたのである。

　宋代以前の散文の発展は個人の創作を主としており、自覚的意識を持った創作集団はほとんど現れなかった。中国の散文発展の第一次隆盛期であり、たしかに百家争鳴の様相を呈したが、それぞれが己の旗を掲げ、相互の繋がりはなかった。秦漢以来、たとえば「建安七子」、「竹林の七賢」なども、まだ明確にして自覚的なグループ意識は備えていない。その様相は唐になって初めて変わり、初唐の「四傑」にはいくらかその兆しが認められ、韓愈・柳宗元は盟主となり勢力をなした。

　宋代に入ると、文人のグループ意識は前例がないほどに強まり、ほぼ同じか、よく似た、あるいは相近しい指導思想と審美的趣向によって、散文作家たちは多くの創作集団を結成した。『宋史』巻四三九巻「文苑伝」序には次のようにある。「宋朝初期、楊億と劉筠はまだ唐人の声律の文体を踏襲していた。柳開、穆修は、これを古文体に変えようと志したが、力が及ばなかった。廬陵の欧陽脩が現れて古文を首唱し、臨川の王安石、眉山の蘇軾、南豊の曾鞏が登場して欧陽脩に同調した」。宋人の沈晦は、「宋朝初期、文章は唐末五代の悪弊を襲い、卑弱で振るわなかった。天聖年間になり、穆修、鄭滌らが古文を提唱し、欧陽文忠（欧陽脩）や尹師魯（尹洙）がこれに同調して、詩文の格調や気勢がようやく持ち直した」[12]と指摘する。ま

11　同上。
12　沈晦「四明新本柳文後序」、『四部要籍序抜大全』集部乙輯。

た全祖望は、「欧陽脩と三蘇、曾子固（曾鞏）などの人物は、代々その文を受け継ぎ、また周敦頤、程顥と程頤、張載、朱熹といった大儒が立て続けに現れ、遠く聖人たちの教えを受け継ぎ、人々を覚醒させるため道を明らかにした」[13]と述べている。さらに葉適は、「程氏兄弟が道学を打ち立てると、十人中八、九がこれに従った」[14]と述べ、清代の人は、「南宋末期になると、文章においては道学派が心性を大いに論じ、江湖派が民間で言葉を正した」[15]と評価する。このように、宋代散文作家グループの大量の出現と散文の流派の豊富さを指摘しないものはない。宋初の五代派・復古派から、南宋末期の抗戦派・遺民派まで、その間の作家グループおよび流派は百をもって数える。宋代散文の繁栄と隆盛は、ある意味では、まさにこういった作家グループと異なる流派との相互の発奮、競争により生み出された、強大で持続的な推進力を頼みとしており、異なるグループ、異なる流派の出現が、宋文の創作に生命力あふれる状況を現出させた。実にベネディクトの言うとおり、「もしわれわれが人類の行動の歴史を理解したいならば、これらの団体現象を研究しなければならない」[16]のであり、宋代散文の発展を研究するにも、ここから着手しなければならないのである。

　旧ソ連の著名な文学理論家であるポスペロフは、「いかなる民族の文学の歴史的発展も、様々に異なる文学流派の発生、相互影響と交替の過程である。そういった流派の作品には、相応の芸術体系が程度を異にしながら現れる。これらの流派はまた常に相応の創作要綱を創り出し、これが文学思潮として出現する」[17]と指摘している。まさに宋代散文の発展は、あまたの異なる創作グループと創作流派が相次いで生まれ、相互に影響を与え、交替し、受け継がれる過程である。宋代の散文作家は、一方では、前代の文学の伝統を継承、拡大しながら、また一方では、苦心しつつも前に進む道

---

13 「皇四子二希堂文集序」、『四部要籍序抜大全』集部甲輯。
14 『習学記言序目』巻四十七、中華書局 1977年版。
15 『四庫全書総目』「道円学古録提要」、影印本。
16 何錫章・黄歓訳『文化模式』、北京華夏出版社 1987年版。
17 王忠琪ほか訳『文学原理』、三聯書店 1985年版。

を切り開いている。これにより、古いものを復活させ、新たなものを打ち立てることが時代の思潮となったのである。いかなる団体や個人も、みな前代の文化を融合した基礎の上に新たな姿を描き出すよう力を注ぐ。ただそれは、学識と才能の差異のために、体現されるレベルもまちまちで、対立することさえある。各グループと流派のあいだに存在する共通点、関係性、および分岐点については別に論じるので、ここでは贅言を費やさない。

　宋代散文の各文体の発展は、流派の伝承という形で変遷する。すでに述べたように、宋文発展の運行メカニズムとは多元的併存であり、その相互結合の過程のなかで、ある種の推進力が生み出される。宋文発展の全過程を総合的に見ると、その多元的併存の局面とは、実際には、流派やグループの伝承という形式で維持されていることに容易に気づくであろう。散文体古文は宋初の復古派にはじまり、穆修を代表とする古文派がこれを受け継ぎ、欧陽脩・蘇軾グループに至って隆盛を極め、正統としての権威を得るようになった。その後は各派によって受け継がれ、拡大、継承されていった。「宋代の四六駢儷体は各々に淵源となる系譜があり」[18]、それは五代派に遡る。西崑派がこれを拡張して輝かせると、士大夫のあいだに流行したが、欧陽脩・蘇軾グループが、「ようやくマンネリを脱し、精気をもって文筆活動に当たると文体は大きく変わり、陳腐な表現様式を駆逐して様相を一新させた」[19]。また先人は、「廬陵（欧陽脩）と眉山（蘇軾）は、散文体の気風を対句の文に使い、駢文体に新たな文体を打ち出した。そして儒教の典籍をアレンジし、旧来の表現を洗練させた。これは実に古人を超えるものである」[20]と言う。こうして名手や大家の革新を進める姿が文芸界に広まり、それゆえにこそ、南渡前後には文彩派が芸苑に勢いを得て立ち上がり、李清照や汪藻、孫覿などの作家が現れた。そして、南宋の各派の成果は異なるとはいえ、結局のところ、いずれも四六駢儷体を遺していない。

　前出の文学理論家ポスペロフは、また「各国の文学の発展においては、

18　明・王志堅『四六法海』序。
19　清・阮元『四六叢話』後序。
20　清・孫梅『四六叢話』後序。

第四章　宋文繁栄の表象的景観と潜在的蓄積　　　　　　　　　　89

どの段階にあっても、文学流派の各種の異なる関係が見られ、どの流派にあっても、作家が具体的に感じた世界観と社会の信仰という、特殊かつ内在的な規律性が見られる。これらの規律性は、社会生活の発展のある一定期間内における具体的条件が作りだしたものである」[21]と述べている。宋代、あまたある散文流派間の相互関係は非常に複雑で[22]、共通する継承性のほかに、たとえば対立関係、相互補完関係、相互依存の共生関係、地域関係、党派関係などがある。これらについてはまた別に論じる。

第四節　社会環境：文章を尊ぶ意識と文化の雰囲気

　旧ソ連の文学理論家ポスペロフは、「文学とはイデオロギーの特殊な形であり、それは歴史の変化のなかで社会的生活環境という制約を受ける」と考えている。また、「創作思惟の様々な方法（権威に盲従する・人文主義に立つ・人々にまず教え諭すなど）は、作家が具体的に認識している世界観の特徴によって決定される。そして、そういった世界観はその民族社会全体の状況によって変化するものでもある」と言っている[23]。文学の発展や変化は、それ自身の必然的な規則を有するものの、しかし同時に、「社会の生活環境の制約」を受けなければならない。時には「民族社会全体の状況」が文学の興亡さえ決めてしまう。また、社会環境の状況の如何は、往々にして権力者の意向に直接的な影響を受ける。文学創作の分野は特にその傾向が強い。いわゆる「世俗、流行には必ず偏りがある。それは身分の高い優れた人が取り仕切り、聡明で才気あふれる人が向かうところ」[24]である。ある特定の歴史という条件下にあって、最高統治者の意志が物事の発展を規定し、支配するための強い力となることは、否定できない。そのため朱

21　王忠琪ほか訳『文学原理』、三聯書店 1985年版。
22　第5章参照。または楊慶存「論北宋前期散文的流派與発展」（『文学遺産』1995年2期60-69頁）参照。
23　王忠琪ほか訳『文学原理』、三聯書店 1985年版。
24　清・章学誠「上辛楣宮詹」、『文史通史新編』上海古籍出版社 1993年版。

熹は、「世の中の物事は、君主が通暁してみずから進めてこそはじめて成り立つのである」[25]と言っている。また明の王文禄は、「一時代の人文精神の命脈は、創業の君主の心に由来する」[26]と述べている。宋代における散文の繁栄と隆盛は、ある意味において、当時の社会の環境と文化の雰囲気によりもたらされた必然の結果なのである。

　中国の歴史における宋代文化の位置づけについては、すでに多くの先賢が評価している。南宋の朱熹は、「宋朝の文明の隆盛は、前王朝の及ぶところではない」[27]という言葉を残す。近代の学者である王国維は、「宋代の人々の知的活動と文化の多様性は、古くは漢や唐、後代の元や明であっても、いずれも及ばない」[28]と述べる。現代の歴史学者である陳寅恪は、「中華民族の文化は、数千年にわたる変化を経て、宋の時代に最高峰を迎えた」[29]と言っている。同じく歴史学者の鄧広銘は、「宋代の文化は、中国の封建社会という歴史の期間にあって、明清時代の西学東漸の時代まで続く。つまりそれは、すでに最高峰に達していたと言える」[30]と指摘する。筆者の先生である王水照教授は、「中国の伝統文化は絶えず発展し続けたが、それは宋代に至って全面的な繁栄と高度な成熟という新たな質的変化の局面に到達したのである」[31]と述べている。宋代の文化の発達は、ある意味において、宮廷文化のリードが重要な役割を担った。とりわけ文章を尊崇する宋代初期の数名の君主が積極的な役割を果たしたことは無視できない。宋の太祖、太宗らは、「文学は先君の手法を守る（文以守成）」という古訓を遵奉し、文を好み、文を尊び、文を重んじた。そして学校の設立、人材の育成、選抜、奨励という実効性のある一連の政策、措置を制定し、実施した。これにより、文化の発展が大いに促進されたのである。それは全民族の文化的

25　『朱子語類』巻一〇八。
26　明・王文禄『文脈』巻三。
27　『楚詞後語』巻六「服胡麻賦」注。
28　「宋代之金石学」、『王国維遺書』第五冊『静安文集続編』参照。
29　「鄧広銘『宋史職官志考証』序」、『金明館叢稿二編』参照。
30　陳植鍔『北宋文化史述論』序引、中国社会科学院出版社　1992年版参照。
31　『宋代文学通論』「緒論」、河南大学出版社　1998年版。

第四章　宋文繁栄の表象的景観と潜在的蓄積

素質を高めただけでなく、文学の発展に寄与する優れた社会環境を作り上げた。ゆえに南宋の王十朋は、「本朝の第四代は文章がもっとも栄え、それを論ずる者はみなその功績を仁宗の文徳の治に帰する」[32]と述べるのである。『宋史』「文苑伝」序には以下のようにある。

　古来より、創業垂統の君主こそ、その一時代の人々が愛し尊ぶものであり、また一時代の規範となる。よって、時代の潮流は予見することができる。太祖が天命を受けるに、まず文官を重用することで武官の権力を奪った。宋代に文章が尊ばれた発端はここにある。太宗、真宗はまだ藩邸にいた頃からすでに学問好きとして有名であった。皇帝に即位後、その文彩はさらに増していった。これより後は子孫もそれを継承し、上は君主でさえ学ばない者はなく、下は宰相から地方の官吏に至るまで科挙に登第していない者はいない。天下に文士が続々と輩出された。

ここには文芸を尊重するという宋の国策の背景、およびその三百余年のあいだに「文士が続々と輩出された」様子が述べられている。北宋前期に活躍した南唐の遺臣である徐鉉は、宋の太宗が勤勉で学問を好み、卓越した見識と優れた先見を有し、暇な時間を見つけては誠実に学問に取り組み、夜明けになりようやく勉強を終えたことを以下のように記している。「古い典籍の討論は未明になりますます盛んとなり、口にする言葉を選ぶまもなく、手には書籍が握られたままというさまである。以前、静かに近臣に次のように述べられた。『諸君は執務のあいまに、学問をして文を作るに越したことはない。学問をして文を作るのであれば、六経について論じるのがもっともよい』」[33]。これより、読書をして文章を作ることにおいて、みずから身をもって努めたのみならず、臣下らを唱導したことも見て取れる。

32　「策問」、『梅渓文集』前集巻一四、四部叢刊本。
33　『徐文公集』巻十八「御制雑説序」。

宋代初期の皇帝たちが文を尊び、文を好み、文を重んじたのは、決して一時の興味や見栄のためではなく、明晰な理性的認識に基づくもので、統治を維持するための必要から出たものであった。宋の太祖自身もとは一介の武人であったが、みずから書物を読んだだけでなく、臣下にも文章を学ぶよう奨励し、「治を行う道（為治之道）」[34]を理解させようとした。そして、「宰相には文人を用いなければならない（宰相需用読書人）」[35]とはっきり述べている。さらに、「政務を行う百余名の儒臣を選び、それぞれに要地を治めさせた」[36]。太宗は太祖以上に読書を好み、「書物を開けば益がある（開巻有益）」と考えており、「午前中は政務にあたる。政務を終えるとすぐに書物を開き、深夜になってようやく床についた。未明には起床して、真夏の昼が長いときでも休息することはなかった」[37]という。また「諸々の事物で風俗や教化に資するものは、すべて記録する価値を有する」[38]と考えるほどであった。近臣には、「王者たるもの武力によって平定するも、最終的には必ず文や徳により統治せねばならない。朕は朝廷を後にすれば、書物を読まないことはない。それは前代の成功と失敗に鑑みて政事を行い、損失と有益とをことごとくすくい取るためである」[39]と言っている。宋の真宗は、「政務にあたらないときでも、いたずらに時間を過ごすことはなく、深く書物を読み込み、常に夢中で」、「文学と芸術を何日も論じ続けた」という[40]。そして、「書籍を博覧しても、ただ知識を豊かにし、幅広く記憶するだけでなく、よくそれらを戒めとした。経典について述べるときは必ずその道理を調べ、史籍について語る場合は必ずその事実を究明し、君主について論じる際は必ず治乱の理を明確にし、臣下について述べる場合は必ずその正

34　『続資治通鑑長編』巻三。
35　『続資治通鑑長編』巻七。
36　『続資治通鑑長編』巻十三。
37　『続資治通鑑長編』巻二五。
38　『太平御覧』巻首に「国朝会要」を引く。南宋蜀刻本。
39　李攸『宋朝事実』巻三。
40　宋・江少虞『宋朝事実類苑』巻三。

誤を明らかにした」[41]。さらに真宗は、みずから「崇儒術論」を著し、それを国子監の石碑に記した。石碑には次のようにある。

　儒学の興亡、その影響は実に大きく、王朝の盛衰さえ必ずやこれによる。そのため秦が衰退すると経書の道理が弱まり、漢が盛んになると学校が興隆した。その後、天命が改まって時代が変わり、風俗と教化も移り変わる。唐代は文化がもっとも盛んであり、朱梁（後梁）以降は皇帝の力が衰えた。太祖、太宗は陋習を大いに改め、儒学を尊んだ。朕は先王たちの業績を継承し、謹んで聖人の教えを伝えん。礼と楽とがともに正しく行われ、儒家の学術が大成する。これは実に周の文王と武王が後世のために残してくれたのである。

宋の真宗は歴史の発展という角度から、文化の盛衰や国家の興亡の関係について詳細に考察し、統治の維持と社会発展の促進に対して、「儒学を尊び（崇尚斯文）」、「礼と楽とがともに正しく行われる（礼楽交挙）」ことが重要であると深く認識するに至る。また、真宗は常々近臣たちに次のように説いた。「経書や史書には国家の手本がある。国家を保ち民を治めるための要点もすべてここにある」、「古今を参照して時代の用途に合わせ」、「学問は心を尽くして行わなければならない」[42]、「勤勉に学ぶことは有益であり、他のいかなる事にも勝る。政治に深く役立てるなら、経書に及ぶものはない」[43]。このような宋代初期の皇帝の高度に自覚的で、功利目的を有した文化意識は、後に続く皇帝に継承された。これについて范祖禹は次のように述べている。「神宗皇帝が即位してまもない頃、講読を行う役人と邇英閣で政事についてよく語ったが、その際、君臣は互いに心を尽くして、何も秘密にすることがなかった。皇帝は生まれつき学問を好み、みずから努めてやめることなく、宮中でも夜半まで書物を読んでいることがあった。一心

41　『続資治通鑑長編』巻八五。
42　宋・李攸『宋朝事実』巻三。
43　宋・江少虞『宋朝事実類苑』巻三。

に政治に努めるさまは、先代の皇帝たちにも見られないほどである。熙寧年間から元豊年間の末年に至るまで、日ごと臣下に対して経典を講じ、たとえ雨が降り風が吹いてもそれは変わらなかった。先帝が定めた法を遵守し、これを後世の子孫のための法とした」[44]。

　宋代の最高統治者はみずから読書を奨励したほか、それを刺激する一連の力強い政策を制定し、実行することで、人々に儒教を学ばせ道義の道へと向かわせた。さらに科挙試験を実施することでより多くの人材を集め、そこから俊英を選抜し、優秀な者は仕官させ、政治に参与させ、「安定した政治を行うための人材（致治之具）」[45]を集めた。いわゆる「学問が優秀であれば任官させる（学而優則仕）」が、宋代になってようやく本格的に実施されるに至り、多くの身分の低い者も科挙の道を通じて仕官し、高位高官の士人となることができるようになった。王禹偁は、至道三年（西暦997年）に著した「直言五事疏」で次のように述べている。太宗が「即位してのち、人を採用するときに完全であることを求めずに、短所を捨てて長所を伸ばすことで、半数の人を登用した。在位期間が二十年を超えると、登第した者は一万人近くに上った」[46]。すなわち、年平均でおよそ五百余名が仕官した。宋の太宗の即位後一回目の貢挙、つまり進士やほかの科などで合格とされた者は507名にのぼる[47]。唐代の科挙試験の一回の採用数はわずか二、三十名であったから、その数十倍以上になる。また蘇軾によれば、宋の仁宗は「在位した三十五年のあいだに進士の試験を十度行い」、「天聖年間の初めから嘉祐年間の末までで、四千五百十七名が登用された」という[48]。つまり、毎回平均四百五十二名が進士に及第しており、その数は目を見張るものがある。さらに、宋代の科挙採用はほぼ公平な競争で、機会も平等であり、往時の「多くは権勢名家の者が合格し、身分の低い者の仕

44　宋・李攸『宋朝事実』巻三。
45　宋・李燾『続資治通鑑長編』巻七九。
46　「王禹偁伝」、『宋史』巻二九三。
47　宋・李燾『続資治通鑑長編』巻七九。
48　「送章子平詩叙」、『蘇軾文集』巻一〇。

官の道を閉ざした」[49]という弊害をことごとく改め、「一般庶民の家」の優秀な学生を多く仕官させた。統計によると、『宋史』に伝のある千九百五十三名のうち、平民から仕官した者は55.12％にも上り[50]、そのうち范仲淹や欧陽脩などは高名な宰相にまでなったのである。

　「安定した政治を行うための人材（致治之具）」を集めた宋代の科挙は、事実、文化の発展を促す重要な要因となっており、しかも、これにより文化面で一連の連鎖反応が引き起こされた。まず読書の風習がわき起こる。「鋤を置き、筆と硯に持ち替える者が十軒に九軒あった」[51]ほどで、「海に臨む辺境の地で、髪を垂らし鋤を手にした子でも、みな書籍を胸に抱き、文章を綴った」[52]という。そして教学に対する熱が高まる。「海辺や辺境の地のような四方万里の外であっても、すべての人々が学び」[53]、「地方の郡や県であっても必ず学校がある」[54]ようになった。さらに学問を教授する気風が盛んとなる。「儒生は往々にして山林に住み、静かな開けた場所で教授する。大師と言われるような人物も多いときには百名近くに至った」[55]。学術の研究はこれまでになく活発となった。いにしえの経書に疑義を抱き、伝統文化に対して再び省察と検討が加えられ、多くの学派が林立し、競って新たな説を打ち立てた。そして儒・仏・道は相互に受容し、相互に整合した。「学問は必ず書物を見ることからはじまる」という考えにより、宋代の出版印刷業は未曾有の繁栄を呈するに至る。官刻（官版）、家刻（私家版）、坊刻（販売用出版物）など様々な方法で全国に広まり、文化の伝播を加速させた。「慶暦年間、一般庶民である畢昇氏が活版を開発し」[56]、印刷技術を改良した。また、出版業の発達は蔵書の気風の礎を作り出し、官蔵のほ

49　宋・李燾『続資治通鑑長編』巻一六。
50　王水照『宋代文学通論』「緒論」に引く陳義彦「従布衣入仕論北宋布衣階層的社会流動」参照。
51　『蘇軾文集』、中華書局　1986年版。
52　宋・范成大『呉郡志』巻四「学校」。
53　「吉州学記」、『欧陽脩全集・居士集』巻三九。
54　「南安郡学記」、『蘇軾文集』巻一一。
55　宋・呂祖謙「白麓洞書院記」、『東萊集』巻六。
56　宋・沈括「技芸」、『夢渓筆談』巻一八。

かにも、書籍を私蔵する者がきわめて多くなった。李淑や宋綬は、「所蔵の書は三万巻をくだらず」[57]とされ、王欽臣の蔵書目では四万三千巻に上り、「朝廷の書庫にも多くの蔵書があるが、王欽臣の蔵書より多いところはない」[58]と称された。陳振孫の私蔵書は「五万一千百八十巻あまり」[59]に達し、「石林の葉氏や賀氏は蔵書の多さをもって称され、十万巻にもなる」[60]。宋代の科挙を起点として結び付けられた全社会的な各種文化のネットワークは、宋代の重厚な文化的雰囲気を築き上げた。宋代散文の繁栄と隆盛も、まさにこうした文化的環境と学術的気運のなかで展開されたのである。

第五節　創作主体についての精察：知識の構造と集団意識

　宋代の優れた社会環境と重厚な文化的気風は、あまたの傑出した人材を育んだ。作家に限って述べるにしても、おおむねその知識は広遠で多才、複合型の様相を呈している。そして時には、政治・文学・学術を一身に集めて、多方面に精通した作家が数多く出現した。また、多くの者が儒者を自負しており、強い歴史的使命感、社会的責任感、明確な集団意識を備えている。

　宋代以前は、政治に秀でていれば文は拙く、学術に通じていれば詩文は精彩を欠くとされた。文をよくする者でも、ある者は詩に明るく、またある者は文に明るいというように、多くは一事に優れるのみで、複数の能力に長けた者は少ない。唐代の著名な李白、杜甫、韓愈、柳宗元ならば、李白は「詩仙」、杜甫は「詩聖」と称され、韓愈と柳宗元は古文家として文芸界に名を残す。中国の前近代史において、彼らはただ文学家として後世から尊崇されるだけであり、政治や学術面での功績は多くはない。

　中国前近代の知識人は、「内に聖人の徳を備え、外に王者の政を行う（内

57　陸游「跋京本『家語』」、『渭南文集』巻二八。
58　宋・徐度『却掃編』巻下。
59　宋・周密「書籍之厄」、『斉東野語』巻一二。
60　同上。

聖外王）」という境地に至ることを絶えず求め続け、「身を修め、家を斉え、国を治め、天下を平定する（修身、斉家、治国、平天下）」ことを、自身の生涯で達成すべき目標、かつ理想の極地とした。こうした境地や理想を実現するためには、非常に崇高な思想的境地や確乎たる文化的素養を備えていなければならず、一個人の努力に加えて、さらに適切な社会環境に囲まれている必要がある。宋代の知識人は、間違いなく先賢や後学がいずれも羨望するような幸運な人々であり、時代や社会は彼らにこうした理想を実践し、かつ実現させる機会や条件を与えた。文章を尊重するという国策、社会全体の教育に対する機運の高まり、および出版業の繁栄によって、宋代の学士たちは濃厚な文化的雰囲気に浸りつつ学問を磨き、前代の文化的精髄を網羅的、多元的、全方位的に理解、学習、吸収することができたのである。そうして個人の素質を養い高めていった。また、ほぼ公平な競争、機会の均等といった科挙による仕官の道は、国を治め天下を平定するという理想を彼らが実現するための可能性を付与した。それゆえ宋代の作家は、往々にして学者、高位高官、文学をその身に集約しており、万能、多才な作家は枚挙に暇がない。たとえば晏殊、范仲淹、欧陽脩、王安石、蘇軾、楊万里、范成大、辛棄疾、文天祥などは、いずれもその好例である。

　宋代の作家、特に大家の知識は、いずれも総合的、多元的、多能的で、いわゆる万能型である。これもまた時代の発展と社会の進歩による必然の産物である。宋代は人物を批評するにあたり、徳、学、才、幹、つまり品行、学問、文章、能力をきわめて重視した。この四者のなかでも品行の方正さが重んじられる。ゆえに蘇軾は「挙黄庭堅自代状」において、黄庭堅を「孝順の行いは昔の人に匹敵し、美しくも雄壮な文章は、当世においてもっとも妙である（孝友之行追配古人，瑰偉之文妙絶当世）」[61]と評価する。また学、才、幹の三者では、学が根本であり、内にこれを修めてこそ、優れた才能が文として外にあふれ出す。そして官職や政務の功績においてその才能や能力を顕現させること、それが最終的な目的である。欧陽脩は、

61　『蘇軾文集』巻二四。

「君子の学問を、ある者は政事に用い、またある者は文章でこれを発揮する。すべて兼ね備えることは非常に難しいようである。思うに、時勢に恵まれた者は、朝廷に対して偉大な功績を挙げ、その名声は竹帛に記されて輝く。それゆえいつも文章は些事とみなされるので、それに割く時間がない、あるいはそれができない者もいる」[62]と述べている。つまり、まず功績があり、その次に文章があるのは明らかである。欧陽脩の「文学の栄誉はその身に浴するに止まるが、政治はすべての物事に及ぶことができる（文学止於潤身，政治可以及物）」[63]という言葉は、まことに理にかなった名言とされ、広く伝えられている。これより、人々は世の中を広く救うことができる政事を首位に置き、文学はその次に位置すると考えていることがわかる。

宋代に文学で名を知られた多くの者は、その実、大部分が学術に深い見識を持ち、政治に詳しく、とりわけ文学に精通した万能型である。天聖六年（1028）、晏殊は「学問は真摯に励み、典雅な文章を綴り、政治にもなかなか明るく、信望を集めている」[64]と評して、范仲淹を推薦した。至和三年（1056）、欧陽脩は「学問や文章は当代に名高く、道理を守ってゆるがせにせず、その分を重んじる。議論は明瞭であり、治世の才幹を兼ね備える」として、朝廷に王安石を推薦した。熙寧二年（1070）、王安石の起用に異を唱える者があると、神宗は、王安石には「文学は任せられないというのか。政治を任せられないというのか。経学を任せられないというのか（文学不可任耶？吏事不可任耶？経術不可任耶？）」[65]と言って、反対者に詰問したという。蘇軾は「章子平を送る詩序」において、「子平は文章が美しく、経学の知識に富み、政事に通じている。その身を守るに正しく、その行いは謙虚である」[66]と称した。これらの事例は、徳行以下の経学、文学、政事の

---

62 「薛簡粛公文集序」、『欧陽脩全集・居士集』巻四四。
63 洪邁『容斎随筆』巻四に引く。
64 『范文正公集』「年譜」。
65 『続資治通鑑長編』巻六六。
66 『蘇軾文集』巻二四。

第四章　宋文繁栄の表象的景観と潜在的蓄積

三つが、当時すでに人物評価や人材登用の指標となっていたことを十分に物語っている。そして、一般的な基準としてある以上、これら多くの才能を有する万能型の人材も少数ではありえなかったはずである。ゆえに両宋代において、学術が精緻で文章は高尚、かつ政治的手腕に優れた者は、数多くいたと思われる。南宋の孝宗趙昚は、『蘇軾文集』の序で以下のように述べている。

　　蘇軾の忠言や忌憚のない言葉、官僚としての節度は、当時において臣下のなかで右に出る者はいなかった。雄々しい気概をまとい、志はその学問において発揮され、（追放されて）恵州、海南島を放浪しても文章は少しも衰えるところがなく、力を自然のなかにめぐらせて気はあふれ、理性を極め尽くし、天と人とを貫通する。山川や風雲、草花や果実の多種多様なさまを見ては、ときに喜びときに驚き、その感得したところをひとたび文に託せば、百代を圧倒する。おのずから一家を成し、広く深く光り輝き、ここにおいて大成する。[67]

これはまさに徳、政、学、文の四つの面から高い評価を与えているのである。文学について言えば、欧陽脩のように「大道を論じれば韓愈に似て、事を論じれば陸贄に似て、事を記録すれば司馬遷に似て、詩賦を詠めば李白に似る」[68]者はもとより稀であるが、詩詞文賦の各体に通じている者は非常に多かったのである。宋初の王禹偁や楊億から宋末の文天祥まで、大部分が文章をよくし、詩に秀で、詞に通じており、いわゆる「文章の余事として詩人となり、さらに時間があれば詞や曲をつくる（文章余事作詩人，溢而作詞曲）」であった。まさに宋代の作家たちの創作を映し出している。

　宋代の作家の万能性という特徴は、もとより備わっていた強い芸術的創造力を決定づけた。彼らは古事に鑑み、当世に通じただけでなく、視野も

67　『蘇軾文集』付録。
68　「六一居士集叙」、『蘇軾文集』巻一〇。

広く精神も闊達であり、高度に自覚的で強烈な歴史的責任感と社会的責任感を持ち合わせていた。「天下のことを己のおこなうべき任務とする（以天下為己任）」と同時に、人格が完璧であることをも追求したのである。柳開は、「五代の乱れた状況を救い、百世をおおう大いなる教えを支え、韓非子・孟子に続き、周公・孔子を助ける」[69]ことに意欲を燃やした。王禹偁は、「文学を主管することについては高位高官にも勝る（主管風騒勝要津）」[70]と自負していた。また楊億は、「儒学をみずからの務め（以斯文為己任）」とし、范仲淹は「いつも天下について激しく論じ、力の限りを尽くして己の身を顧みず（毎感激論天下事, 奮不顧身）」、「天下の憂いに先立って憂い、天下の楽しみに後れて楽しむ（先天下之憂而憂, 後天下之楽而楽）」のであった。欧陽脩は、「様々な退廃を挽回し、古くからの邪説を止め、儒学の正しい気風を起こしてこそ、公正なる道徳を補佐して人心を支えることができる」[71]と言う。王安石は、「慷慨して世の中を正し世俗を変える志を持った」[72]。曾鞏は、「もとより慷慨して、天下の事に志を抱き」、蘇軾は「当世の志を奮い立たせた」のである。その抱負、その気概の宏大さは、まさに宋人の思想や精神が勢い盛んに向上していることの現れである。学術、文章、または政治などの諸方面において、彼らのこうした気骨や素養が優れた成果へとつながり、非常に大きな創造力として発揮されたのである。

　文章と学術に限って述べるなら、宋代に新たに作られた流派の代表となった人物の数は百をもって数える。西崑体の楊億、劉筠。古文派の欧陽脩、蘇軾。江西詩派の黄庭堅、陳師道。詞には柳永、秦観、周邦彦、李清照、辛棄疾、姜白石。道学なら二程、朱熹がいる。王安石の新学、張載の関学、周敦頤の濂学。陸九淵は「心学」の一派を創設し、陳亮は「実事実功」を唱え、葉適は永嘉の盟主である。これら宋代文化の寵児が群れを成すよう

69　宋・張景「河東先生集序」。
70　「前賦春居雑興詩二首間歳不復省視因長男嘉祐続杜工部集見語意頗有相類者否于予窃之也予喜而作詩聊以自賀」、『小畜集』巻九。
71　「欧陽脩伝」、『宋史』巻三一九。
72　「王安石伝」、『宋史』巻三二七。

に出現したことは、まさに時代の誇りである。宋代文人の巨大な創造力は、文化の各面における開拓と創造にも反映された。たとえば哲学、史学、文学、金石学、経学、書法、絵画などで新たな風格が現出した。

さらに宋代の文人は、強く明確な集団意識を有していた。宋初の柳開は「来賢亭」を建て、同時に「来賢亭記」を著している。「世の中の人々で私と志を共にする者とみな知り合いたいと願う」[73]という美しい願望を述べ、文章の気風をいにしえに返すために努力した。田錫は「答胡旦書」において、「昔の人は交わりを結ぶことを重視した。道徳を盛り立てて大いに奮起するのは、みな交わりを結ぶことによるのである」[74]と言う。欧陽脩はすべての力を注いで優秀な人材を抜擢し、「後進を推挙して登用することが十分でないことを恐れるほどで、目を掛けられた人物はみなすぐに著名な士人となった」[75]。蘇軾は師の風格を継承し、「進んで後進を奨励し、一言でもよいところがあれば、言葉を尽くして褒め称えた。そうして世に名前が知られるまで続けた」[76]。さらには、「文章の役割もまた世間に名の知られた人物と契りを結ぶ点にあり、そうすればその道は衰退しない」[77]と言っている。南宋の周必大も、「一時代の文章には必ず宗主がいる（一代文章必有宗）」と述べる。このような、同道して追求するという自覚的な意識、および集団を組織するという強い欲求が、宋代において、流派やグループの群生と共栄の基礎となった。そして、宋代の「社会における選択の相対的自由が、重要にして自発的な団体の出現を可能としたのである」[78]。

宋初に柳開がまず復古を唱えると、「優れた人物が次々に従う」と称された。王禹偁は心から後進を称揚し、多くの学生がその門下に学び、「時の盟主」となった。「大中祥符と天禧年間には、楊大年、銭文僖、晏元献、劉子儀らが文章の能力によって仕官した。彼らは詩を作るにあたって李義山を

73　宋・柳開『河東先生集』巻四。
74　宋・田錫『咸平集』巻三。
75　「欧陽脩伝」、『宋史』巻三一九。
76　宋・葛立方『韻語陽秋語』巻一。
77　宋・李廌『師友談記』。
78　（米）ルース・ベネディクト『文化の型』、米山俊直訳、社会思想社 1973年。

宗師として尊び、西崑体と号した」[79]。「廬陵では欧陽脩が現れて古文を唱え、臨川の王安石、眉山の蘇軾、南豊の曾鞏らも立ち上がってこれに賛同した」[80]。そして南宋が滅亡する前後の愛国派まで、両宋の期間中に各種の要因によって形成、出現したグループは、実に数えきれないほどである。

　宋代にもっともよく見られた文学グループは、その構成から主に六種に分けられる。一つ目は座主門生グループ。つまり科挙試験における試験官と受験生から構成される。二つ目は授徒グループ。その大部分は道学家、あるいは学問を深く身に付けた学者の授業のなかで形成された学術集団である。三つ目は僚友グループで、多くは任期中の同僚や幕友で詩の唱和を通して結成された文人集団である。四つ目は師友グループで、芸苑の学者による相互の学習、相互の推挙により構成された集団。五つ目は政治グループで、その多くは党派争いのなかで作られた文人集団である。そして六つ目は地域学術グループである。各グループの構成員の身分や水準は千差万別であるが、いずれも文人階層に属しているため、学術、文章、政事などにおいて相通じ、相近く、相似た部分が非常に多い。彼らの学術的見解と文学創作、および政治実績が、宋代文化の発展における重要な推進力であったことに疑う余地はない。

　このように、宋代の作家の豊富で幅広い学識と重厚で堅実な学術的素養は、散文を大量に創作するための強固な基礎を打ち立てた。また、多くの作家が有する明確な集団意識は、彼らに自覚的に様々な創作集団を形成させ、そして散文の繁栄や発展のための大きな推進力や促進力となったのである。

79　宋・劉攽『中山詩話』。
80　「文苑伝」、『宋史』巻四三九。

第五章　北宋前期における散文の流派と発展（上）

　北宋前期は、宋一代の散文発展に直接的な影響を及ぼす最初の重要な段階である。本章の狙いは、流派とグループの角度から、北宋前期の散文発展の状況と趨勢について分析と考察を加え、その変遷の足跡をたどることで、この時期における散文発展の特徴と重要性に対する認識を得ることにある[1]。

　まず明らかにすべき問題は、北宋前期という時期の画定である。先人が宋代散文の発展について論じる際、その多くは欧陽脩を境界とする。宋の章得象、范仲淹、蘇軾、朱熹、陳亮、呉淵から元の脱脱(トクト)に至るまで、いずれも例に漏れない。この見方が、宋文発展の実状と符合することは疑いなかろう。しかし、欧陽脩は六十六年生きている。その人生のいつをもって区分すべきであろうか。欧陽脩自身が述べるところでは、欧陽脩は当初、当時流行の文体を学んでいたが、及第して宮仕えとなってからは、古文を学んで文体を大きく変えたという。「六一居士集叙」において、蘇軾が宋初七十年を一つの段階とみなして宋文の発展に批評を加えるのは、宋の開国から欧陽脩の及第までがちょうど七十年だからである。欧陽脩は仁宗の天聖八年（1030）の進士である。これによって、この年を北宋前期の下限とみなすことができよう。本章で述べる散文発展の主要な歴史は、おおよそこの年までとする。

第一節　宋初における駢・散両派の並立

　北宋前期における散文の発展は、おおよそ二つの段階を経る。宋初の四十年間が第一段階である。范仲淹「尹師魯河南集序」は、開国以後の散文

1　楊慶存「北宋前期散文的流派与発展」、『文学遺産』1995年第2期60-69頁。

の発展過程をふり返り、柳開と楊億とで大きく二つの時期に分けている。柳開は、咸平三年（1000）に世を去っており、この年を宋代散文発展の第一段階の下限とみなすのである。また、周必大は『宋文鑑』の序で、「建隆・雍煕年間の文は傑出し、咸平・景徳年間の文は博大である（建隆雍煕之間其文偉，咸平景徳之際其文博）」と述べている。これより、真宗の咸平年間（998-1003）を前後二段階の境界として大過はないであろう。

　宋代における散文発展の全過程を詳細に見ると、散文創作の趣旨と着想、および散文体の言語的な構成形式（騈体、散体）は、常に宋人の関心の的であったと容易に察せられよう。とりわけ後者については、北宋前期の散文創作において突出しており、騈体を用いるか散体を用いるかが流派形成の要因や流派分類の基準となっている。これは、唐代の古文運動を経た後の宋の人々にしてみれば、決して不思議なことではない。中国古代の散文自体が不断の成長と変化を遂げてきたように、その言語形態も不断に成長、変化してきたのである。先秦期には騈文と散文はまだ分かれておらず、両者は混ざり合っていた。秦漢以降、騈体がしだいに形成され、六朝時代にはもっとも盛んとなる。その後、唐人により復古の気風が醸成されると、韓愈と柳宗元が熱心に古文を提唱し、騈文と散文の勢力が拮抗した。さらに五代は古文が衰微し、騈体が隆盛した。
　宋はその五代末を受け継いでいる。五代の散文の発展は、宋人が手本とするに足るものであり、騈体を取るのか、散体を取るのかは、散文の作家が任意に選択できた。しかし、それは同時に分岐点の出現を避けられないものにした。こうして、文学発展の慣性と張力、そして宋代初めの特定の人文環境が結合し、騈体の独擅場であった五代派と、古文を強く主張した復古派とが相次いで生まれる状況を育んだのである。ここにおいて、宋代における散文発展の輝かしい道筋が開かれたのであった。

第二節　五代派:「淵源は燕許にあり」華美と実践の重視

　宋文発展の幕を開いたのは、五代から宋へと流れた一部の散文作家である。宋朝の建国後、最高統治者は儀礼制度により国家を発展させる文治政策を採用した。太祖と太宗は儒と文を尊重し、広く人材を集めた。徐鉉、陶穀、張昭、張洎、李昉、李至、宋白、呉淑など、前王朝の碩学、鴻儒、文臣を任用し、文書を扱う各種機関を設けて、文士の選抜を取り仕切らせた。彼らが宋文の基礎を固める第一期の作家である。その多くは五代の翰林学士であり、長らく宮廷に仕えた文才ある侍臣たちであった。五代文学より受けた薫陶と、文臣の職責からくる修練のため、これらの作家はみな駢体に優れていた。宋に仕えてからは、受けた礼遇と高い政治的地位に加え、自身の素養、後進を積極的に引き上げる人徳によって、比較的強い求心力を持つに至る。そして陳彭年、胡克順、李至といった追随者を引きつけ、結束させ、育て上げた。作風と美感における共通性、文学思想と芸術面での探求における類似性により、宋代散文発展史上の最初の一派——五代派——が自然と形成された。この一派がそう呼ばれる理由は、主に二つある。第一は、多くの作家が五代より活動している人物であるため、第二は、作品が五代の形式を襲っているためである。

　五代派の散文理論に注目して掘り下げる人は非常に少なかったが、実際には、いくつかの主張が、後世の一部の散文作家に深い影響を与えており、注目に値する。五代派は文を作るにあたって教化を旨とし、「世の情勢や政治の道(時務政理)」を強調して、実用性を説くとともに修辞を重んじる。その主張は、まず充実した内容の文ありきで、修辞と芸術性は作家の才能と教養から自然とにじみ出てくるというものである。文を作るには「王の恩沢を広め、民衆の心情に通じ、聖人の道に背かず、そして天下の政に資する」ことが必要であり、「格調高く精神が優れ、言葉は簡潔で奥深く、音韻は調和が取れて伸びやか、文辞は華麗」なのは、作者の「余力」である

と提唱する[2]。つまり、内容を強調すると同時に、音韻と文彩の自然な合理性を肯定するのである。また、この一派は「華麗でありながら情緒に満ち、豊かでありながら大要を押さえ、学識は深くとも偏ることなく、音律を整えながらも浮薄でない」[3]こと、さらに「麗句を使いながらも理性的である」[4]ことを、文を作る際の原則として提唱し、自然で流れるような作風を求めた。

五代派の散文は実用に供するものや、詔勅、上奏文が非常に多く、記叙、議論、叙情の作品もままある。全体的な特色は典雅で力強く、のびのびとして自然な点で特に優れている。こういった特色はその創作理論と関係するほか、その生きた時代、作家の素質、美的追求とも直接的な関係がある。

五代派の重要な作家はいずれも博学の大儒である。たとえば陶穀は、学問を好んで記憶力に優れ、儒教経典や史書に広く通じ、諸子や仏教、道教の書にもみな目を通していた。張昭は万巻の書を蔵して読まない書物はなく、とりわけ著述編纂を好んだ。張洎は仏教や道教の書物を広く読み、禅寂、虚無の理論に通じていた。宋白は学識に富み、当時を代表する学者であった。これらの作家は学識と教養が深く、あらゆる方面に通じていたため、文章を作れば美しさがあふれ出て、自然かつ流麗であった。そして、宋初の軍事力と国威は、その文勢を雄大で力強いものにした。たとえば、徐鉉の「上説文解字表」は以下のごとくである。

　　謹んで思うに、人倫を発揚し、いにしえの道を興して尊ぶべきかと。魯壁で古人の残した詩文を考証し、羽陵で古書を集めれば、朝廷の気風は穏やかとなり、まことに盛運の兆に符合するでしょう。
　　　伏以振発人文，興崇古道，考遺編於魯壁，緝蠹簡於羽陵，載穆皇風，允符昌運。

2　徐鉉「故兵部侍郎王公集序」、『騎省集』巻二三参照。
3　同上。
4　徐鉉「広陵劉生賦集序」、『騎省集』巻二三参照。

その言葉は典雅で、文章の勢いも力強い。また、陶穀の「太祖登極赦」には次のようにある。

> 湯王と武王の革命では、帝王の号令により人々は従った。漢と唐の創業では、はじめ土地を封じて建国に至った……古きを改めて新しきを立てることで、皇統は初めて天命を承ける。家を変えて国とすれば、皇恩は天下を覆うであろう。
> 　　湯武革命，発大号以順人；唐漢開基，因始封而建国……革故鼎新，皇祚初膺於景命；変家為国，鴻恩宜被於寰区。

一文には広い学識が垣間見られ、高尚で力強く、とりわけ気魄がみなぎっている。また、張昭の「請尊師傅講論経義疏」は以下のごとくである。

> 私が聞くところによりますと、大河や海は細い流れでも拒まないのであの大きさになり、山々は一つまみの土も拒まないのであの高さになるとのこと。また、王たる者は直言を拒まないので、その聖徳をなし……楚の霊王は勝負を決する陣中にあっても倚相の書を忘れず、漢の高祖は馬上で天下を取る陸賈の言葉に耳を傾けたとか。
> 　　臣聞江海不譲於細流，所以成其大；山岳不譲其撮土，所以成其高；王者不倦昌言，所以成其聖……楚霊王軍中決勝，不忘倚相之書；漢高祖馬上争衡，猶聴陸生之説。

この文は歴史を引いて喩えとし、流暢かつ自然である。ほかにも、李昉の「黄帝廟碑序」は、宋朝の版図の広大さと世の太平を描いて気宇壮大で、その筆致は力強い。張洎の「論北方兵事奏」や呉淑の「事類賦」などにも、五代派の風格がよく見て取れる。

一、後進の宗師　徐鉉

五代派の代表的作家のなかでも中核となるのが、徐鉉である。徐鉉（917

-992) は、字を鼎臣といい、祖先は東海郡郯城の人。幼くして孤児となり、叔母が学問を授けた。逆境にあっても節を守って自立し、成人する前から文と徳行により世に讃えられた。南唐に仕えて「三たび知制誥となり……二度中書舎人を拝命し、二度翰林に入って学士となった」[5]。宋の太祖天宝八年（975）冬、後主李煜に従って宋に降り、翌年には「太子率更令と右内史舎人」[6]を授かった。太宗が即位すると、特別に直翰林学士院を授かり、給事中侍従に任命された。端拱元年（988）、左騎省常侍へと移ったので、「騎省」を文集の名とした。『騎省集』三十巻は、前二十巻が徐鉉自身が編集した南唐時代の作、後の十巻は娘婿の呉淑裒が編集した宋に入ってからの著述で、両者ともすべて現存する。著作の『質論』と『稽神録』、勅命を受けて編まれた『江南録』、再編を施した許慎『説文解字』などは、「別に一家を成すもの」として単独で世に出され、文集には収められなかった。このほか、『太平広記』、『文苑英華』の主編者の一人でもある。

徐鉉は広い学識を有して文章に優れ、筆を下ろせば文となるほど機転が利いた。同時代の人は徐鉉を「当世儒学の宗主（今世儒宗）」、「後進の宗師（後進宗師）」、「文章の達人（文章之伯）」などと称した。門下の胡克順は「進徐騎省文章表」で次のように述べる。「江南の地で傑出し、平素から名望を担って」おり、宋に入ってからは、「特に先代の皇帝から厚遇され、後進の手本となった。文章の規律に造詣が深く、学術は精緻にして広大である。また言葉は要点を尊び、心には邪なことがなかった。よく一家言をなし、思うに諸公の右に出る者である」。ここから文壇における影響力と立場が見て取れよう。

徐鉉は、文章の社会的な役割と実際の効能を重視し、修辞と芸術性を軽視することもなかったが、文で情を作り上げることには反対した。その主張は、文はまず充実した内容があるべきで、修辞と芸術性は作家の才能と力量から自然と流露するというものであった。「故兵部侍郎王公集序」で

---

5 李昉「徐鉉墓誌銘」、『徐文公集』附録。
6 李燾『続資治通鑑長編』巻一七。

第五章　北宋前期における散文の流派と発展（上）

は、「君子の道とは、その身体より発せられて物を覆い、内より出て外に極まるものである。これを行うのが言葉である。これを行うのに遠くまで伝えるのが文である。したがって、文が世に重んじられるのは尊いことである。たとえ今と昔とでは形式が異なり、南と北とでは文の風格が異なっても、その要は王の恩沢を広め、民衆の心情に通じ、聖人の道に背かず、そして天下の政に資することである」、「格調高く精神が優れ、言葉は簡潔で奥深く、音韻は調和が取れて伸びやか、文辞は華麗」に至るのは、作者の「余力」であると述べている[7]。要するに、聖人の道に背きさえしなければ、作者はおのずと情を尽くして才能を発揮できるというのである。こうして、字句の華麗さを追求するあまり実質のない形式主義に陥った文章の気風と訣別し、同時に音韻と修辞の自然な合理性を充分に肯定したのである。そして徐鉉は、文を作るには「華麗でありながら情緒に満ち、豊かでありながら大要を押さえ、学識は深くとも偏ることなく、音律を整えながらも浮薄でなく」[8]、「麗句を使いながらも理性的である」[9]べきだとした。徐鉉は慨嘆して言う。

　　夏・殷・周三代の文は、もはやはるか昔となり、両漢の文風は、盛んではなくなった。いまは字句の繁茂を志す者が連れ立ち、音韻を調和させる者が居並んでいる。「子虚賦」は、文は華麗で柔弱であるが、後代の学究はこれを傑作と考え、「両京賦」は、文がその情を超えているのに、後世の才士はこれを慕い敬った。

　　　三代之文既遠，両漢之風不振，懐芬敷者聯袂，韻音響者比肩；子虚文麗而寡，而末世学者以為称首；両京文過其心，後之才士企而望之。

また同時に以下のように指摘する。

7　『徐公文集』巻二三。
8　同上。
9　「広陵劉生賦集序」、『徐公文集』巻二三。

文章を書こうとして情を作り上げ、規範を汚し白粉を塗りたくっている。

　　　　為文而造情，污準而粉額。

それゆえ徐鉉は次のことを求めた。

　　光彩ある君子は、内に含まれる美しさが整っている。和合順良の精神が心の内に蓄えられ、そして精華が外に発せられる。そうして時に応じて善処すれば、金石に彫られて手本として顕彰され、竹簡木簡を開いて筆を下ろせば、鸞鳳のように優れた文が羽ばたく。必ずやその中身があって、そこではじめてそれを文とするのである。[10]

　　　　有斐君子，含章可正，和順積中，而英華発外，周旋俯仰，金石之度彰，摛簡下筆，鸞鳳之文奮，必有其質，乃為之文。

過去に思いを馳せ、現在を悲しむ気持ちのうちに、ある種の積極的な文学観が現れている。

　徐鉉はつとめて自分の認識を実践の場に取り入れ、それをみずから実行し続けた。南唐の知貢挙として科挙の試験官の任にあったときも、実用性を非常に重視したため、「はじめに政治について尋ね、その後に詞賦を課し、徳行ある者を抜擢して、うわべだけの者を退けた（先策問而後詞賦，進徳行而黜浮華）」。その出題は、「ことごとく世の情勢や政治の要点（尽時務政理之要）」についてであった。文を書くには、「典雅な点で優れ、直接的で婉曲でなく、道理が勝っていることを貴んだ（長於典雅，直而不迂，以理勝為貴）」[11]。陳彭年は徐鉉のことを、「文を書く主旨と古典の学識がしっかりとあり、天意と人事、性情と理智を探究した」[12]人物と考えている。『質論』十四篇について、ある人はこれを「刑罰と政令の核心を極め、主君

10　李昉「徐鉉墓誌銘」、『徐公文集』附録。
11　「徐公行状」、『徐公文集』附録。
12　「故散騎常侍東海徐公序」、『徐公文集』巻首。

と家臣の関係について究明し」、「それは不朽である」と賞賛した[13]。その
ほかにも、「洪州華山胡氏書堂記」では、冒頭から次のように述べる。「君
子は徳行を積んだ先祖の恩沢を受け継ぎ、聖人の道に従う。修養を積むこ
とは、義の根本である。そのような気風が家に行われれば、徳が豊かにな
る。その教えが民に広まれば、仁が行きわたることとなる。誰かよくこれ
を備える者があれば、私はその者と行動を共にする」。その後で胡安定その
人、書堂の建設、代表的儒学者の学業、道徳の理の蓄積について筆を進め
ている。「送王遜序」では、「君子たるものは道を己の中に懐き、志をその
時のために持ち、学問を修めることでそれを集め、修辞を施すことでそれ
を外に発する。そして名誉を貪らず、志を微賤に落とすことはない」とい
う道理を言い、その後、王遜の経歴を語ることで証拠とする。いずれも理
と実を尊ぶという特徴を表している。

　徐鉉の文章は張説と蘇頲に淵源がある。文は騈文体を用いて、韓愈や柳
宗元の古文体は採り入れなかった。自然かつ典雅、壮麗かつ該博な点で優
れていた。これは主に学識と素養、および創作における独特の個性に起因
する。李昉の言によれば、徐鉉は「文を書くのに頭の回転が速かった。あ
る人に文を求められると、あらかじめ作ることをよしとせず、その場で題
を言わせた。そして、たちどころに草稿を書き上げると、『速ければ思いは
強く鋭敏で、遅くなると間延びしてしまう』と言った」[14]という。このため、
その起草した詔勅は、筆を下ろすなりよく走り、実用性は無限で、すべて
が渾然一体として、優雅かつ正当な文体であった。南唐の宰相馮延巳は常
に、「およそ人は文章を作るとき、みな変わった言葉を用いるが、そうしな
ければ見るに堪えないのである。ただ、徐公だけはそうではない。心のま
まに文章を書けば、おのずときわめて精巧なものに至っている」[15]と語って
いたというように、すでに同時代の人々から見識があるとみなされていた
のである。

13　「徐公行状」、『徐公文集』附録。
14　李昉「徐鉉墓誌銘」、『徐公文集』附録。
15　同上。

徐氏は、「まっすぐな性格で虚飾がなく」[16]、博学多識で、儒教経典や史書などあらゆる書籍に通じ、その文彩は燦然と輝いていた。宋の太宗は徐鉉について、「文書を作る職務にあって、勅命を起草すれば典雅な趣きがあり、事前に意見を聞けば、その広い学識が見て取れる」[17]と述べている。知識人らは徐鉉の文を、「糸竹金石といえどもその雅さに及ぶものではなく、礼服の綾や天地の色といえどもその麗しさに並ぶものではない」、「その詩文は孔子が講義したという洙泗の堂に登るべきであり、その姿形を描いて屈原の廟に置くべきである」とみなしていた[18]。呂祖謙は『皇宋文鑑』に文章の模範として徐鉉の「重修説文序」、「君臣論」、「持権論」、「呉王李煜墓誌銘」などを収録しており、その文の風格がよく現れている。

このほか、たとえば雍熙三年十一月撰「上説文解字表」には以下のようにある。

  謹んで思うに、人倫を発揚し、いにしえの道を興して尊ぶべきかと。魯壁で古人の残した詩文を考証し、羽陵で古書を集めれば、朝廷の気風は穏やかとなり、まことに盛運の兆に符合するでしょう。[19]

   伏以振発人文，興崇古道，考遺編於魯壁，緝蠹簡於羽陵，載穆皇風，允符昌運。

対偶表現を用いながらも自然で、典雅でありながらも正鵠を射た言説である。また、「復方訥書」は、対偶を用いつつ自分の個性や志向、抱負について語っており、虚飾はなくありのままである。

  私は愚鈍で強情な性格であり、人々のなかに身を置いても取るに足りません。しかしながら、先人の偉業を受け継ぎ、恐れ多くも清廉高

16　李燾『続資治通鑑長編』巻一七。
17　「批答」、『徐公文集』巻首。
18　陳彭年「故散騎常侍東海徐公序」、『徐公文集』巻首。
19　『全宋文』巻一七第351頁。

第五章　北宋前期における散文の流派と発展（上）

潔な文筆の仕事に従事しております。いにしえの聖人の書を読み、いささかではありますが理解に至りました。歴代の陛下の御恩は、私の胸に染みわたりました。みずからの理念と人々の救済とを実践し、立身して名を揚げ、国家の大人物の知遇に報いるべく、天下を治める事業を成したいと、自分の力量もわきまえず、志を胸に抱いておりました。それゆえにこそ、陛下の耳目となり、要職に就くことも、喜んでその任をお受けするのであり、それを気に病むことなどありません。[20]

　鉉以疏拙之性，頑滯之資，廁於人曹，無足比數。然以荷先人之業，猥踐清貫；讀往聖之書，頗識通方。累朝舊恩，漸於肌骨。至於行道濟物，立身揚名，報國士之知，成天下之務，竊不自揆，頗嘗有心。故膺耳目之寄，当津要之路，侃然受任，不以為憂。

気迫が込められながらも、流暢かつ自然な文章である。また、「冊秀才文」（その一）は以下のごとくである。

　三皇五帝以来、文章は麗句と質朴が互いに交代し、様々な王法のため、六経の義はばらばらになりました。周王室が衰えると、諸侯は各々が政を行い、優れた人物は別々の道を進みました。たとえば管仲が斉の国を覇者とした功勲、商鞅が秦を強国にした法令、申不害と韓非子の刑名法術、孫子と呉子の戦陣や、土地の生産力向上に努めた李悝、倹約を貴んだ墨翟、これらはその最たる例です。思うに、百家の説はその方法は異なりますが、これを受け入れて実践すれば、政治的安定が得られましょう。

　自三五以還，文質迭変，百王之法，六籍渙然。及周室衰，諸侯異政，賢俊之士，分軌并馳。至如管仲覇齊之功，商鞅強秦之令，申、韓之名法，孫、呉之戦陣，李悝則務尽地力，墨翟則崇尚節儉，此其尤著者也。蓋百家之説，雖其道不同，奉而行之，皆足以致理。

20　『全宋文』巻一八第359頁。

このように、伝統文化の発展における複雑さと道理を仮託することの同一性について述べるが、簡明かつ要点を押さえている。

徐鉉の文章で「重修説文序」ほど知られているものはない。『説文』に付して刊行されたほか、『皇朝文鑑』、『玉海』、『三続古文奇賞』、『文章弁体匯選』などの書も、すべてこの文章を収める。「詔を受けて許慎の『説文』を校訂する（奉詔校定許慎『説文』）」から筆を起こして、文字の発展と変遷、および『説文』の改訂が持つ重要な意義について詳述する。

　……思うに、八卦が区別されて万象が分かれると、文字が天子の車となり、書物が手綱六本の馬車となった。先王の教化が百代にわたって行われたわけは、万物に及んだ功績が造物主と等しいためで、これはゆるがせにできない。さらに五帝の後には字体が異なるものに改められ、戦国時代には、国ごとに別の字体が使われたが、それでもなお大篆の形跡が残っており、字形類別の基本は失われていなかった。秦の苛政の時代に至って毛筆の隷書が興隆し、世の人に便利をもたらしたので、人々は争うようにこれを習った。その後、先秦の文字は絶え、誤った文字が日に日にあふれた。漢の宣帝の御代、はじめて儒者たちに倉頡の文字を研究するよう命じたが、復刻することはできなかった。それゆえ、光武帝の時代に馬援が上疏して、文字の誤りについて論じたが、それは非常に詳しいものであった。和帝の御代になると、賈逵が古い文字を整理しなおすよう命じられた。そこで許慎が、史籀、李斯、揚雄の書物から採集し、識者を広く訪ねて、賈逵のもとで検討して『説文解字』を作り、安帝十五年にようやくこの書物を献上した。ところが、隷書は使われはじめてすでに久しく、これに慣れてますます精巧になり、加えて行書や草書、八分書が次々と現れたので、かえって篆書が奇怪な字体とみなされ、再び顧みられることはなかった。六経の古い典籍は、筆写継承されるうちに簡便通俗であることを求められ、しだいに本来の姿を失った。『爾雅』に採録された草木魚鳥の名は好き勝手に増やされ、見るに値しない。儒学者たちが残した釈義も

第五章　北宋前期における散文の流派と発展（上）

精密ではなく、文字学の学者に訂正できる者はいなかった。唐の大暦年間、李陽氷は篆書で傑出し、古今に並ぶ者はいない。みずから「李斯以降は、小生まで誰もいない」と言うのも、決して虚妄ではない。そこで『説文解字』を修訂し、書法も修正した。学ぶ者はこれを師として崇め、大篆が中興した。しかし、許慎の説を排除して、自身の臆説を述べるところもある。そもそも、自説を是として、先学の残した言葉を破棄するのが、聖人の意思であろうか。いまの文字学者もまた、その多くが李陽氷の新しい解釈に従うが、伝聞を信じて自分の目を信じないというものである。唐末の騒乱より経籍の道理は下火となったが、偉大なる宋朝が天命を受け継ぎ、二人の聖王が帝位に即かれると、礼楽教化と国家の典章は輝かしい光に覆われた。学校を振興してこれを重んじ、多くの才人が抜擢された。思うに、文字とは六芸の根本であり、もとよりいにしえを規範とすべきである。そこで、許慎の『説文解字』を取り上げ、精密な校訂をこれに加えて、百代に範を垂れるよう詔を下されたのである。[21]

　……稽夫八卦即画，万象即分，則文字為之大略，載籍為之六轡，先王教化所以行於百代，及物之功，与造化均，不可忽也。雖復五帝之後，改易殊体，六国之世，文字異形，然猶存篆籀之跡，不失形類之本。及暴秦苛政，散隷聿興，便於末俗，人競師法，古文既絶，訛偽日溢。至漢宣帝時，始命諸儒修倉頡之法，亦不能復。故光武時馬援上疏，論文字之訛謬，其言詳矣。及和帝時，申命賈逵修理旧文，於是許慎採史籀、李斯、揚雄之書，博訪通人，考之於賈逵，作『説文解字』，至安帝十五年始奏上之。而隷書行之已久，習之益工，加以行草、八分紛然間出，返以篆籀為奇怪之跡，不復経心。至於六籍旧文，相承伝写，多求便俗，漸失本源。『爾雅』所載草木魚鳥之名，肆意増益，不可観矣。諸儒伝釈，亦非精究；小学之徒，莫能矯正。唐大暦中，李陽氷篆跡殊絶，独冠古今，自云「斯翁之後，直至小生」此言為不妄矣。於是刊定『説

---

21 『徐公文集』巻二三。

文』、修正筆法、学者師慕、篆籀中興。然頗排斥許氏、自為臆説。夫以師心之見、破先儒之祖述、豈聖人之意乎？今之為字学者、亦多従陽冰之新意、所謂貴耳賤目也。自唐末喪乱、経籍道息。皇宋膺運、二聖継明、人文国典、燦然光被。興崇学校、登進群才、以為文字者、六芸之本、固当由古法、乃詔取許慎『説文解字』、精加詳校、垂憲百代。

そして序の最後は、編集の規則と学術的処理で締めくくる。全文が内容によって体裁を変え、知識性、趣味性、学術性が渾然一体となっている。しかも、論の展開は明晰で、文の勢いは力強く、修辞が凝らされて教養に富む。その構成は駢文と散文を併用し、対偶表現が多く、自然かつ流暢、軽快かつ優美で、徐鉉の文の特色がよく現れている。人々は徐鉉の優れた才能と美しい文章を敬仰した。李至は、「天下にその才と名は轟き、儒学者のなかでも学問に優れる（海内才名重，儒中学問高）」、「徐鉉こそ真の士大夫であり、ただの文章の大家ではない（徐公真丈夫，不独文章伯）」と称賛するが[22]、その学問と品徳、そして影響力に対する評価は、事実と言って過言ではない。

二、五代派の重要な作家

五代派の重要な作家として、ほかに陶穀、張昭、張洎、李昉、陳彭年、李至、宋白、呉淑らがいる。

陶穀（903-970）は字を秀実といい、邠州新平（現在の陝西省彬県）の人。後晋、後漢、後周の三朝に仕えて翰林承旨、知制誥となり、宋入朝後も引き続き承旨を務めた。記録によれば、陶穀は記憶力に優れて学問を好み、経書史書に広く通じ、諸子百家、仏教、道教の書物まですべて目を通していた。文集十巻があり、典雅で華麗な風格を備える。「周恭帝禅位詔」、「太祖登極赦」などは、陶穀の手によるものである。

---

22 「東海徐公挽歌詞」、『騎省集』附録、四庫全書本。

第五章　北宋前期における散文の流派と発展（上）

「儒者の領袖（文儒之領袖）」、「後学の宗師（後学之宗師）」[23]と目される張昭（894-972）も、後唐、後晋、後漢、後周に仕え、宋入朝後は吏部尚書となった。家に万巻の書を収蔵し、手ずから六経を校訂し、広く学芸に通じて読まない書物はなく、とりわけ編纂著述を好み、「典章を起草する職務に専念した」[24]。著に『嘉善集』五十巻がある。乾徳年間初頭には、翰林承旨の陶穀とともに科挙を取り仕切った。その作品は、自然な中にも駢句を多用しており、「請奉宣祖配享議」、「重集三礼図議」などに、その一斑がうかがえる。

「文彩清麗」で有名な張洎（934-997）は、はじめ知制誥、中書舎人として南唐に仕え、宋入朝後は史館修撰、翰林学士となり、参知政事にまでのぼった。著に文集五十巻がある。張洎は仏教、道教の書物を広く読み、両方の理に精通していた。徐鉉と親しく交際したが、後に議論の対立から反目しあい絶交する。しかし、それでもなお徐鉉の文集を書き写し、徐鉉の書信を探し求めて秘蔵し、「これを甚だ愛玩」[25]した。

宋の初頭から、典誥を三十年余り拝命していた李昉（925-996）も、後漢から後周まで仕えて翰林学士知制誥となった。宋入朝後は中書舎人を加えられ、宰相の位にあり、『太平御覧』、『太平広記』、『文苑英華』を主編した。「文章は白居易を慕い、とりわけ平易でわかりやすい」[26]。「進『太平広記』表」、「忍字碑」、「徐鉉墓誌銘」などにその文風が認められる。

このほか、たとえば参知政事の陳彭年は、幼い頃から「徐鉉の教えを受けた。両家は父祖の代から旧交があり、ともに文章の奥妙を心得ていたため、その才により推挙された（即承訓導，通家之旧，与文挙以攸同入室）」[27]。胡克順は、「しばらく科挙受験を志していたとき、徐鉉先生の門を叩いた」[28]という。もとの宰相で太子太師にもなった王溥は、経典や史書に異なる解

23　尹拙「請令張昭、田敏等校勘経典釈文状」、『全宋文』巻八第188頁。
24　「張昭伝」、『宋史』巻二六三。
25　「張洎伝」、『宋史』巻二六七。
26　「李昉伝」、『宋史』巻二六五。
27　「故散騎常侍東海徐公序」、『徐公文集』巻首。
28　「進『徐公文集』表」、『徐公文集』巻首。

釈があるといつも徐鉉に尋ね、琴を鳴らして酒を飲んでは高歌し、詩を応酬し、毎日を楽しんで無聊な日などなかったという。さらに、吏部侍郎の李至や翰林学士承旨の蘇易簡らもこの頃の俊英であったが、「徐鉉を師友の礼で迎えた」[29]。『宋史』の記載によれば、李至（947-1002）は「典雅かつ華やかな文辞」でもって文壇に名を馳せ、翰林学士となり、官は参知政事にまで至った。「かつて徐鉉に師事し、徐鉉の文と徐鉉の弟である徐鍇の文集を書き写して座右に置いた」[30]。また、「五君詠」を賦し、徐鉉に対して非常に敬意を払っている。

徐鉉とともに『太平広記』および『文苑英華』を編纂した宋白（936-1012）は、学問が広く、文章の編纂、作成に優れており、詞の世界で高い名声を得た。三度人材推薦の職をつかさどり、後進で学のある者は必ず積極的に薦め、「同時代の俊才は宋白を宗師とする者が多かった」[31]。著に文集百巻がある。

徐鉉の娘婿である呉淑（947-1002）は、はじめ南唐に仕え、宋に帰順した後、官は起居舎人にまで進んだ。四庫全書編纂担当官は、「学問には深い淵源があり、また『太平御覧』、『文苑英華』という二つの大きな書物の編纂に携わり、見聞がとりわけ広かった」[32]と呉淑を評する。文章は典雅で作るのが速く、徐鉉の気風が色濃くあった。文集十巻のほかに、『説文五義』、『江淮異人録』、『秘閣閑談』がある。その『事類賦』は、『四庫全書総目提要』に次のように記されている。「賦を作れば巧みで典雅、また賦に注を施しても同じようであり、過誤はなく、いまに至るまで読み継がれ」、「その正確さはいよいよ尊ぶべきである」[33]。

---

29 李昉「徐鉉墓誌銘」、『徐公文集』付録。
30 「李至伝」、『宋史』巻二六六。
31 「宋白伝」、『宋史』巻四三九。
32 「事類賦提要」、『四庫全書総目提要』巻一三五。
33 同上。

三、五代派の歴史的貢献

　五代派は駢文体に優れたことで知られるが、決して内容を軽視したわけではない。『四庫全書総目』には、「燕国公張説と許国公蘇頲を淵源とし、韓愈と柳宗元の言葉を受け継ぐことはできなかった」[34]とある。これは散文体に限って言えば事実であるが、ただ、五代派は「文章で道を説く（文以載道）」といった唐代古文運動の優良な伝統的要素を駢体作品に移植し、駢体散文に新たな活力を注ぎ込んで再生させたため、その作品は単に形式美を追求するにとどまらず、道理と情趣を尊び、花と実のいずれをも重んじたのである。それゆえにこそ、五代派は広範な影響を生み出した。四十年にわたって天下に響き、文壇に流行した西崑体散文は、実際は五代派の延長である。そして、南宋移行期前後の文彩派、南宋後期の辞章派も、五代派をその起源とする。さらに言えば、多数の宋代古文作家もみな五代派に感化されているのである。

　どの時代の文化の発展も、はじめは前代の文化の継承、延長、継続であり、それと同時に開拓が進み、新機軸が育まれていく。北宋前期は、まさに継承と革新とが入れ替わる時期であった。北宋中葉以降、宋初の散文は「卑弱」で「華美（麗靡）」であるとして指弾された。范仲淹「尹師魯集序」、蘇頌「小畜外集序」、蘇軾「六一居士集叙」などは、いずれもこの見方を暗に含む。北宋末の沈晦が編んだ「柳文後序」は、「宋朝初期の文章は、唐末五代の悪弊を受け継いだため、卑弱で振るわなかった」[35]と直言し、葉濤の『重修実録本伝』には、「わが王朝は唐や五代の凋落を受け継いだため、文章はもっぱら韻律と対偶表現をもって精巧であるとした」[36]とある。『宋史』「欧陽脩伝」は、「宋が建国して百年になろうとするが、文章の体裁にはなお五代の遺風があり、駢文対偶の表現を凝らして、軟弱で振るわなかった。文士はこの旧弊を守り、論や文学的精神は卑弱であった」とまで述べる。

34　「騎省集提要」。
35　『四部要籍序跋大全』集部乙輯。
36　『欧陽永叔集』付録。

これらはいずれも宋初の文章を五代と同一視して論じるが、表象や外形だけを見たものであり、そのなかにある変化にまでは気がついていない。

　五代から宋に入朝した作家は、時代と社会環境が大きく移り変わったため、心境に大きな変化を来たした。五代乱世の藩鎮が割拠する状態から、天下が統一されて文治主義が日々盛んになる大国趙氏宋王朝へと変わったことで、低回してその日暮らしをする状況から、積極的に奮い立って、世の救済に専心するようになったのである。当然、それに連れて散文の創作にも質的な変化が起きた。そのため五代派の作品は、趙氏宋王朝が天下を抑え込んだ軍や国の勢いと一つになり、ある種の勇壮さを内包するに至る。南宋の周必大が、「建隆・雍熙年間（960-987）の文は雄大である（建隆雍熙之間其文偉）」[37]と述べたのは、まさに慧眼である。五代派の創作を肯定し、宋の文章に現れた新たな面にも目が向けられているためである。五代派は駢体の文を採用するが、そこには同時に新時代の息吹が賦与されている。これは文学発展の慣性と弾力性を典型的に反映したものである。五代派の発展過程に生じた行き過ぎの部分、たとえば一部の二流作家は過度に詞藻の美しさを追求して内容を無視した表現をしたが、このことには五代派自身も反対しており、批判を受けるのも当然である。

　要するに、五代派は宋代散文の幕開けと発展に重大な貢献を果たした。その散文理論と創作実践は宋初の文壇を活気づけ、後進の学者の育成については、よりいっそうの功績があったのである。

第三節　復古派：経典と韓愈の尊崇および教化と散文の重視

　五代派の勢力が盛んになり駢体が流行したのと同じ頃、古朴を風習とし、文学の気風の革新を志す散文作家が相次いで現れた。彼らは唐代の古文運動の直接的な影響を受け、「経典を尊び韓愈を敬う（宗経尊韓）」をスローガンに復古を積極的に提唱し、しだいに一派——復古派——を形成してい

37　『宋文鑑』序。

第五章　北宋前期における散文の流派と発展（上）

った。復古派は五代派と双璧をなし、その影響は非常に大きかった。この一派は柳開と王禹偁を中心に、前後して二つの大きな作家グループを形成する。高錫、梁周翰、范杲、趙湘、張景、孫何、丁謂、羅処約、柴成務らはいずれもこの一派の重要な作家である。孫復「上孔給事書」は、宋初の散文を次のように論じる。「わが王朝は、柳開、王禹偁、孫何、種放、張景が亡くなって、新たな世代が次々と現れてはいるかもしれないが、文学について考えのある者はほとんどいない」[38]。ここに取り上げられた作家は、いずれも復古派の中堅である。この一派がもっとも活躍したのは太宗の時代で、代表的人物の柳開は、興論において当時から名声著しく、王禹偁は創作の実績で賞賛された。この二人は相前後して、文学にいにしえの気風を取り戻す運動を推し進めた。

一、復古派の理論主張

　復古派は韓愈を尊崇し、散体の古文を尊んだ。創作理論は五代派と異なるだけでなく、唐代の古文家とも完全に同じというわけではない。

　まず、復古派は社会学の角度から文学の気風の復古を唱えた。文により儒教を盛んにして道徳を行きわたらせ、民を教化し、民族全体、社会全体の道徳文明の質を高めることで、社会の安定と発展を達成することを旨とした。このことは、何度も五代の戦乱をくぐりぬけた人々の普遍的な要求であり、理想であった。周知のごとく、孔子を代表とする儒家の、中華文明発展における最大の貢献の一つは、礼を中心とした三綱五常を網の目のように張り巡らせ、安定と秩序のある社会モデルを設計、構築したことである。宋初の古文家は、この思想の重大な意義をきわめて深く認識していた。ゆえに柳開は、「儒教の教えは、動乱を防ぐものである」[39]と指摘し、王禹偁も、「詩文をつかさどることは、要地を抑えるにも勝る」[40]と考えた。そ

---

38 『全宋文』巻四〇一。
39 「黙書」、『河東先生集』巻一。
40 「前賦春居雑興詩二首間半歳不復省視因長男嘉祐読杜工部集見語意頗有相類者咨于予且意窃之也予喜而作詩聊以自賀」、『小畜集』巻九。

のため、文を作るには「経典を尊び、教えを打ち立て」[41]、「聖人の道を胸に懐き」[42]、「民の教化に努め」、「それには道徳仁義により」[43]、「ついには善に至らしめる」[44]ことが必須であると提案している。

次に、復古派は、文章を書くには社会意識と自我意識の双方に重きを置くよう主張し、文章で「聖賢の道を伝えて心を純正にする（伝道而明心）」[45]ことを唱えた。「伝道」とは、散文の創作内容の社会化を強調し、儒家の角度から現実を反映して社会を表現することを求めたもので、「明心」とは、散文の創作内容の個性化を強調し、心情描写と自己表現を提唱したものである。そしてこの両者は、散文の創作内容が統一へと向かっていることを表している。また「明心」は、文学の発展における新たな趨勢をも体現していよう。儒家は内省と自己の修養を強調し、完全な人格を追求して、社会の規範と適合する。それゆえ「明心」と「伝道」とは、やはり一致しているのである。

さらに、復古派は文と道徳をともに重んじることを強調し、平易で自然、質素で流暢な文体を唱導した。柳開の「応責」は「私の文（吾之文）」と「私の道（吾之道）」を並べて論じ、王禹偁は「再答張扶書」で「有言」と「有文」の説を提唱した。両者はともに内容と芸術の双方を重視することを強調する。このため復古派は、「華やかだが中身がなく、装飾が凝っていれば巧みであるとし、音律にかなっていれば優れているとする」[46]、あるいは「筆を取れば華美に過ぎる」[47]作風を批判し、「文辞が難渋で、ほかの人には読みにくい」[48]ことに反対する。そして、「字句は言いやすく、意味は分かりやすい」[49]ことを求める。これらの考えは、教化という点に立脚して受容

---

41 「送丁謂序」、『小畜集』巻一九。
42 柳開「再与韓洎書」。
43 柳開「応責」。
44 柳開「上王学士第四書」。
45 「答張扶書」、『小畜集』巻一八。
46 柳開「上王学士第三書」。
47 王禹偁「五哀詩」。
48 柳開「応責」。
49 王禹偁「再答張扶書」。

者の角度から論じており、読者層の拡大、および充分かつ効果的に文章の社会的効能を発揮することに対して、確かな意義がある。それと同時に、唐代古文運動の経験の宣揚と、新楽府運動の宋代散文に対する影響もうかがうことができる。

復古派の創作と理論は表裏をなす。散体の古文を創作の主要な形式とし、内容には鮮明な社会性と現実性、および強烈な叙情性が表現されている。そして総体的な風格は、韓愈の散文の平易な一面をより押し広げて発展させたもので、自然で流暢、わかりやすさを主としているが、それぞれの作家の作風にはいくらか差異もある。

二、文風復古の最初の提唱者　柳開

柳開は文風復古の最初の提唱者である。范仲淹は『尹師魯河南集』に序して言う。

> 唐の貞元、元和年間、韓愈が文壇の盟主となり、古文が最盛期を迎えた。懿宗、僖宗以降、古文は五代に衰退し、その文体は薄弱であった。わが王朝に柳開が現れて古文を導き、英才がこれに付き従った。柳開の門人は経書を師として道を探求し、世に文名を揚げた者が多かった。[50]

これより、柳開の文風復古に共鳴した者は少なくなかったことが見て取れる。その「英才」と「門人」は、みな柳氏のグループに属する。邵伯温『邵氏聞見録』には、「本朝（宋朝）の古文は、柳開と穆修がはじめて提唱した」とあり、『宋史』には、「唐末五代より文学の風格は衰退し、宋初になって柳開がはじめて古文を書いた」とある。また、朱熹は『五朝名臣言行録』において、「唐末以来、文章は日に日に卑俗となり、しだいに衰えていった。宋の柳開がはじめていにしえの聖賢の教えを用いて論述した」と言

50　尹洙『河南先生集』巻首、四庫全書本。

っており、いずれも柳開を古文の先駆者とみなしている。

　柳開（947-1000）、字は仲塗。もとの名は肩愈、字は紹先である。みずから東郊野夫、補亡先生と号した。大名（現在の河北省）の人。幼い頃から衆に抜きん出ており、一族はみな彼を優れた人物と目していた。五歳から学問をはじめ、天水の老儒について学んだが、十六、七歳で韓愈の古文に没頭し、二十歳になる前には「韓愈の文の要訣をしっかりと身につけ、筆を下ろすと韓愈を真似て文を書き」、「言葉が浮かべばそれを書き付け、文章は改めるところなく完成した」[51]。二十六歳より前に作った古文を朝廷の高官であった梁周翰に献じたところ、高い評価を得て推薦を受け、「才知は韓愈より優れる」[52]とされた。二十七歳にして進士となり、州や郡を歴任し、監察御史に任命された。五十四歳で病没した。著に『河東先生集』十五巻があり、門人の張景が編集して序を書いた。その序には次のようにある。「柳開先生は後晋末に生まれ、宋の初頭に成人した。五代の動乱から人々を救い、百世の大いなる教えを支え、韓愈・孟郊を継ぎ、周公・孔子を助けた」。「混沌を破り疑義を除き、邪を拒んで正に帰した。学問をする者は崇信し、敬って頼りとした」[53]。「公は大儒として名を天下に知られ、学問をする者は公を盟主として付き従った。公に少し目をかけてもらえれば、名声は四方に行きわたるほどである」[54]。これらはすべて当時の文壇における柳開の声望と地位を示している。

　柳開は復古を自分の務めであるとしており、生涯にわたってその志を変えることはなかった。みずから「孔子を師として孟軻を友とし、揚雄に並び韓愈と比肩する」[55]とし、「聖人の道を得て、天地の間に遊ぶ。孟軻、揚雄にはまだ及ばないが、世の人々とは志向が異なっていた」[56]と言っている。ゆえに南宋の陳亮は、「柳仲塗は当世の大儒でありながら古文を学んでい

51　「東郊野夫伝」、『河東先生集』巻二。
52　「答梁拾遺改名書」、『河東先生集』巻五。
53　「河東先生集序」、『河東先生集』巻首。
54　張景「柳公行状」、『河東先生集』巻一六附録。
55　「上符興州書」、『河東先生集』巻五。
56　「五箴後序」、『河東先生集』巻一三。

第五章　北宋前期における散文の流派と発展（上）

る」[57]と述べるのである。柳開の「答梁拾遺改名書」には、以下のようにある。

　以前、私が肩愈と名乗ったのは、まったく未熟なだけでした。文学を志したのには理由があります。十六、七歳の時、趙先生の教えで韓愈の文章を指示されたので、これを猛烈に学んだのです。このため、韓愈の古文を敬慕して「肩（比肩する）」を名に用いました。また紹先を字にしたのは、始祖を継ぎ、賢人に肩を並べようということを意味します。
　　始，其愚之名肩愈也，甚幼耳。其所以志之於文也，有由而来矣。年十六七時，得趙先生言，指以韓文，遂酷而学之，故慕其古而乃名肩矣，復以紹先字之，謂将紹其祖而肩其賢也。

これより、若い頃から復古を志していたことがわかる。その後、文が時流に合わなかったため凡俗とのそしりを多く受け、「応責」篇を著した。

　ある人が咎めた。「あなたはいまの時代にありながら、古文と昔の人の道徳を好まれている。考えたことはないのですか。もしこの事を考えたならば、あなたはどうして粟を食べ、絹を身につけ、人々のなかで暮らしておられましょうか。人々が軽視するものをあなたはまだ貴んでいます。誰がこんな人に従って教化されるのでしょうか。すぐにあなたが困窮して飢え死にするところが見られることでしょう」。柳開が答えた。「ああ、天は人に徳を賦与し、聖賢は朝代がめぐっても同じように現れた。聖賢は世に現れるや、どうして富貴をあくせく求めたり、ひそかに自分だけ豊かになろうとするでしょう。それは仁義に真摯であって、公然と千古の道を広めるためです……いにしえの教化は道徳と仁義を用いました……地位を得れば言葉でもって教化する、つまり

---

57 「変文法」、『龍川文集』巻一一。

言葉を得て、大衆がこれに従うのです。その地位を得なければ書物として後世に残し、後世の人にこれを教え伝えます……いまの私はさながら寂しい野草。地位がないために、言葉で人々を教化しようとしても、どうして私に従ってくれましょう。それゆえ、私が書物を著しておのずと広まれば、人々に教え伝えることにもなるでしょう……たとえ私が困窮して餓死したとしても、それはただの私の死に過ぎません。私の道までが困窮して餓死することはないのです」

　　或責曰：子処今之世，好古文与古人之道，其不思乎？苟思之，則子胡能食乎粟，衣於帛，安於衆哉？衆人所卑賤之，子猶貴尚之，孰従之子化也？忽焉将見子窮餓而死矣。柳子応之曰：於乎！天生徳於人，聖賢異代而同出。其出之也，豈以汲汲於富貴，私豊於己之身也。将以区区於仁義，公行千古之道也……古之教民以道徳仁義……得其位則以言化之，是得其言也，衆従之矣。不得其位則以書於後，伝授其人……吾今恛恛野草，位不及身，将以言化於人，胡従於吾乎？故吾著書自広，亦将以伝授於人也……縦吾窮餓而死，死即死矣，吾之道豈能窮餓而死之哉？

利害を知りながらも初志を貫徹しており、志の強さが見て取れる。柳開は得失を考慮せず、社会に立脚して民を教化することに着目している。世を醇化して社会全体の道徳的素養を向上させることで、社会の安定と発展を求め、五代の戦乱を経た人々の普遍的な要求と願望を反映している点は、とりわけ高く評価すべきであろう。

　柳開は、「儒の教えは乱を防ぐものである（儒之教，防乱也）」[58]と認識していた。復古をみずからの務めとしたが、まさにこのような深い認識に根ざして古文の復興に力をそそいだのである。「補亡先生伝」では、みずから次のように述べる。

58　「黙書」、『河東先生集』巻一。

第五章　北宋前期における散文の流派と発展（上）

六経の考えを深く探究し、そうして揚雄と孟子の心を包み込み、文中子王仲淹と著作を等しくすることを楽しんだので、名を開に、字を仲塗に改めた。その意味するところは、いにしえの聖賢の道をいまに開き、人々の耳目を開いて聡明にさせ、その道を開いて道すじをつけ、古今のことを私がつなぎたいと強く思ったためである。ゆえに仲塗を字とした。

　　大探六経之旨、已而有包括揚、孟之心、楽与文中子王仲淹斉其述作、遂易名曰開、字仲塗。其意謂将開古聖賢之道於時也、将開今人之耳目、使聡且明也、必欲開之為其塗矣、使古今由於吾也、故以仲塗字之。[59]

　この豪語からは、文治の道をみずからの務めにするという、自信と自負の精神が明らかに見て取れる。晩年の「再与韓洎書」では、「私が学んで文章を作り、それがいまの人々と違うようになって三十年になる。はじめは、立身して正しい道を行い、人より優れて天下に知らしめんとした。なぜ憎まれ排斥されるなどと考えただろうか。だが、それもまた私を悲しませるほどではなかった」[60]と述懐している。学問の実践が容易ではなかった反面、志はいよいよ堅くなったと言えよう。

　柳開の復古の提唱は、「韓愈を敬う（尊韓）」と「経典を尊ぶ（宗経）」を旗印にしていた。そして自身も、「尊韓」から「宗経」へという変化の道を経ている。張景は「柳公行状」において、柳開のことを次のように述べる。「文章を書くにはずっと韓愈を手本としていた。当時、韓愈の道を実践していたのは柳公だけである。それゆえ名を肩愈、字を紹先とした。また柳宗元も好んだ。韓愈の文章がいま大変盛んなのは、柳公にはじまるのである」[61]。また、清代の甬上の童槐は、「韓愈や柳宗元らの諸公は文章が古風でないことを残念に思い、（時文の反対に）「古文」と名づけたが、まだそ

59　『河東先生集』巻二。
60　『河東先生集』巻九。
61　『河東先生集』巻一六付録。

の当時は明確に区別できるほどではなかった。極点に達すれば揺り戻す。そうして韓愈を尊崇する穆伯長、柳仲塗が出た」[62]と指摘した。さらに劉師培も、「宋代の初め、柳開という者がいて、文は韓愈を手本とした」[63]と述べる。上の引用はすべて、柳開が「韓愈を敬い韓愈を尊ぶ（尊韓宗韓）」であったという事実を示している。柳開自身の「東郊野夫伝」にも以下のようにある。

>　……野夫の家はたいへん貧しく、次の日の食べ物にも事欠き、折々の衣服もなかった。十五、六歳から文章を書くことを学びはじめた。明くる年、趙先生は韓愈の文を示され、野夫は家で手にしてこれを熟読した。その当時は、世の中に古文を唱える者はおらず、野夫もまた未熟であったので、同好の者がいなかった。ただ日夜、韓愈の本を手から離さず、毎日少しずつ理解を深めていった。
>　……野夫家苦貧，無継夕之糧，無順時之衣。年始十五六，学為章句。越明年，趙先生指以韓文，野夫遂家得而誦読之。当是世，天下無言古者，野夫復以其幼，而莫有与同其好者焉。但朝暮不釈於手，日漸自解之。[64]

また、「昌黎集後序」でも、「私は先生の文を十七歳からいままで読み、丸七年、日夜手から離さなかった」[65]と述べるように、いずれも韓愈の文を学びはじめて耽溺したことが記されている。そして、韓愈の文から道を悟り、韓愈を敬うことから経典を尊ぶことに至ったので、「聖人が文章を為すべき事としたのは言葉が広まりやすいからではない。それは、ただ天下を教化し、後世に伝え、道徳を広めるためである」と考えた。そのため韓愈の文

---

62 「葉氏睿吾楼文話・叙」、道光癸巳刊本。
63 『論文雑記』、人民文学出版社 1959年出版。
64 『河東先生集』巻二。
65 『河東先生集』巻一一。

第五章　北宋前期における散文の流派と発展（上）

は、「純粋に孔子の趣旨に基づいてこれを述べた」[66]とする。その後、進士の高愈のために「名系」を著し、自分は「はじめは韓愈を慕って文章を作り、名を肩愈としたが、後にその非をはたと悟り、これを改めた」[67]。「そして、書いた文章が韓愈としだいに異なってきたので、今度は六経を手本とした。ある人が私に尋ねた。『はじめは韓愈を尊んでいながら、なぜいまになってこれを捨てたのか』と。私はそれに答えて言った。『孟子・荀子・揚雄・韓愈は、聖人の門弟です。先師の講堂に登り、その門下に入ろうとするのなら、必ずこれによらなければなりません。力が未熟な者は、そのうち一人の道を学べば到達できるかもしれません』と。実はそういうわけなのです」[68]と述べている。

　韓愈を模範とし、経典を尊ぶのであれば、駢文を排斥して虚飾に反発することは必然である。ゆえに柳開は、文を作る際の独自の見解と主張を打ち出した。まず、宋初の駢文と対偶を主とした虚飾の「時文」に対して、多くの批判を加えている。

　　軽薄で華美、誇張された偽物で、そのときの欲望に盲従して、自分の利益のとおりとなることを求める。
　　　軽浮侈靡，張皇虚詐，苟従時欲，求順己利。
　　　　　　　　　　――『河東先生集』巻六「答臧丙第三書」

　　華やかだが中身がなく、装飾が凝っていれば巧みであるとし、音律にかなっていれば優れているとする。精巧さは質朴に傷をつけ、声律は徳を薄める。質朴と徳がなければ、仁義礼智信においてどうなのか。
　　　華而不実，取其刻削為工，声律為能。刻削傷於樸，声律薄於徳。無樸与徳，於仁義礼知信也何？
　　　　　　　　　　――『河東先生集』巻五「上王学士第三書」

66　「昌黎集後序」、『河東先生集』巻一一。
67　『河東先生集』巻一。
68　「東郊野夫伝」、『河東先生集』巻二。

華美であることを重んじ、虚飾をなして偽物を作ることが、徳にとってどうして良いことであろうか。

重之以華，飾為偽者，於徳何良哉！

——『河東先生集』巻五「上王学士第四書」

これらの言論は、私的な利益を求めることを責めたり、聖人の道に益するところがないことを批判するが、どれも道理が通っており、言葉は厳格である。柳開は、文章は第一に政治と教化を補佐すべきであると考えていた。「民の教化に努め」、「道徳仁義をもって民を教化すれば」、民は「主君を尊び、年長者を敬い、父に孝を尽くし、子を慈しむ」と主張する[69]。時文の華美に対しては、文と道の両方を重んじなければならないとし、「内容があって華美」で、古人を手本とすることを求めた。いわゆる、「文は古文にのっとれば内容があってかつ華美であるが、いまの文にのっとれば、華美であるが内容がない」[70]である。

さらに柳開は、道とは儒家の道であり、文もまた儒家の文でなくてはならないと強く指摘する。「わが道は孔子、孟子、揚雄、韓愈の道である。わが文は、孔子、孟軻、揚雄、韓愈の文である」[71]と述べ、「総じて文を作る者は、聖人の道に思いを致す」[72]ことを要求する。それと同時に、次のようにも指摘する。「文は慌てて書くべきではない。心と知恵を通して口に出すのである。君子の言葉には分別があり、小人の言葉は弄ぶのみである。民に号令するのは文である。心が正しければ文も正しく、心が乱れれば文も乱れる。内より発して外を支配する、それが心である。外に現れて内に根ざす、それが文である。心と文は一つなのである。君子は自分の心を相手の心に通じさせ、それが合えば共におり、合わなければ教え導く。そうし

---

69 「応責」、『河東先生集』巻一。
70 「答臧丙第二書」、『河東先生集』巻六。
71 「応責」、『河東先生集』巻一。
72 「再与韓洎書」、『河東先生集』巻九。

て、ついには善に至らしめるのである」[73]。このように、心と文が思想と文章の関係であることを詳説するにとどまらず、とりわけ文を作る目的と達成すべき目標を際立たせている。

　そのほかに、柳開は「古文」の特質、内包、要求について、明確に範囲を定めている。「応責」篇では、「古文とは、文辞が難渋で、ほかの人が読みにくいものではなく、道理はいにしえに一致し、思想は高潔で、文章の長短は自由、臨機応変に著され、古人の行いと同じくするもの、これを古文という」と指摘する。これは、「文辞が難渋」という点こそ古文であるとする復古派の誤りを正し、言葉は自然かつ平易であるべきというだけでなく、千篇一律な句型の駢文と区別して、「文章の長短は自由」であることを求めたものである。そうして、文章における道理の仮託と意図をとくに強調している。

　柳開は自身の文学思想を創作実践の場でも貫く。それは、質実を長所とする、意見を出すには道理を明確にする、道を伝えて心を表す、空虚で虚飾に満ちた文を作らないといった、柳開の文の特徴を形成した。柳開は自分の文章について、「六経に不足する点を備え、言葉の解釈は正確で、孔子の言葉と合致している」[74]とみずから称している。梁周翰は、「六経の奥妙を探求し、諸氏の誤りを正して、尭舜の王の道を広め、周公と孔子の政治を推し進め、管仲や晏嬰のともがらとして覇者を補佐するものである」[75]と評価する。ともに文章の内容に関する言説だが、うぬぼれ、もしくは褒め過ぎの嫌いがなきにしもあらずである。だが、儒の道に近づき、虚言を弄さない点では、おおよそ実像に近い。柳開の名文「代王昭君謝漢君疏」では、過去の事に仮託して現在について述べ、要職にある者が「国家を安んじ、社稷を定め、戦を終わらせ、国境を鎮める（安国家、定社稷、息兵戈、静辺戍）」ことについて無力無策で、屈辱的に和を請うて国外に媚びを売ることを批判した。「来賢亭記」では、「私と同じ道を歩むすべての人々と知

73　「上王学士第四書」、『河東先生集』巻五。
74　「補亡先生伝」、『河東先生集』巻二。
75　「答梁拾遺改名書」、『河東先生集』巻二。

り合いになりたい（欲挙天下之人与吾同道者，悉相識而相知）」という理想と、「いまの人々を教化し昔のことを戒めとする（化今警古）」という意図を語る。「上大名府王祜学士書」では、人生の「幸と不幸（有幸与不幸）」を論じて、「君子は道に忠実で、道を育み、仁の心を懐いて義に親しむ（君子篤道而育道，懐仁而合義）」と述べる。「与張員外書」では、「国は民を根本とし（国以民為本）」、「政治は仁義忠信を旨とする（政以仁義忠信為宗）」ことを論じる。このように、あるいは時事について直言し、またあるいは理想を論じ、さらには修身治国を説くなど、いずれも儒の道を尊重している。

従来、柳開の文は「奇特（奇僻）」[76]で「晦渋（艱渋）」[77]とみなされてきた。現代の章士釗も、「文や字句は流暢ではなく、過度に重々しく難渋であり、ほとんど声に出して読めない（文之不従，字不順，臃腫滞渋，幾使人読之上口不得）」[78]と述べている。しかし実際は、柳開の文体は平易自然を尊び、虚飾を施さず、質素で流暢である。この特色は彼の創作面における個性と密接な関係がある。柳開自身、次のように述べている。「およそ文章を書くときは、筆を執ると文が流れだす。あたかも他人の言葉を書写するように速く、時間を費やすことなくできあがる。もし筆を下ろして一篇が書き上がらなければ、八、九割までできていても、捨て置いて二度と書くことはない」。また、以下のようにも言う。「私はもともと何度かに分けて文を書くことを好まない。書き出したばかりでやめると、言葉の意味が急に乱れ、たとえそのあと無理に続けてできあがっても、心境としては結局病を得たようである」。このような作り方であれば、充分に練られていない文もあるいは存在するかもしれないが、「奇僻」、「艱渋」なものにつながることはあまりない。ここで柳開の小品文「東郊野夫伝」を節録し、その証左とする。

---

76 「小畜集提要」、『四庫全書簡明目録』巻一五。
77 「河東先生集提要」、『四庫全書簡明目録』巻一五。
78 『宋初古文』、『柳文指要』下冊巻八。

第五章　北宋前期における散文の流派と発展（上）　　　　133

　……野夫の性格は渾然としていて、質朴であっても凝り固まることはなく、純朴だが愚かではない。柔軟と剛直をあわせ持ち、進退をわきまえている。彼を押して前進させれば簡単に進み、後ろで彼に向かって挨拶しても、その勇ましさを恨むことはない。来る者は敵であっても拒まず、去る者は親しい者でも追いかけない。おおよそ人の長所を取りあげ、欠点は捨て置く。利益では誘惑できず、害を加えて脅すこともできない。心がないかのように薄暗く、身体がないかのように茫洋としている。天地ほどの大きさも大とすることはなく、日月ほどの明るさも明とすることはない。風雷でもその変化の速さには及ばず、山川でもその堅固さには及ばないが、このことを知る者はいない。野夫と交流する者に対しては、肯定することも否定することもなく、疑うことも嫌うこともない。賢かろうと愚かであろうと、身分が高かろうと卑しかろうと、それがそれぞれの分であるとみなし、長く付き合えば付き合うほど、ますます親密になっていく。よこしまな心を持つ者は、野夫を本当に愚かな人間だと思い、事にかこつけて彼を騙そうとする。また一度うまくいったら繰り返し騙して儲けようと企む者もいる。後になって自分が失敗したとしても、野夫ははじめと少しも変わることなく、最後まで何も言わない。結局は野夫の度量を超えることはできないのである。

　……野夫性渾然，樸而不滞，淳而不昧，柔知其進，剛識其退。推之以前，不難其行，揖之於後，不忿其勇。来者雖仇而不拒，去者雖親而不追。大抵取人之長，棄人之短。利不能誘，禍不能懼。晦乎若無心，茫乎若無身。不以天地之大独為大，不以日月之明独為明。風雷不疾其変，岳瀆不険其固，人莫之知也。与其交者，無可否，無疑忌，賢愚貴賤，視其有分，久与之往還，益見深厚。或持其無頼之心者，謂其真若鄙愚人也，即事以欺之。復有以一得，便再以其二三而謀従計其利，雖後已或自敗，野夫与始亦無暫異，竟不言之，然終未有能出其度内者。

これは作者の自伝であるが、引用部分ではその資質、性格、行状、修養を

述べて、あたかも聖人君子が目の前に立ち現れてくるかのようである。言葉の勢いは水を注ぐかのように流暢かつ自然、堅実で飾り気がない。

ほかにも、「上言時政表」は次のごとくである。

> 臣が思いますに、宋は天下を有すること四十年、太祖と太宗は、至上の理をつぶさに求められました。陛下は帝位を継がれ、主君たることの難しさを知られました。もし古い規則を守れば、善を尽くしたとは言えず、新法を作ることができれば、優れた機知をお示しになることができるでしょう。陛下におかれましては、これを捨て置かれませぬように。

> 臣以宋有天下今四十年，太祖太宗，精求至理。陛下紹膺大宝，為君知難。若守旧規，斯未尽善；能立新法，乃顕神機。陛下不可不作。

さながら面前にあって語りかけるようで、言いよどむところがまったくない。むろん、柳開の文章にも冗長で要約が不十分という欠点はある。しかし、その瑕疵も玉全体を覆うほどではない。

柳開の文を「艱渋」とする説には、おおよそ二つの要因がある。一つ目は、柳開の門人である張景が、柳開の「黙書」について、「その言葉は深淵かつ広大で、聖人でなければその奥義をうかがうことはできない（其言淵深而宏大，非上智不能窺其極）」[79]と言ったためである。「黙書」は晩年に書かれたもので、張景が編集して丁寧に整理し、文集の巻頭を飾っている。一文は深い思索に優れ、言葉はよく練られて生気に満ち、晦渋難解では決してない。たとえば、「儒の教えは乱を防ぐもので、ただその造詣を深めれば、強固なものとなる」、「人を知り過ぎるのも、自分を知らなさ過ぎるのも恐ろしいことだ」、「兵は負ければ鼠のようで、勝てば虎のようである」など、口語の格言に近い。ましてや張景の序文は、ただ思想が内包することについて論を立てたに過ぎない。後世の人が「深淵（淵深）」を「晦渋

---

79 「黙書序」、『河東先生集』巻一。

（艱渋）」と誤解したのではなかろうか。誤りを誤りのまま伝え、一つの説が作り上げられたのである。二つ目として、復古派の二流作家の「晦渋（艱渋）」、「奇特（奇僻）」が、誤って柳開に転嫁されたことも考えられる。柳開とともに重んじられる范杲について、『宋史』には、「文を作れば晦渋難解で、これを慕って模倣する後学が多かった」[80]とある。つまり、柳開と同時代には、確かに晦渋難解な文を書く者がいたのである。このため柳開は、古文の本質とは「難渋な文辞にあるのではない」として、そうした文に反対したのであるが、後世の人は柳開の文を精査することなく、晦渋難解な文体を柳開になすりつけたのではないだろうか。これは甚だ道理にもとる。

　柳開の復古の提唱と創作実践は、多くの識者の賞賛と高い評価を得るにとどまらず、自然と求心力を生み出し、古文作家や同志を引きつけ集めた。この点については、以下に「柳公行状」を引いておく。「もとの諫議大夫であった范杲はいにしえの学を好んだ。若くして非常に名声があり、とりわけ公（柳開）の文を愛して、どこでも常に口ずさみ、公の名誉となった。このため、世は「柳范」と並び称した。当時の有名な人士は、みな公と交流することを求めた。そのとき、もとの閣老である王祜は魏の地にいた。公は手紙を送り王祜に謁見を求めた。この頃、王は陶穀、扈載と並ぶ名声があり、手紙一枚で人と会うことはなかった。しかし、公の手紙を得ると、『いまの世の文とは思えない。真にいにしえの文章だ』と言った。このことがあってから、学問をする者はますます公を信じるようになった……科挙の受験に出向いたときには、文を携えてもとの兵部尚書である楊昭倹を訪ねた。楊公は言った。『あなたの作るような文章が世に見られなくなってから、もう二百年は経つ』。また、崖相廬公は翰林学士院に在職していたとき、公に会うなりすぐさま「奇士無敵」と称した」[81]。

80　「范杲伝」、『宋史』巻二四九。
81　『河東先生集』巻一六付録。

三、復古派の重要作家

当時、柳開とともに復古を唱え、古文で文を書いた者には、高錫、梁周翰、范杲、趙湘、張景らがおり、互いに交流があった。史書には、「五代以来、文体は卑弱であった。梁周翰と高錫、柳開、范杲は古風で純朴な文体を手本とし、等しく名声を得て交流があり、当時から「高梁柳范」と並称された」[82]という。

高錫（？-983）は字を天錫といい、河中虞郷（現在の山西省永済）の人である。「代々儒学者の家に生まれ、幼い頃から聡明で、文章を書くことに長けていた」[83]という。後漢の乾祐(こうかん)年間の進士で、宋に入朝後は左拾遺、知制誥に任じられた。王禹偁は「五哀詩」の二「故尚書虞部員外郎知制誥貶莱州司馬渤海公高錫」[84]で、もっぱら高錫の復古における功績を詠み、その不幸な境遇を嘆いた。

> 咸通年間より後、文は衰えて高雅な趣を取り戻すことはなかった。五代を通じて、文は華美なものが多い。高錫は朝廷で影響力があり、先頭に立って学問を導く者である。これより文は質実ともに備わり、放縦でもなく卑俗でもなくなった。ただ惜しいことに、功を急いで御意に背き、左遷されてしまった。
> 　　　文自咸通後，流散不復雅。因仍歷五代，秉筆多艷冶。高公在紫微，濫觴誘学者。自此遂彬彬，不蕩亦不野。惜哉傷躁進，忤旨出閣下。

高錫の著作には『簪履編』七巻があるものの、遺憾ながら現在伝わっている作品は多くない。『全宋文』巻四十にわずか三篇を載せるのみである。これらはいずれも古文体で書かれた奏と疏で、駢文も少し残されている。たとえば「諫親決庶政疏」や「勧農論」は、ともに飾らず平易、自然かつ流

---

82 「梁周翰伝」、『宋史』巻四三九。
83 「高錫伝」、『宋史』巻二六九。
84 『小畜集』巻四。

第五章　北宋前期における散文の流派と発展（上）

暢で、柳開の文に近い。それゆえ潘閬は「聞高舎人錫下世」詩に、「文章においては永遠にこれを凌ぐものはない（文章千古恐無之）」[85]という句を残し、最大の敬意を払ったのである。

　梁周翰（929-1009）は字を無襃といい、鄭州管城（現在の河南省鄭州）の人である。幼少より学問を好み、十歳で文を作ったという。後周の広順二年（952）の進士。宋に入って、乾徳年間に「「五鳳楼賦」を奉ると、多くの人々がこれを伝えそらんじた」[86]。梁周翰は、文章の学識で仲間から認められ、早くから声望があった。宋朝では史館の臣となり、史館修撰、起居舎人に任ぜられた。真宗の時代に翰林学士、知制誥となった。柳開は進士の試験を受ける直前の開宝五年（972）、文を献じて梁周翰とよしみを通じた。梁周翰が「言葉で褒め称え（以言誉之）」、「力で奮い立たせた（以力振之）」ので[87]、柳開は翌年、一挙にして科挙に及第した。柳開は梁周翰の門生とも言えるのである。そして梁周翰は、柳開の「才能は韓愈を凌ぐ」[88]と、とりわけ強く推薦した。これは誇張があるとはいえ、柳開が仲間から尊敬されたことも見て取れる。梁周翰には文集五十巻、『翰林制草』二十巻、『続因話録』などがあるものの、すべて散逸している。『全宋文』巻四八に載せる十二篇は、いずれも駢文で書かれたものである。名作「五鳳楼賦」のほかに、「張詠益州重修公署記後系」、奏、疏、議、賛、銘などもある。文章のスタイルは柳開と似ていないが、これはあるいは古文の作品がすでに散佚し、その作風を確認するのが難しいためかもしれない。

　范杲、字は師回、名族の出身で、宰相范質の甥である。幼くして両親を亡くし、范質がわが子のように面倒を見た。「文章を携え、陶穀、竇儀に面会したところ、みな大いに賞賛した」[89]。太宗の時代に知制誥となる。范杲について、『宋史』には次のようにある。「柳開と親しく、互いに重んじて、

85　『逍遥集』、知不足斉叢書第九六冊。
86　「梁周翰伝」、『宋史』巻四三九。
87　「答梁拾遺改名書」、柳開『河東先生集』巻五。
88　同上。
89　「范杲伝」、『宋史』巻二四九。

終始仲違いしなかった」、「ひたすら学を志し、姑臧の李均、汾陽の郭昱と並ぶ名声を得た。文を作れば晦渋難解で、これを慕って模倣する後学が多かった」という[90]。おおむね復古を唱えて古文を作ったが、その作風はやはり柳開とは大きく異なる。

趙湘（959-994？）は字を叔霊といい、南陽（現在の河南省鄧県）の人である。代々、儒学に携わる家柄であった。淳化三年（992）の進士で、その事跡は『釈奠紀』に記されている。著に『南陽集』十二巻があり、いまも佚文集が伝わる。宋祁は趙湘について、「その文は変化を押し広げて華美を抑え」、「古文に近づかず、時文によらず、ひとり虚空の境地を行くようで、新味を探り出した」と称える[91]。また『四庫提要』は、「趙湘の古文も対偶を排除し、皇甫湜や孫樵の遺風がある。五代の諸氏の及ぶところではない」[92]と評す。その「本文」編では「文章でもって根本を固める」説を打ち出し、「いにしえの聖人に学び、いまの聖人となる」ことを強調した[93]。

張景（970-1018）は字を晦之といい、江陵公安（現在の湖北省公安）の人である。幼くして両親を亡くし、生計が立てられないほど貧しかった。柳開について学んだ。柳開が世を去るとその「行状」を作り、柳開の文集を編纂して序文も添えた。咸平元年（998）の進士である。事跡は宋祁の「張公墓誌銘」に詳しい。著に文集二十巻があるも、現存しない。『全宋文』には四篇の作品を載せる。その作風は柳開に酷似しており、柳開はここに真の継承者を得たと言える。「河東先生集序」[94]、「河南県尉庁壁記」には、いずれも張景の風格が見て取れる。後者は宋人から名作と称賛され、『皇朝文鑑』巻八十五、『文章正宗続集』巻十三等に収められている。

---

90 「范杲伝」、『宋史』巻二四九。
91 「南陽集序」、四庫全書本。
92 「南陽集提要」、『四庫全書総目提要』巻一五二。
93 『全宋文』巻一六六第737頁。
94 『全宋文』巻二七一第310頁。

四、「雄文直道」の王禹偁

　柳開より七歳若い王禹偁は、「雄大な文章と正しい道理で当世に抜きん出て」[95]、業績、影響ともに柳開の上をゆく。王禹偁（954-1001）、字は元之、済州鉅野（現在の山東省に属する）の人である。晩年に黄州を治めたので、「王黄州」と呼ばれる。『宋史』本伝には、「代々農家であったが、九歳で文章を書くことができた」[96]という。十七、八歳の頃、済州の団練推官であった畢士安にその才能を買われて礼遇され、「これより王禹偁の名声は次第に広まった」[97]。二十歳で故郷を離れ、「十年のあいだ遊学した」[98]。二十七歳ではじめて科挙を受け、省試で甲科に選ばれたが、殿試では選から漏れた[99]。太平興国八年（983）、再び進士に挙げられて及第し、皇帝に謁見を許された。官は翰林学士に至る。「四たび掖垣（中央官庁）に入り」、「三たび詔勅をつかさどり、一度翰林に入った」とみずから述べる[100]。蘄州で在職中に四十八歳で逝去した。『小畜集』三十巻、『外集』二十巻を著し、ほかに『奏議集』三巻、『承明集』十巻、『五代史闕文』一巻がある。

　王禹偁は遠大な志を立て、みずから「主君を補佐しては堯や舜に仕えるようで、学業は孔子や周公に根ざす。努めて徳行を志し、功業は皋陶と夔のようである（致君望尭舜，学業根孔姫。自為志徳行，功業如皋夔）」[101]と言った。また、性格は「粗略かつ剛直（剛簡峭直）」[102]で、「世事について語ることを好み（喜談世事）」、「その正当さに矜持を持っていた（以正自持）」[103]。著作には戒めや諷諫が多かったので、卑俗な人々には受け入れられず、たびたび指弾された。その著「三黜賦」には、「身は屈しても道は屈

95　蘇軾「王元之画像賛序」。
96　「王禹偁伝」、『宋史』巻二九三。
97　「丞相文簡公行状」、畢仲游『西台集』巻一六、四庫全書本。
98　「次韻和仲咸送池秀才西游」詩自注、『小畜外集』巻七。
99　「謫居感事」詩、『小畜集』巻八参照。
100　「三黜賦」、『小畜集』巻一。
101　「吾志」、『小畜集』巻三。
102　「王内翰贈商洛龐主簿詩後序」、『温国文正司馬公文集』巻六四。
103　「王禹偁伝」、『東都事略』巻三九、四庫全書本。

することなく、度重なる左遷に遭おうとも何するものぞ。私は正しく真っ直ぐであり続け、仁義を胸に抱き、死に臨んでもこれを曲げない（屈於身分不屈於道，任百謫而何兮！吾当守正直分，佩仁義期終身以行之）」とあるように、個性的な性格の一斑を認めることができる。王禹偁は文治こそ自身の務めであるという強烈な歴史的責任感を持っており、「詩文をつかさどることは、要地を抑えるにも勝る（主管風騒勝要津）」[104]と考えた。「送孫何序」には以下のようにある。

　　咸通年間以来、儒学は振るわず、弊害を改めていにしえに復すという主張が叫ばれるはずである。国は五代の後を受け、千年の王統を継ぎ、大業を興して文を守り、三十年になろうとする。聖人の教化が行き届き、君子の儒の教えが盛んとなった。しかしながら、いにしえの道に敬服して勤しみ、経典の意味を探究して、困難なときにも仁義に背かず、言を立てることを自分の務めとして励む者は少ないようである。
　　咸通以来，斯文不競，革弊復古，宜其有聞。国家乗五代之末，接千歳之統，創業守文，垂三十載，聖人之化成矣，君子之儒興矣。然而服勤古道，鑽仰経旨，造次顛沛，不違仁義，拳拳然以立言為己任，蓋亦鮮矣。

このように、宋初の文壇の状況を順を追って分析すると同時に、歴史への意識と責任感を欠く文人に対して不満を述べている。
　王禹偁は、経典と韓愈を尊崇するよう主張し、教化と救済における文章の役割を重んじた。文章は、「聖賢の道を伝えて心を純正にする（伝道而明心）」（「答張扶書」）べきであり、教化を助けなくてはならず、空理空論を弄してはならないという考えを明確に打ち出した。それと同時に、王禹偁

104　「前賦春居雑興詩二首間半歳不復省視因長男嘉祐読杜工部集見語意頗有相類者咨於予且意予窃之也予喜而作詩聊以自賀」、『小畜集』巻九。

は平易で自然、飾らず流暢な作風を唱えて、「字句は言いやすく、意味は分かりやすい（句易道，義易暁）」（「再答張扶書」）ことを求めた。その「答張扶書」には次のようにある。

　　文とは、聖賢の道を伝えて心を純正にするものである。いにしえの聖人はやむを得ず文を作った。人は心を一にして、道に至ることができてこそ、身を修めれば咎め立てされることはなく、主君に仕えれば成功する。その地位にない場合は、心に思っていることを外に表明できず、育んだ道が後世に伝えられないことを恐れる。ここにおいて言葉があるのである。さらに、言葉は失われやすいことを恐れて、そこで文があるのである。
　　文者，伝道而明心也。古聖人不得已而為之也。且人能一乎心，至乎道，修身則無咎，事君則有立。及其無位也，懼乎心之所有不得明乎外，道之所畜，不得伝乎後，於是乎有言焉。有懼乎言之易泯也，於是乎有文焉。

文章の性質と作用、および生産の必然性が指摘されているだけでなく、内容と芸術をともに重んじる文章観、すなわち「聖賢の道を伝え」、「心を純正にする」ために「言葉があり（有言）」、「文がある（有文）」ことが示されている。このように、王禹偁は「華美な文章が多い（秉筆多艶冶）」[105]軽薄な作風に反対し、「その言葉を模倣するだけでいにしえと称する（模其語而謂之古）」（「答張扶書」）形式的な復古も批判した。そして、六経と韓愈の文を規範とするよう唱えたのである。
　王禹偁は文を書くことについて、「遠くは六経を師とし、近くは韓愈を師とし、言葉は言いやすく、意味はわかりやすくする。これを補うために学問をし、これを助けるには気をもってする」（「答張扶書」）ことを主張し、「その言葉を模倣するだけでいにしえと称する」ことに反対した。王禹偁の

105　「五哀詩・高錫」、『小畜集』巻五。

大半の散文は、かなり強い現実性と深刻な社会性を持ち、明確な儒教の宣揚と教育教化の傾向を示している。賢・奸・庸の三種の宰相の参内前の心情を描き、それを褒貶して道理を説く名文「待漏院記」は、乾隆帝弘暦をして、「理は正しく言は明るく、人口に膾炙して、改めるべきところがない（理正言明，膾炙人口，無可雌黄）」[106]と言わしめた。「唐河店嫗伝」は、辺境の老婆が機知を巡らせて敵を討つさまを述べ、そこから辺境の政事に移り、皇帝の親征を建言する。その言葉は簡明で、生き生きとしている。「録海人書」は秦末の海上民に仮託して、そこでの数奇な出会いを天子に上奏し、朝廷に「世の中の税を軽くし、世の中の戦争をやめ、世の中の労役をやめる」[107]よう説く。ほかにも「応詔言事疏」などは、「軍国大政のために五条を奏上する」、つまり政治改革の重要な政策を説き、後の范仲淹による慶暦の新政のもととなった。

　王禹偁の散文は、簡潔ながら雅趣と渋みを備え、質素で流暢、自然かつ明快な点で優れている。葉適は、「王禹偁の文は、簡潔かつ雅で古朴さがあり、太祖からの三代において、王禹偁に匹敵する者はまだいない」[108]とみなしている。四庫全書編纂担当官も、「宋は五代の後を承け継ぎ、文体は繊細華麗であったが、王禹偁がはじめていにしえの雅趣を備えた質朴な文章を書いた」[109]と指摘している。王士禎は、王禹偁の『五代史闕文』について、「その弁証は正確かつ厳格で、史官の誤謬を正すに足る」と賛嘆し、「たとえば「荘宗の三矢もて廟に告ぐるを叙す」の一段は、文字は流れるようで質朴、かつ感情の高ぶりがあり、李克用・存勗親子を十分に活写している。欧陽脩の『新五代史』「伶官伝」は全面的にこれを採用したため、絶妙なものとなったのである」と指摘する[110]。つまり、その優れた筆力は、名家が採用するほどであったことを大まかに述べている。その作風は、名作「黄

106　四庫本『小畜集』前附「御制王禹偁「待漏院記」題辞」。
107　呂祖謙『皇宋文鑑』巻四二、四庫全書本。
108　「皇朝文鑑・記」条、『習学記言序目』巻四九。
109　「小畜集提要」、『四庫全書総目提要』巻一五。
110　『香祖筆記』巻四。

第五章　北宋前期における散文の流派と発展（上）

州新建小竹楼記」にほぼうかがえる。

　　黄岡の地は竹が多く、大きなものは垂木ほどもある。竹工は、この竹を伐って節を抜き、それを使って陶の瓦の代わりとした。並ぶ家々がみな同じであるのは、費用が安く、工程が簡単であったためであろう。
　　附設の小城の西北の隅は、姫垣が壊れ、雑草が荒れ放題であった。そこで小楼二つを建てて月波楼とつなげた。そこからは遠く山の景色が眺められ、河の急流も平らで汲み取れそうに見える。落ち着いた静けさがはるか遠くまで続くそのさまは、えも言われぬほどである。夏の驟雨がよい。竹瓦を打って瀑布のような音がする。冬の大雪がよい。竹瓦を打って玉が弾けたような音がする。琴を爪弾くのによい。その音色がこだまする。詩を吟じるにもよい。その響きが実に清らかとなる。囲碁をするにもよい。碁石を打つ音がパチッパチッと響く。投壺をするにもよい。投げた矢がチンチンと響く。これらはみな竹楼のおかげである。公務を終えた空き時間には、鶴の羽の仙服をはおって華陽巾を戴き、『周易』を手に、香を焚いて静かに座り、俗念を消し去る。すると、江山のほかには、ただ風を受けて進む舟や砂浜に休む鳥、たなびく霞や竹林だけが眼前に浮かぶ。酒の酔いが醒め、茶を沸かす火の煙がやむと、夕陽を見送り、白い月を迎える。これもまた遠方へ流された者の興ではないか。かの有名な斉雲楼と落星楼は、高いことは高く、井幹楼と麗譙楼は、華やかなことは華やかかもしれない。だがそれらの楼は妓女を蓄え、歌い女や踊り子を収めるだけで、詩人とは関わり合いがなく、私はそのようなところは要らない。
　　竹工に聞けば、「竹の瓦がもつのはわずか十年に過ぎません。もしこれを二重にして屋根を覆えば、二十年は使えます」とのこと。ああ、私は至道乙未の年に翰林から滁州に出された。丙申の年に広陵へ移り、丁酉の年に再び中書省に入った。戊戌の年の大晦日に斉安へと左遷の命があり、己亥閏三月にここへと着いた。この四年、奔走して暇なく、

明年はどこにいるのかさえわからない。竹楼の瓦が朽ちやすいことを案じても、どうにもならないではないか。どうか今後ここに来る人は、私の気持ちを汲んで、引き続き竹瓦を葺き、この楼がいつまでも朽ちないようにしてほしい。

咸平二年八月十五日記す

　　黄岡之地多竹，大者如椽。竹工破之，刳去其節，用代陶瓦。比屋皆然，以其値廉而工省也。

　　子城西北隅，雉堞圮毀，蓁莽荒穢，因作小楼二間与月波楼通。遠呑山光，平挹江瀨，幽闃遼夐，不可具状。夏宜急雨，有瀑布声；冬宜密雪，有砕玉声；宜鼓琴，琴調虚暢；宜詠詩，詩韻清絶；宜囲棋，子声丁丁然；宜投壺，矢声錚錚然——皆竹楼之助也。公退之暇，披鶴氅，戴華陽巾，手執『周易』一卷，焚香黙坐，清遣世慮，江山之外，第見風帆沙鳥煙雲竹樹而已。待其酒力醒，茶煙歇，送夕陽，迎素月，亦謫居之勝概也。彼斉雲、落星，高則高矣，井幹、麗譙，華則華矣，止於貯妓女，蔵歌舞，非騒人之事。吾所不取。

　　吾聞竹工云："竹之為瓦僅十稔，若重覆之，得二十稔"。噫！吾以至道乙未歳自翰林出滁上；丙申，移広陵；丁酉，又入西掖；戊戌歳除日，有斉安之命；己亥閏三月到郡。四年之間，奔走不暇，未知明年又在何処；豈懼竹楼之易朽乎？幸後之人与我同志，嗣而葺之，庶斯楼之不朽也！

咸平二年八月十五日記。

この文は咸平二年（999）の年末、黄州に左遷されていた時期に書かれた。冒頭、作者は黄岡の地では竹を瓦として使う習俗を紹介し、ついで竹楼の建築とその趣に富むことを述べる。そして左遷の地での暮らしぶりと心情を記し、最後に意見を述べて、高い地位を望むことなく、「ありのまま、心のままに楽しみ、世俗から離れた世界にたゆたう（随縁自適，遊於物外）」と、何物にもとらわれることのない境地を披瀝する。文の流れは明晰で、清廉高潔かつ幽玄な趣を備えている。言葉はいにしえの雅趣があって質朴

で、自然ななかにも深長な意味が込められ、さながら連なる珠玉のようである。風流な趣に優れ、詩情は豊か、それが言外に横溢している。一説では、王安石はこの文を欧陽脩の「酔翁亭記」より優れていると考えていたという[111]。

　王禹偁は駢文にも巧みであった。彼の応制は荘厳典雅であり、とりわけ賦でもって聖賢の道を伝え、心を明らかにすることを好んだ。「三黜賦」のほかに、「仲尼為素王賦」、「君者以百姓為天賦」、「聖人無名賦」などがある。いずれも儒の道を宣揚することを旨として造詣が深く、後世に伝えるべき価値がある。唐宋代の作風の変遷という角度から、蘇頌は次のように指摘する。「王禹偁が世に出て、儒学を盛んにするよう努めると、六経を根本として、あまたの流派に受け継がれた。虚偽浮薄を排斥し、陳腐な言葉を除き、文章を著してこれを述べると、学問は一変した。後進の文筆家は、聖人の言葉を学んで初歩から深い境地に進むと、ただ公をその指針とした」[112]。このように、宋代散文の発展において王禹偁が果たした役割と貢献、およびその影響を高く評価している。

五、文風復古を主張した重要な作家

　王禹偁の門下生である孫何、丁謂、そして同年の羅処約、郷友の柴成務、王禹偁の師である畢士安らも、作風の復古を主張した重要な作家である。孫何（961-1004）は、字を漢公といい、蔡州汝南（現在の河南省汝南）の人である。淳化三年（992）に状元で及第し、官は知制誥に至る。孫何は「学問に熱心で古文を愛し、文章を書くときは必ず経義に基づいた」[113]。王禹偁は「送孫何序」で、「六経を師と仰ぎ、諸氏を退け、磊落としたさまは実に韓愈、柳宗元の後継である」と述べる。楊億も、「その言葉は太陽を打つ波のように高く、文章の音律は朗らかな春のよう」[114]と評する。現存する

111　「書王元之竹楼記後」、黄庭堅『豫章先生文集』巻二六。
112　「小畜外集序」、『蘇魏公文集』巻六六。
113　「孫何伝」、『宋史』巻三〇六。
114　「与両湘転運史館孫起居啓」、『武夷新集』巻二十。

二十二編の文章を見れば、みな虚飾がなく典雅である。その「文箴」では、文章の変遷をつぶさに述べ、韓愈、柳宗元を高く評価する。さらに、宋初の「努めて古風を打ち立てる」発展の趨勢と、「唐の文ばかりにいにしえと称させない」という創作実績を評価する。「尊儒」の一文は、「儒とは人倫の根本であり、天下の教えの総称である。六経とはその書であり、五常とはその行動である」と指摘する。これらはいずれもなかなか見識に富む。

丁謂（966-1037）は、字を謂之といい、蘇州長洲（現在の江蘇省呉県）の人である。官は参知政事に至る。王禹偁は丁謂の文を、「思索は非凡で言葉は卓越、もし韓愈や柳宗元の文集に紛れ込めば、優れた文士が読んでも見分けられはしない」[115]と述べる。著作は多数あるが、すべて散逸している。『全宋文』には三十七篇（残巻を含む）を収めるが、表、奏が多い。その作風は簡素で奥深い。たとえば「書異」は、自然災害の様子を捉えて、「五月乙卯、落雷あり、雹が降る。強風は木を抜き、屋根瓦がすべて飛び散る（五月乙卯，震，雨雹，大風抜木，屋瓦皆飄）」と描く。ここに作風の一斑がうかがえよう。

王禹偁の郷友である柴成務（934-1004）は、字を宝臣といい、曹州済陽（現在の山東省曹県西北）の人である。乾徳六年の進士で、官は知制誥に至る。楊億は柴成務を、「作風には奥深さがあり、学問に広く通じる」[116]と称した。『全宋文』には五篇を収める。言葉は自然で質朴かつ流暢で、過度に飾ることはしなかった。たとえば「上咸平新刪定編勅表」は、法律の書の原拠をたどって次のように述べる。「夏商の頃より訓と誓が興り、隋唐より以後には律と令がともに著されていた。唐の開元より後周の顕徳年間まではいずれも格と勅を備え、さらには簡略本まで書かれていた。わが朝のはじめには再び『刑統』が編纂され、『編勅』は四巻、わずか百六条にとどまる（自夏商之際，訓誓聿興，隋唐以還，律令兼著；自唐開元至周顕徳，咸有格敕，并著簡編。国初重定『刑統』，止行『編勅』四巻，才百有六條）」[117]。

---

115 「送丁謂序」、『小畜集』巻一二。
116 「柴公墓誌銘」、楊億『武夷新集』巻十。
117 李燾『続資治通鑑長編』巻四三。

ここに作者の学識とその作風が見て取れよう。

　もっとも早く王禹偁を見出し、かつその名声を広めたのが、畢士安（938-1005）である。官は参知政事に至る。畢仲遊の『西台集』巻十六に「行状」が収められている。楊億は畢士安を評して、「雲をも凌ぐ文才があり（藻思凌雲）」、「学問は広く精通する（学問淹通）」と言う[118]。残念ながらその文集三十巻は、現在すべて散逸している。『全宋文』には遺文三篇を収め、その作風は虚飾に走らず自然である。

　宋初の両派——五代派と復古派——は、言語の形態、美学的観念、創作の傾向、模範と淵源など、様々な点で大きく異なるにもかかわらず、同時に多くの共通点をも持つ。たとえば、儒教の振興と道の伝導、経典に基づく教化、現実との連繫、文と道の重視、自然な文風などである。これは、両派が基本的には平行して発展し、互いに補完する形勢にあったことを物語る。五代派の作家は駢文を作ったが、古文を排斥してはいない。復古派が批判するのも軽薄な作風だけであり、実際には内容のある駢文には依然として賛同していた。このような気風は、これ以降の散文の健全な発展、ないし宋代散文の独特な風格の形成に好影響を及ぼしている。

118　楊億『武夷新集』巻一一。

第六章　北宋前期における散文の流派と発展（下）

第一節　時文と古文が対峙する時代の雰囲気

　宋朝初期の二派の中心的作家であった徐鉉、柳開、王禹偁といった重鎮の相次ぐ死は、この時代の終焉を物語る。しかし、それは同時に、宋の文章の新たな段階の幕開けとも言えよう。南宋の周必大は以下のように述べている。

> 　一代の文章には必ず宗師がおり、世に名を残した者だけが伝を立てられる。……わが朝を考えれば、太祖は天運を得て王業を打ち立て、文治によって文学を盛んにした。太宗が帝位を継ぐと、翰林の王公元之が現れた。さらに真宗が帝位を継ぐと、楊文公が世に出た。[1]

この引用では、王禹偁と楊億をそれぞれ相前後する北宋文壇の二大旗手とみなし、別の時期にあてている。王禹偁が真宗の咸平四年（1001）に没してから、三十年後の仁宗の天聖八年（1030）、欧陽脩の及第までを、宋代文章発展の第二段階とする。この第二段階では、もはや宋朝創建時とは異なり、趙氏宋王朝は政治や経済の各方面において隆盛期に入り、治世の基礎は固まって社会は安定し、「民の気風は楽しみ落ち着いていた」[2]。そして真宗は、太祖と太宗が社会の風紀を改め、文治を尊んだことを引き継いで、「先人の志を尊び、文学を盛んにし」（『冊府元亀』序）、教化による政治の安定に力を注いだ。真宗は自身が刻苦勉励して広く書物を読み、さらには一連の大型文化事業を推し進めた。それは次のようなものである。咸平四

1　「初寮先生前後集序」、『周益国文忠公集・平園続稿』巻十三。
2　蘇舜欽「石曼卿詩集序」。

年（1001）、校訂が終わったばかりの七経の旧疏を模刻して公布した。景徳二年（1005）、『歴代君臣事跡』を編むよう詔を出した（三年後に千巻の書物が完成し、名を『冊府元亀』と改めた）。景徳四年（1007）、『文苑英華』を要約編集、校訂し直すように命じた。大中祥符元年（1008）、孔子を追封して「元聖文宣王」とし、泰山で封禅の儀を執り行い、曲阜を巡礼した。『宋史』では、「国中の君臣が病んで取り憑かれたようである」（「真宗本紀」）と風刺するほどであった。祥符二年（1009）、さらに「学者を励まし」、「放埓を戒めた」[3]。このように濃厚な文化的気風のなかで、散文は宋初の路線に沿いながら、それを受け継ぎ、伸張、進化させ、駢体の時文と散体の古文は、さらなる発展を遂げる。そうして西崑派が興起し、古文派と対峙するようになるのである。

第二節　西崑派：駢儷の尊重と文彩の興隆

西崑派は、宋の真宗の祥符年間（1008-1016）、天禧年間（1017-1021）前後にかけて、しだいに形成されていった文学の一派である。劉攽の『中山詩話』では、「祥符、天禧年間、楊大年、銭文僖、晏元献、劉子儀は、文業で朝廷に仕え、みな李義山を手本として詩を作り、西崑体と号した」[4]と述べ、この一派の形成、代表的作家、創作の趣旨、師伝の淵源を指摘している。

西崑派とは、楊億が編んだ『西崑酬唱集』にちなんで名付けられた。この書物は、景徳四年（1007）に編纂され、そのすべてが応酬の詩であったため、人々は「西崑体」の語でもってその詩を表した。たとえば、欧陽脩は『六一詩話』で、「西崑集が世に出ると、人々は争ってこれを模倣し、詩風が一変した」[5]と言っており、その後の『蔡寛夫詩話』、李頎『古今詩話』、葛立方『韻語陽秋』、厳羽『滄浪詩話』、方回『桐江続集』「送羅寿可詩序」

3　『続資治通鑑長編』巻七十一。
4　『歴代詩話』上冊、中華書局本4月版。
5　『歴代詩話』上冊、中華書局本4月版270頁。

第六章　北宋前期における散文の流派と発展（下）

など、いずれも西崑体や西崑派によって詩歌を論じている。このため、人々は長らくその詩にばかり注意を払い、その散文について言及することは少なく、西崑派もこれに従って詩を論じる際の術語となっていった。しかし実際には、西崑派の作家たちはみな詩にも文にも優れており、彼らの散文は西崑派の特徴をより体現して、影響力も大きかった。ただ、西崑派の散文に関する客観的かつ真摯な研究を欠くため、散文史においては詩歌史ほどの名声を得ていないだけなのである。

　案ずるに、「西崑」の語によって表されるのは、創作の思潮、審美の傾向、芸術の風格であろう。それは詩と文の双方に体現されている。それゆえにこそ、『中山詩話』では西崑派の作家を「文章で朝廷に仕える」と言い、その「詩」だけを取り上げるのではなかったのである。西崑派作家は、その大半が詩文の双方に優れる。その詩は「題材を広く取り、語は洗練されて精緻である。学問に根底がなければ、かくも自在には変化できない。おのずから一家を成すに足る」[6]。そして、文もまた精巧で華麗、該博で典雅、美辞麗句を連ねて鮮やかで愛すべきものがあり、詩の作風に近い。このため、その詩文いずれをとっても「崑体」と呼ぶことができよう。劉克荘の『後村詩話』では、「先朝の楊億、劉筠の声望は天下に轟き、いまに至るまで人々を傾倒させている」と、まず欧陽脩の言葉を引用し、さらに、欧陽脩は「その碑文や奏書のみ嫌ったが、精工で穏当適切な詩は切り捨てなかった」点から、すでに西崑派の詩と文を区別していたのであろうという自身の考え方を述べている。石介はその『怪説』において、西崑派を非難している。それは詩にとどまらず、文も咎めており、しかも後者にはとりわけ厳しい。葉濤、蘇轍の議論はさらに有力な証明となる。

　　わが朝は唐五代の気風を受け継いで、文章はもっぱら韻律に拘泥し、対偶をもって巧みであるとした。故事を剽窃し、壊れるまで彫琢を凝らし、芸人の話す言葉のようなものまである。楊億や劉筠の輩は確か

6　『四庫全書総目提要』「西崑酬唱集」。

に学識は広い。しかし、その文は（唐五代の）卑俗な中から抜け出せなかった。そればかりか流俗を煽り立て、その気勢を助長していた。（その文章は）にわかに模倣されて、「崑体」と称されたのである。

——『欧陽脩集』附録　葉濤「重修実録本伝」

　韓愈以来、五代が代わる代わる国を継ぐあいだに、天下は文章を書く方法も忘れてしまった。先帝が世に臨まれて後、礼儀や法律の制度では漢唐に追いついたが、文章の士と言えるのは楊億と劉筠のみであった。公（欧陽脩）の文が世に行われるようになり、ようやく昔に恥じることがなくなった。

——蘇轍「欧陽文忠公神道碑」

以上から、筆者はこの作家群のことを「西崑派」の語でもって呼ぶのが妥当であると考える。

　西崑派の作家は李商隠を模範とする。李商隠は、みずから一つの作風を創りだした傑出した詩人であり、また、駢文を得意とした著名な散文家でもあった。西崑派はその気風を受け継いだ。詩歌だけでなく、文章で駢体を採用し、美辞麗句、とりわけきらびやかな絵画性を尊んだ。非常に学識豊かで、その文辞は舞い踊るかのようである。西崑派の中心は楊億で、劉筠、銭惟演、晏殊、李維、路振、刁衎、陳越などが脇を固める。これまでの宋詩研究では、しばしば『西崑酬唱集』に収められた作家を基準としてきたが、それは実際にはそぐわない。たとえば、丁謂はそのなかに唱和詩が収められるものの、古文で有名である。翻って、そこに名前がないにもかかわらず、晏殊のように西崑派の重要人物と呼べる者さえいるためである。

一、西崑派の中堅作家

　銭惟演と劉筠は、西崑派の中堅作家である。楊億「西崑酬唱集序」にいう。

第六章　北宋前期における散文の流派と発展（下）

　　景徳年間、私はかたじけなくも書籍編纂の任に当たり、多くの方々と交流できました。いま、紫微郎の銭希聖と秘閣の劉子儀の両君は、美文を担い、風雅な作風に優れ、その美辞麗句は人口に膾炙しております。私はその薫陶を受けて模範とすることができました。私を遠ざけることなく、広く学問を求めて私を導き、同志としてくれたのです。

　この文では、二人を師として高く持ち上げているが、銭惟演は楊億より十二歳、劉筠は楊億より三歳年長であるため、楊億はへりくだっているのである。
　銭惟演（962-1034）、字は希聖、臨安（現在の杭州）の人である。呉越王であった銭俶の次男で、父に従って宋に帰順した後、知制誥、翰林学士となり、仁宗の時代には枢密付使に任命された。景佑元年（1034）、七十三歳で没した。『冊府元亀』の編纂に携わり、詔を奉じて楊億とそれぞれ序を書いた。天禧四年（1020）、「乞昇楊億班奏」（『宋会要輯稿』「儀制」三の十一に見える）を奏上しており、二人の親密な交友関係がうかがえる。銭惟演は博学能文で名を知られ、家に蓄えた書物の量は朝廷を凌ぐほどであった。あらゆる書物に目を通し、唯一の趣味は読書であると日頃から公言していた。わずかな時間も書物を手放すことはなく、「座れば経書史書を読み、横になれば小説を読み、便所に行けば小唄を見た」[7]というほどであった。史書では、よくその人品が非難されている。著作は多いが、いずれも伝わらない。『全宋文』には二十一篇が収録され、そのうち奏状が半数近くを占める。『宋史』では、「文辞は清麗で、名声は楊億、劉筠と並ぶ」と賞賛されている。代表作「春雪賦」の冒頭は、以下のごとくである。

　　春もなかば、生きとし生けるものが動き出す。にわかに立ち上るかなたの冷気、たちまち雪花が舞い落ちる。太陽を隠したかと思えば、青空までも覆い尽くす。雹と霰とこもごも落ち、暑気と冷気がせめぎ

7　欧陽脩『帰田録』巻二。

合う。いましこんこんと乱れ降り、なおもひらひらと混じり降る。積もった雪に、角あるものはみな円く、渓や谷を埋め尽くす。練絹が白鷴に溶け込むよう、筋雲を白鶴に混ぜたよう。

　　　春陽已中，百昌俱作。彼陰冷而忽興，何飛英之驟落？始蒙蔽於陽烏，遂潛蔵於天幕。氷霰雜下，温寒相搏。才衰衰而紛糅，更霏霏而交錯。因方就圓，填渓滿壑。迷匹練於素鷴，混高雲於皓鶴。

作者は、春の雪が突然降る情景を描く。はじめに季節を述べ、次に気候の変化、その後で風景を描写する。四六文の構成で学識豊かに駢体を駆使し、自然の趣を失わず、暗く冷たい境地を描きながら、目を見張る美しさである。また、族兄に当たる銭希仲のために著した「夢草集序」では、一族の人物について以下のように記す。「黄金の印綬を懐に、紫の彩紐を腰に垂らしつつ、朝廷に満ち、華やかな詞藻が敷き連ねられて家を満たす（懐黄垂紫，盈於朝闕；摛華挼藻，充於家庭）」、「書籍を抱いて筆を執り（抱槧懐鉛）」、「対策を出して科挙に及第する（発策決科）」。文辞は華麗かつ鮮やかで、対偶は典雅である。景祐元年（1034）に書かれた「寧海県新建衙楼記」では、冒頭で政壮門の修築について触れ、ついで寧海の沿革を述べて、さらに土地の景勝に言及する。「神秘の別天地のともがらで、実に幽玄の地と言えよう。地は天台山とつながり、道は石姥山につながる。時々に俊才を生み出し、代々に神仙を輩出する。一脈の桃源に続く流れは、阮肇がかつて遊んだ景勝の地、千尋を落ちる瀑布は、孫綽が賦を作ったすぐ隣（眷惟霊壤，実曰奥区，地接天台，路連石姥。時生英秀，代出神仙。一派桃源，阮肇旧遊之勝地；千尋瀑布，興公作賦之隣邦）」。その後ようやく新たに衙楼を修理することを述べ、記を付す。文はすべて爽やかで典雅、文勢は流暢である。これを見れば、『宋史』の本伝が銭惟演について、「頭の回転が速く、才能は卓越する」と伝えることも、故なしとしない。

　銭惟演と並び称される劉筠（971-1031）は、字を子儀といい、大名（現在の河北に属する）の人である。咸平元年（998）の進士。楊億の「与秘閣劉校理啓」では、劉筠のことを「道徳に優れて温厚、詞の格調は典雅で美

第六章　北宋前期における散文の流派と発展（下）

麗」と評する。劉筠は楊億とともに『冊府元亀』を編纂し、これが完成すると、左司諫知制誥に遷った。天禧四年（1020）八月、晏殊とともに翰林学士を拝命した。天聖九年（1031）に没する。史書には、「文辞は対偶を得意とし、とりわけ詩に巧みであった。楊億に認められて抜擢されると、後には並ぶほどの名声を得るに至り、当時から楊劉と並称された。三たび翰林院に入り、また三度科挙を取り仕切った」[8]とある。劉筠の文集は多くあったが現存しない。『全宋文』には二十八篇が収められ、そのうち表と奏が二十三篇を占める。劉筠の文を丁寧に味読すると、賦、賛、銘、表はいずれも駢体を用い、雅致に富んで自然で、気概が横溢している。その名作「大酺賦」の序には、次のようにある。「わが陛下の満ちあふれた恩徳、果てしなく広い国土、もとより紙筆では言い尽くせませんが、あえて筆を執るしだい。臣めがいま作った賦は、ただこの世の豊穣なさま、万民の歓び暮らすさまを述べるに過ぎません（我皇盛徳形容，汪洋図諜，固不可以寸毫尺素，孟浪而称也。臣今所賦者，但述海内豊盛，兆庶歓康）」。これより、この賦は聖徳を賛美し、太平の世を詠むために作られたことがわかる。また、「回穎州曾学士啓」は以下のごとくである。

　伏して思いますに、偏狭かつ凡庸、身体は病弱、機を見て用いることに暗く、ややもすれば時勢に逆行してしまいます。寵を受けて風になびくのを恥じ、嘲られ排斥されることも甘んじて受けましょう。……いまでも身に余る大役、すでに分を超えております。ましてや翰林学士院は高名な儒家の集まるところであり、栄達する者、昇進せずとも留まる者が過半を占めるとはいえ、零落する者も実に多いのです。

　伏念褊局至庸，屢軀多病，暗於機用，動渉背馳。恥介寵以趨風，甘受嗤而擯蹟。……自惟窃吹，固極常涯。矧乃金馬蘭台，名儒旧徳，栄滞者過半，零落者実繁。

　　　　　　　　　　　　　　——『皇朝文鑑』巻一二一

8　『宋史』巻三〇五。

劉筠の作風と人となりが見て取れる。劉筠の上奏文は散文を併用し、簡潔に練られて自然で、鮮明な個性がある。そのもっとも典型的な一文が、天聖五年十月十一日に書いた「礼生引太祝昇殿徹豆事奏」である。

> 今月八日、百官は太廟の儀を習いました。三献が終わると元の位置に戻り、儀礼の音楽が奏でられました。決まり事のとおりであれば、礼生一人が太祝一人を連れ、登殿して徹豆の礼を行うところ、制度のとおり進められませんでした。よって、礼院に礼生七人をよこし、各々が本室の太祝七人を連れて登殿し、徹豆の礼を行うよう望みます。
>
> 今年八月，百僚習太廟儀，三献畢，帰位，登歌作。准例，礼生一人，引太祝一人，升殿行徹豆之礼，不応儀注。欲望令礼院差礼生七人，各引本室太祝七人升殿徹豆。[9]

全文は簡潔かつ明達で、口語化されている。

二、西崑派の領袖 楊億

西崑派の領袖である楊億（974-1020）は、字を大年といい、建州蒲城（現在の福建省に属する）の人である。伝奇的な色彩を帯びた作家で、史書にはその出生について、「弁が立ち、母親が経書のなかから短いものを選んで口伝したところ、たちまち暗誦した」[10]との記載がある。七歳で文章を書き、客人と議論し、老成していたので、当時「神童」と讃えられた。十一歳で童子科挙を受けると、「文章は優美で、燦然として見るべきものがあった」[11]。試験官は、「精神は神の加護を得ており、文章には生来の知が宿る」と公文書に記して称賛した。この出来事によって、その名声は鳴り響いた。淳化年間、「二京賦」を献じて進士の身分を賜り、文壇に名を馳せた。『太宗実録』の編纂に携わると、全八十巻のうち、楊億が一人で五十六巻の草稿を

---

9 『太常因革礼』巻三一。
10 『四庫全書総目提要』巻一一。
11 『太宗皇帝実録』巻三。

第六章　北宋前期における散文の流派と発展（下）　　157

書いた。詔を奉じて『冊府元亀』の主編となり、配列や体裁もすべて定めた。生涯に翰林学士を二度、知貢挙を一度務めた。また、朝廷で文士の選考を担った。「儒学を己の任務として、各地の祭祀の規範や歴史、書物の編纂に関わる機関は、いずれも楊億が一手に握り、皇室の典範となった。当時の中央機関の優れた人物は、多くがその門下から輩出された」[12]。

　文章について、楊億は駢文と華麗さを尊んだ。とりわけ修辞を重んじて、華美な字句と内容および芸術の一体化を求めた。いわゆる「文彩は光り輝き、五色が互いに引き立てあう。道理は一貫して、整然として乱れがない」[13]である。王若虚「文弁」には、傅尭俞の「嘉話」を引用し、楊億について「韓愈、柳宗元の文を好まない」というが、必ずしも信ずるには足るまい。博学多識の楊億が、韓愈と柳宗元の文を読んでいないはずはない。ただ、駢文対偶を特に好み、かつ得意としていたので、散体古文を使って文を書くことがきわめて少なかったのである。ここからはその趣向が見て取れるだけで、批難するには及ばない。

　楊億は学識が豊かで、みずから「学問に打ち込み、いにしえに学ぶことを高く志し、先人より文辞の粋を吸い上げ、作者の持つ極意を見極めようとした」（「武夷新集序」）と称している。筆を縦横に振るえば、きらめく珠玉のように異彩を放った。以下のいくつかの品評から、その理念や趣向が見て取れる。

　　君は書物に広く通じ、経学に習熟している。詞藻は巻き揚がり、学
　　識は底が知れない。さながら崑崙山の頂から取り出した玉のかけら、
　　大理石の階段から切り出した冠の紐のようである。
　　　　　　　　　　——『武夷新集』巻七「送進士陳在中序」
　　　君博綜文史，詳練経術，詞彩奮発，学殖堅深。取片玉於崑岡之顚，
　　採華纓於文石之陛。

12　范仲淹「楊文公写真賛」。
13　「答并州王太保書」、『武夷新集』巻一八。

刺繡が入り交じり、珠玉がきらめくよう。咸陽や洛陽の市に、天下
　　の物がすべて並ぶかのよう。宋や魯の地に、先賢の礼がことごとく行
　　われているかのよう。
　　　　　　　　　　　　　　——『武夷新集』巻七「群公贈行集序」
　　　藻繡紛錯，珠璧炫耀。観咸、洛之市，天下之貨畢陳；入宋、魯之
　　邦，先王之礼尽在。

　　　異彩を放つ文のきらめき、清く美しい修辞。孔子の家にあがって、
　　鐘、磬、琴、簫すべてを耳にし、和氏の場所を訪ねて、琮、璧、珪、
　　璜がみな揃っているかのよう。
　　　　　　　——『武夷新集』巻七「群公餞集賢錢侍郎知大名府詩序」
　　　奇彩彪炳，清詞藻縟。入孔子之宅，金、石、糸、竹以尽聞；遊和
　　氏之場，琮、璧、珪、璜而皆在。

その詞藻や文彩を激賞しているが、「文史」、「経学」、「先王の儀礼」、「孔子
の音楽」を前提として、充実した内容という基礎の上に立って文彩を強調
している。つまり、言に内容があり、華美にして質実でもあることを評し
ているのである。そのほか、「送致政朱侍郎帰江陵唱和詩序」も、やはり先
に「その実践的な部分を持ち上げ」、次に「美辞が敷き連ねられ、麗句がき
らめいている」(『武夷新集』巻七) ことを誉め讃えている。
　楊億は、文章とは時の移ろいに従って変化し、その語句は美しく自然で
あるべきだと主張する。いわゆる「文章はその時々に従いその善悪を風刺
する」[14]や、「野鴨や鶴はそれぞれの性質に従ってあるがまま」(「武夷新集
序」) というのがそれである。田況の『儒林公議』には、「楊億は翰林院に
務めているときに文体を変えた。劉筠、錢惟演らも、これに従って模倣し、
当時「楊劉」と呼ばれた」とある。また、欧陽脩は次のように述べている。
「楊大年は文を作ろうとするたびに、門人や客と酒に博奕、投壺、囲碁を

14　『楊文公談苑』、上海古籍出版社 1993 年 8 月版李裕民輯校本。

第六章　北宋前期における散文の流派と発展（下）

し、大声で談笑するが、それが構想を練るのに差し支えることはなかった。小さな紙に細い字で書き、飛ぶように筆を走らせた。できあがった文には手を加えることもなく、紙が文字で埋まるたびに、門人に命じて写し取らせたが、門人はこの命令に従うのに疲れるほどであった。ほどなくして、数千言をも物した。まことに一代の文豪である」[15]。これらは、楊億の文才が優れ、筆が立つことを伝えるが、またそこからは、楊億が過度に修辞を彫琢することなく、その文章が雄壮、珍奇であるのは、ひとえに天賦の才と学識、素養が自然に流露した結果であったことがわかる。

　楊億の著述は数多く、史書には百九十四巻あると記載されている。現存する『武夷新集』二十巻のうち、四分の三が散文で、そのすべてが駢文を用いる。雄壮かつ典雅で華麗、きらびやかで自然、まったく「唐末五代の衰微した気風がない」[16]。『武夷新集』の自序に、「野鴨や鶴はそれぞれの性質に従ってあるがまま、それをどうして付け加えたり削ったりできようか。生姜や肉桂の性質はもとより決まっており、なぜ変わることなどあろうか。美しい姿は許容すべきである」と述べる。これは自身の文が「自然」で「美しい」と、みずから言明しているのである。ある人はその文を、「まるで錦の縫い取りをした屏風のよう」[17]に色とりどりで鮮やか、華麗で堂々としていると讃える。「天喜観礼賦」、「議霊州事宜状」などは、ともに気宇壮大な長編の大作である。短い文や書簡でも、みな格調高く、典雅で華麗である。以下、その例を列挙する。まず、「答集賢丁、孫二寺丞啓」を見ると、「伏して思いますに、学士は岩山に落ちる雷のごとく人々の注目を集め、貴重な玉のごとき詩文の風格があります。飛翔して集まるさまは、雄々しい鳳がその時を得たかのよう。言葉を発すれば必ず文となるさまは、大鐘が叩かれるその時を待つかのよう（伏以学士岩電奇恣，天球遺韻。翔而後集，同威鳳之得時；声必成文，類洪鐘之待扣）とある。次に、「答東京転運使館姚啓」を見ると、「起居学士は、気は北斗の星を貫き、名は都に響き渡る。

15　『帰田録』巻一、中華書局 1981 年版。
16　『四庫全書総目提要』「武夷新集」。
17　『四部要籍序跋大全』集部乙輯509頁。

学問は忘れ去られた書物に通じ、道理は都を論じた賦にも勝る（起居学士気衝斗極，名震京師，学通忘篋之書，理勝論都之賦）」とある。いずれも水を注ぐかのような文勢で、雄壮かつ典雅と言えよう。「与章延評書」は、居所の情景を描く。「郡の官舎は寂しく静まりかえり、あたかも山奥にいるかのよう。裁判沙汰もほとんどなく、賦税の処理も滞りなし。西へと傾く月を引き連れ、群れなす峰は天に寄りかかる。清き小川は南に流れ、深さは川底が見えるほど。櫛のように並ぶ人家は、多くが山の靄のなか。高く伸びた竹林は、さながら一幅の画に同じ（郡斎岑寂，宛在深山。獄訟甚稀，賦輸易弁。引領西月，群峰倚天。清渓南奔，浅深見底。人家櫛次，多在嵐煙中，修竹喬木，宛如図画）」。巧みな比喩表現である。その境地は深遠かつ広大で、一字一句に風趣が横溢し、しかも自然で平易、清新な格調を備えている。

　楊億は、「文章はその時々に従う」（『楊文公談苑』）と主張する。それゆえ「翰林院に務めているときに文体を変えた」（田況『儒林公議』）のであるが、これを実践するうちに、時に限度を超えてしまうことがあった。たとえば、駢文での作文は、宋初の五代派は章奏・表・啓などの公用文にのみ用い、碑文や墓誌は依然として散文体を使っていた。ところが楊億は、「文簡畢公墓誌銘」や「銭公墓誌銘」といった碑文にも、駢文を採用したのである。その着想や措辞は適切かつ自然であるが、結局は荘厳さを欠くことにつながっている。現存する楊億の作品で、駢文対偶ではなく散体古文が用いられているのは、「殤子述」一篇のみである。楊億は、堂という名の子を生涯に一人だけもうけたが、二歳で夭折した。「殤子述」はこの子のために書かれた一篇である。そのため、文章には思いが満ちあふれ、読む人の心を打つ。その言葉は飾り気がなく、よく練られて具体的である。堂は七月に生まれ、「きちんと父の姿を見分け、門まで出迎えて笑い、飛び上がって私に抱きついた（頗能識其父，迎門而笑，躍而就予抱焉）」。「よちよち歩き出すと、朝から晩まで私の母の足もとで遊んだ。笑ったり話したり、祖母の心を十分に慰めた（始蹣跼能行，旦暮嬉於太夫人之膝下。爰笑爰語，甚足慰祖母之心）」が、「辛丑の年、八月乙丑の日に死んだ。六百六十七日

第六章　北宋前期における散文の流派と発展（下）

の生涯であった（死於辛丑八月之乙丑，凡六百六十七日）」。「堂はむつきにいるときから、よその子とは違って際立っていた。生まれてわずか二か月のころ、おぎゃあおぎゃあと泣き出したので、家の者が本を取って来て見せてやると、その文字をじっと見て、喜んだり笑ったり、まるで字が読めるかのようであった（其在襁褓，挺然不群。初生才両月，方呱呱而泣，家人取書冊展向之，即熟視其文字，喜且笑，若能識焉）」。「私の母は口癖のように言った。『いままでたくさん子供を見てきたけれど、こんなに賢い子はいなかったわ』と（太夫人常言，吾閲孩孺多矣，未有此児之卓異也）」。愛するわが子を幼くして亡くした痛惜の念が、言葉にあふれている。これを見れば、楊億は古文を書けないのでなく、また不得手だったのでもないことがわかる。古文を書かなかったのは、ただ書きたいと思わなかったのである。この文の目的は、親子の情、たった一人のわが子の夭折、その断腸の思いを伝えることにある。感情が形式の束縛を突き破ったのは、文体や言葉にかまう余裕がなかったためで、やむをえず古文体を用いたのである。いわば偶然の産物であるが、凡手ではなく、大家の名に恥じない筆致と言えよう。

　楊億の文体は古文作家から非難され、後世の一部の学者も形式主義、耽美主義の典型として批判したが、それは大きな誤りである。楊億はたしかに「美辞麗句」を唱えたが、その本質は文学の芸術性の強調にある。いま楊億の文集を読んでみると、虚飾はなく、豪快に美の道を邁進している。「石介は『怪説』三篇を著してこれを責めるが、その言葉は誇張が過ぎる」（「跋武夷新集」）という王士禎の指摘は、すでにこの点を見抜いたものである。王安石は、楊億の「文彩が当時もてはやされ、学ぶ者はその源流に迷いながらも、なびくように日がな一日努めてこれを手本とした。しかし、白黒青赤と倒錯して入り乱れ、文章の彩りに秩序はなかった」[18]と言う。すなわち、その過失は「学ぶ者」にあったのである。『宋史』には次のようにある。「宋が天下を統一すると文治主義が日に日に盛り上がった。楊億は文

18　「張型部詩序」、『臨川文集』巻八四。

章で天下をほしいままにすると、時の宗主として尊敬を集めた。思うにその清廉で真っ直ぐな気風は、まだにわかには大いに広まっていなかったが、その言葉にことごとく表れており、まさに雄壮にして広大と言うべきである」、「文体の古今については、時の風習がそうさせるのであって、どうしてこれを議論することなどできようか」（巻三〇五）。この論者は、歴史的視点からその時代の環境的特徴、個人の素質と境遇、風俗風習を結合して楊億の作風を評論しており、十分に根拠があると言えよう。

三、西崑派の重要作家　晏殊

　かつて「西崑派とは無関係」[19]とみなされていた晏殊（991-1055）も、実際には西崑派の重要な作家である。晏殊は楊億の影響を強く受けており、劉攽『中山詩話』と呉淵「鶴山先生文集序」は、いずれも晏殊を楊億と並べて論じている。また、葉夢得『避暑録話』と宋敏求『春明退朝録』には、二人の多くの似通った経歴が記されている。たとえば、二人とも神童として名を知られ、童子科挙を受け、賦を献上して及第を賜り昇進し、駢文を得意として文壇で活躍し、二十八歳で知制誥になったことなどである。晏殊は劉筠とも深い友情で結ばれており、朝廷に「劉筠序班奏」を奏上して、劉筠を「序列に従い並ぶ大臣たちの上（序班臣等之上）」[20]に置くよう求めている。「西崑派が現れると、しだいに典雅で純正な文に回帰し、あたかも字句の組み立てに奉仕するかのようで、楊億と晏殊がこの動きの主導者である」[21]と南宋の呉淵が言うように、楊億と晏殊はともに西崑派の代表とみなされていた。

　晏殊は、字を同叔といい、撫州臨川（現在の江西省撫州）の人。西崑派が栄えたときに活躍した作家であり、欧陽脩が文学の風潮を変えはじめた時期の作家でもある。欧陽脩より十六歳年長で、楊億より十七歳若い。晏

19　夏承燾『唐宋詞人年譜』。
20　『続資治通鑑長編』巻九九。
21　「鶴山先生文集序」、『南宋文文録』巻一六。

殊は七歳で文章を書き、しかも「文章が明快」[22]であったので、「郷里では神童と呼ばれた」[23]。十三歳のとき、李虚己（字は公受）が娘をめあわせることを約束し、あわせて晏殊を楊億に推薦した[24]。これより、楊億と忘年の交わりを結ぶ。翌年、江南安撫使の張知白により童子科の候補として朝廷に推薦され、真宗に召されて謁見する。景徳二年（1005）、「皇帝は晏殊を召して進士千余人とともに朝廷で試験を受けさせたところ、晏殊は堂々として怖じけることなく、筆を取るやたちどころに文章を書きあげた。皇帝は賞賛して、進士と同じ身分を賜り」[25]、秘書省正字に抜擢した。このとき十五歳であった。二十歳で「大酺賦」を献じて集賢校理に任命され、大中祥符年間の末には、「景霊宮」、「会霊観」の二賦を献じて昇進した。二十八歳で知制誥に、その二年後には翰林学士になった。四十歳で知貢挙になると、欧陽脩を見出して首席合格とした。それから二年を経ずして宰相に昇任した。至和二年（1055）正月に死去。享年六十五歳であった。

晏殊は、中国文学史では一貫して詞壇の名手と目され、欧陽脩と「晏欧」と並び称されてきた。しかし実際は、晏殊の詞は文業の余技に過ぎず、その学識と能力は文章において発揮された。それゆえ欧陽脩は晏殊について、「その文章において天下が尊崇した」[26]と述べ、『宋史』でも晏殊のことを、「文章は華麗で、縦横に駆使して果てがない」[27]と賞賛するのである。著に文集二百四十巻があり、また梁・陳以降の名臣の著作を選んで『集選』百巻を編んだが、いずれも散逸している。『全宋文』は五十三篇の文を収め、それを二巻に整理する。現存する文は、多くが駢体のものである。そのうち賦が九篇あり、「中園賦」、「雪賦」は、気宇壮大にして典雅かつ華麗な趣を持つ。「傀儡賦」は次のごとくである。「外にはまばゆい彫刻施し、内に操りひもを引く。朱と紫が舞っては落ちて、銀と金とが輝ききらめく。生

---

22 宋・王闢之『澠水燕談録』巻六、中華書局 1981年呂友仁点本。
23 「晏公神道碑銘」、欧陽脩『居士集』巻二二。
24 朱熹『五朝名臣言行録』、四部叢刊本参照。
25 「晏殊伝」、『宋史』巻三一一。
26 「晏公神道碑銘」、『居士集』巻二二。
27 「晏殊伝」、『宋史』巻三一一。

きるも死ぬも人形師の口しだい、栄枯盛衰はその手しだい（外眩刻彫，内牵纏索。朱紫坌并，銀黃煜熻。生殺自口，栄枯在握）」。その描写は緻密かつ如実であるにとどまらず、趣を秘かにたたえ、意味は深長である。また、「挙范仲淹状」は范仲淹を「学問一筋、文を作れば典雅（為学精勤，属文典雅）」と評し、「謝賜飛白表」は、「近くは文皇の鳳字もこの絶品には気後れし、古くは神農の穂書もこの逸品には恥じ入るほど（文皇鳳字，近愧於流芳；炎帝穂書，遠慚於逸品）」という。前者は学風や作風を講評し、後者は書の作品についてその出来映えを賞賛するが、どちらも精巧な対句を構成している。

晏殊は中年になってようやく韓愈や柳宗元の文集を読み出すと、非常にこれを愛して、作風が大きく変わった。「与富監丞書」において、以下のように開陳している。

> 私が若い頃、多くの進士は盛んに韓愈・柳宗元を褒めそやしていたが、私はその理由を測りかねていた。文章に関わる職務に就くと、時の優れた人物は声律を学び、歌頌を飾り、韓愈や柳宗元の停滞を笑っていた。私もそのような風潮に流されて、みずから考える余裕もなかった。中書省、枢密院を経て仕事を辞めると、ようやく経典や詁を読み込むことができたので、百家の優劣を測った。その後、韓愈・柳宗元が高い名声を得たのは事実無根ではないと知った。近ごろではこれを研究しては賞賛し、手放すことがないほどである。[28]
>
> 某少時聞群進士盛称韓、柳，茫然未測其端。泊入館閣，則当時俊賢方習声律，飾歌頌，誚韓、柳之迂滞，靡然向風，独立不暇。自歴二府，罷辞職，乃得探究経詁，称量百家，然後知韓、柳之獲高名不誣矣。邇来研頌未嘗釈手。

上記の引用には、晏殊が文を作る際に踏んだ段階と変化の過程がきわめて

---

28 『国朝二百家明賢文粹』巻一〇二。

第六章　北宋前期における散文の流派と発展（下）

詳しく語られており、晏殊が古文を読んだのは欧陽脩が文壇に現れてからであること、また、韓愈と柳宗元を手放しで誉めていることが読み取れる。現存する作品のなかで、中年になってから家族に宛てた文章には、いずれも散文体の古文が用いられている。韓愈、柳宗元の文を取り込み、平易で自然、緻密で心がこもり、簡潔で飾り気がない。たとえば「答中丞兄家書」は、家での些細なことを縷々として語りかけ、心がこもっていて味わいがある。とりわけ子どもたちの教育について語る一段は、人の心を揺さぶる。また「答贊善兄家書」では、全体が散文体の古文で綴られている。

　　書籍と私の誕生日に送ってくれた服、息子や娘たちの手紙、品物、みかん、黄雀、鮓などを受け取りました。遠方なので、お気遣い無用です。ましてや、しだすときりがありません。家を建てたと聞きました。およそ心正しく、分を守って仕官し、状況に応じて一生の計画を立てることが肝要です。ひとまず家族を落ち着けて、富貴など求める必要もありません。[29]

　　記文本及寄殊生日衣服及孩児妮子等信、物、甘子、黄雀、鮓等，領訖。地遠，不須煩神用，況人事有何窮尽！知置得宅子，大抵廉白守分為官，須随宜作一生計，且安泊親属，不必待豊足。

全編を通じて自然で誠実、簡潔で事細かである。このような作品は、古文大家の文集においても上々の作品と言えよう。

　西崑派の勃興は、決して偶然ではない。欧陽脩は晏殊のために「神道碑銘」を書き、「私が伏して国の歴史を読みますに、真宗皇帝の御代、天下は太平で、天子は功徳を譲りあい、天地山川を祀り、礼楽を講じました。文章でこれを歌い讃えて、儒学の文章、傑出した人物が世に現れたのです」と述べ、西崑派が盛んになった時代という土壌、環境が醸し出す雰囲気を指摘している。そして、西崑派の作家自身が持つ学識と素養、趣向や習慣

29　宋・呉曾『能改斎漫録』巻一二。

も自然とその時代に適合したので、西崑派は文壇に勃興し、大きな勢力となったのである。田況の『儒林公議』には、西崑の「文章は彫琢が過ぎる嫌いがあるものの、五代以来の乱雑で浅薄な文章の気風はこれより消え去った」とある。この指摘は事実であると言って差し支えない。

第三節　古文派：対偶の排除と古文の独尊

　蘇舜欽「石曼卿詩集序」によれば、大中祥符年間（1008-1017）、文章家は一般的に華麗な文を優れているとみなしたが、ただ穆修と石曼卿だけは、「いにしえの道を行うことをみずからの務めとし、古文を書いて、経世の実用に資するものだけを世に出した」[30]という。朱熹の『名臣言行録』には、天聖（1023-1031）のはじめ、穆修と尹洙は「その時代の風潮を正すため、主に古文を用いた」とある。『宋史』「文苑伝」も穆修について、西崑派が盛んな時期に「ひとり古文で称賛され、蘇舜欽兄弟はよく穆修に従って交遊した」と記している。西崑派の勃興と時を同じくして、穆修を中核に、石曼卿、尹洙、蘇舜欽兄弟ら一連の作家が脇を固める古文派も生まれたのである。

一、古文派の創作に関する主張

　古文派は、宋初の柳開や王元之らが創始した文風復古の路線に沿って、引き続き、経典と韓愈の尊崇、実用の尊重、道義の敬慕、駢文への反対、散文の重視を唱導した。これに加えて、文章の経世における実用、現実との結びつき、聖賢の道を伝えて心を正しくすることを強調し、自然で飾り気のない作風を求めた。その文学思想と創作に関する主張は、宋初の復古派と大同小異である。穆修は、韓愈・柳宗元の古文を旗印とする方針を襲い、同志に呼びかけ、時文を批判した。韓愈および柳宗元の古文は「内容と表現がうまく釣り合って雑駁でなく」、「言葉は厳密で道理は立派、著述

30　『蘇学士文集』巻一三。

は経典のようである」とし[31]、「昨今の読書人は浅薄なものに趣り、詩文は対偶がなければ見向きもせず、軽佻浮薄な轍の上を追従している」(「答喬適書」)と指摘している。蘇舜欽は、文章を書くには「いにしえに根ざして、実用に供し」(「石曼卿詩集序」)、「他人に恩沢を施し」(「上三司付使段公書」)、「いにしえの作風を追い求め」(「投匭疏」)、現実を反映し、「時代と大衆に警鐘を鳴らし」、偏向を正して「誤りから助ける」(「上孫冲諫議書」)作用を発揮すべきであると提唱する。古文派の作家はさらに、時文と古文の本質的な違いを認識しはじめ、古文を学ぶのは「道を為し」、「仁義」のためであるが、時文を学ぶのは「名を為し」、「爵位と俸禄」(穆修「答喬適書」)のためであると指摘した。尹洙は「功名」と「文章」の関係を弁証し、「行動を起こすことで同時代に恩恵をもたらして、後世に利益を与え」、「言葉を述べることで同時代の誤りを正して、後世の規範とし」、「努めていにしえの道を求める」(「志古堂記」)ことを打ち出した。蘇舜欽はさらに「上孫冲諫議書」で、道・徳・文・詞・弁の五つの関係を詳細に論じ、文章を著すには、「品行と学問はいにしえに追従し、心情を大いに表出し、不明なところを明らかにすべきだ」との考えを示した。これらすべての考えからは、古文派が独自の理論体系を打ち立てることで、四六駢儷体に対抗する能力の強化を図ったことが見て取れる。同時に、穆修と門下生の李之才はより重大な困難を克服した。三十年近い時間を費やして韓愈・柳宗元の文集を校訂、整理し、しかも出資を募って出版し、広く流通させたのである。これは古文を唱導する上での一大壮挙と言えるであろう。それゆえ朱熹は、「韓愈と柳宗元の文は穆修がいたからこそ後世に広まった」(『名臣言行録』)と讃えるのである。

二、古文派を代表する重要作家　穆修

　古文派の創作は、現実を反映し内容が質実な点で優れている。穆修(979-1032)は古文派を代表する作家のなかでも中核をなす人物である。穆修、

31　「唐柳先生集後序」、『穆参軍集』。

字を伯長、人々に穆参軍と呼ばれた、鄆州（現在の山東省東平）の人である。幼少より学問を好み、陳搏に師事してその『易』の学問を授けられた。大中祥符二年（1009）、梁固が監督する科挙に合格し、仕官して泰州（現在の江蘇省泰県）の司理参軍となる。「上頴州劉侍郎書」では、「あの頃はまだ若く、気が強く、俗物に従うなど断じてできなかった（時年歯且少，心壮気鋭，実不能与俗相俯仰）」[32]が、まもなく「不幸なことに奸物に目をつけられ、誣告されて罪を得ると、南へ流されて池州参軍になった（不幸為奸人所伺，誣構以事，因被罪南謫，為池州参軍）」[33]と述懐する。『宋史』の本伝によれば、性格は剛直で、社会の弊害を論難して権力者を誹謗し、みだりに人と交流しなかった。また、時の宰相がその名を聞き及び、面会を求めて学官にしようとしても、ついに謁見に行かなかったという。一生を貧困のうちに過ごして志かなわず、下級官吏に落ちぶれて、穎州と蔡州の文学参軍で終わった。このため、「当時の人は穆修のことを「穆参軍」と呼んだ」。五十四歳で没する。

穆修は幼少より学問を好んだ。長じてからは特に韓愈・柳宗元の古文を愛し、復古の唱導に全力を注いだ。穆修は仕官前に時文を習ったことがある。「少年期の故郷での学問を思い出せば、文は言葉の組み立てに励み、曹曾の倉に秕や稗を取りのぞき、任氏の苑に荊や榛を刈った。節操は宗愨を軽んじ、奇才は卞彬を踏みにじる。賦は優れ修辞は絵を敷き並べたようで、詩を書いた墨の跡は玉をまき散らしたよう（学憶居州里，文曾力組細。曹倉祛秕稗，任苑薙荊榛。壮節軽宗愨，奇材轢卞彬。賦豪藻摛絵，詩墨灑玭琳）」[34]であった。仕官した後は古文の唱導に努め、とりわけ韓愈と柳宗元に対する尊崇ぶりは徹底していた。「韓愈と柳宗元は世に出ると、いにしえの文章を大いに書いた。その言葉は内容と表現がうまく釣り合って雑駁でなく」、「言葉は厳密で道理は立派、著述は経典のようである」（「唐柳先生集後序」）と穆修は考え、同時代の「浅薄なものに趣る」文学の風潮に不満

---

32 『穆参軍集』巻二、光緒庚辰東陵方功恵重校刊本。
33 「秋浦会遇并序」、『穆参軍集』巻上。
34 「秋浦会遇」、『穆参軍集』巻上。

第六章　北宋前期における散文の流派と発展（下）

を抱いた。

　思うに、いにしえの道が途絶え行われなくなってから、ずいぶんになる。昨今の読書人は浅薄なものに趨り、詩文は対偶がなければ見向きもせず、軽佻浮薄な轍の上を追従し、異なる道の存在を知らない。その間、古文を使って語る者は、奇怪なことを語る者と同一視された。多くの者がこれを侮辱し、責め苛んだ。邪だとみなすのでなければ、迷妄だと決めつけたりする。時流に背き、名利を遠ざけるものだと言った。先輩でこれを褒める者はおらず、同輩で近づく者はいなかった。もしも、その人が自身を正しく知る能力を失い、これを固く強く保とうとしなければ、恐れ惑わないわけがない。そして思いは容易に揺れ動き、こちらを離れればにわかに向こうへ行ったりする。ああ、道徳的で正しい人は、どうして過去にばかり輩出され、今の世には現れないのか。時流や大勢に流されてそれに染まっていては、正しい道に従うことなどできない。[35]

　蓋古道息絶不行於時久矣。今世士子習尚浅近，非章句声偶之辞，不置耳目，浮軌濫轍，相跡而奔，靡有異途焉。其間独取以古文語者，則与語怪者同也。衆又排詬之，罪毀之，不目以為迂，則指以為惑，謂之背時遠名，闊於富貴；先進則莫有誉之者，同侶則莫有附之者。其人苟失自知之明，守之不以固，持之不以堅，則莫不懼而疑悔，而思忽焉，且復去此而即彼矣。噫！仁義中正之士，豈独多出於古而鮮出於今哉！亦由時風衆勢駆遷溺染之，使不得従乎道也。

以上より、当時にあって古文を唱導することの困難さが見て取れる。この文にはほかにも、「いにしえに学ぶのは、道を為すということで、いまに学ぶのは、名を為すということである。道とは仁義のことであり、名とは爵位俸禄のことである」との指摘がある。これによって二つの文風の実質的

35　「答喬適書」、『穆参軍集』巻中。

な違いを区別している。穆修の家には、唐代に作られた柳宗元と韓愈の文集があった。穆修は三十年近い時間を費やしてそれを校訂整理し、親友に声をかけて「資金を得て刻工を集め、版木を彫って数百部を印刷した。そして、都の相国寺へ持って行き、書肆を設けて販売し」[36]、広く流通させた。このため朱熹は、「韓愈と柳宗元の文は穆修がいたからこそ後世に広まった」(『名臣言行録』)と讃えたのである。

　穆修には、『穆参軍集』三巻が残り、そのなかには文が二十篇ある。この書は、門人の祖無択が編纂し、序を書いた。序には次のようにある。「公は時運のめぐり悪く、その道も行われたとは言えないが、それでも筆を擱くことはなかった。およそ文を書くときは、必ず諸聖賢に照らして綴り、これを仁義に合致させて本質を残した。平素より著した文は、数十万言を超えるほどで、同時代の人はこれを得ると愛し、学んだ」。ただ、「往々にして愛でるのみで、これを伝えることを知らなかった」。それゆえ、多くの著述を物したにもかかわらず、現存する作品が少ないのである。穆修は、「ただ古文のみを立派だとし、駢儷体を書かなかった」[37]。『四庫全書総目提要』では、「穆修の文章は師から伝承されたとは考えられず」、「天賦の才は非凡にして、韓愈と柳宗元に遡りながらも、みずから文を体得した」と考えられている。現存する作品を見ると、大部分は言葉が自然で簡略、虚飾はなく、心傷む作品が多い。高歩瀛氏は、「奥深いすばらしさはないものの、文章は明白かつ伸びやか、難解な語句は用いておらず、まさに文章の王道である」[38]と考えている。呂祖謙編『皇朝文鑑』に収める穆修の「法相院中記」や「静勝亭記」も、その代表作に数えられよう。そのほか、「上劉侍郎書」にある、「私は大中祥符年間のはじめ、分不相応にも進士を賜り、官服を着て泰州司理参軍になると」、「家族は都に預けつつも、わが身ひとり常に道を進み、年寄りから子どもまで十人を、私ひとりで食べさせています」[39]と

36　邵伯温『易学弁惑』、四庫全書本。
37　『変文法』、陳亮『龍川文集』巻一一。
38　『唐宋文挙要』甲編巻六 658 頁。
39　『穆参軍集』巻中。

第六章　北宋前期における散文の流派と発展（下）

いう一文や、「上監判郎中書」にある、「近頃、都が大都市であることを考えますと、もし俸禄や蓄えがなければ、長いあいだ住むのは容易ではありません。ちょうどこの秋に家族を郷里の汶上へと移し、先祖より伝わる田のそばに家をかまえ、年老いた母親の食事を世話し、そうして私自身の平穏を計れればと考えております」[40]などから、穆修の作風を窺うことができよう。

穆修には「亳州魏武帝帳廟記」などのように、気魄あふれる力強い文もある。蘇舜欽が穆修の古文について、「その言葉は深く険しく、広大である」[41]と評するのは、おおむねそういった作品について述べたものである。この作風をもっとも反映しているのが、穆修の名作「唐柳先生集後序」である。

> はじめ唐の文章は、まだ北周や隋など五代の気風から抜け出せていなかった。中葉に出た李白と杜甫は賞賛に値する。その才能は発揮されるや世に優れたが、それはもっぱら詩歌に向けられ、文の道がすべてを備えるには至らなかった。韓愈と柳宗元は世に出ると、いにしえの文章を大いに書いた。その言葉は内容と表現がうまく釣り合って雑駁でなかった。たとえば韓愈の「元和聖徳」や「平淮西」、柳宗元の「雅章」などはいずれも言葉は厳密で道理は立派、著述は経典のようであり、たちまち唐の徳を漢代に遜色ない程度まで高めた。両先生の文でなければ、ほかにこのようなものがあるだろうか。
>
> 私は若い頃から韓愈と柳宗元の文を読むのが好きで、常々柳宗元の文集が不完全な形で残り、世間に出回っているものは、欠落してわずか百余篇しかないことを憂えていた。韓愈の文集は全体を目にできるとはいえ、至る所が抜け落ちて字句が欠落し、数ある文集のなかでもひどかった。その欠落を補って本来の姿を世に伝えようと志し、何度

---

40 『穆参軍集』巻中。
41 「哀穆先生文」、『蘇学士文集』巻一五。

も好事家に従い善本を求めたところ、前後して数十種になった。優れた版本を得るたびに注を加えて改めた。たまにあちこち遠方へ行く機会があると、ほかの書はともかく、韓愈の文集だけは肌身離さず持ち歩いた。そして幸運にも誰かが珍蔵する版本に出逢えたときは、直ちに借りて正しい語句を採取した。すべての力をここに注いで早二十四年が過ぎ、ようやく文章の文字がほぼ定まった。ただ柳宗元の文は、当時まだ評判になっていなかったのではなかろうか。そうでなければ、どうして柳宗元の文が世に埋もれて十分に輝かないことがあろう。これを求めても手に入れられず、心のなかではもうあきらめていた。ところが、晩年になってついに柳宗元の文集を目睹した。あわせて八、九冊の大部なものである。劉禹錫の序を巻首に置き、四十五巻に分かれ、まこと韓愈の文集に匹敵する。文字は質朴で、いまどきの筆跡と似ておらず、古くからの蔵書であろうと思われる。これをつぶさに調べるに、ある巻ではまったく誤字がない。二、三、読めない字があるのは、書が古いからこその摩滅であり、読むのに差し障りがあるどころか、真の姿を検証する助けになるほどである。そこで、この旧本に基づいて別本に記録し、隴西の李之才と数か月かけて考察を進め、詳しく調べて作業を終えた。

　ああ、天は私になんと多くの恵みを垂れてくれるのか。はじめは韓愈の文で私を満足させ、ついで柳宗元の文でも満足を得させてくれた。これで天に見放されたと言えば、それは言いがかりというものだ。世の学者で、もし古文を学ぼうと志さないのならそれまでだが、もし古文を学ぼうと志し、文壇に上がることを望みながら、両先生の道を学ばないのであれば、たとえ能文の者であっても、それは私のあずかり知るところではない。

　　　　　　　　　　　　　天聖九年秋七月、河南穆修伯長後叙

　　唐之文章，初未去周，隋五代之気；中間称得李、杜，其才始用為勝，而号専雄歌詩，道未極其渾備。至韓、柳氏起，然後能大吐古人之文，其言与仁義相華実而不雑。如韓《元和聖徳》、《平淮西》，柳《雅

第六章　北宋前期における散文の流派と発展（下）

章》之類，皆辞厳義偉，製述如経；能卒然躋唐德於盛漢之表，蔑愧讓者，非二先生之文則誰与？

予少嗜観二家之文，常病《柳》不全見於世，出人間者，残落才百余篇。《韓》則雖目其全，至所缺墜，亡字失句，独於集家為甚。志欲補得其正而伝之，多從好事者訪善本，前後累数十；得所長，輒加注竄。遇行四方遠道，或他書不暇持，独齎《韓》以自随。幸会人所宝有，就假取正。凡用力於斯，已踰二紀外，文始幾定。而惟柳之道，疑其未克光明於時，何故伏其文而不大耀也。求索之莫獲，則既已矣於懐。不図晩節，遂見其書，聯為八九大編。夔州前序其首，以卷別者凡四十有五，真配《韓》之巨文与！書字甚朴，不類今跡，蓋往昔之蔵書也。從考覧之，或卒卷莫迎其誤。脱有一二廃字，由其陳故劚滅，読無甚害，更資研証就真耳！因按其旧，録為別本，与隴西李之才参読累月，詳而後止。

嗚呼！天厚予者多矣。始而饜我以韓，既而飫我以柳，謂天不吾厚，豈不諲也哉！世之学者，如不志於古則已；苟志於古，求践立言之域，捨二先生而不由，雖曰能之，非予所敢知也。

　　　　　　　天聖九年秋七月，河南穆修伯長後叙

この文は、穆修が世を去る一年前に書かれた。生涯を古文の創作にささげて到達した境地が、ここに体現されている。議論の叙述は飾り気がなく、よく練られて自然である。韓愈と柳宗元を敬慕し、その文集の研究と整理、校勘にすべての力を注ぎ、十年一日のたゆまぬ努力という感動的な場面が、読者の眼前に立ち上がる。『宋史』には、「穆修は貧しいままに没したが、同時代の士大夫は文に長けた者を語るとき、必ず「穆参軍」の名を挙げた」[42]というが、これを読めば、正鵠を射た評価だと察せられよう。李慈銘が、穆修を「西崑体がきわめて隆盛した世に生を受け、語句を切り貼りして並べる風習をひとり矯正し、字句はあるべき順によって文となし、理を説い

---

42 「穆修伝」、『宋史』巻四四二。

ては明確であった」[43]と誉め称えるのも、実に首肯すべきものである。

三、古文派のその他の重要な作家

尹源、尹洙は古文派の重要な作家である。邵伯温『易学弁惑』によれば、西崑派が世に隆盛したときに穆修がはじめて古文を唱導し、「その後、尹源子漸、尹洙師魯の兄弟が穆修に従って古文を学んだ」という。また『邵氏聞見録』にも、「わが王朝の古文は、柳開仲塗、穆修伯長がはじめて主導し、尹洙師魯の兄弟がその跡を継いだ」とある。これらはいずれも尹兄弟が穆修を継承し、古文に尽力したことを述べている。

尹氏は、河南（現在の洛陽）の官僚の家柄であった。兄は尹源（995-1045）、字は子漸といい、天聖八年（1030）の進士で、官職は太常博士まで累進した。史書には、博覧強記で、議論と文章に抜群であったと載せる。軍事について語ることを好み、「唐説」、「叙兵」十篇を著して朝廷に献上した。范仲淹と韓琦が朝廷に推薦したので、招かれて学士院の試験を受けた。試験は賦で行われたが、尹源はひたすら古文を勉強し、平素から賦を好まなかったため合格しなかった。慶暦五年三月十四日、致仕する前に没した。享年五十歳。欧陽脩は「太常博士尹君墓誌銘」を作り、尹源が「生前に記した文章は六十篇、いずれも世に伝わっている」[44]というが、史書に記載のある著書『子漸集』六巻、『幕中集』十六巻は、ともに散逸しており、現在は、『全宋文』にわずか五篇を収めるのみである。「唐説」と「叙兵」は尹源の代表作である。前者は、「唐が滅びたのは主君のためではなく、家臣のためである」と論じ、宋の戒めとする。後者は国境の防備について建言し、「旧制を少し改めて、豪傑を大いに募る」よう提案する。両者とも議論に優れ、言葉は古雅で質朴、自然で流れるようである。

尹洙（1001-1047）、字は師魯、幼少より聡明でよく学び、長じてはあらゆることに精通した。天聖二年（1024）の進士で、官職は起居舎人直竜図

---

43 『孟学斎日記』乙集、『越縵堂日記』第六冊。
44 『君子集』巻三一。

第六章　北宋前期における散文の流派と発展（下）

閣まで累進した。最後の十年で三度降格され、慶暦七年四月十日、机によりかかったまま南陽で客死した。四十七歳であった。欧陽脩が「墓志」を、韓琦が「墓表」を、范仲淹が尹洙の文集の序を著した。彼のために筆を執ったのはいずれも一代の傑物である。「墓志」は尹洙について、「名は当世に重んじられ、尹洙（師魯）を知る者は、あるいはその文章を推し、あるいはその議論を評価し、またあるいは多才を称えた。その忠節ぶりは、困窮栄達、禍福に臨んでも、いにしえの君子に恥じるところがなかった」[45]といい、当時において非常に大きな影響力を有していたことがわかる。『宋史』には、「唐末期から五代を経て、文学の格調は柔弱であった。宋のはじめになると、柳開が最初に古文を作り、尹洙と穆修がまたこれを盛んにした」[46]とある。尹洙を穆修の前に置き、柳開を含めて三人を同列に扱うことから、古文運動で果たしたその働きを十分に認めていることがうかがえる。

　尹洙には『河南集』二十七巻があり、いまも残っている。『全宋文』には百八十七篇を収め、十巻にまとめられている。范仲淹の著した『河南集』序には、次のようにある。「尹師魯は若くして高い見識を備え、時流に追従せず、穆伯長と交流し、古文に力を注いだ。師魯は春秋の学に通暁していたため、その文章は謹厳で、言葉は簡潔、理論は精密である。章奏や疏議の文にはその力量が大いに表れており、士大夫も敬慕するほどである」。尹洙の文学的特徴は、ここにおおむね示されていよう。文章を書くにあたって、尹洙は現実に照らして社会と結びつけることを強調し、文のために文を書くこと、功名のために文を書くことには反対した。尹洙の「志古堂記」には、以下のようにある。

　　古人の行動の著名なものを、いまの人は功名といい、古人の言葉の著名なものを、いまの人は文章という。思うに、作用という面では、行動を起こすことで同時代に恩恵をもたらして、後世に利益を与える。

---

45 「尹師魯墓誌銘」、『欧陽脩全集・居士集』巻二八。
46 「尹洙伝」、『宋史』巻二九五。

これが代々伝わって功名となる。定着という面では、言葉を述べることで同時代の誤りを正して、後世の規範とする。これが代々伝わって文章となる。行動と言葉が功名と文章に合致しなければ、ともに残らなかっただろう。後の人は功名が顕れることを求めて、功名を為す理由を忘れ、文章が伝わることを望んで、文章を成す理由を忘れている。それゆえ、そうしたいと思っても道を踏み外す者がいるのである。もしいにしえを志すならば、いわゆる文章や功名をいったん置き、努めていにしえの道を求めるのがよかろう。[47]

　　古人行事之著者，今而称之曰功名；古人立言之著者，今而称之曰文章。蓋其用也，行事沢当世以利後世，世伝焉，従而為功名。其処也，立言矯当世以法後世，世伝焉，従而為文章。行事立言不与功名文章期，而卒於俱焉。後之人欲功名之著，忘其所以為功名；欲文章之伝，忘其所以為文章。故雖得其欲而捩於道者有焉。如有志於古，当置所謂文章功名，務求古之道可也。

「行動」と「言葉」の緊密な結合という尹洙の主張が、上の引用から見て取れる。

　尹洙が創作した散文の大部分は社稷から民政にまで関わるが、軍による辺境の防備が最も中心のテーマである。このため欧陽脩は、「師魯は天下太平の時代にありながら、独り軍事を論じることを好んだ」[48]と述べている。尹洙は、渭州、慶州、晋州など辺境の郡の職務に長年従事し、辺境における問題を熟知していたため、「議論は精密で、西方の事情をとりわけ詳しく学んでいた」[49]と言われている。たとえば「兵制」は、攻守勝敗の要訣を述べ、当今の利害を徹底的に説き、士卒を教練して守備兵と交代させることや、国防費を減らして軍の長久の策を図ることなどを提案した。「叙燕」、「息戎」もまた積極的に社会の弊害を排斥し、いにしえに鑑みて軍備を拙速

47　『河南集』巻四、民国十八年上海商務印書館影印春岑閣旧抄本。
48　「尹師魯墓誌銘」、『欧陽脩全集・居士集』巻二八。
49　同上。

第六章　北宋前期における散文の流派と発展（下）

に廃止してはならないと指摘し、軍備に対する意識を高めるよう朝廷に建言した。その論は理にかなっており、「当時の人は、尹洙の経世の才に敬服した」[50]。そのほか「論諸将益兵奏」、「論攻守」、「備北狄論」など、いずれも現実に立脚して、軍備で遅れを取らないよう為政者に警告する。「論朝廷宜務大体疏」、「論朋党疏」などの文は、すべて具体的事例に基づいて国を治める方策を議論しており、時勢に通じていることが十分に見て取れ、現実離れした空論はない。

　尹洙の「文章は簡明にして規範があり」[51]、語は「古風で厳格、力強く簡潔」[52]である。邵伯温の『邵氏聞見録』の記事によると、銭惟演は洛陽に双桂楼を建て、臨園駅を作ると、欧陽脩と尹洙にその景色を記した文を書くよう命じた。欧陽脩は千余言を書いたが、尹洙は五百字のみであった。欧陽脩は、尹洙の文章が簡略で古雅なことに敬服したという。仁宗の康定二年（1041）、西戎が国境に侵攻してきた。宋軍は西戎と戦ったが、戦死者は六千人を超え、朝廷の内外で非難の声があがった。尹洙はそのとき、「憫忠」、「弁誣」の二文を書き、「力を尽くして戦った」辺境の将士を宣揚し、また、「大敵を目の前にしても恐れず、勇敢な兵士と競うようにして命を投げ出した」として、文官の耿傅のために冤罪を説く一方で、「保身を計った」者や忠勇の士を中傷した者を糾弾した。「憫忠」は、心痛、憤慨そして風刺を含む感嘆から筆を起こし、ついで世の中の議論を記す。そして非難した者の心理状態と目的を詳細に分析し、その虚偽の心を明らかにして、最後にその情理を推し量り、為政者の目を覚ます。全文が切れ味鋭く奥深く、道義は正しく言葉は厳格、しかるべき痛惜と明快な分析とを備える。「弁誣」[53]は、まず事件の経過を述べ、次に評価と分析を加え、最後に反問する形で誣告した者の下心を明らかにする。その文章は事実を並べて道理を説き、素直で力がある。二つの文章は理路整然として構成は厳格、言葉

50　韓琦「尹師魯墓表」、『河南集』附録。
51　同上。
52　『四庫全書総目提要』「河南集提要」。
53　『河南先生集』巻三。

はよく練られて簡潔で、古風で飾り気がなく、力強くかつ雄壮である。ここに尹洙の散文の風格を見て取ることができる。

　要するに、尹洙は西崑体が盛んな世にあって、「独り古文を唱えることで時弊を正そうとし」[54]、多くの優れた古文を作った。それゆえ南宋の尤袤は、「わが朝における古文の隆盛は、師魯よりはじまった」（『河南先生集』附録より引く）という説を唱えた。さらに『四庫全書総目提要』には、「宋の古文は欧陽脩を傑出した人物とするが、実際には尹洙がその先駆けであった。ゆえにその著は原本がいまも残っているのである。しかし、欧陽脩の文が盛んに行われるようになると、尹洙の名は埋もれることとなった」とある。つまり、尹洙の成果をもとにして、欧陽脩はさらに古文を発展させたのである。

　尹氏兄弟と同じく、蘇舜元、蘇舜欽という同胞も、古文派の重要なメンバーである。蘇舜元は、字を才翁という。古文を書いたが、その成果と影響はさほど大きくないので、ここでは割愛する。蘇舜欽（1008-1048）は、字を子美といい、祖先は梓州銅山の人で、後に開封に移り住んだ。宰相であった蘇易簡の孫である。蘇舜欽は幼少より読書を好み、古文を習い、文章を書くことに巧みであった。世を嘆き大きな志を抱いていた。二十二才のとき、父親が爵位にあったため官職を与えられて仕官する。景佑元年（1034）の進士。慶暦四年（1044）に進奏院を監督していたが、政敵の罠にはまり、身分を奪われて平民に落とされる。蘇州に居を構え、「水や石を買って滄浪亭を作り、日増しに読書に精を出し、六経の学に一心に打ち込み、時に憤悶を詩歌に読み込んだ」[55]。慶暦八年、再び官僚となり湖州長史となったが、任地に赴く前に死去した。

　蘇舜欽は詩と文の両方を得意とし、同時代の人から欧陽脩と並び讃えられるまでになった。欧陽脩も蘇舜欽を「天下に誉れ高い」といい、「墓誌」を書いただけでなく、その文集に序を寄せた。そこには以下のようにある。

54　富弼「哭尹舎人詞」、四庫本『宋文鑑』巻一三二第18頁。
55　「湖州長史蘇君墓誌銘」、『欧陽脩全集・居士集』巻三一。

第六章　北宋前期における散文の流派と発展（下）

　　子美は私より年少であるが、私の古文の学はかえって遅れをとっている。天聖年間、私は進士に挙げられて宮仕えとなったが、当時の学者は努めて言葉を対句にし、時文と号して誇り、尊んでいた。しかし子美だけは、その兄の才翁および穆参軍とともに、いにしえの詩歌や雑文を書いていた。同時代の人々はみな彼らをそしり笑ったが、子美は相手にしなかった。後に、天子は時文の悪弊を憂えて詔を下し、学者に教え勧めて古文に親しませた。これにより、時文の気風はしだいに止み、学者も少しは古文へと傾いた。子美だけは、世の中が誰もしなかったときに古文を書き、終始徹底して節を曲げず、世俗の好悪に流されなかった。これこそ気骨の士と称するべきであろう。

　これより、欧陽脩が蘇舜欽を高く評価していることが見て取れる。蘇舜欽は、穆修と性格がきわめて似ており、友情は甚だ篤かった。穆修が死ぬと、蘇舜欽は「詩を作ってその死を悼み、人を遣って弔問させ」、また「文を作ってその死を悲しんだ」[56]。蘇舜欽の「哀穆先生文」には、穆修の生涯の事跡や性格、品徳や学問、その文章について子細に述べられ、恭敬の念が感じられる。

　蘇舜欽の『蘇学士文集』は現在も伝わっており、詩歌のほかに七十八篇の文がある。蘇舜欽は韓愈と柳宗元を受け継いで駢文を用いず、「人並み優れて豪放不羈な人物で、みずから一派を成し」[57]、創作に対する考えは尹洙と似ている。また、「いにしえに根ざして、実用に供し」[58]、「他人に恩沢を施してのちやむ」[59]ことを主張した。また、文章は現実を反映して「いにしえの作風を追い求める」[60]必要があると強調し、言葉を飾りたてることに反対した。蘇舜欽の「上孫衝諫議書」は、道、徳、文、詞、弁の五者の関係

56　「哀穆先生文」、『蘇舜欽集』巻一五、上海古籍 1981 年版沈文倬校点本。
57　施元之宋刻三衢本「序」。
58　「石曼卿詩集序」、『蘇舜欽集』巻一三。
59　「上三司付使段公書」、『蘇舜欽集』巻九。
60　「投匭疏」、『蘇舜欽集』巻一一。

を細かく論じている。「修辞が生まれれば、語に害を与え、語が生まれれば、文に害を与える」こと、また「文とは表層に過ぎず」、「文と語が失われて久しい」ことを指摘する。さらに蘇舜欽は、「品行と学問はいにしえに追従し、心情を大いに表出し、不明なところを明らかにすべきだ」と言う。その「上三司付使段公書」には、以下のようにある。

  人の人たるゆえんは言葉であり、言葉とは必ずや道義に帰結し、道と義とは他人に恩沢を施してのちやむという。ここに至って言葉は不朽となる。それゆえ、いつも文章を書くときは、虚飾を施して正しいことに害を及ぼすなど、あえてしないのである。

この文からは、文章の内容と社会における実際の効果を十分に重視していることが見て取れる。「蘇舜欽は経世の学と忠君の心を抱く。その詩文や時事を論じた書札を見ると、諸々の実情は見ておらずとも、侃侃諤諤として悲憤差し迫り、みな社稷や民に関することである」[61]という先人の指摘は、実に正鵠を射ている。いま蘇舜欽の書いた文章を読むと、あるものは時事問題に警鐘を鳴らし、あるものは民の苦しみに目を向け、その叙景抒情の文には、世を憤る不平不満の気持ちが強く込められている。そのなかでも時の政治に対する議論や為政者への建言が多く、「身分は低くとも、しばしば上疏して朝廷の大事を論じ、言いにくいことも直言した」[62]。「乞納諫書」、「火疏」、「論西事状」、「上執政啓」などは、いずれも皇帝や政府の中枢にいる者を直接戒めて、まったく憚るところがない。しかも、その議論はしばしば苛烈を極めた。たとえば「詣軌疏」は、力を尽くして天変地異を言上し、朝廷が「宴席の費用を抑えず、恩賞を過度に下賜する」ことを強く諫めた。「上范公参政書併咨目七事」は、「旧習にとらわれ間に合わせにする」べきではく、「政治上の大事を建議する」べきであると范仲淹に勧めた。蘇

---

61 徐惇復「蘇子美文集序」。
62 「湖州長史蘇君墓誌銘」、『欧陽脩全集・居士集』巻三一。

第六章　北宋前期における散文の流派と発展（下）

舜欽は、賦税、国防、財貨、人事の改めるべき弊害を強く論じた文を奉ったが、どれもが国や民に利益をもたらす議論であり、范仲淹の新政に影響を与えなかったものはない。

　蘇舜欽の散文は「豪放磊落」なものが多くを占めるが、なかには落ち着いた麗句の作もある。議論文は韓愈に近く、情景描写は柳宗元に似て、言葉は力強く質朴で高潔、しかも自然である。晩年の作「滄浪亭記」は、作者が散文の分野で到達した芸術的境地を代表する作品である。まず、罪を犯し、追放されて南遊することを述べ、我が身の境遇を文章の背景とする。次に、土地を買って亭を建て、「風や月と仲間になる」ことを伝える。さらに、真の興趣のうちにたゆたい、「栄誉と恥辱に縛られる」ことを軽蔑する。最後に、人生と性格を論じて、「宮仕えが人をもっとも深く溺れさせる」と嘆く。一文は美しい景色と悲憤の情でまとめ上げられている。深い悲しみと雄々しくも美しい世界、朝政への不満と現実に抗う姿が表現され、現実逃避や放縦な生活のさまは決して描かれない。蘇舜欽の情景描写は、柳宗元の山水紀行文の筆法に似ており、議論の部分には韓愈のような優雅さがある。「字句は洗練されて簡潔、作風は力強く曲折」[63]に富むと評される。ほかにも、「蘇州洞庭山水月禅院記」、「処州照水堂記」、「浩然堂記」などはいずれも非常に勢いがあり、広く雄壮な世界観で、そこに込められた理は深く、刻まれた趣は永遠で、言葉は優美かつ壮麗である。

　宋犖は次のように指摘する。蘇舜欽の「文章は、力強く高い志を持ち、その人となりを体現している。これを晁補之、張耒と並べても遜色はない。晁補之と張耒は古文が非常に盛んなときに相次いで登場したが、蘇舜欽は世間が古文を書かない時代に一人立ち上がった。楊億と劉筠の後の凋落を引き戻し、欧陽脩と蘇軾を導く先駆者となり、その才識は人並み外れていた。宋初の古文を論じる際、学者はしばしば蘇舜欽と穆修を併称するが、その実、穆修は蘇舜欽には及ばない」（「蘇子美文集序」）。蘇舜欽と穆修には各々長所があり、無理にその上下を比べる必要はないが、文章を玩味し

63　王水照『宋代散文選注』第38頁。

て優劣をつけるとすれば、この評価はそれほど実際から乖離してはいない。

　穆修のグループの重要な作家としては、姚鉉（968-1020）、石曼卿（993-1041）、李之才、祖無択、劉潜、李冠などがいる。

　姚鉉、字は宝之、合肥（現在の安徽省に属する）の人。太平興国八年の進士で、官は起居舎人に至る。王禹偁と同年に進士となり、楊億と同年に世を去った。活躍した時期が、宋代前期の散文発展における二つの段階の中間に位置するため、王禹偁の一派にも、穆修のグループにも入れることができる。著に文集二十巻があるが、残念ながら伝わらない。姚鉉が編集した『唐文粋』百巻は、「ただ古雅であることを大切にし、美辞麗句をもって巧みとしない。そのため虚飾冗長の言辞は一切収録しない」（『唐文粋』「序」）。『唐文粋』は広く伝播して、大きな影響を及ぼした。『四庫全書総目提要』に、「詩文駢儷、みな唐より盛んなときはなく、隆盛を極めて衰えると、通俗的な文体に転じたが、この点でも唐より大成したことはない。姚鉉はその末流を挽回せんとして、文体もこれに倣った。欧陽脩と梅尭臣が世に出る前に、毅然として五代のつたない部分を正し、穆修と柳開に呼応したのは、姚鉉をもって嚆矢とする」とあるのは、正論である。姚鉉が大中祥符四年に書いた『唐文粋』「序」には、文学に対する自身の見解が反映されており、そこにはまた彼の文章の特色も表れている。

　石曼卿、名は延年、かねてより詩で名高く、文章は伝わらない。祖先は幽州の人で、後に宋州の宋城に住んだ。欧陽脩の「石曼卿墓表」には、「幽燕の地の風俗は武張っていて、曼卿も若い頃から自然と性格が猛々しく、本を読んでも詩文を学ばず、一人で昔の人の優れた節操や行動、群を抜く功績にあこがれていた。世俗をこせついたものとみなし、心惹かれることはなかった」[64]とある。進士の試験を三度受けたが合格せず、恩典により仕官し、官は秘閣校理に至る。石曼卿の文章は「力強く、その意気が表れている」[65]。蘇舜欽はその詩を高く評価する。「ことのほか目新しく美しい。思

---

64 「石曼卿墓表」、『欧陽脩全集・居士集』巻二四。
65 同上。

第六章　北宋前期における散文の流派と発展（下）

うに、先人の手垢が付いていないところを取り上げ、事物の表象に仮託して、世に警鐘を鳴らしている。石曼卿は門弟を取ったことがない。文章の達人が何十何百と言葉を重ねてもその意味を十分に表せまい。独り力強い言葉を充満させ、見るなりその文を書き終えてしまう。その気概は横溢して、詩文の外へとこぼれ落ちる。これを学んでも、その奥深い境地を尋ねて寄り添うことはできない」[66]というが、その文章も同様であったであろう。残念ながらその作品はどれも残っておらず、その姿を確かめる術はない。

　李之才と祖無択は、ともに穆修の門弟である。李之才、字は挺之、青州の人である。天聖八年に同進士出身となった。邵伯温によれば、李之才の「人となりは超然として抜きん出ており、汝陽の穆修に師事した。穆修は厳格で気が短く、少しでも思い通りにいかないと叱責することもあったが、挺之は父兄に仕えるように、穆修の身の回りでうやうやしく仕え、少しも倦んだ様子を見せなかった」[67]という。李之才は、尹洙や石曼卿とも仲が良かった。尹洙には「上葉道卿舎人薦李之才書」があり、李之才について、「文章に優れ、言葉は真っ直ぐで意味は奥深く、放縦ではないが拘束もされず、確かに先人に追いつくものであった」と評し、また、「都の諸士のなかで、石曼卿という者が李之才と遊んだ」と記している[68]。さらに、李之才は穆修とともに韓愈と柳宗元の文集を校訂、刊行している。祖無択、字は択之、若い頃から穆修について古文を書いた。後に科挙に合格し、官は竜図閣大学士にまで至る。著に『煥斗集』がある。詩で「無択の名声は世の尊敬を集め、若い頃は奇特とされたが、晩年は名実つりあった」と欧陽脩は讃えている。穆修の著述はいずれも祖無択によって編纂され、その序を書いた。

　石曼卿の親友である劉潜（字は仲方）は、曹州定陶の人である。史書では、「若くから卓越して大志を抱いていた。好んで古文を書き、進士として

66　「石曼卿墓表」、『蘇学士文集』巻一三。
67　『易学弁惑』、四庫全書本。
68　『全宋文』巻一八四。

家を興した」[69]と賞賛される。斉州歴城の人である李冠は、『東皋集』二十巻を著した。劉潜と李冠はおそらく地域文化の影響を受けており、儒学道徳を尊重し、古文体を用いて文を書いた。穆修に呼応して、作風もよく似ている。

以上を総括すると、古文派は、興論の勢いと創作の実績の面で、西崑派と匹敵するまでになった。古文のさらなる発展と隆盛のために、そして時文を乗り越えるために、十分な準備がなされたのである。

第四節　文風の革新と「いにしえに恥じるあり」

以上より、次のことが明らかとなった。北宋前期は、駢文体散文と古文体散文がともに発展し、文学の潮流に新たな変化が生じた時期である。駢文体と古文体は、複線の軌道のように平行して発展したが、駢文体がやや優勢な状態であった。そして散文の発展は、流派を異にするという形で、その変遷した軌道、およびそこに発生した矛盾を反映している。『宋史』には、「宋朝初期、楊億と劉筠は唐の文章の調子と格律を受け継いだ。柳開と穆修はこれを古文へ変えようと志したが、力及ばなかった」[70]とある。これはまさに、駢文体と古文体という二つの糸口から、北宋前期における散文の発展状況を描き出している。

ここで指摘しておくべきは、歴代にわたり、宋代の文については古文体を賞賛する者が多く、駢文体を推す者は少ない点である。人々はある種の偏見を作りあげているようで、しばしば駢文体を古文体の対立項として非難している。文学という角度から見れば、実際には駢文体と古文体は、古典散文という一つの枝に咲いた二輪の鮮やかな花であり、一方を押さえつけて一方を持ち上げるべきものではない。形式について言えば、両者は各々に特徴がある。駢文は、典故の使用、対偶、音韻、声律を求めて雅の要素

69　『宋史』巻四四二。
70　『宋史』巻四三九「文苑一」。

第六章　北宋前期における散文の流派と発展（下）

が比較的色濃く、読者はおのずと絞られる。このため、教化できる範囲は縮小され限定的であった。ゆえに五代派と西崑派は、これを補うために自然と流暢さを強く主張したが、しかし、復古派と古文派はこれを「駿馬にまたがり海を渡る」と皮肉ったのである。われわれは先人の見方にとらわれたり、言い伝えられた枠に縛られたりする必要はなく、客観的に見つめるべきである。

　北宋前期は宋文が大きな変化をきたす濫觴期、あるいは醸成期でもあり、各流派の作家が共同で宋文発展の新たな道を探り、多くの面で共通の認識を得ていた。たとえば、経学と教化の重視、政治に対する実用性、さらには道理を仮託して現実を重んじることや、自然かつ平易であることなどである。特筆すべきは、各流派の作家たちが、いずれも比較的強い歴史意識とグループ意識を示していること、また、重要な代表的作家は誰もが文業をみずからの務めとしていることである。こうして、北宋前期における散文の発展に、新たな局面を切り開く活力と積極的な要素が満たされた。先人は、「唐末五代の文体は柔弱で、宋初に至って柳開がようやく古文を書いた」[71]といい、王禹偁は、「文を飾りたてる五代の風習が一新された」[72]とする。西崑派の創作によって、「五代以来の乱雑で浅薄な文章の気風はこれより消え去った」[73]のである。これらの評価は、北宋前期の散文が文体や文学の気風、気品などの各面で、不断に示してきた革新的変化をはっきりと物語っている。南宋の周必大は、「建隆・雍熙年間の文は優れており、咸平・景徳年間の文は宏大であった。天聖・明道年間の言葉はいにしえであった……文体は代わる代わる興り、流れは代わる代わる表出するとはいえ、気風は完全で理は正しく、帰り着くところは同じである」[74]と述べている。これは、変化の筋道、相異なる流派、相同じ趣向という、宋代前期の散文に内在される実態を明示しており、かつ、この時期の散文の新しい姿と新し

71　『宋史』「尹洙伝」。
72　『四庫全書総目提要』「小畜集」。
73　田況『儒林公議』。
74　『宋文鑑』「序」。

い成果を肯定的に捉えた言説である。

　北宋前期の散文は嘉すべき成果を挙げた。しかし、中国古典散文発展史全体の角度から見ると、実際には優れた先人に肩を並べるのは難しい。依然として創作より踏襲が多いのである。それゆえ蘇軾は、「宋が興って七十余年……とうとう儒学はいにしえの時代に恥じることとなる。士大夫も見識が狭く旧習を墨守するばかりで、論も気概も柔弱であった」[75]と指摘するのである。これは確かに顕著な現象であり、その原因は多岐にわたる。

　第一に、文章の形式について言えば、五代派と西崑派は駢文対偶を尊び、復古派と古文派は「ただ古文のみを作った」[76]。状況は前代と異なるが、これは結局のところ、一つの枠のなかに収まっていたと考えられる。それはあたかも、それぞれ一つの水系をなす長江と黄河が、ともに東へ向かって流れているのに等しく、源が違えば、互いに受け入れて溶け合うこともない。「華美なるものは芸人に近く、質朴なるものは無粋者のよう」[77]と言われるとおりである。しかも、文体を改造する意識に欠けているため、各派ともに「見識が狭く旧習を墨守する」状態にあった。

　第二に、北宋前期の散文は、芸術的境地が低きに失し、芸術的活力が弱すぎる。文学作品の芸術としての生命力は、自身の芸術的境地と活力により決定される。この境地と活力は、作品の思想、内容、形式、構成、言語、表現手法など、多方面の要素が作り出すある種の趣を備えた完全なる調和であり、読者による共鳴や参加、鑑賞、ひいては創造を引き起こすことができるものである。北宋前期の散文は現実を反映し、政治や道徳を議論し、事象を記して情を描き、その題材は豊富であった。しかし、各派はいずれも実用性や功利性、現実性を過度に強調かつ重視し、そのうえ形式を極度に重んじて、芸術の修練と昇華とを軽視した。大多数の文章は、現実的な意義を有するものの、長く受け継がれる芸術作品としての生命力を欠き、作者も読者も「聖賢の道を伝える」という枠組みにとらわれてしまってい

75　『六一居士集』「叙」。
76　蘇舜欽「哀穆先生文」。
77　夏竦「厚文徳奏」。

る。このような指向的な考え方は、芸術性の発揮に制限をかけ、芸術的境地の低調および芸術的活力と張力の弱小化を引き起こす。その結果、読者は受動的に作品を受け入れるのみで積極的に関われず、作品の魅力の低下につながる。宇宙や社会、自然、人生を自身と一つに融合させた欧陽脩や蘇軾の散文に認められる、総合的な表現や精神的な修練と比べさえすれば、その状態はいかに視野が閉ざされ、範囲が狭められているか明らかである。蘇軾が、「論も気概も柔弱であった」と考えるのは、まさにそのためなのである。

　第三に、北宋前期の散文には、人口に膾炙し、広く後世まで読み継がれる優れた芸術的作品が現れなかった。とりわけ、衰退した状況を打開し、英才を率いて一代に雄たる韓愈のような散文の大作家が出てこなかった。各派の代表的作家はいずれも一代の気風を切り開いて打ち立てるという、大家の素質と壮大な気魄を備えてはいなかったのである。たとえば、徐鉉は「宗師（宗伯）」との誉れ高かったが、散文を盛んにしようとする野心に欠けていた。楊億は雄壮で華麗な才能を備え、西崑体を創出して一世を風靡し、才能ある人物を抜擢して一派をリードした。しかし、結局は一つの形式の枠から抜け出せなかった。この二人は文を書く際、一人は「心のままに文章を書き」[78]、もう一人は「飛ぶように筆を走らせた」[79]。つまり、二人とも繰り返し修練することを好まなかったと言える。柳開ははじめて古文を提唱したが、「気風を変えるには力不足」[80]であり、しかも高慢かつ放埓で、「大言して他を見下し」[81]、「名声を好み、義に趨った」[82]ため、「学ぶ者は誰も従わなかった」[83]。穆修は古文の復興を志したが、学識は深くなく、「ひたすら古文を持ち上げた」。この二人は地位が低く、影響力とアピール力がかなり限られていた。それゆえ『宋史』は、「柳開と穆修が古文へ変え

78　李昉「徐鉉墓誌銘」。
79　欧陽脩『帰田録』。
80　『四庫全書総目提要』「穆参軍集」。
81　沈括『夢渓筆談』巻九。
82　陳振孫『直斎書録解題』巻一七。
83　韓琦「欧公墓誌銘」。

ようと志したが、力及ばなかった」と記すのである。王禹偁は、北宋前期では唯一、騈文体と古文体の双方に優れた散文家であった。文学的主張と創作の実績においても相当な影響力を持ち、しかも、「つとめて文学を興して」、「一時代の盟主となり」、さらには後進の欧陽脩や蘇軾にさえ慕われた[84]。ただ、残念なことに王禹偁の文は、「多くが風諭に関するもので、そのため凡庸な人々に受け入れられず」[85]、また「議論する師や友がいなかった」[86]。政治的影響力もかなり低く、畢竟、大任を担うのは難しかった。各派の大家でさえこのようであるからには、ましてや他の者は論ずるに足りないであろう。

ほかにも、北宋前期の文学の気風は、大きな変化を遂げて先人を乗り越えてゆく条件がまだ成熟していなかった。その後、欧陽脩が世に出ると、蘇軾、王安石、曾鞏がこれに続き、宋文はいよいよ頭角を現して独歩する。すなわち、「もはやいにしえに恥じるところなし」[87]となるのである。

84　欧陽脩「書王元之画像側」、蘇軾「王元之画像賛」参照。
85　朱熹『五朝名臣言行録』巻九。
86　葉適『習学記言序目』巻四九。
87　蘇轍「欧陽文忠公神道碑」。

第七章　北宋中葉における散文の進展と各派の台頭(上)

第一節　時期の画定と古文の統一、および全体の特徴

　蘇軾「六一居士集叙」では、宋代の散文の発展を次のように概括する。まず、欧陽脩の出仕（1030）までを区切りとし、「宋が興って七十余年（宋興七十余年）」、「とうとう儒学はいにしえの時代に恥じることとなる（而斯文終有愧於古）」という[1]。いま、これを北宋前期とする。さらに、「欧陽脩が世に出てからは、天下が争って自身を磨き、経典に通じて古典を学ぶことを崇高なこととし、世を助け正しい道を行うことを賢明なこととし、みずからの命をかけて諫言することを忠節とした」[2]。これより宋代の文は輝かしい時代へと歩を進める。欧陽脩が「古文を唱え、臨川の王安石、眉山の蘇軾、南豊の曾鞏らも立ち上がってこれに賛同し、宋の文は日に日にいにしえへと向かい」[3]、「また程顥、程頤が洙泗の源流によって伊洛の間に興ると、文士はそれにならって学び、正しき道へと落ち着いた。ここにおいて文の風格は再び変わった」[4]のである。そして蘇軾が逝去（1101）するまでの七十年間（1031-1101）、これを北宋中期、すなわち宋代の散文発展の第二期とする。

　北宋の中期は、駢文と散文が対峙した前期とはやや異なり、古文が統一した時期である。北宋前期の七十年にも及ぶ事前の論争、萌芽、養成と準備を経て、文風の革新はすでに決定的となっていた。中期に入って後は、文学革新のための条件と機運が基本的には成熟し、政治情勢や歴史の趨勢および創作主体など、多方面からの力が合わさることによって、ついに文

1　『蘇軾文集』巻一〇、中華書局 1986年版孔凡礼点校本1冊316頁。
2　同上。
3　『宋史』巻四三九「文苑伝」序、中華書局標点本19冊12996頁。
4　宋・章得象撰『宋会要』「選挙志六」、清・徐松輯本参照。

風の復古は、燎原の炎のような勢いで風に乗じて燃え広がり、芸苑を覆い尽くして、瞬く間に古文が文学界を席巻するという様相を呈するに至ったのである。

　北宋中期七十年における散文の発展を概観すれば、流派は複雑で、グループが林立し、百家が旗揚げするものの、ひとしく古文を旗印として、強大な陣容を誇る古文の大軍がおのずと形成された。これに匹敵する対立的な散文の流派が生まれる可能性など、微塵もなかったのである。この時期の駢体散文は、すでに古文の大家による加工と向上を経て、駢散の合流と相互補助の形勢を呈しており、実際は「駢体古文」という新しい姿をもって、文苑に進出したのである。かつて重点的な排撃の対象とされた「太学体」は、文風復古の過程における古文派の奇形児である。「作文害道」を提唱した道学派は、実のところ、すでに古文派のなかの過激派となっており、古文家よりもいっそう古文へと傾倒している。欧陽脩と蘇軾グループの、太学派および道学派との確執は、つまるところ、古文という大きな流派の内部における、各派閥の見解の相違や矛盾なのである。事実、北宋中葉の散文創作は、ほとんどすべてが古文という巨大な枠組みに包括され、しかも、多くの流派によって共通に認識される創作思潮を形成している。

　北宋中葉とは、宋代散文発展の最良にして最高潮の時期であり、また中国古典散文発展史においても、もっとも輝ける時期なのである。この時期の散文の発展を要約すれば、以下の十の大きな特徴が挙げられる。

　一、各グループの興起、各流派の群集、一流派のなかでの分派、その各々の差異、それらが連綿と交わって、しかもそれぞれが自己の主張を持っている。南宋の葉適は次のようにいう。

> 　欧陽氏は文によって興り、これに従う者は多いといえども、尹洙、李覯、王令などもそれぞれ名家であり、その後は王安石がもっとも勢力を得た……ただ黄庭堅、秦観、張耒、晁補之は一貫して蘇氏につき、

第七章　北宋中葉における散文の進展と各派の台頭（上）

陳師道は曾鞏より出て蘇氏には客の礼をもってつきあった。[5]

　ここに述べるのはすなわち、流派のなかに流派があり、グループのなかにグループがあるという、きわめて交雑した状況である。いわゆる「欧、蘇、曾、王らが順次学派を立てた」[6]ことや、「荊公は経学により、東坡は議論により、程氏は性理によって、三者がそれぞれ学派を立て、互いに踏襲しなかった」[7]とは、まさにそのような状況を表したものである。

　二、散体古文は最盛期に入り、これより後は、それが唯一正統であるという地位を確立した。いわゆる「宋の文は日に日にいにしえへと向かい」[8]、「ここに至って大成した」[9]というのがそれである。

　三、珠玉がその輝きを競うように、名家が続出した。「周、程は理学によって顕れ、欧、蘇は古文を唱え、韓、范は宰相として名をあげ、ほかの文人才士も相前後して続いた」[10]。「欧陽文忠公、南豊の曾公、眉山の蘇公が相次いで名をあげ、各々が文章をもって世に名を知られた。それは群を抜き、おのずから一代を代表する文章であった」[11]。唐宋八大家に数えられる宋代の六人が、みな北宋中葉に出現しているのみならず、欧陽脩や蘇軾といった、韓愈、柳宗元にも比肩しうる散文の巨匠が、そこには含まれるのである。いわゆる「四人を並べて競争させれば、誰が先を行き、誰が後れをとるかわからないほど伯仲している」[12]である。

　四、宋代の散文のうち、人口に膾炙し語り継がれる名篇精品、たとえば「岳陽楼記」、「酔翁亭記」、「秋声賦」、「愛蓮説」、「墨池記」、「遊褒禅山記」、「前赤壁賦」、「日喩」などは、すべてこの時期に制作されている。

5　宋・葉適「習学記言序目」巻四七、影印四庫全書本849冊772頁。
6　清・甬上童槐「葉氏睿吾楼文話序」、道光癸巳刊本。
7　宋・陳善『押蝨新話』巻五、上海書店1990年涵芬楼旧版影印本。
8　「文苑伝」序、『宋史』巻四三九。
9　宋・趙奇「蘇軾文集序」、中華書局1986年3月版『蘇軾文集』附録。
10　明・商輅『宋文鑑』序、影印四庫全書本1350冊。
11　宋・朱熹「服胡麻賦」注、「楚辞後語」巻六、影印四庫全書1062冊。
12　宋・王十朋「読蘇文」、『梅渓文集・前集』巻一九、影印四庫全書本1151冊。

五、宋代散文の平易にして自然という基本的なスタイルも、この時期に形成され、かつ定着している。前期の古文家は平易自然を旨とするが、その作品がやや粗略であることは否めない。この時期の作家は、入念に磨きをかけた後に平易自然な作品を求め、「文章は流暢であることを至高とする」[13]と強調する。そしてそれは、欧陽脩や蘇軾が、「ただ平易な文章で道理を説き」、「一つとして難しい字を使っていないのに、文章はかくもすばらしい」[14]と評されるように、宋代における文章の典型的なスタイルとなり、衆人の学ぶべき模範となったのである。

　六、すでに南北朝期には端を発する駢文と散文の論争が解決され、駢体散文のあるべき地位が確認された。いわゆる、「駢儷の文であっても道理にかなっていれば、過誤であるとまでは言えない」[15]というのがそれである。とりわけ欧陽脩と蘇軾は、ともに「博覧強記で大作を物し、ものごとを叙述して伝える点でこじつけがない。そして王荊公は、もっとも重厚で雅に近く、駢儷文の巧みさは未曾有のものである」[16]、「文体はすでに変わっていまとは異なり、文章は古風であることが尊ばれた。その議論文を見てみれば、荀子や孟子の水準にまで上がり、その叙事の文を調べれば、司馬遷や班固と肩を並べるものばかりである」[17]と評される。実に清人が、欧・蘇の「文章は韓愈と等しく、その文章中の四六文は典雅にして雄壮で、古文と並び、どうして後世に伝えられないことがあろうか」[18]と言うとおりである。

　七、「文」と「道」との関係を含め、文章の実用性と芸術的審美性を融合させた（この点は次に詳しく論述する）。

　13　清・査慎行「曝書亭集序」、『四部要籍序跋大全』集部乙輯591頁。
　14　宋・朱熹『朱子語類』巻一三九、王星賢点校本8冊3322頁、中華書局 1986年。
　15　宋・欧陽脩「論尹師魯墓誌銘」、『欧陽脩全集・居士外集』巻二三533頁、世界書局 1936年。
　16　宋・陳振孫「浮渓集説」、『四部要籍序跋大全』集部甲輯上冊131頁。
　17　清・阮元『四六叢話』後序、嘉慶三年呉興旧言堂蔵板刻本『四六叢話』の巻首参照。
　18　清・孫梅『四六叢話』序、嘉慶三年呉興旧言堂蔵刻本巻首。

第七章　北宋中葉における散文の進展と各派の台頭（上）　　　　193

　八、散文の芸術表現に関する理論が緻密化、具体化、系統化され、文章の複雑さと簡潔性、虚実の関係、趣旨と修辞などの面において、それ以前とは異なる見解が示された。

　九、この時期の散文創作は、たとえば古典や経書を疑う、あるいは儒学の再創造といった時代の思潮と歩みをともにしており、相互に刺激し促進しあっている。

　十、この時期の散文創作は、さらに当時の爆発的な文化創造の精神とも重なっている。哲学や芸術などの分野において現れた全面的な刷新、たとえば新儒学の興起と理学大家の出現、詩詞・書法・絵画における新たな流派の誕生、宋代を代表する最高水準の巨匠の出現等々、これらが宋代の文章の発展を促し、推し進めた、重大な要素であることは疑いようがない。

　北宋中葉の散文の発展は、神宗の熙寧四年（1070）、欧陽脩が官職を辞して頴州へ帰り、蘇軾が杭州知事として赴任したときを境にして、二段階に分けられる。前後各四十年は、欧陽脩と蘇軾が順に文壇の盟主となった。朱熹は北宋一代における散文の発展について、次のように述べている。「国初の文章はみな厳正かつ洗練されているとはいえ」、「欧陽公の文字については、よいものは十分によいが、しかしなお甚だ稚拙なものもあり、まだ彼の精気が発揮されていない。東坡の文字に至ってはすでに文壇を駆け巡り、きわめて巧みである。政和、宣和年間に及んでは、華麗の限りを尽くし、すべてその精気を発揮している」[19]。ここでは北宋の文章を四段階に分け、欧陽脩と蘇軾をそれぞれ一段階の代表としている。また明代の茅坤の子である茅維は、宋文の発展について、「廬陵（欧陽脩）がまず声を上げ、そして眉山（蘇軾）と南豊（曾鞏）がそれを助けた。最後には士人はみな長公（蘇軾）を範とした」[20]と述べる。こちらは、欧陽脩と蘇軾をそれぞれ二つの発展段階に分けるだけでなく、二人は前後して文壇を主導したという、その盟主としての地位を指摘している。本章では朱氏と茅氏の画定に

19　宋・黎靖徳編輯『朱子語類』巻一三九王星賢点校本3307頁、中華書局　1986年。
20　明・茅維「宋蘇文忠公全集叙」、孔凡礼点校本『蘇軾文集』6冊2390頁「附録」。

従い、北宋中葉の散文創作における各グループや各流派の生成と発展を考察する。欧陽脩と蘇軾は前後して盟主の位にあり、各々がそれぞれの発展段階で文壇において牛耳を執った。行論の便のため、北宋中葉の第一段階をいまかりに欧陽脩期と称し、それに対して第二段階を蘇軾期と呼ぶことにしよう。

第二節　欧陽脩期の散文の成果

　欧陽脩期（1031-1070）は、北宋中葉における散文発展の第一段階である。この段階は北宋第四代皇帝仁宗の治世に当たり、宋代史上有名な第一次政治改革運動——慶暦の新政、および宋代の文化史と科学史上においてもっとも燦然と輝く一ページ——嘉祐二年の登用は、ともにこの時期に属する。そして、この時期の散文創作における輝かしい成果は、当時の作者自身がみずから誇り、珍重し、興味津々に語るのみならず、また後世の数多くの文化人に尊敬、羨慕され、褒め称えられた。

　　本朝が興って百余年、大著を物する学識豊かな人が途切れず、文章の盛んなさまは、ついにかの三代に並ぶほどである。[21]
　　聖宋興，百余年間，雄文碩学之士，相継不絶，文章之盛，遂追三代之隆。
　　　　　　　　　　　　　　　　——欧陽脩「集古録跋尾」巻四

　　仁宗の御代……文章は時とともに高下し……景祐・皇祐年間に盛り上がり、嘉祐・治平年間に横溢する。師友の結びつきは深く、学び習って切磋琢磨し、口頭で伝え心に会得し、このときにはじめて文章は大成したのである。[22]

21　『欧陽脩全集』下冊1138-1139頁、北京市中国書店　1986年6月、世界書局　1936年本影印。
22　百川学海本第22冊。

第七章　北宋中葉における散文の進展と各派の台頭（上）

　仁宗之世……与時高下，……盛於景祐、皇祐，溢与於嘉祐、治平之間。師友淵源，講貫磨礪，口伝心授，至是始克大成。

――宋・王銍『四六話』序

　本朝は四代にわたって文章がもっとも栄え、そのことを論ずる者はみなその功績を仁宗の文徳の治と欧陽公が旧弊を改めたことに求める……文章はますます美しく、正元、元和年間を大きく上回り、周代の盛んなさまに並ぶほどである。[23]

　国朝四葉文章最盛，議者皆帰功於仁祖文徳之治与宗伯欧陽公救弊之力……文益粋美，遠出於正元元和之上，而進乎成、周之郁郁矣。

――宋・王十朋「策問」

　宋は文治を用い、それがひとたび浸透するやすべてを洗い尽くして旧弊は改まり、文は三代と同じような風格となる。そして文士らはこれが嘉祐年間に甚だしいと言う。欧陽文忠公は古文の方法でもって唱導し、南豊の曾鞏、眉山の蘇軾らがみなこれに応じた。[24]

　宋以文治，一興滌凡革腐，幾与三代同風，而士以文名者，称之嘉祐中。欧陽文忠公以古道倡，南豊之曾、眉山之蘇，胥起而応。

――宋・陳宗礼「南豊先賢祠記」

　欧陽脩から陳宗礼まで、彼らは仁宗期における文章の成果を、異口同音に高く賞賛している。欧陽脩は「条約挙人懐挟文字札子」という文章のなかでさらに、当時、「天下の文人は日に日に盛んとなり、経学に通ずることに努め、多くの者が古文を作った。その文辞の賞賛すべく、かつ礼儀にのっとる者は枚挙に暇がない」[25]と述べている。また清人も「宋の慶暦・嘉祐年

23　『梅渓文集』前集巻一四、四部叢刊本。
24　清・董兆熊輯『南宋文録録』巻一二 3 頁、光緒十七年蘇州書局刊本。
25　『欧陽脩全集・奏議集』巻一五872頁、世界書局 1936年影印本、北京中国書店 1986年。

間、欧と曾が並び立った。これら数人の君子はみな一代を代表する文章を書き、その名声は後世にまで響いている」[26]と言っている。当代の賢人が首肯し、後世の識者が賛嘆する。この時期の散文発展の盛況ぶりとその成果を思わせるに十分であろう。

　まさに王銍が言うように、宋代の散文は景祐・皇祐年間に盛んとなり、嘉祐・治平年間には横溢したが、「どうして一人や一日の力でなしえようか（豈一人一日之力哉！）」[27]。ここで指摘しておくべきは、多方面からの合力があったなかで、創作主体それ自身の要素を除けば、宋朝皇帝による方向付けが非常に大きな作用を及ぼしている点である。したがって、欧陽脩は一再ならず強調して言う。「天子は時文の弊害を憂え、詔書を下していにしえに学ぶよう勧めた。これ以降ようやく華美の風が衰え、学ぶ者も古文へとしだいに傾倒していった」[28]、「天子が詔書を下し、学ぶ者は浮華を除き去るよう勅を下した。その後、文の風格は大いに変わり、いまの士大夫が作る文章は、素朴に過ぎず華美にも過ぎず、両漢の文の風格がある」[29]。そして世間もまた宋仁宗の「文徳の治」を、宋代文章の隆盛を作った二大原因の一つに数えるのである[30]。史書によれば、宋の仁宗は天聖七年に詔書を出して軽薄な文の風格を戒め、「前代からの遺風の弊害とは、取るに足りない言説を集め、古代の言葉を引き裂いたことである。先を争って軽薄かつ浮華の文章を作っても、国の政治に益はない」と批判した。また「学ぶ者は努めて先賢聖人の道を明らかにする」[31]ことを要求し、その後も明道二年、慶暦四年に続けて詔書を下して、浮華を戒め、いにしえに復するよう重ねて諭した。文風の復古と散文の隆盛にとっては、非常に望ましい政治情勢や社会の雰囲気が作り出されたのである。

　26　清・呉偉業「陳百史文集序」、『四部要籍序跋大全』集部乙輯910頁。
　27　宋・王銍「王公四六話序」、百川学海本第22冊。
　28　宋・欧陽脩「蘇氏文集序」、『欧陽脩全集・居士集』巻四一287頁、北京中国書店影印本。
　29　『欧陽脩全集・居士集』巻四七320頁。
　30　宋・王十朋「策問」、『梅渓文集』前集巻一四、四部叢刊本。
　31　宋・李燾『続資治通鑑長編』巻一〇八第8冊2512頁、中華書局　1985年標点本。

第七章　北宋中葉における散文の進展と各派の台頭（上）

　この時期の散文の突出した成果は、文章の実用性と審美性の関係に対する認識と扱いの面に、集中的に現れている。文章の実用性と審美性の関係は、人々が自覚的に意識したか、そうでないかにかかわらず、一貫して古典散文創作における中心的で重点的、かつ焦点の当たる問題であり、しかも前近代の散文発展のすべての歴程を貫いているのである。両者の関係に対する作者の認識水準と扱い方は、作品の現実的な意義と芸術としての生命を直接決定づけた。中国古典散文発展史、あるいは文学史における多くの解決を見ない重大な理論的問題は、ほとんどすべてこの問題と関連がある。この問題に対する宋人の認識と対処法については別に述べることとして、ここでは欧陽脩期の認識について要約しておきたい。

　すでに述べたように、実用性とは散文の元来有する、天然の、根本的な、第一の属性であり、作者にとってみれば動かし難い常理である。「前芸術」期の口頭による創作から、後世の色彩豊かな散文の文章まで、むろんその実用性には強弱や高低、大小の別や論旨の角度の差異などが存在するが、つまるところはみな実用性に帰するのであり、あるいはそれぞれがある一定の目的を持っているとも言える。このような実用性や目的性、功利性などは、散文作品創作の原動力なのである。実用のほかに、散文が持つもう一つの根本的な属性が、芸術的美観である。散文はそれ自身が美学的な意義や審美的な価値を内包している。

　一般には、美学的意義こそが、散文の本当の価値の所在であると考えられている。読者や受容者にしてみれば、それはあながち間違ってはいない。しかし、もしわれわれがこのような孤立し、局部的で、静止的な観察方法を改め、全面的、系統的、そして動態的な考察方法を導入し、作家と作品および読者間の関係をつなげれば、その関係性のうちにある種のきわめて微妙な変化を発見しうるかもしれない。作品は作家と読者のあいだを結ぶ架け橋であり、それ自身が持つ多層的な意義のなかでは、実用的意義と美学的意義とがもっとも基本の二層となる。前者は作品の現実的な意義の大小を決め、後者は作品の芸術的生命力の強弱を左右する。つまり、作品を媒介として、以下のように図示することができる。

上図から見て取れるように、作家にとっての作品は実用的意義が第一であり、読者にとっての作品は、美学的意義が第一となる。作品の価値を計る尺度は角度の転換によって変化するが、作品の発生という角度から見れば、美観は実用よりも後れるものである。しかも、散文の原初形態およびテクスト化される初期の段階においては、実用的意義が何よりも重大な絶対的優位を占める。一方で、たとえ美学的な要素があったとしても、そこに明確な審美的意識はないのである。したがって、散文における審美的意識はあくまで二番目の、後天的な性質であり、その審美的要素もまた、散文の絶えざる発展、および人類の文明の絶えざる進歩に従って、しだいに強く高められ、またしだいに明確化、自覚化、そして理性化への道を歩むのである。こうして、実用と審美の適切で完全な結合が、文学創作、とりわけ散文創作における最高の芸術的境地の表現の一つとなるのである。北宋中葉の散文創作は、まさにこの一点において、先人を超越する大きな進歩を遂げたのであり、またその進歩は、欧陽脩期に活躍したあまたの名家の理性と認識の上に、明白に表現されている。彼らは自覚的かつ理知的に、散文の実用性と審美性の関係を正しく認識して処理しており、文と道は同じく重要であるとはっきり主張すると同時に、実用第一、芸術的美観は第二という観点を強調している。「文章の彩りは枝葉であり、形式と実用をもって根本とする」[32]考えを提出し、「適用をもって根本とし」[33]、「空言をなさずに、有用であることを期する」[34]べきとする。また、文章はすべからく「道を有し芸を有し」[35]、「もし文を発すれば、それは道理を貫き、仁なる思い

32　蘇軾「与任孫元老四首」、『蘇軾文集』巻六〇、孔凡礼点校本1842頁。
33　王安石「上人書」、『王文公文集』巻三、上海人民出版社　1974年版上冊44頁。
34　欧陽脩「薦布衣蘇洵状」、『欧陽脩全集・奏議集』巻一四869頁、北京中国書店本。
35　蘇軾「書李伯時山荘図後」、『蘇軾文集』巻七〇、孔凡礼点校本5冊2211頁。

第七章　北宋中葉における散文の進展と各派の台頭（上）

と義の色が表裏にわたり」[36]、文は「必ず道とともにある」[37]べきであるという。そして「華美を尊び実用性を軽んじて」、「枝葉の言葉を外観の美と考え」[38]、「一世をかけて心を文字のあいだに尽くし」[39]、「その根底を求めて有用性を軽んずる」[40]ものは、これを批判し、否定するのである。

　このような「実用」「適用」「有用」を根本とする実用第一の観点と呼応あるいは一致して、当該期間の散文が芸術的美観の面で強調するのは、平易自然、宛転流暢な言い回しと、生動するイメージや簡潔素朴で洗練された言葉である。粗削りな前代の古文や冗長華美な駢文と同じ轍を踏まないように、複雑怪奇で晦渋な文章を排し、入念な推敲と選択を経て粋美の境地に達することを強く求める。先人は、「宋人は平易を好む」[41]、「宋は、文章は流暢であることを至高とする」[42]、「宋代の諸公は晦渋な文章を平易なものへと変えた」[43]と述べており、これらはすべて当該期における散文の変化と特徴を指摘している。また、文と道がともに重要であると強調し、同時に実用性と審美性の秩序を区別するというこの時期の作家の考え方は、実のところ、散文の実用性と審美性の適度な結合を追求しているにほかならない。明代の屠隆は、「宋代の儒学は道にあっているが、同時の文章は凡庸である」[44]と指摘した。この言葉は的確でないとはいえ、宋代の文、すなわち欧陽脩期の散文における充実した内容と平易なスタイルという特徴を言い当てている。

36　王安石「上邵学士書」、『王文公文集』巻三、上海人民出版社　1974年版上冊38頁。
37　蘇軾「祭欧陽文忠公文」に引く欧陽脩の言葉。『蘇軾文集』巻六三、孔凡礼点校本 5冊1937頁。
38　蘇軾「鳧繹先生詩集序」、『蘇軾文集』巻一〇、孔凡礼点校本1冊313頁。
39　欧陽脩「送徐無党南帰序」、『欧陽脩全集・居士集』巻四三297頁、北京中国書店本。
40　同上。
41　明・方以智「文章薪火」、影印四庫全書本857冊『通雅』巻首三53頁。
42　清・査慎行「曝書亭集序」、『四部要籍序跋大全』集部乙輯591頁。
43　清・蔣湘南『七経楼文鈔』、清道光二十七年（1847）刻本。
44　明・屠隆「文論」、叢書集成初編2281冊『婆羅館逸稿』。

第三節　各派が共生する多元的複合体：欧・蘇古文派

　『宋史』巻四三九「文苑伝」には次のようにある。「国初、楊億と劉筠はなお唐代の文章のリズムを踏襲し、柳開と穆修が古文に帰ろうと運動したが、その力は及ばなかった。廬陵の欧陽脩が古文を唱え、臨川の王安石、眉山の蘇軾、南豊の曾鞏らも立ち上がってこれに賛同し、宋の文は日に日にいにしえへと向かった」。これは北宋の散文における発展と変化を述べるとともに、宋代のもっとも影響力の大きな散文の流派——欧陽脩と蘇軾の古文派の存在を指摘している。

　欧・蘇古文派は、明道年間（1032-1033）から景祐年間（1034-1037）に興り、嘉祐年間（1056-1063）に高潮を迎え、元符年間（1098-1100）の末まで延々と続いた。その形成や発展、役割や影響については、先人に多くの研究と評論がある。范仲淹は比較的早い時期に注意を向けた人物で、その「尹師魯河南集序」では古代の文章の発展について、「尭舜の時代の古文や詩歌より下って（尭典舜歌而下）」宋初の柳開と楊億まで述べた後、以下のように言う。

> 　洛陽の尹師魯は若くから知識が豊かで、当時の高名な人物につかず、穆伯に従って遊歴し、古文を作ることに励んだ。……にわかに欧陽永叔と出会い、それゆえ大いに力を発揮し、これより天下の文章は古文に一変した。[45]

欧陽脩の息子である欧陽発は、父の「事跡」について次のように述べている。

> 　景祐年間、（欧公）は西京にいて尹公洙とともに古文を作る。すでに

45　『范文正公集』巻六、影印四庫全書本1089冊。

詔が下されていたので、天下の学ぶ者はことごとく古文を作りはじめたが、ただ一人、公の古文だけはすでに広まっており、天下に名を馳せた。以来四十年間、天下はみなこれを模範とした。ひと言発すれば、学ぶ者は競うようにこれを伝え言い、瞬く間に遠近に流布して、外は夷狄に至るまで、敬服しない者はいなかった。後進の士人らは、先を争って門生となり、教えを受けることを望んだ。[46]

蘇轍「欧陽文忠公神道碑」[47]、韓琦「欧陽文忠公墓誌銘」[48]、葉濤「重修実録・本伝」[49]、沈晦「四明新本柳文後序」[50]、陳宗礼「南豊先賢祠記」[51]、葉適「習学記言序目」[52]、黎靖德編『朱子語類』[53]等にも、欧・蘇古文派に関する記述や評論が見られる。むろん、宋代以降のものについては枚挙に暇がない。数多くある記録のなかで、宋代の張雲叟による言説が比較的詳しい。

46　『欧陽脩全集・附録』巻五、北京市中国書店 1986年版下冊1370頁。
47　『欒城集・欒城後集』（巻二三、曾棗莊等校点本下冊1425頁、上海古籍出版社 1987年）に、「はじめは尹師魯が遊歴するのに従い、古文を作って当世のことを議論した。互いに師友の関係を結んだ」とある。
48　『欧陽脩全集・附録』（巻二1346頁）に、「国初において、柳開は時の大儒であった。いにしえの作法で文章を興そうとしたが、学ぶ者はとうとう従わなかった。景祐年間のはじめ、公（欧陽脩）は尹師魯と二人もっぱら古文を尊んだ。そして公は自然にこれを身につけた。学んで到達したのではなく、超然として群を抜き、誰も及ばなかった……ここにおいて文章の風格は一変し、同時の人はみな争って模範とした」とある。
49　『欧陽脩全集・附録』（巻三1361頁）に、「このとき、尹洙と欧陽脩はともに古文をもって学ぶ者を唱導した。しかし、尹洙の才能が劣り、人々は従わなかった。そこへ欧陽脩の文章が世に出ると、天下の士人はみなこれを敬慕し、習得するのが遅れることを恐れた。いっときに文字は大いに古雅に趨ることとなった。それはまるで前漢の文章の盛んさに並ぶほどであったが、それは欧陽脩から始まったのである」とある。
50　『四部要籍序跋大全』集部乙輯498頁。本書第四章第三節の引用文を参照。
51　『南宋文録録』巻一二3頁、光緒十七年蘇州書局編刻本。
52　『習学記言序目』（巻四七、中華書局 1977年10月版下冊696頁）に、「文章の興りは柳開、穆修に萌芽し、欧陽脩がもっともあずかって力があった。曾鞏、王安石、蘇洵父子がその跡を継ぎ、ついに大いに流行した」とある。
53　『朱子語類』巻一三九3307頁、中華書局 1986年版王星賢点校本。

本朝の明道（1032-1033）・景祐（1034-1037）年間より、ようやく文学の地位が高まった。ゆえに蘇軾、尹師魯、蘇舜欽兄弟、欧陽脩、梅堯臣は文を作るに及んで、みな六経を尊んだ。文を作ってはその才を発揮し、晩唐五代の風格を消し去った。そして韓愈、柳宗元らに至っては、よく文章に豊かな内包を込め、その極限は計り知れず、誰もが目を輝かせてこれを見た。天下の学ぶ者はみなこれを尊び、これこそが古文であると言った。その人の名を知らなかったり、その文を習っていないことを深く恥じた……いま筆を執る士人らも名家を自負しているが、それはもとより当時の諸公が古文運動を唱えて模範を示し、その風格が残った上にできたものである。したがって、すでに七八十年が過ぎたとはいえ、長生きしている人たちはいまもこれを教え伝えることができるのである。その恩沢たるや、実に篤いものである。
　　　　　　　　　　　　　　——宋・王正徳『余師録』巻二[54]

この一段には、少なくとも以下のようないくつかの注意すべき点がある。一、その形成と発展の時期を、明道のはじめ（1032）から「七八十年」後（蘇軾が没した頃）までと明示している。二、古文派の主要な代表的人物、およびその文の特徴を指摘している。三、その影響の大きさと広さ、そして深さとを述べている。

　「宋人は文を論ずるとき、門戸を細かく区分」[55]し、欧陽脩、蘇軾、王安石、曾鞏などを古文派とみなしたが、それは現在に至るまで続いている。この一派は、宋代においてもっとも品位が高く、その成果と影響力は最大で、しかも多元化の傾向と開放的という特徴を備えた流派であった。厳格な組織構造や明確な規定を持たず、ただの「ある一定の文学的好尚に従って、協働的関係を築いた共同体」[56]であったにもかかわらず、従来その存在

54　『叢書集成新編』80冊82頁、新文豊出版公司印行。
55　『四庫全書総目提要』「余師録」。
56　王水照先生「欧陽脩和他的散文」、『欧陽脩散文選集・前言』、百花文芸出版社　1995年。

第七章　北宋中葉における散文の進展と各派の台頭（上）

を否定する者はいなかった。

　この流派は欧陽脩を領袖とし、立ち上がったばかりの頃は、北宋前期の古文家である尹洙や蘇舜欽兄弟、石延年なども名を連ね、范仲淹や石介、孫復、李覯といった重要な作家までもが余力を残さず、唱導して相応じ、身をもって尽くした。欧陽脩の地位が高まると、曾鞏や王安石、蘇氏父子もみな応じて立ち上がり、その名声と威厳は大いに響き渡って、「古文の文体は、ここに至って大成」[57]した。その後も蘇門の弟子が殿軍として、この流派を栄えさせた。そうして欧陽脩と蘇軾の古文派は、ついに七十年にも及ぶ発展を成し遂げた。この流派が立ち上がったのは、まさに朝廷が天聖七年（1029）と明道二年（1033）の二度にわたって浮華を戒め、古文を提唱する詔勅を下したときに当たり、その後もまた慶暦の新政や熙寧の変法といった朝廷の政治改革と相まって、上は最高統治者の支持を、下は数多くの作家の協力を得たため、時運に乗じて大いに天下に広まることとなったのである。

　欧陽脩と蘇軾の古文派は、北宋前期の復古派・古文派と比べて大きな違いがある。欧・蘇古文派の作家は全体的に素質がきわめて高く、その成果は卓越しており、非常に輝かしい政治的地位や文学的地位にあって、強力な発言力と強大な影響力を備えていた。柳開と穆修はともに「古文に帰ろうと運動したが、その力は及ばず」[58]、「いにしえによって文を興そうとしたが、学ぶ者はとうとう従わず」[59]、「自分たちだけで終わった」[60]という説がある。一方で、欧陽脩、蘇軾、王安石は、みな通才、全才、天才で、生来の才能がすぐれて高く、加えて刻苦勉励したので、博覧強記を誇り、才学豊かで造詣も深い。創作数でも耳目を驚かし（第四章第一節の数量統計一覧を参照）、しかも人口に膾炙した名篇ももっとも多いのである。さらには、欧陽脩と王安石は宰相の職にまで昇り、蘇軾も翰林学士知制誥、礼部

57　劉師培「論文雑記」十一条、舒蕪校点本121頁、人民文学出版社　1984年。
58　「文苑伝」、『宋史』巻四三九、中華書局標点本19冊12997頁。
59　韓琦「欧陽文忠公墓誌銘」、『欧陽脩全集・附録』巻二1346頁、北京中国書店本。
60　『四庫全書総目』「穆参軍集提要」、影印四庫全書本1087冊。

尚書に至っている。こういった種々の条件が重なりあって生まれた影響力は、宋代散文史上、空前絶後であった。

　創作理論の面において、欧・蘇古文派は、前期古文家の文と道を自任する伝統、経書と韓愈に対する尊崇、道を重んじ実用に役立てること、現実と通じること、道を伝え心を明らめること、自然平易であることなどの主張を発揚すると同時に、文を作るにあたっての理念、文と道の関係、文と措辞の関係、および駢文に向きあう態度の面で大いに前進があった。たとえば「道」に対する認識は、前期古文家の多くは儒家の伝統に拘泥し、倫理綱常を偏重していたが、欧陽脩と蘇軾は「百事」、「万物」をもって道と為し、「事実」をもって道と為し、「理」をもって道と為したように、より緩やかで深く広いものであった。文と道の関係については、たしかに両者とも「一様に重んずる」ことを主張したが、前期古文家にはやや文を軽んずる嫌いがあり、作品には旧弊の趣向が濃厚である。

　欧陽脩と蘇軾は、「文は必ず道とともにあり（文必与道倶）」、「表裏にわたり（表裏相済）」、「道を有し芸を有する（有道有芸）」という考えを提出したが、措辞を軽視すべきではないことも強調した。いわゆる「なくてもいけないが、優先して可というものでもない」[61]である。駢文については、すでに王禹偁が「大丈夫たるものそれを為さずとはいっても、仕進のための方法でもあり、ないわけにはいかない」[62]と説いていたが、これはただ功名や利益を得るための着眼点としてであって、その境地は低い。欧陽脩と蘇軾は文章の社会的役割の面からこれを十分に肯定したのである。そのうえ駢文に対しても積極的な革新、改良を加え、「駢儷の文であっても道理にかなっていれば、過誤であるとまでは言えない」[63]とし、「素朴かつ雅びでなければ、遠く伝えて陛下のお考えを明らかにすることはできず、美辞麗

61　王安石「上人書」、『王安石文集』巻三、上海人民出版社　1974年版上冊44頁。
62　「答張知白書」、『小畜集』巻一八、四部叢刊初編縮印本175冊。
63　欧陽脩「論尹師魯墓誌銘」、『欧陽脩全集・居士外集』巻二三533頁、世界書局　1936年。

句で飾るだけでは後世に示して恒久的な法となすことはできない」[64]と指摘した。ゆえに駢文は「欧・蘇に至ってはじめて博覧強記で大作を物し、ものごとを叙述して意を伝える点でこじつけがない。そして王荊公は、もっとも重厚で雅に近く、駢儷文の巧みさは未曾有のもの」[65]で、「蘇氏父子は四六文で叙述するにも、委曲精細を尽くして、古文にも匹敵し」[66]、これまでの四六文が「古人の語をやたらと使い、また広く故事を引き、それで博学をてらって、叙事の文の流暢さには無頓着であった」[67]という状況を徹底的に改めた。したがって、駢文の役割と地位を改善して強めたと言える。

このほかにも欧陽脩と蘇軾の古文派は、文章の風格の面では心を込めて文章に磨きをかけるなかで平易自然を求めるよう力説したので、「平易で調和が取れ、適度であるよう努める」[68]という主張は人々のあまねく知るところとなった。こうして欧・蘇古文派の名篇精品における高度な文学性と芸術性は、前期古文家からすれば、いっそう遠く及ばないものとなったのである。

第四節　一代の文章の宗師、欧陽脩の歴史的貢献

欧・蘇古文派の領袖としてその中核を担ったのは欧陽脩である。欧陽脩（1007-1072）は文化面の多くの分野で優れた功績を残した偉人である。「文章と道徳をもって、一代の学ぶ者の宗師となり」[69]、「当世の韓愈」[70]と目されただけでなく、禹や孔子、孟子と並べて論ずる人もいた（蘇軾「六一居士集叙」参照）ほどであり、中国史および文明発展史上の傑出したその貢

64　欧陽脩「謝知制誥表」、『欧陽脩全集・表奏書啓四六集』巻一679頁、世界書局　1936年版。
65　宋・陳振孫「浮渓集説」、『四部要籍序跋大全』集部甲輯上冊131頁。
66　欧陽脩「試筆・蘇氏四六」、『欧陽脩全集』下冊1051頁、世界書局　1936年版。
67　欧陽脩「試筆・蘇氏四六」、『欧陽脩全集』下冊1051頁、世界書局　1936年版。
68　蘇軾「与魯直書」、『蘇軾文集』巻五二「答黄魯直五首」の二、1532頁、孔凡礼校点本。
69　宋・呉充「欧陽公行状」、『欧陽脩全集・附録』巻一1335頁、世界書局　1936年版。
70　蘇軾「六一居士集叙」、『蘇軾文集』巻一〇、孔凡礼点校本1冊315頁。

献を強調した。

　文学の方面では、詩詞文賦、どれをとっても欧陽脩は一代を代表する作家であったが、わけても超然として独歩し、内外に誉れ高い散文は、同時代の人々によって司馬遷、韓愈と並ぶ三人として称された[71]。欧陽脩は少年時代から韓愈の文章を「重厚で雄壮」[72]であるとして好み、十七歳のときには志を立てて韓愈を模範とし、「その文章を学ぶために力を尽くした」[73]。洛陽にて官職につくと、尹師魯の弟子らと師友の交わりを結んで「古文を作り」[74]、「そこで、文章によってその名は天下第一と称され」[75]、文壇の盟主となり、威勢十分であった文風の復古運動を唱導した。そして宋代散文の発展を最高潮にまで推し進めたのである。

　宋代散文の隆盛と繁栄に対する欧陽脩の絶大な貢献は、人々のよく知るところである。これを要約して言えば、以下の数点を挙げることができる。

　その一、欧陽脩は復古に意欲を燃やす作家たちを集めて団結し、文壇のなかから多くの優秀な若手の人材を発掘して育てた。これにより、不断に前進し、強大かつ厳格な陣容を誇りつつ、それぞれが相対的に自由な発展を遂げるという散文創作の集団を作り上げ、宋代の散文が才気煥発で、かつ長期的に安定し繁栄するための強固な基礎を打ち立てた。欧陽脩は、「生涯、賢明な人材を登用することが務めであると自認し、無名で知られなくても当世の逸材であれば、賞賛し推挙しない者はなく、最大限に力を尽く

71　宋・韓琦「欧公墓誌銘」に、「漢の司馬遷が没してから、数千年を経て唐の韓愈が世に出た。韓愈の後、数百年にして、公がようやくその跡を継ぐと、大いに気炎が上がり、ほかに比べるものなどなかった。なんと盛んなことよ」とある。『欧陽脩全集・附録』巻二1346頁参照。また『安陽集』巻五〇、影印四庫全書本1089冊参照。さらに『欧陽脩全集・附録』巻一「諡誥」には、「その文はおのずから一家を成し、司馬遷、揚雄、韓愈に比べて及ばないところがないばかりか、上回るところさえある」とある。

72　「書旧本韓文後」、『欧陽脩全集・居士外集』巻二三、世界書局　1936年版上冊536頁。

73　蘇軾「六一居士集叙」、『蘇軾文集』巻一〇、孔凡礼点校本1冊315頁。

74　宋・韓琦「欧公墓誌銘」。

75　『欧陽脩全集・年譜』3頁、世界書局　1936年版上冊。また蘇轍「欧陽文忠公神道碑」参照、『欒城集・欒城後集』巻二三、上海古籍　1987年版下冊1425頁。

してやまなかった」[76]。ゆえに『宋史』の本伝には、「後進を推挙して登用することが十分でないことを恐れるほどで、目を掛けられた人物はみなすぐに著名な士人となった」[77]と記されるのである。尹洙、尹源、石介、范仲淹、蘇舜欽、蘇舜元といった古文家は、かつてみな欧陽脩と「互いに師友の関係にあった」。また、「曾鞏、王安石、蘇洵、洵の子の軾、轍らがまだ無名で官職に就いていなかったとき、欧陽脩は彼らの名声を聞き、交友関係を結んで、必ずや世に頭角を現すだろうと言った」[78]。はたして彼らはみな散文の大家となった。そのため蘇軾は、「欧陽脩が世に出てからは、誰もが争って切磋琢磨し」、「成長して業績を上げた。嘉祐年間の末期に至り、多士済々と称されたのは、欧陽子の功績が大きい」と言うのである[79]。

　その二、欧陽脩は北宋中葉の文風を革新する復古運動を唱導して巨大な成功を収め、「その功績は、当時にあって比べるものがない」[80]。范仲淹撰「尹師魯河南集序」に、尹洙と穆修は「努めて古文を作り」、「にわかに欧陽永叔と出会い、それゆえ大いに力を発揮して、これより天下の文章は古文に一変した。実に大きな功績ではないか」[81]とある。また韓琦撰「欧公墓誌銘」にも、「文章のスタイルが最終的に復古に落ち着いたのは、公の力である」[82]という。そして『宋史』には、「様々な退廃を挽回し、古くからの邪説を止め、この時代の文章の正しい気風が、公正なる道徳を補佐し、人心を支えることができたのは、欧陽脩と韓愈の力である」[83]と載せている。

　その三、散文の創作理論を整理して推し進めた。宋王朝は唐王朝のあとを受け継いでおり、唐代における散文の発展も宋人に多大な影響を与えた。とりわけ唐代の古文運動は、宋代における散文の発展を決定づけるのに直

76　宋・欧陽発「欧公事跡」、『欧陽脩全集・附録』巻五1371頁、世界書局　1936年版。
77　「欧陽脩伝」、『宋史』巻三一九、中華書局標点本15冊10381頁。
78　同上。
79　『蘇軾文集』巻一〇、中華書局　1986年3月孔凡礼点校本1冊315頁「六一居士集叙」。
80　宋・韓琦「祭文」、『欧陽脩全集・附録』巻一1331頁、世界書局　1936年版。
81　『范文正公集』巻六、影印四庫全書本1089冊。
82　『安陽集』巻五〇、影印四庫全書本1089冊。
83　「欧陽脩伝」、『宋史』巻三一九、中華書局標点本15冊10381頁。

接的な影響を及ぼした。それゆえ北宋の古文家はみな「経書を尊び韓愈を宗主とする（尊経宗韓）」ことを旗印として掲げたのであり、散文創作に関する韓愈の理論も、宋人の関心を集めたのである。韓愈が「文により八代にわたる衰微を興し（文起八代之衰）」[84]、その当時の浮華な駢儷文の気風を「打ち砕いて清めた功績（摧陥廓清之功）」[85]は無視できない。そして、散文理論における「文章というのは、それでもって道徳を明らかにするものである（文以明道）」[86]べきという説の影響はより重大で、門生の李漢が韓愈の文集に寄せた序にも、「およそ文章というものは、道徳を並べるための器である（夫文者，貫道之器也）」[87]というとおりである。韓愈と李漢の説をつぶさに見れば、ともに道を重んじ文を軽んずる嫌いなしとしないが、実は創作の実践において、韓愈は文辞に重きを置いている。「語句が足りなければ文章となることはできない（辞不足不可以成文）」[88]と考え、「ただ陳腐な語句は努めて除き去り（唯陳言之務去）」[89]、必ずみずから語を編み出してこそ、甚だしくは「類い稀な語句（奇辞）」の境地にまで到達すると強調するのである。一方、韓愈の説く「道」は漠然として抽象的なものに留まっている。このような理論と実践の矛盾は、すでに宋人も十分に認識している。たとえば、欧陽脩はかつて「翰林風月三千首、吏部の文章二百年（翰林風月三千首，吏部文章二百年）」[90]の句をもって、暗に王安石を賞賛している。その一方で王安石は、「かつてもし『孟子』の教えを極めていれば、生涯どうして韓公を望んだだろうか（他年若能窺孟子，終身何敢望韓

84　蘇軾「潮州韓文公廟碑」、『蘇軾文集』巻一七、中華書局孔凡礼点校本2冊509頁。
85　唐・李漢「韓愈文集序」、『全唐文』巻七四四、中華書局影印本第8冊7697頁。
86　『韓昌黎全集』（巻一四第216頁）「争臣論」に、「君子たるもの、官位にあるときは、その官に殉ずることを考え、いまだ官位を得ていないときは、文辞を修めて道徳を明らかにすることを考えねばならない。それゆえ、私は道徳を明らかにしようとしているのである」とある。1935年世界書局本影印、中国書店 1991年。
87　唐・李漢「韓愈文集序」、『全唐文』巻七四四、中華書局影印本第8冊7697頁。
88　韓愈「答尉遅生書」、『韓昌黎全集』巻一五234頁、中国書店拠 1935年世界書局本影印。
89　韓愈「答李翊書」。
90　「贈王介甫」、『欧陽脩全集・居士外集』巻七395頁、世界書局 1936年版。

第七章　北宋中葉における散文の進展と各派の台頭（上）

公）」[91]と謙遜し、自身は孟子を期すのであって韓愈とは異なること、志は政事にあって文章を務めとしないことを、婉曲的に表明している。蘇軾が「潮州韓文公廟碑」で肯定し賞賛したのは、「文により八代にわたる衰微を興し（文起八代之衰）」た後、「道徳は天下が溺れるのを救った（道済天下之溺）」という点であり、そこに込められた深意は容易に理解されよう。ただ「韓愈論」に至っては、「韓愈は、聖人の道においては、どうやらその名声を好んだようであり、いまだその実態に遊んだわけではない」（『蘇軾文集』巻四）、「その論は道理を突き詰めようとするが精緻でなく、支離滅裂で、ときには自身の唱えた説に矛盾している」（同上）と明言している。朱熹はより直截的に指摘している。韓愈は「まったく古人を学ぼうとする意志がなく」[92]、「ただすばらしい文章を作って、他人に賞賛されたいだけで」[93]、「ふだんから奥深いところに力を注ぐが、最後まで文字や語句の修飾にとらわれていた」[94]。要するに、韓愈の理論上の「道徳を重んじて文章を軽んずる（重道軽文）」と、実践における「文章を重んじて道徳を軽んずる（重文慢道）」は、ともに散文の健康的な発展に資するところはないのである。

　欧陽脩の散文理論は、一定程度において韓愈の欠陥と不足を修正しており、文と道の関係、文と措辞の関係、個人の修養と文の創作の関係、道の涵養などの面では、大いにこれを推し進め、合理化、深奥化、系統化に向かっている。欧陽脩は、「私が言うところの文、それは必ず道とともにあり」[95]と言っている。これはつまり、文と道とを同等に位置づけ、両者を相互に依存する共同体と考えるのである。「言はそれに事実を載せて、文はそ

91　「奉酬永叔見贈」、『王文公文集』巻五五、上海人民出版社　1974年版唐武標校本下冊620頁。
92　「戦国漢唐諸子」、『朱子語類』巻一三七、中華書局　1986年版王星賢点校本8冊3270頁。
93　「滄州精舎諭学者」、『朱文公文集』巻七四、影印四庫本『晦庵集』1145冊531-532頁。
94　朱熹『昌黎先生集校異』巻五199頁、上海古籍　1985年拠山西祁県図書館蔵宋刻影印本。
95　蘇軾「祭欧陽文忠公文」、『蘇軾文集』巻六三、中華書局版孔凡礼校点本5冊1937頁。

れを修飾する、事実を言と文に託してこそ、後世にまでよく伝わる」[96]のであり、「言の載せるものが大きく、しかも修飾があれば、その伝わるところも明らか（言之所載者大且文，則其伝也章）」[97]となるのである。欧陽氏は「たいてい道徳が優れている者は、その文章がすばらしいものとなるのは難しくない」（「答呉充秀才書」）と考えており、したがって、文字の上だけで手間をかけることには反対している。また、「文章が華美で、字句が巧妙であっても、それは草木が風に翻って花を揺らしたり、鳥獣の鳴き声が耳に入ってくるのと何も変わらない」（「送徐無党南帰序」）ので、後世に長く伝わるものではないと指摘し、「一生を文字のために心を尽くすなど、実に悲しむべきことだ」（同前）という。「道」を説いては、「世の中の人々がとても知りやすくて近いもの、事実に合致するものであろう」（「与張秀才第二書」）といい、「周公、孔子、孟子らが常に履行しているものがそれである。その文章とは、経書に載っていて、いまに至るも信じられていることがそれである。道とは知りやすく、のっとるべきもので、文章とはそれを明らかにして実践するためのものである」（同前）と、「道」を浅く近いものとしている。いわゆる「百事」みな道で、学ぶ者には「身をもってこれを履行し、事に当たってはこれを実践する。そしてまた文章を見ては道を伝え、後世に託す」（同前）ことを求める。これにより文と道の統一性を実現するのである。道が「事実に合致する」もので、かつ「知りやすく、のっとるべきもの」である以上、文章は必ず「むなしい言葉を吐くのではなく、有用であることを目指す」（「薦布衣蘇洵状」）。そこで欧陽脩は、これを推し進めて文章の実用性を強調し、文章は「流行病にかかっても、むなしい言葉は吐かず」（「与黄校書論文章書」）、「必ず有用であることを期し」、「必ずいまに施すところがあるべき」（「武成王廟碑進士策問二首」その一）ことを要求し、「事実に基づいて根本を究め、浮華の文章によらずして情を込め

---

96 「代上人王枢密求先集序書す」、『欧陽脩全集・居士外集』巻一七486頁、世界書局1936年版。

97 「代上人王枢密求先集序書す」、『欧陽脩全集・居士外集』巻一七486頁、世界書局1936年版。

第七章　北宋中葉における散文の進展と各派の台頭（上）

る」[98]という考えを提出して、理論面での進歩性を明らかにするのである。

　その四、宋代の文章の平易自然、宛転流暢という基調、および駢文と散文を兼備する言語モデルを確立した。宋代散文の風格は様々であるが、平易自然、宛転流暢こそがその基調である。その確立には、おもに欧陽脩の模範、提唱と支持があずかって力があった。同時代の人は、欧陽脩が「これを自然に得て」、「洗練した痕跡は見えず、文章はおのずから巧妙を極めていたので、これより文章の風格は一変し、誰もが争って模範とした」と述べ、しかも「その言は簡明で、思うままに述べて意は通じ、物を取り上げては同類の物をあげて証明し、至高の道理へと変え、人々を心服させる。ゆえに天下は心を一つにしてこれを師として尊んだ」と称する[99]。「誰もが争って模範とし」、「天下は心を一つにしてこれを師として尊んだ」の文言から、宋代の文章の基調形成に対して、欧陽脩の文章が模範としての大きな役割を担ったことが理解されよう。

　欧陽脩の文風に関する論述はかねてより甚だ多く、とりわけ蘇氏父子の論評がもっとも正鵠を射ている。

　　貴殿の文章は、緩やかに曲折して細部まで備わっている。曲折すること百たび、しかし文は伸びやかで、途切れるところがない。意を尽くして語は洗練され、ときに激しい言辞を用いて論を尽くす。しかしゆったりとして静かでやさしく、艱難労苦したようなところはない。[100]
　　　執事之文，紆徐委備，往復百折，而条達疏暢，無所間断；気尽語極，急言竭論，而容与閑易，無艱難労苦之態。
　　　　　　　　　　　　　　　　——蘇洵「上欧陽内翰第一書」

　公は文において才能が横溢している。豊かでありながらまとまりがあり、鷹揚でありながら変に応じ、声高に叫ぶでもないのに、義と理

98　宋・韓琦「欧公墓誌銘」、『安陽集』巻五〇、影印四庫全書本1089冊536頁。
99　蘇軾「六一居士集叙」、『蘇軾文集』巻一〇、中華書局孔凡礼校点本1冊315頁。
100　『嘉祐集箋註』巻一二327頁、上海古籍1993年版曾棗荘・金成礼等注本。

がしっかり現れている。[101]

　　公之於文，天才有余，豊約中度，雍容俯仰，不大声色，而義理自勝。

——蘇轍「欧陽文忠公神道碑」

また、たとえば朱熹は、欧公は「ただ簡明に道理を説き」、「ひとつも難しい字を使わない」[102]という。羅大経は、「欧と蘇は、ただ常用の簡明な字を用いるが、しかしその文は美しく、それでいて、いにしえの風雅を備える」[103]と称した。趙秉文は欧陽脩の文を指して、「先鋭的で晦渋な語を使わず、のびやかで雅やかな趣がある。十分に言葉を尽くすも多すぎることはなく、よくまとまっていても足りない言葉はない。読む人をして実に飽きさせることがない」[104]と述べている。いずれもが欧陽脩の散文の平易自然、宛転流暢という文風の特徴を指摘している。

模範を示したのみならず、欧陽脩は政治的影響を利用して、平易自然、宛転流暢の文風を唱導し支持した。よく知られるように、嘉祐二年の科挙の主管による「太学体」に対する排撃には、一代の文風の典範を確立するという実際上の意義があったのである。それゆえ晦渋な文章を書く者を排斥し、「平淡で道理にかなう者を取り」[105]、「当時の文体がこれによって一変したのは、欧陽脩の功績である」[106]と言われるのである。

要するに、欧陽脩はみずから範を垂れ、典型を樹立し、晦渋な文章を打倒することによって、宋以来、あまたの散文家が提唱してきた平易自然な文章を確立した。こうして宋代の文章は、積極的かつ健康的な溌剌とした発展が保証されたのである。これと同時に、さらに欧陽脩は、一部の古文家の騈文に対する過激な傾向を修正した。「理に合する」騈儷文を肯定した

101　『欒城集・欒城後集』巻二三1425頁、上海古籍1987年版、曾棗荘・馬徳富校点本。
102　『朱子語類』巻一三九3322頁、中華書局1986年版王星賢点校本。
103　『鶴林玉露』甲編巻五93頁「韓柳欧蘇」の条、中華書局1983年版王瑞来点校本。
104　「竹渓先生文集引」、金・趙秉文『滏水集』巻一五、影印四庫全書本1190冊。
105　宋・韓琦「欧公墓誌銘」、『安陽集』巻五〇、影印四庫全書本1089冊。
106　宋・沈括『夢渓筆談』巻九、影印四庫全書本862冊。

第七章　北宋中葉における散文の進展と各派の台頭（上）

だけでなく、「楊と劉の文の風格」に敬意を示し[107]、自身の実践のなかでも積極的に駢儷文の句を加工して運用することで、駢文と散文を兼備する言語モデルを形成したのである。そして、中国語の持つ音声やリズムの変化を十分に利用して表現し、散文作品の芸術美を増強したため、同時代人に受け入れられ、模範とされたのである。

　その五、多くの「超然として群を抜き、誰も及ばない」優れた散文を創作した。現在伝わる周必大らが編纂した『欧陽文忠公文集』一五三巻には、詩詞を除いて、散文二千四百余篇が収められており、内容はきわめて豊富である。これを要すれば、「すべて世の中の人や事実に関わるもの」[108]で、「これを道徳に当てはめ」（蘇軾「六一居士集叙」）、徹底的な現実性と広範で豊富な内包を備えている。いわゆる「礼楽仁義を明らかにして道徳に結びつけ」（同上）、かつ「道徳を論じれば韓愈のごとく、事実を論じれば陸贄のごとく、事実を記せば司馬遷のごとし」（同上）で、種々の長所を一身に集めて造詣は甚だ深い。それゆえに呉充も、「公の文章はあらゆる形式を備え、構成はたえず変化し、対象によって主題を選び、それぞれが巧妙を極める。その成功した文章においては、韓愈といえども上回ることはできない」[109]というのである。

　欧陽脩の散文における平易自然と宛転流暢という芸術面の風格はすでに述べたとおりだが、とくに指摘しておくべきは、欧陽脩が字句の精選に意を用い、念入りに洗練することで、それらを求めて到達した点である。「欧公の文章も、多くは修改を経て妙味を得ている」[110]というように、欧陽脩の散文創作は、「これを壁に掛け、朝となく夕となく改編し」[111]、「十字や二十

107　宋・劉克荘「答蔡君謨書」、『後村詩話』前集巻二、中華書局1983年版22頁。
108　欧陽脩「答李詡書」の二、『欧陽脩全集・居士集』巻四七319頁、世界書局1936年版。
109　宋・呉充「欧陽公行状」、『欧陽脩全集・附録』巻一、世界書局1936年版下冊1337頁。
110　『朱子語類』巻一三九、中華書局1986年版王星賢点校本 8 冊3308頁。
111　宋・周必大「欧陽永叔集跋」、『欧陽脩全集』巻末、世界書局1936年版。

字の短い文を作るとしても、必ず草稿を作った」[112]のであって、「それゆえいまの文集中に見える作品は、明白平易なのである。気に掛けないようだが、自然で古雅な文章になっており、凡庸の及ぶところではない」[113]のである。宋代の陳善『押虱新話』にいう。

> 世に伝わるところでは、欧陽公はふだん文章を作る際、草稿ができあがり、紙に清書し終わると、それを書斎の壁に掛け、寝て起きるたびにこれを見ては、しばしば考え直し改めて、最後には草稿の文字が一字も残っていなかったことがあるという。[114]

これより、字句の精選と洗練にいかに努めたかが知られよう。人口に膾炙する「酔翁亭記」こそは繰り返し洗練された結晶であり、朱熹によれば、「ある人が彼の『酔翁亭記』の原稿を手に入れた。はじめ滁州は四方を山に囲まれていることを言おうとして、全部で数十字を費やした。その後改編して、結局は「滁を環るはみな山なり（環滁皆山也）」の五字のみであった」[115]という。

　欧陽脩のその他の名篇に表現された芸術的境地は、すべて入念に洗練し、繰り返し磨きをかけた結果なのである。たとえば乾隆帝弘暦は『朋党論』で、「もっとも平明で流暢な文は、あたかも非常に奥深く細かいものである。もっとも直截的な文は、あたかも非常に旺盛で生き生きとしたものである。もっとも簡潔で美しい文は、実は非常に跳躍して舞うかのごときものである」[116]と賛嘆した。『瀧岡阡表』には、「情操と文章は深く婉曲的で、その香りは千年後も絶えないかのようである」[117]とある。『本論』で沈徳潜

112　宋・缺名『南窓記談』、影印四庫全書本1038冊237頁上。
113　『朱子語類』巻一三九、中華書局1986年版王星賢点校本 8 冊3308頁。
114　上海書店1990年版拠涵芬楼旧版影印本巻五「文章博遠貴於精工」の条。
115　『朱子語類』巻一三九、中華書局1986年版王星賢点校本。
116　清・沈徳潜評点、魏源批選、（日）石村貞一纂評『唐宋八大家文読本』巻四24頁、日本阪谷素校合訂正本。
117　同上。

第七章　北宋中葉における散文の進展と各派の台頭（上）

は、「論はもっとも現実に近く、文はもっとも完全で緻密である」[118]と考え、呂留良は、「文章は非常に優れて古雅であり、全文が自然に形成されたかのようで、何もひけらかすところがない」[119]と賞賛した。

　つまるところ、宋代散文の健全な発展と威勢よい繁栄に対して、欧陽脩は多方面から非常に大きな貢献を果たし、世間の人々から「一代の宗師」[120]と認められたのである。

118　同上。
119　同上。
120　宋・謝枋得『文章規範』巻五、影印本四庫全書1359冊。

第八章　北宋中葉における散文の進展と各派の台頭（下）

第一節　文章派、経述派および議論派

　欧陽脩・蘇軾の古文派は、その発展過程において多元的に分化しつつも、全体としては統一されており、「荊公は経述により、東坡は議論による」[1]という特徴を形成した。そして欧陽脩は「文章の学」[2]の代表とみなされた。本章では先人の説に従って、文章派、経述派、および議論派について以下に略述する。

一、文章派

　文章派は、欧陽脩と曾鞏をもって代表とする。その突出した特徴は、真摯厳粛な創作態度を提唱したことである。文章の徹底的な推敲と入念な洗練に意を用いることで、婉曲的でのびやかな、簡潔にして凝縮された、音韻美にあふれた、自然精妙な境地に到達し、文章の芸術性と美学的価値を高めようと努めた。朱熹は、「欧公の文章も、多くは修改を経て妙味を得ている」[3]と言い、周必大は「欧陽永叔集跋」で、「これを壁に掛け、朝となく夕となく改編する」と言った。欧陽脩が文を作る際、多くは「馬の上、枕の上、厠のなか」で構想を練り、「多く見て、多く作り、多く相談する」（『後山詩話』）方法を採ったことは、人々のよく知るところである。晩年に至ってもなお甚だ心を砕いてみずから文章を取捨選択した。

　曾鞏（1019-1083）、字は子固、建昌南豊（現在の江西省に属す）の人で、南豊先生と呼ばれた。幼少期にはすでに「本を読んで数百句ほどなら、すぐに暗誦できた」（『宋史』）と言われ、少年時代から欧陽脩の文章を好み、

1　陳善『押虱新話』巻五第6頁、上海書店　1990年拠涵芬楼旧版影印本。
2　『二程遺書』巻一八。
3　『朱子語類』巻一三九。

「諳んじて心に刻み込んだ」。欧陽脩の門生のなかでは、曾鞏の思想と文風がもっとも欧陽脩に近い。欧陽脩がまだ王安石と蘇軾に知りあうより以前、その門をたたいた者は何百何千とあったが、かつて「曾鞏を得たことだけが喜びである」と言ったという。曾鞏は儒学を根本とし、社会を治めるため実務に励み、みずから正しい行いを実践した。古文の創作では、はじめ六経に基づき、司馬遷や韓愈に意を注ぎ、事を記し理を説いてみずから一家を立てた。『元豊類稿』に載せる各形式の散文は七百篇近くに上るが、その内容の大部分は社稷民生、吏治臣節に関することで、「経書の補佐、政治の鑑（六経之羽翼，人治之元亀）」（寧瑞理「重刻南豊先生論文集序」）と褒賞された。「越州趙公救災記」は事実を記して天下に仁を示し、後世に法を伝えた。「宜黄県県学記」は古代の学校の興廃に鑑みて、学生が身を修め国を治めることを奨励した。ともに不朽の名篇である。曾鞏の散文は事実を記して理を説き、緩やかにして精細、古風にして質朴、緻密で重厚、措辞の華美に趨らずといった点で優れている。たとえば「戦国策目録序」では、「落ち着いてゆったりとし、かつ条理がある」[4]と言われ、「墨池記」では王羲之が書を修めた遺跡に借りて、婉曲的で含意深く、委細自然に理を説く。また「上欧陽舎人書」では、歴代の治乱の得失を論ずるに、曲折を繰り返すも悠揚で、広大かつ深奥ながらも明晰である。このような風格が曾鞏の散文なのである。

二、経述派

経述派は王安石を宗主とする。王氏は経を宗としていにしえに返ることを推し進めた。その方法を経学に求め、「経典に通じて応用する（通経致用）」[5]という意見を出している。また「答曾公立書」では、「『周礼』の書は理と財がその半分を占める」と言い、「上五事札子」では、新法は「いにしえを師」とし、兵役や労役の免除は『周官』に、市易の法は周朝に端を発

4　呂祖謙『古文関鍵』巻二。
5　「答姚辟書」、『王文公文集』巻八。

第八章　北宋中葉における散文の進展と各派の台頭（下）

すると称した。つまり、経学を尊びいにしえに返ることを実用化、現実化したのである。王安石の「文章は経学に発して雄壮かつ精細で、一時代を担った」。みずから『三経新義』を作り、熙寧八年、学官に頒布すると、朝廷は人材を採用する際、経書の義と理を明らかにする文章を課した。ゆえに北宋の散文は、「熙寧、元豊年間に至って、経学を崇高なものとし、才能が尊ばれた」[6]。そして王安石のもとには大勢の人が集まり、一派を形成するに至る。元豊八年、蘇軾は次のように憂い嘆いている。「今日ほど文章が衰えたことはない。その源は実は王氏による。王氏の文章は良くないというわけではないが、ほかの人を自分と同じようにさせる点で良くない」[7]。実にこれは経術派に対して発せられたものである。

　王安石は政治家である。国を治めるためには「経学によることを先決（択術為先）」とし、文を作るにも「実用に適して（適用）」「努めて治世の補佐となる文を作る（務為有補於世）」ことを強調し、文は「礼教によって政を治める（礼教治政）」ことに資するものであると考えた。『王文公文集』に収める八百篇近い散文のほとんどが政令教化に関連するもので、事実を説いて道理を明らかにし、世の中の役に立ち、語彙は簡明で正確、意義は深くもわかりやすく、筆致は力強く、章立ては緻密である。「上仁宗皇帝書」は、朝廷が直面している困難を分析し、人材を選抜して制度を見直すことを提議するが、その切り口は鋭く立論に隙なく、まさに長篇の文章の特長を極めている。「本朝百年無事札子」は、建国以来の歴史的状況を回顧したのち、今後起こりうる危機を重点的に分析し、改革の緊急性を明白に述べて、筆鋒鋭く、時代の悪弊を指摘している。「遊褒禅山記」では事実に基づいて道理を説き、巧妙を極めて婉曲重厚、人の心を啓発する。「読孟嘗君伝」に至っては、「士」の概念の内包と基準の差異を借りて常套に反駁し、旧案を覆す。その筆勢は雄健で、言葉遣いは激しく、力強くも颯爽として、押し寄せる波のごとき勢いが全編にある。まさに短篇の極致である。つま

6　周必大「蘇魏公文集後序」。
7　「答張文潜県丞書」、『蘇軾文集』巻四九。

るところ、王安石は政治家の気概と認識を持って文を作り、その文は経学を重んじ、世の実用に適合し、自然にして精悍、広大にして深遠であると言えよう。梁啓超は「王安石評伝」において、王氏と欧陽脩は「ともに韓愈を学び、そしてともに韓愈の技巧を取り込んで一家を成した（同学韓,而皆能尽韓之技而成一家）」と述べるが、これは実に見識である。

三、議論派

　議論派は、蘇洵・蘇軾・蘇轍を代表とし、人々は「その文章を見て「三蘇」と称した」[8]。三蘇の文章でもっとも突出した特徴は、議論に長け、古今のことを解説し、是非を論証して、道理を実用に供する点である。蘇轍は、「父兄の学は、ともに古今の成敗と得失を議論の要とする」（「歴代論引」）と言い、蘇軾もみずから「好き勝手に利害を論じ、得失を説いたりする」[9]と述べるとおり、論説を好むという特徴がここに見て取れる。陳善が蘇軾のことをみずから一門を立てた議論派とみなして、経述派と並称したことも道理なしとしない。袁枚がいう、「三蘇の文は一人が作ったようである」（「書茅氏八家文選」）も、おそらくは議論に着眼しての言葉であろう。

　三蘇は文によって政治を論じ、歴史を論じ、事実や人物を論じ、理、道、芸などを論じた。卓越した識見と多方面からの論説、古今に通暁した知識、道理に精通して実用に適合したその文は、実に空言なしである。蘇洵の学問は申（不害）・韓（非子）に基づき、荀子・孟子および『戦国策』の諸家の影響を受けている。その文章はおおむね権謀術数や臨機応変を論じ、「雄壮な気風と堅実な筆致をもって、大海を自由に泳ぐかのような文章を作る。上は天と人について突き詰め、下は経学を修めて明らかにし、国家盛衰の理由を述べるにあたっては、しばしばもっとも透徹して感慨深い」[10]と言われるほどである。たとえば「権書」や「衡論」、「幾策」などはみな、「その弁論は雄大で、いにしえに広く通じていまに役立つ。まさに有用の言であ

8　王闢之『澠水燕談録』。
9　「答李端叔」、『蘇軾文集』巻四九。
10　邵仁泓「蘇老泉先生全集序」。

る」[11]と評される。「六国論」は六国の破滅を論じて、「衰微したのは秦に賄賂を贈ったからである」と指摘し、「審敵」と「心術」では「天下の形勢」を論じて用兵の術に同じと説く。すべて「これをいま実施しても、当てはまらないところはない（施之於今，無所不可）」とみずから言うほどである。蘇轍は政論と史論を得意とした。その「上皇帝」では、劉備を「智謀に欠け勇猛さが足りない（智短而勇不足）」と非難しており、議論は正確で、要点を突いている。名作「黄州快哉亭記」は、眼前の景物と古代の出来事を論じつつ、「物によって精神を傷つけず（不以物傷性）」との意見を出し、その文は穏やかで淡泊、健やかで洒脱である。簡約かつ厳正なその修辞は、欧陽脩や曾鞏に近い。

　欧陽脩の跡を継ぐ傑出した文壇の領袖、それが蘇軾である。文化面で多芸多才を発揮したこの偉人は、文学の各分野において、世人みなが注目する成果を上げた。その散文は宋代散文の最高の成果として君臨し、欧陽脩と並び称される。宋代の文章の平易自然、宛転流暢という主潮の成熟と定着に対して、蘇軾の創作は決定的な役割を果たした。その散文における突出した特徴の一つが、視野の広さ、思慮の深さ、議論の爽やかさと縦横無尽の展開である。とりわけ中年以降の作品は儒仏道諸家の成果を取り入れて、事・理・情・景・意・趣が渾然一体となり、視角を変えて、発すれば議論となり、口を開けば文を成すほどであった。さらに、博く深い学識と比類なき清新さを見せるのみならず、境地は高遠にして豪放闊達で、その英知と妙筆および独特の視点は、ときに卓を叩いて絶賛するほどである。たとえば「超然台記」は、「およそ物にはすべて見るべきところがある（凡物皆有可観）」ではじまって議論に発展し、「物の外にたゆたう（遊於物之外）」をもって筆を擱く。「前赤壁賦」は叙事を通して議論を進め、理を説くことを主旨として時空と人生とを探る。そして叙事、叙情、叙景と議論が溶けあって、時空を超え、古今を見渡し、時に仙仏の道をゆき、悠然として闊達、詩情と画意および至理と奇趣が横溢し、そのイメージは麗しく

11　欧陽脩「薦布衣蘇洵状」。

も奥ゆかしい。「潮州韓文公廟碑」に至っては、議論のうちに儒学と文学における韓愈の貢献を評価し、「日喩」では「盲人が太陽を知る（盲人識日）」と「北方の人が潜水を学ぶ（北人学没）」の議論を用いて、学問に努め正道を求めるよう後進を指導しており、やはり宏大にして深遠、縦横に筆を振るっている。人は蘇軾を、「文章によって人を教化すること、仏家が参禅して悟りを得るかのようである」（「宋大家蘇文忠公文鈔」）と称するが、まさに蘇軾の論説文が哲理と思慮に富み、人心を啓発するという特徴を言い当てている。蘇軾の文は広く各文体を備え、姿は次々と変わり、勇健奔放、自由自在、円熟して流れるよう、新たな境地は尽きることがない。南宋の趙夔は「蘇軾文集序」で次のように言う。蘇軾の「力は天下をめぐり、気は満ち足りて、道理と精神とを突き詰めて、天と人を貫通する。山川風雲、草木果実、ありとあらゆるものを説くのは、実に嘉するべき、驚くべきである。万感を内に有して、それをひとたび文章に仮託すれば、百世をも圧倒し、一家を打ち立てる。燦然と輝く光を内に秘め、ここに至って大成した」[12]。実に的確な評であろう。

第二節　蘇門派、太学派および道学派

一、蘇門派

　蘇軾は文壇の盟主になると、多くの古文作家を相次いで登用して育成した。なかでも黄庭堅、秦観、晁補之、張耒、陳師道、李廌がもっとも有名で、世に蘇門六君子と称される。こういった蘇門の後学は蘇軾の指導や影響を受け、その才能と力量とによって、それぞれ得意分野を有する。そして散文分野では、蘇軾の文芸思想や創作の特徴を程度の差こそあれ各々が発揚させた。いま、これを蘇門派と呼ぶことにする。この派には三つの大きな特徴がある。その一、蘇軾の文章における妙諦について、これを会得し、体験し、総括することに十分に意を注ぎ、自身の創作に運用して特色

12　『蘇軾文集』巻首、中華書局　1983年孔凡礼校点本。

第八章　北宋中葉における散文の進展と各派の台頭（下）

を出した。たとえば黄庭堅や秦観、張耒が、文章は「理をもって主となす（以理為主）」と繰り返すのは、実のところ、蘇軾の文章に見える着想と境地、それに対する共通の認識なのである。黄庭堅は「答洪駒父書」で、文章の創作には「主旨と情趣を備え、初めから終わりまで重要な部分があり、その内容を広げたりまとめたりするべきである（須有宗有趣，終始関鍵，有開有闔）」[13]という。張耒は「駕方回楽府序」で、「思いが心に満ちて発せられ、口にまかせて言って文章ができあがり、考えをめぐらそうとしなくても巧みで、飾りつけようとせずとも美しい（満心而発，肆口而成，不待思慮而工，不待雕琢而麗）」[14]という。李廌は「答趙士舞」や「陳省副集序」で、文章の体、志、気、韻、辞、理、意、法について論述するが、それはみな蘇軾の散文における構想と構成、創作の特徴、そして創作経験の総括であるといえる。その二、蘇軾の文章が持つ平易自然の特徴を保持し、あるいは高めて、とくに題辞と跋文および書簡をよくした。その三、古文と駢文をともに自由に扱った。ここではまず秦観、晁補之、張耒と陳師道について簡単に紹介し、黄庭堅については節を改めて詳述する。

　秦観は賦をよくし、論説文に優れた。文章は美しく深い思想を備え、その「黄楼賦」は蘇軾に甚だ賞賛された。『淮海集』中の「進策」三十篇は、古今の治乱得失を考究し、時の政治を論じて非常に優れた見識を示しており、蘇軾は群を抜いて実用に足ると考えた。「進論」二十篇は史論としてその見解は卓抜、詞藻は燦然としている。呂本中が『童蒙詩訓』において、秦観は「生涯東坡の歩みに従う」というが、真に故あることである。

　晁補之と張耒の二人は並び称される。晁氏は言論を好み、出色の雄弁家である。『四庫全書総目提要』「鶏肋集」は、その「古文は波瀾壮大にして、蘇氏父子とともに活躍する」と称する。「上皇帝論事書」は洋々と万言を費やして古今のことを論証し、滔々と雄弁に語って遼を平定する策を献じる。「安南罪言」では安南における用兵について縦横に論を展開し、その文章は

13　宋・黄庭堅『豫章先生文集』、清乾隆三十年緝香堂刻本。
14　『張耒集』、1990年中華書局校点本、李逸安等校点。

典雅なうえに新奇で美しい。叙事の文である「遊新城北山記」は優美な文字を用いて、その筆致は雄健かつ洗練されており、広く伝わり称揚される。張耒の文章は蘇轍に近く、筆勢は雄大で恬淡としており、宛転として含意は深く、おおむね平易自然、明白流暢な点に特長がある。葉夢得は「張文潜集序」で、「鷹揚として差し迫らず、ゆったりとして余裕がある」、「物に触れ、変に遇えば、自由自在に起伏し、様々な姿を見せる」と称している。議論文はその多くが大作で、題跋書序のどれをとっても縦横に筆を振るう。「賀方回楽府序」や「答李推官書」は、ともに評価が高い。

陳師道ははじめ曾鞏に師事し、のち蘇軾に抜擢された。その文は事を論ずることに長け、脈絡は首尾応じ、簡潔かつ緻密である。「正統論」、「取守論」、「上曾枢密書」などは、みなその代表作である。とりわけ書信は、横溢する友情によって名高い。李廌は「古今の治乱を議論するのを好み、文章は伸びやかでかつ曲折している。その論は道理にかなっており」[15]、やや蘇軾に似る。「兵法奇正」、「将材」、「将心」は議論が壮大で、筆致は雄健、その代表作に数えられよう。

二、太学派

欧陽脩の古文派が立ち上げられてしばらくすると、さらに太学派が現れた。この派は、太学において過度に経典を通じていにしえを学んだところから生まれ出た散文の流派で、その作品の特徴は奇特で晦渋な文章にある。慶暦年間（元年1041）に発生し、嘉祐年間（元年1056）のはじめには消滅したため、実質的にはわずか十数年存在したのみである。

まず、そのもっとも突出した特徴は、深きを求め奇に趨った点である。蘇軾の「監試呈諸試官」には、かつて「きらきら飾りたてて台無しの玉、つぎはぎだらけの錦。山椒の実と桂の樹皮を混ぜては濃すぎ、咀嚼すればじゃりじゃりと砂をかむかのよう。額がなくなるほどの太い眉は醜く、他人の歩くまねをして却ってふらついている（千金砕全璧，百衲収於錦。調

---

15 「李廌伝」、『宋史』巻四四四。

第八章　北宋中葉における散文の進展と各派の台頭（下）

和椒桂釅，咀嚼沙礫硜。広眉成半額，学歩帰踔蹕）」[16]とある。このような詩句でもって、太学派の怪異晦渋な文章と醜態失態を風刺したのである。また、「謝欧陽内翰書」では、文風の復古にあたり、「思いを込めるにも適度を過ぎれば、深きを求める者はかえって迷い、奇をてらう者は晦渋で読むに堪えないこととなる（用意過当，求深者或至於迂，務奇者怪僻而不可読）」[17]といい、これも太学派を指している。

　次に、太学派はいにしえの道は述べるが時務には関わらず、大言壮語して事実を顧みない。劉幾がこの派の代表的人物である。沈括『夢渓筆談』巻九には、「嘉祐年間（「初」の誤りか。原著者）、士人の劉幾は昇進して国学の第一人者であった。晦渋な語を作ると、学ぶ者はこぞってこれを模倣し、そして一般的なものとなった（嘉祐中（疑為＇初＇），士人劉幾累為国学第一人，驟為険怪之語，学者歙然効之，遂成風俗）」とある。そして嘉祐二年、進士を受験すると、その答案には「天地がきしみ、万物が芽生え、聖人が咲く（天地軋，万物茁，聖人発）」の句があり、欧陽脩は朱筆でこれを消して落第させた。ほかにも、石介が目をかけた門人の何群や、孫復の弟子である姜潜賢、胡瑗の高弟である徐積などは、みなかつて太学派の重要な作家であった。

　太学派の台頭は決して偶然の産物ではない。北宋前期にはすでに晦渋深奥をもって古文とする現象があったのである。本来、太学設立の趣旨は復古勧学と人材育成であり、当時の太学生の科挙合格率はきわめて高かった。そこでもっとも影響力のあった学官が石介や孫復、胡瑗だったのである。彼らはみな経書に通じていにしえを尊ぶ古文家ではあるが、ただ往々にしてその文は「迂遠かつ虚妄（迂闊矯誕）」[18]であった。太学生はその影響で新奇さを前面に出し、放言虚論を好み、文においては怪異晦渋を追求して、内容は実なく過激に流れるという、太学派の気風がにわかに形成されたのである。慶暦六年、張方平は科挙の主管となると、太学体を排斥し、朝廷

16　『蘇軾詩集』、中華書局 1982年版、清王文誥輯注、孔凡礼校点本。
17　宋・蘇軾『蘇軾文集』、中華書局 1986年版、孔凡礼校点本。
18　蘇軾『蘇軾文集』「議学校貢挙状」、中華書局 1986年版、孔凡礼校点本。

に誠論を下すよう上奏した。そして嘉祐二年、欧陽脩が主管になると、さらに厳しく排撃して、およそ太学体による者はみな落第させた。こうして一気に太学派を打ち砕いて、平易自然の文風をしっかりと固めたのである。

三、道学派

　北宋中葉には、さらに周敦頤、張載、程顥、程頤を代表とする、道学派と呼ばれる散文作家群が現れた。彼らはみな北宋の著名な思想家で、新儒学の創立と宋学の形成のために多大な貢献を果たした。同時にまた彼らは、講義を通じて道学を受業生に広め、その影響はきわめて大きい。

　道学派は「文は道を載せる（文以載道）」ことを強調し、道を重んじ文を軽んずることから、ときには「文は道を害する（文能害道）」とまで言った。「もっぱら章句にこだわる（専務章句）」ことに反対し、「胸中に蔵するものを吐露すれば、自然と文ができあがる（抒発胸中所蘊自成文）」ことを要求した[19]。創作の実践においては、道学派も相当高い芸術的力量を示しており、理を説き事を論ずるに質朴で自然、文辞は素朴で簡潔、論理性は厳密で、その思想は宏大で詳しく深く、みずから一派を形成する。劉子澄は道学家の視点から、「本朝に優れた文はただ四篇、「太極図」「西銘」「易伝序」「春秋伝序」のみである」[20]と称している。この四篇の文章はいずれも道学派の代表作である。道学派の始祖である周敦頤の散文は、言はよくまとまり道は宏大、文は質朴で義は奥深い。「太極図・易説」は三百字にも満たないが、宇宙の根源から人間性の善悪まで、一つの完成した思想体系を論述している。「愛蓮説」は仏教を援用して儒教に入り、文字は生動かつ優美で、より人口に膾炙した名篇である。張載の「西銘」は理を推し進めて道の義を保全し、それ以前の聖賢がいまだ触れていなかった、「天道」と「人道」とを連繋することで、封建的社会秩序の合理性を論証する。その主旨は詳しく深く高遠で、その文辞は古風で飾りなく自然である。程顥、程

19　宋・程顥、程頤『二程遺書』、上海古籍出版社 1992年版、『諸子百家叢書』本。
20　宋・黎靖徳編『朱子語類』、王星賢点校本、中華書局 1986年版。

頤の二人は少年時代、周敦頤について学業を修めた。彼らの作品は、ただ事実を述べて典故は用いず、やさしく自然で、伸びやかでわかりやすい。程顥の「論王覇札子」、「諫新法疏」、「論十事札子」などはみな現実と密接に関わっており、直截的で意をしっかりと伝え、駢文と散文を併用して筆致は流暢である。程頤の「易伝序」、「春秋伝序」は、「万物の道理に通じて成功する方法（開物成務之道）」と「国を治める重要な法（経世之大法）」とを説き、文は雅びで清く、語は玉を連ねたようである。「上仁宗皇帝言事書」は、右へ左へと何度もめぐり、起伏や曲折に富む。「養魚記」は、道を物事に仮託し、優美かつ深い趣を有する。いずれも佳作と称することができよう。道学派の語録については、本人が著述するものではないので、ここでは論じない。

第三節　黄庭堅の散文における芸術的境地

　蘇門派のなかで、蘇軾の文化的精神をもっとも全面的に体現し、正しく反映したのが黄庭堅（1045-1105、字は魯直、号は山谷道人）である。先人はすでに蘇軾と黄庭堅の交遊が「もっとも親密」であり、「蘇公は真に魯直を知る」[21]、黄庭堅も「また心に東坡と契る」[22]と言い、二公の「気骨と行いは一時に鳴り響き、千古に輝きを放つ」[23]。さらに黄庭堅の文は「蘇東坡公と並び立つことができる」[24]とも称されている。北宋中葉にあり、新しいものを生み出そうという強い意識と、きわめて豊かな想像力を備えた万能型の文化的巨頭として、黄庭堅は文学芸術のほとんどすべての分野で深い造詣があり、卓越した功績を誇る。しかしながら、人々の関心と研究の焦点および人気は、長期にわたってその詩歌と書に集中しており、散文方面の研究成果は非常に少ない。ところが、黄庭堅の散文はその詩歌と同じく、

21　宋・洪炎「豫章黄先生退聴堂録序」。
22　清・黄宗羲『宋元学案』巻一九。
23　明・査仲道「山谷全書書後」。
24　明・何良俊『四友斎叢説』巻二三。

重要な文学的意義と文化的意義を有するのみならず、美学的な意義と思想的な意義をも兼ね備えており、それは中国の古典文学のなかでも精品といえ、同時にまた古代文化史料のなかでも珍宝というに値する。それゆえ蘇軾は、「美しくも雄壮な文章は、当世においてもっとも妙である」(「挙黄魯直自代状」)として賞賛するのである。そういった散文作品は、豊富で奥深い文化的な内包を備えるだけでなく、しかも積極的で健康な人文的精神に満たされている。つまり、すみやかに研究すべき文学遺産であり、文化遺産、そして精神的財産でもある。ここでは黄庭堅の散文における芸術的境地について、いささか考察してみたい。

一、現存する黄庭堅散文の統計

いかなる研究も、まずは研究対象の基本状況を把握しなければならない。黄庭堅の散文研究においては、まずその現存する作品の数量を明らかにすることが肝要である。

黄庭堅は刻苦勉励、謹厳実直、詩文ともに長じた文学の巨匠で、多作家である。大量の古今に名だたる絶妙な詩を創作すると同時に、また時代を超えて耀く格調高雅な各形式の散文を数多く創作した。それは当時、「一篇一首が出れば、人々は争ってこれを伝え読み、そのため紙の値段が上がった」(「豫章先生伝」)と言われるほどである。南宋の初め、黄庭堅の外甥である洪炎が編集した『豫章黄先生退聴堂録』は、詩文一千三百四十三篇を収めるが、散文がその半分を占めている。淳熙年間、黄庭堅の子孫である黄子耕は、「散逸したものを博捜して、八百六十首を得て」(「豫章別集序」)、『豫章別集』二十巻を編集した。そこでは各形式の散文が九割以上にも上り、詩詞は八十首にも満たない。これより、その散文創作の豊かさが見て取れよう。それでも、すでに時代が遠く隔たるため、現在にまで伝わっている散文作品は、その一部に過ぎない。いま、四川大学出版社2001年版の『黄庭堅全集』(劉琳、李勇先、王蓉貴校点)によって、現時点で確認できる黄庭堅の散文を文体ごとにまとめると、次の表のようになる。

第八章　北宋中葉における散文の進展と各派の台頭（下）　　　　　　229

山谷現存散文の文体別数量一覧

文　体	正　集	外　集	別　集	続　集	合　計	備　考
賦	17	10	2	0	29	
序	12	0	3	4	19	
記	28	0	18	23	69	
書簡	76	31	777	318	1202	
論	3	0	0	0	3	
表状	15	0	25	1	41	
伝	1	0	0	0	1	
策	0	0	3	0	3	
碑	2	0	0	2	4	
銘	82	0	22	2	106	
賛	79	0	16	6	101	
頌	90	0	30	7	127	
字説	27	0	23	2	52	
題跋	311	27	204	61	603	
雑著	8	54	52	6	120	
祭文	23	0	16	0	39	
墓表	39	22	22	0	83	
総　計	813	144	1213	432	2602	

　上の表からわかるように、山谷は二十種近い形式の散文を創作しており、現在にまで伝わる作品は二千六百篇以上に達する。そのうち「書啓」すなわち書信の数量がもっとも多く、一千二百篇以上、全体のほぼ半分にあたる46％強を占めている。それに次ぐのが題跋で六百篇余り、総数のおよそ四分の一を占める。賛、頌、銘の類の編章も三百篇以上ある。そしてもっとも少ないのが「伝」で、これはわずか一篇のみである。
　ここで説明を加えておくべきは、黄庭堅にはほかにも日記二百二十三篇が存在することである。すなわち『宜州乙酉家乗』であるが、かりにこれを上の表の数量と合算すると、山谷の現存する散文は二千八百篇以上となり、同じく現存する詩歌（一千九百首余り）の1.5倍となる。この数字は現存する蘇軾の散文の数量（四千三百四十九篇）には及ばないものの、唐

宋八大家のその他の七人より相当に多い。

唐宋散文八大家の現存作品数一覧

作家名	作品数	作品集名称	依拠した版本	備　考
韓　愈	361	韓昌黎全集	中国書店1991年6月拠1935年世界書局本影印	
柳宗元	522	柳宗元全集	中華書局1979年10月出版校点本	
欧陽脩	2416	欧陽脩全集	中国書店1986年6月版	目録中の題目により算出
蘇　洵	106	嘉祐集箋注	曾棗荘・金成礼箋注、上海古籍1993年3月版	
王安石	1332	王安石全集	沈卓然重編本、大東書局中華民国二十五年四月三版	収集した佚文を含む
曾　鞏	799	曾鞏集	陳杏珍・晁継周点校、中華書局1984年11月版	佚文を含む
蘇　軾	4349	蘇軾文集	孔凡礼点校、中華書局1992年9月出版	目録による調査
蘇　轍	1220	蘇轍集	陳宏天・高秀芳点校本、中華書局1990年8月版	収集した佚文を含む
説　明	蘇軾の作品について、孔凡礼「蘇軾佚文匯編弁言」では、「『蘇軾文集』に見えるもの三千八百余篇、佚文四百余篇」とし、合計四千二百余篇となるが、表中の統計とはやや異なる。			

　この表から明らかなように、山谷の現存する散文作品の数量は、蘇軾にやや劣るとはいえ欧陽脩よりは多く、韓愈の7.8倍、柳宗元の5.4倍、蘇洵の26.4倍、王安石の2.1倍、蘇轍の2.3倍、曾鞏の3.5倍である。むろん、これは単なる数の比較に過ぎないが、一般的に言って、数量はその質を映し出す重要なパラメーターであろう。山谷の散文創作の数量は、彼がいかに散文方面に心血を注いでいたかを一面から物語っている。

二、先人の視点から見る黄庭堅の散文

　黄庭堅は詩をもって世に知られる。彼は宋代の詩歌を高尚なもの、かつ文人がたしなむものという芸術的な高みへと押し上げ、表現面ではその極

第八章　北宋中葉における散文の進展と各派の台頭（下）

致という水準にまで発展させた。蘇軾が推挙し、士林は賞賛し、学ぶ者はこれに追従し、陳師道は「ひとたび黄豫章の作を見るや、ことごとくそれまでの原稿を焼き払ってこれを学んだ」[25]とまで言った。そうして江西派が形成され、その影響力の広さ、大きさ、深さは、蘇軾を除いて比肩しうる者はおらず、ついには散文の成果が詩の名声によってかき消されるに至る。ところが、実は黄庭堅の文章の技量、創作の水準、全体的な成果は、決して詩に後れを取るものではない。黄庭堅は、「文章は国の宝である（文章為国器）」[26]と考えていたように、非常に散文の制作を重視しており、姿勢は謹厳、技量に優れていた。したがって、その散文作品は当時より学界と士林のあまねく関心を寄せて賞賛するところとなり、そして広く伝播していった。

　黄庭堅自身は、自分の散文の出来映えは、全体的に言って先人に劣ると考えており、またいくらかの文体についても、同時代人を超えていないと考えていた。黄庭堅は「写真自賛」で、「文章は司馬遷、班固、揚雄に及ばず」と言い、「論作詩文」では、「私みずから思うに、詩作においてはいささか悟るところがあるが、ほかの諸々の文においては他人を上回るほどの長所はない……詩は東坡に劣るも、文潜と少游よりはよくできる。雑文については無咎と同じくらいであろう」（『別集』巻一一）という。当時、張文潜、秦少游、晁無咎と黄庭堅は、号して「蘇門四学士」と称された。黄庭堅が自身の散文を無咎と同等であるというのは謙遜であろう。晁無咎には『鶏肋集』が世に伝わり、その散文「遊新城北山記」は当時の名士に賞賛されている。二十世紀八十年代、筆者は劉乃昌先生と『晁氏琴趣外篇　晁叔用詞』校注を著し[27]、『鶏肋集』に詳しく目を通した。その散文には確かに一定の特色は認められるものの、全体としての成果、創作量、あるいは当時および後世に与えた影響など、どれをとっても明らかに黄庭堅の散文と同列に論じる水準にはない。

25　陳師道「答秦覯書」。
26　「答陳敏善」、『正集』巻一九。
27　劉乃昌・楊慶存『晁氏琴趣外篇　晁叔用詞』、上海古籍出版社　1991年出版。

黄庭堅の「与秦少章書」では、秦少游、晁補之、張耒、陳師道らの評論文は、自身より優れているという。歴史評論、政治評論、治国の方法の提言や朝廷への献策といった政治的かつ現実的、そして応用性の比較的強い文章は、現存する黄庭堅全集のなかでも確かに多くは見られず、一方で秦・晁・張・陳の文集には多くの編章が収められ、同時代人に賞賛されたものもある。この点では、みずからに対する黄庭堅の評価は事実に基づいたものと言えよう。南宋の韓淲撰『澗泉日記』には、次のような記載がある。

> 鄒德久は、黄庭堅が次のように語ったことがあるという。自分は議論の文章がもっとも苦手であった。だが欧陽公、曾子固の議論文を読めば、必ず一代を代表するものであるとわかる。君も試みにこの二人の文章を見て、それらを取り込んで文章の体裁を求めれば、おのずから得ることであろう。言葉はもとより学ぶ者からすれば枝葉に過ぎない。しかし、みずからを厳しく律して実践し、一心不乱に力を尽くす以上は、古人をもって模範となし、文章の体裁や言葉の気概を損なわないようにするべきであろう。
>
> 鄒德久道山谷語云：庭堅最不能作議論文字，然読欧陽公、曾子固議論之文，決知此人冠映一代。公試観此両人文章合処以求体制，当自得之。言語固是学者之末，然行己之余，既賢於雑用心，亦便当以古人為准，要使体制詞気不病耳。

上の引用をつぶさに見れば、この一節は、後学がいかにして評論文を作るべきかについて、黄庭堅に教えを請うたときの話であると推測できる。「議論の文章がもっとも苦手であった（最不能作議論文字）」とあるのは、できないというのではなく、実は作らなかったことをいう。欧陽脩と曾鞏はともに文壇の大家で、とりわけ議論文に優れ、その名作佳品は広く伝わり賞賛されている。黄庭堅はこれを模範として後学を指導し、その上で「それらを取り込んで体裁を求め（合処以求体制）」、「体裁や言葉の気概を損なわない（使体制詞気不病）」ことを要求するが、これはもとより論者が評論文

に対して深い造詣を有していることを物語っている。いわんや策問により人材を採用していた宋代である。黄庭堅はその科挙に及第して官途に就いている以上、深く確かな評論文の基礎がなければ、郷試や省試、あるいは殿試に合格するなど考えられない。さらに黄庭堅は「与洪駒父書」で、「議論の文章を学んで作るのに、さらに蘇洵の作を読まなければならない。古文たるもの、質朴で重厚であることを重視すべきで、あまりに飾るのはよくない」(『外集』巻二一)と述べていることからも、この道に通暁していることがわかるであろう。実際、黄庭堅の散文のうち大部分は、詩・学・文・道・人・事・史・芸を論じた論説文であり、しかもそれらは短くまとまって分析は鋭く、生き生きとして深く切り込む点で優れているのである。黄庭堅が政治色の強い長編の評論を書かなかったのは、当時の熾烈かつ複雑な派閥争い、および自身の節度を守るという観念と無関係ではあるまい。

　黄庭堅の散文は、当時からすでに師友同朋の関心を集め、高い評価を得ていた。なかでも蘇軾による称揚は、もっとも権威があり、その代表とすることができる。蘇軾の元豊二年「答黄魯直」では、はじめに黄庭堅の詩文を見て「そびえ立つようで他とは異なる（聳然異之）」と評し、「純粋な金か美しい玉（精金美玉）」をもって喩える。さらに元祐年間の「挙黄魯直自代状」では、「美しくも雄壮な文章は、当世においてもっとも妙である（瑰偉之文妙絶当世）」として賞賛し、また「仇池筆記」では、「黄魯直の詩文はワタリガニやホタテ貝に似て、格別のうまみがある（黄魯直詩文如蝤蛑、江瑶柱，格韻高絶）」といっている。

　蘇門の学士も黄庭堅の散文に対して、これを非常に羨望している。元豊三年、秦観は黄庭堅の『焦尾集』と『敝帚集』を読み、「その文章は古雅にして、はるか昔の両漢の風気を備える。いま私が交遊している文士を自認する者のなかにも、比肩できる者はいない」[28]と認めている。晁補之は「書魯直題求父揚清亭詩後」で、黄庭堅の文字は「思いを致すこと高遠」であるという。ほかにも釈恵洪は、「万物を形容するのに妙なる語をもってし、

28　秦観「与李徳叟簡」、『淮海居士集』巻三〇。

さながらその手に応じて春が来るかのようである」(「山谷老人賛」)と感嘆した。また、黄庭堅逝去後まもなくして著した「豫章先生伝」では、「黄庭堅は黔州に移ってのちが句法にもっとも優れ、筆勢は赴くまま、まことに天下の名作である。宋が興ってから、ただ彼一人である」とまで言っている。これはむろんその詩について言うのみでなく、当然散文も含められている。元祐年間の党禁の時期であっても、黄庭堅の文章は変わらず人々から普遍に愛されていたのである。

南宋期、元祐の党禁が解かれると、学者は広く逸文を捜集し、各種の黄庭堅の文集を再編、重刻重印してその風気を醸成した。「江・浙・閩・蜀にもまた善本が多く」(魏了翁「黄太史文集序」)、黄庭堅の文集は『正集』『外集』『別集』『続集』のほか、『山谷老人刀筆』や『山谷題跋』、『山谷尺牘』といった形式別の散文集までもが世に現れた。こうしてますます広く流布するようになり、実に「その詩文は天下に行き渡る(詩文遍天下)」(黄子耕「山谷年譜序」)という様相を呈した。そして、山谷に対する評価はますます充実し、深く鋭いものとなる。たとえば洪炎の「豫章黄先生退聴堂録序」には、以下のようにいう。

> たいてい魯直は文章においては天賦の才があり、筆を落とせば巧妙で、誰も及ばないが、もっとも優れるのは詩である。その根本は、精神を修養することをもって主旨とし、名声や利益からはかけ離れ、官位にも頓着せず、国を憂い民を愛し、忠義の気が穏やかに筆墨の外に現れている。

この一段は作品そのもの、作者の真意、作品の境地が持つ効果など、多方面からの深い考察である。

宋代以降、唐を重視し宋を低く見る思潮がしだいに現れてくるが、学林の士大夫は依然として黄庭堅の文章に愛情を注いだ。たとえば元代の劉壎は、「黄庭堅の詩の音律が非常に優れているのは、その長所である。それゆえ、詩に近い形式の文章でも巧妙でないものはない。賦や賛、銘といった

韻文は、疑いなく佳作である。そのほかの記や序のような散文はそれには及ばない」[29]という。明代の何良俊も、「蘇東坡は才気宏大で、もとより百代に一人の文人である。しかし、黄庭堅の文も内包するところがあって興趣に富み、ときに魏晋の人の語を用いる。蘇東坡公と併称すべきである。その読書や作文を論ずる点は、ほかの文士たちの及ぶところではない。私はときどきそのすばらしい言葉を取り上げて、これを知人に示している」[30]と言っている。張有徳もまた「宋黄太史公集選序」で、「黄庭堅の文はそれゆえやや蘇東坡に劣る。しかし清新な点では群を抜き、きわめて奥深い。書、尺牘、題、賛など、文の大小にかかわらず、韻律は特に優れている。禅を組んで悟りの境地に至るというが、これは言葉でもって高雅な趣を表しているのである」と記す。さらに清代の盛炳緯も「光緒重刻黄文節公全集序」で、黄庭堅は「詩でもって世に名前が響き渡り、文は蘇東坡に及ばないといっても、詞を作らせればその炎は万丈の高きに届くほどである」という。

　包み隠さず言うならば、黄庭堅の散文の成果に対しては、異なる認識を有する先人もいる。陳善『押虱新話』には、「黄庭堅は散文を苦手としている」という陳師道の言葉を載せる。朱熹は、「黄庭堅はよく事実を述べ、述べて述べ尽くすが、陳師道は述べてややまばらなところがある。散文においては、黄庭堅は陳師道に遠く及ばないと言えよう」（『朱子語類』巻一四〇）と考えている。羅大経『鶴林玉露』丙編巻二には、「黄庭堅の詩は天下に誇るべきであるが、その散文はやや細々として窮屈さを覚える」とある。諸々のこのような評価は、必ずしも適切とは言えないが、ある一面、あるいはある一点について言うならば、確かに根拠がないわけではない。山谷が「詩歌に長じ（長於詩歌）」、相対的に言えば「散文を苦手（短与散語）」としていたのも誤りとは言えない。かつて陳師道は曾鞏を仰慕し、その散文を真剣に学んで、文章の規範に深く通じた。しかも、当時にあってその

---

29 『隠居通議』巻一八。
30 『四友斎叢説』巻二三。

散文の名篇が広く伝わっていたため、朱熹が「黄庭堅は陳師道に遠く及ばない」と言ったのも根拠なしとしない。羅大経の「細々として窮屈」であるという感覚は、おそらく黄庭堅の散文の体裁や形式、および文面の簡潔さや精錬の度合いが、そのように感じさせたのであろう。

　宋代の張鎡は「豫章文集序」において以下のように述べる。「黄庭堅の詩文について、これを褒める者は実際よりも過分に褒め、これをけなす者にはその実態が見えていない。ともに本当に魯直を知っているのではなく、愛憎のゆえにそう言うのである。おおかた黄庭堅の文は詩には及ばない……その文についてはもっぱら前漢を模範とするが、才能と力量が足りず、雄大な勢いには至らないことが残念である。事実を記すような文章では、時には古文に頗る似ているものもある……たとえば『黄夫人碑』の文は左氏のごとく、字句は屈原のごとくで、古今に広く伝わることになるであろう。柳宗元をもう一度生まれさせても、その右に出ることはできまい」。この論、「才能と力量が足りず」が当を得ていない以外は、ほぼそのとおりである。

　これらを要するに、黄庭堅の散文創作の成果について、先人は高い評価と十分な肯定を与えつつ、同時にまたその不足を指摘している。そして、黄庭堅の散文に対する先人（黄庭堅自身も含む）の評論は各人各様であるが、以下の三つの特徴に概括できるであろう。一、散文と詩歌を一つの芸術の総体として評論する、あるいは両者の対比を通じて散文の成果を位置づけるもの。二、黄庭堅の散文を同時代の作家のそれと比較して位置づけるもの。三、巨視的、総体的、全面的な評論は比較的少なく、具体的な作品に対する評点を多くつけるものである。しかし、巨視的なレベルの感覚であろうと、微視的な面からの評点であろうと、往々にして「木を見て森を見ず」という印象を与える。表層を重んじて原因を軽んじ、一定の系統性と全面性を欠き、また一定の理論の高度と歴史の深度を欠くといえる。このような状況を引き起こした根本的な原因は、山谷の散文に対する系統的かつ全面的、科学的かつ客観的、そして事実に基づいて真理を求める研究考察が不足していたためであろう。

第八章　北宋中葉における散文の進展と各派の台頭（下）　　　237

三、黄庭堅散文の分類と考察

　張孝祥の「跋山谷貼」には、「豫章先生の情愛あふれる友人への書簡は、一代の師範である。その謦咳に触れれば、聞く者は興趣がわく。ましてやその書は絶品である。必ずこの至宝を百代の後にまで伝えるべきである」とある。この跋は黄庭堅の散文を人品、文章、書法などの角度から高く評価しており、同時にそれが多く残されることになった重要な原因を示唆している。黄庭堅の散文は数量も多く、体裁も多種多様である。ここではその突出した成果についてのみ、それぞれ考察を加える。

(一)　黄庭堅の賦

　賦が散文であることは、すでに第二章で詳しく述べたので、ここでは贅言しない[31]。黄庭堅の賦は、これを学ぶ者から非常に関心を寄せられており、現存二十九篇のうち、賞賛される作品はほぼその半分に上る。黄庭堅はかつて王直方に賦の作成方法を説いたとき、次のように述べている。「賦を作るにはすべからく宋玉、賈誼、司馬相如、揚雄を模範とするべきである。少しでもその作法に倣えば古風なものができよう。杜甫の「呉生の画を詠む」にも、「画手もて前輩を看るに、呉生遠く場を擅にす」とある。おそらく古人は、事を為すにおいてただ時人に誇ることを求めただけではない。必ずや前代の人々のあいだにあっても独り舞台に上がることを求めたのである」[32]。「必ずや前代の人々のあいだにあっても独り舞台に上がることを求めたのである」というのは、すなわち先人を超越することを要求するのであるから、黄庭堅の作賦における水準および要求の高さが見て取れよう。また「答曹荀竜」には、「賦を作るためには、『左氏伝』と『漢書』を熟読することが必要である。その佳句や用字をすべて己の心にとどめ、どのように使うべきかを知ったならば、筆を下ろすときに滾々として尽きることなく文はあふれ出るであろう」（『正集』巻一九）とある。いまその

31　また、拙論「中国古代散文研究的範囲與音楽標界的分野模式」（『文学遺産』1997年6期5-16頁）参照。
32　「王立之承奉」、『山谷全書・正集』巻一九。

賦を見れば、たとえば着想を重んじ、境地を重んじ、情感を重んじ、理を込めることを重んじるといった独特の優れた点が確かにあり、文字の優美さのみならず格調の高さが認められる。

　元祐八年に書かれた「江西道院賦」(『正集』巻一二)は、もっとも人々に賞賛されている。この賦は序によってその主題を明示し、江西が訴訟の激しい地であり、その「訴訟に勝つことが能力であると認める」悪弊と、筠州太守の柳子宜が「新燕居之堂」を「江西道院」と改称したことを描く。その意図は、筠州にはそのような悪弊がないことを明らかにし、「それによってその地の風習を鼓舞する」ことにある。賦は地域の風俗や文化が異なることから説き起こして、柳子宜の為政が「民の憂いを憂い」、「民の楽しみを楽しみ」、「仁が心に現れている」ことを称揚し、さらに為政は「簡静」「平易」であるべきことを主張した。いわゆる「簡明かつ穏当であれば民は慎む(簡静則民粛)」、「平易であれば民は親しむ(平易則民親)」である。全体は「政」の議論を縦糸にして、「俗」の議論を横糸とし、「人事」を突出させる。友人を称揚して、構成は巧妙、字句は質朴である。金代の王若虚はこの賦を「もっとも精密である」[33]と認め、元代の劉壎は賦史の角度からこの賦の意義を分析評論し、この賦が世に出てより、「その後はいにしえの文が華美な文に取って代わり、六朝の賦のスタイルはこれより衰微した」(『隠居通義』巻四)と考えた。その評価の高さがうかがえよう。

　さきの賦が、友人の「為政に道あり(為政有道)」を称揚するものとするならば、以下の二篇は友人の身の処し方を賞賛するものであると言えよう。元豊三年、黄庭堅は太和県へと赴任する道中、友人の蕭済父のために「休亭賦」(『正集』巻一二)を書いた。序は友人が「帰って子弟に教え」、「高いところに亭を築」いたため、記念文を請われたことから説き起こし、賦を作った理由を述べる。本文は、宇宙の万事万物が「軌を一にして(一軌)」「並び馳せる(并馳)」ことから起こし、そこからこの世の「事時」と「世智」について深く論を進める。そして「ふつうの人は欲するところを得よ

33　「著述弁述・文辯」、『滹南遺老集』巻三七。

第八章　北宋中葉における散文の進展と各派の台頭（下）

うとするに留まり、士人は名をあげようとするところに留まり、君子は天命を果たそうとするところに留まり、聖人は物に留まる（衆人休乎得所欲，士休乎成名，君子休乎命，聖人休乎物）」と考え、友人の「いまに生きていにしえを好み（居今而好古）」、「勉学に努めて聖人に会おうとし、そして万物の根本に留まろうとする（強学以見聖人，而休乎万物之祖）」人生態度を賞賛するのである。これと似た作品に、岳父の孫莘老のために書いた「寄老庵賦」（『正集』巻一二）がある。この賦は宇宙の無限と人生の有限という自然の摂理を描いて、「世を避けるのではなく、この世を超越する（超世而不避世）」という莘老の人生の態度を称揚し、老庵に「つつましく暮らす（鶉居）」としても、「千載に徳は垂れる（対万世而徳不孤）」であろうことを予言する。二篇はともに小によって大を説き、事によって理を説き、事理に通じて気勢がある。

　「蘇李画枯木道士賦」と「東坡居士墨戯賦」は、書画芸術について述べる作品であるが、作者は書画を論じるのではなく、その物を見て人を想い、人を懐かしみ、人を論じて、虚をもって実を写し取る。大所高所から筆を進めて、意趣・情趣・理趣がいっそう豊かである。前者は作画者である蘇軾の人徳の高尚さ、文章の高妙さ、描画技術の高度さについて賛嘆羨慕する。いわゆる「これを検討するに、やはりいにしえの風がある（商略終古）」、「虎や豹の紋のような美しさが、意図せずして備わる（虎豹之有美，不雕而常自然）」、「秋の兎の毛（すなわち筆）に滑稽を込め、とりわけ酒を飲んだ後はもっとも冴えている（滑稽於秋兎之穎，尤以酒而能神）」（『正集』巻一二）などは、作画者の品性や素養、個人的な特徴を際立たせ、読者に巨大な想像の空間を与える。後者では、蘇軾の「筆力は風と煙のみの無人の境地において突出している（筆力跌宕於風煙無人之境）」ことに感嘆し、「天賦の才は群を抜き、心に決まった法はなく、筆と心の機微とが、氷が溶けて水となるかのごとく融合している（天才逸群，心法無軌，筆与心機，釈氷為水）」（『正集』巻一二）などは、これを読めば限りない敬慕を覚えるであろう。元祐三年、秘書省で書いた「劉明仲墨竹賦」（『外集』巻一二）は、まず作画者の気質や素養、性格から説き起こす。「子劉子は山川の

精霊のようで、その骨から毛までが純粋で清らかである。世間を表すことに心を砕き、秋夜に高く輝く月のようである。筆と紙に戯れるさまは、竜蛇が陸に起き上がるようである（子劉子山川之英，骨毛粋清。用意風塵之表，如秋高月明。游戯翰墨，竜蛇起陸）」。その後で画について以下のように述べる。

　　かつて余技として二本の竹を描いた。一本は枝葉がまっすぐ伸び、暖かい風がこれを吹き上げている。痩せた地の竹の子が、夏の竹藪で衣を脱いでいる。これは、都の少年たちが生まれつき垢抜け、春の服はこざっぱりとして、遊侠として名をあげたり、貴顕の家の若者が、長ずるに様々なことを見聞きして、経典に精通していなくとも、やはり凡俗とはひと味違うかのようだ。もう一本は、幹が折れ曲がっており、端を切り落とされても屈せずに生えている。枝は老いて葉も枯れているが、風雪に耐えて首を伸ばしている。廉頗と藺相如が骨格を為すようで、堂々として生気がみなぎっている。学問は修めなかったが豪直な汲黯が、千里の遠くから淮南王劉安の反乱を挫くかのようだ。

　　嘗其余巧，顧作二竹。其一枝葉条達，惠風挙之。痩地荀筍，夏篁解衣。三河少年，禀生勍剛。春服楚楚，俠遊専場。王謝子弟，生長見聞，文献不足，猶超人群。其一折幹偃蹇，斫頭不屈。枝老葉硬，強項風雪。廉、藺之骨成塵，凛凛鋒有生気。雖汲黯之不学，挫淮南之鋒於千里之外。

一連の典故と擬人化の手法を用いて、墨竹の表情や気風を生き生きと描き出している。さらにまた賦の対話形式を巧妙に用いて、描画技術の高さを論評する。

　　私はこの点ですばらしいと思う。年の暮れに伸びる竹と、春の気を受ける枯れた竹。若いのは剛直で、老いたものも日々新しく芽吹くかのようである。もしこれを切り立った崖の岩盤に寄せ、霜や斧で切り

第八章　北宋中葉における散文の進展と各派の台頭（下）

整えられたなら、竹の株はしだいに成長し、優れる先祖を承けて、子孫に恩恵を与えるかのようだ……世の中の技術の優れた人のなかには、その形を完全に表すことができる人もいるだろうが、その人の描く道理に至っては、人格の優れた人でなければ見分けられないだろう。

　　吾子於此，可謂能矣。猶有修篁之歳晩，枯卉之発春。少者骨梗，老而日新。附之以傾崖磐石，攉之以氷霜斧斤，第其曾高，昭穆至於来昆仍雲。……世之工人，或能曲尽其形，至於其理，非高人逸才不能辨。

そして最後に、「万物の奥深さを突き詰めて形にできれば、必ずや胸中は明瞭となるであろう（妙万物以成象，必其胸中洞然）」と、理を説いて筆を擱く。全文は人から画に及び、画から理に及び、重層的に深く、厳密に筋道立っている。生動かつ典雅、その構想は実に巧妙である。

　黄庭堅の詠物賦もまた寓意に富み、興趣にあふれている。たとえば「苦笋賦」は、「川や山の気を浴びて（鍾江山之秀気）」、「ちょうどよい旨味があり、すこし苦いところがまたいい味になっている。水気があってきめ細かく、たくさん食べても身体に悪いことはない（甘脆愜当，小苦而反成味；温潤縝密，多喫而不疾人）」という苦笋の特徴を描き、そこから「苦くて味があるのは、忠心からの諫言が国を活かすものであるかのようである。多く摂っても害がないのは、士人を推挙してこれがみな賢人であるかのようである（苦而有味，如忠諫之可活国；多而不害，如挙士而皆得賢）」（『正集』巻一二）との語を引き出す。また、「煎茶賦」は茶を煎じることから、「腕の立つ職人にとっては捨てるべき材料はない、天下の太平はたった一人の知略で訪れるものではない（大匠無可棄之材，太平非一士之略）」（『正集』巻一二）という見解を引き出す。元符二年、戎州で書いた「対青竹賦」では、青竹の美しさが「その節によるもので文様によるのではない（以節不以文）」と賞賛し、「これを大切に使うなら音律を整える器具や文字を記すのに使い、そうでなければ箒か薪に使うのみで、つまるところは斧に切り倒されるのである（貴之則律呂汗簡，賤之則箕帚蒸薪，惟所逢遭，尽於斧斤）」（『正集』巻一二）といって、竹をもって人を映し、竹をもってみず

からに喩える。そこに込められた寓意の深刻さは味わうに値する。そういった詠物賦のなかでも、「木之彬彬」こそは傑作である。この賦が実際のところは、歴史上の曹操が礼遇した三人、すなわち楊修、孔融、禰衡の境遇を論じようとして作られたこと、その序言より明らかである。作者は自然界の草木のことから社会の人事に説き及び、歴史によって人生を論じて、人生の哲理を述べる。人として謙虚で慎み深くあるべきこと、言行を慎重にすることを説いて、きわめて簡明かつ深みがある。たとえば、「智者が何も言わないのは、妬みは深いからである（知（智）人之所不言，其忌深矣）」、「機微を知る者は危険が差し迫っており、福を求める者はその穂先を隠す（知微者兵在其頸，求福者褚蔵其穎）」、「是非の分かれ目は、利害が絡むところにある（是非之岐，利害薰蒸）」、「他人を見抜くことに巧みで、自分を見抜くことには稚拙である（巧於辨人，拙於自辨）」、「小さな過ちを繰り返せば、そのためにもっとも適切なところを外す（積小不当，是以亡其大当）」、「禍は粗忽なところに集まり、恨みは名声に巣くう（禍集於所忽，怨棲於栄名）」（『正集』巻一二）などの句は、警鐘を鳴らして熟慮を迫るであろう。

　以上からわかるように、黄庭堅の賦は仰々しく体裁を飾った漢代の賦とはやや異なり、六朝期に発展してきた叙情の小賦の基礎の上に、自身に特有の個性を創造し発揚したのである。かりに欧陽脩の「秋声賦」や蘇軾の「赤壁賦」などが魏晋南北朝期の賦の問答形式を留め、比較的濃厚に意図的な作詞の要素が現れているのだとすれば、黄庭堅の作品にはそのような状況はほとんど見られず、より多く、より濃く、より重く古文の色彩、すなわち文賦の特徴を体現しているのである。

(二)　黄庭堅の序

　黄庭堅の現存する序文は七十一篇、そのうち文集の序が十九篇、字序（あざなを説明する文章）が五十二篇で、数量はそれほどでもないが、内容と独創性には目を見張るものがある。明代の何良俊は、「黄庭堅の文、たとえば「趙安国字序」や「楊概字序」の二篇などは、文章の道を知るものであろう。語句の巧妙さばかりを求める者に、どうしてその奥義をうかがい知

第八章　北宋中葉における散文の進展と各派の台頭（下）　　243

ることができようか。ほかにも「訓郭氏三子名字序」や「王定国論文集序」「小山集序」「宋完字序」「忠州復古記」などはみな佳作である（山谷文，如《趙安国字序》，《楊槩字序》二篇，似知道者，豈尋常求工於文字者可得窺其藩籬哉。其他《訓郭氏三子名字序》，又《王定国論文集序》与《小山集序》、《宋完字序》、《忠州復古記》，皆奇作也）」[34]と言い、黄庭堅が創作する各形式の序文の具体的な作品に対して高い評価を与えている。

「小山集序」（『正集』巻一五）は人々の賞賛を受ける佳作の一つである。これは作者の意図あるいは「書籍」のことを重点とするのではなく、晏幾道の人柄や性格の紹介を主とする。

　　晏叔原は、臨淄公晏殊の末子である。胸中に不服を抱き、智謀に優れ、何もはばかることがなかった。文章を書いてはみずからが模範となった。常に人と高下を較べようとして、世の評判を気にしなかった。諸公は晏叔原を愛したが、細かなことに実直であることを望んだので、晏叔原は結局高官につけなかった。ふだんから六芸に没頭し、諸子の文に思いを馳せ、持論は甚だ優れていたが、それをもって世に出ようとはしなかった。私は不思議に思い、かつて尋ねたことがある。すると、「私はふらふらとして落ち着かず、諸公に罪を得たのです。それを憤って吐き出すのでは、人の顔につばするようなものです」。そこで、好んで一人で楽府を作るのだが、それは思いを仮託するのに詩人の句法を用いたもので、清く壮大で抑揚があり、読む人の心を動かすものであった。士大夫らはこれを伝え読み、臨淄公の風格があるともてはやしたが、その言を深く味わえる者はいなかった。

　　私はかつて、「叔原はもとより人の花房であり、その痴態もむろん人とはひと味違っていた」と論じたことがある。叔原を愛する者はみな怒ってそのわけを尋ねてきた。そこで次のように答えた。「積極的に仕官せず、貴人の門につくことをしなかった、これが一痴である。その

34　明・何良俊『四友斎叢説』巻二三。

議論文はおのずから一家を成し得るものなのに、あえて進士として受験する文章を作ろうとしなかった、これが一痴である。かなりの大金を使ったので家族は貧窮にあえいだが、顔にはなお子供の色が残っていた、これが一痴である。人に何度となく裏切られようと恨みを抱かず、自分は他人を信じ、最後まで自分を疑い、自分を欺くことはなかった、これが一痴である」。すると、みなもそのとおりだと納得した。

　このようではあるが、その楽府は花柳における大雅、あるいは壮士の鼓吹というべきである。その優れたものは「高唐賦」や「洛神賦」にも比肩し得るし、その劣る作でも「桃葉歌」や「団扇」の詩より優れている。

　　晏叔原者，臨淄公之莫子也，磊隗権奇，疏於顧忌。文章翰墨，自立規摹。常欲軒輊人，而不受世之軽重。諸公雖愛之，而又以小謹望之，遂陸沈於下位。平生潜心六芸，玩思百家，持論甚高，未嘗以沽世。余嘗怪而問焉，曰："我蹣跚勃窣，猶獲罪於諸公，憤而吐之，是唾人面也。"乃独嬉弄於楽府之余，而寓以詩人句法，清壮頓挫，能動揺人心。士大夫伝之，以為有臨淄之風爾，罕能味其言也。

　　予嘗論："叔原固人英也，其痴亦自絶人。"愛叔原者皆慍，而問其旨，曰："仕宦連蹇，而不能一傍貴人之門，是一痴也；論文自有体，不肯一作新進士語，此又一痴也；費資千百万，家人寒飢，而面有孺子之色，此又一痴也；人百負之而不恨，己信人，終不疑欺己，此又一痴也。"乃共以為然。

　　雖若此，至其楽府，可謂狭邪之大雅，豪士之鼓吹。其合者《高唐》、《洛神》之流，其下者豈減《桃葉》《団扇》哉。

『小山集』は晏幾道の楽府詞集である。当時の詞壇における婉約派の名家として、晏幾道の作品は人口に膾炙し、喜ばれていた。しかしこの序は、「書籍」のことを表現の重点として詞集の内容や特徴を詳細に紹介するのではなく、筆墨を尽くして晏幾道の境遇（宰相晏殊の子であること）、人柄や性格、創作の特徴、およびその生涯を紹介し、その性情における「痴」を際

第八章　北宋中葉における散文の進展と各派の台頭（下）　　245

立たせ、独自の境地と芸術的効果を強調する。「みずから模範となった（自立規摹）」、「思いを仮託するのに詩人の句法を用いた（寓以詩人句法）」、「その議論文はおのずから一家を成し得るものなのに、あえて進士として受験する文章を作ろうとしなかった（論文自有体，不肯一作新進士語）」、「清く壮大で抑揚があり、読む人の心を動かすものであった（清壮頓挫，能動揺人心）」などがそうである。芸術的な構想として、叙述と対話の結合形式を採用し、質朴でまた活発、生き生きとして趣があり、濃厚な文学的色彩を帯びつつも、歴史家の筆法を併せ持つ。実に精巧独特であろう。

　元符三年に書かれた「龐安常傷寒論後序」（『正集』巻一五）では、「その行為を明らかにし、もって後序となす」というように、五分の四もの紙幅を割いて、著作者の医道が「名声は江淮地方に鳴り響く」ほどであったその影響、年少時の「任侠の義気を有し」「どんなことでもした」というその性格、中年期における「門扉を閉じて書にふけり」、「諸子の言を博捜して」、「常に診察に用いた」という、苦学の上で善処した精神、さらには治療をするのに「貴賤や貧富を選ばず」、「老人をいたわり幼児に優しくし」、「財産を肥だめのごとく軽んじて義を好み、常々慈母のように耐え忍んだ」という高尚な医者としての徳を紹介する。一方で、論著そのものに対しては、ただ「古人の言わなかった思いを多く得た」という数語のみの評価である。しかし読者は、黄庭堅の序に描かれた著者の挙措や性格から、すでに本書の価値を信じるに足るのである。

　「王定国文集序」と「畢憲父詩集序」もまた著作者自身について書くことを重視した序文である。前者はまず王氏の「洒脱として高邁（洒落有遠韻）」という気質、「官位を剥奪され嶺南へ落ち延びた（奪官流落嶺南）」境遇、および「さらに人にへりくだってみずから刻苦勉励し、様々な経典を読んだ（更折節，自刻苦，読諸経）」精神を描き、ついで「その詩と文章は、近時の儒者の規則を守らず、規模は遠大で、必ずわけがあって作り、常に一代に雄たらんとした。いまだ思うがままとはいかないが、他人の後塵を拝しないよう努めた（其作詩及它文章，不守近世師儒縄尺，規摹遠大，必有為而後作，欲以長雄一世。雖未尽如意，要不随人後）」（『正集』巻一五）と

述べて、その詩文創作の特徴を浮かび上がらせ、その独創的な精神を賞賛する。これらはみな著作者の「人」に着目している。後者はまず黄庭堅と詩人の交流、詩集編纂の過程を述べ、最後に「いま公の詩を見ると、尋ねた答えの声が聞こえるようで、また何か尋ねようとするのが目に浮かぶようである（今観公詩，如聞答問之声，如見待問之来）」（『正集』巻一五）と指摘する。強い叙情性をそなえるが、やはり表現される主体は依然として著作「人」である。「胡宗元詩集序」は人の境遇と詩歌の創作に横たわる関係から筆を起こし、「季節を知らせる虫（候虫）」、「谷川の水（澗水）」、「金石糸竹（金石糸竹）」などの喩えで詩歌の類型を論ずる。そのあとで胡宗元その人、その学、その詩について筆を進め、「賢人と交わるのを好んで善行を楽しみ、腰を落ち着けて時運のめぐりを待つ（好賢而楽善，安土而俟時）」といい、その詩は「変化するときは意外に出て、難しいことを表すときに巧妙さを見せる（遇変而出奇，因難而見巧）」と賞賛する。この序の切り口もやはり「人」にある。

　上述した各篇はすべて「人」を表現の主体とする。著作者を序文の中心とするのは、わが国古代の「人を知り世を論ずる（知人論世）」という優れた伝統を十分に体現している。黄庭堅の序は、道理を説くことにもまた長けている。たとえば「道臻師画墨竹序」では、呉道子の画は「これを感得しているので、すべてが妙である（得之於心也，故無不妙）」、張長史の草書は「実用と知識とが渾然としており、ゆえに微妙の境地に入っている（用智不分也，故能入於神）」として、「その機微を筆に表そうとすれば、まず心にそれを得るべきである（欲得妙於筆，当得妙於心）」（『正集』巻一五）と論じる。「楊子建通神論序」では、出だしから「天下の学問というものは、要するに、まず師匠の教えを旨とし、その後に機微に至って神妙の境地に入るのである（天下之学，要之有所宗師，然後可臻微入妙）」といい、次に「六経の主旨（六経之旨）」から「文章の巧妙さ（文章之工）」に至り、さらに「神農、黄帝、岐伯、雷公の書（神農、黄帝、岐伯、雷公之書）」、「『本草』『素問』の主旨（《本草》《素問》之意）」（『正集』巻一五）にまで説き及ぶ。その議論はすべて的確で、視野も広い。

第八章　北宋中葉における散文の進展と各派の台頭（下）　　247

　黄庭堅の字説・字序（あざなを説明する文章）の五十二篇は、深みと新味があり俗気は洗い落とされている。たとえば「訓郭氏三子名字説」に、「忠信こそは物事の礎である。忠信があってそれを基礎とし、それを役立てるために刻苦勉励すれば、到達できないところはない（忠信者事之基也，有忠信以為基，而済之以好問強学，何所不至哉）」とあるのがその一例であるが、いまはこれ以上述べない。

(三)　黄庭堅の書簡

　書簡、つまり手紙は、また書、書啓、簡牘、尺牘などとも呼ばれる、一種の実用性および応用性のきわめて強い文体である。前近代において、それは親友間の感情の交流や情報の伝達のための主要な方式であり、重要な手段であった。宋代以前にもすでに李斯の「諫逐客書」や、司馬遷の「報任安書」など、きわめて影響力が大きく、人口に膾炙した名篇も見られるが、しかし、一般に書簡を文学作品とみなすことはほとんどなく、また詩歌や散文を作るほどに丹精を込めて書簡を書く人もほとんどいなかった。その後、宋代の学者の豊富で重厚な教養と真摯謹厳な執筆態度が、この実用性の強い文体の文学としての地位および美学的な価値を大いに高め、書簡は散文のなかでも大部を占めるものとなったのである。とりわけ黄庭堅の書簡は人々から賞賛され、『山谷刀筆』、『山谷尺牘』、『山谷老人刀筆』のように、それのみで一書として編まれるに至り、書簡の手本となったのである。現存するその数は千二百篇以上にものぼり、現存する散文のほぼ半分を占める。数量は膨大で品質は高く、その影響力は大きい。

　書簡は友情や親愛の情を伝える一般的な手段である。山谷の書簡でもこの種の内容がもっとも多く、感情は純真かつ真摯、文章はあるいは質朴、あるいは典雅で、それはむろん送る相手による。

　黄庭堅は、「友に孝たる行いは古人に匹敵する（孝友之行追配古人）」（蘇軾「挙黄魯直自代状」）と言われるように、親愛の情と友情をきわめて重んじる。そのため、この方面の書簡の数は甚だ多く、またそこにはその人格や性情がもっともよく反映されている。元豊元年（1078）に書かれた「上蘇子瞻書」（正集巻一八）は、黄庭堅の書簡の精品である。この手紙は自分

が「年端もいかず貧しかった（歯少且賤）」頃から書き起こし、「かつて（蘇軾の）顔を衆人のうちに遠くに見るも、ついにその側について仕えることを得ず（嘗望見眉宇於衆人之中，而終不得備使令於前後）」と言うように、長らく私淑していたが側に仕えることができなかった心情を書く。さらに蘇軾の「学問と文章は先人を超越し、雅やかさと親しみやすさはきっと広く後学を育てよう（学問文章，度越前輩，大雅豈弟，博約後来）」と賛嘆し、また「つとに父兄師友から聞いていたが（早歳聞於父兄師友）」、「いまだ謁見することはできず（未嘗得望履幕下）」、「教えを受けるのを楽しみにしていたがかなわなかった（楽承教而未得）」と遺憾の念を隠さない。そして自身が「まだその門下に入っていなかった（未嘗及門）」のに蘇軾の推挙と引き立てを受けたことに感激を表す。文面には蘇軾に対する敬愛、敬服、敬重、敬仰の情が横溢し、礼を尽くして慎ましく、その言葉は典雅にして優美である。

　蘇軾と秦観が相次いで世を去ると、黄庭堅は友人に宛てた手紙のなかで、何度も沈痛の念と追憶の情を綴っている。「去年、秦少游を喪い、また東坡公を喪った。そして今年、また陳師道を喪ったのである。思うに、文の大家が世を去ってしまったのだ（去年失秦少游，又失東坡蘇公，今年又失陳履常，余意文星已宵墜矣）」（『別集』巻一七「雑簡」）。「与王庠周彦書」では、その悲痛に堪えない心情が吐露されている。「かくして東坡先生は官舎で亡くなってしまった。私一人の悲痛がやまないだけではない。まさに、『人の隠れるは、国の損失』にほかならない。無念である、無念である。朝廷に立っては堂々とし、真摯な意見は事理にかなう。二度とかような人は出ないであろう（東坡先生遂損館舎，豈独賢士大夫悲痛不能已，『人之雲亡，邦国殄瘁』者也，可惜可惜！立朝堂堂，危言讜論，切於事理，豈復有之！）」。そしてまた、「秦少游が藤州に没し、みずから祭文ならびに詩を作ったと伝え聞いた。彼のために涙が止まらない。かくのごとき奇才は、現世では二度と現れないであろう（秦少游没於藤州，伝得自作祭文并詩，可為殞涕。如此奇才，今世不復有矣）」（『正集』巻一八）ともいう。

　家族や親類に宛てた手紙には、日常のことや挨拶が実際に会って話すか

のように書かれている。「与李端叔書」は、個人の近況および家族親類の状況を記す。「不肖私はすでにひげもほとんど白くなり、残った髪を結ぶこともできぬ。もう土地のことやら家のことやら目先のことを考えるばかりで、それすらも意のままになるかは知らない。息子は嫁を取ったが、孫はまだいない。娘はもうすでに三人の子を生んだ。五十にして二男三女がおり、有望な者もいるようだ。三人のうち上の娘はすでに嫁ぎ、二番目もすでにいい年になった。［兄の］元明は萍郷にいて無事なようで、有能な役人との声が聞こえている（不肖須鬢已白十八九，短髪残不可会聚，求田問舍頗有之，亦未知如意耳。小児取婦，尚未得孫。女子今已三生矣。知命二男三女，似有可望者。三女一已嫁，其仲已咄咄逼人矣。元明在萍郷，甚安，亦有吏能声)」（『別集』巻一四）。また、「与嗣深節推十九書」（『別集』巻一八）では、「手紙を得た（得書）」喜びと家族の近況を述べ、同時にまたその他同族の状況も記す。ともに典型的な書簡である。

　元符元年（1098）に書かれた「与徐師川書」（『正集』巻一九）には、身内に対する心配と思慕の情が描かれる。「あれから思うに、姉は健康で、奥様も元気にしていますか。子どもは何人できましたか。手紙でこの点に触れないのはどうしてでしょう（即日想家姉郡君清健，新婦安勝。児女今幾人？書中殊不及此，何邪？）」。また、「与唐坦之書」（『正集』巻一八）でも、肉親の情が細やかに記されている。「両親は門に寄りかかり子の帰るのを待つこと十年、妻は仕事がつらく食事も質素と嘆いている。いつまで堪え忍べるだろうか（二親倚門十年，妻児有攻苦食淡之嘆，亦能久伏忍邪？）」。「与済川侄」においては、「夜来、こまかく作った文章を見るに、甚だ筆力あり。いつかこのおじのために恥をそそぐことができるだろう。ただ読書に努めて詳しく広く学び、心を修養して純粋で静かに保ち、根本が深ければ、枝葉が茂らないことを案ずることはない（夜来細観所作文字，甚有筆力，他日可為諸父雪恥。但須勤読書令精博，極養心使純静，根本若深，不患枝葉不茂也）」（『正集』巻一九）と述べ、後学の学業が日々進歩することに対する喜びと希望が、文面にあふれている。また、「与声叔六侄書」では、「時間は容易に過ぎゆき、官職には天命がある。それゆえ、ただ

胸中に数百巻の書を蔵し、ほぼ古人の説くところを知れば、俗人となることはないであろう（日月易失，官職自有命。但使腹中有数百巻書，略識古人義味，便不為俗士矣）」（『別集』巻一八）と、諄々と説いて聞かせる。黔州で書かれた「答宋子茂」では、「下の子の相は今年で十四になる。その生母もここにいる。五十にして側室とその子も呼び寄せ、今年の夏、また男児が生まれた。小牛という。相は小牛にとてもやさしく、いくらかこの目を和ませてくれる。なんとかやりくりして過ごしてきた。いまは土地を買って菜を畦に植え、窓を開け放って庭に竹を植えている。水辺の林のそばにいて、もうすべて忘れたよ（小子相今十四，并其所生母在此。知命亦将一妾一子同来，今夏又得一男曰小牛。相及小牛頗豊厚，粗慰眼前。略治生，亦粗過。買地畦菜，開軒芸竹，水濱林下，万事忘矣）」（『続集』巻三）とある。叙述に趣があり、純朴な味わいがある。それはまさに、張守が「跋周君挙所蔵山谷帖」において、「山谷老人は左遷されて戎州に住む。しかし家族への手紙は諄々として教え導くものであり、悲憤慷慨がまったく見られない。災厄と幸福、寵愛と恥辱を、去来する浮き雲のごとくにみなしている。実に喜びと憂いに束縛されることがない」というとおりである。

朱熹によれば、「黄山谷の人を思いやる気持ちは非常にすばらしい。かといって、あまりに重々しくはなく、その書簡は召使いの女にまで及んでいる（黄山谷慈祥之意甚佳，然殊不厳重，書簡皆及其婢妮）」[35]という。「書簡は召使いの女にまで及んでいる（書簡皆及其婢妮）」とは、尊卑を論ぜず、平等に人を遇する性情と人格の表れであり、まさに「古い観念にとらわれていない（不腐不迂）」尊ぶべきところである。

詩を談じ、芸を論じ、学を修め身を修め、後進を指導する、これこそ山谷の書簡におけるもっとも特徴的な内容であろう。

上記のような黄庭堅の書簡は返信が多くを占める。そのほとんどは正鵠を射るもので、相手方の異なる状況に応じて、あるいは啓発して指導し、あるいは作品を評論し、経験を伝授し、体験を語り、ときに方法や手段を

---

35 『朱子語類』巻一三〇。

第八章　北宋中葉における散文の進展と各派の台頭（下）　　251

指示する。いずれも一歩一歩と巧みに教え導き、読む人をしてその心を開かせる。たとえば「与欧陽元老書」では、蘇軾の作る「嶺南での文章」を読んで感得したことを、「人の耳目を聡明にすること、清風が外から吹き込んでくるようである（使人耳目聡明，如清風自外来也）」（『正集』巻一八）と論じる。「答何静翁書」では、何静翁が「寄越した詩は質朴にして句法に則っている。歴史を論ずる点では、時論に従わないのもよい。みずからが証拠を挙げて古人を論じ、その語句はよくまとまって寓意も深い。文章のあるべき姿とは、まさにこのようなものであろう（所寄詩淳淡而有句法，所論史事不随世許可，取ものの於己者而論古人，語約而意深。文章之法度，蓋当如此）」（『正集』巻一八）と述べて奨励し、肯定している。「与徐師川書」では師川の詩作を、「字句は皆ほぼ雅やかで、意思を仮託するところがあり、スケールは遠大である。蘇東坡、秦少游、陳履常（師道）が世を去ってからは、いつも文章の価値が失墜するのを恐れていたが、まさかあなたのような立派な後輩を得るとは思わなかった。まったくこの危機を乗り切れるほどの才能だ（辞皆爾雅，意皆有所属，規模遠大。自東坡、秦少游、陳履常之死，常恐斯文之将墜。不意復得吾甥，真頼波之砥柱也）」（『正集』巻一九）と賞賛する。「答李幾仲書」では、「道徳と信義、経学に苦心し（刻意於徳、義経術）」、「必ず学問を積んで切磋琢磨し、晩成の大器とならねばならない（須学問琢磨以就晩成之器）」（『正集』巻一八）と教え導く。いずれもこの種の書簡の特徴をよく表していよう。

　「与王観復書」は、その代表的な一篇である。

　　送られた新しい詩だが、みなその興趣は高遠である。ただ、用語がこなれておらず、音律にも合っていない。よって詩全体の気が、はじめ着想したときからしぼんでいるようだ。この欠点もただ広く詳しく読書をしていないためである。「長袖善く舞い、多銭善く賈う」というが、嘘ではない。南陽の劉勰はかつて文章の難しさを論じてこう言っている。「思いはむなしく駆け巡って変哲となりやすく、文は事実を記そうとすれば巧妙な文とし難い」。この言葉もまた沈・謝の輩が儒林を

取り仕切っていたときに変哲な語を好んで作ったので、後世の者がかように論じたのだ。変哲な言葉を好んで作るのは、言うまでもなく文章の欠点となる。ただ道理をもってそれを主旨とすべきである。道理を得て、その上で字句が流れるようであれば、文章はおのずから出色の出来となろう。杜子美が夔州に至ってからの詩、韓退之が潮州より都に帰ってからの文章を見れば、すべて改編をいとわなかったから理想的なものとなったのだ。むかし、東坡先生に作文の方法を尋ねたことがある。すると先生はこう答えられた。「ただ『礼記・檀弓』を熟読すれば、その答えがわかるであろう」と。『檀弓』二篇を取り出して読むこと数百回を超え、ようやく後世の人の作る文章が古人に及ばない欠点を、日月を見るかのように明らかに知ったのである。おそらく建安時代以来、文章は変哲な語を作るのを好むようになった。もとよりそういった風潮は衰退したが、しかし今でもなくなったわけではない。ただ陳伯玉、韓退之、李習之、近ごろで言えば欧陽永叔、王介甫、蘇子瞻、秦少游らにはこの欠点がない。君が論ずる杜子美の詩も、まだその興趣を完全に見極めてはいない。試みにさらに深く思いを致してみるのがよかろう。

　　　所送新詩，皆興寄高遠，但語生硬，不諧律呂，或詞気不逮初造意時，此病亦只是読書未精博耳。"長袖善舞，多銭善賈"，不虚語也。南陽劉勰嘗論文章之難云："意翻空而易奇，文徵実而難工。"此語亦是沈、謝輩為儒林宗主時，好作奇語，故後生立論如此。好作奇語自是文章病，但当以理為主。理得而辞順，文章自然出群抜萃。観杜子美到夔州後詩，韓退之自潮州還朝後文章，皆不煩縄削而自合矣。往年嘗請問東坡先生作文章之法，東坡云："但熟読《礼記・檀弓》，当得之。"既而取《檀弓》二篇，読数百過，然後知後世作文章不及古人之病，如観日月也。文章蓋自建安以来，好作奇語，故其気象衰茶，其病至今猶在。唯陳伯玉、韓退之、李習之、近世欧陽永叔、王介甫、蘇子瞻、秦少游乃無此病耳。公所論杜子美詩，亦未極其趣，試更深思之。

　　　　　　　　　　　　　　　　　　——『正集』巻一八

第八章　北宋中葉における散文の進展と各派の台頭（下）

この一通の手紙は、王観復の詩歌を論ずるところから書き起こし、まずはその「興趣は高遠」な点を肯定する。しかしまた同時に、「用語がこなれておらず、音律にも合っていない。よって詩全体の気が、はじめ着想したときからしぼんでいる」という瑕疵を挙げて、その原因が「ただ広く詳しく読書をしていないためである」と分析する。そしてさらに歴史的な淵源と理論的な側面からより深く分析することで、「変哲な言葉を好んで作るのは、言うまでもなく文章の欠点となる。ただ道理をもってそれを主旨とすべきである。道理を得て、その上で字句が流れるようであれば、文章はおのずから出色の出来となろう」と指摘するのである。最後には杜甫の詩、韓愈の文、蘇軾の論を例として、自身が身をもって体得したことを述べ、王観復が瑕疵を改め、水準を上げるための道筋を指し示すのである。この書簡は長所の肯定、不足の指摘、原因の分析を備え、道理を解き明かし、方法を明示する。また事実あり、分析あり、実例あり、理論あり、諄々と教え論して理路整然としているため、親しみをもって敬い、それを信じて行動に移させる力がある。「与王子予書」も、これと同工異曲の妙がある。

　このごろ読書のことをはっきり申さないのは何ゆえか。ただ道義でもって華美という敵に当たれば、長いあいだ勝ちを得ることができよう。古人も言っている。「一所に兵をつぎ込めば、千里のはるかまで将を討つ」と。心の内にそういった手柄をあげるというなら、読書にもその味わいがある。書物を捨てて休息しても、なお書物の味わいが胸中にあるかのようにして、時間をおいてからこれを見るのである。古人が意を注ぐときもこのようであったのだから、心を一冊か二冊の書物に注ぎ込めば、そのほかは竹の節を切るかのように、容易に理解できるのである。古人はかつて楊を植えることに喩えて言った。楊はこの世で成長しやすい木である。縦に植えようが横に植えようが生長する。しかし、一人がこれを植え、また一人がこれを抜いたら、千日がんばってもその結果は何も得られない。これは非常によくできた喩えである。老衰してゆくことを考えると、最後まで何の益も残らないの

は、子予よ、いったいどう思うかね。

　　比来不審読書何以？想以道義敵紛紜華之兵，戦勝久矣。古人有言："幷敵一向，千里殺将"。要須心地收汗馬之功，読書乃有味；棄書策而游息，書味猶在胸中，久之乃見。古人用心処如此，則尽心於一両書，其余如破竹節，皆迎刃而解也。古人嘗喩植物，蓋楊，天下易生之木也，縦植之而生，横植之而生。一人植之，一人抜之，雖千日之功皆棄。此最善喩。顧衰老，終無益於高明，子予以謂如何？

　　　　　　　　　　　　　　　　　　　　　　　　　　——『正集』巻一八

この手紙は、靄々として心のこもった語気と生き生きとした形象の比喩を用いて、読書修学の方法を講述する。一に内容、すなわち「道義」の理解を重んじて、過度に詞藻、つまり「華美」に意を注いではならないこと。二によく「精読」と「博覧」の関係を按配しつつ、「心を一冊か二冊の書物に注ぎ込めば、そのほかは竹の節を切るかのように、容易に理解できる」というように、専心することに重きを置くこと。一文は生き生きとして深く、雅やかにして趣がある。このほか、「答洪駒父書」や「与王観復書」などもみな同様である。

　　寄越してきた詩は佳句も多いが、華美を凝らし過ぎているのが残念である。ただ杜子美の夔州に至ってからの律詩をよく見れば、作り方を習得できよう。簡明であってこそ大いなる巧妙が出てくるのであり、その平明で淡いことは山が高く水が深いかのようである。これは努力で成し得ないことかもしれない。文章ができあがってからも、これを修正した痕跡がない。これぞ佳作というものである。

　　所寄詩多佳句猶恨雕琢功多耳。但熟観杜子美到夔州後古律詩，便得句法。簡易而大巧出焉，平淡如山高水深，似欲不可企及。文章成就，更無斧鑿痕，乃為佳作耳。

　　　　　　　　　　　　　　　　　　　　　　　——『正集』巻一八「与王観復書」

第八章　北宋中葉における散文の進展と各派の台頭（下）

　寄越された詩の語意は実に深く、数度読んでみたが手を置くことができずに、しきりに感心した。もう少し意図を持って読書をすれば、古人の境地に至ることも難しくないであろう。ほかの文章もおおむねよいが、ただ古人の手法に学んだところが少ない。司馬遷と韓愈の文章をもっと熟読すべきであろう。およそ一篇の文章を作るには、主旨と情趣を備え、初めから終わりまで重要な部分があり、その内容を広げたりまとめたりするべきである。四本の大河は何百もの川の流れを合わせ、ときに広がって水沢を作りつつ、千里のはるかを広々と流れるが、しかしそれはいずれも水源からはじまり海に注ぐのである。文章もかくあるべきだ。私も紹聖年間より以前は、文章を作ってもこれを改善することを知らず、旧作を手にして読めば、みな恥ずべきものばかりである。それ以後、ようやく文章を作ることの極意を知ったが、すでに老いさらばえ、筆を下ろすのも億劫になってしまった。甥が勉学に努めて、私のために恥をそそいでくれるであろう。「犬を罵るの文」は雄壮で珍奇とすべきだが、作らずともよいのではないか。蘇東坡の文章は天下第一であるが、その短所はよく他を罵るところにある。どうか同じ轍を踏まないように。直接会って詩文の長短を論じあえないことが非常に残念だ。書面では万分の一も言い尽くせない。どうかしっかり勉学に励んで、身体を大切にするように。酒は控えめにするのがよい。

　寄詩語意老重，数過読不能去手，継以嘆息。少加意読書，古人不難到也。諸文亦皆好，但少古人縄墨耳。可更熟読司馬子長、韓退之文章。凡作一文，皆須有宗有趣，終始関鍵，有開有合，如四瀆雖納百川，或匯而為広沢，汪洋千里，要自発源注海耳。老夫紹聖以前，不知作文章斧斤，取旧所作読之，皆可笑。紹聖以後，始知作文章，但已老病，惰懶不能下筆也。外甥勉之，為我雪恥。《罵犬文》雖雄奇，然不作可也。東坡文章妙天下，其短処在好罵，慎勿襲其軌也。甚恨不得相見，極論詩与文章之善病，臨書不能万一，千里強学自愛，少飲酒為佳。

　　　　　　　　　　——『正集』巻一八「答洪駒父書」

送られてきた「釈権」一篇は、筆致が縦横にめぐり、日々の修練の成果が認められる。さらに経書を修めてその淵源を探れば、古人の境地に到達することができよう。「青璅祭文」の一篇も語意は甚だ巧妙であるが、ただ用字がまだ適当でないときがある。みずから語を生み出すのはもっとも難しく、杜甫の詩や韓愈の文にも、一字として来歴のないものはない。しかし後世の人は読書量が少ないため、これを韓愈や杜甫がみずから生み出したと考えるのである。いにしえの腕の立つ文章家は、実によく万物を陶冶し、自分より以前の言葉を作品に取り込んでも、それは霊丹のごとく、鉄に入れればそれを金にするかのようなものである。文章は儒者にとってもっとも些事であるが、しかし、これを学ぶ以上はその内奥を知らねばならない、どうかこの点を熟慮するように。文章を推し上げて巍々たる泰山のごとく、天に垂れる雲のごとく高め、これを作っては八月の大河の波のごとく、舟を飲み込む大魚のごとく雄壮ならしめようとするなら、旧弊にとらわれず、粗末貧弱であってはならない。

　　　所寄《釈権》一篇，詞筆縦横，極見日新之效。更須治経，探其淵源，乃可到古人耳。《青璅祭文》，語意甚工，但用字時有未安処。自作語最難，老杜作詩，退之作文，無一字無来処，蓋後人読書少，故謂韓、杜自作此語耳。古之能為文章者，真能陶冶万物，雖取古人之陳言入於翰墨，如霊丹一粒，点鉄成金也。文章最為儒者末事，然既学之，又不可不知其曲折，幸熟思之。至於推之使高如泰山之崇、崛如垂天之雲，作之使雄壮如滄江八月之濤、海運呑舟之魚，又不可守縄墨，令倹陋也。
　　　　　　　　　　　　　　——『正集』巻一八「答洪駒父書」

上に引用したのは、いずれも修学と創作について述べたものである。言葉は重く気持ちがにじみ出て、生き生きとしてかつ典雅、限りない興趣を備えている。「与宋子茂書」には、「人はその胸中に、長いあいだ古今のことを用いて水をやらなければ、俗なる塵芥がそこに生じ、鏡に映せばその姿を愛せないことに気づき、人に向かっては語るもその言葉に味わいがない

第八章　北宋中葉における散文の進展と各派の台頭（下）

ことになる（人胸中久不用古今澆灌之，則俗塵生其間，照鏡則覚面目可憎，対人亦語言無味也）」（『外集』巻二一）とあり、勉学にいそしみ、思索にふけることの重要性を説いて、よりいっそう深みがあり適切である。

　黄庭堅の書簡には、たとえば「与宜春朱和叔」のように、書法と芸術に触れるものも多い。

　　十分に留意して書を学んでいるようで、心身の修養と経学の研究の余としては、他のことを習うよりも誠によい。しかし、やはり古人を師とすべきである。筆法は清らかで力強いのがよいが、必ず質朴であることを根本にせねばならない。古人は書を論じて、大胆かつ冷静をもってよしとする。唐代の書家は徐季海の書を、怒り狂った獅子が石をえぐるかのごとく、渇いた駿馬が泉に駆けるがごとくと称える。そのおおよその意味はわかるであろう。書の欠点としては、見目よく書こうとするのはまだ小さな瑕疵であり、浮薄に流れるのが大きな瑕疵である。筆を落とせばすべからく一字一字を丁寧に書くべきである。それでこそ、筆を解き放てば自然と行書となり、草書は草書でも端正でありうる。見た目を飾ろうと心を砕くのがもっともよくない。それは書ではない。

　　承頗留意於学書，修身治経之余，誠勝他習。然要須古人為師，筆法雖欲清勁，必以質厚為本。古人論書，以沈着痛快為善，唐之書家，称徐季海書如怒猊抉石、渇驥奔泉，其大意可知。凡書之害，姿媚是其小疵，軽佻是其大病，直須落筆一一端正。至於放筆，自然成行，草則雖草，而筆意端正，最忌用意装綴，便不成書。

　　　　　　　　　　　　　　　　　　　　　――『正集』巻一九

朱和叔が書法を学ぶことに対して満足の意を述べるのみならず、いかにして学ぶか、またどこに注意を払うべきかを指導している。

　すでに先人は、「魯直は他人に書を与えるにつけて、学問を論じ文章を論じる。すべてを根本に引きつけ、いまだかつてつまらない文章を書いて満

足したことはない」³⁶といい、また明代の楊希閔は、「後学や弟子に教えるのに、経書や史書を熟読してその意義を探求し、それでもって文人たる者は終わりとするのではなく、真理に迫って、古い観念にとらわれないよう諄々と説いた」(「黄文節公年譜序」) という。上記の引用を見れば明らかなように、本質を突いた指摘であると言えよう。

　茶道や医術、社会の風俗なども、黄庭堅の書簡において特徴的な内容である。たとえば、「与王濾州書」では茶道に触れ、茶器の条件や茶葉の扱い、茶を淹れる方法や水温などについて細かく述べる。「庭の新芽が例年になくよい出来だ……ただ、よい石臼があるかどうかわからない。石臼はよく洗わねばならない。そこについたほかの茶の風味を消すには、風の日によく乾かすのである。茶の芽は粗い布で包み、揉んできれいにして、白毛を取り除いてから石臼に入れる。少し入れて早く挽けば、つむじ風が雪を払うかのようにして、茶が手に入る。だいたい建渓の茶は湯をよく温めたほうがよく、双井の茶は若い芽がよい（家園新芽似勝常年……但不知有佳石磑否？石磑須洗，令無他茶気，風日極乾之。牙子以疏布浄揉，去白毛乃入磑，少下而急転，如旋風落雪，方所得。大率建渓令湯熟，双井宜嫩也)」(『別集』巻一六)。「与胡少汲書」はその一として「病気の治療法」について、「蝉の脱皮に求めるべきである。生き死にという心配を喝破すれば、憂いも畏れも淫らも怒りも、すべてその身にとどまることはない。病もすでに根がなければ、その枝葉がどうして悪さをできようか（当深求蝉蛻，照破死生之恨，則憂畏淫怒，無処安脚，病既無根，枝葉安能為害？)」と述べる。またその一として、目を治すために「山椒を服用する（服椒)」ことについて、「二年来、視力が下がってきたと感じていたので、ここ数日はなんとなく山椒などを服用している。どうやら効果があるようで、冬の夜にも読書できるよう、少しずつ視力が戻るのを願うばかりだ（二年来，尤覚眼力不足，数日来，漫服椒，乃似有益，冀漸得力，冬夜可観書耳)」という。また、「与鄭彦能貼」は友人のために赤痢の治療法を記している。「この病

36　明・袁衷等『庭幃雑録』巻下。

第八章　北宋中葉における散文の進展と各派の台頭（下）

にかかると下痢に苦しむと聞くが、ただただ心配である。昨日顔色を見たところ、快方に向かっていると知った。あとは強い薬の服用を控え、飲食の味つけを調えれば、日に日によくなるであろう。赤石脂の粉末を二銭、上質な小麦粉を二両半、切れ目を三本入れて柔らかく煮込み、羊清汁に混ぜて食べるとよい（病中聞苦下痢，甚憂甚憂。昨日見顔色，知向安矣。但少服攻撃之剤，調飲食之味，日可瘥矣。赤石脂末二銭，細白麺二両半，切三刀子軟煮，調和羊清汁食之）」（『別集』巻一四）。「与曾公巻」では、「先ごろ頂戴した草伏四神は、初夏の腹痛の際、理中丸と混ぜて服用したところ、ずいぶん効果があった（前所恵草伏四神，初夏腹病，和理中丸四両服之，頗得益）」（『外集』巻二一）といって、友人が薬を恵んでくれたことに感謝を述べている。

　黄庭堅の書簡の主な特徴は、温かみがあって文雅、感情は深く純朴で、実に読む人の琴線に触れる。黄庭堅は忠信孝悌をもって称され、慈しみ深く善良、感情と道義を重んじ、きわめて正直な人物なのである。それゆえその書簡はまじめで率直、彫琢を凝らさずして文雅、これを読めば眼前に相手がいるかのようで、春風を浴び、甘露を飲むような感じを受けるのである。これについては、上に引いた各篇からすでにうかがえよう。ほかに「答李幾仲書」における、「秋の日にたかどのに登ると、何事も胸中から消え去り、こずえを揺らす風が吹き、海辺の月が照らすもとで、君の句を詠う。まことに衰えて弱気になった心を激し、智慧がわき出てくるようだ（秋日楼台，万事不到胸次，吹以木末之風，照以海濱之月而歌足下之句，実有以激衰懶而増高明也）」（『正集』巻十八）や、「与徐甥師川」の「しかし学問には要諦がある。読書は必ず一言一句、己のことに引きつけて考えねばならない。そうすれば古人が腐心したことも立ち現れてこよう。こうしてこそ、かけた時間も無駄になることはなく、実際に効果があるはずだ。また、道理によって進もうとするなら、その他の欲求を断ち切らねばならない。それでこそ努力も実る。古人も言っている。この欲をほしいままにする者は、人としての善を失ってしまう。これをよそに置いてこそ、何事もなし得るのである。書を読むにも、まずは部屋に香を炊き込め、心を落ち

着かせれば、言下に道理を得よう（然学有要道，読書須一言一句，自求己事，方見古人用心処，如此則不虚用功。又欲進道，須謝去外慕，乃得全功。古人云，縦此欲者，喪人善事，置之一処，無事不辦。読書先浄室焚香，令心意不馳走，則言下会理）」といった記述にも、そのような特徴が認められる。

　精選と洗練を経て、優美で生き生きとし、含蓄があり味があるその言語も、黄庭堅の書簡の特徴の一つである。

　黄庭堅はその詩で世に名高く、語句の精錬をきわめて重んじる。ゆえにその書簡はかなり詩に近いと言ってよく、読む者に語句の精選と洗練、優美と生動、深長な滋味を感じさせる。たとえば、「答曹荀竜」では読書と創作について、「書を読むには多くを求めてはいけない。ただその書に深く通じることを求め、その道理を明白に理解できれば、自分が筆を下ろすときにも、浅薄に陥ることはないであろう（読書勿求多，唯要貫穿，使義理融暢，則下筆時，不寒乞也）」（『正集』巻一九）という。「与王立之承奉帖」では修学の方法を説いて、「道理を考えるときは必ず詳しく突き詰めようとし、古今のことを知ろうとするときは広く学ぼうとし、文を学ぼうとするときは古人の手本を見よ（思義理則欲精，知古今則欲博，学文則観古人之規摹）」（『別集』巻一五）という。さらに「与明叔少府書」では、経験の積み重ねとその意義を論じて、「医者も三世代を経た者でなければ、その薬を服用せず。年寄りの智慧は、若者の決心に役立つ（医不三世，不服其薬；老者之智，壮者之決也）」（『別集』巻一六）という。いずれの書簡も、精巧かつ深妙に訴えてくるものがある。

　また、「与宋子茂書」では、左遷後の生活を次のように記す。「山の花や野の草がそよ風に揺れている。ただそれを眺めるだけで一日が終わる。衣食は時に応じて与えられるままで、だからといってなんとかしようと思わない。米と小麦ではこちらのほうが黔にいたころより十分である。腹一杯に食って腹をさすり、年月の過ぎゆくに任せるのみである（山花野草，微風動揺，以此終日。衣食所資，随縁厚薄，更不労治也。此方米麺既勝黔中，飯飽摩腹，婆娑以卒歳月耳）」（『別集』巻一五）。「答陳敏善」は、広く良師

第八章　北宋中葉における散文の進展と各派の台頭（下）

益友と交わるを説く。「河は崑崙の山から流れ出て、その水源ははるか彼方ではあるが、その水路は千七百を合わせるという。そしてよくこの国を潤し、四海に注ぐのである。どうか君も天下の士をみな友とみなし、足らざるを補い、早さだけを追い求めてはいけない（河出崑崙墟，雖其本源高遠矣，然渠并七七百，然後能経営中国，而達於四海。願足下思四海之士以為友，増益其所不能，毋務速化而已）」（『正集』巻一九）。「与王立之」では、学を修めるには必ず体を得て、学を為すには必ず法を得るべきと説く。「もし楚辞を作って古人に匹敵しようと思うなら、ただ楚辞をよく熟読し、古人が意を用いて工夫したところを見てこれを学び、そのあとで筆を下ろすべきである。たとえば、世に知られた刺繍の上手な女でも、もし錦を織ろうと思えば、必ずその織り機を用い、それではじめてきちんと錦が織れるようなものである（若欲作楚詞追配古人，直須熟読楚詞，観古人用意曲折処講学之，然後下筆。譬如巧女文繡妙一世，若欲作錦，必得錦機，乃能成錦耳）」（『外集』巻二一）。言葉遣いは生き生きとして優美である。同様の書簡にはほかにも、「与潘子真書」（『正集』巻一九）、「答王子飛書」（『正集』巻一八）などがある。前者は、「黄鵠一たび千里を翔る（黄鵠一挙千里）」の句で潘子真の大いなる才能と志を喩え、「遠くまで飛ぶ者は世に必ず資するところがある（適遠者不可一世無資）」の喩えで、その才能を発揮して志を遂げるには、努力の方向を明確にすべきこと、しかも、適切な方法を取るべきことを述べる。そして、その道筋として「経学を修め（治経）」、「向かうところを知り（知所向）」、「博く学び（博学）」、「曲折を知り（知曲折）」、しかる後に「迷わず（不迷）」「惑わず（不惑）」、かつ「言われたことは尊び（尊其所聞）」、「知り得たことを行い（行其所知）」、「心を清め体を調え、静かに落ち着いてから己自身に求める（齊心服形，静而後求諸己）」べきと指摘する。後者の書信は、禹の治水をもって読書に喩え、作詩・作文を論じる。生き生きとした描写はともに意味深く、明白かつ流暢である。

かつて元代の胡祗遹は、書簡に向きあう黄庭堅の真摯実直な態度に対して深く感慨を覚えている。「その修辞は真摯に拠って立ち、筆を下ろして

匆々としたところがない。尺牘などは些細な事柄であるが、それでも文章の原稿を草するように詳しく細かい。後世の人々がいかにいい加減であることか、ひたすら筆を振るい一万字を費やす」[37]。また陳模の『懐古録』巻下でも、黄庭堅の書簡に高い評価を与えていう。「誠斎は、「手紙においては黄山谷が本朝第一である」という。いま『刀筆集』を見るに、ただ言葉がよいだけでなく、その多くは道理を実践するための薬石の言であり、それゆえ他人の及ぶところではない」。実に正鵠を射た批評である。

(四) 黄庭堅の題跋

　黄庭堅の題跋は、その散文のなかでもっとも特色豊かな精華である。蘇軾はかつて黄庭堅の人柄を「純粋な金か美しい玉（精金美玉）」と喩え、その詩を「格別のうまみがある（格韻高絶）」と称えた。これらの語は黄庭堅の題と跋にもぴたりと当てはまる。山谷の現存する題跋は六百篇余り、数量では書簡に劣るが、もっともよく山谷の教養、個性、芸術面での造詣が表れている。明代の毛晋は「山谷題跋序」において、「従来名家が着筆するに、やや諧謔あるも、みな興趣を有していた。同じ見方を持つ者は、その都度互いに鑑賞して賛嘆するが、それは口に出して言うだけではない（従来名家落筆，謔浪小砕，皆有趣味，一時同調，輙相欣賞賛嘆，不啻口出）」というが、まさに山谷の題跋の特徴を言い当てている。

　黄庭堅と蘇軾は「もっとも題跋を得意とし」[38]、「およそ人でも物でも書でも画でも、ひとたび二老の題跋を得れば、激しい雷でもないのに千年も響き渡る」[39]と言われた。蘇軾の題跋は理と情の趣向で勝り、「新たな意味を規則のなかに見出し、道理を豪放の外に託す（出新意於法度之中，寄妙理於豪放之外）」（「書呉道子画後」）と称され、一方、黄庭堅の題跋は、濃厚な叙情的色彩を帯び、時に叙事的で、イメージは鮮明かつ生き生きとしており、文章も長い傾向にある。たとえば「題東坡字後」は以下のごとくである。

37　元・胡祗遹「跋山谷書稿」、『紫山大全集』巻二。
38　陳継儒「書楊侍御刻蘇黄題跋」、『白石樵真稿』。
39　明・毛晋「東坡題跋」、『汲古閣書跋』。

第八章　北宋中葉における散文の進展と各派の台頭（下）

　東坡居士はまったく書を惜しまない。しかし、これをこちらから請うことはできない。書を請おうものなら、顔色を変えてなじり、結局は一字も書かないのである。元祐年間、礼部にて科挙の試験が行われた。彼に会うと、いつも机の上の紙を質の良い悪いにかかわらず、なくなるまで書き続けていた。酒好きであったが、四、五杯も飲めば酩酊し、挨拶もなく横になった。いびきは雷のようであった。しばらくして目が覚めると、風のごとく筆を走らせた。冗談のなかにも何かしら深みがあり、実に神仙のような人である。いまどきの文士らと比べることなどできようか。

　東坡居士極不惜書，然不可乞。有乞書者，正色詰責之，或終不与一字。元祐中鎖試礼部，毎来見過，案上紙不択精粗書遍乃已。性喜酒，然不能四五龠已爛酔。不辞謝而就臥。鼻鼾如雷。少焉蘇醒，落筆如風雨，雖謔弄皆有義味，真神仙中人！此豈与今世翰墨之士争衡哉！

——『正集』巻二八

　跋は書の作品について批評し論じるのではなく、この機会を借りて、蘇軾が揮毫する際にあった些細なことを回憶して述べている。これにより、蘇軾の豪放飄逸とした個性が読者の眼前に立ち現れ、また跋を書いた黄庭堅の蘇軾に対する敬慕の情が余すところなく表現されているのである。さらに「書家弟幼安作草後」では、みずからその書に法なしといい、「ただこの世の万物を蚊やブヨが集まったり散ったりするかのごとくみなすのみで、いまだかつて何事も胸中にわだかまったことはない。それゆえ、筆や墨を選ばず、紙を前にすれば書き、紙がなくなればやめるのである。また、その出来映えや他人の批評、褒貶を気にしない。それはたとえば、木の人形が舞って拍子を打てばその精緻さを称えるが、舞が終わったらまた静かになるのに似ている（但観世間万縁如蚊蚋聚散，未嘗一事横於胸中，故不択筆墨，遇紙則書，紙尽則已，亦不計較工拙与人之品藻譏弾，譬如木人舞中節拍，人嘆其工，舞罷則又蕭然矣）」（『正集』巻二六）という。情を名利と無縁の書道の境地に寄せ、生き生きと如実に描かれており、新しくかつ透

徹した理を寓している。

　叙事と叙情を備えるという特徴のほか、黄庭堅の題跋は理を明らかにして知を託す点が挙げられる。それゆえ、その境地は広く、思いは深く、常に妙なる言葉が連なり、味わい豊かである。「跋秦氏所置法帖」は、地域文化の発展の歴史に着目し、前後漢から宋に至るまで「蜀の人で書をよくする人がいると聞いたことがない（不聞蜀人有善書者）」と指摘し、そのあとで眉山の蘇軾が「中原に名をとどろかせ、群を抜いて翰林の第一人者となる（震輝中州，蔚為翰林之冠）」といって際立たせる手法は、十分に広い視野を伴っていると言えよう。「書絵巻後」では、「書を学ぶには胸に道理がなくてはならない。また、これを広めるには聖哲の学問をもってすべきである。ここにおいて書は尊ぶべきである（学書要須胸中有道義，又広之以聖哲之学，書乃可貴）」、「士大夫が出世するためには様々な方法があってもよいが、ただ俗であってはいけない（士大夫処世可以百為，唯不可俗）」（『正集』巻二六）という。ともに大いに得るところのある名言であろう。たとえば、「書草老杜詩後与黄斌老」に至っては、みずから「近ごろ年老いて運筆さえも億劫である。まるで病んだ老人が杖を頼るかのごとくで、勝手に筆が流れ、うまく書くことができない（今来年老懶作此書，如老病人扶杖，随意傾倒，不復能工）」（『外集』巻二三）という。「跋湘帖群公書」には、「李西台は出色で抜群である。ほどよい肉付きは世間の美女のようである。潤った肌に清新な気概をたたえている（李西台出群抜萃，肥而不剰肉，如世間美女，豊肌而神気清秀）」（『正集』巻二六）とある。「李致尭乞書書巻後」では、「およそ書は巧妙よりも稚拙さが勝たねばならない。近ごろの若者が書く字を見るに、新婦が化粧し髪をくしけずるかのようで、あれやこれやと飾り付けて、結局は烈婦の様態を失ってしまっているようだ（凡書要拙多於巧，近世少年作字，如新帰子妝梳，百種点綴，終無烈婦態也）」（『外集』巻二三）という。これらはいずれも巧妙な喩えが横溢して、吟味を迫らずにおかない。

　王羲之の「蘭亭序」は、中国書法史上すぐれた作品として知られるが、山谷の「書王右軍蘭亭草後」では以下のようにいう。

第八章　北宋中葉における散文の進展と各派の台頭（下）

　　王右軍の「蘭亭草」は、もっともその意を得た書であるとされている。宋・斉の間は、秘府に秘蔵されていたので、士大夫のあいだでこれを口に上す者はいなかったが、盗賊や兵火にあっていないときは、真の墨跡が「蘭亭」の西にあったのだろうか。ただ、梁・陳の間に燃やし尽くされ、千に一つも残らなかった。永師がある晩にこの書を取り出してきた。諸儒がみなこれを真筆であると考えたので、唐の太宗は必ずこれを手に入れたいと願った。その後、公私に盗み盗まれ、墓を暴くほどであったが、いまはもうなくなってしまった。ある書家が定武本を得たが、それは古人の筆意を醸し出しているという理由であった。褚庭誨が模写したのは字がかなり太く、洛陽の張景元が地を掘って得た欹石はきわめて字が細い。それらと比べて、定武本はほどよい肉付きで、細いといっても痩せこけているわけでなく、その雰囲気を感じることができる。三つの石刻はいずれにも長所があるので、必ずしも自分のものが宝で、あとは偽物だと決めつける必要はない。

　　王右軍《蘭亭草》，号為最得意書。宋、斉間以蔵秘府，士大夫間不聞称道者，其未経大盗兵火時蓋有真墨跡在《蘭亭》右者？及梁、陳之間焚蕩，千不存一。永師晩出此書，諸儒皆推為真行之祖，所以唐太宗必欲得之。其後公私相盗，至於発冢，今遂亡之。書家得定武本，蓋仿佛古人筆意耳。褚庭誨所臨極肥，而洛陽張景元断地得缺石極痩，定武本則肥不剰肉，痩不露骨，猶可想其風流。三石刻皆有佳処，不必宝己有而非彼也。

　　　　　　　　　　　　　　　　——『外集』巻二三

　この一段の跋文は、「蘭亭草」という優れた書の流伝を述べ、あわせて定武本、褚臨本、洛陽本それぞれの特徴を論じ、「三つの石刻はいずれにも長所があるので、必ずしも自分のものが宝で、あとは偽物だと決めつける必要はない」と断を下す。つまり一篇は、歴史、学術、思想面における深みを備え、独特の見解と高尚な品位、洗練された精彩さを合わせ持つ「蘭亭」流伝の小史となっているのである。ほかにも、「題彭景山伝神」では人物を

評し、哲理を論じて、「徳・慧・術・智を有する人は、常に憂いを抱いているが、その憂いがたとえ深くとも森羅万象を払い去って己を見ることができる（人之有徳、慧、術、智者，嘗存乎疢疾，惟深也能披剥万象而見己）」（『外集』巻二三）という。「題子瞻与王宣義書後」では、蘇軾の「書信は一字一字を宝とすべきである。蜘蛛の巣が張る廃れた人家の、煤をかぶった箱のなかから、数十年後、金をかけてでも求める者がいるであろう（書尺字字可珍，委頓人家蛛糸煤尾敗篋中，数十年後，当有并金県購者）」（『外集』巻二三）と論ずる。「書陶淵明詩後寄王吉老」では、陶淵明の詩を味読した感想を述べる。「血気まさに盛んなときにこの詩を読めば、枯れ木を噛むかのようである。様々な世の事柄に触れて、はじめてまったく智を凝らしたところがないと知った。この詩篇を見ればいつも、渇いたのどを水で潤すかのようで、寝ようとして銘茶をすするかのようでもあり、腹が減って麺にかぶりつくかのようでもある（血気方剛時読此詩，如嚼枯木。及綿歴世事，知決定無所用智。毎観此篇，如渇飲水，如欲寐得啜茗，如飢啖湯餅）」（『外集』巻二三）。「書老子注解及荘子内篇論後」では、「老荘の書について、以前の儒者がいまもよくはっきりと理解していない（老荘書，前儒者未能渙然頓解）」原因は、「僧侶のなかに時にその要諦を得る者がいるのに、儒者がそれは違うといって求めようとしない（僧中時有人得其要旨，儒者謂其術異，不求之耳）」（『外集』巻二三）ためと指摘する。「書草老杜詩後与黃斌老」においては、「草書を学ぶこと三十余年（学草書三十余年）」になる自身の経験上の変化、および「いまの人とは異なり（異於今人）」、「わざとらしく振る舞わず、無理な態度をとらない（不紐提容止強作態度）」（『外集』巻二三）という特徴を述べる。いずれの文にも思想あり、見解あり、体得するところありという点が見て取れよう。

四、黄庭堅の散文における芸術的特徴とその人文的精神

およそ優れた文芸作品というものは、一様に二つの基本的な特徴を備えている。一つは深遠で豊かな思想的意義、いま一つは永久不変の美学的価値である。これまでの考察により、黄庭堅の散文も同じようにこれら二つ

第八章　北宋中葉における散文の進展と各派の台頭（下）　267

の基本的特徴を備えていることが、おおよそ確認できたであろう。黄庭堅の散文は意を尽くし、体を得て、情に厚く、理に深く、知識は宏大で措辞に優れる。また、深遠広大な文化的背景を有し、学識、実用および美学的価値の融合したスタイルで、幅広い思想の境地と非常に高い品位が表現されている。まさに「黄庭堅は文章においては天賦の才があり、筆を落とせば巧妙で、誰も及ばない」、そして「その根本は、精神を修養することをもって主旨とし、名声や利益からはかけ離れ、官位にも頓着せず、国を憂い民を愛し、忠義の気が穏やかに筆墨の外に現れている」と言われるとおりである[40]。

　第一に、黄庭堅の散文における人文的精神は、その散文作品が備える深遠広大な文化的背景、および独創の境地を切り開く進取の気性の面に現れている。

　宋代の文人の突出した特徴とは、比較的強い社会的意識、集団意識、歴史意識、および責任意識と憂患意識である。正心、誠意、修身、斉家、治国、平天下、これらは終生追求すべき理想と目標であり、たとえ彼らが意を得ず、志を得ないときでも、国と民を憂い、身持ちを正しくする、いわゆる「朝廷の高位にいるときはその民を憂え、江湖の遠きにあるときはその君を憂う（処廟堂之高則憂其民，処江湖之遠則憂其君）」であるが、黄庭堅こそはまさにこの面での代表的な人物なのである。その散文創作の深層に込められた潜在的な意義とは、すなわち人文的な見地から個人に対して知らぬ間に与えた感化や、根本的、社会的、文化的、道徳的、本質的な、品位の高い人格修養といった多方面に至る薫陶と陶冶にある。したがって、社会の進展と精神文明の発展に寄与したと言えよう。

　「論語断篇」と「孟子断篇」の二篇は、一つは「心を陶冶して過ちを少なくする方法を求める（求養心寡過之術）」、また一つは「心を陶冶して精神を涵養する道理を明らかにする（明養心治性之理）」（『正集』巻二〇）ことを説く。前者は「書を読んで実用に活かす（読書致用）」ことを述べ、読書

40　宋・洪炎「豫章黄先生退聴堂録序」。

の方法と目的を論ずる。論語の「聖人の言葉（聖言）」という性質、「文章と道理と、疑うべきものは少ない（文章条理，可疑者少）」という特徴から、黄庭堅はそれが「経書の異同を考察し、諸子の説の是非を証明することができる（可以考六経之同異，証諸子之是非）」のみならず、「義と理を深く理解する」ために「学ぶ者の実に心を尽くすべきところ（学者所当尽心）」でもあると考える。また、「いにしえの言葉は、天下において道を異にすれども一つに帰着し、様々な考え方をしても一致する」とあるが、しかし近ごろの学者は、「よく心を通じて性質を高めることができず、最後まで得るところがない」と指摘している。さらに、読書とは「一を聞いて十を知り」、「一がすべてを貫通するに至る」。「諸事についてはその道理を己に求め、忠信篤実であり、あえてみずからを欺かず」、「内より得て」「その外をあわれ」まねばならないと主張する。後者は、荀卿が「孔子を祖述して孟子をそしる」ことを論じて、「荀子は孔子のことを知ると言うが、それは信じることができない」と述べる。また漢代の揚雄が、孟子は「正義に勇ましく徳に果敢」であり、孔子における「言の要諦を知り、徳の奥妙を知る」という点から、揚雄は孟子の知音であると述べ、さらに「孟子が、孔子が魯を去ったことを論ずる」のを例として、「聖人の忠厚」を指摘する。黄庭堅はこの二部の儒家の経典について、歴史と現実の角度から自身の独特な見解を提示しており、優れて人文的な境地と文化的な深みが体現され、幅広い文化的視野と確かな学術的素地を具体的に表しているのである。先に触れた「書老子注解及荘子内篇論後」にも、同様の特徴が認められる。

　黄庭堅はとりわけ個人の道徳の修養と総体の素質の向上とを強調し、積極的に進歩し、奮発して有為となる進取の精神を唱導した。彼は「忠信孝友」を基礎として、広く様々なことを学び、もって世に有用な人材となることを提唱した。「訓郭氏三子名字説」では、「忠信こそは物事の礎である。忠信があってそれを基礎とし、それを役立てるために刻苦勉励すれば、到達できないところはない（忠信者事之基也，有忠信以為基，而済之以好問強学，何所不至哉）」（『正集』巻二四）といい、「与李少文書」では、「私の

第八章　北宋中葉における散文の進展と各派の台頭（下）

甥は性格が明るく、いずれ人後に留まることはないであろう。ただ勉学に努めて自重し、『論語』『孟子』を読んで実際と近いところを学び取り、助けはこれを己の内に求め、過てば改めて善をなし、小さな過ちも自分からなくせば、それはすばらしいことである（吾侄性資開爽，他日必不居人後。惟強学自重，読《論語》、《孟子》，取其切於人事者，求助諸己躬，改過遷善，勿令小過在己，則善矣)」(『別集』巻一四）という。「与洪氏四甥書」においては、さらに人が思想面でよく犯す十の過ちについて分析している。「人がよく犯す過ちが十種ある。人の過ちをあげつらうのを好む、みずからその過ちを訴え出ない、他人が自分より賢明であることをねたむ、賢人を見て自分もそうなろうと思わない、過ちがあっても改めずに飾ってごまかす、功績を積まずに言葉数ばかり増える、他人と是非を言い争う、人の秘密をのぞき知ることを好む、不肖の者と楽しんで遊ぶ、友人以外の教えには耳を貸さない（人之常病有十種：喜論人之過；不自訟其過；嫉人之賢己；見賢不思斉；有過不改而必文；不称事而増語；与人計校曲直；喜窺人之私；楽与不肖者游；好友其所教)」。その上で甥には、「試みにこれを自分に引きつけて考えてみよ（試反己而思之)」と求め、同時に「もし一日に一つずつ消していけば、十日ですべて達成できる（若一日去其一，則十日亦尽去矣)」(『別集』巻十八）と指摘する。「与秦少章覯書」では、素養と篤行について述べる。「学問の根本は、その本質が見えないために難しい。もしそれが本質を現すなら、座れば床几に伏し、立てば太帯に垂れ、飲めば杯として並び、食えばたかつきとして現れ、車に乗れば馬車の鈴が教え、音楽を奏でれば鐘大鼓が説いてくれる。ゆえに己を見つめる者は、向かって至らないことはない。世俗の事になると人によって得手不得手があり、君子は心を砕かんとするも、ただ時間が少し足りないのである（学問之本，以自見其性為難。誠見其性，坐則伏於几，立則垂於紳，飲則列於尊彝，食則形於籩豆，昇車則鸞和与之言，奏楽則鐘鼓為之説。故見己者，無適而不当。至於世俗之事，随人有工拙者，君子雖欲尽心，夫有所不暇)」(『正集』巻一九）。そのほかにも、「与馬中玉書」では、「江州の王寅（江州王寅)」が「清く静かで欲は少なく、忠信で正義を好み、攻められても争わない（清静寡欲，

忠信好義，犯而不校）」（『別集』巻一六）ことを賞賛している。「与洪駒父書」では、「学問と文章は古人に匹敵するよう努めねばならない……とはいえ、孝友と忠信が物事の根本である。これを究めて意を注いで養い、純粋かつ重厚にして根を張れば、その後は枝葉が生い茂るであろう（学問文章……当求配於古人……然孝友忠信，是此物之根本，極当加意養以敦厚醇粹使根深蒂固，然後枝葉茂爾）」（『外集』巻二一）と教導している。また別の書簡では、衷心から洪駒父に対して、「仕事にいそしみ、その余りの時間を使って文学と史書に従事せよ。常に経書を熟読して古人の経世の智慧を学び、心を落ち着けて気を養い、九鼎を重ねて、その上で言行を慎むよう（勤吏事，以其余従事於文史，常須読経書，味古人経世之意，寧心養気，累九鼎以自重）」（同上）と望んでいる。ともに一個人としての学習と修養を伸ばし、社会に有益な人材となることを強調している。

　第二に、黄庭堅の散文における人文的精神は、意を尽くし、体を得たその作品に表現されており、高水準の思想的境地を備え、文体のメリットも存分に発揮している。

　すでに述べたように、黄庭堅の散文には二十種以上の文体がある。いずれの文体においても、黄庭堅はそれを十分に利用してそのメリットを発揮し、自身の思想と見解を表現して、読む者を啓発する。黄庭堅は文を作る際、「すべて実際の事柄について言い、役に立つ言葉を綴ることを求める」と強調し、また「空言を作らず」「スケールは遠大で」「世の中に実益がある」ことを強調し、さらには「有為なものでなければ筆から発することはしない」（『外集』巻二一「与王立之」）ことを強調する。したがって、文章の立意とその境地を非常に重視するのである。たとえば「仁宗皇帝御書記」では、決して「御書」に着目するのではなく、「記」体という融通の利く形式を十分に利用して、「太平の根源を熟考し（深求太平之源）」、ついで「仁宗皇帝在位四十二年」「めでたい雲と輝く星の下、光が万物を照らし（慶雲景星，光被万物）」、「百官は職にいそしみ、四方の異民族もその風紀を受け入れた（而百官修職，四夷承風）」という様相を述べる。書によって人と事とを論じ、国と政とを論じることで、非常に優れた思想的境地を表現して

第八章　北宋中葉における散文の進展と各派の台頭（下）

いる。「伯夷叔斉廟記」では、「為政」と「民の教化」に着想を得て、王辟之が「政治面での業績」によって伯夷叔斉廟を建立したことを述べ、その「徳を尊び賢人を尊び」、「礼に則り祭祀を行って民を教化するのは、根本を知っていると言うべきである」と賞賛し、一方で、「いまの役人たるや、日々いこい、年をむだに過ごして、為政に真摯に携わる者は少ない。政を執り行わず、いつ民衆を教化するというのか」（『正集』巻一六）と指弾する。両者の鮮明な対比のうちに、作者の意図が表出していよう。

　ここではその賦のみを取り上げてみる。「江西道院賦」（『正集』巻一二）では「政」を論ずることに着想を得て、「簡静」「平易」な為政という主張を提示している。「苦筍賦」（『正集』巻一二）は婉曲的な修辞で、苦筍に「苦くて味があるのは、忠心からの諫言が国を活かすものであるかのようである。多く摂っても害がないのは、士人を推挙してこれがみな賢人を得るかのようである」という観点を導き出し、表面上は詠物であるが、その本意は「国を活かす（活国）」ことと「賢人を得る（得賢）」点にある。「煎茶賦」（『正集』巻一二）は、茶を入れるという日常の些事より、「腕の立つ職人にとっては捨てるべき材料はない、天下の太平はたった一人の知略で訪れるものではない」との見解を引き出す。これらの例からは、次のことが見て取れる。文章は着想によって比較的高度な思想的境地を表現することができ、そうして思想的意義を増強した上に芸術的表現力をも高めて、尽きることのない味わいを読者に与えているのである。

　さらに「対青竹賦」では、「その節によるもので文様によるのではない（以節不以文）」という青竹の美しさを賞賛し、竹をもって人を描く。「木之彬彬」は、「小さな過ちを繰り返せば、そのためにもっとも適切なところを外す（積小不当，是以亡其大当）」という見解を出す。やはり、ともに非常に深い含意を感じさせる。元符元年に書かれた「放目亭賦」は以下のごとくである。

　　心を放ち欲を追う者は指一本を大事にして背を失う。口を好きに開く者は罪科を招きすぐに巻き込まれる。そしてみずから人にそしられ、

みずから心を乱す。高みに登って遠くを望み、ただ目を開け放つことだけが後悔しない方法なのである。心を守るには国を守るほどの武器や機械を用い、口を守るには小瓶ほどの知恵を用いる。そうして目をはるかにやれば、ごくふつうの広さであるが万里の向こうまで見えるのである。

　　　放心者逐指而喪背，放口者招尤而速累。自作訾訾，自増慣慣。登高臨遠，唯放目可以無悔。防心以守国之械，防口以挈瓶之智。以此放目焉，方丈尋常而見万里之外。

——『外集』巻二〇

「心を放つ」「口を放つ」「目を放つ」の比較から、「ただ目を開け放つことだけが後悔しない」という結論を得て、さらに「心を守り」、「口を守る」という意見を提出する。全文は六十四字、きわめて短い一篇だが、精悍にして寓意は深く、人生の哲理にあふれていると言えよう。「書生以扇乞書」は扇の機能に基づいて、「心を修め」「身を修め」「師を選び」「友を選ぶ」といった問題に触れる。

　　　心を清めるにはごまかさずに冷静であろうとし、体を調えるには汚れず品行方正であろうとする。師として選んだ人の言葉を聞くこと、両親の言いつけを聞くがごとくである。自分より優れた者を友として選び、そして切磋琢磨する。兄として思いやり、弟として敬う。家族を喜ばせられないのは根本的に欠けている。友人に益をもたらそうとしないのでは楽しみもない。日ごろから偉ぶっていては救いがない。惰眠をむさぼれば覚めることもない。

　　　治心欲不欺而安静，治身欲不汙而方正。択師而行其言，如聞父母之命。択勝己者友，而聞其切磋琢磨。有兄之愛，有弟之敬。不能悦親則無本，不求益友則無楽。常傲狠則無救，多睡眠則無覚。

——『外集』巻二四

第八章　北宋中葉における散文の進展と各派の台頭（下）

「座右の銘」では、「人を批評するのは、黙ってその人を知ることの深きには及ばない。門を出て有益な教えを求めるのは、家で読書して学問を積むには及ばない（臧否人物，不如默之知人也深；出門求助益，不如窓下之学林）」という。これらはほとんど格言のような警句であり、人に深く自省を促さずにはおかない。

第三に、黄庭堅の散文における人文的精神は、情に厚く理に深く、該博な知識と優れた措辞を備えた作品に宿る。

すでに述べたように、黄庭堅は忠厚を根本として、情を重んじ理を明らかにする。いわゆる「他人に対しては父母の心を持つべき」（『正集』巻二九）である。黄庭堅は友との情に篤く、親戚家族との情に篤く、そして愛情にも篤い。前二者については、すでに書簡を考察した際に、相当に詳しく了解するに至ったと思われる。その愛情について述べるなら、黄庭堅の詞のなかに集中的に表現されるほか、散文にもまた真実の表現が認められる。「黄氏二室墓誌銘」は、最初の妻である蘭渓について、「よく妻としての務めを果たし、家にあっては慈悲深く教育し、過ちを認め善へと向かう美徳を持っていた。この妻の短所は耳にしたことがない（能執婦道，其居室相保恵教誨，有遷善改過之美，家人短長，不入庭堅之耳）」と回想する。継室の介休については、「礼儀をよくし、前夫人に仕え、これを敬愛してやまなかった。前夫人が病気にかかったときは、薬を毒味し、着替えもせずに看病した。そしてその病が癒えると、介休は禅によって精神の修養に励み、かといって針仕事をおろそかにしたこともなかった。実は詩をよくしたのだが、妹は気づいていなかった（閑於礼義，事先夫人，愛敬不倦，侍疾嘗薬不解衣。至於復常，修禅学定，而不廃女工。能為詩而叔妹不知也）」という。「蘭渓の女性としてのすばらしさ、介休の妻としての徳行（蘭渓之女美，介休之婦徳）」に対して衷心より称揚し、「いつも墓前にて慟哭せんと楚辞を作ろうと思うのだが、あまりに悲しくて文を作ることができないのだ（常欲以楚辞哭之，而哀不能成文）」（『外集』巻二二）と言うに至っては、感情の深さと恋慕の深さを見て取ることができる。「薬説遺族弟友諒」では、「薬屋を開いて、飢えることのないよう（作薬肆，不飢寒之術）」教

え、あわせて「薬の処方に専心し、人を救うことをひたすら思え（尽心於和薬，而刻意於救人）」（『正集』巻二九）と訓戒を与える。「祭叔父給事文」は、叔父の「忠信は、人を欺き逃げ隠れする者をも感化するに足り、その余裕は人を恨み諍いする者の気持ちを和らげるに十分であった（忠信足以感欺匿，和裕足以諧怨諍）」（『正集』巻二九）と称え、いずれも深い情を内に含んでいる。

また、たとえば「跛奚移文」（『正集』巻二九）は生き生きとした事例を用いて、「人をしてまた器とする（使人也器之）」道理を説き、「物にはよくないところがあれば、またよいところもある（物有所不可，則亦有所宜）」、「できないこともあれば、大いによくできることもある（有所不能，乃有所大能）」、「このことに気づかなければ（不通之）」「大も小もともにむだにし（小大俱廃）」、「このことに気づけば盲人の耳、聾者の目のごとく、ひとつの利を断ち切ったとしても、十倍百倍もの効力を発揮する（通之則瞽者之耳，聾者之目，絶利一源，収功十百）」と指摘する。「荘子内篇論」は、「荘周よりこのかた、いまだ音を鑑賞する者を見ない（自荘周以来，未見賞音者）」と感嘆したことで、「内書七篇」（『正集』巻二〇）のテーマの論理と内包を解釈することに着目し、堂々と個人の見解を示した。一気呵成で、確かに合理的である。「東坡先生真賛三首」のその一は、東坡が「うれしさ、笑い、怒り、罵倒、そのどれをとっても文章となる（嬉笑怒罵，皆成文章）」といい、その二は、東坡が「大事に臨んでは誰も邪魔できず、天地と終始ひとつになる（臨大節而不可奪，則与天地相始終）」（『正集』巻二二）と称賛する。「休亭賦」は、宇宙の万事万物が「軌を一にして（一軌）」「並び馳せる（并馳）」ことを議論するところから説き起こし、「万物の根本に留まろうとする（休乎万物之祖）」（『正集』巻一二）友人の人生の態度を盛んに褒め称えている。「寄老庵賦」では、宇宙は無限で人生は有限であるという自然の摂理を描き、「世を避けるのではなく、この世を超越する（超世而不避世）」（『正集』巻一二）という莘老の生き方を称揚する。いずれも道理を仮託して見識を明らかにする点に特長がある。

黄庭堅の散文に認められる該博な見識は、どの作品においても反映され

ている。上に引用した文章以外に、たとえば「雁足灯」を制作する工芸を述べる一文は、以下のごとくである。「別に一枚作り、高さ七寸、周囲六寸、足は雁の三本の指のようにし、高くてはいけない。受け皿は直径二寸半、皿の面は三寸、取っ手をつけ、皿のそばにかんざしの二股が曲がるように小さな枠を作る。雁足灯は、漢の宣帝の上林苑でともされた灯で、その作りはきわめて精巧である（別作一枚，高七寸，盤闊六寸，足作三雁足，不須高。受盞圏径二寸半，盞面三寸，着柄，盞旁作小圏，如釵股屈之。雁足灯，漢宣帝上林中灯，制度極佳）」（『別集』巻一六）。琴の巧拙を論じた一文もある。「お見せ頂いた琴は、甚だしいのでは桐の木が厚すぎるという欠点のあるものがある。その音色は清く遠く響かず、はじめ長くあとが高すぎるのは、出来がよくない。大琴で音色が最後まで出ないのは、粗悪品と言うべきである（借示琴，甚或患桐木太厚，声不清遠，頭長尾太高，非佳制也。大琴而声不出尾，可謂拙工矣）」（『別集』巻一六）。ここにその該博な見識の一斑を見て取ることができる。流暢な措辞の妙、言語の精美については、すでにこれまでの考察のなかで分析してきたため、挙例するまでもないであろう。

第九章　北宋滅亡前後における文彩派と抗戦派の勃興

　蘇軾が鬼籍に入ってから（1101）李清照がこの世を去るまで（1155）は宋の文が発展した第三の時期であり、その期間は南宋建国（1127）を境にして二つの時期に分けられる。陸游の「尤延之尚書哀辞」には、「宣和年間の混乱と弊害、建炎年間の戦禍はあったが、文は少しも衰えることなく盛んであった」[1]とあり、北宋滅亡前後、政局の変化や社会の動乱によって、宋文の発展が影響を受けたり阻害されたりしたわけでは決してなかったと指摘している。この時期において成果がもっとも突出していた二大流派、それが文彩派と抗戦派である。

第一節　「究極華麗」の文彩派

　宋代の文が「政和、宣和年間（1111-1125）に及んで華麗を極める」[2]のは、「五代の文が世を席巻した」[3]ためで、そうして文彩派が頭角を現すに至った。この流派は欧陽脩、蘇軾らが改めた駢文の伝統を継承、発展させた。四六駢儷体の散文に精通しており、古文調の押韻しない文を交えつつ、対句は精密、文彩は典雅で趣き深く、言辞は自然かつ流麗であった。その代表的な作家には、王安中、汪藻、孫覿、綦崇礼、李清照などがいる。

　王安中には『初寮集』がある。彼は若いときに蘇軾に師事し、その文は豊潤で軽快感があり、典雅で端正、かつ重厚である。「規模は雄大で意味内容は厳か、叙事は詳細で主旨は奥深い。奇抜ながら正道を失わず、雄壮なるも誇張せず」[4]とされ、徽宗在位時には制誥の第一人者として推された。

1　『陸放翁全集』巻四一、北京中国書店 1981 年影印本。
2　宋・黎靖徳編『朱子語類』、王星賢点校本、中華書局 1986 年版。
3　宋・陳亮「欧陽文粋書後」、『龍川文集』、四庫全書本。
4　宋・李邴「初寮集序」。

孫覿は文才がありながら人品卑しく、『宋史』に伝記がない。圧倒的に賦をよくし、制誥、表奏の文は、名文で気の利いた言葉にあふれる。人々はこれを賞賛し、競うように伝えた。文彩はまばゆいほどで、『鴻慶居士集』が後世に伝わっている。綦崇礼は研ぎ澄まされた文章で、議論は広範で生動的、文は簡潔で意義は明白な点が特徴である。楼鑰はその文集に序を寄せ、詞藻は豊かで、自然のままに形成された風格であると評している。

　汪藻と李清照は、文彩派のもっとも代表的な作家である。汪藻（1079〜1154）、字は彦章、崇寧二年の進士で、北宋の徽宗、欽宗および南宋の高宗朝に仕え、官は竜図閣直学士に至った。『宋史』巻四四五に伝があり、著に『浮渓集』がある。汪藻は「博く群書を極め、老いても書物を放さず」[5]、詩文をともによくし、騈文を自在に操る名手として、当時から大名文家とされた。その文は六経や史書を溶け込ませて対偶を作り、天地道徳の理、古今の治乱と興亡の足跡を根源から探究し、大いに欧、蘇諸派と道学派の長所を総べる勢いがある。鷹揚にして華麗、かつ精巧で深いながらも、文辞は滑らかで、そのスタイルは渾然としている。「隆祐太后手書」、「建炎三年十一月三日徳音」などの作品は、「いずれも明白に達観し、委細を尽くして時事に向きあい叙述している。詔勅を帯びて作成された文は悲憤慷慨させぬものは無く、天下に伝えられた」[6]。

　「文彩第一」と推されるのが李清照である。その文は心情をよく述べ、広く見識を寓し、豊かな内包を備えている。とりわけ典雅で麗しく、清新な作風で著名であった。以下、とくに一節を設けて述べる。

第二節　「文彩第一」李清照の散文

　李清照（1084-1155、号は易安居士）は詩詞、散文のいずれにも造詣の深い優秀な女性作家である。明代の陳宏緒『寒夜録』には、その「古文、詩

5　『宋史』「汪藻伝」。
6　『四庫全書総目提要』「浮渓集」。

第九章　北宋滅亡前後における文彩派と抗戦派の勃興　　279

歌、詞はいずれも独擅場であった」とあり、清の『四庫全書総目提要』も、「清照は詩文に巧みで、詞によってもっともその名を轟かせた」と評する。ただ、歴代の研究では詞を重視して文をおろそかにしてきた。従来、李清照は南宋散文の文彩派の代表的作家であると見なされていたにもかかわらず、その散文芸術に対して専門的かつ系統的で、透徹性を有する研究は絶えてなかったのである。本節では、この点について若干考察を加えたい。

一、易安（李清照）の現存する散文作品および研究の歴史と現状

　易安散文を考察するにあたって、本題に入る前に、まずは現存する作品を明確にしておかなければならない。宋人の晁公武『郡斎読書志』には、清照の著として『李易安文集』十二巻が採録され、張端義『貴耳集』巻上には『易安文集』、『宋史』「芸文志」にも『易安居士文集』七巻を採ることから、宋代には易安文集の多くのテクストが流通していたことがわかる。しかし、こうしたテクストは後に失われたため、もはやその全貌を知ることはできない。宋人の詞は単独で発行され、詩と文が合わせて刊行されるという慣例によれば、『李易安集』、『易安文集』、『易安居士文集』には詩歌とともに、散文の分量もまた相当あったはずである。しかし、惜しいことに現存する散文の数は多くない。李文袴『漱玉集』、王延梯『漱玉集注』、王仲聞『李清照集校注』、および黄墨谷『重輯李清照集』によって統計をとれば、現在、李清照の散文作品であると考えられるのは以下のとおりである。

　一、「詞論」[7]
　二、「投翰林学士綦崇礼啓」[8]
　三、「打馬命辞十一則」（陶宗儀『説郛』所収）
　四、「打馬図序」（『説郛』所収）
　五、「打馬賦」（『説郛』所収）

7　宋・胡仔『苕渓漁隠叢話後集』巻三三、魏慶之『詩人玉屑』巻二一など参照。
8　宋・趙彦衛『雲麓漫鈔』巻一四。

六、「金石録後序」(『金石録』所収)
七、「漢巴官鉄量銘跋尾注」(『金石録』所収)
八、「祭趙湖州文」(逸文、謝伋『四六談麈』所収)
九、「賀人孥生啓」(逸文、『琅環記』に引用する『文粋拾遺』参照)

列挙した各文のうち、「漢巴官鉄量銘跋尾注」は『校注』のみ収録し、校刊者の言として、「ただ清照は蜀に行ったことはなく、その目でこの器を見る術はなかった」との考証がある。よって、ほぼ李清照の作品ではないと考えられるため、ここでは言及しない。その他の諸篇は、「金石録後序」が間違いなく易安の手になると公認されているほかは、ほとんどすべての著作が疑われ、異を唱えられたことがある。ただ、明確な証左は提出されておらず、軽率に否定することもできないとの判断により、すべて本節で議論の対象として扱うことにする。いずれにしても、李清照の現存する散文は指折り数えるほどである。しかしながら、一般的に後世に伝来する作品は、多くが傑出した絶品であり、作家の芸術的個性をよく反映している。いわゆる「鼎の一切れの肉を味わえば、すべてがわかる」である。蘇軾はかつて劉伶の「酒徳頌」を評して、「詩文はどうしてその多さで評価できようか。劉伶は一作の頌によりその優秀さは明らかである」と言ったが、ましてや李清照の散文は一篇に止まらないのである。

実は、李清照の散文は彼女の詩詞と同様、宋代にはすでに士大夫から評価され、重視されていた。朱弁欽はその「文をよく綴る」[9]ことに敬服し、謝伋はその「四六文の巧みさ」を称え(『四六談麈』)、王灼は「本朝の婦人で、文彩第一に推すべきである」[10]と評価し、さらに趙彦衛は、その「文章が完成すると、人々は争ってこれを伝えた」[11]という。陸游や朱熹でさえも相次いで感嘆したほどである。そのため『宋史』には、「清照の詩文は当時においてもっとも賞賛された」(「李格非伝」)と記されている。

宋代以降、文集が散逸したため、その詞を取り上げる者が多く、文を論

9　『風月堂詩話』巻上。
10　『碧鶏漫志』巻二。
11　『雲麓漫鈔』巻一四。

第九章　北宋滅亡前後における文彩派と抗戦派の勃興

じる者は少なかった。そのため、李清照の散文の影響力は詞には遠く及ばない。しかし、関心を示した者も少なからずいた。ある者は捜集し、またある者は刊刻し、これを批評し、これを議論した者もいる。その流伝や影響がここにおぼろげながら見て取れる。元の陶宗儀『説郛』、明の沈津『欣賞編』と周履靖『夷門広牘』、清の俞正燮『癸巳類稿』、および伍崇曜『粤雅堂叢書』など、いずれも李清照の散文作品の一部を収録している。また、明代では田芸蘅の『詩女史』巻一一、郎瑛『七修類稿』巻一七、張丑『清河書画舫』申集、胡応麟『少室山房筆叢』巻四、趙世杰『古今女史』巻一、清代では顧炎武『日知録』（集釈）巻七、銭謙益『絳雲楼書目』（陳景雲注）、李慈銘『越縵堂読書記』巻九などの諸本に、李清照の散文に対する総体的な評価、あるいは具体的な批評や圏点が施されている。

　近代以来、先賢が打ち立てた基礎の上に、多くの学者が李清照散文の研究を展開し続けてきた。作品の収集、整理のほか、作品研究の成果も時に発表された。現代において発表された李清照散文に関する専門的な研究論文は、管見の限りでは1990年末までにすでに数十篇あり（「詞論」に関する研究は、いずれも文学理論の角度から立論しているため含まない）、そのうちの三篇は1949年以前に発表されたものである。これらの論文は、李清照自身を研究してその文章にまで説き及ぶもの、漱玉詞を研究する関連で文章に言及するもの、あるいは詩・詞・文の総合的研究、またあるいは単独の散文作品に関する研究などである（このような研究が多くを占めるが、おおむね「金石録後序」に集中しており、そのなかには年代を考察する二篇を含む）。それらはおしなべて一定程度の深さを備え、かつ見解は精密であるが、論者の視点や研究の積み重ねが異なる。そのため、李清照散文に対する全面的な考察と芸術的個性の探究については往々にして意に適うものとはいえず、その芸術性を散文の角度から全面的かつ系統的に考察し、専門的に研究したものはほとんどない。

二、心情の叙述、見識の仮託：その着想と趣旨

　心情を叙述し、広く見識を寓する、それが李清照散文の重要な特徴である。李清照は才能高く学識豊富、情感は細かく豊かで、先人はこれを「才覚があり、情に深い者」[12]と評した。したがって、その文は博学で叡智に満ちているのがはっきりと見て取れ、とりわけ心情や情趣がよく表れている。彼女の散文は自己の心情と個人的見識の自然な発露であることが多く、「打馬図序」、「打馬賦」、「金石録後序」、「投翰林学士綦崇礼啓」ないし「詞論」など、いずれの文章もそうである。

　「打馬図序」は一篇のきめ細かい叙述、議論による優美な文である。作者は「打馬図経」を世に問うたことを叙述するなかで、主として日頃から博戯（ゲームの賭け事）を好んだ心情を述べるが、そこには李清照の見識がおのずと表れている。著者はみずから以下のように言う。「私は生まれながらに賭け事を好み、およそ賭け事という賭け事はいずれも夢中になり、昼夜寝食を忘れるほどであった。ただし、賭けの多い少ないにかかわらず、一生で負けたことは一度もない（予性喜博，凡所謂博者皆耽之，昼夜毎忘寝食。但平生随多寡未嘗不進）」。また、「南遷以来、流浪して移り住むうちに、賭け事の道具がすべて散じたため、めったにすることもなくなったが、その実、胸中で忘れたことはなかった（自南渡来流離遷徙，尽散博具，故罕為之，然実未嘗忘於胸中也）」。困難を経てようやく安寧を得るに至ると、選んで金華に住み、「そこで賭け事に話題が及ぶようになった（於是乎博奕之事講矣）」。末尾にはさらに、「私はもっぱら依経馬という賭け事を好んだ。そのため、その賞罰や規則を取り上げては、項目ごとに短く評語をつけ、見解を附記し、下の世代の者らにそれを基準とさせた。これはただ博徒に施すだけでなく、実に好事家に寄せるにも十分である。千万年の後世の人たちに、賭け事に文辞を寄せるのは、易安居士よりはじまると知らしめよう（予独愛依経馬，因取其賞罰互度，毎事作数語，随事附見，使児輩

12　清・符兆綸「明湖藕神祠移祀李易安居士記」。

第九章　北宋滅亡前後における文彩派と抗戦派の勃興　　　　　　283

因之。不独施之博徒，実足貽諸好事。使千万世後，知命辞打馬，始自易安居士也）」と述べる。その嗜好、その偏愛ぶり、自信満々たるさまが、そこかしこにうかがえ、博戯のさまざまな種類に対する熟知と理解、各種の博戯に対する精確で簡潔、率直で鋭い品定めと査定からは、その見識の広さが十分に見て取れる。

　李清照散文でもっとも広く流伝し、もっとも影響が大きく、もっとも叙情的色彩が濃厚なものは「金石録後序」である。『金石録』は李清照の夫の趙明誠が著したものである。明誠が逝去して六年後、李清照は「ふいにこの本を読むと、故人に会うかのよう（忽閲此書，如見故人）」で、「いまも筆跡は新しく思えるが、墓の木はすでに抱えるほど大きくなった（今手沢如新，而墓木已拱）」と悲嘆に暮れ、そのためこの序を作った。文章は、書籍作成の過程の紹介を通じて、作者が「建中元年に初めて趙氏に嫁いだ（建中辛巳始帰趙氏）」ころから、この序を作った「三十四年間」の「憂患得失」に至るまでを叙述し、心に刻まれた夫に対する深い思いと、国家滅亡に対する悲憤沈痛の情を吐露している。その間の、「衣を質入れして（質衣）」「碑文、果実を購い（市碑文果実）」、「向かい合って鑑賞、吟味（相対展玩咀嚼）」した若かりし日の思い出、徐煕の牡丹図を買うことができず、「数日ものあいだ二人して悔しがった（夫婦相向惋惜者数日）」ことの述懐、「書物を得ればともに校勘し、整理して書名を記した。書、画、青銅器、鼎などを得ると、手に取って鑑賞し、巻を紐解き、その瑕疵を指摘した。夜には蝋燭が尽きるまでそうする慣わしであった（毎獲一書，即同共校勘，整集簽題。得書、画、彝、鼎，亦摩玩舒巻，指摘疵病，夜尽一燭為率）」という記録、および帰来堂でお茶を賭けて書籍中の記載箇所を当てたことなどの素晴らしい描写は、いずれも往年の甘い結婚生活に対する深い懐旧の情を吐露して、この芸術家夫婦の典雅な風情と仲睦まじい情愛に満ちた生活風景を生き生きと再現する。二人は当時、「食事の肉は一種のみ、衣服は彩り飾らず、首には真珠や翡翠の飾りをつけず、部屋には鍍金刺繍の調度を置かない（食去重肉，衣去重采，首無明珠翠羽之飾，室無塗金刺繍之具）」ようにして、その一方で、書籍については「机の上にずらりと並べ、枕元

に無造作に積み、気が向けば手に取り、目と心とを書に遊ばせた。その楽しみは音楽や色、犬馬を飼うより楽しいものであった（几案羅列，枕席枕籍，意会心謀，目往神授，楽在声色狗馬之上)」と言うほど、完全に芸術の海にはまり込み、陶酔していた。靖康の変が起きると、夫婦の数十年の心血を染み渡らせた金石書画に向き合い、「見回しては茫然となり、箱にあふれる書を見ては、恋々として、鬱々として、それが自分のものとなるはずがないことを知る（四顧茫然，盈箱溢篋，且恋恋，且悵悵，知其必不為己物)」。そして戦乱のうちに江南へと移り、流離して辛酸を嘗め、夫は病没し、金石書画が尽く散逸しただけではなく、ひどく蹂躙され、苦汁を味わった。国難と個人の怨み、国を憂える気持ちと己を悲しむ気持ちを述べ、一文一文が悲憤慷慨し、一字一字に沈痛の念が込められている。洪邁は、「「金石録後序」は、災難に見舞われた顛末を述べ尽くす……私はその文を読み悲しんだ」[13]といい、また符兆綸は、李清照は「流浪して、つぶさに凄惨を極めたことをみずから述べる。いまに至るもこれを読むと、とりわけ心が急く思いがする」(「明湖藕神祠移祀李易安居士記」)と述べている。このように、「金石録後序」は、作者三十四年間の感情の変化を如実に映し出す一幅の絵と言えるであろう。

　「後序」には心情が叙述されると同時に、明朗闊達な見識が表現されている。清代の王士禄が、「「金石録序」を朗誦すると、人は心躍り、肺腑が洗われるようだ」(『宮閨氏籍芸文考略』)と述べるのは、まさに序文の明朗闊達な見識に触れた効果と表現であろう。明の曹安『讕言長語』巻下には、以下のようにある。

　　李易安は……夫の『金石録』に序を書き、「王播と元載の禍は、単に書画と胡椒とが異なるだけであり、長興（和嶠）と元凱（杜預）がそれぞれ銭癖と左伝癖を病んだことにも何の違いがあるだろう。名は同じでなくとも、惑溺する点では同じなのである」という。また、「蕭

13　『容斎随筆』巻五。

第九章　北宋滅亡前後における文彩派と抗戦派の勃興

繹は江陵が陥落するとき、国が亡ぶのを惜しむではなく書画を裂いて壊したという。楊広は江都で滅ぼされたとき、死を悲しまずにまた書物を手に取ったという。なぜ人の性として好むところは、いまわの際においてすらこれを忘れることができないのだろうか」とも述べる。さらには、「有があれば必ず無があり、聚まることがあれば必ず散ずることもある。これが理の常である。ある人が弓を失えば、別の人がこれを手に入れる。そのようなことは取り立てて言うべきことでもない」と記している。女性とは微賤なものだが、これほどの見識があった。男だけではわからなかった点であろう。

劉士鏻『古今文致』巻三には祝允明の言を引用して、「この文才があり、この知識があり、実に女性のなかの傑出した人物である」と述べている。清初の顧炎武は、「李易安が『金石録』に寄せた文を読むと……その言辞の達する境地に嘆息せざるを得ない」[14]という。その見識は広く後世の哲人の称賛、嘆息するところとなり、その非凡さをここに見て取ることができる。

「打馬図序」、「金石録後序」の二篇がはっきりとした叙述性、叙情性を備えた作品であるのとはいささか異なり、李清照の「詞論」は専門的な論説文で、作者の性質や心情の表出は決して直截的ではない。そのため、古くから人々はこの作品を文芸理論の著作としてしか研究してこなかった。ところが、この文章はきわめて幅広い理論を備え、作者独自の見解や超人的な知識水準が表されているだけでなく、作者の豪胆かつ率直な気質がもっともよく体現されている作品でもある。案ずるに、李清照でなければ、このような文章は書けなかったであろう。胡仔はかつて以下のように述べている。

　　李清照はあまねく諸公の歌詞を評してその短所を指摘し、一人として免れることはできなかった。この論は公正でないため、私は賛同し

14　『日知録集釈』巻二一。

ない。思うに、その意図は、みずからは自分の長所を自在に発揮することができ、それゆえ楽府の名手であると言うのであろう。[15]

胡氏は「この論は公正でない」として、「賛同しない」という。むろんそう考えるのは自由であり、いまその点は措くが、「その意図」以降は深く考えて吟味するに値し、なかなか急所を突いている。李清照は聡明で率直、負けず嫌いで志も見識も非凡、そのうえ才能と学問は豊かで、見聞も十分に広めており、尋常ならざる芸術作品の鑑賞力を備えている。そのため、ある物事に対する考え方は往々にして独創的であり、大胆かつ見識がある。「詞論」こそ、こうした個性を典型的に体現したものなのである。また裴暢は次のように言う。「李清照はみずからその才を恃み、一切を蔑視し、その発言はもとより留めるほどのものではない。ただ、一婦人がこのような大言壮語をよく述べるのは、その妄挙はもちろん、その狂気も常人の及ぶところではない」[16]。裴氏の議論は必ずしも公平ではないが、彼が「詞論」の作者の突出した個性と、文章に豊富に含まれる性質と心情を痛感したことは事実である。それゆえ、「みずからその才を恃む」、あるいは「その狂気」というような論調が出てきたのである。

「詞論」は個人の見解を発表しており、その持論は必ずしも完璧に精緻で妥当とは限らないかもしれないが、他人が非とすることに作者が是と唱えるのは、付和雷同して受け売りばかりを言う者とは完全に相反して、いっそう論者の個性を認めることができる。ましてや人それぞれに見解があるのだから、過度に咎めることはできまい。実は、李清照の「あまねく諸公の歌詞を評してその短所を指摘」するという方法は、彼女の「金石録後序」における「書、画、青銅器、鼎などを得ると、手に取って鑑賞し、巻を紐解き、その瑕疵を指摘」するというみずからの記述と、まさに一致しているのである。

---

15 『苕渓漁隠叢話後集』巻三三。
16 『詞苑萃編』巻九。

第九章　北宋滅亡前後における文彩派と抗戦派の勃興

そのほか「投啓」は、病の折に騙されたことと、凌辱されてお上を動かすに至った経過を訴えて、綦公の斡旋に対して深謝する。「祭趙湖州文」はわずか数句しか残っておらず、「血涙を落として墨を磨って」[17]できたもので、その心情は推して知るべしである。「打馬賦」は、「五陵の豪士の面目、三河の少年の思い」[18]との誉れがあるのみならず、そこに認められる見識もまた世に称賛されるところである。明代の沈際飛は李清照の詞「念奴嬌・蕭条庭院」について、「漢魏の鑿みに倣わず、盛唐の歩みを真似ず、情に応じて発し、人に十分に伝わる」[19]と評したが、李清照の散文もまさにそのとおりである。

　心情を叙述し、見識を表すというのは、宋代の散文によく見られる現象である。しかし、作家が異なれば表現も異なる。しかも心情を描写し、見識を語る作品は掃いて捨てるほどあるが、完璧に二者を融合させたものは決して多くない。李清照より前では、范仲淹の「岳陽楼記」、欧陽脩の「秋声賦」、蘇軾の「前赤壁賦」などが、その代表的な作品と言えよう。李清照は先達や時代の潮流を超越してはいないが、それでも自己の特徴を備えている。北宋の著名な作家たちは、情景を借りて心情を述べること、心情を情景に仮託すること、心情から道理を引き出すこと、そして情景と心情、道理を密接に結合させることに慣れていた。そして、そこで述べられる心情は、多くが客観的な景物によって引き出された内面の感情であり、言及される道理は多くが人生のことに偏重している。先人に比べて李清照により多いのは、事物によって心情を表し、心情を事物に仮託し、事物によって道理を明らかにするという、事物、心情、道理の融合である。そこで表現されるものの多くは個人の感情であり、引き出されるものの多くは事物もしくは思考の哲理である。それは人々の生活に寄り添うものであるため、通俗的で親しみやすく、理解と受容が容易に感じられ、いっそう感化する力や魅力に富むのである。

17　符兆綸「明湖藕神祠移祀李易安居士記」。
18　趙世杰『古今女史』巻一。
19　『草堂詩余正集』巻四。

三、豊富な内包、深長な寓意：秘められた情報と潜在意識

　豊富な内包と深長な寓意、それもまた李清照散文の一つの重要な特徴である。

　李清照は往々にして限りある篇幅のなかで、大量の情報を読者に提供する。それは「一尺の紙に千里を描く」という勢いを備えており、読む者の視界を広げ、耳目を一新させる。

　「詞論」は五百七十字足らずであるのに、詞の唐代における勃興と隆盛、発展、変化、およびその流行の曲牌、歌唱の光景、芸術性の効果、五代の政局および南唐における詞の展開、北宋における「礼楽文武が大いに備わった」優れた環境、著名な作家の出現と諸家の創作における善し悪し、歌詞と詩文の区別および音律の要求など、幅広く紹介する。さながら、唐五代および北宋期の詞学の略史である。

　「打馬図序」はわずか百三十九字であるが、「慧、通、達」と「専、精、妙」に対する弁証的な詳説と論証、つまり少しかじるだけで深く追求しない「後世の人」に対する評論、個人の「賭け事好き」の紹介、およびこの序文を書くときの具体的な背景を含む。そのなかには、さらに当時の戦乱の情勢、人々の流離と心持ち、筆者の困苦と定住、各種博戯の状況および優劣、打馬戯の種類と変遷、賭け事に文辞を寄せた自作のことなどを記す。豊富な内容と大量の情報により、この序文はきわめて読み応えのある読み物としての性質と美学的意義を備えるだけでなく、相当の学術性と史料的価値をも備えている。そのため、胡応麟『少室山房筆叢』、周亮工『因樹屋書影』、呉衡照『蓮子居詞話』などのように、後世の人の著述でしばしば称賛、批評、引用されることになったのである。

　「金石録後序」は李清照の現存する散文のなかでもっとも長い作品だが、それでもたった千八百五十五字しかない。ただ、文章は巨大な絵巻のようで、きわめて豊富な文化、政治、歴史、社会、家庭およびそのプライベートな生活、思想といった各面を包み隠さず活写する。それがこの作品に自伝的性質を持たせ、李氏の生涯、思想、性格を研究する貴重な資料かつ重

第九章　北宋滅亡前後における文彩派と抗戦派の勃興

要な拠り所となっているだけでなく、さらに当時の政治、歴史、社会等の情報をも大量に保存している。しかも、こうした情報は著者がみずから体験したものであり、信頼度、信憑性はきわめて高く、十分に歴史家の参照に資するのである。

　李清照の散文は情報量が多く、盛り込まれた内容が豊富であるだけでなく、寓意は深長で、味わい深い。一般的に、散文と詩歌は異なる。文は直截的であることを尊び、詩歌は婉曲的であることを尊ぶ。直截的ならば明朗で、婉曲的ならば深長である。散文は直截的な表現が長所であり、表象は単層的で、作品世界の境地は明朗、言語と寓意とのあいだに境界はない。一方で、詩歌はそうとは限らない。往々にして読者が埋め合わせる空白と豊富な想像の空間を残し、含蓄性が高く、それが味わい深い芸術的効果を生み出す。李清照は散文創作において伝統的な書き方にとらわれず、散文の「直截」と詩歌的表現の「婉曲」とを有機的に結合させた。そのため作品は多層的な表象、多層的な含意という開放的な特徴を呈するに至った。散文の言語表現能力を増しただけでなく、その含意に弾力性を持たせたことで、深長な寓意と味わい深さという特徴が形成されたのである。

　「打馬賦」はもっとも典型的である。この賦体散文は本文と結びで構成され、本文が主体である。冒頭十二句は打馬の流行を叙述し、「一斉に赤驥、騄駬などの駒を走らせる」から、「志は馬に鞭打ち勝つことにある」までは遊戯の様子を描く。ついで、「止啼の黄葉」から、「まさに賭博の名人袁耽を師として、帽子を擲って勝利の雄叫びをあげるべきである」までは、その風情を評論している。文章はすべてが打馬という遊戯そのものについて叙述されており、枝葉末節に逸れることなく、中心となる事項を突出させ、目的は明確である。しかし、作者は伝統的散文の直截的な叙述や描写、評論といった方法を踏襲せず、典故を重視する賦体散文の長所を借り、またそれを発揮させて、大量の典故を妥当に組み合わせ、視覚、感覚、聴覚、幻覚、連想など多種の効果を一つに融合して、間接的、婉曲的に表現する。それによって情報量を多くしただけでなく、文章の表象と含意に多層的な様相を盛り込み、読者が読書体験から得る視野と想像の空間を広げている。

たとえば、「一斉に赤驥、騄駬などの駒を走らせれば、周の穆王が万里の道を行くがごとしである。そのあいだに黒馬と黄馬を並べれば、楊貴妃一族の隊列さながらである（斉駆驥騄，疑穆王万里之行。間列玄黄，類楊氏五家之隊）」という句は、遊戯の場面を略述しているが、作者はここで三つの典故を用いる。すなわち『史記』「秦本紀」から、「造父はよく馬を御したため周の繆王の寵愛を受けた。驥、温驪、驊騮、騄耳の四頭を得ると、西方を巡遊し、楽しんで帰るのを忘れた」、『逸周書』周穆王伝にある、「穆王は八駿を駆けさせて西王母の賓客となり、瑤池で酒杯を挙げた。一日に万里を走ったという」、そして『唐書』「楊貴妃伝」に見える、「玄宗は毎年十月、華清宮に御幸した。楊国忠の姉妹五家が随行した。一家ごとに一隊列とし、一色の衣を着た。五家が隊列を合わせると、照り映えて百花が咲き誇るようであった」である。これらを融合させ、さらに「疑」と「類」の二字を置くことで、巧妙に歴史的典故と眼前の情景とを繋ぎ合わせている。そこからパノラマのように、あるいは輪郭を描くように、打馬という遊戯の熱気あふれる場面を活写し、それによって読者は、盤面の様子や服飾華やかな参加者が卓を囲む光景を想像できる。

　また作者は、「呉江には楓が落ち、胡山には葉が舞う。玉門関は閉ざされ、沙苑には草が生い茂る。流れに臨んで渡らないのは、泥除けを惜しむのに似ている（呉江楓冷，胡山葉飛。玉門関閉，沙苑草肥。臨波不渡，似惜障泥）」という表現で、打馬の過程における種々の情勢を描写するが、これらは以下の典故を応用して織り込んだものである。まず喬彝「渥洼馬賦」の、「四つの蹄もつ呉門のような白馬は、翰海の驚嘆すべき波を翻す。一噴きで生ずる風は、胡山の乱れる葉を落とす」[20]という句、次に『漢書』「李広利伝」に見える、李広利が命を奉じて軍を率い、良馬を手に入れるため西域の弐師城に赴いたが、到着前に兵士が疲れたので帰ろうとしたところ、漢の皇帝が玉門関を遮り、帰還を許さなかったという故事である。さらに杜甫の「沙苑行」にある、「苑中では牝馬が三千頭もおり、草は青々と茂っ

20　唐・張固「幽閑鼓吹」所収。

第九章　北宋滅亡前後における文彩派と抗戦派の勃興　　　291

て冬でも枯れない」という詩意、そして『世説新語』「術解」に載せる、「王武子は馬の性質をよく知っていた。かつてある馬に乗り、飾りのついた泥除けを附けたところ、馬は川を前にして終日渡ろうとしなかった。王は『これはきっと泥除けを惜しんでいるのだ』と言って、人にそれをはずさせると、すぐに馬は渡った」という故事である。それらによって打馬の過程における勝利、挫折、対立、待機といった種々の情勢と熱く緊迫する雰囲気を、いずれも曲折に富む筆致で描写し、読者に深みのある味わいやリアリティーを感じさせる。あたかもある者は勇気を奮って先を争い、千軍を席巻し、またある者は苦境に陥って進むことができず、さらには鋭気を養って好機をうかがう者や、躊躇して進まず、優柔不断で決められない者など、あらゆる様子が眼前に浮かぶようである。そのほか、「昆陽の戦い」や「涿鹿の軍勢」などは戦術の相違を描写している。「庾翼の落馬という失敗を免れる」や「痴叔と呼ばれた王湛の奇才ぶりに等しい」などは、名手がその地位を守ることと新参者の非凡な才能になぞらえ、いずれも高い技術で勝利を収めることをいう。また、「いまだ王良に遇わず」や「造父に逢い難い」との句で、技能が優れず、ついには敗北を喫する無念を表現する。いずれも典故自体が内包する意味を基礎にして、その上に新たな内容を付与している。

　「打馬賦」はこのような表現方法を採用することで、読者の思考を積極的に引き出し、かつ読者が本来の意味をより豊かに味わうための基礎と条件を創り出している。たとえば、「今日、どうして桓温がいないことがあろうか、今後も謝安は乏しくなかろう」という句は、本来の意味は博打について言ったものであるが、現在でも「元子（桓温）」や「安石（謝安）」のような棋士はいるであろうと言うのである。

　桓温は「平生勝負事に負けず、そして剣閣の軍師となった」（桓温が蜀を討伐したことは『世説新語』「識鑑」参照）。謝安は「別宅にいて負けず、もうすでに淮肥の賊を破った」（謝安が苻堅を討伐したことは『晋書』「謝安伝」参照）。桓、謝はいずれも晋代の著名な軍人政治家であり、かつどちらも将棋賭博を好んだ。桓温が「まさに蜀を伐とうとした」ところ、ある

論者が「その博打を見て」、桓温の勝利を知ったという。また、謝安は賊を討とうというときに、謝玄と「別宅を賭けて囲碁をしており」、賊が破れたと聞いても、依然として打ち続けていたという。「今日」からの二句は、まさに上記の文から引き出されたものである。多くの読者はその人物の功績面から捉えて、ここには中原を取り戻すという李清照の願望と自信が吐露されていると考える。そのような理解も、文全体と当時の歴史的背景、および李清照の経歴とを関連づけて見れば道理なしとしないが、それこそ要するに作品の本意に対する豊かな解釈であり、あるいは作品の潜在的寓意についての発掘なのである。

　従来、故郷への思いの直截的な吐露、および愛国の気持ちを表現していると考えられていた「打馬賦」の末尾は、実は文章全体にとっての収束であり帰結である。「仏狸（北魏の太武帝）は必ずや卯の年に死ぬ」は、『宋書』「臧質伝」に見える童謡、「北狄の馬が長江の水を飲み、仏狸は卯の年に死ぬ」を転用したものである。「危急の際に、どうしてこれほどの馬を現実に得られようか」は、杜甫の「題壁上韋偃画馬歌」を踏襲している。「年老いてもはや千里を志さず」は、曹操の「歩出東門行・亀雖寿」にある、「年老いた駿馬は厩に伏すとも、志は千里にあり」の意味を逆用したものである。いずれも馬と関係のある典故を用い、打馬という博戯と合致している。「目に映るのはみな驊騮と騄耳」の句に至っては、まさしく対局中の光景であること、言うまでもない。

　選択された典故と文字による表現が、当時の情勢や作者の心情、境遇と密接に符合しており、かつ時局に対する深い関心と感慨が融合しているため、後世の読者は直截的にその愛国、憂国の思いを吐露していると考えてしまう。これもまた、まさに絶妙なところである。筆者の考えでは、李清照は打馬という遊戯を通して婉曲的に自己の潜在意識を表現し、国を憂い、時を傷むその思いは、文全体のなかに寓意として託されているのであって、個別の字句に表れているのではない。いわゆる「意は言外にあり」である。文字の背後に内包と寓意が潜むというこの事実は、文章全体の特徴を強めているだけでなく、その豊かさと奥深さを物語っており、同時にそれは容

第九章　北宋滅亡前後における文彩派と抗戦派の勃興　　　293

易に察することができる。かつて清の李漢章は、「幼少のころ「打馬賦」を読み、その文を愛した……典雅な言葉遣い、優れた着想を好んだのである……李清照は戦乱の世に生まれ、国を去って故郷を思い、人生晩年になって、慨嘆して鬱々とした。そこで事物に応じて文を書き、また文によって志を表現したが、何とも悲哀に満ちている」[21]と言ったが、それはまさにこの点を説明していよう。

四、臨機応変、奔放不羈：その構成方法とレイアウト

　構造上のレイアウトが臨機応変かつ曲折に富み多彩であることは、李清照散文の第三の特徴である。この点について肖漢中は、「金石録後序」は「段階を踏んで詳細を記し」、「一段落ごとに曲折を経ている」と述べ[22]、銭謙益は、「のびやかにして曲折に富む」[23]と評する。また李慈銘は、「事を述べて錯綜している」[24]とし、朱赤玉は「打馬図序」について、「曲折して巧みで、自然に流動する」[25]と言っている。これらはすべて構成、レイアウトの面に着眼し、李清照の散文作品の芸術的特徴を指摘している。

　構成、レイアウトは、作家の工夫と芸術的構想を体現する重要な一面である。李清照はしばしば内容や形式の違いによって、それに対応する構成方法を採用するため、臨機応変な点がその散文の長所となっている。現存する作品を見ると、ある作品は縦軸の構成法を採り、ある作品は横軸の構成法を用いている。また、縦横結合、目に見えるラインと隠れたラインが交錯する作品もあり、多種多彩で変化に富むと言える。

　「投翰林学士綦崇礼啓」は、友人に感謝する手紙である。作者は単純な縦軸の構成法を採用し、物事の発生、発展の自然な状態に従って、内容の伝達順序を配置している。すなわち、まずは家庭で身につけた教養を書き、

21　「題易安『打馬図並跋』」。
22　『古今女史』巻三。
23　『絳雲楼書目』巻四。
24　『越縵堂読書記』巻八。
25　『古今女史』巻三。

ついで病気の際に騙され、陵辱されて、法廷に訴えることを余儀なくされた点を述べる。そして綦公の斡旋によって結末を見るに至ったことに感謝し、さらに個人的な願いを表現している。これにより、全文がスムーズな条理によって展開され、構造は緊密かつ自然、平易で親しみやすく、読者の胸を打つ。「打馬賦」は打馬という遊戯を論じるが、ここでは横軸の構成法を用いている。文章はまず打馬の流行を書き、次に遊戯の情景、さらにそのなかの興趣を述べ、最後に感慨を表現して結ぶ。各部分における具体的内容の階層的配置も、この構成法によっている。たとえば、遊戯の情景のなかで駒を対峙する際の、各種の態勢の描写、参加者の異なる戦略、戦術の描写、およびさまざまな技巧を凝らす場面の描写など、すべてがそうである。こうした構成法の使用により、打馬という博戯の競争的な雰囲気が滲み出て、しかも、それが対峙や競争の場面と協調していることは、疑いのないところである。

　李清照は、主副を並走させる並行構成法を採用することもある。「詞論」のように、詞の発展を評論、論述し、個人的見解を説明する理論的な文章では、数珠繋ぎとでも言うべき方法を用いる。縦軸の構成を主として時代の前後を論述の順序とするが、同時に、詞の発展と変化を隠れた路線として沿わせている。文章の初めは真正面から論を立て、「楽府は声（音楽性）と詩（歌詞）をともに表現する」という中心的テーマと批評基準を提示する。それから、まずは「開元、天宝年間」に李八郎が曲江で歌った故事をもって、詞は「音楽性と歌詞をともに表現する」からこそ、強烈な芸術的効果が生まれることを説明する。続いて、「これより鄭、衛の音楽は日々盛んとなり、過度に華麗な作風への変化は日々繁く」、「音楽性と歌詞」はともに度を過えた道を歩んだと指摘する。「五代」の南唐は「典雅を貴び」、詩の方面ではいささか歪みを矯めることにもなった。ただ、「語は目を見張るものがあるが」、音楽性の面では新鮮な美しさに乏しかった。「本朝に至ると」、柳永が「古い歌を新しく変えた」ことで「世に称えられた」が、「詞語は通俗的であった」。その後を継いだ者では、詩は「時に優れた語があっても」完璧な作品はほとんどなく、あるいは「一句の長さがそろわず」「往々

第九章　北宋滅亡前後における文彩派と抗戦派の勃興　　295

にして音律が整っていない」ものであった。「それをよく知る者」もいたが、歌詞はすべてが思い通りというわけでもなかった。文全体は時の流れの順に、「音楽性と歌詞」という二つの面をしっかりと押さえ、その変遷を論述して見解を出し、筋立ては明瞭、段階は明晰、論点は焦点がはっきりして構成は緊密で、渾然一体となっている。

　千古にわたって称賛される不朽の名作「金石録後序」は、縦軸と横軸の結合、表立った方向性と隠れた路線が補完する構成方法を採用している。冒頭で『金石録』という書籍の作者、および内容と価値を紹介し、中ほどではこの書が編纂された顛末を述懐、末尾で序文を作った意図を論じている。文全体の枠組みは横軸構成の姿を呈している。一方、文のもっとも重要な主軸の部分には、縦軸構成の方法をも採用している。作者は『金石録』の編纂を中心に、自分とその著者が夫婦となった後の生活を回想する。夫婦でともに金石書画を集め、評定して整理した苦労と甘い記憶を重点的に思い起こして述べ、靖康の変の折に金石書画が散逸して、そのほとんどを失った具体的な経過を述懐していく。こうした内容や具体的な事実の叙述、レイアウトについて、作者は時間軸に沿って述べるという方法を使用することで、鮮明な経年性という特徴を体現した。それと同時に、この文は叙事と叙情、議論を一つの炉で溶かすように、叙事は時間の順に、叙情は出来事に巡り会うたびに現れ、感情と事象が密接に絡み合っている。実に、ある学者が、「全文は事象を主とし」、その構成路線は「金石書画の入手と遺失という主軸をめぐって展開し」、同時に「さらに心情を軸にする隠れた路線を密かに配置している」（「談李清照的「金石録後序」」）と述べるとおりである。目に見える路線と隠れた路線とが平行して交錯し、表面と内面とが相補うという情勢を形成して、文章の全体的な性格と構成の厳密さを強化しているのである。

　わずかに文章の冒頭部分を見ただけでも、李清照散文はやはり多彩な変化を見せる。同じ序文であっても、「金石録後序」と「打馬図経序」の冒頭部分の手法はまるで異なっている。前者はいきなり主題に入る手法を使用し、筆を下ろすやいなやテーマを捉え、『金石録』という書の作者、内容お

よび価値を紹介する。一方で、後者は漸進型の手法を採り、作者は単刀直入に「打馬図経」を切り口とするのではない。まず哲理を発端として、「聡明であれば通じ、通じれば達しないところはない。専心すれば詳しくなり、詳しくなれば絶妙ならざるところはない」という論点を提示してから、前代の事例より「後世の人」までを論じ、さらに「遊び戯れること」に説き及ぶ。筆を起こすという意味では同じであるが、文章の内容が異なれば、切り込む観点や角度もまた異なってくる。たとえば、「詞論」もいきなり主題に入る方法を用いるが、「金石録後序」とは違って、唐代の楽府が「音楽性と歌詞をともに表現する」点を評論することからはじまり、詞を評価する基準に言及して、文全体のために道筋をつけている。「打馬賦」も漸進型の手法を用いているが、民俗的情緒から筆を起こしており、「打馬図経序」の哲理を説く入り方とは相異なる。

五、博学典雅、精緻清婉：その文彩と芸術的風格

博学かつ典雅、精緻かつ清婉、これが李清照散文の第四の重要な特徴である。『漱玉詞』では「いずれも浅俗な言葉を用い、清新の思いを発する」、「容易なことでもって困難なことを表し、古いことでもって新しいことを表す」、「通俗的なことでもって雅なことを表す」といった特質を一体化して創作し、後世の人は競ってこれに倣った。李清照の散文はその詞と異なり、自然で平易な面がある。その一方で、博学典雅を長所とし、精緻清婉で称賛され、さらにきわめて個性的な文章表現上の特徴を形成したものが多い。ゆえに古典散文史上では、絶えず宋代文彩派の傑出した代表に推挙されてきた。李清照の現存する散文を考察すると、確かに一作一作が華麗で、一文一文が典雅、群を抜いて精緻かつ優秀で、その文彩はひときわ目を引く。

それはまず、優雅に典故を用いる面で発揮されている。典故を使うのは古典文学の伝統であり、宋代以前も、文学作品の形式によって程度差はあるが、その現象が認められる。ただ宋代には、書籍の広範な伝播と知識層の博覧強記により、典故を用いることがそれまでになく普遍化し、時代の大きな潮流となった。西崑体の唱和から江西詩社まで、典故の使用が主潮

第九章　北宋滅亡前後における文彩派と抗戦派の勃興

となったため、李清照も「典雅重厚」と「典故」を、詞を評価する基準に取り入れたのである。宋代の散文は詩歌とは異なり、基本的には唐代の古文運動の良き伝統を受け継ぎ、平易自然の道に沿って歩んだ。王禹偁の「文の述べやすさ」と「意味のわかりやすさ」(「答張扶書」)という理論の主張から、欧陽脩の自然で平易な作品創作の実践、ないしは蘇東坡の「滾々として水の流れるように、地を選ばずに現れる」という芸術的風格に至るまで、北宋散文の諸名手による名作は、一般的に典故はきわめて少ない。賦において典故使用の伝統が保持されているのを除けば、その他の形式の散文は決して典故の使用を重視、追求していない。この面では、李清照は先達の聖人、哲人とはいささか趣を異にする。彼女の散文は平易自然を努めて追求する一方で、同時に大量の典故を用いて、以下に挙げるような特色を形成している。

　その一、典故使用の頻度が高い。「投翰林学士綦崇礼啓」は全文で四十五の文（読点で切れる部分は数えない。以下同じ）からなるが、五十近い典故が使われている。「打馬賦」は前篇で五十句を切るが、典故は五十を超えている。「打馬命辞」、「打馬図経序」、「金石録後序」といった諸作品中の典故もみな十をもって数える。李清照の散文は、一作品ごとに典故が使われるばかりか、作品によっては一文ごとに典故を用いる、ないしは一文に複数の典故を用いる場合もある。「打馬賦」の、「呉江には楓が落ち、胡山には葉が舞う。玉門関は閉ざされ、沙苑には草が生い茂る。流れに臨んで渡らないのは、泥除けを惜しむのに似ている（呉江楓冷，胡山葉飛。玉門関閉，沙苑草肥。臨波不渡，似惜障泥）」は、文は三つに過ぎないが、五つの典故で満たされている。「打馬図経序」の、「昔の庖丁による牛の解体、郢人による斧回し、師曠の聴力、離婁の視力、大は堯・舜の仁、桀・紂の悪から、小は豆を擲ち蠅を打ち、布の角で駒を打つに至るまで、いずれも至理に通じているのはなぜか。ひとえに絶妙だからである（故庖丁之解牛，郢人之運斤，師曠之聴，離婁之視，大至於堯舜之仁，桀紂之悪，小至於擲豆起蠅，巾角払棋，皆臻至理者何？妙而已！）」は二文のみだが、ここには八つの典故が駆使されており、その典故使用の頻度と密度の一端が見て取れる。

その二、典故の使用が精緻かつ該博で、明白かつ妥当であること。李清照の散文は故実の使用密度が高いにもかかわらず、過剰な感じや難渋な感じを受けることはない。これは主として、作者の選択の精巧さ、組み合わせの巧妙さ、表現のうまさと関係がある。たとえば双子が生まれた祝賀の書信である「賀人孿生啓」では、「午の刻と未の刻に生まれたといっても違いはなく、張伯楷、仲楷兄弟のように似ていることでしょう。一人は腕に紐を結び、もう一人は足に結んでも、実にどちらが弟とも兄とも言い難いのではないですか。玉で二つの璋を彫り、錦で対のお包みに刺繡してあげてください（無午未二時之分，有伯仲両楷之似。既繋臂而繋足，実難弟而難兄。玉刻双璋，錦挑対褓)」という。ここでは歴代の四組の双子に関する故実を選択している。任文の二子、張伯楷と仲楷の兄弟、白汲兄弟、および『西京雑記』中の霍将軍の妻が双子の長幼を論じた逸話によって、それぞれ出生時間に幾ばくの差もないこと、見た目がうり二つであること、肉親さえ見分け難いことの三つの面から、しだいに深く馴染ませて文を作り、末尾の二句に「双」と「対」を用いてそれを明示している。たとえ読者が典拠は何かを知らずとも、一文の意図はすでに十分明らかで、典拠を知る者からすれば、その精通、博学ぶりに驚きを禁じえない。兪正燮が、「その典故の用い方は、このようにわかりやすく妥当であった」（「易安居士事輯」）と驚嘆するのも無理からぬことである。さらに、「王播と元載の禍は、単に書画と胡椒とが異なるだけであり、長輿（和嶠）と元凱（杜預）がそれぞれ咨嗇癖と左伝癖を病んだことにも何の違いがあるだろう。名は同じでなくとも、惑溺する点では同じなのである（王播、元載之禍，書画与胡椒無異；長輿、元凱之病銭癖与伝癖何殊？名雖不同，其惑一也)」（「金石録後序」）のごときは、三つの文を一つの語群とし、前の二文には四つの典故を溶け込ませている。王涯と元載の事は『新唐書』に見え、長輿と元凱の事は『晋書』より採ったものである。後の一文は、その実体がすべて「惑」であると指摘する。読者は典拠を詳細に調べる必要はなく、その文に拠るだけで、意図も甚だ明らかである。そのうえ、一書から共通点を持つ異なる事柄を探し出して典拠とするのも、博学で熟達していなければできない

第九章　北宋滅亡前後における文彩派と抗戦派の勃興　　　　　　　　299

技である。
　その三、典拠の使い方が妥当で自然、まったく切り出した痕跡がない。この点は上に列挙した例により、すでにあらまし理解できるところである。また、「金石録後序」では夫婦共同で金石書画を収集、品評、鑑定、整理した情景、靖康の変の後に夫が病死し、書画をほとんど喪失したという、すべての経過を回想、述懐した後、作者は沈痛な悲しみを込めて慨嘆する。

　　昔、蕭繹は江陵が陥落するとき、国が亡ぶのを惜しむではなく書画を焼き払ったという。楊広は江都で打倒されたとき、死を悲しまずにまた書物を手に取ったという。なぜ人の性として好むところは、いまわの際においてすらこれを忘れることができないのだろうか。あるいは天意は私が薄命であるため、この珍品を享受する資格がないとお考えなのか。それとも死者がこれを知って、なおも執着して愛惜し、この世に留めおくことを善しとしなかったのだろうか。なんと、手に入れるのは難しく、失うのは容易であることか。
　　　昔蕭繹江陵陥没，不惜国亡而毀裂書画；楊広江都傾覆，不悲身死而復取図書。豈人性之所嗜，生死不能忘之歟？或者天意以余菲薄，不足以享此尤物耶？抑亦死者有知，猶斤斤愛惜，不肯留人間耶？何得之難而失之易也！

梁の元帝蕭繹は将軍を派遣して侯景の乱を平定すると、典籍七万巻余りを収集したが、後に梁は北周軍に滅ぼされるところとなり、蕭繹は蔵書十四万巻を焼き払った（『隋書』「牛弘伝」参照）。隋の煬帝楊広は、存命時、観文殿を建てて書籍を収蔵したが、国が亡ぶと、その書籍は船に積まれて長安に送られそうになった。そのとき、上官魏は煬帝の魂に叱責される夢を見た。するとその船が転覆した。そしてまた上官魏は、煬帝が「私はすでに書を得た」[26]と言う夢を見た。蕭繹と楊広はともに一代の国王でありなが

26　逸話は『太平広記』巻二八〇に見える。

ら、国が滅びることを惜しむでなく、ただ書籍だけを惜しんだのである。命よりも大切であるというその嗜癖の深さ、その惑溺の極致が、これによりわかる。

李清照夫婦は数十年にわたって苦心の末に収集した金石書画を、ある日、戦火に損ない、流離のうちに失った点で、蕭繹と楊広に似たところがある。さらには社会情勢と個人の境遇にさえ共通点があり、その書に対する恋慕、耽溺、割愛し難い心情は、何をか言わんやである。それゆえ、その次の「なぜ人の性として（豈人性）」以下の文で、繰り返し問うては嘆息し、息絶えんばかりに悲嘆する。文章はここにおいて神業のごとく巧みに蕭、楊の故実を配置して使い、前述の内容を収拾して複雑な感情を叙述する働きをするだけでなく、そのうえ、自然で妥当、少しも痕跡がないように見える。筆者は、典故の使用は文化が発達した際のある種の体現であり、一定程度、文人の学識と造詣の深さを反映していると考える。優れた典故の使用は、過去の文化の澱を十分に利用し、語はシンプルに意味は豊かに、少をもって多に勝ることができ、味わい深い芸術的効果を備え、同時にまた文彩を増すことに繋がる。易安の散文こそ、その典型と言えよう。

李清照散文の文彩は、さらに婉曲的な表現と豊穣な語り口に現れている。李清照は婉曲的という詩詞の伝統を散文における言語の組み合わせと表現に移し換えることで、その質朴と直截を避け、言葉の彩を増した。たとえば「祭趙湖州文」では、「太陽は昼空高く、龐薀の（娘の）機知を嘆く（白日正中，嘆龐翁之機捷）」の句で、夫がこの世を去ったことをいい、それに続く「堅城もおのずから崩れ、杞婦の深い悲しみを憐れむ（堅城自墜，憐杞婦之悲深）」で、自分は息も絶えんばかりの悲痛に苛まれ、その思いは天地を動かすほどだという。「投翰林学士綦公啓」では、「いまや牛と蟻の音さえ聞き分けられず、すでに棺桶を作るための石灰と釘がある（牛蟻不分，灰釘已具）」という表現で、いまにも死にそうなほど病状が重いことを表している。「金石録後序」では、「陸機が「文賦」を作った年より二年若い（少陸機作賦之二年）」という表現で十八歳を表し、「蘧瑗が非を知る年より二年過ぎる（過蘧瑗知非之両歳）」という表現で五十二歳を言い換えている。

第九章　北宋滅亡前後における文彩派と抗戦派の勃興

これらはいずれも典型的な例であろう。こうした言語表現の手法は、婉曲的で変化に富み、豊潤と簡素のバランスが適切で、豊かだが煩雑ではなく、故実を多く含むが言葉の意味は甚だ鮮明で、作者の深く厚い学識と非凡な表現能力を物語っている。

　また、李清照散文の文彩は、言葉の精錬と簡潔さ、天性の秀美ときわめて優れた叙述力にも現れている。「金石録後序」だけを例にしても、その「遠方絶域の果てまで、天下のいにしえの文字を求める気持ちを尽くして、少しずつしだいに積み重なった（窮遐方絶域，尽天下古文奇字之志，日就月将，漸益堆積）」は、金石書画を博捜したことを述べる。さらに「書物を得ればともに校勘し、整理して書名を記した（毎獲一書、即同共校勘，整集簽題）」は整理の状況を述べる。「ここにおいて、机の上にずらりと並べ、枕元に無造作に積み、気が向けば手に取り、目と心とを書に遊ばせた。その楽しみは音楽や色、犬馬を飼うより楽しいものであった（於是几案羅列，枕席枕籍，意会心謀，目往神授，楽在声色狗馬之上）」は、文化芸術の境地に心酔するさまを描く。いずれも簡潔で凝縮されている。「六月十三日、ようやく荷を負って船を下り、岸辺に座って、葛の衣に頭巾を着ければ、精神は虎のごとく、眼光は爛爛として人を射るようで、船に向かって別れを告げる（六月十三日，始負担舍舟，坐岸上，葛衣岸巾，精神如虎，目光爛爛射人，望舟中告別）」については、人物の外見と精神、および別れの光景を描写する。「指を戟のごとく立ててはるかに応じる（戟手遥応）」は、遠くの人物が答えるイメージを、「壁に穴をあけ五つの竹箱を背負って去る（穴壁負五篋去）」は、窃盗に遭った情景を叙述する。これらは精錬、簡潔に止まらず、非常にリアルな描写であろう。

　先人は、「李易安は造語に巧みである」[27]と称賛し、「女流の文才ある者」（『草堂詩余別録』）、「作品に風情豊かな佇まいがある」（『神釈堂脞語』）と評した。その文は、「玉を交えて珠を編む」（『草堂詩余玉集』）ようで、「巧

27　陳郁『蔵一話腴』。

みさと雅やかさには目を見張る」[28]ものがあり、果ては「女司馬相如」の誉れまである。郎瑛は李清照について、「いにしえに博く通じて奇を極め、文詞は清新婉曲である」[29]といい、端木采は、「筆を執れば鸞が翔るかのようなその才」でもって「文史を渉猟し、詞藻は豪放で変化に富む」(「漱玉集序」) と評した。いずれも李清照散文の言語的風格における特質をしっかりと押さえている。

　明代の毛晋は次のように言う。「易安居士の文の絶妙さは「金石録後序」にほぼ現れている。一代の才媛たるに止まらず、南宋の後の諸儒の腐気を脱し、上は魏晋に遡る」(「漱玉集跋」)。毛氏は「後序」について論じているが、これは実は李清照のほかの作品にも当てはまる。魏晋期の優秀な散文は、大体が強烈な個性的色彩を備えており、感情は誠実かつ真摯でスタイルは多彩、構造は融通無碍にして、言語は艶麗、文彩は卓越して色鮮やかである。李清照は、唐宋の古文運動の優れた伝統を継承しただけでなく、魏晋期の良き文の風格をも発揚、発展させ、自己の鮮明な個性、該博な学識と強烈な時代の空気をそのなかに融合させた。それによって、作品は豊潤重厚かつ典雅で、多種多彩なスタイルをとって現れ、南宋の文苑に新しい光を加えただけでなく、古典散文の発展にも貢献した。陳宏緒は、李清照の散文は「おのずから大家の挙措」があり、「磊落で非凡」(『寒夜録』) としたが、誠に空虚な美しさではないのである。

第三節　「剛直正大、憤慨激昂」の抗戦派

　南遷前後、女真貴族の侵略が進むにつれて、積極的に金に抵抗して国を守り、中原を取り戻そうと主張する一部の志士たちは、悲憤慷慨、激越昂揚した作品でみずからの主張と心情を表現した。ここに、非常に大きな影響力を持つ散文の一流派――抗戦派が形成される。この流派のメンバーに

28　周中学『鄭堂読書記』。
29　『七修類稿』巻一七。

第九章　北宋滅亡前後における文彩派と抗戦派の勃興

は儒学者や武将もいれば、朝廷の大物官僚もおり、その作品にはいずれも共通の特徴がある。すなわち、断固として抗戦を主張し、妥協や投降に反対し、忠義に燃えて悲憤慷慨し、仇のごとく悪を憎み、直言して憚ることなく、光明正大な気概で凛然とし、強烈な愛国主義と民族主義的精神を表現する点である。李綱「鄒道郷文集序」には次のようにある。「文は気を主体とする……士が気を養って、剛直正大で天地を覆い、利害を忘れて生死を度外視し、胸中が超然とすれば、発して文章となる。その胸襟より流れ出るものは、日月と光を争うことさえ可能である」。これこそまさに、この流派の散文に対する自己評価と見なすことができる。

　抗戦派の主要かつ代表的な作家には、宗沢、李綱、陳東、胡銓、岳飛などがいる。宗沢の「乞毋割地与金人書」は、「ただ敵の言を聞き入れ、ただ敵の求めに応ずるのみ（惟敵言是聴，惟敵求是応）」と朝廷を指弾し、命を捨てて国に報いたいという意気を述べる。その字句は憤慨して激越で、「一言一句といえども、忠義より流れ出ないものはない（雖単言半字，無非従忠義中流出）」。李綱の文は雄壮で深みがあり、典雅ながらも剛健、裏表がなく大らかで、凡庸な文士の及ぶところではない。建炎の初めに「十議」を上奏し、「和、戦、守の三者は一つの理（和、戦、守三者一理也）」であり、「守をもってすれば膠着し、戦をもってすれば勝ち、その後で和が保たれる。戦と守の計に務めず、ただ講和の説を信じるだけでは、国の勢いはますます弱く、命運は敵に握られて、独立を保つことはない（以守則固，以戦則勝，然後其和可保。不務戦守之計，唯信講和之説，則国勢益卑，制命於敵，無以自立矣）」と考えた。その分析は精緻にして弁証的で、深く含蓄に富む。

　民族の英雄である岳飛について、その文は忠義に悲憤して激烈で、議論は公正を保ち、「出師奏札」と「謝敕表」は、天下に伝えられ称賛されている。「五岳祠盟記」は、金に抵抗して「二百余りの戦を経た（歴二百余戦）」こと、および「北は砂漠を越え、異民族の宮廷に踏み入り、尽く夷狄の命を奪わん（北踰沙漠，蹀血虜廷，尽屠夷種）」という雄壮な志を叙述する。気は山河を呑み、筆勢は猛々しく力強い。「広徳軍金沙寺題壁記」は、「鉄

騎を擁して長駆して行き（擁鉄騎長駆而往）」、異民族を滅ぼして宋を興すという願望、理想を表現する。これはその豪胆な気持ちが沸き立ち、人心を鼓舞する一篇である。

　太学生であった陳東は、靖康年間の初め、かつて大衆を率いて皇宮に伏して上奏した。「上高宗第一書」では、天下興亡の時にあって乱を平定し、王室を再び盛り上げるには、李綱を宰相に起用すべきだと提言する。その語気は切実、直截、厳粛で、剛直な気概を漂わせる。胡銓の「上高宗封事」も、力を込めて和議に反対する。秦檜などを斬首して、「これを使節の官舎に竿で掛け（竿之藁街）」、金人を討伐することを求める。その文言は激烈かつ切実である。胡銓について、楊万里は「淡庵先生文集序」で推奨し、次のように評する。「その論説文は宏遠で、その記や序文は古風かつ立派な教えであり、その言説は曲直ともに備え、その叙事文は簡約にして詳しい」。胡氏の散文は、あらゆるスタイルにおいて一家を成していたことが見て取れよう。

第十章　南宋中興諸派の団結と抗戦の継承

陸游は「陳長翁文集序」で次のように述べる。

> わが宋は、靖康の変を経た後、高皇帝が天命を受けて中興した。艱難辛苦を嘗めたものの、文章だけは少しも衰えなかった。志を得た者は詔令をつかさどり、碑文にその名を記した。流落して不遇な者は、憂さを晴らして憤怒を和らげるため、外に発して詩騒とした。中原の盛んなときに比べても、みな少しも愧じることはなかろう。盛んと言うべきである。[1]

陳亮「変文法」にも以下のように言う。

> 中興以来、詩賦や経学を交えて学び、それにより天下の士気を涵養し、また太学を立て、それにより四方の耳目たる興論を動かした。ゆえに士大夫の学識ある者、徳行ある者、儒教の理に深く通ずる者、古今に明るい者、誰しもがみずから奮い立った。また盛んと言うべきである。[2]

李清照が静かにこの世を離れて後（1155）、南宋において育成された人材が次々に現れ、そこから宋文発展のまた一つの繁栄期がはじまった。真徳秀（1178-1235）が逝去するまでの八十年間、事功派、理学派、永嘉派、道学辞章派が、あるときはともに輝いて並び立ち、あるときは文壇に鼎立し、あるときは前後して継承するという様相を呈したのである。周密が『癸辛

1　陸游『渭南文集』巻一五。
2　『陳亮龍川集』巻一一。

雑識後集』において、南宋の太学における文体の変遷を論述した際も、「端平」（1234-1236）を境界としたことは参考に値する。その間、また陳亮の死去（1194）をもって境界とし、前後四十年という二つの段階に分けることができる。

第一節　事功派と「文中の虎」陳亮

　事功派はまた、功利派ともいう。その中心となる代表的な人物は陳亮であり、自身の哲学思想を散文創作の理論的基礎としている。陳亮は「王道や覇道といった学問を修めて、国家のための功労を為すべきこととする」[3]とし、「義と利をともに行い、王道と覇道を併用する」[4]と主張した。現実性を提唱して性理の机上の空論に反対し、社会的応用を根本として、「道は事実のうちにある」と考えた。これらはいずれも事功派が散文創作をする上で指導的思想となった。この流派の重要な作家には、ほかに辛棄疾、陸游、周必大、范成大、楊万里などがいる。彼らはみな詩詞の巨頭であり、才気、感情が奔放で豪胆、文学において修養を積み、造詣が深かった。一方、政治においては、断固として金に抗戦して国土回復を主張し、妥協して投降することに反対し、国家の計略と民生に関心を寄せ、社会の現実を直視した。そのため、この流派の散文は、きわめて現実的かつ実用的で、そこに措辞がきらめくという重要な特徴を持つに至った。

　陳亮と辛棄疾が事功派の中核をなす。陳亮はみずから「人中の竜、文中の虎」（「画像自賛」）と称し、辛棄疾も「気は虎のごとし」[5]、「虎より猛々しい」[6]と称賛される。二人は事功派の「二虎」と呼ぶのにふさわしい。彼ら二人は雄壮な才能と志を持ち、奔放かつ傑出、優れた議論を縦横に行い、気概は一世を覆い尽くし、勢力は互角、しかも篤い友情で結ばれていた。

　3　王𣑭「宋潜浮先生文章序」。
　4　「又甲辰答書」、『陳亮集』巻二〇。
　5　陸游「寄趙昌父」。
　6　劉過「呈稼軒」。

第十章　南宋中興諸派の団結と抗戦の継承

ともに鵞湖に憩い、瓢泉に飲み、高らかに歌っては贈りあい、天下の情勢を徹底的に論じあった。また、どちらも傑出した軍事的才覚を持ち、努めて国土回復を主張し、終生その志を変えなかった。

　陳亮は辛棄疾より三歳年下である。彼は弱冠にして迷うことなく四方を統治する志を持ち、生涯、壮大な王覇の謀略や、軍事における重要な戦略の利害を考え、恥を雪いで国土を取り戻すことを真摯に志した。理学家のことを、「頭を低れて手を拱き、性命を談じ」、「寒風による麻痺で痛痒を知らぬ者」(「上孝宗皇帝第一書」) と批判し、朱熹、呂祖謙、陸九淵などの著名な儒学者でさえも、彼には「実に経世済民の学がある」[7]と称した。かたや辛棄疾は、二十二歳で抗金義勇軍を組織し、その功績は朝野に轟き、民族の英雄、抗戦活動家になった。また節操を自負し、功績を自認し、陳亮の「辛稼軒画像賛」では、「一世の豪傑を十分に映し出す」と称賛されている。陳亮と辛棄疾は、ともに蘇洵、蘇軾、蘇轍父子の影響を強く受けており、文の作風が近い。陳亮の散文は智略横溢し、議論風発、縦横に駆け回り、かつ兵家と縦横家の風情を併せ持つ。辛棄疾の散文は気勢盛んに、智略を集中させ、議論はスケールが大きく卓越し、蘇洵の「権書」や「衡論」の遺風がある。また、陳亮の散文は秀麗かつ雄大、珠玉の明るさと堅さを持ち、きらめく光彩が紙からあふれ出る。辛棄疾の散文は典雅で力強く緻密で美しく、濃厚かつ骨太で華麗、絶妙な言葉が珠のように連なり、言葉の綾が光を放つ。陳亮の「酌古論」、「中興五論」、「陳子課稿」、「上皇帝四書」はもっとも有名である。その文は正確に時流の弊害を述べ、形勢を指摘し、意気を存分に上げ、気概は猛々しい。「上皇帝四書」の「京口は三方を尾根に囲まれ、大江は這うように横たわる。そばに立ちはるか遠くを見渡せば、その形勢はあたかも虎が巣窟より出てくるかのようである（京口連岡三面，而大江横陳，江傍極目千里，其勢大略如虎之出穴）」などは、雄健かつ気勢に満ちた大作で、生き生きとして奇抜、自然で精緻な警句にあふれる。辛棄疾の「美芹十論」、「九議」および「跋紹興辛巳親征詔草」は、

7　喬行簡「奏請諡陳竜川札子」。

もっとも広く影響を及ぼした。前の二作はいずれも失地回復の大計を全面的に論じて画策した巨編であり、その分析は精緻で、人心を震撼させ、言語は精彩を放つ。「一人がしらふで九人が酔えば、酔っている者がしらふで、しらふの者を酔っているとする。十人が愚者で一人が智者ならば、智者を愚者とし、愚者を智者とする（一人醒而九人酔，則酔者為醒而醒者為酔。十人愚而一人智，則智者為愚而愚者為智矣）」などは、きわめて鋭い指摘で、ほとんど格言である。最後の一作は短篇で、含意に富み、沈痛かつ誠実である。

　陸游、范成大、楊万里、周必大は、いずれも事功派の中堅作家である。陸游は駢儷体に巧みで古文にも精通し、言語上の風格は欧陽脩や曾鞏に近く、清らかに整って余韻があり、典雅で力強く凝縮されている。構成法は元祐年間の諸公を継承し、節度を失わず変化に長けて巧みである。「上殿劄子」のような政治論、上奏文には、実務的精神がよく現れており、志、銘、記、序は、いずれも奥妙の域に達していると言えよう。晩年に編纂された「閲古泉記」は、文章自体について言えば、欧陽脩の「酔翁亭記」と秀逸さを争うほどである。その『老学庵筆記』には、逸話、時事評論、人物論が記され、公平かつ謹厳である。『入蜀記』は長江両岸の山河の景色や文化遺跡、風土、人情を活写して、典雅かつ高潔な趣を備える。いずれも誰もが称賛する名作である。

　范成大の上奏文は素朴かつ典雅であり、措辞は深く物静かで婉曲的である。記、序や山水を記した文の類いは柳宗元に近く、碑文や伝記は多く司馬遷の筆法を用いており、題跋はとりわけ厳粛で愛すべきものがある。その「三高祠記」は、世に「天下の奇筆」と称され、広く伝播している。「呉船録」は、長江沿岸の名所旧跡について記し、言辞は優美である。そのなかで峨眉山の御来迎にも触れ、いまに至るも人口に膾炙している。

　楊万里も古文、駢儷文ともに卓越していた。その「海䲕賦」、「浯渓賦」について言えば、前者は采石の戦役を描き、後者は高宗皇帝を諷刺して、いずれも散文を書くなかに駢文を導入する。旧跡に感じて現実を述べ、人々の好むところとなった。政治問題を論ずるにあたっては、時事を丁寧に述

べて利害を分析し、精緻透徹して周到である。「千慮策」三十篇は、時の宰相虞允文が、かつて「東南にこれほどの人物がいるとは」と驚嘆したほどであった。その記、序、碑、状は、円滑で柔軟性があり、自然で明快、かつ深遠な情趣を備える。「義方堂記」は理に長けて文は力強いとされ、「景延楼記」は構想が抜群に秀逸で、その醸し出す境地は優美で哲学的思惟が充満している。

周必大の散文は、駢文、古文が融け合い、明白でわかりやすく、ほとんど口語に近い。いわゆる「岳飛叙復元官制」は、言辞は婉曲で内容は実直な名作で、また「皇朝文鑑序」は典雅にして優美である。

第二節　愛国詞人辛棄疾、その散文の成果

辛棄疾（1140-1207、号は稼軒）は、前近代の中国において非常に独特かつ卓越した作家である。この傑出した民族の英雄にして抗戦活動家の文学における創造的な成果は、彼が国に対して樹立した功績と同じく世に鳴り響き、同時代の人は、「卓越した奇才にして、深謀遠慮に精通し、国家統治において王室を輔佐する心を持っている。遊戯の文学作品もまた士大夫のあいだに広まっている」[8]と評した。また、その百代を睥睨する詞は、もとより「別に天地を開き、古今を超絶する」[9]として、特に人々から賞賛された。北宋の古文運動という良き伝統を継承、発揚する立場から執筆された彼の散文は、やはり人とははるかに異なる新たな境地を開拓した。先人は、あるいは「文の情感は悲憤慷慨し、義は気色に現れている」[10]といい、あるいは「持論が剛直で、人に迎合しない」といい、またあるいは「筆勢は広大で智略が集中し、蘇洵の「権書」、「衡論」の風格がある」[11]という。いずれも異なる角度、側面から、高い評価を与えている。南宋の士大夫が、若

8　朱熹「答辛幼安啓」。
9　呉衡照『蓮子居詞話』。
10　王輝『玉堂嘉話』。
11　劉克荘「辛稼軒集序」。

者に教授する際の手本として稼軒の散文を用いたほどである。謝枋得は、「十六のとき、いまは亡き父が稼軒の上奏文を用いて教えてくれた」と言っており、世の人々の重視と尊崇がここに十分に見て取れる。

　しかしながら、これまで稼軒の散文は深く研究されたことがなく、詞人としての名声に覆われてしまっている。こうした状況になった原因は様々に考えられるが、とりわけ作品がひどく散逸していることも、研究活動の展開に困難をもたらしている。清代の法式善、辛啓泰による佚文の収集は、稼軒散文研究の第一歩と見ることができる。鄧広銘氏は、佚文を捜索、補塡し続け、かつその真偽を弁別し、創作年代を考証して、『辛稼軒詩文鈔存』を作った。これが斯界で注目され、その後ようやく学者の論文が発表されるに至った。その成果はなお寥々たるものだが、精確な認識や見解も多い。ただ、着眼点はおおむね政治論に置かれ、しかも「美芹十論」や「九議」など、きわめて限られた数篇の作品に集中し、その他については言及が少ない。ましてや稼軒散文の芸術的特徴や、芸術的到達の面に対する探究は、よりいっそう少ないのである。実際には、現存する稼軒散文は決して政治論だけに止まらず、八篇の奏議以外にも、啓札四篇、祭文二篇、序跋二篇、上梁文一篇がある。これは宋代の他の散文の名手に比べると、決して多いとは言えず、スタイルも豊富とは言えないが、それでもその芸術面における突出した特徴と軽視できない成果とを見出すことは難しくない。

一、人格と文の風格との統一：稼軒散文の着想と境地

　広大な構想と雄壮な気勢、高尚な節操と境地および格調は、稼軒散文のもっとも突出した芸術的特徴である。宋人の田錫は、「文は着想を主とする。主が明らかであれば気が勝り、気が勝れば響きと精彩がこれに従って生ずる」[12]といい、明代の陳洪謨も、「着想とは、文の統率者である」[13]という。林紓は、「文章はただよく着想を得てこそ、はじめてある境地に至る」

12　陳応行『吟窓雑録』巻四一「田錫和宋小著雑詠詩序」。
13　田同之『西圃文説』巻三。

第十章　南宋中興諸派の団結と抗戦の継承

(「春覚斎論文」)という。これらによれば、着想こそ散文の成敗の鍵なのである。それは作品の境地、格調の高低を決定するだけでなく、文章の優劣を鑑定する重要な尺度でもある。稼軒散文はまさにこの一点において、他人とは似ても似つかない特色をはっきりと打ち出しているのである。強烈な愛国主義精神と歴史に対する強い責任感、崇高な民族の気概と不屈の闘争精神、意気盛んで高潔な風格と輝く節義、大所高所に立つ偉大な気概、そして卓越した軍事的才能と目を見張る大胆な政略は、稼軒散文の着想面における高遠な妙味を形成している。それにより、作品には胸を打つ激励の力が満ちているのみならず、不滅の思想的輝きがきらめいている。辛棄疾の現存する十七篇の散文のうち、実に十五篇は「恥を雪いで国に報い」、「民を憐れみ民を愛する」内容が記されている。国土回復の大計を全面的に論述した巨編「美芹十論」と「九議」は、すでに人々のよく知るところであるから、しばし措くとして、公文書、贈答文、ないしは遊戯の文であろうとも、すべてに作者の憂国憂民の真心が現れている。

　南宋の著名な抗戦派志士である陳亮が逝去した際、辛棄疾は志をともにした莫逆を祭るために、「祭陳同甫」を書いた。一文は、その功績を歌い、徳行を称賛し、友情を述べるという祭文の常套に反し、一貫してその才能、その志を慨嘆することを旨とし、雄壮な才能がいまだ発揮されず、壮大な志がいまも報われていないことを嘆く。作者は、亡友の志は「十万を率いて、霍去病のごとく狼居胥山に登って天を祭り、成功を告げる」こと、つまり抗金復国にあったことを突出させるため、単純に個人の角度から亡友を祭るのではなく、また莫逆の友に対する愛惜、回顧、同情、扼腕するのみでもない。時代の高みに立ち、国家と民族統一という大業の必要性に立脚し、国のために才能をあわれんで、「天下の偉人」の逝去を痛惜するのである。そのため、この祭文は豊かで深い時代的意義と社会的意義をも備え、崇高な思想的境地が表現されている。

　嘉泰二年八月、袁説友が吏部尚書から同知枢密院事に、同四年四月、銭象祖が吏部尚書から同知枢密院事に任命されており、そのとき辛棄疾は二人に祝賀の書信を送っている。宋代の制度では枢密院が軍事をつかさどる

ため、これはおのずから中原回復の大業ときわめて密接な関連があった。友人の昇進にあたり、作者がまず思い至ったのは、「事は国体に関わる」、すなわち国家への希望と回復への期待であった。彼は、友人が「勝利を千里に決することができ」、「宋が諸国に手本となるべき」と信じ、「郫、灌、亀陰の田のごとく失地を回復し」、「堯、舜の唐虞、周公の成周のごとき統治を致す」(「賀袁同知啓」) ことを願い、あわせて「神州を憂い望み、ともに力を合わせて敵を討ち」、「北顧の憂いを分かつべき」(「賀銭同知啓」) と言って、友人と励まし合っている。この祝賀の文は、こうした国事への懸念、回復を旨とする愛国思想により、俗に流れがちな要素を贈答文からそぎ落として、格調高く、まったく新しい境地に至っている。

淳熙八年 (1181) 頃に作成された「新居上梁文」は、辛棄疾が風習にのっとり、まもなく竣工する江西省帯湖にある住居の棟上げのために書いた文である。実のところ、この作品は作者が主題に仮託してその思いを述べたもので、韻文と散文を合わせ、頗る高い境地に至った叙情的散文である。文中の「たとえ江湖の客であろうとも、国を憂えて豊作を願うべきである」という表明は、もとより直截的にその愛国心を吐露しており、「家はもと秦人の真の将軍の家系だが、剣を売り、鋤や鍬を買うほうがよい」や、あるいは、「わが人生は左遷された賈誼のごとく長沙に留まるのを当然とするほかない。冒頓単于を討ちたくはあるが老いてもう力がない」といった悲憤慷慨は、その壮志が報われがたいという苦しい心情を、より強く思わせる。その「客旅に倦む」や「静かに退く」という表現、「東西に走るあぜ道で、漁師や木こりに混じって歓談し、稚児や妻とともに語らい笑みをこぼす」という文言は、いかんともしがたいことの裏返しであり、しばしみずからを慰める諧謔の語に過ぎない。文全体の趣旨が胸中にある愛国の情、憂国の憤激を表現することにあるのは容易に察せられ、この点で普通の通俗極まりない棟上げを祝う文とはまったく異なっている。

公文書や贈答文でさえ、その着想や境地はこのようであるのだから、その他の議論の作品がいかなるものかは推して知るべしである。たとえば「論阻江為険須籍両淮疏」では、両淮の戦略における位置の重要性、およびそ

の開発の必要性を述べる。「議練民兵守淮疏」では、いかに両淮の人々の力を運用して国境防備を強化し、金軍の侵略を防ぐかを説く。「論荊襄上流為東南重地」では、荊州と襄陽の戦略的位置づけや軍備の配置から説き起こし、朝廷に「平時に危機を思い、適材適所を心がけ、車馬を修理して武器を備え、国を難攻不落のそびえ立つ城のごとくする」よう建言する。「淳熙己亥論盗賊劄子」では、人々が「悪徳官吏に迫られて余儀なく盗賊となっている」事実を厳しく指摘し、朝廷は「人民に恵みを与えて養う」よう提案している。国家の危機管理、民族の存亡、人々の生活を立論の根本に据え、スケールの大きな着想と、より高い境地や格調を十分に体現し、作者の超人的な軍事戦略、偉大な気概、非凡な見識や広い視野を見て取ることができよう。

　稼軒散文の着想、風格、境地や格調は、作者の経歴、思想、性格、抱負、学識や度量と密接な関係がある。辛棄疾は官僚一族の出身で、先祖は多くが北宋に仕えた。靖康の変の際に郷里が敵の手に陥落し、祖父の辛賛は「一族が多かったため逃げそびれて捕虜となり、やむなく敵に仕えた」（「美芹十論」）が、平素より国土回復の志を抱いており、それが辛棄疾に影響を与え、またそのように教育した。「いつも食事を終えると、臣等を連れて高い所に登り遠くを望み、山河を指さしては、隙に乗じて行動を起こし、不倶戴天の敵に対する天子の憤りを解くことに思いを致した」（「美芹十論」）。先達の愛国思想の薫陶により、辛棄疾は、少年時代から敵を討ち、国土を復活させる雄壮な志を立て、抗金復国に奮闘することを終生の目標とした。二十二歳のとき、民衆を率いて立ち上がったのが、その理想を実現するための最初の行動であった。南遷の後、辛棄疾は中原復活の大業に不撓不屈の精神で力を注ぎつつ、臨機応変に多くの民に便宜を図り、民を憐れんだ。たとえば、滁州赴任の際には、「広く薄く徴税し、離散した者を招き、民兵を教え、屯田を議論」（『宋史』「辛棄疾伝」）し、湖南在任中には飛虎軍を創設し、江西在任中は災害の救援と民の救済を図り、福建在任中には食糧備蓄庫を設置して、鎮江在任中には新軍の計画を再考するなどした。当然ながら、彼は北方から「帰順」した人物として、朝廷の内部において、ま

た熾烈な戦争の渦中にあって、多くの攻撃と挫折も受けた。いわゆる、「言葉が口から出る前に、禍がふりかかる」(「論盗賊劄子」)である。

独特の経歴と固い志は、辛棄疾の不屈の性格を造り上げた。辛棄疾は豪快にして悲憤慷慨、知力卓越して磊落な人物として有名で、「気概を自負し、功績を自認し」[14]、人は「英雄の才、忠義の心、剛直の気」[15]、「果敢剛毅の資質」[16]があるといい、加えて「兵事に通暁し」(『朱子語類』)、「謀略深遠にして、智略前例なく」[17]、文武の軍略を一身に兼ねると評した。また、比類なき忠義と大義は天にせまり太陽を貫くほどで、陳亮からは、「天下の重責を担うに足る」(「辛稼軒画像賛」)と称された。こうした格調や気質、素養が、彼の散文創作における着想の決定的要素となっていることは疑いなく、作品には自然とその境地や格調が反映されている。辛棄疾は「美芹十論」のなかで、「国恥を雪ぐことを思い……いまだかつて一日とて忘れたことはない」、「ただ忠憤の思いに突き動かされ、自分では止められず」、「ゆえに誠実を尽くし、非才を顧みず、国防十論を著した」と開陳している。この言葉はまさしく、その散文創作の真の思想的基礎、および止めることのできない巨大な動力について言及している。言とは心の声であり、文とはその人となりである。稼軒散文の主題は、まさに作者の人格と文の風格が高い水準で一致していることを表しているのである。

二、抗戦活動における芸術的結晶：稼軒散文の志向性、現実性、社会性

はっきりと照準を定める志向性、強烈な現実性、幅広い社会性は、稼軒散文が持つもう一つの突出した特徴である。毛晋は稼軒の詞に跋を書き、「おおむね時勢を憐れみ時事に感じた作である」としたが、その散文もまた同じように捉えることができる。辛棄疾は、創作に全力を傾ける専業作家とは異なり、まずは民族の英雄、抗戦活動家であった。その散文も精神を

14　范開「稼軒詞甲集序」。
15　謝枋得「宋辛稼軒先生墓記」。
16　黄榦「与辛稼軒侍郎書」。
17　衛涇「辛棄疾充両浙東路按撫使制」。

第十章　南宋中興諸派の団結と抗戦の継承

傾注して創作した結果ではなく、創作状況も詞とは異なっている。また同時に、文のために文を書いた作品や科挙に応じるための策、論とも異なる。稼軒散文はいずれも作者が抗戦を呼びかけ、中原回復を画策し、みずから活動に参加した際に生み出されたもので、いずれも抗金戦争を経て生み出された芸術的結晶なのである。その著作は、いずれも当時の抗金領土回復戦争の情勢における必要性に基づいて書かれたのであり、そのため、鮮明に指摘する志向性と強烈な現実性を併せ持つのである。

　孝宗の隆興元年（1163）、張浚が取り仕切った北伐は失敗に終わり、宋軍は符離に壊滅した。すぐさま講和派の意気が揚がり、抗戦派はしばしば指弾され、朝廷は手を拱き、大臣は軍事を論ずることを避けた。抗戦の決心が揺らいだ孝宗は、頻繁に使者を遣わして講和を議論し、翌年には張浚も更迭された。抗金国土回復の闘争が絶命の危機に瀕したのである。このような厳しい情勢のもと、辛棄疾は有名な「美芹十論」を著し、一度負けただけで講和を論じることに反対した。文は、符離の戦役に対する見方からはじまり、「審勢（形勢を詳らかにする）」、「察情（状況を把握する）」、「観釁（隙を観る）」、「自治（自ら戦に備える）」、「守淮（両淮を守る）」、「屯田」、「致勇（勇敢にさせる）」、「防微（禍の芽を摘む）」、「久任（久しく任ずる）」、「詳戦（戦地を詳らかにする）」などの十項目の問題をそれぞれ論述し、つぶさに宋、金双方の状況を分析して、宋の朝廷が採るべき方針と対策を系統的に論じている。その冒頭部分は以下のとおりである。

　　張浚の符離の軍は粗野で生気があります。勝つことだけを考えて負けることを考えないのでは、事は十全ではありませんが、その失うところを測り、これを先の講和した後と比べれば、愛国の志士が等閑視され蹂躙されること、いまほどに酷くはありませんでした。しかし、戦を知らない者は、ただ勝っても維持できねばそれを害とみなし、講和してもそれは頼りにならず膏肓の大病となるのを悟ることなく、そこで（敗戦に）驚き、抗戦を深く警戒するのです。臣が謹んで思いますに、領土回復にはおのずから確かな方略が必要です。符離での小さ

な勝敗に懲りるべきではありません。しかるに朝廷の大臣は過度に心配し、戦うことを口にしないのは残念なことでございます。古人も言っています、「小さな挫折をもって大計をあきらめず」と。まさにそのとおりにすべきでしょう。

　　　張浚符離之師粗有生気，雖勝不慮敗，事非十全，然計其所喪，方諸既和之後，投閑蹂躙，猶未若是之酷。而不識兵者，徒見勝不可保之為害，而不悟夫和而不可恃為膏肓之大病，亟遂咋舌以為深戒。臣窃謂恢復自有定謀，非符離小勝負之可懲，而朝廷公卿過慮，不言兵之可惜也。古人言，不以小挫而沮吾大計，正以此耳。

このように、作者は当時の時局に対して、冒頭から全体の主旨を明らかにし、符離の役に対する自身の見方を示して、降参派、講和派の誤った観点を批判するのみならず、あるべき正確な態度をも指し示す。一篇の文章が個別に論ずる十大問題には、それぞれその指摘するところがある。たとえば「審勢」は、当時の朝廷が「物理的条件である形に阻まれ、策略上の虚実である勢に眩まされ（沮於形，眩於勢）」、金軍を恐れ、みずから志を喪失していることに対して、「兵を用いる道は、形と勢の二つである」と指摘する。さらに金軍の土地は広いが分断し易く、財は多いが恃みとし難く、兵は多いが調整し難く潰し易いことを重点的に分析し、「こちらには三つの不要の憂いがあり、彼らには三つの不可能がある」ことを説明して、金軍を恐れる必要はなく、撃退できるという結論を示す。「自治」では、当時の講和派の「南北には一定の形勢があり、脆弱な呉楚では中原と十分に争えない」という誤った論調に対して、歴史と現実の異なることを子細に分析し、降参派、講和派の錯誤した観点を徹底的に批判する。そのうえで孝宗に、「失地の回復をみずから期し、六朝の情勢をもって卑下することなく、専心して意思を強く持ち、日々に二、三の大臣と古今南北の形勢を分析し、かつてとは違うことを理解して惑うことのないよう」願い、「回復は必ず成功する」と断言する。「美芹十論」の撰述は、降参派の気勢に打撃を与え、抗戦派の闘志を鼓舞し、人々の抗戦、国土復活の信念を固くさせ、必ずそ

第十章　南宋中興諸派の団結と抗戦の継承

れを勝ち取るという自信をつけさせる点で、大きな現実的意義と広範な社会的意義を有していたことは疑いない。

　乾道六年（1170）頃に書かれた「九議」、淳熙二年（1175）に書かれた「論行用会子疏」、および淳熙六年（1179）に書かれた「淳熙己亥論盗賊札子」も、すべて狙いを定めて放たれた矢である。宋、金間の「隆興和議」が成立して五年目、孝宗が、かつて講和に反対し、抗戦を主張した虞允文を宰相に任用すると、「ここにおいて「国のために面倒を引き起こす」という説が起こり、「乾坤一擲」であるとの喩えが現れた」（「九議」）。こうした状況に対して、辛棄疾は「九議」を著して虞允文に書簡を奉り、回復の大計を陳述した。「回復の道は甚だ簡潔かつ容易で、為さねばそれまで、為せば必ず成る」ことを指摘し、「上の人が方針を堅持し、下の人がそれに呼応」しさえすれば、「回復の功業は成功する」と説いた。この文は、降参派の干渉と阻害を排除し、当局の要人が抗戦の決意を固めて自信を深めることに、多大な作用を及ぼした。

　「論行用会子疏」は、まず当時の貨幣が流通していた分野の弊害について筆を起こし、「巻いて携帯でき、労せずして運べる」紙幣として、「会子」は重い金、銀、銅などの貨幣と比べれば、当然ながら搬送の際により便利であるとする。しかし、朝廷の発行と使用に関する政策が不適切であったことにより、「民間では物が流通せず、軍隊では実質給金が減ったとの声が上がり」、民の怨みは深く、軍の心も不穏という状態に至っていた。作者は政策を調整し、利益を振興して弊害を取り除くよう朝廷に進言した。その進言は、社会の安定と人々の生活を保証し、兵士らの気持ちを落ち着かせ、戦闘力の分散を回避する点で、やはり見過ごせない意義がある。

　「淳熙己亥論盗賊札子」は、農民による蜂起が絶えないという当時の社会現象について、「悪徳官吏に迫られて余儀なく盗賊となっている」事実を突き詰めて考察し、州県に向けて詔勅を出すよう朝廷に進言する。「これからは、心を洗い、面を改める」といった文言は、すべて民に恵むことを意図しており、当時の階級間の矛盾、農民蜂起の相次ぐ発生と蔓延の防止、南宋の統治の維持、ひいては統治者と民衆の対立関係の改善に対して、いず

れも利をもたらした。

　現実に関心を寄せ、現実を直視し、現実に干渉し、現実を反映することは、あらゆる進歩的作家に共通の特質であり、古典文学の良き伝統でもある。いわゆる「文章は時事のために著すべき」で、「文のために作るのではない」である[18]。古典散文史上の多くの有名作家で、文章と現実との関連を強調しない者はいない。北宋の古文運動はそれに輪をかけて、現実に密接にリンクすることを創作ルールの一つとしている。たとえば孫復は、文章は「一時の失うところを正し」、「民草の憤怒と慨嘆を書き」、「国家の安寧と危機を述べる」(「答張洞書」)」べきだと主張している。欧陽脩は作家が「諸事を棄てて関心を寄せない」(「答呉充秀才書」)」ことに反対し、王安石は「努めて世の役に立つことをする」(「上人書」)と言い、蘇軾は「人々を救済する働きを持つことを意図する」(「答虔倅俞括奉議書」)と強調している。ひとつとして文章の現実性を強調しないものはない。辛棄疾はまさにこの良き伝統を継承、発揚させ、さらにそれを新しい高みに推し上げ、現実の闘争という実践のなかで散文を書くことにより、自身の作品に鮮明な志向性と強烈な現実性を持たせた。こうした作品は、現実における闘争という社会的土壌に深々と根を張ることで、広大な民衆の愛国という欲求を反映し、その特定の時代においてもっとも叫ばれている声を代弁している。それゆえ、広範な社会性をも併せ持つのである。

三、兵法と文章法の融合：稼軒散文の構造と多層性

　決まりは厳格、節制して秩序あるも、変化すれば奇に走り、慣例にとらわれず、これが稼軒散文の第三の特徴である。辛棄疾は「兵事に通暁」(『朱子語類』) した軍事専門家であった。彼は兵家の書に精通し、軍隊活用の道、軍隊運用の術を熟知しており、これが彼の現存する作品のなかで十分に発揮されていることは言を俟たない。その散文の構造、レイアウト、叙事、論理の重層性や方法を細かく見ると、兵家の兵士の配置、布陣といっ

18　白居易「与元九書」、「新楽府序」。

第十章　南宋中興諸派の団結と抗戦の継承

たものの秘訣を援用し、兵法を文章法に融合させている。それにより文章構造は整然として、節度と秩序があり、レイアウトは合理的、主客は鮮明で、変化に富んでいる。

　「美芹十論」は長編で、もっとも代表的な作品である。全十章と別に総序があり、併せて十一の部分からなる。その全体の構造、レイアウト、内容の繁簡、前後の秩序、表現方法といった面の組み立てには、おしなべて匠の技が運用されている。総序の部分では、文章の主題と基礎的事項が表明され、実に全文に号令を下す旗印、あるいは指揮官のような役割を担っている。冒頭の、「臣が聞くには、事がまだ至らぬうちにあらかじめ図れば、対処するにも常に余裕がある。事がすでに至った後で考えても、十分に対応はできない」という文言は、この文章におけるテーマの礎にして着眼点であり、文全体を御す大綱でもある。作者は事象を叙述することなく論理を述べる。個別の事実を論じることを避けて高所に立ち、広い視野から見渡すことで、文全体の配置に役立つようにした。それにより文は千変万化しつつも大綱を離れず、文章の全体的構造の中心となり結節点となっている。同時に、作者の意図も述べ、本文の意義を強調し、文を束ねて内容を制御する主軸となり、作品全体の源泉ともなっている。劉熙載は、「雄々しき者は簡明迅速をよくし、ゆえに発端に奇を繰り出す」（『芸概』「文概」）と言ったが、この文こそまさにそうである。口火を切るや、人々の「国辱に報復することを思う」普遍的で切迫した感情を言い、みずからの愛国抗戦の経歴と忠心を述べ、今日の「和議の謀は常に敵より出る」という受動的局面を議論し、「小さな挫折をもって大計をあきらめず」との観点を語り、「忠憤の思いに突き動かされ、自分では止められず」という創作の衝動を開陳する。これらはまた読者に感銘を与え、その説得力と影響力を増幅する引き立て役であり、かつ浸透させる役割を担っている。それと同時に、文章編纂にかかる思想と現実の基礎的情報を説明し、内容の信憑性と戦略実行の可能性を強化している。タイトルについて言えば、読者は全文を見ずとも、その提要がすでに胸中に理解されるようになっている。そのため、総序は「十論」には入っていないが、「十論」はいずれもここから派生し、

これは「十論」を繋ぐ大綱となっているのである。

　総序に続く十章について、その順序および構成もまた、構想をめぐらすこと精緻かつ厳格であり、主要部分とそれ以外の部分とが明確に分かれている。「そのうちの三つは敵の弊害を述べ、七つは朝廷の行うべきところを言う。まず形勢を詳らかにし、次にその情勢を察し、さらにその隙を観ることで、敵の虚実が明らかとなる。その後、七つを状況を述べて実践すれば、敵はおのずとわが手中にある」——これが作者の設計した枠組みであり、全体の計略である。計略の次第においては、まず彼を論じて我を後にし、虚から実に至り、彼我を結びつけて虚実を交互に論じている。前の三章において、敵について言うときは虚を旨とし、理論的分析に重きを置く。つまり、敵の弊害を語ることを主とし、自分たちの優勢をそれに添えて述べる。乗じるべき欠点があるとわかれば、敵を恐れる心配は消え、自分たちの長じている点を明らかにすれば、敵に打ち勝つ気持ちが増す。後の七章では、自分たちについて言うときは実を旨とし、具体的な方策に重きを置く。つまり、こちらの計略を述べることを主として、情でもって斟酌し、理でもって推し量り、敵の弱点でもってこれを引き立たせている。方策が定まってからは、上下が心を一つにして敵に怒りを向ければ、国土回復の大業は成し遂げられる。敵についてはその情勢を詳らかにし、自分たちについては自治を述べれば大から小へ、高から低へ、重から軽へと移り、急を先に緩を後に、しだいに深く分け入り、着実に陣を構築していくのである。そのなかでは、表向きは断絶しているが裏では繋がっていたり、または断絶したようで実は連続していたり、行きつ戻りつしながらも秩序があり、繁と簡、奇と正とを織り交ぜ、それぞれが極点に達して、言い尽くせぬほどである。論述方法においては、前の三章の冒頭ではいずれも理論的観点から問題に言及するが、「審勢」では単刀直入に本題に入り、正面切って論を立てている。「察情」は敵陣に切り込む方法で、反対側から着手する。「観釁」では帰納法を用いて、比（比喩的表現）や興（象徴的表現）といった詩的方法で書きはじめている。一篇ごとに変化し、通例にとらわれていないと言えよう。古人はかつて、「文章は変化に精通するものほど貴い

第十章　南宋中興諸派の団結と抗戦の継承　　　321

ものはない」(『芸概』) と考えていた。「美芹十論」には、まさに変幻自在に作品を御する作者の筆力が見て取れる。むろん、「十論」のような巨編は、稼軒の散文中には決して多くないが、まったくないわけではない。「十論」と並び称される「九議」には、同工異曲の妙味がある。ただ、紙幅に限りがあるため、これ以上詳述するのは控えることとする。

　稼軒の長編散文は以上のようであるが、短編もまた同様である。「跋紹興辛巳親征詔草」には、以下のようにある。

　　　この詔が紹興年間 (1131-1162) の初め、最初の和議の前に出されていたならば、仇敵に仕える二度目の和議という屈辱はなかったであろう。この詔が隆興年間 (1163-1164) のすぐ後に実施されていたならば、不世出の大功を完遂できたであろう。いま、この詔はこの敵とともになお存在している。悲しいことよ。嘉泰四年 (1204) 三月。門生棄疾、頓首して謹みて書く。

　　　使此詔出於紹興之初，可以無事仇之大恥。使此詔行於隆興之後，可以卒不世之大功。今此詔与此虜猶倶存也。悲夫！嘉泰四年三月。門生棄疾拝手謹書。

「親征詔草」は、北宋滅亡から三十四年後、すなわち高宗の紹興三十一年 (1161) に起草され、三十三年を経た嘉泰四年 (1204) に辛棄疾は跋文を書いた。それは北宋滅亡からすでに七十七年を経た後のことであったが、金はなおも中原を占拠していたのである。一方、南宋の朝廷は、依然として天下の半分を統治するのみで、失地回復も謀らず江南に安居しており、国民は憤慨し、志士は扼腕していた。跋文で表されているのは、まさしく強烈で深い愛国の情である。詔を悲しみ、国を悲しみ、時流を悲しみ、己を悲しんでいるのである。作者は「この詔」をしっかりと押さえ、時の流れに従って、虚 (仮定) を先に、実 (現実) を後にして述べる。数句に止まるとはいえ、行文の変化と厳格な規範が、おぼろげながら見て取れる。そのほか、「謝免上供銭啓」、「祭呂東莱先生文」、「賀袁同知啓」などの作品に

おける構想やレイアウト面での特質も、十分に突出している。范開は『稼軒詞』に序を寄せ、「その詞のスタイル」は「旧態を主とせず、空に浮かぶ春の雲が、巻いては伸び、浮かんでは消えるかのようで、随所に形態を変える」と評した。その散文を品評するとすれば、これもまた確かにそのとおりである。

　　四、学識、修養と筆力による造型：稼軒散文の言語とリズム

　典雅で剛健かつ雄々しく厚みがあり、凝縮精錬、精妙透徹、生動するイメージとあやなす文彩、優美さを備えたリズムと旋律は、稼軒散文の第四の特徴である。

　辛棄疾の志は功業を打ち立てることにあり、文の制作にはなかったが、それでも非常に文彩を重視しており、陳亮の文章を「俊麗雄偉で、明るく堅い珠玉」（「祭陳同父」）と称賛している。そして彼自身も才能にあふれて学識は豊か、古今に通じ、思考は果敢で鋭敏、鼎を挙げるほどの筆力を縦横に駆使し、いかなる文章でも意のままにならぬものはなかった。長編でも短編でも、いずれも趣き深い言葉が珠のように連なり、人の耳目を驚かせ、出色の言語芸術の大家と言っても過言ではない。「十論」、「九議」といった力作はもとより、書、啓、祭文でさえもそれぞれに見るべきものがあり、一語一語に味わいがある。江南西路提点刑獄在任中に書いた「啓劄」は、次のようなものである。

　　棄疾は秋のはじめに国を去ってより、あっという間に冬の到来を見ましたが、お慕いする気持ちは片時も変わっておりません。ただ駆けつけて官に就任し、即座に専心して敵の捕獲を監督し、日々軍馬檄文の行き交うなかに身を置いたため、わずかな暇もないほど慌ただしくしておりました。天子の起居のご下問には、お暇してご進講致しませんでしたけれども、疎かにすることなどございませんでした。ご信任を蒙っておればこそでございます。会稽の地をはるか雲間に指さし、まだ任務が完了しておりませんので、心の向かうところ、そぞろに精

第十章　南宋中興諸派の団結と抗戦の継承

神を都に馳せましょう。右、謹んで申し上げます。

　棄疾自秋初去国，倏忽見冬，詹詠之誠，朝夕不替。第縁馳駆到官，即専意督捕，日従事兵車羽檄間，坐是悾惚，略亡少暇。起居之問，缺然不講，非敢懈怠，当蒙情亮也。指呉会雲間，未亀合併，心旌所向，坐以神馳。右謹具呈。

　この書簡には慰撫の情と無沙汰の詫びが綴られている。冒頭の四句では別離してより後の気持ちを述べる。まずは朝廷から離れて三か月、時の流れが早いことをいう。「秋のはじめ」、「冬の到来」は、それぞれ朝廷を離れたとき、書をしたためているときを指す。「国を去る」と「あっという間」は、それぞれ都を離れたことと光陰矢のごとく感じられる思いを表す。次に、天子の御代を称えて毎日祈りを捧げ、一日も忘ったことがないことを、「お慕いする気持ちは片時も変わっておりません」と述べる。次の一句は、赴任して職務に励み、公務が繁忙であるため、挨拶をおろそかにしていることをいう。「駆けつけて官に就任し」、「専心して敵の捕獲を監督し」、「軍馬檄文」、「慌ただしく」「暇もない」など、いずれも力強く意気軒昂である。末尾は憧憬の切なる思いを述べる。「会稽の地をはるか雲間に指さし」は、王勃「滕王閣序」のなかの、「長安を日下に望み、呉会を雲間に指さす（望長安於日下，指呉会於雲間）」の句をアレンジしたもので、はるか遠く隔たっていることを表す。「まだ任務が完了しておりません」とは、任務にあたって賜った割り符がまだ合わさっていないと言うことによって、任務がまだ完遂しておらず、朝廷に戻って面会することができないことを表現している。そのため「心の向かうところ、そぞろに精神を都に馳せる」のみなのである。この文は、はじめは自然で平易朴訥、中間部では勢い猛々しく、末尾は典雅かつ雄大で、実にはじまり虚で結び、筆勢は奔放である。措辞は深く厚みを持ち、急峻だが典雅、修辞は躍動し、筆力は力強く、字句は凝縮され、行文は変化し、学識、修養が深く厚く、文章を操る熟練のほどがよくわかる。

　このほか、「戦は止み刑は廃される（兵寝刑措）」(「論盗賊箚子」)という

表現で太平の世の光景を描写し、「済南に居を授かり、代々重責に当たり、国の厚恩を受ける」(「十論」)との表現で家柄を述べる。また、「畑を耕して食らい、蚕を飼って服をはおり、富む者は安んじ、貧しい者は助けられ、税は軽く労役は少なく、要求があれば実現しようとする」(「十論」)という表現で北宋の生活を描き、「わが民を虜にし、わが城を廃墟とし、食らい尽くして去る」(「九議」)という表現で金軍の侵略を述べる。これらは典雅ながらも剛健にして凝縮され、そびえ立つような力強さと美しさがある。「商議は多人数でするのを貴び、決断は一人でするのを貴ぶ」(「自治」)、「禍はゆるがせにするところに生じ、兆しは成長させてはならない」(「防微」)、「耳に心地よく響くものは計画を傷つけ、事に利することは聞き入れがたい」(「九議」)など、その含意に富んだ警句は、やはり格言に近い。

さらに辛棄疾は、平素より比喩を用いるのが得意であった。その論では敵国を観察、分析して、「良医が脈を取るように、その病むところを知り、その死期を推し量り、決して肥えた痩せたと言ってその考えを変えない」(「十論」)と述べている。これは、自分の力量を正確に運用できずに敵に降伏、投降し、和議を締結するのは、「千金の璧を懐に抱きながら、値の高低を決められず、商人に向かってうなだれるようなもの。蛇の毒に懲りて、真偽を詳らかにできず、魂魄を彤弓に奪われるようなもの」(「九議」その九)と言っているのである。生き生きとして深く突き刺さる一方、簡明で理解しやすい。

作者が比喩を使うことで文言が婉曲的になり、その強烈な刺激が減少することもある。たとえば、時に争い時に和を結ぶような朝廷の政策や、人員の使い方がぞんざいである状況を批判するときに、以下のように言っている。

> 敵は朝廷の癌であり、腫瘍である。病根を取り除かねば、結局身を安んずることはできない。しかし、腫瘍を切るには、必ず焼きを入れた刃が必要である。そうすれば痛みは激しいが後顧の憂いはない。そしてこれを消すのに、薬を塗るに止めると、痛みは弱いが結局大病と

第十章　南宋中興諸派の団結と抗戦の継承

なる。病気になって医者を呼んでも、その言うことはまちまちで、刃を入れてから薬を塗ってこれを除くか、薬を塗ってほどなくして刃で患部を取り去るか。そして治癒しなければ医者を咎める。ああ、みずから混乱しているというほかない。

　　虜人為朝廷患，如病疽焉，病根不去，終不可以身安。然其決之也，必加炷刃，則痛亟而無後悔。而其銷之也，止於傅餌，則痛遅而終為大患。病而用医，不一而言，至炷刃方施而傅餌移之，傅餌未幾而炷刃奪之，病不已而乃咎医，呼，亦自惑也。

――「十論」

こうして相手が受け入れやすくし、方策の変更を求めるのである。
　辛氏は同じく比喩を用いて、抽象的な事柄あるいは深遠な道理を通俗的にわかりやすくしている。

　　何を形と言うのか。目に見える小と大のことである。何を勢と言うのか。虚と実がそれである。土地が広く、財が多く、兵馬が多いのは、形であって勢ではない。形はそれを取り上げて威を示すことはできるが、それを使っても勝てるとは限らない。例えるなら岩山を千仞の山に移すようなものだ。轟々というその音や、高々とそびえるその形は、大いに恐るべきである。しかし、枝葉の横に伸びた木を塹壕に留め、まっすぐに行けないのであれば迂回して避け、力づくで押え込み制限を加える状況にまですれば、人は跨いでそれを越えることができる。一方、勢はそうではない。道具があれば必ず作用させ、作用させれば必ず一助とすることができる。例えるなら、矢や石を高い城壁の上から放つようなものである。自分で操縦し、他者に関わりなく、一線を越えてやって来る者があれば、石を投げ当て矢を命中させるのも意のままである。これは実の憂慮すべきところである。現状に基づいてこれを論じるなら、敵は岩山を嵌め込み恐るべき形を有しているが、矢や石を必ず作用させられるという勢はない。敵が我が方にそれを見せ

ようとするのは、ほかでもなく威勢により、惑わせるためである。思うに、ものごとを作用させて勝ちを求めようとする者は、もとより敵がそうできるとは限らないことを知っているのである。

　　何謂形？小大是也。何謂勢？虚実是也。土地之広，財賦之多，士馬之衆，此形也，非勢也。形可挙以示威，不可用以必勝。譬如転嵌岩於千仞之山，轟然其声，嵬然其形，非不大可畏也，然而蔁留木拒，未容於直，遂有能迂回而避御之，至力殺形禁，則人得跨而逾之矣。若夫勢則不然。有器必可用，有用必可済。譬如注矢石於高埔之上，操縦自我，不繋於人，有軼而過者，抨撃中射惟意所向，此実之可慮也。自今論之，虜人雖有嵌岩可畏之形，而無矢石必用之勢。挙以示吾者，特以威而疑我也，謂欲以求勝者，固知其未必能也。

　　　　　　　　　　　　　　──「美芹十論」審勢第一

「形」と「勢」は、本来は一対の非常に抽象的な概念であるが、作者は比喩を用いてリアリティーのある説明をし、深い事柄をわかりやすく表現し、またイメージを通俗的にしている。

　稼軒散文の言葉はきわめてリズミカルで、優美な旋律と音楽性に富んでいる。辛棄疾は古文運動が言語形式の面で造り上げた伝統を継承、昇華し、駢文を散文に変化させ、駢文と散文を交互に用いている。対をなさない句も多いが、時として駢文を交える。こうした駢文でもあり散文でもある、駢散混淆の形式によって、文中の言語のリズムが変化と音楽性に富むという突出した特徴を形成した。これは先に引用した諸作品の一段からも見て取れる。さらに「美芹十論」の「致勇」では、軍隊中の不平等な現象に言及した際に、「幕営のあいだでは腹も満たされず凍えているのに、主将は歌舞を絶やすことがない。武器の下では肝も脳も保てるかわからないのに、主将は帳のうちで悠揚迫らぬ様子である（営幕之間飽暖有不充，而主将歌舞無休時。鋒鏑之下肝脳不敢保，而主将雍容於帳中）」という。その思想的内容の深さはひとまず措くとして、形式については駢文体の対句の美的感覚を吸収しているが、対句ではない散文の利便性を採用している。また、

段落と旋律の面において四六駢儷体の文とも異なり、対句でない散文の作品とも異なる特質を形成して、言葉のリズムが変化に富むさまが示されている。「一人がしらふで九人が酔えば、酔っている者がしらふで、しらふの者を酔っているとする。十人が愚者で一人が智者ならば、智者を愚者とし、愚者を智者とする（一人醒而九人酔，則酔者為醒而醒者為酔。十人愚而一人智，則智者為愚而愚者為智矣）」（「九議」その九）なども同様である。辛氏が駢文体のリズムで書いた散文の全編、あるいは一部分について見れば、たとえば「新居上梁文」のなかの、「家から見上げれば青い山、古木が千株。田のそばの白い湖面、新しい蓮の広さは十頃（青山屋上，古木千草。白水田頭，新荷十頃）」というその自然なリズム、語感の優美な音楽性は言うまでもない。「文章はもっともリズムが必要」[19]と先人は言ったが、稼軒散文の言葉のリズム面における突出した特徴は、まさにその点における造詣の深さが体現されたものである。

　従来、南宋の散文には文彩派、事功派、道学派という区別があった。辛棄疾は抗戦派の傑出した人物として、当然ながら事功派のなかに名を連ねる。その内容について言えば、まさにそのとおりであるが、その言語面を見れば、文彩派の長所も兼ね備えている。先人は、「道徳の言葉は文をもっぱら重視するわけではないが、その文がなくてははじまらない……いわんやその人と文の光明俊偉なることかくのごとき者はなおさらである」[20]と言ったが、まことにそのとおりである。韓愈は「文により八代にわたる衰微を興し」[21]、欧陽脩は「当世の韓愈」[22]と称された。二人はともに散文の大家であり、一世一代の宗匠として後学に恩恵を施し、後世に深く広く影響を与えた。辛棄疾も北宋の後、唐からまだそう遠くはない頃を生きている。韓愈、柳宗元、欧陽脩、蘇軾といった諸作家の馥郁たる香りを身に浴びて、深くその影響を受けたのである。「周氏敬栄堂詩」にはみずから、「長歌は

19　劉大槐『論文偶記』。
20　姚椿「南宋文範序」。
21　蘇軾「潮州韓文公廟碑」。
22　蘇軾「六一居士集叙」。

謫仙李白、優れた伝記は文公韓愈」と詠んでいる。彼の散文作品は、重厚な思想的内容といい、密接に現実と繋がっている面といい、またレイアウトの面といい言語的洗練の面といい、明らかに先人の影響が見受けられる。たとえば、韓愈の文の雄壮率直や筆力、柳宗元の文の凝縮とイメージ、欧陽脩の文の詞藻と構成、蘇軾の文の気迫と豪放などは、稼軒散文のなかにいずれも十分に表れている。それとともに、稼軒散文は典雅で剛健、雄々しく厚く、豪壮奔放、華麗優美といった自身の特色と風格をも造り上げた。案ずるに、稼軒の散文は南宋散文の傑出した代表であり、当時の文壇において相当重要な典型的特質を備えていよう。その成果はもとより韓愈、柳宗元、欧陽脩、蘇軾に比肩することはできないが、八大家に劣るものでもない。彼の散文は内容と芸術性の面で、十分に同時代のレベルを代表するに足るものである。現存する作品は多くないとはいえ、そこからは、彼が紛れもなく一人の「散文名手」[23]であることをうかがい知ることができる。長らくのあいだ、文学史研究者は彼の詞だけを論じ、その文について論ずることはほとんどなかった。こうした局面を改め、稼軒の散文にもしかるべき評価を与えるべきであろう。

第三節　理学派と一代の賢哲朱熹の散文創作

　事功派と並んで興った理学派は、朱熹、呂祖謙、張栻を中心として徐々に形成された散文の流派である。この流派の作家はいずれも理学で世に名を知られ、文章家としての名声はしだいに理学に覆われてしまった。その実、彼らはみな深い学識と涵養を有しており、作品の気風、文章作法、言語などの諸方面において、明らかに欧陽脩、蘇軾、曾鞏、王安石などの影響を受けた強烈な芸術性が認められる。この流派は、哲学理論の探究に力を注ぐとはいえ、同時にその実践的特質も強調したため、すべてにおいて一種の実務的精神が体現されている。創作のなかに表れるのは功利派と同

23　四川大学中文系『宋文選』前書き。

第十章　南宋中興諸派の団結と抗戦の継承

じく、国家の計略と民生に対する関心、抗戦の主張、そして現実の反映である。また、「文は道を載せる」、「文と道の一致」、「修辞と内容の符合」などを強調して、決して文章の芸術性をおろそかにしなかった。そして理学家であるがゆえに、作品に対する彼らの分析と批評は、散文理論の研究にも資するはずである。

　朱熹は理学の大家であり、散文の名手でもあった。各形式の散文はいずれもよく練られており、内容は現実的、芸術性は精巧であることを長所とする。彼は「文章作成にあたっては実態に基づくべきであり、筋道が通っているのがよい。実態のない空想や過剰な彫琢はいけない」[24]と考えたため、作品は「すべて内容のある言葉で」、「文辞の巧みさについては、『春秋左氏伝』、『史記』、韓愈や柳宗元といえども上回ることはない」[25]。いま、朱子の散文を読むと、文章は欧陽脩と曾鞏に近く、筆致は蘇軾と王安石に類似している。明朗で滑らか、行文はスムーズで通じやすく、悠揚迫らぬ自適の情趣があり、「さながら大河の長江が滔々と流れるかのよう」[26]である。また、熟慮して思索探究し、細緻に推敲するさまは、人々を感嘆、敬服させる。「庚子応詔封事」のように政治や諸事について論じる際は、事実を述べて道理を探求し、ロジックは厳密、叙述は核心を突き、その指摘は詳細かつ明快である。そして記や序、状や跋といった文には、もっとも芸術的涵養が現れている。たとえば「読書之要」に見える、「順に従って徐々に進み、熟読して子細に考える」などは、理を極めた名言であろう。遊山の美しい光景を描いた「百丈山記」では、瀑布や雲霧を描写して情趣は妙なる味わいがあり、措辞はリアルで趣き深い。「送郭拱辰序」は、議論と事実を段階的に郭氏の非凡な絵画の技量に溶け込ませており、構想は精巧で絶妙、文章の作法は謹厳、言語は傑出した美しさで凝縮されている。「記孫覿事」、「雲谷記」、「祭呂伯恭著作文」、「詩経集伝序」なども、みな散文中の逸品である。

24　『朱子語類』巻九。
25　清・周大樟「朱子古文選読序」。
26　李塗『文章精義』。

呂祖謙の散文は「流れる波、わき出す雲、きらめく珠、清らかな玉」[27]で、従来「華をくわえ実を帯びる」として有名であった。彼はもっとも議論に長けており、幅広く弁じて意気軒昂、かつ雄壮であった。『東莱左氏博議』はもっとも広く流伝している。これは受業生のために作られたとはいえ、「胸中にあること、把握したこと、知っていること、習得したこと、些細な誤りを、筆のままにさらけ出して、余すところはない」[28]。そのため条理は整い、作法は明確で、「詳しい言葉と奥深い主旨が、しばしば人を感動させる」[29]のである。「入越記」、「入閩録」などの記や序では、会稽や武夷への旅行、あるいは鵞湖での会を描写し、清麗にして優美な筆致は、人を景勝地へと誘う。さらに呂祖謙は、南宋における文章の評点学の先駆けとなった。その『古文関鍵』巻上では、文章創作法、文章読解法、文章の悪弊を論じており、いずれも方法論の角度から散文創作と鑑賞の理論をまとめ、簡潔にして精緻、要点を突いて的確である。採択した諸家の散文は、いずれも主題と構成が提示され、精妙な意図や絶妙な奥義を明らかにしている。「文章の形式の流れについて、すべて心中に理解しており」（『四庫全書総目提要』「東莱集」）、広く学生に伝授された。楼昉『迂斎標注崇古文訣』、真徳秀『文章正宗』、李塗『文章精義』、謝枋得『文章軌範』などは、いずれもこれに啓発されている。また、呂氏は勅旨を奉じて『宋文鑑』百五十巻を編纂した。『宋文鑑』は北宋の諸賢の八百冊余りの文集から文章を精選して子細に校合したもので、いまも学術界に大きく貢献している。

　張栻の文章は理を重んじて実践的である。『張南軒先生文集』が世に伝わっている。朱子がそのために序文を書き、「一筆たりとも功利が混じらない」と称えている。奏、状では多く「民間の利弊」に触れ、撰述した文は、「はじめはいずれも高遠を極め、最後にはかえって平易かつ現実的になる」。「尭山漓江二壇記」の叙述方法は簡素にして厳密、かつ規範的であり、「題長沙開福寺」の筆致は洒脱で好ましい。

27　王崇炳「重刻東莱先生文集叙」。
28　呂祖謙「東莱左氏博議」自序。
29　和刻本『評注東莱博議』（明治12）にある細川潤による後書き「書評東莱博議後」。

第四節　永嘉派と道学辞章派
一、永嘉派と葉適

　事功派、理学派と同時期に台頭した永嘉派は、薛季宣およびその弟子であった陳傅良にはじまり、葉適が出て大いに振興した。『四庫全書総目提要』「浪語集」の項では、薛氏と朱子にはつきあいがあったが、「朱子は心性を語ることを好み、季宣は国家への功労も重んじたので、考えはやや異なった。その後、陳傅良、葉適らがそれぞれ祖述し、永嘉の学は別に一派をなした」という。この流派の文は、薛氏は深遠で典雅、陳氏は純粋、葉氏はスケールが大きい。それぞれ特徴があるとはいえ、要するにいずれも古今に広く精通し、それによって実用的であることを求め、志向は高邁、修辞は華麗であることを貴び、「珍奇に趨らずして美しさに富みかつ精緻、自然で新鮮な美しさ」[30]を主張した。

　薛季宣は「実学実理」と称賛され、著に『浪語集』がある。その文は「精確で現実に向きあって書かれ、世の中の一助となることができた」[31]。持論は明晰でいにしえを精査し、立論は厳密かつ慎重、精巧で奥深く、スケールが大きく自由である。「上張魏公書」では抗金の戦略を陳述し、「与汪参政明遠」では愛国の英雄岳飛を称賛する。いずれも綿密で当を得ており、文脈は自然で流暢、条理は明朗である。「雁蕩山賦」は散文に駢文を援用し、句作りは自然で平板に陥ることなく、流暢かつ優美である。そして作品世界の情趣は清閑雄大で、欧陽脩、蘇軾の遺風があり、人口に膾炙している。

　陳傅良は薛氏に教えを受けたことがあり、能文家としてもっとも世に名を馳せた。楼鑰「陳公神道碑」によると、彼は「経書、史書を深く考究し、諸家にあまねく通じ、礼楽による教化を己の任として、当世の任務を統括した。旧聞を考査し、道を治めることにおいて滞りを通して弊害を補った」

30　葉適「沈子寿文集序」。
31　「薛公行状」、陳傅良『止斎先生文集』巻五一。

という。陳氏の文は、みずから新しい構想を打ち出し、大抵「雄偉ではあるが放縦ではなく、精深ではあるが晦渋ではなく、疾駆するも悠揚として迫らず、起伏緩急があり、書くほどに滑らかとなる。いにしえを引用していまを問い質し、冗漫を洗い落として新しさを生み出し、あらゆる政務を交錯させて勘案し、人の情をよく解して至理に帰する。思うに、ただ規範の道具となるのみではなく、細大を問わず、見える見えないを問わず、みな天下に役立つものとしてかなう」[32]ものであった。その『六経論』は当時ほとんどの家にあったといい、「守令策」と「兵論」は、政治と軍事を議論して現実とリンクさせ、時弊を指摘して現実に即した実行性の高い策を提案する。叙述は厳密で、慎重かつ明晰である。「怒蛙説」は柳宗元の文章作法に学び、太陽にいる烏、月にいる蛙、羲和、飛廉などが権威権力を誇るさまを描き、寓言という形式で、統治階級内部の競争が人々や社会に深刻な災難をもたらしていることを暴露する。深遠なる警句で妙味に富む一篇である。

葉適はかねてより南宋一代を凌駕する散文の大家として推される人物である。その文は独創性を強調し、「一言一句、必ずただ肺腑より出し」[33]、あらゆる文体に通じて才気煥発、古今を融合して構想は精巧絶妙、独自の境地に達して千変万化し、表現はスケールが大きく華麗、語調は滑らかである。その論説文には、「忠君愛国の誠の心が、盛んに言意からあふれ出ている」[34]。『水心別集』は総合的かつ系統立っており、あらゆる側面を備えた治国の大要、あるいは実践指南書であると言える。宋朝における政治の弊害と治療法を論じて詳細を極めており、筆致は雄壮で放縦、匠の心が際立っている。その碑文や墓誌は、南宋の冗長な悪習を一掃し、高潔な点を長所とする。『水心文集』は碑文と行状が半分を占め、往々にして数百字で一篇となっている。「陳傅良墓志銘」などは、中核となる部分を突出させ、事跡はリアリティーにあふれ、文中の人物を照らし出す。葉適の記と序には

32　明・王瓚「止斎先生文集序」。
33　「帰愚翁文集序」、『水心文集』巻一二。
34　黎諒「黎刻水心文集跋」。

大家の腕が明らかに見て取れ、「播芳集序」、「龍川文集序」、「宗記序」はいずれも称賛されている。ほかにも「煙霏楼記」、「酔楽亭記」、「湖州勝賞楼記」など、その風情や興趣、言語の織りなす綾は、いっそう味わい深く、逸品と称される作品である。

二、道学辞章派と真徳秀

　南宋中後期、一部の散文作家は道学家と文章家の双方の長所を取り入れた。散文の創作において、「程氏兄弟と張載の儒学に従い、欧陽脩と蘇軾の作法によって表現し」（呉淵「鶴山先生文集序」）、道学辞章派が形成されたのである。この流派は真徳秀、魏了翁、林希逸などを主要な人物とする。文を作るにあたっては理を窮めて実践に用いることを強調し、華麗と実務が相まって、政治を議論することに長け、上奏文がもっとも精巧である。さらにこの流派は、散文の理論面でも多方面にわたる探究を進めた。真徳秀は『文章正宗』を編纂して文体の変遷に着目し、魏了翁は文章と性情、意志や精神、学識、道理などの複雑な関係性に注目して研究し、併せて道学家の哲学的理論で文を論じようと試みた。「動静が相依存して陰陽が生じ、陽が変じて陰と合し五行が備わる。天下の至文は、実にここにはじまる」（「大邑県学振文堂記」）として、新しい視点を開拓した。

　理学者の真徳秀は名臣でもあり、文教礼楽で統治することを進んで自認していた。文では「義理を明らかにし、世の実用に符合する」（『文章正宗』綱目）ことを力説した。著に『西山先生真文忠公文集』がある。『宋史』巻四三七では、その「朝廷に立つこと十年に満たなかったが、上奏はざっと数十万言にもなり、いずれも当世の要務に符合するもので、その直言は朝廷を震撼させた。四方の人士はその文を諳んじ、その風采を見たいと思った」と言われ、影響力の大きさが見て取れる。「戊辰四月上殿奏劄」では、「寛大海容によって士気を養い、廉恥礼節によって人心を清らかにする」といい、文言は平易朴訥で精巧な美しさがある。「進大学衍義表」は、典雅で重厚、真珠が連なっているようである。「代外舅謝丞相転官啓」、「跋東坡帰去来辞」などは、文言は適切で流れるよう、修辞は美しく、情趣に富んで

いる。『文章正宗』の影響力はきわめて大きかった。これは、文のスタイルの源流と変遷を弁別することを旨とし、『春秋左氏伝』から唐末までの作品を厳選して、持論は甚だ厳格である。編纂者は文のスタイルを辞命、議論、叙事、詩歌の四種類に分け、すべてが合理的というわけではないが、単純化によって煩雑さを抑え、主要項目に小項目を振り分けて筋道をはっきりとさせているため、明快で覚えやすい。選に入った作品は、「義理を明らかにし、世の実用に符合する」ことを重視し、文章の表現も併せて評価した。「出色で人口に膾炙するもの」、「叙事のもっとも嘉すべきもの、後世の記、序、伝、墓誌のうち、規範が簡約かつ厳密なもの」が選ばれている。これより、編纂者は文章の芸術性に相当注意していたことがわかる。むろん、この書における議論も時に偏向はある。

　魏了翁は芸術的素養が豊かで、十五才にして「韓愈論」を作った。それは起伏や停頓、転換などが調和してリズミカルで、「作者独自の風格がある」と称された。中年以降は経学について探求し、造詣はますます深く、その散文は純朴で正しく作法に適い、紆余曲折は自然である。呉淵は彼の文集に序を寄せ、魏氏は「学問に根ざし、文章を枝葉とする。陳腐を落として新しさを啓き、華麗な修辞を覆って本質に到達する。入神の域に達して追随を許さない」、「千変万化しても、最後には正統に戻る」と称賛している。『鶴山先生文集』に収める散文は、おおむね主題が高邁で、思想は深く、表現は滑らかである。その文は議論に長け、序跋文をもっとも得意とする。上奏文はいずれも当時の朝廷の急務を論じ、叙述方法は曲折を備えている。嘉定十五年応召入対疏では、冒頭から人と天地は根本を同じくすることを論述し、さらに人材、風俗に及んで、明白かつ現実的である。嘉定十七年入奏疏では、物事は移ろい、禍福は糾える縄のようであること、人心の向背、国家の安否、隣国の賊の動静などについて言葉を尽くし、誠意をもって諫言している。「代上費参政書」と「茂州軍営記」も人々に称賛される作品である。魏氏の序跋は、議論が公平で表現力に富み、周秦の諸子百家の遺風があるとされる。

　林希逸は道学によって有名で、『竹渓十一稿』がある。散文は、文の洗練

に通じていることを長所とし、「枯れたなかにも潤いがあり、まばらななかにも厳密さがあり、狭いなかにも曲折がある」[35]と称されている。

---

35 『四庫全書総目提要』「竹渓十一稿」。

第十一章　宋代散文の終結と愛国派の絶唱

第一節　宋王朝の衰退と散文の衰微

　真徳秀の逝去（1235）から、南宋滅亡（1279）後に文天祥が「従容として義に殉ずる」（1283）まで、これが宋文発展の最後の時期にあたる。
　この時期の散文については先人からの批判が多い。周密は『癸辛雑識後集』において、「淳祐甲辰の年（1244）」は「すべて理性を尊ぶ」が、咸淳の末年（1274）には、「奇怪な美辞麗句」がもてはやされたと述べている。また、宋濂は「剡源集序」で、以下のように詳細に分析している。「文章は宋末期に至って甚だ衰え」、「諧謔文が形式となり、対句は奇異なものとなる」、「経義にこじつけ、声律に手を加え」、「先人の語録から剽窃して、そのうえ方言まで用いている」、「広大な文章を書こうとすれば精粗が入り混じって規範が疎かになり、いにしえの深奥な文章を真似ようとすれば助詞を削ってしまい文を為さない」。ここからは、当時の散文創作が道を誤っていたことがうかがい知れ、そのため優れた作家や佳作が少なかったのであろう。なお、朱夏は「答程伯大書」において、「宋の末年、文章の退廃は極まった」と言い、邵長蘅の「鈔古文辞序」では、宋末には文も道も廃れ、「文章と呼べるものはないと言ってよい」と述べるが、これらの論はいずれもやや極端である。
　南宋末期には中興の繁栄という現象は見られなかったが、散文はおのずと確立された。とりわけその滅亡前後、宋の文は愛国派の作品によって最後の高みへと押し上げられ、慷慨激昂かつ悲壮雄烈な旋律をもって、その発展の幕を閉じた。その成果は軽視、黙殺されるべきものではない。黄宗羲が、「宋の滅亡期ほど文章が盛んだった時はない」（「謝朝年譜録法序」）と述べるのも、根拠なしとしない。そして、この時期の散文の最高峰としては、文天祥を中心とする民族愛国派の成果を挙げるべきであろう。

第二節　民族愛国派と文天祥の悲憤慷慨

　民族愛国派とは、南宋末期の元に対する抵抗戦争のなかで形成された散文の流派を指す。

　南宋後期、北方で決起した元の貴族は南宋と協力して金を滅ぼした（1234）が、その直後、盟約を破り、南進して宋を侵略した。1276年には臨安を攻め落とし、民族間の争いは熾烈を極めた。1279年、南宋は滅亡する。当時、愛国精神と民族の気概にあふれた宋末の文人や士大夫は、抵抗戦に積極的に参与する一方で、歴史の大きな変化を反映した優れた散文を大量に生み出した。それらは、あるいは激しく悲壮な反侵略戦争やすさまじいまでの救国運動を活写し、またあるいは過酷な現実に打ちのめされた心の葛藤や民族的感情を表現する、血と涙で綴られた悲しみの歌であった。そうして形成された民族愛国派は、文天祥、謝枋得、劉辰翁、鄭思肖、林景熙、鄧牧、謝翱、王炎午らを主要な作家とする。

　彼らはみな波乱に富んだ生涯を送っており、その作品の特徴は、強烈な愛国精神と崇高な民族の気概をテーマとする点にある。想像を絶するほど苛酷な抵抗戦の歴史を書き記し、不屈の民族の英雄を歌い上げ、宋朝の忠臣をほめ讃えた。また、敵に投降して国を滅亡に導く不義の行為を非難し、宋朝の滅亡を悼み、失われゆく祖国に対する深い悲しみと愛惜の念を表した。慷慨悲壮、深い悲しみが作風の特徴で、雄壮かつ力強く、人の心に強く訴えかけた。

　民族愛国派の中心となるのが、文天祥である。文天祥（1236～1282）、字は宋瑞、号は文山、吉州廬陵（現在の江西省吉安市）の人である。理宗時代の宝祐四年（1256）、二十一歳で進士に首席で及第し、刑部郎官、湖南提点刑獄、贛州知州などを歴任した。徳祐元年（1275）、元の軍勢が大挙して南進し、南宋朝廷は滅亡の危機にさらされる。恭帝は文天祥に詔し、贛州で挙兵して都を防衛し、元軍を退けるよう命を出した。翌年、元軍が臨安に迫ると、文天祥は勅命を奉じて講和のため元軍の駐屯地に赴くが、その身を拘束される。後には福州に逃れ、さらに元に対する抵抗戦を続けたが、

第十一章　宋代散文の終結と愛国派の絶唱　　　　　　　　　339

　景炎三年（1278）十二月、海豊（現在の広東省海豊）において敗れ、大都（現在の北京市）に護送される。そして三年間の獄中生活の後、従容として死に就いた。

　国に殉じた文天祥の強い愛国心、不屈の精神、終生変わらぬ忠誠心は、時代を超えて輝きを放ち、誰しもよく知るところである。その文体は韓愈を手本とし蘇軾を師として、華やかで非常に力強い。『四庫全書総目提要』には、「長江や黄河のごとく、果てしなく広大」で、巨匠と呼ぶにふさわしいとある。『文文山先生全集』に収められた作品は、いずれの形式も優れているが、とりわけ評論文が出色である。その殿試での論文や理宗への上奏は論が丁寧かつ直截的で、忠誠心に富んで義理堅い。またその志は鉄石のごとく、知識も豊富で、文章は気魄に満ちている。誰もが賞賛する「指南録後序」には、金軍の兵営に使節として赴き、死線をさまよいきわめて困難かつ危険であったその経緯が書き記されており、「生きて国難を救えないのであれば、死して悪霊となってでも敵を討つ（生無以救国難，死猶為厲鬼以擊賊）」という悲願が綴られている。その筆致は奔放で、勢いは激しく、義憤に燃えて雄壮であり、苦痛や悲しみは見て取れない。また、詩篇「正気の歌」に添えた「正気の歌序」には、以下のようにある。大都に送られて後、「北の国に囚われ、土の一室に閉じ込められた。室内の幅は八尺、奥行きは四尋ほど、片開きの扉は低く小さく、白木の窓は狭く、薄汚れ、ほの暗い（囚北庭，座一土室．室内広八尺，深可四尋，単扉低小，白間短窄，汚下而幽暗）」。そして夏の雨による「水気」、泥にまみれた「土気」、酷暑による「日気」、薪を燃やす「火気」、蓄えた食物の腐敗による「米気」、人の生臭さによる「人気」、死者や鼠の死体による「穢気」にさらされながら、作者は「弱った体でその牢獄に寝起きして（以孱弱俯仰其間）」、それでも二年間を無事に過ごした。それは「よく浩然の気を養った（我善養吾浩然之気）」からだという。この作品は獄中の劣悪な環境を描くことで、かえって崇高な民族の気概と毅然とした強い意志を際立たせている。言葉使いは簡潔で力強く、音律は心地よい。これらはいずれも広く伝わり賞賛されている名篇である。

謝枋得（1226-1289）、字は君直、号は畳山、信州弋陽（現在の江西省弋陽県）の出身である。文天祥と同年の進士で、江東制置使、江西招諭使、信州知州などの任に就いた。元軍が臨安を占拠した後、謝枋得は信州と饒州を守るため、弋陽において軍隊と人民を率いて元と戦った。宋の滅亡後も民族の誇りを持ち続け、元に仕えることを拒み、ついには絶食して命を絶った。歴史上、「直言を好む性格」で、「忠義をもって自任していた」と言われる人物である。

　謝枋得の著作に『畳山集』がある。劉克彦はその序に、「一字一語、すべて忠義の者が発する言葉である」と記した。その文章は雄壮で美しく、ずば抜けて優れ、スケールが大きく、独自の風格をもっていた。人口に膾炙している「却聘書」は、当時すでに元に降伏していた恩師、留夢炎に宛てた返書である。元へ降るようにという恩師の勧めと元の統治者からの招請を婉曲に拒絶したもので、堂々とした気風が横溢し、典雅にして雄壮な文章で著されている。また、友人の李養吾に宛てた書簡「与李養吾書」では、李氏のことを「深山密林にあって身を清め節を全うし、黄河の砥柱のごとく屹然として（潔身全節於深山密林間，屹然如黄河之砥柱）」、「節を曲げず、信念を貫いた（壮老堅一節，始終持一心）」と賞賛する。さらに、「人は天地の心に帰すことができるが、天地は人の心に帰すことはできない。男子たるもの行動にあたっては、是非を論じて利害は問わず、正誤を論じて成否は問わず、万世を論じて自己の一生は問わないものだ。人の志のあるところに、気魄もまたある（人可回天地之心，天地不可回人之心，大丈夫行事，論是非不論利害，論逆順不論成敗，論万世不論一生。人志之所在，気亦随之）」、「天地のために心を立て、民のために政を行い、過去の賢人の跡を継いで学び、後世のためにいまの世の太平を築く、それこそ我らの務めである（為天地立心，為生民立極，為去聖継絶学，為万世開太平，正在我輩人承当）」という考えを示した。語調は力強く、意志の強さが感じられる。「過稼軒墓」は、辛棄疾の祖国愛や忠誠心をほめ讃え、非常に感動的で独創性が感じられる。

　謝枋得は韓愈と柳宗元を尊敬し、欧陽脩と蘇軾に傾倒しており、「欧陽脩

第十一章　宋代散文の終結と愛国派の絶唱

と蘇軾は辺鄙な地方の出身だが、いにしえの道をもってみずから任じ、華やかな言葉を用いて、偉大な才能を誇ったので、天下の学ぶ者はみなその範とすべきを知った。隠然たる力で宋の文治を前後漢よりも引き上げたのである（欧、蘇起遐方辟壌，以古道自任，発為辞華，経天緯地，天下学者皆知所宗，隠然挈宋治於両漢之上）」（「与楊石渓書」）と考えた。ゆえにその作品の多くは誠実で飾り気がなく、言葉が豊かで、節度を備えるのである。謝氏が編纂した『文章軌範』は、漢、晋、唐、宋の散文六十九篇を選び、「放胆文」「小心文」などに細分し、入念な批評と圏点を施している。このうち、韓愈の散文がもっとも多く三十一篇にも上り、欧陽脩の散文も十六篇が収められている。

　劉辰翁は文天祥と同じく欧陽守道（号は巽斎）の門下生で（胡思敬「須渓集後跋」参照）、文天祥の陣営に入り元軍と戦ったこともある。宋の滅亡後は元に仕えず、「出家して僧侶となることで自己を律した」（「宋忠義録・劉辰翁伝」）。かつて「古心文山賛」、「文文山先生像賛」などを著して愛国心や忠義の心を強く称揚し、志や節度を備えたその文章はひときわ優れている。彼は欧陽脩や蘇軾の文章を高く評価し、自然で流れるような文体であるべきと主張した。創作においてはもっぱら彼らの文章の勢いや構成に学んだ。古くは荘子にまでさかのぼり、その著作『須渓集』に収める散文の多くは奇抜さに満ちて、荘子の境地にまで達している。漠然としたなかにも味わいがあり、故国に対する深い忠愛の情が奥深くに感じられる。劉氏は「記（記事、紀行）」の文体にもっとも長けている。個人別の詩文集でも、仏教と道教について書いた「善寂大城記」や、性理について説いた「核山静見記」、事変を書き記した「豈畦介庵」など、記の文は一百五篇にも上り、いずれも佳作といえよう。また、劉氏は南宋期における文学批評の大家でもある。その論評は正確で、筆にまかせて批評を施し、感動を叙情的に描写し、詩文を奨励して人々を心服させた。「班馬異同評」などの多くの評論文は、文章を学ぶ者から繰り返し味わうべき「秘伝の貴重な文章」とみなされた。

　伝奇的人物とされる鄭思肖は、とりわけ忠義、孤憤の人として知られ、

その散文は「不正には強い態度を取り、故国を深く偲び、熱情がほとばしり、忠義の心は張り裂けんばかりで、その文章は鬼神を泣かせ天地を動かすに足りる（拳拳反正，恋恋故君，熱血時拋，忠肝欲砕，靡不足泣鬼神而動天地）」[1]と言われた。著書『心史』に、「咸淳集」、「大義集」、「中興集」の各一巻、「雑文」四十篇、および自序五篇が収められている。作者自身が、「国、世間、家庭、自身、心情などを盛り込んだ（実国事、世事、家事、身事、心事系焉）」と述べており、その考えの深さがうかがえる。「文丞相序」は文天祥の愛国の行為や言葉を綴り、「大義略述」では痛ましい宋の滅亡を記録する。このほか「一愚説」、「一是居士伝」などの作品は、理趣が勝るもの、思想や感情に傾いているものとさまざまだが、いずれも文章は簡潔にして洗練され、深い意味が込められている。

節を固持して隠遁生活を送ったことで知られる鄧牧は、「荘子、列子を読んで文章を学び、古文を真似て文章を書いた（読荘列悟文法，下筆追古作者）」[2]と言われ、散文のスタイルは劉辰翁に似て、記体文に長じている。その特徴は主に、「優れた音色はかすかな音にあり（大音希声）」、「深い悲しみはことばにできない（至哀無語）」という表現方法により、忠義や愛国の情を強く押し出す点にある。それゆえ「伯牙琴」のなかでは、「ただ『寓屋壁記』と『逆旅壁記』の二篇のみが、栄枯盛衰の感に少しく触れているが、そのほかで興亡に言及したものはない。そもそも失意や憂いは説明できるものではない。ゆえにこれを外に発すれば、世俗にとらわれない豪放闊達な言葉、あるいははるか昔の古代の論となり、その趣旨が多くは仏教や道教に関することになるのである（惟「寓屋壁記」、「逆旅壁記」二篇，稍露繁華消歇之感，余無一詞言及興亡，而実侘傺幽憂不能自釈，故発而為世外放眈之談、古初荒遠之論，宗旨多渉於二氏）」[3]と述べる。また、「君道」、「吏道」の二篇も、宋代人の伝統的な儒教観に反するもので、許行の「庶民とともに畑を耕す」説や、老子の「枡や秤を壊して争いの種を取り除く」と

1　明・張国維「宋鄭所南先生心史序」。
2　「洞霄宮図志・鄧文行先生伝」。
3　『四庫全書総目提要』「伯牙琴」。

第十一章　宋代散文の終結と愛国派の絶唱

いった考えに近い。その奥深くに込められた激しい怒りは、実に吟味するに足る。

　謝翱と王炎午はともに文天祥に従って元と戦った。文天祥が兵を起こすと、謝氏は「家産を投じ、郷兵数百人を率いて国難に馳せ参じて」(「胡翰謝翱伝」)、福建や広東を転戦した。王氏は文天祥のために戦略を立て、「小范仲淹（小范老子）」とみなされた。謝翱の著には『晞発集』がある。その散文のスタイルは韓愈や柳宗元に近く、叙事や記体文を得意とした。「登西台慟哭記」がもっとも有名で、これは文天祥の追悼文であると同時に、南宋の滅亡に対する痛惜の念を述べる。それゆえ悲憤慷慨の気があふれ、人々を深く感動させる。王炎午には『吾汶稿』がある。その「孤高にして忠節を貫き、悲壮にして激烈な気」[4]は、文章の至るところから発せられている。作品は奇才にあふれ、気高く古風にして群を抜き、きわめて洗練されている。「生祭文丞相」、「望祭文丞相」の二篇には激昂がほとばしり、凛然たる大義と忠烈の豪気が横溢しており、もっとも世の人々に賞賛された。

4　鄭元「忠義録序」。

第十二章　宋代散文におけるジャンルの開拓と創出

　宋代の散文は、「漢唐に匹敵してその上に出る」[1]という意識から、かつてない大きな成果を上げた。形式面における開拓と創出は、その軽視できない直接的かつ重要な要因である。しかし、長年にわたり学界はこの問題を深く研究しておらず、いまだこれを専門的に論じた文章は出ていない[2]。本章では、記体散文、書序、題跋、文賦、詩話、随筆、日記、および文芸散文など、新たに開拓された重要ないくつかの形式について、その発展や創出、淵源と変遷、美学的特徴および文化的意義、並びにこれに関連する時代の精神、人文的環境、形式に対する作家の意識について、いささか述べてみたい。

第一節　「記」体散文の勃興と新分野の開拓

　数多くある宋代散文の形式のなかで、「記」体の発展、改良、創出がもっとも人目を引く。南宋の葉適は、「「記」は、唐代の韓愈と柳宗元もその長所を引き出すことはできなかったが、宋の欧陽脩、曾鞏、王安石、蘇軾らに至り大きく変化しはじめた」[3]と述べており、「記」体散文が宋代以降に変化・発展したという特徴を指摘している。

　「記」は、記事にはじまる。本来は実用文に属しており、いわゆる「事を記して物を識す（叙事識物）」（李耆卿「文章縁起」注）、「事を記す文（紀

1　「尤延之尚書哀辞」、『陸放翁全集』巻四一。
2　1963年3月31日付『光明日報』「文学遺産」の欄に、王水照「宋代散文的技巧和様式的発展」が掲載された。これは建国後の早い段階で、宋文の様式の発展に着目した重要な成果である。近年、古代の文体研究や散文研究の著作において、宋文の様式の発展や変化について多少なりとも言及したものも見受けられるが、いかんせん系統性に欠けている。
3　『習学記言』巻四九。

事之文)」(潘昂霄「金石例」)というのがそれである。「禹貢」と「顧命」は「記体の祖」とみなされており、「記という名称は「戴記」、「学記」などに倣ったものである」(徐師曾「文体明弁序説」)。漢の揚雄の「蜀記」はそれほど大きな影響を及ぼさず、晋の陶潜の「桃花源記」は詩の序で、独立した作品ではない。昭明太子蕭統の『文選』に収める「奏記」、『文心雕龍』の「書記」は、ともに後世、記体と呼ばれる文体の意義を有していない。よって、魏晋以前は、記体はまだ独立した形式ではなく、唐の韓愈と柳宗元が記体散文を創作したことで成立したのである。宋に入るとさらに活性化して多様化し、大きな勢力となった。以下は、一部の唐宋の主要作家の文集によって統計した記体散文の数である。

作　家	韓愈	柳宗元	欧陽脩	蘇軾	王安石	曾鞏	葉適	朱熹	陸游
作品数	9	33	45	63	24	34	53	81	56

この表からは、宋代の作家における記体散文の創作数が、韓愈、柳宗元のそれをはるかに凌駕し、後世ほど発展していく傾向が見て取れる。内容や題材について見れば、唐代の記体散文は「亭台堂閣記」、「山水遊記」、「書画記」、「雑記」の四つに大別できる。韓愈、柳宗元の作品をこれに沿って分類したものが以下の表である。

分類 作家	亭台堂閣記	山水遊記	書画記	雑記
韓愈	6	0	2	1
柳宗元	18	11	0	4

このうち「亭台堂閣記」には、韓愈の「藍田県丞庁壁記」といった「庁壁記」も含まれる。「雑記」は柳宗元の「鉄炉歩志」のような、事物の記述が主体である。この表から、唐代における記体散文は亭堂記と山水記が主体で、書画などの芸術や様々な事物を述べた記体文もあったことがわかる。ただ、作品数、題材、内容ともに乏しく、まだ勃興しはじめの濫觴期にあることも見て取れよう。宋代以降、記体散文は長足の進歩をとげる。宋代

第十二章　宋代散文におけるジャンルの開拓と創出

の人々は多くの新しい題材を開拓しただけでなく、着想、構成、視点、言葉などの面においても、新たな変化を生みだした。総体的に見て、宋代の記体散文には四つの大きな特徴がある。一、高遠な着想、いわゆる「永遠に消え去ることのない道理を必ず有する」[4]、二、豊富な題材、三、変化に富む構成、四、駢文の兼用である。以下、如上の四分類に従って記述する。

「亭台堂閣」の記は、記体散文でもっともよく見られるもので、宋代の人々のもっとも得意とする様式でもあった。唐代のこの様式の作品は一般に「物」を主体としており、客観的、静態的な記述が多く、着眼点や注力点は、建築過程や地理的な位置、自然の景観など「物」そのものに置かれている。論評などもわずかにあるが写実的であり、韓愈の「燕喜亭記」などはその典型である。それが宋代に至ると「人」主体へと一変し、強烈な主観意識が入り込み、自我意識の解放や心情を吐露するようになる。ゆえに虚実が交錯し、動態的な記述を用いることで正攻法的な写実を避けるようになり、「事物のために書くのではなく（不為物役）」、「みずからが主体となって事物を用いる（物為我用）」ようになった。

王禹偁の「黄州新建小竹楼記」の冒頭は、簡潔な言葉で、瓦を竹で代用する黄岡の風習や、竹楼を建てる場所を選定する経緯などを紹介し、続いて大きく紙幅を割いて竹楼の生活での情緒などを誇張的に描写し、最後に論評を入れることで心理状態を明らかにする。文章の重点は竹楼そのものではなく、そこに生活する「人」や、自然に任せて自適すること、あるいは事物の外に遊ぶという思想にあることは明らかである。また、范仲淹の「岳陽楼記」は、まず作品を書くに至った理由を述べ、ついで建物の外の景色を描写するものの、「先人が詳しく叙述している（前人之述備矣）」として簡単にすませ、主として岳陽楼に登る際の「人」の感情の変化に多くの筆を費やす。そして最後には強烈な社会意識を含んだ、「天下の憂いに先んじて憂え、天下の楽しみに遅れて楽しむ（先天下之憂而憂、後天下之楽而楽）」という考えを示して終わる。一方、欧陽脩の「酔翁亭記」は前述した

4　謝枋得『文章軌範』。

二作品の個人意識や社会意識とは異なり、「人」が自然に戻ろうとする感情を表して、社会的な「人」が大自然と調和して一つになる情景を描く。文章は駢文の対句形式を用いて、美しい自然の景観やさまざまな労働、遊びにふける人の姿を描き出し、かつ作者が人と「その楽しみを共にし（同其楽）」、また「その楽しみを楽しむ（楽其楽）」意趣も伝え、全文を通して誰にでも鑑賞できる芸術的境地を作り上げた。また、蘇舜欽の「滄浪亭記」は、王禹偁、范仲淹、欧陽脩よりもさらに直接的に「人」と社会、「人」と自然、「人」と情、および「人」と物の関係を描き出す。これらの作品は全体的な構成からいえば、まず事柄を叙述し、次に風景を描写し、最後に論評を入れるという唐代の「三段論法」のモデルを踏襲している。しかし、表現主体の変化や対句と散文を併用する形式、思想や意識の昇華などにより、その芸術的境地は唐代とは大きく変わっている。

　このような「亭台堂閣」記の発展に重要な役割を果たした人物としては、蘇軾の名を挙げるべきであろう。『蘇軾文集』に収められているこの様式の文は、二十六篇というかつてない多さである。蘇軾はそれまでの作品同様、人の主観意識を突出させ、道理や感情、認識などを文中に込めたが、それに加えて「三段論法」の構成を完全に打ち破り、叙述、描写、論評を自在に配置した。そのため文章は変化に富み、また他の様式（賦、問答、賛、頌など）の表現方法をも取り入れることで、そのスタイルを一変させたのである。

　「超然台記」は、まず論評にはじまり、「人」と「物」の関係を述べ、物から人へ、人から情へ、情から道理へと移り、「事物の内に遊ぶ（遊於物之内）」と「事物の外に遊ぶ（遊於物之外）」ことの大きな相違を提示する。続いて、浙江省の銭塘から膠西の知州となって移り、園茸台を治め、「ともに台に登って眺め、思いを開放する（相与登覧、放意肆志）」という気持ちを述べる。最後はわずか二句で結論を記し、作者が「どこへ行こうとも楽しさを感じられるのは、心が事物の外に遊んでいるからである（無所往而不楽者、蓋遊於物之外也）」という内在的な要因を説明して終わる。全文は道理を主として、議論が過半を占める。道理から事物へ、事物から景観へ

第十二章　宋代散文におけるジャンルの開拓と創出

と進み、また道理をもって結ぶことで冒頭と呼応させる。虚実を織り交ぜ、文章を自在にあやつっていると言えよう。

　「喜雨亭記」は、冒頭から故事を援用して文章の意味を明らかにし、続いて亭の建築と命名の経緯が述べられる。その後、主客問答の形式でこの亭に雨という文字を使った意義が説明され、最後は歌で締めくくる。全体は生き生きとしており、言葉も流れるように美しく、作者の民衆に対する気遣い、民衆とともに喜ぶという主体意識と仁愛の情が綴られている。

　蘇軾の後、このジャンルは基本的に欧陽脩や蘇軾の開いた道に沿って進み、南宋に至ってもこの規範を外れることはなかった。汪藻の「翠微堂記」は「山林の楽しみ」を論ずることを主旨とし、朱熹の「通鑑室記」と「拙斎記」は、それぞれの「室」や「斎」の主人の紹介を主とする。楊万里の「景延楼記」は美しい情景と奥深い哲理を巧みに一体化し、陸游の「籌辺楼記」は主客問答の形式を用いて、楼を築いた范成大の群を抜く才能と、国や民を憂う思想の境地を紹介し、論評する。葉適の「煙霏楼記」は、自然環境と歴史文化に着想を得たものである。魏了翁の「徂徠石先生祠堂記」は、石介の生涯と宋代文化の発展に対する貢献について評価している。劉辰翁の「安遠亭記」は、郭彦高の報国の気概を盛んに賞賛している。以上の作品は、いずれも全体的な構成においては、欧陽脩や蘇軾と同様である。

　山水に遊んだ記録として括られる作品群も、記体散文において重要な位置を占める。宋代の人々はこの様式の発展においても積極的な役割を果たした。いわゆる「山水遊記」は唐代にはじまる。元結の「右渓記」にはすでにその端緒がうかがえ、柳宗元に至って完成する。その「永州八記」は、「山水遊記」の基礎を作った作品とみなされており、その様式もここにおいて確立される。唐代の「遊記」は風趣を重視して、事実を尊び、情感を含む。そしてしばしば客観的で細かく、かつ簡潔で的確な自然の風物描写のなかに、そこに遊ぶ人の自然を楽しむ気持ちや、自然と対話する思いを表現する。宋代の人々はこのような基礎の上に、新たな創意を盛り込もうと努めた。内容的には単純な自然審美型から議論や道理の論述も兼ねた複合型へと向かい、理性的思考の色合いを強めるとともに、紀行文の情報量お

よび社会的教化機能をある程度上昇させている。

　その典型が、王安石の「遊褒禅山記」と蘇軾の「石鐘山記」である。前者は議論を主体とする。名称の考証から筆を起こし、山の名と関係のある慧空禅院、華山洞、僕碑などについて順を追って述べ、その後、洞に遊んだ状況を重点的に記して、そこから高い啓発性を備えた議論を展開する。後者は学術考証的な紀行文である。全文は石鐘山という名称の由来に関する実地考察が主体となっており、先人の説に対する反論にはじまり、中ほどは旅行記で、最後はまた議論によって締めくくる。旅行記の部分も実際には考察と論証の過程となっており、構成の変化は大きいと言えよう。

　このほか、北宋の晁僕之の「新城遊北山記」、南宋の朱熹の「百丈山記」、王質の「遊東林山水記」、鄧牧の「雪竇遊志」などは、形式は韓愈や柳宗元を踏襲し、景物の客観的描写を重視しているが、題材や状況描写、構成、手法などの諸方面に新たな創意が見られる。

　宋代では、書道や絵画が広まるにつれて、「書画記」にも新たな発展を認めることができる。「書画記」は唐代にはじまり、宋代に盛んになるが、その始祖は韓愈であろう。韓愈には「画記」、「科斗書後記」などの作品がある。前者は古今の人物や事物を描いた画巻のすべての画について詳細に描写し、あわせてその執筆理由を説明したものである。「人や物の姿形や描かれた数を記し、時に眺めてみずからを楽しませるため（記其人物之形状与数而時観之以自釈焉）」と述べるが、これこそ画記の主旨である。後者は、はじめに関連する人や事物について記述した後、蝌蚪文字の一部始終と執筆の理由を述べるという形式で、これが徐々に書記のスタイルとなった。これらのことから、唐代の書画記は書画作品が中心であり、作品に直接関わる人や事物について言及することで、記録性や客観性を際立たせていることがわかる。

　宋代の人はこの形式にこだわらず、作風は変化に富んでいる。しばしば題材に寄せて議論を縦横にし、柔軟かつ自由に私見を展開することで、強烈な写意性と叙情性を表現している。王禹偁の「画記」は父親の肖像画について述べたもので、冒頭は祖先の霊廟を祭る古代の風習、および昨今は

第十二章　宋代散文におけるジャンルの開拓と創出　　　　　　351

「先祖の絵姿を居室に飾って祭る（図其神影以事之）」に至った変化について記し、ついで父親の肖像は「表情が生き生きとして（神采尽妙）」、「まるで生きているようである（宛然如生）」と述べ、そこから画家の技量を推し量って評価し、最後に「画記」の執筆理由を説明する。欧陽脩の書記には、「御書閣記」と「仁宗御飛白記」の二作がある。前者は宋の太祖が醴陵県の登真宮に「宸筆の飛白書を下賜した（賜御書飛白字）」こと、また、その書がまだ残っていることを述べる。本篇はその執筆理由を記した後、急に矛先を変えて、仏教と道教、および儒教との関係に触れ、儒教が仏教と道教を指弾するも、仏教と道教は協力して抗うことをせず、互いを排斥しあったことに疑念を抱く。後者は、最初に友人のところでこの書を見ることができたことを述べ、ついでその友人の口を借りて書を入手した経緯を語り、記の執筆を求められたこと、および書の作者についての論評を記す。二篇とも、墨書そのものに対する直接的な評価は下さないが、作品の周縁に関する十分な説明と議論を有しており、広い視野と生き生きとした面白みがある。

　蘇軾の「書画記」もその書画と同様に独自の風格を備えている。「文与可画篔簹谷偃竹記」は、この作品に寄せて悲しみを詠み上げたものであり、画者への哀悼の念に満ち、叙情性にあふれた祭文である。作者は、画者に対する知音としての期待や、詩や書簡のやりとり、ともに学び時に戯れた日々、真情のこもった交友関係を追憶している。これにより、それまでは単なる部外者による記述や議論に過ぎなかった「書画記」が、積極的に芸術に参与する作品へと生まれ変わったのである。一方で「浄因院画記」、「伝神記」、「画水記」などは画論に着想を得ている。蘇軾の後、「書画記」の様式はほとんど変化がなく、この種の題材の多くは題跋の範疇に入ることになった。

　「学記」と「蔵書記」は、宋代の人々が新たに創出したものである。現存する「学記」のうち比較的初期のものとしては、王禹偁の「潭州岳麓山書院記」がある。これは冒頭で勉学を重視した古代の風潮について述べ、学校とは「政治の根本（政之本）」であると指摘し、ついで建学の経緯や盛衰

を語り、さらに修築や学記を書いた理由を述べたもので、叙事が主体となっている。欧陽脩の「吉州学記」は、まず朝廷が建学の詔を発したことを記し、ついで吉州学校の創立の経緯や学校の規模を述べる。そして教学方法について論評し、その教育効果を想像することをもって結論とするなど、叙事以外に議論の部分が多くなっている。その後、曾鞏の「宜黄県学記」や「筠州学記」、王安石の「虔州学記」、「太平州新学記」、「繁昌県学記」など、ほとんどが王禹偁、欧陽脩のスタイルをなぞっている。蘇軾の「南安軍学記」に至って、はじめて議論を主体とし、叙事を副次的なものとする。南宋の「学記」は、議論と叙事を結合させ、構想は変化に富み、数量も「亭堂記」に拮抗する。朱熹は十数篇と多く、葉適にも九篇あり、いずれもそれぞれの「亭堂記」の数を超えている。

　「蔵書記」としてもっとも著名なものは、蘇軾の「李氏山房蔵書記」である。これはまず書籍が果たす大きな社会的役割について述べ、ついで「学問は書を読むことからはじめねばならない（学必始於観書）」と続き、さらに書籍の発展と学ぶ者の態度について述べる。このような広大な背景のもと、李氏山房の経緯を紹介し、蔵書者の「後世に残す（以遺来者）」という仁愛の心を褒めたたえ、最後に執筆の理由とその目的を説明する。文章の内容は、蔵書そのものだけにとどまらず、終始、人と書物の関係が表現の中心にある。縦横に意見を述べ、古今を語り、事の是非を対比させ、勧めと戒めを説き、真剣に読書することの必要性を強調しており、視野は広く意識は高い。蘇轍の「蔵書室記」は、父の蘇洵が当時「蔵書数千巻、手ずから整理して子孫に残した（有書数千巻，手緝而校之以遺子孫）」ことを述べる。その文章は多くの典故を引用し、読書の重要性を繰り返し説いて、勧学を旨とする。この蘇軾、蘇轍の文章が「蔵書記」の定型となっていった。

　南宋の朱熹の「徽州婺源県学蔵書記」、「建陽県学蔵書記」は、いずれも叙事と議論とが混在しており、様式は蘇軾、蘇轍に似ている。陸游の「婺州稽古閣記」は、まず書庫としての「閣」の名称の由来、その経緯と規模、執筆理由を述べ、その後、「古代の文化を調べるには必ず書籍を用いるべき

（稽古必以書）」ことを論ずる。「呉氏書楼記」は、最初に道理を説き、続いて呉家の兄弟が「大金を費やして大きな楼を建て、書物数千巻を蓄えた（以銭百万創為大楼，儲書数千巻）」ことを述べ、同時に書楼の構造を説明し、論評で締めくくる。「万巻楼記」は最初に「学問は必ず書物に基づく（学必本於書）」ことを述べ、続いて書物の校勘、古今に通ずる法則、該博な学問など多方面から蔵書の重要性を強調し、最後に当時起こった蔵書ブームを詳細に説明する。その視点や構成などに若干の変化が認められよう。葉適の「櫟斎蔵書記」は、まず書斎の主について記し、ついで学術の変化について論じ、その後で蔵書内容の豊富さを述べる。いささか新味を出すものの、北宋の様式を抜け出すには至らなかった。

第二節　書序の美学的変化と長足の発展

　「記」と「序」は常に並び称されてきたが、両者は叙事という点では似ているものの、形式はまったく異なる。「序」は文体の一種であり、漢代に生まれ、魏晋時代に発展し、唐代にもっとも盛んになって、宋代で変化を遂げる。孔安国の作とされる「尚書序」には、「序とは作者の創作理由を記述するもの」とあり、「序」のおおまかな役割を示している。おそらく漢代ごろに成立したと見られる「毛詩序」、「史記・太史公自序」、「漢書・叙伝」、揚雄の「法言序」など、その多くが全体的な視点から大局的に解説したり、作者自身について触れたりしたもので、これが定型であった。その後、文集序、贈送序、燕集序（宴会、集会を記録するもの）、字序（人の名前について解説したもの）、雑序（事物に関する雑感を述べるもの）などが次々と現れた。唐宋期は序体散文の隆盛期であり、作品数は豊富で名作も多い。以下の表は、唐宋八家の文集から統計したものである。

分類 作家	贈序	書序	字序	燕集序	雑序	合計
韓愈	34	0	0	1	0	35
柳宗元	46	4	0	2	2	54
欧陽脩	16	25	5	0	0	46
曾鞏	10	24	2	0	2	38
蘇軾	7	11	2	1	3	24
陸游	3	28	2	1	0	34
朱熹	12	47	9	0	1	69
葉適	5	29	0	0	1	35

　この表から以下のことがわかる。贈序と書序がもっとも盛んで、唐代は贈序が、宋代は書序が発展した。書序はもとより序体文の正統であり、漢代以降、連綿と続いてきた。惜しむらくは大きな発展が見られず、韓愈のような名文家であっても、その文集中に書序が一つも残されていない。このため、宋代に大きな発展の余地が残された。

　宋代、書物に付された序は、その具体性や読みごたえ、理論性などがそれ以前に比べて大きく飛躍する。その特徴の一つ目として、表現の主体および重心の変化——「書物」から「人」へ——が挙げられる。序はもともと「作者の創作理由」を述べるところであるため、表現の主体および重心は書物となる。しかし、宋代に入り書序のあり方は大きく変化する。曾鞏の「先大夫集後序」は、五分の四を著者の事績に割いており、黄庭堅の「小山集序」は、ほぼすべてが晏幾道の性格や人となりについての紹介である。魏仲恭の「朱淑真詩集序」は、朱淑真の作品が広く知れ渡っていることや強烈な芸術的影響力を備えていることを端緒に、作者の不遇について叙述する。これらはすべて「人」が表現の主体となった例である。

　陸游の「師伯渾文集序」、陳亮の「中興遺伝序」、葉適の「龍川集序」などは、より典型的であると言えよう。陸游の「序」はまず、「眉山にて隠者の師伯渾と出会う」情景にはじまり、師伯渾の生涯や境遇などを述べつつ論評し、その行いや性格などから人物像を浮かび上がらせる。陳亮の「序」は、実のところ竜伯康と趙次張の小伝であり、二人の都での出会いにはじ

まり、ついで弓比べの情景を描き、志を抱きながら立身のかなわない趙次張について詳述し、末尾でわずかに書物の内容に触れるという構成をとる。竜伯康の豪放な性格と正確無比な弓の腕前、趙次張の聡明で機知に富み、臨機応変な性格が深く印象に残る。葉適の「序」は、皇帝のそば近くに仕えたり、誣告による投獄を経験したりといった、浮き沈みの激しい陳亮の生涯と高い学術的業績を、簡潔な筆致で紹介したものである。

　このほか、文天祥の「指南録後序」は、元との戦いにおけるみずからの経験を叙述し、事実を通して人物を描き出している。これらの書序はいずれも著者の人物を描くことに重心を置くもので、中国古代からの「人を通して世の中を論じる（知人論世）」という良き伝統を体現している。

　宋代の書序の特徴の二つ目は、文学的色彩——叙情性と描写性——が増強されたことである。欧陽脩の「帰田録序」、秦観の「精騎集序」、晏幾道の「小山詞自序」、李清照の「金石録後序」、孟元老の「夢華録序」、陸游の「呂居仁集序」などに、その一斑をうかがうことができる。欧陽脩は主客問答の形式（これは書序の構成における一種の革新である）を用いて、「猛烈な波風が、予想だにしない深い淵に突然起こり、大蛇や大亀、大鰐などの怪物が頭を並べて襲いかかる、そういう場に身を置いている（驚濤駭浪，卒然起於不測之淵，而蛟鰐鼉亀之怪，方駢首而闖伺，乃措身其間）」という、官界の恐ろしい情景を生き生きと描き、また一方では、「必要なときに奮闘し、事に当たっては発憤して、なにがしかの功績をあげることもできず（不能因時奮身，遇事発憤，有所建明）」、「朝廷を辞すことを願い出て（乞身於朝）」、「田舎でのんびり暮らす（優遊田畝）」ことを余儀なくされた心中の葛藤を述べている。秦観は短く力強い文章で、「若い頃は怠け（少而不勤）」、「老いて後は忘れっぽい（長而善忘）」という、後悔先に立たずの心境を述べ表した。晏幾道は、往時を思い起こして、心中の思いを次のように述べる。「これまでの人生の悲歓離合を記さんとすれば、それは幻か雷か、または昨日の夢のように過ぎ去ってしまう（記悲歓離合之事，如幻如電，如昨夢前塵）」、「時の移ろいの速さに感じ、人の世と縁のかりそめなるを嘆く（感光陰之易遷，嘆境縁之無実）」。序で述べられたこのような哀切

の情は本編の詞にも劣らない。李清照の序は、鮮やかな叙情性と生き生きとした描写で広く人口に膾炙し、長く絶賛されている。孟元老はわかりやすい駢文で文章を書き、活気あふれる言葉で、北宋の汴京が平和だった頃の繁栄ぶりを以下のように記している。

> 目を上げれば美しく豪華な楼閣、飾り立てた扉や窓にかかる玉すだれ。彫りを凝らした馬車が大通りに競うように停められ、玉飾りを施した駿馬が争うように御街を行きかう。黄金や翡翠が目にも眩しく、薄衣や綾絹の衣が翻ってよい香りを運ぶ。流行りの歌や華やいだ笑い声が花街に響き、糸竹管弦の調べが茶房や酒楼のあいだを縫って聞こえる。辺鄙な地から人々はこぞって集まり、よろずの国々から誰もが往来する。四海の珍宝が持ち寄られては、みな交易に持ち出され、天下の珍味はことごとく厨房に集まる。街路は美しい花で満ち、果てることのない春の遊び。笙や鼓の音が空に響いて、夜の宴を開く家は数知れず。

> 挙目則青楼画閣，繡戸珠簾，彫車竟駐於天衢，宝馬争馳於御路，金翠耀目，羅綺飄香。新声巧笑於柳陌花街，按管調弦於茶坊酒肆。八荒争湊，万国咸通。集四海之珍奇，皆帰市易；会寰区之異味，悉在庖厨。花光満路，何限春遊！簫鼓喧空，幾家夜宴！

また陸游の序は、学者を川の源流の状態に喩え、呂居仁の家伝の学問が素晴らしく、造詣が深いことに対する尊敬の念を表現しており、きわめて文彩に富む。

特徴の三つ目は、視野が広く、巨視的な観察と発展の法則の探求に重点を置くことである。たとえば徐鉉の「重修説文解字序」は、「八卦を描いていた時代」から「宋代初期」に至るまでの、数千年に及ぶ中国の文字の発展と変化を述べ、知識性、趣味性、学術性が渾然一体となっている。蘇軾の「六一居士集叙」は、百代の歴史を眺め、万古を省察する気概をもって、人類の生存や文明の発展という観点から、禹の治水、孔子の『春秋』、孟子

第十二章　宋代散文におけるジャンルの開拓と創出

による楊朱と墨子の排斥、韓愈の古文復興運動などを、欧陽脩と並べて論じ、その人材育成や宋学発展に対する多大な貢献を高く評価した。孫覿が汪藻の『浮渓集』に寄せた「序」では、「漢から唐まで千年余り」にわたる悠久の歴史という視点からだけでなく、作者の性格、嗜好、教養、思想の特徴、時代背景など、多くの面からその芸術的個性が形成されるに至る多層的な要因を精察している。

　陸游の「陳長翁文集序」は、まず前漢と後漢の、次に北宋と南宋の文章の発展、変化を述べ、北宋の文筆隆盛時代を参照しつつ、南へ移ってからの文章の得失を解説し、最後に陳氏の「いまに生きながら古きよき時代のやり方を守り、ひときわ優れて衰退の外にいる」という創作の特徴を強調する。周必大による『宋文鑑』の序は、北宋の散文の「知識の広さ」から「復古の文」、さらに「達意の文」へと至る変化発展の軌跡を分析して論じている。劉辰翁の「簡斎詩集序」は、まず詩を作る上での常理として「硬くならないこと」をあげ、次に「詩経」から晩唐、さらに当代の「江湖詩派」までの詩歌の発展の歴史をおおまかに描き、そこから李白、杜甫、王安石、黄庭堅、陳師道まで遡り、それらとの対比を通して陳与義の詩歌の特徴を浮き彫りにする。

　特徴の四つ目は、議論化、理論化への傾倒である。宋代の人は議論を好み、道理を説くことを好むが、それは書物に付された序にも明白に表れている。欧陽脩の『新五代史』「伶官伝序」は、冒頭と末尾がいずれも議論文で、そのなかの「憂慮や労苦が国を興し、安逸は身を滅ぼす（憂労可以興国，逸豫可以亡身）」や、「禍は小さなことの積み重ねから起こり、知勇の人は自分が溺愛するものによって困難に陥る（禍患常積於忽微，而智勇多困於所溺）」は名言とされている。同じく欧陽脩の「梅聖兪詩集序」では、主に「詩は苦しんでのち巧みになる（詩窮而後工）」という問題について議論したものである。詩の創作、伝播などいくつかの方面からこの説の真偽を問い、「詩が人を苦しめるのではなく、苦しんでのちに詩が巧みになる（非詩之能窮人，殆窮者而後工也）」と指摘し、この説を土台に梅氏の人柄や詩風について評価する。ほかにも曾鞏の「戦国策目録序」、「新序目録序」

など、議論を主体としないものはない。

　宋の孝宗趙昚の「蘇軾文集序」は、「一代の文章となる（成一代之文章）」ことと「天下の大いなる節義に役立つ（立天下之大節）」ことの関係から議論を起こし、「節」、「気」、「道」、「文」の関係性を探り、蘇軾の人柄、作風について論ずる。朱熹の「詩集伝序」はすべて問答形式で、『詩経』が生み出された淵源やその土台、詩による教化機能と作用、詩の形式の区分と原因、詩の学習と鑑賞方法など、『詩経』の理論の数々を詳しく説明する。葉適の「播芳集序」や姜夔の「白石道人詩集自序」も、それぞれ異なる角度から文章を書くことの難しさを論じたものである。宋代の書序に議論のないものはなく、道理を説かないものはないと言えよう。これは明らかに、宋代の文人が理性的思考に慣れていたことと深い関係がある。

第三節　題跋の創出およびその風格と趣

　先人は序と跋を並べて論じることが多い。ただ対象について言えば（たとえばある本のために書かれた序と跋）、確かに共通点はあるものの、しかしその形式は異なり、それぞれのスタイルがある。明代の徐師曾は以下のように指摘する。

> 題跋は書物の後書きである。およそ経書や史書、詩文集や図録、書籍（文字作品）などの前には序引があり、後ろに後序がある。それですべて揃ったと言える。その文を読んだ者があるいは依頼されたり、あるいは感得するところがあって、文章を著し末尾に綴じたもの、それをおしなべて題跋という……題跋は古今のことを考証し、疑問を解いて過ちを正し、良し悪しを評価し、規範を述べて戒めるなど、それぞれ役割がある。そしてもっぱら簡潔を旨とする。よって序引とは異なるのである。

——『文体明弁序説』

第十二章　宋代散文におけるジャンルの開拓と創出　　　　　　　　　359

まさに「跋」と「序」の相違を指摘している。
　題跋は唐代に生まれ、宋代に完成する。唐代は「跋」と題してはおらず、多くは「××を読んで（読××）」というタイトルで、対象は文字作品に限られていた。韓愈、柳宗元の文集を調べると、韓愈には「読荀子」など四篇、柳宗元には「読韓愈所著『毛穎伝』後題」の一篇がある。いずれも作品そのものについて盛んに論じており、後世の題跋に似通っている。しかし、数は非常に少なく、形式や内容もきわめて限られている。宋代の題跋は、数が驚くほど多いだけでなく、形式は柔軟で変化に富み、内容も豊富かつ多彩である。欧陽脩の作品集には四百五十四篇、蘇軾には七百二十一篇もの題跋があり、黄庭堅の『山谷題跋』には四百篇余りが、陸游の『渭南文集』には二百七十篇が収められている。
　宋代の人々は題跋というジャンルの発展に革新的な変化をもたらすが、それはまず、新たな題材の開拓という面に現れた。唐代では単に文字作品についてのみ書かれていたのが、絵画や書道作品など、芸術や文化の分野にまで押し広げられたのである。次に、スタイルに定式がなく、柔軟に多様化された。さらには、題跋の役割の高まりと広がりがあげられる。それまでは単純な議論だけであったのが、道理を説き、情を述べ、事物を記し、人を描写し、学術的な討論にまで広がった。そして最後に、題跋そのものの文学性や面白さ、趣味性が高まった。まとめるならば、題材は広く、スタイルは多様、内容は豊富で、着想は新しく、道理、知識、感情が並び立ち、自由に筆を揮える。それが、宋代の題跋の大きな特徴である。
　欧陽脩の「題薛公期画」は、絵画の「形を似せて描くのが難しく（形似為難）」、「存在しない鬼神を描くのはたやすい（鬼神易為工）」という意見に異議を唱え、作品そのものから誘発される形で、個人の見解を表明することに重点を置く。また「跋永康県学記」では、古代書道史という角度から、魏晋の書道より唐五代に至る変化と発展、さらには宋代の状況を述べ、最後にようやく作者の蔡襄に触れて、これを高く評価する。『集古録跋尾』に至っては、「隋太平寺碑跋」、「范文度模本蘭亭序」などのように、あるいは文字そのものを論じ、またあるいは宋の文化と文字の学について意見を

述べるなどして、いずれも深い造詣を誇る。

　蘇軾と黄庭堅は「もっとも題跋を得意とし」[5]、「およそ人でも物でも書でも画でも、ひとたび二老の題跋を得れば、激しい雷でもないのに千年も響き渡る」[6]と言われた。蘇軾の題跋は理趣や情趣に優れ、心から人を感服させるだけでなく、ふと笑みがこぼれるところもある。「書孟徳伝後」では、虎が人を恐れることを論じる。「嬰児、酔人、虎を知らない人（嬰児、酔人与其未及知之時）」の三種の人は虎に遭遇しても恐れないという故事を述べ、「虎が［このような人を］恐れるのは怪しむに足りない（虎畏之、無足怪者）」という考えを示す。具体例から道理を説き、生き生きとした面白みがある。「書南史盧度伝」では、もとより自分は「殺生を好まない（不喜殺生）」が、「昨年、罪を得て投獄され、死罪は免れないと思ったところ、恩赦により一命をとりとめた。それ以来、殺生はしなくなった（自去年得罪下獄，始意不免，既而得脱，遂自此不復殺一物）」と述べる。ついで、「みずから難儀を経験したことで、自分も屠殺される寸前の鶏や鴨と変わらないと感じられ、食べるのが忍びなく、生き物に恐ろしい苦痛を味わわせたくない（親経患難，不異鶏鴨之在庖厨，不忍復以口腹之故，使有生之類受無量怖苦爾）」と述べる。そして最後に、「たまたまこの文章を読み、自分と似ていると思った（偶読此書，与余事粗相類）」ので、この跋を書いたと記して、自身の感情を表現する。これによって慈愛ある人柄を忍ばせるとともに、単なる不殺生戒の勧めとは異なり、情緒にあふれ道理にもかなった文章となっている。「跋王晋卿所蔵蓮花経」では、「世の人々が貴ぶのは、その難しさを貴ぶのである（世人所貴，必貴其難）」という条理を説き、「題張乖崖書後」では、人情にある寛大、慈愛、厳格、畏怖の弁証関係について述べる。また「跋欧陽文忠公書」では、地方任官や致仕に対する心情を論じるなど、いずれをとっても生き生きとした面白みがある。

　蘇軾はまた、絵画の跋においてさらに独創性を発揮する。

5　陳継儒「書楊侍御刻蘇黄題跋」、『白石樵真稿』。
6　毛晋「東坡題跋」、『汲古閣書跋』。

第十二章　宋代散文におけるジャンルの開拓と創出　　　　　　　　361

　智慧のある者は事物を創造し、能力のあるものがこれを叙述する。それは一人でできることではない。君子は学問を修め、職人は技術を磨き、古代の三王朝から漢を経て唐に至るまで、長い時間をかけて完成させてきた。ゆえに詩では杜甫、文筆では韓愈、書では顔真卿、そして画家では呉道子に至って、古今の演変が終わり、天下の芸術の技は完成した。呉道子はまるで灯りが影を浮かび上がらせるように人物を描く。筆は縦横に自在に走り、様々な角度から描き、縦、横、斜めが互いに補いあって、自然にありうべき姿を描き、一筋たりとも誤るところはない。伝統的な手法のなかに新たな技を入れ、妙理を豪放の外に仮託する。まさに熟練の技芸は神業の境地であると言えよう……

　智者創物，能者述焉，非一人而成也。君子之於学，百工之於技，自三代歷漢至唐而備矣。故詩至於杜子美，文至於韓退之，書至於顔魯公，画至於呉道子，而古今之変，天下之能事畢矣。道子画人物如以灯取影，逆来順往，旁見側出，横斜平正，各相乗除，得自然之数，不差毫末，出新意於法度之中，寄妙理於豪放之外，所謂遊刃余地，運斤成風……

　　　　　　　　　　　　　　　　　　──「書呉道子画後」

　絵とは、人と物を描くことで味わい深い「神」となり、花竹禽鳥を描くことで生き生きとした「妙」となり、宮殿や食器などを描くことで細緻を尽くす「巧」となり、山水を描くことで品格のある「勝」となる。しかし山水は、清らかな様から雄々しい様まで変化に富んで非常に難しい。燕公の筆はとても自然で、燦然として日々新しく、画家の技術を超越して詩人の清麗さに達している。

　画以人物為神，花竹禽鳥為妙，宮室器用為巧，山水為勝。而山水以清雄奇富変態無窮為難。燕公之筆，渾然天成，燦然日新，已離画工之度数而得詩人之清麗。

　　　　　　　　　　　　　　　　　　──「跋蒲伝正燕公山水」

前者は事物の創造と文化の発展という角度から精察して論を組み立て、そこから呉氏の絵に焦点を当てていく。後者は各種の絵画から最後に山水に触れて、そこからさらに蒲氏の技芸に言及する。ともに広大な視野と高遠な境地を有し、さまざまな分野に精通した大家の眼力と見識が表れている。そのほかにも、たとえば「書陳懐立伝神」では、古代に照らして同時代までを論じ、生き写しに描くことを縦横に述べて、最後にそれが陳氏を「啓発（助発）」する考えであることを明示している。「跋南唐挑耳図」は、「挑耳図」にちなんで、耳が聞こえなくなった王詵を心理的療法で治療したエピソードを書き記す。また、「書南海風土」は、人と自然環境の適応について論じるなど、いずれも理趣と情趣に満ちている。

　欧陽脩や蘇軾と異なり、黄庭堅の題跋は叙情的な色彩が濃く、その間に事物の叙述を織り交ぜる。イメージは鮮やかで生き生きとしており、文章は徐々に長くなっていく。たとえば、「跋東坡字後」には以下のように記されている。

　　東坡居士はまったく書を惜しまない。しかし、これをこちらから請うことはできない。書を請おうものなら、顔色を変えてなじり、結局は一字も書かないのである。元祐年間、礼部にて科挙の試験が行われた。彼に会うと、いつも机の上の紙を質の良い悪いにかかわらず、なくなるまで書き続けていた。酒好きであったが、四、五杯も飲めば酩酊し、挨拶もなく横になった。いびきは雷のようであった。しばらくして目が覚めると、風のごとく筆を走らせた。冗談のなかにも何かしら深みがあり、実に神仙のような人である。いまどきの文士らと比べることなどできようか。

　　東坡居士極不惜書，然不可乞。有乞書者，正色詰責之，或終不与一字。元祐中鎖試礼部，毎来見過，案上紙不択精粗書遍乃已。性喜酒，然不能四五龠已爛醉。不辞謝而就队。鼻鼾如雷。少焉蘇醒，落筆如風雨，雖諧弄皆有義味，真神仙中人！此豈与今世翰墨之士争衡哉！

第十二章　宋代散文におけるジャンルの開拓と創出

これは書道作品について評価しているのではなく、跋を借りて、蘇軾と書にちなんだいくつかのエピソードを思い起こして記している。そうして蘇軾の豪放で飄逸な個性や風貌を読者の眼前に描き出すことで、心から蘇軾に敬服している自身の心情を伝えるのである。また「書家弟幼安作草後」では、自身の書について大した技はないとしながらも、

　　ただこの世の万物を蚊やブヨが集まったり散らばったりするかのごとく見なすのみで、いまだかつて何事も胸中にわだかまったことはない。それゆえ、筆や墨を選ばず、紙を前にすれば書き、紙がなくなればやめるのである。また、その出来映えや他人の批評、褒貶を気にしない。それはたとえば、木の人形が舞って拍子を打てばその精緻さを称えるが、舞が終わったらまた静かになるのに似ている。
　　但観世間万縁如蚊蚋聚散，未嘗一事横於胸中，故不択筆墨，遇紙則書，紙尽則已，亦不計較工拙与人之品藻譏弾，譬如木人舞中節拍，人嘆其工，舞罷則又蕭然矣。

という。情を名利と無縁の書道の境地に寄せ、具体的なイメージが深く印象に残る。
　黄庭堅の題跋は、叙事や叙情という特徴だけでなく、筋が通っていて寓意があるため、考え方が広く、思考は深く、すぐれた表現が連なり、面白みにあふれている。「跋秦氏所置法帖」は、地域文化の発展と変化の歴史に着目し、前後漢から宋代まで「蜀の人で書をよくする人がいると聞いたことがない（不聞蜀人有善書者）」と指摘する。その後で、眉山出身の蘇軾が「中原に名をとどろかせ、群を抜いて翰林の第一人者となる（震輝中州，蔚為翰林之冠）」と、飛び抜けて優れた様子を述べる点などは、非常に視野が広い。「書絵巻後」のなかの、「書を学ぶには胸に道理がなくてはならない。また、これを広めるには聖哲の学問をもってすべきである。ここにおいて書は尊ぶべきである（学書要須胸中有道義，又広之以聖哲之学，書乃可貴）」や、「士大夫が出世するためには様々な方法があってもよいが、ただ俗であ

ってはいけない（士大夫処世可以百為，唯不可俗）」などは、いずれも深く考えさせられる名言である。「書草老杜詩後与黄斌老」に至っては、自身のことを、「近ごろ年老いて運筆さえも億劫である。まるで病んだ老人が杖を頼るかのごとくで、勝手に筆が流れ、うまく書くことができない（今来年老懶作此書，如老病人扶杖，随意傾倒，不復能工）」と述べ、「跋湘帖群公書」では、「李西台は出色で抜萃である。ほどよい肉付きは世間の美女のようである。潤った肌に清新な気概をたたえている（李西台出群抜萃，肥而不剰肉，如世間美女，豊肌而神気清秀）」と李西台を評価する。また「李致堯乞書書巻後」では、「およそ書は巧妙よりも稚拙さが勝たねばならない。近ごろの若者が書く字を見るに、新婦が化粧し髪をくしけずるかのようで、あれやこれやと飾り付けて、結局は烈婦の様態を失ってしまっているようだ（凡書要拙多於巧，近世少年作字，如新婦子妝梳，百種点綴，終無烈婦態也）」と批判するなど、いずれも巧みな比喩にあふれ、非常に味わい深い。

　宋王朝の南遷後も、題跋は基本的に、欧陽脩、蘇軾、黄庭堅の開拓した道に沿って進み、様式に目新しさはない。しかし、折にふれて北宋時代を思い出し、国を憂える気持ちを押し出す作品が多くなった。辛棄疾の「跋紹興辛巳親征詔草」は、精錬されて機知に富んだ警句が深く人を感動させる。一字一句に強烈な愛国心、忠義心と鋭く含蓄の深い批判精神が鋳込まれ、悲憤、感慨、愛惜、遺憾など、複雑な感情が奥深い潜在的内容と相まって、深遠な境地を生み出しており、繰り返し鑑賞するに耐える味わいがある。陸游の「跋周侍郎奏稿」、「跋傅給事帖」、「跋李荘簡公家書」などは、いずれもよく知られる名文である。また、黄震の「跋宗忠簡公行実後」は、金と戦い宋を救った宗沢を高く評価し、国を滅ぼした奸臣であると黄潜善の一派をなじる。北宋の滅亡と南遷を惜しんで、風格は高く荘重な作品である。

第四節　文賦の台頭と文芸散文の誕生

　文賦と文芸散文は、宋代の人々がそれまでの様式を斟酌して生み出した新しいジャンルである。

　賦の濫觴は周の末期にある。荀卿が原型を作り、宋玉がそれを発展させた。漢代に至って大いに隆盛し、魏晋六朝期には「変じて俳賦となり、唐代にまた変じて律賦となり、宋代でさらに変じて文賦となった」（『文体明弁序説』）。文賦は、古文復興運動の影響によって生まれたもので、早くも唐代には、古文のなかに賦に近づいていた痕跡が認められる。韓愈の「進学解」は、古い賦の問答形式をとっており、単にまだ「賦」というタイトルがつけられていないだけと言えよう。その後、古文は一時衰退したため、文賦もその段階ではまだ大きな発展を遂げることはなかった。しかし、宋代に入って古文が勢いを得ると、文賦も新たな発展を遂げて、大量の佳作が生まれた。そうして文賦は独立した様式となり、古賦、律賦、俳賦と並び立つことになったのである。

　欧陽脩、蘇軾は文賦の創出にも最大の貢献を果たし、黄庭堅、蘇轍、張耒らの作品数も相当な数に上る。そこには二つの大きな特徴がある。一つは、それぞれ程度は異なるが、問答と羅列といった古賦の形式や手法を残して採用したことである。また同時に、古文の筆致や雰囲気を多く取り入れ、虚字を増やし、対句を減らし、長短句を組み合わせた。二つ目は、事、景、情、理を一つにまとめ、叙事や叙情部分を増やしたことにある。これにより、道理を説くことを基本として、縦横に議論を展開している。

　欧陽脩の「秋声賦」は主客問答の形式で事物を記し、情景を描き、議論する。秋の情景を敷き写し、事物の現象や内在する法則を解き明かして、さらに自然界から人間社会に押し広げることで、自然と人生の関係を詳しく探っている。蘇軾の「前赤壁賦」は、冒頭は叙事や情景描写、続いて問答となり、事物から景色、さらに感情、道理へと及ぶ。叙事、情景描写、議論、叙情、道理の説明が一体となって、自然界、宇宙、過去、現実世界を駆け巡り、時空の無限と人生の有限とを放談する。また、左遷時代の作

者自身の内心の矛盾とそこから抜け出す過程を伝えつつ、深遠な哲理をも含んでいる。蘇轍の「黄楼賦」は、蘇軾の「前赤壁賦」に直接の影響を及ぼした作品である。冒頭に「子瞻は客と黄楼の上に遊ぶ（子瞻与客遊於黄楼之上）」とあり、続いて黄楼建築の経緯を記し、洪水の状況を描写して、さらに宇宙や人生について議論し、最後に「ここにおいて、大勢の客人は釈然として笑い、酔いつぶれた。夜も明けようかという頃、支えあって出て行った（於是衆客釈然而笑，頽然而就酔，河傾月墜，携扶而出）」と結ぶ。このような冒頭や末尾と構成の点で、「前赤壁賦」はこれに酷似していよう。蘇轍の「缸硯賦」、「服茯苓賦」、「墨竹賦」などは、いずれも叙事と議論を結合させて成功した作品である。

　黄庭堅の「劉明仲墨竹賦」は、まず画伯その人について述べ、次に絵画の画面について描写し、最後に芸術家の技量を評価するという古文の構成に則って書かれており、段落の順序がはっきりとしている。張耒の「斎居賦」は、自然界の陰陽の変化とそれに相応じる人体の反応、および「養生して健康を保つ（養生而善身）」方法について説明し、「これを推し量ることで道を尽くし、これを考察することで物を察する（推此以尽道，考此以察物）」ことを論ずる。「卯飲賦」は、早朝の飲酒の興趣について書き、「秋風賦」は秋風についての描写とそれに関する議論で、どちらも問答形式を用い、古文の句法により書かれている。

　北宋末期の官吏の派閥争いは文壇にも波及し、古文は抑圧され、文賦も衰退した。南遷後、文賦は再び盛んになり、王十朋は「双瀑賦」で、金渓の双瀑の壮麗な景色を描写した。張孝祥の「金沙堆賦」は、金沙堆の「切り立つ崖は千仞、幅の広さは百歩（壁立千仞，衡亘百歩）」という地形の状態を描写している。范成大の「望海亭賦」、楊万里の「浯渓賦」、「海鰍賦」、陸游の「焚香賦」など、どの作品も古文を用いて著された賦である。明代の徐師曾は『文体明弁序説』で、「文賦は道理を貴び、修辞を失った」と述べているが、まさに宋代文賦の大きな特徴を指摘している。

　文芸としての散文は、宋人の独創である。宋以前の散文はその役割から、種々の文書に用いられる応用散文、叙事散文、叙情散文、議論散文の大き

く四種類に分けられる。これら文芸散文のもっとも大きな特徴は、その実用性にある。これは散文というジャンルが、社会行動や社会生活上の必要性から生まれたことと関係がある。それは皇帝に対する上奏文や、書簡、序文、政策論議も同様である。中国の伝統的な思惟方式は典型的な直観経験型であり、したがって、それ以前の散文は、その多くが事実の描写で、虚構の部分はほとんどなかった。たとえ寓意的な作品がわずかにあったとしても、ほとんどが自然界をテーマにしたものである。柳宗元の「設漁者対智伯」も一定程度の虚構を含むが、実態は歴史的事実を敷衍したものであり、しかも作者は直接かかわっていない。

　宋代には、世の注目を集める新たな様式が登場した。柳開の「代王昭君謝漢帝疏」、王禹偁の「録海人書」がこれにあたる。これら二作品は名作とみなされ、よく話題にものぼる。歴代の読者はみな、このなかに色濃く含まれた芸術的息吹を感じ取るようである。しかし、往々にしてその題材や内容にばかり目がいき、作品の現実的意義と深い思想性を高く評価しながらも、文章の形式面における新機軸は見過ごしてしまう傾向にある。実のところ、両者が長期にわたって芸術的生命力を持ち続けるのは、文章自体の形式による。二作品ともにそれまでの実用文を踏襲しているが、肝心なことはどちらも真の実用文ではなく、皇帝への「上疏」や「上書」の機能を備えていない点である。柳開は王昭君に代わって皇帝に「疏」を、王禹偁は秦末のある島の住人のために「書」を始皇帝に提出するという形をとっている。このような超現実的な虚構性は、伝統的な実用文であった実際の「奏疏」や「上書」とは大きな違いを生み出した。文学的意味合いがこれまでになく強化され、芸術的色彩がにわかに増したのである。ここにおいて、それまでのスタイルを基本とし、そこに改良を加えた散文の新たなジャンル──文芸散文が誕生した。

　柳開、王禹偁の作品は、その虚構性に加えて、読者を現実社会から千年前の歴史空間へと誘うが、歴史と現実の社会には驚くべき相似性がある。作者はまさにその歴史と現実の相似を利用し、過去になぞらえて当代を諷刺することで、深く婉曲的な芸術的効果をもたらしているのである。こう

して、この種の文章は本来有していた役割を失ったが、より広く、より深く、より有益な社会的機能を獲得し、力強く息の長い芸術的生命力を得るに至った。

　現存する資料から見れば、柳開は文芸散文を書きはじめた比較的早い作家の一人である。柳開は宋代の初めから古文復興を唱えており、「道理をいにしえに求め、意識を高くし、言葉のままに長く短く、変化に応じて文を作り、古人の行いと同じくする」（『河東先生集』「応責」）ことを強調し、様式の変化を重視して、定式にはこだわらなかった。「代王昭君謝漢帝疏」は、文芸散文を書こうと意識したのではなかったかもしれないが、作品としては成功したと言えよう。

　その後、王禹偁がこの種の作品を大量に書き上げる。「録海人書」のほか、「烏先生伝」、「代伯益上夏啓書」、「擬留侯与四皓書」など十数篇がある。欧陽脩、蘇軾らもまたその流れを拡大し、欧陽脩は「代曾参答弟子書」を、蘇軾は「代侯公説項羽辞」、「擬孫権答曹操書」を、王令も「代韓退之答柳子厚示浩初序書」を著した。この様式の流行をここに見て取ることができる（ただ、宋人の文集中には実際の役割を備えた代筆作も大量に含まれており、それらが文芸散文の範疇に入らないことは指摘しておくべきであろう）。

第五節　詩話、随筆の誕生と日記形式の確立

　詩話、随筆、日記はすべて宋代に生まれた新しい文体である。それらに共通する特徴は、いずれも随筆、雑記的な形式で、自由かつ柔軟性があり、内容が幅広い。

　詩話（詞話も含む）は、古代の詩歌理論の批評形式の一種である。漢魏の頃にはすでにその萌芽が見られ、『西京雑記』や『世説新語』などには、賦や詩を批評しようとする態度の片鱗がうかがえる。唐代以降、詩をもって詩を論じるようになり、「詩式」、「詩格」などの類いの著作も現れた。宋代は文章で詩を論評するようになり、ここにおいて詩話が登場する。

第十二章　宋代散文におけるジャンルの開拓と創出

　詩話は宋代の古文復興運動の最盛期に、その運動の副産物として誕生する。欧陽脩の『六一詩話』は、古代で最初に「詩話」と命名された著作である。全二十八則あり、その題材は本事の考証、詩歌理論、創作方法、作品鑑賞、流派、作家の個性、風格の違い、字句の精錬、詩の伝播、詩の忌諱、疑問点など、十以上の面に及ぶ。同書は欧陽脩が晩年、汝陰に隠棲していたときに書かれたもので、「まとめて閑談に供する（集以資閑談）」（『六一詩話』「自序」）とみずから言っているが、確かに堅苦しさがなく、洗練された簡潔な筆致で、味わい深くユーモアがあり、情趣、理趣にあふれている。二十八則はすべて唐宋時代の詩に限られているが、唐代の詩については五則のみで、同時代により重きを置いている。各則はそれぞれポイントを一つに絞って論じており、文章は簡潔で力強く、しばしば楽しくリラックスした雰囲気のなかで、読者を詩歌の芸術的境地へと誘う。そのため感化力が高く、強く啓発を受ける内容となっている。たとえば、第二則の「白楽天体」と「肥妻」の話、第六則の安鴻漸と賛寧の詩による諷刺のやり取り、第八則の陳従易と数人の友人らによる「身軽一鳥過」の脱落した文字「過」を推測する話、第十二則の梅克臣の「着想は新しく語は巧み（意新語工）」の議論、第二十一則の西崑体に関する論評など、いずれも高い見識を備えている。

　欧陽脩が生み出した「詩話」という形式は、論議を好む時風に合致しており、宋代の文人に詩を論ずるという新天地を提供した。そこでは詩歌の腕前や心得を披露しあい、理論や情報を伝えることができた。このため、時代の流れに乗って次々と作者が現れ、非常に隆盛した。司馬光の『温公続詩話』、劉攽の『中山詩話』、釈恵洪の『冷斎夜話』、陳師道の『後山詩話』など、枚挙に暇がない。郭紹虞の『宋詩話考』によれば、宋代の詩話として認められるものは百三十種余りに上り、現在でも四十種以上が完本として残っている。当時の詩話の隆盛ぶりがうかがえよう。

　南宋の詩話には、該博化、系統化、理論化の傾向が認められる。内容は詞、賦、散文などに広がり、また往々にして分類により章が分けられ、体系的になった。たとえば厳羽の『滄浪詩話』は、詩弁、詩体、詩法、詩評、

考証の五章に分けられ、広範な内容が厳密に体系化されて、系統的な詩歌理論および詩歌批評の著作となっている。宋末の張炎の『詞源』、沈義父の『楽府指迷』はさらに細かく、全面的に分類されている。

　随筆はまた筆記文とも呼ばれ、筆にまかせて様々なことを記す一種の散文である。その時代の事物に関する記述や論評を主として、あるいは道理や芸術について語ったり、またあるいは学術的考証であったりと内容は幅広く、ゆえに雑記、散記、瑣記などと称することもある。様々な形式で型にとらわれず、分量は短くまとまっているため、それぞれ独立した作品をまとめて一書とすることもあった。この形式は魏晋時代にはじまり、隋唐代に発展して、両宋代に隆盛期を迎える。宋代以前、筆記文は筆記小説と混同されることが多く、まして書名に「筆記」と冠することはなかった。宋代に至ってようやくジャンルとして確立され、北宋の宋祁が初めて書名に「筆記」を用いたことから、それは宋代に生まれたと知ることができる。

　現在に至るまで、数十部もの宋代筆記が伝わっている。ほとんどがその時代の作者がみずから体験し、見聞したことで、一定程度の史料的価値と相当の文学的価値がある。学術考証や芸術論など新たに生み出されたものも多く、啓発的である。文章はおおむね簡潔かつ素朴で、飾り気はないが生き生きとして興趣に富む。欧陽脩の「帰田録」は朝廷のさまざまな出来事や士大夫の冗談などが多く記されており、ほかにも宋代前期の人物の事績や官位制度、および役所でのこぼれ話などにまで及び、精彩を放つ編章が多い。王闢之の『澠水燕談録』は、「士大夫の談議を間接に聞いて、残すべきものはそれを記し」(『澠水燕談録』「自序」)、それが書物になったものである。その巻四「才識」には、以下のような一段がある。

　　蘇軾は、文章も議論も当代屈指の才があり、風格も高尚で、真に謫仙といえよう。書画もまたきわめてすばらしい。このため簡単な作品でも手に入れば、人々はそれを秘匿しようとし、真蹟を得た者は珠玉より大切にする。蘇軾は才能もあるが人柄も温厚で、相手に少しでもいいところがあれば、そのつど垣根を取り払って接する。人との議論

や詩歌の応酬、おりおりの談笑や諷刺などが、もっとも士大夫に愛されたゆえんである。

　　子瞻文章議論，独出当世，風格高邁，真謫仙人也。至於書画，亦皆精絶。故其簡筆才落手，即為人蔵去。有得真蹟者，重於珠玉。子瞻雖才行高世而遇人温厚，有片善可取者，輒与之傾尽城府，論辯唱酬，間以談謔，以是尤為士大夫所愛。

作者は簡潔かつ素朴な言葉で、蘇軾の学識や人柄、声望を紹介している。範鎮の『東斎記事』は、「図書、国史を管轄する官署に仕えていたときの交遊の語録や、土地の習俗、伝承などの追憶」（『東斎記事』「自序」）であり、宋敏求の『春明退朝録』は、「多くは宋代の法令制度を記し、また雑記雑事などもあいだに挟む」（『四庫全書総目提要』）と評されるなど、いずれも史料性のきわめて高い時事見聞の筆記となっている。そのほか、司馬光の『涑水紀聞』は宋代前期の朝政における出来事を、李廌の『師友談記』は蘇軾一門の交遊の記録を、范公禹の『過庭録』は北宋の士大夫のエピソードを書いたもので、いずれも評価は高い。

　宋人の筆記は北宋中期に最盛期を迎え、その後も衰えることなく続いていく。南宋初期の朱弁『曲洧旧聞』、邵伯温『邵氏聞見録』、孟元老『東京夢華録』などは、すべて北宋の旧聞を述懐しているのが特色である。南宋中後期は、耐得翁『都城紀勝』、呉自牧『夢粱録』、周密『武林旧事』などがあり、すべて都市生活や風土人情、習俗などの記述が主体となっている。また、王明清『揮塵録』、葉紹翁『四朝聞見録』、岳珂『桯史』などは、南宋の朝政の得失や士大夫の言行を記録することで名高く、洪邁の『容斎随筆』、王応麟の『困学紀聞』、王観国の『学林』等は学術的考証に優れ、陸游の『老学庵筆記』はさらに長期にわたる名声を勝ち得ている。これらからも南宋の筆記の隆盛ぶりが見て取れよう。

　「日記」形式の起源は古い。それまでの史書の多くは時系列で書かれており、これが後世の日記の祖となった。漢代の劉向にはすでに、「わが君の過ちを探って書き、日ごとに記す（司君之過而書之，日有記也）」（『新序』「雑

事一」）との一文があり、歴代の役所で「日ごとに記す（日有記也）」のは史官と属官の職務であった。しかし、これらはいずれも文体としての意義を有していたわけではない。後漢の馬篤伯の「封禅儀記」や、唐の元和三年、李翺「来南録」あたりではやや進展があり、日記形式の萌芽を認められるが、真の日記体が生まれるのは宋代になってからである。

　現存する比較的初期の日記には、北宋の趙抃の「御試備官日記」がある。これは宋の仁宗嘉祐六年（1061）に書かれたもので、二月十六日から三月九日までの二十四日間の記録であるが、途中で十四日間の中断があるため実際は十篇しかない。内容はその年の進士の試験に関することで、仁宗皇帝の勅令や行動、各科目の試験官の姓名、業務手順などである。役所の業務の一環という面があるためか、形式はまだ荒削りである。周輝の『清波雑志』には、「元祐年間、諸公はみな日記を持っていた」とあり、『宋史』「芸文志」にも趙概の「日記」一巻、司馬光の「日録」三巻、王安石の「舒王日録」十二巻が採録されている。しかし、そのほとんどはすでに散逸しており、原書の姿を見るのは難しい。

　唯一、黄庭堅が晩年に書いた「宜州乙酉家乗」だけが現存している。これは中国古代から現代において、完成され、定型を備えたはじめての個人の日記であり[7]、日記体が成熟して定型を持つに至ったことを示す重要な指標である。この日記は「乙酉」の年、すなわち徽宗崇寧四年（1105）の宜州における私的な交遊の実録であり、黄庭堅の晩年の行動や思想、および著述を研究する際の貴重な資料であるとともに、日記体を研究する上でも重要なよりどころとなっている。同書は、崇寧四年の正月一日から八月二十九日までの九か月（同年は閏二月がある）の記録である。そのうち六月は書かれておらず、五月分は流布しているなかで六日分三十六行が脱落しているほかは、毎日記述がある。文章はすべて当日に書かれており、まさに「日記」といえる。全二百二十九篇、通覧すればその長さはさまざまで、一文字だけの日もあれば、百字を超える文章もあり、「書くことがあれば長

7　拙論「中国古代伝世的第一部私人日記」（『理論学』1991年6期）参照。

く、なければ短く」という日記の特徴がはっきりと現れている。とりわけ注目すべきは日記としての形式である。まず日付を書き、次に天気、その後に事実を書く。初めから終わりまで固定された形式で、ずっと変わらない。これが後世の日記の定型となった。言葉は簡潔で美しく、生き生きと情景を伝えている。たとえば、正月二十日は以下のごとくである。

　　馬を借り、(兄の) 元明に付き従って南山と沙子嶺に遊ぶ。叔時も誘って同行する。集まって洞穴に入り、蛇行すること一里余り。燭台を手に上下する。至る所に鍾乳石ができており、何かを形作っている。時に溝があり、歩くのが危険だ。洞穴を出る。
　　借馬従元明遊南山，及沙子嶺，要叔時同行。入集真洞，蛇行一里余，秉燭上下，処処鐘乳蟠結，皆成物象，時有潤窒，行歩差危耳。出洞。

遊びに行く手段、同行者、行き先、途中の誘い、洞穴を進む様子、目にした情景など、すべてが明確に、順序立てて書かれており、淡々とした書きぶりや、文脈、言葉使いなどもこなれている。日記文学が隆盛した南宋時代には、陸游の『入蜀記』、范成大の『呉船録』などもあり、いずれも日記形式の旅行記として高い評価を受けている。

第六節　宋文の様式創出の時代的要因と宋代文人のジャンル意識

ベリンスキーは、芸術の様式や種類、ジャンルの優越性は、歴史性、すなわち時代精神と互いに呼応すると考えていた[8]。ロシアの学者カガンは以下のように指摘する。

　　社会の存在や社会の意識が変化し続けたことにより、芸術が世界を

8　カガン『芸術形態学』三聯書店 1986年版参照。

把握するための新たな方法が必要となったばかりではなく、また、か
つては非常に重要だった一部の芸術形式、品種、種類、ジャンルの社
会的価値が失われてしまった。[9]

　これはつまり、あらゆる芸術様式は時代の発展や変化とともに進展すると
いうことを指摘している。中国古代の賢人は、「文章は世情の影響を受け、
その興廃は時代に関わる」[10]、「新たな変化がなければ、前人に取って代わ
ることができない（若無新変，不能代雄）」[11] と言った。文体の変化は社会
の変化と密接な関係にあることに気づいており、革新と創造の重要性を説
くのである。
　前近代中国の散文について言えば、「その形はしばしば変遷」[12]しており、
形式はおよそ五段階を経て発展する。秦代以前は散文の揺籃期で、まだ自
覚的な文体意識はなく、散文は記録文学に属していた。しかし、各種の様
式はすでに萌芽し育まれており、経書や史書の著作という全体の体系のな
かに含まれていた。秦漢代は散文の形成期であり、さまざまな様式が現れ
はじめる。魏晋南北朝期に入ると、曹丕の「典論・論文」、陸機の「文賦」、
劉勰の『文心雕龍』など、数多くの文章理論に関する著作が出現した。こ
れは、当時の人々が文体に対して自覚的になり、かつそれを理論化、体系
化しようとしていたことを物語るとともに、文体が定型期に入ったことを
表している。隋唐および両宋期は、それまでの時代を基礎として発展創造
に努めるようになり、文体の開拓期となる。元明清代は、その多くを受け
継いで新たな創造は少なく、文体の踏襲期といえる。そして近代以降、散
文の様式は、また新たな創造期に突入することになる。
　宋代は散文ジャンルの開拓期に当たる。唐代の古文復興運動という優れ
た流れを受け継ぎ、これに宋代の政治、経済、文化など各方面の人文的環

9　同上。
10　劉勰「時序」、『文心雕龍』参照。
11　蕭子顕「文学伝論」、『南斉書』参照。
12　陸機「文賦」。

境が加わったことで、散文ジャンルの開拓や新しい様式の創出のために、最適な社会条件や歴史的基盤が提供されたのである。散文作家らは前代から伝わる様式の利用に努めるとともに、社会的行動のニーズに適応するため、新たなスタイルも積極的に創造し、宋代散文の発展を促進した。また、宋代散文におけるさまざまな新様式の創造は、当時の社会発展とも相互に作用している。「亭台堂閣記」の隆盛は、まさに経済が上向き、建築業が発展したことが直接反映された結果である。「書序」は著述業の発展のみならず、印刷出版業が盛んになったことの表れでもある。「学記」、「蔵書記」が大量に著されたのは、教育や知識への重視を示し、「山水記」、「書画記」の発展は、審美的意識の向上を反映したものである。文賦はもとより古文復興運動の直接の成果であり、題跋、詩話、随筆、日記などもすべて、それぞれが異なる角度から、文人や士大夫の審美的情緒や社会的心理を映し出したもので、また同時に、文化の総体的な普及と、通俗化へと向かう趨勢を反映したものでもある。

　宋代の文章における様式の開拓は、宋代人の鮮明なジャンル意識とも関連がある。宋初の古文家である柳開は、「変化に応じて文を作る」(『河東先生集』「応責」)と述べており、王安石も文章を論じて、「常にまず様式があり、文の巧拙はその次である」[13]という。倪正父はより明確に、「文章は様式がまずあり、精工さはその次である。様式がなければ、たとえ音の軽重や平仄、駢文の対偶において完璧で技巧を極めていても、それは文とはいえない」(『経鉏堂雑志』引)と指摘しており、宋人が文章の様式を重視していたことがうかがえる。宋人は文集を編む際も甚だ様式にこだわった。姚鉉の『唐文粋』は駢文を排除して散文を取るが、「その体裁を細かく吟味し、厳正に取捨する」[14]と述べている。呂祖謙の『文章関鍵』は、「様式や構成の根本について理解している」[15]とされ、真徳秀の『文章正宗』や謝枋得の『文章軌範』もみな様式に重きを置いている。「作品の風格や文章の規

13　黄庭堅「書王元之竹楼記後」。
14　『四庫簡目』巻一九。
15　『四庫全書総目提要』「東莱集」。

範とは、その様式をはっきりとさせるか、あるいはその要点を挙げるかにあり、それでこそ学ぶ者の準則となる」(『古文関鍵』序」)。このような、宋代の人々が有するジャンル重視の観念も、新たな様式を創出する重大な要因となったのである。

主要引用文献

1. 宋・陸游『陸放翁全集』 北京市中国書店 1981年影印本
2. 遊国恩など5教授編著『中国文学史』 人民文学出版社 1963年7月版
3. 南京大学など13校共編『中国文学史』 江西人民出版社 1979年版
4. 寧大年主編『中国文学史』 北京師範大学出版社 1990年版
5. 王文生主編『中国文学史』 高等教育出版社 1989年版
6. 劉大傑『中国文学発展史』 上海人民出版社 1973年版
7. 中国社会科学院文学研究所『中国文学史』 人民文学出版社 1963年版
8. 呉調公『文学分類的基本常識』 長江文芸出版社 1982年版
9. 趙潤峰『文学知識大観』 時代文芸出版社 1989年版
10. ［ロ］M.C.カーガン『芸術形態学』 凌継堯、金亜娜訳 三聯書店 1986年版
11. ［ロ］G.M.ポスペロフ『文学原理』 王忠琪ほか訳 三聯書店 1985年版
12. 魯迅『且介亭雑文』 人民文学出版社 1973年版
13. 秦・呂不韋ほか『呂氏春秋』 影印四庫全書本
14. 漢・劉安ほか『淮南子』 影印四庫全書本
15. ［独］マルクス『ドイツ・イデオロギー』 中共中央編訳局訳 人民出版社 1981年重印本
16. ［米］フランツ・ボアズ『原始芸術』 金輝訳 上海文芸出版社 1989年版
17. 唐・孔穎達『尚書正義』『十三経注疏』本 中華書局 1980年版
18. 唐・孔穎達『毛詩正義』『十三経注疏』本 中華書局 1980年版
19. 銭満素選編『我有一個夢想』 中国社会科学出版社 1993年版
20. 清・章炳麟「国故論衡・文学総論」『章氏叢書』中巻 浙江図書館刊行本
21. ［独］ヘーゲル『小論理学』 賀麟訳 商務印書館 1981年版
22. 宋・羅大経『鶴林玉露』 王瑞来点校 中華書局 1983年版
23. 趙家璧主編『中国新文学大系』 上海文芸出版社 1981年影印本
24. ［仏］モンテーニュ『エセー（随想録）』 1580年版
25. ［英］フランシス・ベーコン『エセー（随想録）』 1597年版
26. ［英］ロバート・バートン『憂鬱の解剖』 1621年版
27. ［英］トーマス・ブラウン『医師の信仰』 1643年版
28. 梁・蕭統『昭明文選』 中州古籍出版社 1990年版
29. 斉・劉勰『文心雕龍』 范文瀾注本 人民文学出版社 1958年版
30. 宋・朱熹撰 黎靖徳編『朱子語類』 王星賢点校 中華書局 1986年版
31. 宋・王応麟『辞学指南』 影印四庫全書本

32．金・王若虚『滹南遺老集』　影印四庫全書本
33．宋・陳善『押虱新話』『儒学警悟』　民国十一年（1922）　武進陶士刊本
34．宋・陳師道『後山居士詩話』　百川学海咸淳本
35．宋・陸游『陸放翁全集』　北京中国書店　1986年版
36．宋・周必大『周益国文忠公集』　影印四庫全書本
37．宋・周必大『皇朝文鑑』　影印四庫全書本
38．宋・周必大『玉堂雑記』　影印四庫全書本
39．宋・李塗『文章精義』　影印四庫全書本
40．宋・黄震『黄氏日鈔』　影印四庫全書本
41．元・方回『桐江続集』　影印四庫全書本
42．宋・黄庭堅『山谷集』　影印四庫全書本
43．宋・陳師道『後山居士詩話』　影印四庫全書本
44．宋・蘇軾『蘇軾文集』　孔凡礼校点本　中華書局　1986年版
45．宋・呂祖謙『東莱集』　影印四庫全書本
46．宋・呂祖謙『東莱左氏博議』　四庫全書影印本
47．宋・呂祖謙編『宋文鑑』　斎治平点校本　中華書局　1992年版
48．宋・呂祖謙『古文関鍵』　影印四庫全書本
49．清・張伯行『呂東莱先生文集序』　金華叢書本『呂東莱先生文集』
50．清・王崇炳「呂東莱先生文集序」　金華叢書本『呂東莱先生文集』
51．元・脱脱『宋史』　中華書局標点本
52．宋・楊万里『誠斎集』　影印四庫全書本
53．清・全祖望『全祖望文集』　中華書局排印本
54．清・張金吾編『金文最』　光緒乙未江蘇書局刻本
55．金・王若虚『滹南集』　影印四庫全書本
56．明・徐師曾『文体明弁序説』　羅根沢校点本　人民文学出版社　1982年版
57．元・劉瞱『隠居通議』　影印四庫全書本
58．明・張自烈『正字通』　影印四庫全書本
59．清・袁枚『小倉山房文集』　清乾隆嘉慶間刻本
60．宋・王明清『玉照新誌』　汪新森、朱菊如校点本　上海古籍出版社　1991年版
61．劉師培『劉申叔先生遺書』　民国二十三年寧武南氏印本
62．呂武志『唐末五代散文研究』　台湾学生書局　民国七十八年版
63．[米]M.H.アブラム著『簡明外国文学辞典』　曾忠禄ほか訳　湖南人民出版社　1987年版
64．胡念貽『関于文学遺産的批判継承問題』　湖南人民出版社　1980年版
65．陳必祥『古代散文文体概論』　河南人民出版社　1986年版
66．陳柱『中国散文史』　上海書店　1984年　商務印書館1937年版復印

67．郭預衡『中国散文史』　上海古籍出版社　1993年版
68．銭鍾書『七綴集』　上海古籍出版社　1994年版
69．袁済喜『賦』　人民文学出版社　1994年版
70．劉大傑『中国文学発展史』　上海古籍出版社　1982年版
71．[日]児島献吉郎『中国文学概論』　民国十九年　北新書局版
72．[米]C.M.ゲーリー『英詩選・緒論』
73．丁福保編輯『清詩話』　上海古籍出版社　1963年版
74．金・元好問『元好問集』　影印四庫全書本
75．明・胡応麟『詩藪』外編　上海古籍出版社　1979年版
76．明・許学夷『詩源弁体』　海上耿盧重印本
77．清・呉喬『囲炉詩話』　道光甲申重雕三槐堂蔵版本
78．宋・陳騤『文則』　影印四庫全書本
79．[米]ワーズワース『小品文研究』　新中国書局　1932年1月版
80．[米]R.ウェレック・A.ウォーレン『文学の理論』　劉象愚ほか訳　三聯書店　1984年版
81．清・嚴可均校輯『全上古三代秦漢三国六朝文』　中華書局　1958年印本
82．宋・欧陽脩『欧陽脩全集』　北京市中国書店1986年　世界書局1936年版影印
83．宋・鄭樵『通志』　中華書局　1987年版
84．宋・王灼『碧鶏漫志』　上海古籍出版社　1988年版
85．明・李東陽『懐麓堂集』　影印四庫全書本
86．清・馮班『鈍吟雑録』　上海古籍出版社　1963年版丁福保編輯『清詩話』
87．清・黄宗羲『南雷文定』　清宣統二年時中書局排印梨洲遺書彙刊本
88．銭鍾書『談芸録』　中華書局　1984年版
89．郭沫若『神話与詩』　北京古籍出版社　1956年出版
90．鄭振鐸、付東華編『文学百選』　上海書店　1981年　生活書店1935年版影印本
91．漢・班固『後漢書』　中華書局　1965年標点本
92．漢・揚雄『揚子雲集』　影印四庫全書本
93．清・章学誠『文史通義』『章学誠遺書』　文物出版社　1985年版
94．[日]鈴木虎雄『賦史大要』　殷石訳　正中書局　1931年出版
95．[仏]クロード・レヴィ＝ストロース『野生の思考』　李幼蒸訳　商務印書館　1987年版
96．清・董兆熊『南宋文録録』　光緒十七年（1891）　蘇州書局編刻
97．『四部要籍序跋大全』　華国出版社影印本
98．漢・劉向編輯『戦国策』　影印四庫全書本
99．『論語訳注』　楊伯峻訳注　中華書局　1980年版
100．『孟子訳注』　楊伯峻訳注　中華書局　1980年版

101．『荘子』　郭慶藩集釈本　　中華書局出版
102．『荀子』　清王先謙集解本
103．『韓非子』　周勛初ほか校注本
104．唐・魏徴ほか『隋書』　中華書局　1973年版
105．宋・欧陽脩、宋祁ほか『新唐書』　中華書局標点本
106．宋・王十朋『梅渓文集』　四部叢刊本
107．明・宋濂『宋学士文集』　四部叢刊本
108．明・宋濂ほか『元史』　中華書局標点本
109．清・張廷玉ほか『明史』　中華書局標点本
110．明・王士禛『弇州山人四部稿』　影印四庫全書本
111．明・王理『元文類』「序」　商務印書館　1958年5月　1936年本重印
112．元・楊維楨『東維子集』　影印四庫全書本
113．清・邵長蘅『三家文鈔』「序」『四部要籍序跋大全』
114．清・孫梅『四六叢話』　呉興旧言堂蔵板　嘉慶三年二月刻本
115．清・戴名世『戴名世集』　王樹民編校　中華書局　1986年版
116．清・方苞『方苞集』　劉季高校点　上海古籍出版社　1983年版
117．清・劉大槐『論文偶記』　人民文学出版社　1962年版
118．清・姚鼐『惜抱軒文集』　劉季高校点　上海古籍出版社　1992年版
119．清・姚鼐『古辞類纂序目』　黄山書社　1992年版
120．清・邵長蘅『青門剰稿』　小方壺輿地叢書本
121．王水照ほか『宋代文学通論』　河南大学出版社　1997年版
122．傅楽成『唐型文化和宋型文化』（『漢唐史論集』）　聯経出版事業公司　1977年版
123．漢・許慎『説文解字』　中華書局　1981年影印本
124．清・董誥ほか編輯『全唐文』　中華書局　1983年影印本
125．四川大学古籍所編『全宋文』　巴蜀書社　1988年版
126．清・陸心源『唐文拾遺』　潜園総集本
127．唐・韓愈『韓昌黎全集』　中国書店　1991年　1935年世界書局本影印
128．唐・柳宗元『柳宗元全集』　中華書局　1979年版
129．宋・王安石『王安石全集』　沈卓然重編本　大東書局中華民国二十五年版
130．宋・蘇洵『嘉祐集箋注』　曾棗庄、金成礼箋注　上海古籍出版社　1993年版
131．宋・曾鞏『曾鞏集』　陳杏珍、晁継周点校　中華書局　1984年版
132．宋・蘇轍『蘇轍集』　陳宏天、高秀芳点校本　中華書局　1990年版
133．明・茅坤『唐宋八大家文鈔』　影印四庫全書本
134．清・徐乾学編『御選古文淵鑑』　康熙二十四年十二月刊行本
135．清・呂留良『唐宋八家古文精選』　呂葆中点勘重刊本
136．清・愛新覚羅弘暦編『御選唐宋文醇』　中華図書館石印本

主要引用文献

137．清・儲欣『唐宋八大家類選』　光緒九年重刊本　静遠堂蔵版
138．清・蔡世遠編選『古文雅正』　上海中華図書館印刷
139．清・呉楚材、呉調侯『古文観止』　中華書局1959年版
140．清・姚鼐『古文辞類纂』　四部備要本
141．清・尚秉和『古文講授談』　清宣統二年京師京華印書局刷印
142．劉宋・劉義慶『世説新語』　四部叢刊本
143．宋・程顥、程頤『二程遺書』　上海古籍出版社　1992年版『諸子百家叢書』本
144．宋・程顥、程頤『二程外書』　上海古籍出版社　1992年版『諸子百家叢書』本
145．宋・程顥、程頤『二程粋言』　楊時訂定、張栻編次　上海古籍出版1992年
146．宋・朱熹輯『延平答問』　復性書院叢刊本
147．宋・朱熹、呂祖謙撰『近思録』　江蘇広陵古籍刻印社　1991年影印本
148．宋・朱熹「雑学弁」『朱子遺書』本　江蘇広陵古籍刻印社　1991年影印本
149．宋・呂祖謙撰、呂祖倹、呂喬年輯『麗沢論説』　四庫全書本
150．清・永瑢ほか著『四庫全書簡明目録』　上海古籍出版社1985年版
151．鄭振鐸『挿図本中国文学史』　人民文学出版社　1963年版
152．清・全祖望『鮚埼亭集』　影印四庫全書本
153．清・彭元瑞『宋四六選』　叢書集成新編本
154．宋・洪邁『容斎三筆』　影印四庫全書本
155．宋・陳振孫「浮渓集説」『四庫要籍序跋大全』集部甲輯
156．宋・沈晦「四明新本柳文後序」『四部要籍序跋大全』集部乙輯
157．宋・葉適『習学記言序目』　中華書局　1977年版
158．［米］ルース・ベネディクト『文化の諸様式』　何錫章、黄歓訳　北京華夏出版社　1983年版
159．明・王志堅『四六法海』　同治辛未蔵園刻套印本
160．清・阮元『四六従話』　嘉慶三年二月呉興旧言堂蔵版刻印本
161．清・章学誠「上辛楣宮詹」『文史通史新編』　上海古籍出版社　1993年版
162．明・王文禄『文脈』　王星賢点校本　中華書局　1986年版
163．清・王国維『海寧静安先生遺書』
164．鄧広銘『宗史職官誌考証』　金明館叢稿二編
165．宋・朱熹『楚詞後語』　影印四庫全書本
166．宋・李攸『宋朝事実』　影印四庫全書本
167．宋・江少虞『宋朝事実類苑』　影印四庫全書本
168．宋・李燾『続資治通鑑長編』　上海古籍出版社　1985年版
169．宋・范成大『呉郡誌』　影印四庫全書本
170．宋・呂祖謙『東莱集』　影印四庫全書本

171. 宋・沈括『夢渓筆談』　影印四庫全書本
172. 宋・陸游『渭南文集』　北京市中国書店影印世界書局本
173. 宋・徐度『却掃編』　影印四庫全書本
174. 宋・周密『斉東野語』　張茂鵬点校本　中華書局　1983年版
175. 宋・柳開『河東先生集』　影印四庫全書本
176. 宋・田錫『咸平集』　四川大学古籍所編『全宋文』本　巴蜀出版社　1998年
177. 宋・葛立方『韻語陽秋』　上海古籍出版社　1984年影宋本
178. 宋・李薦『済南先生師友談記』　影印四庫全書本
179. 宋・劉攽『中山詩話』　清何文煥輯『歴代詩話』本　中華書局　1981年版
180. 陳植鍔『北宋文化史述論』　中国社会科学院出版社　1992年版
181. 宋・李昉ほか撰『太平御覧』　清嘉慶十七年鮑氏倣宋刻本
182. 宋・江少虞『宋朝事実類苑』　影印四庫全書本
183. 宋・徐鉉『徐公文集』　南陵徐乃昌景宋明州本
184. 宋・李昉「徐鉉墓誌銘」　『徐文公集』附録
185. 宋・張昭『嘉善集』　四川大学古籍所『全宋文』本　巴蜀出版社　1998年
186. 宋・沈晦「柳文後序」　『四部要籍序跋大全』集部乙輯
187. 宋・葉濤「重修実録本伝」　『欧陽脩全集』附録
188. 宋・尹洙『河南先生集』　影印四庫全書本
189. 宋・邵伯温『邵氏聞見録』　劉徳権、李剣雄点校　中華書局　1983年版
190. 宋・邵博撰『邵氏聞見後録』　劉徳権、李剣雄点校　中華書局　1983年版
191. 宋・朱熹『五朝名臣言行録』　四部叢刊本
192. 清・甬上童槐『葉氏睿吾楼文話』　道光癸巳刊本
193. 劉師培『論文雑記』　舒蕪校点　人民文学出版社　1984年
194. 宋・王禹偁『小畜集』　四部叢刊本
195. 宋・高錫『簪履編』　『全宋文』本
196. 宋・潘閬『逍遙集』　知不足斎叢書本
197. 宋・趙湘『南陽集』　影印四庫全書本
198. 宋・梁周翰『梁周翰文集』　『全宋文』本
199. 宋・司馬光『温国文正司馬公文集』　影印四庫全書本
200. 宋・王偁『東都事略』　影印四庫全書本
201. 宋・朱熹『朱文公易説』　影印四庫全書本
202. 明・王士禎『香祖筆記』　影印四庫全書本
203. 宋・黄庭堅『豫章先生文集』　清乾隆三十年緝香堂刻本
204. 宋・蘇頌『蘇魏公文集』　影印四庫全書本
205. 宋・畢仲遊『西台集』　影印四庫全書本
206. 宋・蘇舜欽『蘇舜欽集』　沈文倬校点本　上海古籍出版社　1981年版
207. 宋・王欽若ほか輯『冊府元亀』　中華書局　1960年明刻本影印本

208．宋・李昉ほか輯『文苑英華』　中華書局　1996年残宋本、明刻本影印
209．宋・呉淑『事類賦』　冀勤、王秀梅、馬容校点本　中華書局　1990年版
210．宋・厳羽『滄浪詩話校釈』　郭紹虞校釈　人民文学出版社　1983年版
211．宋・劉克荘『後村詩話』　王秀梅校点　中華書局　1983年版
212．宋・欧陽脩『帰田録』　李偉国校点　中華書局　1981年版
213．宋・楊億『楊文公談苑』　李裕民輯校　上海古籍出版社　1993年版
214．宋・田況『儒林公議』　影印四庫全書本
215．宋・王安石『王文公文集』　唐武標校　上海人民出版社　1974年版
216．夏承燾『唐宋詞人年譜』　上海古籍出版社　1979年版
217．宋・葉夢得『避暑録話』　上海書店　1991年影印本
218．宋・宋敏求『春明退朝録』　誠剛校点　中華書局　1980年版
219．宋・王闢之『澠水燕談録』　呂友仁校点　中華書局　1981年版
220．宋・蘇舜欽『蘇舜欽集』　沈文倬校点　上海古籍出版社　1981年版
221．宋・穆修『穆参軍集』　四部叢刊本
222．清・李慈銘『越縵堂日記鈔』　古学彙刊本
223．宋・陳振孫『直斎書録解題』　徐小蛮、顧美華校点　上海古籍出版社　1987年版
224．宋・陳騤ほか『宋会要』　清・徐松輯　中華書局　1987年重印本
225．宋・陳善『押虱新話』　上海書店　1990年版　涵芬楼旧版影印本
226．清・査慎行「曝書亭集序」『四部要籍序跋大全』本
227．清・阮元『四六叢話』　嘉慶三年呉興旧言堂蔵板刻本
228．宋・王銍『王公四六話』　百川学海本
229．清・呉偉業「梅村家蔵稿・陳百史文集序」『四部要籍序跋大全』本
230．明・方以智『文章薪火』　影印四庫全書本
231．清・蔣湘南『七経楼文鈔』　清道光二十七年（1847）刻本
232．明・屠隆『婆羅館逸稿』　叢書集成初編
233．宋・范仲淹『范文正公集』　中華書局　1984年北宋刻本影印線装本
234．宋・蘇轍『欒城集』　曾棗庄、馬徳富校点　上海古籍出版社　1987年版
235．宋・王正徳『余師録』　『叢書集成新編』本
236．王水照『欧陽脩散文選集』　百花文芸出版社　1995年版
237．宋・王禹偁『小畜集』　四部叢刊初編本
238．宋・韓琦『安陽集』　影印四庫全書本
239．唐・李漢「韓愈文集序」『全唐文』　中華書局影印本
240．金・趙秉文『滏水集』　影印四庫全書本
241．宋・朱熹『昌黎先生集考異』　上海古籍　1985年山西祁県図書館蔵宋刻影印本
242．宋・缺名『南窓記談』　影印四庫全書本

243．清・沈徳潜評点、魏源批選、［日］石村貞一纂評『唐宋八大家文読本』　日本孤子谷素校合訂正本
244．宋・張耒『張耒集』　李逸安ほか校点　中華書局　1990年版
245．宋・秦観『淮海集』　四部叢刊本　明嘉靖十八年張綖刻本影印
246．宋・蘇軾『蘇軾詩集』　清・王文誥輯注、孔凡礼校点　中華書局　1982年版
247．晋、劉宋・陶潜『陶潜集』　四部叢書本
248．宋・魏了翁『鶴山題跋』　津逮秘書影汲古閣本
249．宋・劉辰翁『劉辰翁集』　段大林校点　江西人民出版社　1987年版
250．唐・元結『元次山集』　四部叢刊本
251．唐・柳宗元『河東先生集』　中華書局上海編輯所排印本
252．宋・晁補之『鶏肋篇』　四部叢刊本　明崇禎刻本影印
253．明・王令『王令集』　沈文倬校点本　上海古籍出版社　1980年版
254．宋・孟元老『東京夢華録』　鄧之誠注　中華書局　1982年版
255．漢・司馬遷『史記』　中華書局　1982年版標点本
256．漢・班固『漢書』　唐・顔師古注　中華書局　1983年版
257．宋・欧陽脩『六一詩話』　清・何文煥輯　中華書局　1981年版
258．宋・文天祥『文天祥全集』　北京中国書店　1985年世界書局版影印本
259．宋・李清照『李清照集』　王学初校注　人民文学出版社　1979年排印
260．宋・姜夔『白石道人詩集』　夏承燾輯校　人民文学出版社　1959年排印
261．宋・司馬光『温公続詩話』　清・何文煥輯　中華書局　1981年版
262．宋・沈義父『楽府指迷』　人民文学出版社　1981年校注本
263．宋・范鎮『東斎記事』　汝沛点校　中華書局　1980年版
264．唐・皎然『詩式』　清・何文煥輯　中華書局　1981年版
265．宋・司馬光『涑水紀聞』　鄧広銘、張希清点校　中華書局　1989年版
266．宋・惠洪『冷斎夜話』　影印四庫全書本
267．郭紹虞『宗詩話考』　中華書局　1979年版
268．宋・張炎『詩源』　人民文学出版社　1981年校注本
269．宋・岳珂『桯史』　呉企明点校　中華書局　1981年版
270．宋・范公偁『過庭録』　稗海本
271．宋・朱弁『曲洧旧聞』　影印四庫全書本
272．宋・王応麟『困学紀聞』　四部叢刊三編本
273．宋・耐得翁『都城紀勝』　中国商業出版社　1982年版
274．宋・呉自牧『夢梁録』　浙江人民出版社　1984年版
275．宋・周密『武林旧事』　西湖書社　1981年版
276．宋・陸游『老学庵筆記』　李剣雄、劉徳権点校　中華書局　1979年版
277．宋・葉紹翁『四朝聞見録』　沈錫麟、馮恵民点校　中華書局　1989年版
278．宋・趙抃『御試備官日記』　学海類編影道光本

279. 宋・周輝『清波雑誌』 四部叢刊続編影宋本
280. 宋・黄庭堅『宜州乙酉家乗』 知不足斎叢書本
281. 宋・陸游『入蜀記』 影印四庫全書本
282. 宋・范成大『呉船録』 影印四庫全書本
283. 宋・真徳秀『文章正宗』 影印四庫全書本
284. 宋・謝枋得『文章規範』 影印四庫全書本
285. 宋・張昭『嘉善集』 四庫全書本
286. 宋・張洎『張洎集』 四庫全書本
287. 宋・李昉『李昉集』 『全宋文』本
288. 宋・宋白『宋白集』 『全宋文』本
289. 宋・呉淑『事類賦』 四庫全書本
290. 宋・孫復『孫復集』 『全宋文』本
291. 宋・趙湘『南陽集』 四庫全書本
292. 宋・張景『張景文集』 『全宋文』本
293. 章士釗『柳文指要』 中華書局 1971年版
294. 宋・潘閬『逍遙集』 知不足斎叢書
295. 宋・梁周翰『梁周翰文集』 『全宋文』本
296. 宋・丁謂『丁謂文集』 『全宋文』本
297. 宋・楊億『西昆酬唱集』 四庫全書本
298. 宋・晏殊『晏殊文集』 『全宋文』本
299. 宋・呉曾『能改斎漫録』 上海古籍出版社 1979年版
300. 宋・銭惟演『銭惟演文集』 『全宋文』本
301. 宋・劉筠『劉筠集』 『全宋文』本
302. 宋・楊億『武夷新集』 四庫全書本
303. 宋・尹洙『河南集』 民国十八年上海商務印書館影印春岑閣旧鈔本
304. 王水照『宋代散文選注』 上海古籍出版社 1979年版
305. 唐・姚鉉『唐文粋』 四庫全書本
306. 宋・邵伯温『易学弁惑』 四庫全書本
307. 宋・陳亮『龍川文集』 四庫全書本
308. 宋・王安中『初寮集』 影印四庫全書本
309. 宋・孫覿『鴻慶居士集』 影印四庫全書本
310. 宋・汪藻『浮渓集』 影印四庫全書本
311. 宋・張端義『貴耳集』 中華書局上海編輯所 1958年排印本
312. 王仲聞『李清照集校注』 人民文学出版社 1981年版
313. 宋・胡仔『苕渓漁隠叢話』 廖徳明校点 人民文学出版社 1984年版
314. 宋・魏慶之『詩人玉屑』 中華書局上海編輯所 1959年版
315. 宋・趙彦衛『雲麓漫鈔』 中華書局上海編輯所 1958年版

316．宋・謝伋『四六談麈』　百川学海本
317．宋・朱弁『風月堂詩話』　陳新点校　中華書局　1988年版
318．宋・王観国『学林』　田瑞娟校点　中華書局　1988年版
319．清・周履靖『夷門広牘』　商務印書館　1940年版
320．清・俞正燮『癸巳類稿』　安徽叢書本
321．明・田芸衡『詩女史』　広百川学海本
322．明・郎瑛『七修類稿』　清乾隆四十年刻本
323．明・胡応麟『少室山房筆叢』　広雅叢書本
324．清・顧炎武『日知録』　清康熙三十四年刻本
325．清・銭謙益『絳雲楼書目』（陳景雲注）　粤雅堂叢書本
326．清・周亮工『因樹屋書影』　清雍正間懐徳堂刻本
327．宋・王明清『揮麈録』　四部叢刊続編本
328．宋・周密『癸辛雑識後集』　呉企明点校　中華書局　1988年版
329．鄧広銘『辛稼軒詩文鈔存』　上海古典文学出版社　1957年排印本
330．宋・洪邁『容斎随筆』　四部叢刊続編本
331．清・劉熙載『芸概』　清光緒間刻本
332．宋・楼昉輯『迂斎標注崇古文訣』　影印四庫全書本
333．宋・張栻『張南軒先生文集』　影印四庫全書本
334．宋・薛季宣『浪語集』　永嘉叢書本
335．宋・陳傅良『止斎先生文集』　四部叢刊本
336．宋・葉適『水心文集』　永嘉叢書本
337．宋・真徳秀『西山先生真文忠公文集』　四部叢刊本
338．宋・魏了翁『鶴山先生文集』　四部叢刊本
339．宋・林希逸『竹渓十一稿』　影印四庫全書本
340．宋・文天祥『文天祥全集』　熊飛校点　江西人民文学出版社　1987年版
341．宋・謝枋得『畳山集』　四部叢刊続編本
342．宋・劉辰翁『須渓集』　段大林校点　江西人民文学出版社　1987年版
343．宋・鄭思肖『鄭所南先生論文集』　知不足斎叢書本
344．宋・鄧牧『伯牙琴』　知不足斎叢書本
345．宋・謝翱『晞髪集』　影印四庫全書本
346．宋・王炎午『吾汶稿』　四部叢刊三編本

宋代年表

北宋（960-1127）

	年号（年間）	干支・月	西暦
太祖（趙匡胤）	建隆（4）	庚申	960
	乾徳（6）	癸亥十一	963
	開宝（9）	戊辰	968
太宗（～炅、本名匡義、またの名は光義）	太平興国（9）	丙子十二	976
	雍熙（4）	甲申十一	984
	端拱（2）	戊子	988
	淳化（5）	庚寅	990
	至道（3）	乙未	995
真宗（～恒）	咸平（6）	戊戌	998
	景徳（4）	甲辰	1004
	大中祥符（9）	戊申	1008
	天禧（5）	丁巳	1017
	乾興（1）	壬戌	1022
仁宗（～禎）	天聖（10）	癸亥	1023
	明道（2）	壬申十一	1032
	景祐（5）	甲戌	1034
	宝元（3）	戊寅十一	1038
	康定（2）	庚辰二	1040
	慶暦（8）	辛巳十一	1041
	皇祐（6）	己丑	1049
	至和（3）	甲午三	1054
	嘉祐（8）	丙申九	1056
英宗（～曙）	治平（4）	甲辰	1064
神宗（～頊）	熙寧（10）	戊申	1068
	元豊（8）	戊午	1078
哲宗（～煦）	元祐（9）	丙寅	1086
	紹聖（5）	甲戌四	1094
	元符（3）	戊寅六	1098

	年号（年間）	干支・月	西暦
徽宗（～佶）	建中靖国（1）	辛巳	1101
	崇寧（5）	壬午	1102
	大観（4）	丁亥	1107
	政和（8）	辛卯	1111
	重和（2）	戊戌十一	1118
	宣和（7）	己亥二	1119
欽宗（～桓）	靖康（2）	丙午	1126

南宋（1127-1279）

	年号（年間）	干支・月	西暦
高宗（趙構）	建炎（4）	丁未五	1127
	紹興（32）	辛亥	1131
孝宗（～昚）	隆興（2）	癸未	1163
	乾道（9）	乙酉	1165
	淳熙（16）	甲午	1174
光宗（～惇）	紹熙（5）	庚戌	1190
寧宗（～擴）	慶元（6）	乙卯	1195
	嘉泰（4）	辛酉	1201
	開禧（3）	乙丑	1205
	嘉定（17）	戊辰	1208
理宗（～昀）	宝慶（3）	乙酉	1225
	紹定（6）	戊子	1228
	端平（3）	甲午	1234
	嘉熙（4）	丁酉	1237
	淳祐（12）	辛丑	1241
	宝祐（6）	癸丑	1253
	開慶（1）	己未	1259
	景定（5）	庚申	1260
度宗（～禥）	咸淳（10）	乙丑	1265
恭宗（～㬎）	徳祐（2）	乙亥	1275
端宗（～昰）	景炎（3）	丙子五	1276
帝昺（～昺）	祥興（2）	戊寅五	1278

あ と が き

　本書を出版するにあたり、恩師の王水照教授、ならびにご指導とご支援を賜ったすべての先生と学友に対し、心からの謝意を申し上げます。

　本書は博士学位論文をもとに加筆、修正したもので、中国古典散文研究に従事した私自身の体得と長年の思考の総括でもあります。1993年、私は復旦大学に入学、実りの秋に孔子の故郷から黄浦江の畔にやって来ました。敬慕すること久しい王水照教授を師として博士課程に学び、苦しくとも喜びのある三年間の学生生活がはじまりました。1996年仲夏、学業を修めると、論文の口頭試問も滞りなく終わり、季夏には上海を離れて北京に赴きました。国家哲学社会科学企画事務室に職を得て、新たな仕事に取り組むこととなったのです。以来、六年の歳月を経ましたが、そのあいだは、論文の修正および出版に取り組む余裕がありませんでした。

　この数年、私は国家社会科学基金プログラムの企画と評議審査、検収と総括および優秀な成果の宣伝と表彰に携わるなかで、多くの優れて先進的、先端的、先見的な研究成果に触れてきました。そして、これらの成果が国家の経済建設と文化建設を促進し、物質文明と精神文明の発展において巨大な社会利益を生み出していること、また、その成果の多くが国家リーダーと政策決定部門から重視され、政府決定の科学的な根拠や国の政治方針、政策法規の原本となっていること、なかには直接的に社会生産力に転化され、理論の刷新を促し、学問分野の建設において重要な働きをしていることを知りました。国家社会科学基金プログラム研究の企画も、国家の発展戦略と現実的建設の需要を前提としています。私はこれらのすべてから、人々の生活、国家建設、人類文明の発展に対する社会科学研究の重要性を痛感し、またその重大な意義について、いっそう具体的で深い認識と理解を得るに至りました。宋代の理学家である張載は、「天地のために準則を打ち立て、生民のために天命を全うし、先賢のために絶学を継ぎ、万世のた

めに太平を開く」(『張載語録』) と述べました。これは紛れもない真実でしょう。蘇軾は「六一居士集叙」において、孔子が『春秋』を修め、孟子が楊墨を拒み、韓愈が古文を作って、欧陽脩が文壇を主宰したことを、大禹の治水と同列に論じました。「功績は天地に並ぶ」との考えから、社会科学研究と文化事業が人類の生存と文明の発展に大きな役割を果たすことを十分に肯定し、これを高く評価したのです。確かにこれも「言葉は大きいが誇張ではない」と言えるでしょう。

社会科学は人類の知恵の結晶であり、文化と文明を打ち立てる主体です。ある意味では、社会科学は文明発展の速度と水準を決定し、思想文明と制度文明を創造し、人類の健全なる発展を保証します。社会科学の核心は社会科学理論です。それは実践を源とし、研究によって成り立ち、また実践を教え導きます。むろん社会科学研究は多面的、多層的、多角的であり、その意義と作用には大小、軽重の別もありますが、その重要性は言を俟たないでしょう。

社会科学の繁栄と発展には、すべての社会、とりわけ社会科学界の共同の努力が必要です。勤務における実践を通じて、私の仕事に対する思い入れはますます深まり、自発的に関与する意識がいよいよ高まって、学位論文を修正して刊行したいとの願望が層一層と強くなりました。これは一方では学術界、社会科学界との疎通と交流を深め、仕事を進める上で有利にはたらくとともに、また一方では果たすべき責任と義務でもあります。なぜなら、論文とは指導教官、論文審査委員会、口頭試問委員会および多くの学友を含む学術組織の共同の努力の成果であり、学術的な友情と集団の知恵の結晶であるからです。いま、国慶節を迎え、仲秋の月のもと、休日を旧稿の点検と補正にあてて、これを一書として刊行に付しますが、ここには先生方から賜ったご学恩、互いに切磋琢磨した学友のご厚情、そのすべてが込められています。

本論の執筆を思い起こせば、とても長い構想の過程がありました。1981年、曲阜師範大学で教鞭を執っていたとき、私は「『論語』の言語芸術を論じる」という研究ノートをはじめて発表しました。先生や先輩の称揚と励

あ と が き

ましによって、私は古典散文に関心をもち、それを研究したいという興味がかきたてられました。1984年、山東大学の修士課程に進み、文学史研究方法論を学んだことから多くの啓発を受け、その後、宋代文学発展史を講義したことで、古典散文研究に対する興味はさらに高まりました。宋代の散文は、有名人がきら星のごとく輝き、名作や流派が非常に多く、作品の情緒は優美であり、思想は深奥、言葉には綾があります。散文は、文学、文化、社会文明、社会の進歩に大きな影響を及ぼしたのです。その様々に際立つ景色は人に深い思索を迫り、それは味わうほどに滋味をいっそう増してきます。とりわけ宋代の人々の「文を以て詩を作る」、「文を以て詞を作る」、「文を以て賦を作る」創作態度は、詩詞を大きく発展させ、新生面を切り拓いたのみならず、文学創作に活気をもたらしました。こういった事象を適切に説明するためには、必ずや散文創作それ自体、および関連する文化的背景について、深く理解し、正確に把捉せねばなりません。そこで私は多くの散文の流派、有名人、名作に関心を向けると同時に、李清照や辛棄疾といった宋代詩詞の巨頭の散文創作に関する考察をはじめました。筆者の当時の研究成果が『文学評論』や『文学遺産』といった学術刊行物に適時に掲載されたことは、より深い思考と研究を進める上で、疑いなく大きな励みとなりました。

　1986年、学部で中国古典散文発展史を講義しましたが、当時はまだ専門の教材がありませんでした。私は教案を準備するにあたって、古典散文の発生、発展、変遷の軌跡を系統的に整理して考察を進めるとともに、古典散文発展の理論、規律、および当時の学術界の研究動向にも注意を向けはじめたのです。古典散文の発展、概念、範疇などの諸問題、および中国古典散文発展の時期区分の問題に関して、斯界には異なる見方が存在しており、いまだ統一見解を得ていませんでした。これら更なる研究を待つものと早急に解決すべき学術問題は、すべて授業の準備をする過程で気づいたものです。以来、関連する書籍を調べ、そうして知り得たことを蓄積していきました。

　上海に移って復旦大学で学び、王水照先生の講義を受けるに及んで、よ

うやく先生のご指導のもと、深く思いをめぐらせて、これを文章にする機会を得ました。王先生は文雅にして穏やかで、徳は高く人望を集め、学問に対する造詣は精確で深遠、国内外で広く知られる著名な唐宋文学の専門家です。特に古典散文研究においては、誰しもが敬服するほどの成果を挙げられており、私自身、先生を聳え立つ山の如く仰ぎ慕っておりました。そこで私は古典散文を研究対象に選び、宋代を切り口として、博士論文のテーマとしました。王先生は直々に全体の構想から観点の選択、ひいては部分的な言葉遣いまでご指導下さいました。慈愛をもって後進を励ますその道徳的な品格と、刻苦勉励して謹厳実直に学問に向き合うその精神を、私は生涯忘れることはありません。

　文章執筆の過程では、王先生から教わった、真を求め、実を重んじ、善を追うという教誨と、科学は謹厳であるべきという原則を銘記し、先入観にとらわれず、史実に依拠し、証拠があれば必ず引き、なければ信じず、自分の考察、分析、判断、思考に基づいて、新たな見解を発表しました。また、中国古典散文の概念、範疇、発生、発展、画期、特徴に対する初歩的な研究を行うと同時に、宋代散文の創作パターン、発展の軌跡、刷新の成果、芸術的規則などについての考察、整理、分析、帰納、総括を行い、卑見を提出しました。これらの方面における学界の研究は相対的に立ち後れたものでした。

　黄庭堅に、「文章は人後に従うのを最も忌む。みずから一家を成して初めて真に迫る」という名言があります。これは創作について言ったものですが、実質的には学術研究もまた然りです。拙著にわずかでも価値があるとすれば、それは研究の筋道、内容、視点、方法のすべてにおいて、新たな開拓と新たな見解を求めた点にあるでしょう。むろん私の不勉強による誤りもまた免れがたく、その責は当然ながら私が負うべきものです。遺憾ながら、他の文体との比較研究、文化的側面から掘り下げた研究、および後世における影響についての研究が不十分で、甚だしくは欠如しているところさえあります。とりわけ宋代における散文流派の発展状況に対する評論は前後のバランスに欠け、蘇軾などの名家についても私の力不足により、

いまだ深くは検討できておりません。これらについては後日を期したいと思います。

　ある意味では、いかなる学術研究も本質はみな社会的営為であり、同時に社会に対して有益であるべきです。先賢は、「学術は天下の器である」と言いましたが、その寓意は奥深いものがあります。文化建設とは長期的かつ大規模な工程であり、大切なのはすべての人々がそれに参加することでしょう。拙稿の出版にあたっては、一つには専門家の教えを請い、広く斯界のご批判とご指正を仰いで後学を誤るのを防ぐこと、また一つには社会的意義を実現し、同じ分野の人々の関心を引き、あるいは叩き台となることを望みます。大きく言えば、宋代文学と宋代文化研究の促進の一助となり、中国の特色ある社会主義新文化建設のためにわずかでも参考、あるいは啓発するところがあれば、それは私にとって望外の喜びです。『中国社会科学』、『文学評論』、『文学遺産』などの編集部が、一面識もない状況のなか、すぐに原稿を登載し、私に大きな励ましと支持を下さいましたことを特に感謝申し上げます。『中国社会科学』雑誌社は、さらに「散文発生与散文概念新考」の英訳を発刊し、『文学遺産』は、「古代散文的研究範囲与音楽標界的分野模式」を優秀論文に選定し、奨励して下さいました。また、学位論文の審査と口頭試問委員会に携わった学界の先輩方も、十分に肯定し、熱心に激励してくださるとともに、適切かつ具体的で建設的なご意見を提起していただきました。

　私は天宝山の麓の浚河沿いの村で生まれ育ちました。艱難辛苦のなかでの両親による養育、党と国家による真摯な育成、先生や学友の援助、それらのおかげで私は一歩また一歩と、学術研究の殿堂へと歩を進め、高等学府の教壇に立ち、国家の社会科学発展の企画と管理に参加するに至ったのです。これらすべてに対する感慨は言い尽くせません。本書を両親の霊前にささげ、いささかでも慰みとなることを願うばかりです。また、原稿を執筆するために、最愛の妻李琨は心血を注いでくれました。私が博士課程

で学んだ期間、復旦大学からも格別のご配慮をいただきました。

　ありがたいことに、人民文学出版社は、多くの先生や友人との篤い友情が結実したこの学術著作の出版を快諾してくださいました。本書出版のため懸命に働いてくださった編集の方々からは、すべての原稿のチェックや改訂の提案など、多大なご支援をいただきました。ここに記して深く謝意を表します。

2001年10月10日起稿
2002年3月28日改訂

修訂版あとがき

　『詩経』「小雅・伐木」には、「嚶として其れ鳴く、其の友を求むる声あり」、『周易』「乾」には、「同声相応じ、同気相求む」とあります。自然界でも人間社会でも互いの友好的な交流は、はつらつとして和やかな状況を作る大切な要素です。鸞鳳の鳴き交わしが和してハーモニーとなれば、もとより耳に心地よく、情緒にあふれています。文章をもって友人と交わりを結び、互いに切磋琢磨すれば、それがさらなる友情を築き、学術を推し進めるという、生き生きとした形となって現れてくるのです。

　拙著『宋代散文研究』は2002年の初版出版後、おそらくはこれが宋代散文を専門的に研究した最初の著作であったために、学界の関心を集め、数多くの先生と学友から温かい激励を受けるとともに、少なからぬ研究論文と学術著作に拙著の観点が引用されました。多くのウェブ上の友人がブログに転載し、あるいは本書の内容を紹介してくれました。また、面識のない学者が称賛の文章を書いてくださり、海外の学界からも多くの称賛の声が届きました。商務印書館の『新時期中国古典文学研究述論』第三巻（陳友冰編著）では、様々な角度から重点的に紹介をしていただき、『宋代文学研究年鑑』（2002～2003）では、本書に対する肯定的な評価（馬東瑶「宋文、宋代小説研究総述」）が下され、また、一部の大学の先生方は関連する大学院生の必読書として取り上げられました。これらすべては私の感動を呼び起こす一方で、慚愧の至りでもありました。

　すでに初版の「あとがき」でも説明しましたように、実際のところ、初版は文章の体裁、構成の順序、研究の深度などの面で明らかに多くの不備があり、一部の章節が欠如していました。そのため、学界の友人たちの励ましに、私は内心で不安を覚え、忸怩たるものを禁じえませんでした。ただ、きわめてありがたいことに、一部の先生や学友が様々なルートで訂正と補充の具体的な意見を出し、提案をしてくださいました。これは納得の

いくものを書くという初志が貫徹できず、心残りな部分を補いたいという私の考えとちょうど一致しました。そうして、私は心底から拙著を改訂して再版する機会を長らく望んでいたのです。

「念ずれば花開く」と言いますが、2010年8月、人民文学出版社のご厚意により、私はその機会を得ることができました。これは『宋代散文研究』初版の印刷が3,000冊と少なかったため、近年では多くの友人が本書を買えず、人民文学出版社に購入を希望しても、すでに在庫がなかったことによります。そこで、人民文学出版社は再版を計画し、私は2010年の仲秋の節句から国慶節の長期休暇にかけて、門を閉ざして来客を謝絶し、以下の四方面における改訂と補充に着手しました。

その一は、脚注と引用の復元です。著作として出版する前、本文で引用した文献資料はすべて社会科学研究の伝統的な方法にのっとり、脚注の形式で出処を明らかにしていました。ただ、初版印刷の際に『中国古典文学研究叢書』に収められたため、体裁統一の必要性から脚注を削除し、「主要引用書目」という附録の形で補いました。しかし、この形式では、原文の閲読と資料の出処を理解するにあたって、読者に多大な不便をかけることになります。今回の改訂では、社会科学研究の規範に従って脚注を復元するとともに、資料の出処を再度慎重に照合し、学術研究の規範的要求に一致させました。そのほか、冒頭に短いはしがきがあったのですが、叢書としての体裁の要求からか、または見た目の整斉のためか、印刷時には削除されました。あるべき概要が最初になければ、読者に唐突の感を抱かせるため、これも「はじめに」として置くことにしました。

その二は、黄庭堅の散文研究の増補です。「蘇門四学士」の一人である黄庭堅の文学面における成功、そのなかでもっとも注意を引くのは詩歌であり、江西一派を創ったことです。そして彼の散文創作は、実際に蘇軾の影響を強く受けており、「蘇門派」の重要人物として新しいものを創り出しました。独特の風格と卓越した功績は、宋代散文発展史上の重要な注目点の一つですが、残念ながら長らく学界では専門的、系統的な研究が欠けていました。初版では略歴を紹介したのみで、検討はしていませんでしたが、

今回は山谷(黄庭堅の号)散文に対する詳細な考察と研究を進め、独立した一節として収めて不十分な点を補いました。

その三は、英文要約と専門家の評議の追加です[1]。国外の漢学者が短時間で本書の基本的内容と学術レベルを理解できるように、今回の改訂では英文の要約を附録として追加しました。同時に、博士学位論文の試問委員会の「決議書」と、書簡による専門家の評議意見を附録とし、先生方のご指導に対する感謝と敬慕の念を表しました。なお、そうした専門家の先生方が斯界の碩学ばかりであることも、ここで申し添えておくべきでしょう。恩師である王水照先生は、唐宋文学研究において顕著な功績を挙げられており、内外に広く知られています。試問委員会主席の顧易生先生は中国文化批評史でご高名です。北京大学の葛暁音教授、復旦大学の陳尚君教授、蒋凡教授、山東大学の劉乃昌教授、朱徳才教授、浙江大学の呉熊和教授、蘇州大学の厳迪昌教授、上海社会科学院の徐培均研究員、華東師範大学の馬興栄教授、陳謙豫教授、上海師範大学の蒋哲倫教授、いずれの先生方も、道徳と学識の両面で人々から敬服される著名な学者です。先生方のご指導と激励が、研究を継続し、発展させていく原動力となったこと、永遠に心に銘記しなければなりません。

その四は、章節と目次の調整です。初版は全十章でしたが、今回の改訂では新たな内容を追加し、重要な内容を際立たせ、章節の紙幅のバランスを考慮して、二章増やして全十二章としました。そのなかで、初版の第五章「北宋前期散文の流派と発展」と、第六章「北宋中葉における散文の進展と各派の台頭」は、それぞれ上下章に分かち、章節の数をその分増やして、目次もそれに合わせました。

周知のごとく、宋代は中国古典散文発展のピークであり、創作成果と理論研究はこれまでにない高みに達しています。しかしながら、宋詩・宋詞の研究と比較して、宋代散文の研究はずっと手薄でした。新中国成立後、とりわけ改革開放後は、古典散文に関する重要な研究成果が数多く発表さ

---

1 日本語版では省略した。

れました。いずれも非常に特色を有しており、たとえば郭預衡氏の『中国散文史』や譚家健氏の『中国古代散文史稿』のような通史的な輝かしい大著は、宋代散文に特別に章を設けて論じています。宋代散文の作品選集では、王水照先生の『宋代散文選注』（上海古籍出版社）、四川大学中文系の『宋文選』（人民文学出版社）などが広く注目を集めました。専門的な学術書として祝尚書氏の『北宋古文運動発展史』（巴蜀書社出版）、張暉氏の『宋代筆記研究』（華東師範大学出版社）、施懿超氏の『宋四六論稿』（上海古籍出版社）などは、特定の文体の発展を詳細に研究しています。さらに宋代散文の具体的な作品、代表的な作家の成果に関する研究は枚挙に暇がありません。しかし、具体的な作品、作家と散文の流派の分析を基礎にして、巨視的かつ総体的に行った研究成果はなお十分とは言えず、特に宋代散文の発展法則の探求と文化面にまで立ち入った詳細な論考は多くありません。拙著『宋代散文研究』はこの方面に力を入れ、叩き台となることを試みたものですが、学識と精力の限界によって力及ばざるところがあり、初版では多くの不備を残しました。そしてこのたび修訂の機会を得ましたが、またしても煩雑な事務に追われ、多くの触れるべき内容が補えませんでした。それらは次に期する所存です。

　喜ばしいことに、拙著の初版出版の一年後には、朱迎平先生の『宋文論稿』（上海財経大学出版社2003年出版）が、最近では馬茂軍氏の『宋代散文史論』（中華書局2008年出版）が刊行されました。このほかにも高水準の学術刊行物で、宋代散文研究の新たな成果を頻繁に目にするようになり、これまでの寂しく手薄であった状況が一変して、新たな態勢と進展が現れはじめたことは同慶の至りです。願わくは拙著の修訂本の出版が、引き続き宋代散文研究の促進のために、また中華民族が優れた伝統文化を発揚するために役立つことができれば、これに勝る喜びはありません。

　本書再版のために心血を注いで下さった編集者に深く感謝いたします。

楊　慶　存
2010年10月6日　長椿苑にて記す

翻 訳 後 記

　清末の文章界では、桐城派古文が支配的な地位を占めていた。厳復の『天演論』（ハクスリー著『進化と倫理』）は一世を風靡したが、大部の『原富』（アダム・スミス著『国富論』）に取り組んだ厳復は自身の翻訳に満足できず、一時は投げだそうとまで考えた。訳文が低俗で、「不足行遠（広く伝わるに足りない）」と感じたためである。厳復は、師と仰ぐ呉汝綸に教えを請うた。曰く、『史記』以降、中国では宏大な叙事の文章が衰退し、短い散文が中心である。かたや西洋の書は、宏大な叙事であろう。ゆえに相応の文体を作り出す必要がある。同時に、宏大な叙事であっても、短い散文であっても、文章力こそが基本である。これを養うには、桐城派の開祖姚鼐が編輯した『古文辞類纂』を読めばよい、と。厳復は大いに納得したという。
　中国では、宋代以降の散文は韓愈を模範とする。そう言えば、朧に暗唱できる文章は、ほとんどが宋代の散文であった。そのことが畏友李雪濤教授とのあいだで話題になると、楊慶存先生の『宋代散文研究』を勧めてくれた。一読するや、これは大いに裨益するところがあると感じられた。もとより文章論については門外漢の私であるが、日本の文学界、あるいは文章研究に寄与できればと思い、中国政府による「中華社会科学基金」の学術書翻訳助成を申請した。幸い申請は採択され、関西大学文学部のOBを頼りに翻訳を進めることにした。翻訳陣の中心となるのは、中国古典文学を専門とする後藤裕也氏で、章培恒先生の名著『中国文学史新著』の翻訳を担当した実績がある。
　言うまでもなく、原書には大量の古典が引用されている。心強いことに、その読解を助けてくださったのは、ほかならぬ楊慶存先生ご自身であった。楊先生は、こちらの些細な疑問にも、いつも迅速に回答してくださった。ほぼ半年で校正まで漕ぎ着けた所以である。中国古典の専門家のほか、一般の読者にも読んでいただけるよう、訳文は平易を旨とし、古典の引用に

ついても訓読ではなく、現代語による訳とした。
　なお、本編翻訳の分担は以下のとおりである。
　　　後藤　裕也：第1、2、3、7、8章
　　　西川　芳樹：第4、5、6章
　　　和泉ひとみ：第9、10章
　　　近本　信代：第11、12章
　また、関西大学大学院生の岡本悠馬氏（第1、2章下訳）、および関西大学PD研究員の二ノ宮聡氏（第4章後半）も翻訳に協力してくれた（所属はいずれも当時）。さらに、校閲には四方美智子氏が、校正、付録類の作成には、紅粉芳恵氏が尽力してくれた。最終的には後藤氏が全原稿の文言を推敲し、表現を統一した。
　日本においても、明治期の正式な文章は漢文であったが、その後は和漢混淆体へと進化した。宋代散文の発展と変遷を詳細に分析した本翻訳の刊行によって、中国の研究成果が日本の文章研究に些かなりとも貢献するところがあれば、それは望外の喜びである。
　最後になるが、翻訳出版を助成してくれた公的基金に感謝すると共に、印刷出版でお世話になった遊文舎の西澤直哉氏、および白帝社の佐藤多賀子氏にお礼を申し上げたい。なお、表紙デザインに北京外研社の劉瑋女史、潘瑞芳氏のご協力を賜った。

沈　国　威
2016年晩夏

著者略歴

楊　慶　存　文学博士（復旦大学）、上海交通大学人文学院院長、学術委員会主任、博士課程指導教授。

中国社会科学院研究員、清華大学、北京師範大学教授を歴任。国家哲学社会科学研究計画とプロジェクト審査委員、世界漢学研究会副会長、『光明日報』『文学遺産』編集委員、『文化中華』編集長なども務める。

主著に『宋代散文研究』（2002）、『黄庭堅と宋代文化』（2002）、『伝承と創新』（2003）、『宋代文学論稿』（2007）、『社会科学論稿』（2013）、『中国文化論稿』（2015）、『中国古代文学研究』（2016）、『宋詞経典品読』（2013）、『唐詩経典品読』（2013、共著者：唐雪凝）、『北宋文選』（2013、共著者：楊静）、『南宋文選』（2013、共著者：張玉璞）、『晁氏琴趣外篇　晁叔用詞　校注』（1991、共著者：劉乃昌）などがある。また『中国社会科学』『文学評論』『文学遺産』『北京大学学報』などに論文を100余編発表。

訳者略歴

後藤　裕也（ごとう・ゆうや）　関西大学非常勤講師。関西大学大学院博士課程後期課程修了。博士（文学）。

西川　芳樹（にしかわ・よしき）　関西大学非常勤講師。関西大学大学院博士課程単位取得満期退学。

和泉ひとみ（いずみ・ひとみ）　関西大学非常勤講師。関西大学大学院博士課程単位取得満期退学。博士（文学）。

近本　信代（ちかもと・のぶよ）　中国語翻訳者。早稲田大学教育学部国語国文科卒。

校閲・校正者略歴

四方美智子（しかた・みちこ）　関西大学非常勤講師。関西大学大学院博士課程単位取得満期退学。

紅粉　芳惠（べにこ・よしえ）　関西大学非常勤講師。関西大学大学院博士課程後期課程修了。博士（外国語教育学）。

企画・監訳者

李　雪　濤（り・せつとう）　北京外国語大学全球史研究院院長・教授。

沈　国　威（しん・こくい）　関西大学外国語学部教授。

宋代散文研究（修訂版）

平成28年11月30日　発行

著　者　　楊慶存
訳　者　　後藤裕也　西川芳樹　和泉ひとみ　近本信代
発　行　　株式会社　遊文舎
　　　　　〒532-0012　大阪府大阪市淀川区木川東4-17-31
発　売　　白帝社
　　　　　〒171-0014　東京都豊島区池袋2-65-1
　　　　　TEL 03-3986-3271　FAX 03-3986-3272

©2016 SHIN Kokui　　　　　　　　　　　　　Printed in Japan

ISBN978-4-86398-281-9 C3098

3E